Bitterkeit des Herzens

Joyce Carol Oates

Bitterkeit des Herzens

Roman

Aus dem Amerikanischen übertragen
von Rüdiger Hipp

Deutsche Verlags-Anstalt
Stuttgart

Die Originalausgabe erschien unter dem Titel
»Because It Is Bitter, and Because It Is My Heart«
bei Dutton, New York

Die Deutsche Bibliothek – CIP-Einheitsaufnahme

Oates, Joyce Carol:
Bitterkeit des Herzens : Roman / Joyce Carol Oates.
Aus dem Amerikan. übertr. von Rüdiger Hipp. –
Stuttgart : Deutsche Verlags-Anstalt, 1994
Einheitssacht.: Because it is bitter and
because it is my heart <dt.>
ISBN 3-421-06687-6

Lektorat: Dieter Luippold
Satz: Steffen Hahn GmbH, Kornwestheim
Druck und Bindearbeit: Mohndruck
Graphische Betriebe GmbH, Gütersloh
Printed in Germany
ISBN 3-421-06687-6

in memoriam
R. C.

ERSTER TEIL

Die Leiche

1

Dem sechzehnjährigen »Little Red« Garlock wurde der Schädel zu Brei geschlagen, er wurde dort, wo die Pitt Street anfängt, in den Cassadaga River geworfen, aber er ist dann nicht einfach untergegangen, und er ist auch nicht von der Strömung mitgenommen worden. Als sich der Morgennebel langsam über dem Fluß hebt, fällt der Blick eines einsamen Fischers auf den Leichnam des Jungen, der etwa zehn Meter weit draußen, in Pfählen verfangen, auf dem Wasser schaukelt. Den Fischer haben Vogelschreie stutzig gemacht, die wie Hornsignale klingen – sie stammen von Möwen mit breiten, metallgrauen Schwingen, grellweißen Köpfen und Schwanzfedern und abgeknickten rosafarbenen Beinen, die verkrüppelt wirken. Aus der Ferne könnte man diese Vögel für schön halten.

Die 35 000 Einwohner zählende Stadt Hammond in Waukesha County im Bundesstaat New York liegt etwa hundert Kilometer südlich des Ontario-Sees in einer von der Eiszeit geprägten Gegend mit gezackten Gebirgsketten und Hügeln, die so steil sind wie eine Falltreppe. Man hat den Eindruck, als krümme sich das zum Flußtal führende Gelände zusammen, weil ein Sturz in die Tiefe droht. An manchen Hügeln in Hammond müssen Autofahrer beim Parken die Vorderräder gegen die Bordsteinkante richten und die Handbremse bis zum Anschlag anziehen; dann wiederum gibt es Berghänge, an denen kein vernünftiger Mensch jemals parken würde. Nebel und Dunstschleier scheinen aus dem Erdreich hervorzukriechen; sie sammeln sich in den tieferliegenden Gebieten. An diesem Morgen, am 3. April 1956 um acht Uhr, ist der Dunst über dem Fluß so kühl und klamm wie die Mundhöhle eines Menschen.

Der Fischer, ein älterer Mann, steht mit seiner Angel auf einer Betonmauer etwa zwei Meter über dem kabbeligen Wasser, den Blick auf die umhertanzenden, sich windenden Dunstfetzen gerichtet, die das Auge narren.

Vielleicht ein Bündel Lumpen.

Ein toter Hund oder der Kadaver eines Schafes. Das ist schon vorgekommen.

Ein Frachter, der zu den Seen unterwegs ist, zieht draußen in der Fahrrinne vorüber, von den Fabriken weiter oben am Fluß und aus den pastellfarbenen Schornsteinen von Diamond Chemicals & Plastics am anderen Ufer kommt ein feuchter, nach Hefe riechender Wind, und irgendwo in seinem Kopf legt sich der Fischer das zurecht, was er anderen Leuten erzählen wird, solange er lebt – daß er bloß zum Angeln hierherkam und auf Scherereien nicht erpicht war. Daß er an diesem Flußabschnitt, der sich unterhalb der Rangiergeleise und unweit des Schwarzenviertels hinzieht, nur Fische fangen wollte, daß er angeln wollte, um die langen Morgenstunden auszufüllen, was ja weiß Gott kein Luxus ist. Und an diesem Morgen passiert dann das Schreckliche. Da schwimmt dieses Ding im Wasser, mittendrin zwischen Treibgut und Schaum, der ganz zart und duftig aussieht, und darüber flattern die verdammten Möwen herum und drängen einander ab, diese Abfallfresser. Schon bevor er begreift, was das ist – der Kopf eines Menschen, das von ihm abgewandte Gesicht, eine Hand, ausgestreckte Finger, ein Arm, der sich in verrosteten Kabelschlingen verfangen hat –, noch bevor er etwas erkennt, ziehen sich bereits seine Eingeweide zusammen, und er spürt, wie ihn das Entsetzen befällt.

Er nimmt einen Brocken Beton und schleudert ihn nach den Möwen. »Haut ab! Verschwindet!« schreit er. »Ihr elenden Drecksvögel!«

Sein eigener Sohn könnte das sein, denkt er, obwohl sein Sohn ein erwachsener Mann ist, der neunhundert Kilometer weit weg wohnt und nicht die geringste Ähnlichkeit hat mit dem Toten.

In Neeleys Imbißstube geht der Besitzer Al Neeley ans Telefon, um der Polizei die Leiche im Fluß zu melden; er liest die Notrufnummer von einem schmierigen, an der Wand befestigten Kärtchen ab und wählt sie, als mache er das tagaus, tagein. Seine tiefe Stimme bebt jedoch ein bißchen: »Hallo, Polizei? Wir brauchen Hilfe, in der Nähe der Pitt Street liegt eine Leiche im Fluß.« Wie immer um diese Zeit ist das Imbißlokal voller Leute. An der Theke sind alle Barhocker besetzt. Die meisten Gäste tragen Arbeitskleidung, es sitzen aber auch einige ältere, grauhaarige Männer dort, die einsam sind wie der Fischer und nicht recht wissen, was sie mit ihrer Zeit anfangen sollen. Zwei junge Krankenschwestern vom Hammond General Hospital trinken gemeinsam Kaffee. Man bestürmt den Fischer mit Fragen. Stotternd erzählt er den Leuten, was er erlebt hat, daß er zum ersten Mal in seinem ganzen Leben im Cassadaga ein *menschliches Wesen* erblickt hat. Er ist noch ganz außer Atem, weil er hierher gerannt ist, ihm dröhnen die Ohren, und Neeley wird ungeduldig und fragt mit erhobener Stimme: »Dieser tote Mann: Weißer oder Farbiger?«

Der Fischer blinzelt verwirrt, als falle ihm die Antwort nicht ein. Aber er hat sie natürlich parat.

»Ein Weißer.«

Um halb neun Uhr ist der Himmel über dem Fluß so blau wie blankgeputztes Glas und von vertikal verlaufenden Wolkenfetzen durchzogen. Am unteren Ende der Pitt Street hat sich eine ganze Anzahl Neugieriger eingefunden; sie schauen zu, wie die Leiche von der Polizei aus dem Fluß geborgen wird. Das ist eine schwierige Prozedur, bei der ein Haken verwendet wird, welcher nicht ins Fleisch eindringen, sondern an der Kleidung Halt finden soll. Hat eine Leiche einige Zeit im Wasser gelegen, dann gräbt sich der Haken ins Fleisch, als wären die Knochen von weichem Brotteig umgeben.

Ein toter Mensch, der aus einem Knäuel aus verrottenden Kabeln und Unrat gezerrt wird, bietet einen überwältigenden Anblick. Man verliert die Umgebung aus den Augen und starrt ihn unverwandt an.

»Gaffer können wir hier nicht brauchen!« sagen die Streifenpolizisten, um die Leute zu vertreiben.

Auf dem Wasser schaukelt ein Boot mit Außenbordmotor, in dem drei Polizeibeamte sitzen. Es trägt die Aufschrift HAMMOND POLICE DEPT. Am Ende der Betonmauer steht ein weiterer Polizist; er gibt über ein Megaphon Anweisungen, die man aber am Ufer nicht genau hört.

Ein Rettungswagen wartet mit laufendem Motor.

Ein Fahrzeug der örtlichen Feuerwehr steht in Bereitschaft.

Es kommen immer mehr Neugierige, selbst Kinder sind darunter, Teenager auf dem Weg zur Schule. Fünfzig Meter weiter weg steht ein halbes Dutzend Neger auf einem Stück Ödland unterhalb des Rangierbahnhofs der Northern Pacific und verfolgt das Geschehen – sie kommen jedoch nicht näher heran.

Ein Polizeifotograf stellt sich auf die Mauer, den einen Fuß auf einem Pfosten, und macht Aufnahmen.

»Wer ist es denn?«

»Was ist passiert?«

»Mein Gott, liegt da eine *Leiche*?«

»Ist jemand ertrunken?«

Alle seufzen, als der Leichnam zum Boot hochgezogen wird, doch dann bleibt er irgendwo hängen und fällt wieder ins Wasser. Little Red war ein stämmiger Junge mit einem schweren Schädel und kräftigen Schenkeln, und in der Totenstarre zeigen seine Lippen ein boshaftes Grinsen. Es sieht aus, als widersetze er sich dem Zugriff der vielen Hände, die er ja gar nicht sehen kann.

Dann ist er im Boot. Die Leiche liegt im Boot.

Dann am Ufer. Ein lebloses Etwas, aus dem schmutziges Flußwasser strömt.

Dann wird die Leiche von drei grimmig dreinschauenden Uniformierten auf eine Tragbahre gelegt und mit einer khakifarbenen Decke verhüllt.

Um sie abzuschirmen gegen die vielen Blicke.

Der Wind fegt einen strahlend weißen Pappbecher über einen Kiesstreifen. Droben auf der Zufahrtsstraße spielt ein Autoradio ein paar Takte lang flotte Blasmusik – bis jemand ruft, man solle das abstellen. Ein Fotograf des *Hammond Chronicle* mit straff zurückgekämmtem Haar und einem Plastikregenmantel, der ihm um die Beine flattert, schießt ein Bild nach dem anderen – als sei der Tag durch den unerwarteten Leichenfund zu einem ganz besonderen Datum geworden.

Den Boden bedeckt grobkörniger Sand, der alles Farbige aufgesogen hat. Glimmersplitter glitzern wie Millionen winzige Augen.

»O mein Gott, wer mag das bloß sein?«

Zwei Mitglieder der Familie Garlock halten sich bereit, um die Leiche zu identifizieren und ihr ein Trauergeleit zu geben. Doch es sind weder Little Reds Mutter, von der man weiß, daß sie kränklich ist und sich seltsam aufführt (»Die ist nicht ganz richtig im Kopf«), noch sein Vater, der sich nicht bei seiner Familie in der Gowanda Street aufhält, sondern sich irgendwo in Hammond herumtreibt. An ihrer Stelle ist Little Reds älterer Bruder Morton erschienen, ein verheirateter Mann, der selbst Kinder hat, sowie eine neunzehnjährige Frau namens Edith, eine der jungen Tanten oder Cousinen von Little Red – bei den Garlocks hausen zahlreiche Verwandte unter einem Dach.

Man kennt ja diese Sippen: Vernon, der Vater, ist Anfang der vierziger Jahre mit einigen Verwandten aus West Virginia hergekommen, weil es in Hammond Jobs in der Rüstungsindustrie gab, und weitere Garlocks sind nachgezogen. Und sie haben die ganze Zeit Kinder in die Welt gesetzt – viele Kinder.

Little Red: Er war etwa einsachtzig groß und vierundachtzig Kilo schwer, mit einem dicken Hals, schweren Armen und Schultern, schwabbeligen Muskeln, kleinen, glitzernden, schiefergrauen Augen und einem schlauen, von Leinwandhelden übernommenen Lächeln auf den feuchten Lippen. Und er hatte gar keine roten Haare, die hatte er gehabt, als er klein war. Geistig zurückgeblieben war er nicht, nur etwas schwer von Begriff, und das wie mit Absicht, als wolle er andere vor den Kopf stoßen, sie reizen, ihnen Kummer bereiten.

In Wirklichkeit heißt er Patrick Wesley Garlock. In der nächsten Ausgabe des *Chronicle* wird dieser Name auf der Titelseite unter einem alten Foto stehen.

Morton und Edith Garlock kauern über der Leiche des Jungen. Die Menschenmenge ist ganz still und horcht: Die Worte versteht man beim besten Willen nicht, doch der Ton ist eindeutig.

Draußen auf dem Fluß fährt ein Frachter langsam durch die Fahrrinne, hinterläßt gewaltige Strudel, die gegen das Treibgut branden und es tanzen lassen.

Die Möwen halten Abstand.

In der vorangegangenen Nacht ließ sich Little Red im Haus an der Gowanda Street nicht blicken. Niemand gab eine Vermißtenanzeige auf, denn keiner kam auf den Gedanken, daß er verschwunden sei ... Er ist ab und zu die ganze Nacht weggeblieben, es war ja so gut wie unmöglich, ihn unter Kontrolle zu halten ... So ist das eben im Hause Garlock, da gibt es neun Kinder unterschiedlicher Altersstufen und obendrein die Verwandten mit ihren Ehegatten oder Partnern, die breiten sich dort aus in einigen dazugemieteten Räumen, und deshalb weiß keiner so ganz genau, wo der andere steckt, es sei denn, er hält sich im selben Zimmer auf. Die arme Mrs. Garlock ist so oft verprügelt worden – die Polizei macht sich gar nicht mehr die Mühe, dort hinzugehen; wer seinen Fuß auf jene Schwelle setzt, spielt mit dem Leben. Sie ist eine hohläugige, völlig verbrauchte Frau von vierzig Jahren; die Nachbarn entdecken sie manchmal in einem der am Straßenrand geparkten Autos, in einer Garage oder einem Hinterhof, wo sie, in eine Decke gehüllt, schläft. Ihr sei es nicht in den Sinn gekommen, daß Little Red fehlt, sagt Morton Garlock der Polizei; falls sie überhaupt etwas gedacht habe, dann habe sie wohl gemeint, er sei um diese Zeit in der Schule.

Dabei hat Little Red an seinem sechzehnten Geburtstag Schluß gemacht mit der Schule.

Der Pressefotograf klettert weiter in der Gegend herum und macht Aufnahmen. In der nächsten Nummer wird der lokale Mordfall die Hälfte der Titelseite einnehmen: ein sechzehnjähriger Junge, Leiche lag sechs bis neun Stunden im Wasser, wahrscheinliche Todesursache wiederholte Schläge auf den Kopf mit einem stumpfen Gegenstand. Ein Foto der leidgeprüften Garlocks und eines mit der Zuschauermenge – sie wirken wie unbeholfene Beerdigungsteilnehmer, die nicht genau wissen, wen man betrauert und weshalb sie eigentlich dabei sind.

Die vom Gelände des Rangierbahnhofs heruntergaffenden Neger sind verschwunden, als der Leichnam schließlich im Rettungswagen abtransportiert wird.

Es gibt nichts mehr zu sehen. Doch die Leute stehen noch unschlüssig herum und warten. Als dann der Wind stärker bläst und Sand durch die Luft wirbelt und die Sonne kaum noch durch die Wolken dringt, merken sie allmählich, daß es doch ein ganz normaler Tag werden wird – ein ganz normaler Wochentag.

Dienstag. Das Wochenende ist noch weit weg.

Der Polizist Eddy Furlong, der selbst weiter oben in der Pitt Street wohnt, redet mit einigen Männern aus der Gegend. Haugen, Lukacs, McDermott – sie kennen Vernon Garlock zur Genüge, das ist so ein Kerl, über den man sich nur wundern kann, der säuft wie ein Loch, ist heißblütig und steckt immer in irgendeinem Schlamassel. Und seine Jungs, besonders die älteren – man weiß, was man von denen zu halten hat.

(»Weißer Abschaum«, würden manche Einheimischen sagen, doch die aus der Gegend stammenden Männer sind da vorsichtiger mit ihrem Urteil.)

»Lieber nichts Schlechtes reden über die Toten.«

»Stimmt, und das gilt für jeden toten Mistkerl.«

Sie verziehen das Gesicht zu einem belustigten Grinsen, reden aber weiterhin mit leiser Stimme.

Furlong räuspert sich, meidet den amtlichen Ton, gibt sich neugierig: »Weiß einer von euch was Genaueres? Wie das passiert ist? Was da dahintersteckt? Wer es war?«

Die Männer schütteln den Kopf.

Ganz langsam und ernst.

Ein Geruch breitet sich aus wie von verfaulendem Fisch. Die Männer erschauern plötzlich. Wenn sie von hier, vom Flußufer an der Pitt Street, weggehen, wenn sie an ihrem Arbeitsplatz sind und später zu Hause – wie sollen sie bloß jemand, der nicht dabei war, klarmachen, *wie das ist*?

Haugen zuckt mit den Achseln. »Verdammt hart. Manche Leute . . .«

»... sind schon beschissen dran.«

»Der arme Vernon.«

»Die arme Frau!«

»Wer sagt ihr Bescheid? Wird die Polizei die richtigen Leute hinschicken?«

Und wieder erschauern sie.

Als sie sich auf den Weg machen, spürt Eddy Furlong, wie ihn jemand so vorsichtig, so zaghaft am Handgelenk berührt, daß er es fast nicht bemerkt hätte.

Eines von den Mädchen aus der High-School oder vielleicht auch jünger.

Etwa vierzehn Jahre alt, mit zarten Gesichtszügen und großen Augen, und sein Blick ist so unstet und ruhelos wie eine in flachem Wasser zappelnde Elritze. Das Mädchen kommt Furlong bekannt vor, der Name liegt ihm auf der Zunge. Hübsch ist die Kleine nicht gerade, ihr heller, blasser, etwas sommersprossiger Teint hat einen wächsernen Glanz, sie wirkt kalt und angsterfüllt, als hätte sie angesichts des Todes ihre Körperwärme eingebüßt.

Ein verängstigtes kleines Mädchen. Es redet so leise und rasch, daß Furlong fast nichts versteht.

»Sprich bitte etwas lauter, Schätzchen.« Furlong ist neunundzwanzig, nicht großgewachsen, aber breitschultrig, er hat rotblondes lockiges Haar; er ist verheiratet, hat Kinder, ist mit sich zufrieden. Er kennt dieses Mädchen, zumindest die Eltern, doch der Name fällt ihm nicht ein.

Das Haar des Mädchens flattert im Wind. Es blickt über die Schulter zur Zufahrtsstraße hinauf, wo seine Freundin gerade mit ein paar Jungen redet, die dort herumstehen und sich Zigaretten anstecken und die Streichhölzer in die Luft schnippsen. An diesem Morgen ist Unterricht; sind diese jungen Leute nicht fast zu spät dran? Oder ist ihnen die Schule egal? Weil etwas Außergewöhnliches passiert ist, weil sie gesehen haben, wie ein armer Kerl aus dem Fluß gezogen wurde, dessen zermanschtes Gesicht wie rohes Fleisch aussah, der keine Augen mehr hatte, nur blutige Augenhöhlen? Furlong wartet nur darauf, daß diese Jungs in Gelächter ausbrechen und herumzualbern beginnen, damit er ihnen sagen kann, sie sollten jetzt schleunigst verschwinden.

Er weiß, was er zu tun hat. Wenn es erforderlich ist, schreitet er rasch und entschieden ein.

»Also, was da geschehen ist ... Ich glaube, ich weiß schon ... Ich habe da so eine Idee, wie es passiert sein könnte ...«

»Was? Wie bitte? Sprich doch etwas lauter, Kleine.«

Er starrt sie an und sieht die dunklen, halbmondförmigen Schatten unter ihren Augen. Den traurigen Erwachsenenblick.

Wer keinen Schlaf findet, hat viel Zeit zum Nachdenken.

Man sieht, wie der Polizeibeamte Furlong am Rand des abgesperrten Gebiets mit einem Mädchen redet, welches seine Schulbücher an die flache Brust drückt, so als könnte es sich an ihnen wärmen. Das Mädchen berichtet ihm etwas, er muß sich vorbeugen, damit er es mitbekommt, aber er schreibt nichts auf – er hört nur zu.

Das Mädchen hat einen dichten, krausen Schopf (das Beste an ihr, sagen die Frauen) von einem hellen Braun, das in der Sonne silbern schimmert. Seine Augen haben ein merkwürdiges Graugrün, sind klar wie Glasmurmeln, wirken durchsichtig; es achtet darauf, sich geradezuhalten und Erwachsenen offen ins Gesicht zu schauen. Wenn das Mädchen spricht, ziehen sich winzige Zickzacklinien über seine Stirn. Es trägt einen dünnen, marineblauen Tuchmantel, ist ohne Kopfbedeckung und ohne Handschuhe und hält die schmalen Schultern hochgezogen, solange es seine Bücher und ein Plastiktäschchen an die Brust drückt. Furlong beugt sich noch weiter vor und nickt mit dem Kopf, während das Mädchen ihm erzählt, was es weiß: daß der Sohn der Garlocks schlecht angeschrieben war bei gewissen Motorradfahrern von auswärts, die auf der Sandbahn in Oldwick Wettrennen fahren und an den Wochenenden nach Hammond hereinkommen, wo sie trinken, in Schlägereien geraten und mit ihren schweren Harley-Davidsons die Bergstrecken hinauf- und hinunterbrausen. Der Polizei sind diese Unruhestifter natürlich nicht unbekannt, Furlong hört mit grimmiger, lebhafter, interessierter Miene zu und nickt mit dem Kopf, während das Mädchen weiterredet. »Ich kannte ihn und seine Familie nicht, ich hab' das nur aufgeschnappt ... Er hat einen Steinbrocken nach einem Motorrad geworfen, es gab fast einen Unfall, und dann ist er weggerannt. Die kriegten aber raus, wer es getan hat; sie kamen wieder und machten sich auf die Suche nach ihm«, sagt das Mädchen. Furlong fragt, wann das passiert sei, und das Mädchen schüttelt den Kopf, weiß das nicht.

»Also, ich wäre Ihnen dankbar, wenn Sie niemandem erzählen würden, daß Sie das von mir erfahren haben«, sagt das Mädchen.

»In Ordnung«, sagt Furlong. »Wie heißen Sie, Miss?«

»Iris.«

»Und wie weiter?«

»Courtney.«

»Sind Sie womöglich mit Duke Courtney verwandt? Und mit Persia?«

»Das sind ... meine Eltern.«

Da lächelt Furlong breit. Das Lächeln erscheint so rasch, wie die Sonne durch Wolken bricht, man spürt genau die elementare Kraft, die dahintersteckt.

Davor schreckt das Mädchen zurück.

Furlong würde sehr gern noch weitere Fragen stellen, aber er läßt es sein, die Kleine sieht ja so verängstigt aus. Er ruft ihr nach: »Bestellen Sie Ihrem Vater und Ihrer Mutter schöne Grüße von Eddy Furlong, ja?« Sie nickt zur Bestätigung.

Er steht da, die Hände auf den Hüften, die rechte Hand am polierten Holzgriff seiner Pistole, und schaut zu, wie das Mädchen davoneilt, um seine Freunde einzuholen. Wenn das überhaupt seine Freunde sind. Das Mädchen gerät ins Stolpern, als es zur Straße hochklettert, vielleicht wurde ihm auch plötzlich schwindlig, es erholt sich aber im Nu und geht weiter. Und schaut sich nicht um.

Am späten Vormittag ist das Flußufer in der Nähe der Pitt Street menschenleer. Die Polizei hat am Strand einen zehn Meter breiten Streifen abgesperrt: ZUTRITT VERBOTEN – HAMMOND POLICE DEPARTMENT.

Am anderen Ufer halten sich vereinzelte Angler auf; die meisten von ihnen sind Neger, die an ihrem vertrauten Platz auf

Felsen, Stahlträgern oder Betonplatten sitzen. Doch so weit man vom unteren Ende der Pitt Street sehen kann, angelt am diesseitigen Ufer keiner.

Die Möwen mit den breiten Schwingen sind zurückgekehrt; sie ziehen in der böigen Luft ihre Kreise, picken im Abfall herum, stoßen ihre grellen Schreie aus, die wie Hornsignale klingen. Draußen in der Fahrrinne schiebt sich ein Lastkahn mit der verschmierten weißen Aufschrift UNION PACIFIC ORE langsam von Ost nach West. Aus dem Morgen wird Mittag, und der mit Wolkenfetzen bedeckte Himmel trübt sich allmählich ein, bekommt die Farbe von Schweineschmalz. Gegen die Pfähle und die bröckelnde Ufermauer und den zerwühlten Strand klatschen immerfort die Wellen – wie das Gewoge eines Traumes, den man nicht wahrnimmt, der im Unbewußten bleibt, der also niemals seine Geheimnisse preisgeben kann.

2

»Bitte! Helfen Sie mir! Ach bitte!«

Persia Courtney bemerkt die Frau, die sich an der Ecke East Avenue und Holland Street am Eingang eines Drugstores herumdrückt, erst dann, als diese ihr auf einmal blindlings in den Weg tritt und sie beinahe zusammenprallen. Und Persia ist es dann, die »Oh! Entschuldigung!« ruft und die in ihrer Verwirrung einen Moment lang einen bohrenden Schmerz verspürt.

Doch die Frau bemerkt davon kaum etwas. Sie hat die Finger fest um Persias Handgelenk gelegt. Ihre Hand ähnelt einer Hühnerklaue, zumindest fühlt sie sich so an; Persia schaut genau hin und erblickt eine Hand, die fast normal ist: zwar von einem dünnen Schmutzfilm überzogen, mit einer Anzahl verschorfter Wunden und Abschürfungen, aber auch mit einem abgewetzten goldenen Ehering an dem Finger, an den er hingehört, und mit grellem, purpurrotem Nagellack, der schon abbröckelt. Das Haar der Frau ist strähnig wie Besenginster, sie trägt ein verschmiertes baumwollenes Hauskleid. »Bitte, nicht böse sein, helfen Sie mir«, bettelt sie. Ihre leise, heisere Stimme klingt wie das Kratzen von Stahlwolle auf einer Pfanne, aber Persia hört den Akzent heraus: Hillbilly.

Es ist die Frau von Vernon Garlock. Der Vorname fällt Persia nicht gleich ein, doch dann erinnert sie sich: Vesta.

»Sie sind doch Vesta Garlock?«

»Einer von denen is' hinter mir her. Ich find' nich' heim.«

»Wie bitte?«

»'n Neega. Hinter mir her. Find' nich' heim.«

»Wer?«

»'n *Neega.*«

Das Wort dringt als verzweifelter Aufschrei ins Persias Ohr.

Nach allem, was Persia weiß, ist Vesta Garlock Mitte oder Ende dreißig, doch die arme Frau sieht zwanzig Jahre älter aus. Ihre Haut ist talgfarben, hat Blutergüsse und Flecken. Ein Vorderzahn fehlt, dort klafft eine gewaltige Lücke – die Nachbarn munkeln, den habe ihr jähzorniger Mann ausgeschlagen. Ihre Augen, diese Augen, wild wie die eines Pferdes, das in seiner Box wiehert und scharrt, so daß der Stallbursche schließlich eine Augenbinde holen muß. Ich traute mich nicht, in diese Augen zu schauen! wird Persia später sagen.

Die Frau fleht und jammert: »Sie sind so schön, Miss – Sie gehn voran. Bitte. Sie begleiten mich, ja? Dann bin ich denen wurscht. Dann haben sie's nicht mehr auf *mich* abgesehn.«

»Ich sehe hier keinen ›Neega‹, der Ihnen nachgeht«, sagt Persia, während sie sich auf der Straße umschaut. »Vielleicht bilden Sie sich das nur ein.«

»Ach bitte. Lassen Sie mich bloß nich' im Stich!«

»Ich sehe einige *Neger,* die nicht zu uns herschauen. Dort vorn sehe ich eine braunhäutige Dame, die ein Baby in einem Sportwagen spazierenfährt, und die schaut gewiß nicht zu uns her.« Persia spricht in einem scharfen, ungeduldigen Ton; sie zählt nicht zu den Leuten, die sich dummes Zeug gefallen lassen. Sie gehört auch nicht zu denen, die Mitgefühl empfinden für verrückte Typen wie Vernon Garlocks Frau; die Angehörigen sollten sie nicht frei herumlaufen lassen. Vielleicht haben sich diese übergeschnappten Typen alles selbst zuzuschreiben, denkt Persia, das Pech, das sie haben, sogar ihr Aussehen, die fleckige Haut und die Zahnlücken.

Sie möchte einfach weggehen, höflich aber entschlossen, doch in den feuchten, wilden Augen der Frau erscheint jetzt oberhalb der Iris ein weißer Rand, und sie klammert sich an den Arm von Persia. »Um Gottes willen – *überlassen Sie mich nich' den Neegan.*«

Es wäre komisch, wenn es nicht so traurig wäre: Eine gräßliche alte Hexe, die sich einbildet, ein Mann, der seine fünf Sinne beisammen hat, sei er nun von schwarzer, weißer oder sonst einer Hautfarbe, könnte sie begehren.

Persia sagt mit einem Seufzer: »Also gut! Wo wollen Sie hin? Ach ja, ich glaube, ich weiß, wo Sie wohnen – ein Stück weit drunten in der Gowanda Street, nach Loblaws Laden, ja?«

Mrs. Garlock bestätigt dies mit einem eifrigen Grunzen. Den Namen der Straße scheint sie nicht zu kennen; genau wie den Hunden jener Gegend sagt ihr ein untrüglicher Instinkt, wo es langgeht. Loblaws Lebensmittelladen ist jedoch ein Erkennungszeichen.

Dorthin machen sie sich also auf, und das bedeutet für Persia nur einen Umweg von drei Häuserblocks. Persia merkt, daß sie auf der Straße angestarrt werden; die Leute schauen Vesta Garlock an und dann *sie* – Persia Courtney mit ihrer herrlichen rotblonden Haarpracht (»stachelbeerfarben« nennt man den Farbton), ihrem schwarzen Seidenkleid mit großen weißen Tupfen, den schwarzen Lackschuhen mit Pfennigabsätzen; das ist die Aufmachung, die sie braucht in ihrer Position (das Wort »Job« verwendet Persia dafür nicht) als »Hostess« in Lambert's Tea Room. Persia Courtney, die Frau von Duke Courtney, und die Garlock, dieses Hillbillyweib, die ihr die Ohren volljammert wegen der »Neega«: daß sie sich wie Tiere aufführen, daß sie das »Satansmal« auf der Stirn tragen. Es sei erst ein paar Tage her, erzählt Mrs. Garlock, da habe ihr dieser große geile schwarze Kerl im Park, wo sie auf dem Gras eingeschlafen war, an den Zehen herumgefummelt. Und ein andermal, als sie droben in ihrem Schlafzimmer Dollys Windeln gewechselt und mal aufgeschaut habe, da habe sie im Spiegel ein böses schwarzes Gesicht gesehen, eine Teufelsfratze. Und dann die Art und Weise, wie sie einem ihre Gedanken übermittelten – so daß man genau wisse, was in ihnen vorgehe, was sie gern mit einem tun möchten.

»Drunten in meiner Heimat gibt's die so gut wie gar nich'«, sagt Mrs. Garlock erregt, »und wenn, dann bleiben sie für sich. Meilenweit kann man da gehn, ich schwör's Ihnen, durch die ganze Gegend, und man sieht nie 'n Neegagesicht. *Nicht ein einziges.*«

Persia sagt: »Ich bin ganz wild auf Billy Eckstine. Ich würde hunderte von Kilometern fahren, um *ihn* singen zu hören.«

Mrs. Garlock hört nicht zu. Sie geht neben Persia her wie ein ängstliches und doch eigensinniges Kind.

Persia rümpft die Nase und seufzt. Sie besitzt genügend Gutmütigkeit, um die Sache von der lustigen Seite zu betrachten. Dieser Vorfall liefert Stoff für eine Anekdote, die sie Duke und ihrem kleinen Mädchen am Abend erzählen kann: Ihr glaubt ja gar nicht, was ich erlebt habe auf dem Nachhauseweg! Daß ich zu spät komme, liegt an etwas, das ihr beiden nicht für möglich halten werdet!

Und Duke Courtney wird sie betrachten mit diesem Blick, mit diesem hingerissenen, stolzen Blick: Das schöne Mädchen, das ist meine Frau.

Sommer 1953. Persia hat Duke Courtney noch nicht gebeten, aus ihrer gemeinsamen Wohnung in der Holland Street auszuziehen (»Damit ich mal nachdenken kann und mich nicht bloß von Gefühlen leiten lasse wie ein unerfahrenes sechzehnjähriges Mädchen«). Sie hat gerade eine Stelle angetreten, in der sie jedoch nicht lange bleiben wird – in Lambert's Tea Room, diesem eleganten Etablissement mit dem schwarzen, wie ein Swimmingpool glitzernden Marmorfußboden und den Kronleuchtern aus irischem Kristall, die stets glimmen in dem kirchenartigen Interieur, mit der wunderschön gekleideten und stets überaus höflichen Damenkundschaft, die so lieb lächelt und Persia viele Komplimente macht und so magere Trinkgelder gibt.

In diesem Sommer ist Duke Courtney »im Verkauf tätig« (in der Haushaltsgeräteabteilung von Montgomery Ward, der besten Abteilung im ganzen Kaufhaus), und es geht ihm sehr gut, auch wenn seine Beschäftigung einen gewissen Abstieg darstellt nach seiner Zusammenarbeit mit Jacky Barrow, dem damaligen Bürgermeister von Hammond; bei ihm stand Duke Courtney auf der Gehaltsliste als Redenschreiber, als politischer und finanzieller Berater, er war sein Freund und Helfer, bis alles ein Ende nahm. (Je weniger man darüber spricht, desto besser. Immerhin ist Dukes Name, wie Persia feststellte, nur wenige Male in der Zeitung aufgetaucht, und das in langweiligen Artikeln voller dürrer Fakten.) Jetzt verschafft sich Duke ein zusätzliches Einkommen mit sogenannten Spekulationsgeschäften: mit klug plazierten Wetteinsätzen auf der Rennbahn, mit sorgfältig geplanten Pokerrunden. »Spekulationsgeschäfte« sind etwas ganz anderes als »Glücksspiele«; auf Glücksspiele lassen sich nur Dummköpfe ein.

Im Laufe der Jahre hat Duke Courtney eine komplizierte Glückstheorie entwickelt, der bestimmte Gesetzmäßigkeiten (Durchschnittswerte) sowie spezifische, konkrete Faktoren zugrunde liegen. So läßt sich zum Beispiel ein simples Trabrennen in Zahlenreihen verwandeln, die sich auf die bisherigen Leistungen des Pferdes beziehen, aber auch auf die Fertigkeiten des Jockeys, auf den Zustand der Bahn, das Wetter und verschiedene andere Faktoren, die einem ständigen Wandel unterworfen sind. Die allereinfachste Methode ist, stets auf den Favoriten zu setzen und den Einsatz von Rennen zu Rennen zu verdoppeln, ganz egal, ob man gerade gewonnen oder verloren hat; die Chance, eine stattliche Summe einstreichen zu können, ist beträchtlich. In Cleveland ist er eines Tages mit 40 Dollar in der Tasche angekommen und mit 6000 weggegangen; und als Persia zum erstenmal mit Duke ein Rennen besuchte, in Batavia Downs war das, hatte er 50 Dollar dabei und ging dann mit 8300 nach Hause. Wenn Gesetzmäßigkeiten und konkrete Faktoren übereinstimmen, sagt Duke, ist der Punkt erreicht, an dem die Willenskraft eingreifen und das Schicksal des Menschen bestimmen kann.

Persias gutaussehender, ehrgeiziger Mann überlegt sich auch, Mitbesitzer eines Amerikanischen Trabers zu werden, andererseits wäre es vielleicht besser für ihn, der Geschäftspartner eines guten Bekannten zu werden, welcher in Hammond einen Nachtclub betreibt – er und Persia könnten dort arbeiten, ja sogar auftreten, denn sie sind ein Traumpaar im Gesellschaftstanz, sie gleichen Vernon und Irene Castle, jenem legendären Team, welches vor Jahrzehnten, als es sich auf dem Höhepunkt seines Ruhmes befand, bis zu 30 000 Dollar die Woche verdiente. Duke mit seinem vornehmen Aussehen, Persia mit ihrem schönen Gesicht, dem von Natur aus welligen, rotblonden Haar und ihrem energiegeladenen Auftreten. »Die unvergleichlichen Courtneys« nennen sie sich. Warum auch nicht?

Die Courtneys leben ja in den Vereinigten Staaten von Amerika, und sie sind so talentiert, so begabt, so attraktiv, so eifrig bemüht, anderen zu gefallen – warum also nicht? Wie Fred Astaire ist Duke Courtney ganz der langbeinige, schlanke, elastische Typ, dem das Älterwerden keinerlei Probleme bereitet, und Persia geht es genauso, obwohl sie jetzt knapp über dreißig ist (ihr Geburtsdatum behält Persia für sich, doch Iris wird nach dem Tod ihrer Mutter feststellen, daß sie am 4. März 1922 zur Welt kam; an diesem Hochsommertag des Jahres 1953 ist sie also einunddreißig) – *warum also nicht?*

Persia sagt zögernd: »Ich glaube, wir sind da, oder?«

Der Schandfleck von einem Haus, das die Garlocks in der Gowanda Street bewohnen und das Persia an diesem Tag zum ersten und letzten Mal betritt, liegt in der Unterstadt (so die höfliche Umschreibung für das Armenviertel von Hammond), ein paar Schritte vom Versammlungsraum einer Baptistensekte entfernt, und gleich um die Ecke liegt die berüchtigte Kneipe POPPA D's. Das Haus grenzt direkt an den Bürgersteig, kein noch so schmaler Rasenstreifen, überall Kinderspielzeug und Müll, bis hin zum Rinnstein.

»Mrs. Garlock? Vesta? Was ist denn los mit Ihnen?«

Mrs. Garlock geht es jetzt nicht mehr um die »Neega«, sie brabbelt etwas anderes. Sie erweckt den Anschein, als fürchte sie sich vor ihrem eigenen Haus, doch das kann ja wohl nicht stimmen.

Persia hilft der wimmernden Frau die Stufen hinauf, schafft sie durch die Tür mit dem rostigen Fliegengitter; sie möchte sie besänftigen, doch ihr fällt nichts ein. Drinnen herrscht eine Armut, wie es sie schon seit Jahrtausenden gibt. Persia steht knöcheltief im Abfall, von Gestank umgeben: Es riecht nach etwas Süßlich-Schmierigem, nach Babykost, nach Erbrochenem von Babys, nach Exkrementen von Babys, der Geruch der Garlocks ist ins Holz, in die Tapeten, in die Grundmauern des Hauses eingedrungen. Persia ist entsetzt, sie wehrt sich dagegen, vor Mitleid zu zerfließen. »Hallo? Ist jemand zu Hause? Eure Mutter ist wieder da!« Ihre Stimme ist leiser als beabsichtigt.

Das vordere Zimmer hat man in eine Art Schlafraum verwandelt. Dort steht ein mit Bettzeug bezogenes Sofa, auf dem Fußboden liegt eine Matratze und ein schmutziges Kopfkissen ohne Überzug. Handtücher, schmutzige Unterwäsche, Kinderkleidung, Spielzeug, ein Laufställchen, in dem sich anscheinend weiterer Unrat angesammelt hat – doch nein: Persia kneift die Augen zusammen und stellt fest, daß sich dort tatsächlich ein Baby befindet. Es schlummert in diesem Durcheinander, liegt auf dem Rücken und streckt die Arme und Beine von sich wie ein Betrunkener. Ein etwa neun Monate altes Baby.

Aus jener stickigen Zimmerecke kommt ein beißender Urin- und Salmiakgestank.

Persia ruft: »Hallo, ist denn niemand zu Hause?«

Was Mrs. Garlock jetzt derart Angst einjagt, daß sie sich an ihr festklammert, versteht Persia nicht. Was diese Hillbillyfrau daherredet, ergibt keinen Sinn.

Zwei Kinder mit struppigem Haar, die den Gesichtern nach Garlocks sind, stecken die Köpfe durch einen dünnen Vorhang, der das Zimmer vom nächsten trennt; sie starren Persia schweigend an und weichen zurück. Ein stämmiger, etwa zwölf Jahre alter Junge erscheint, barfuß, in einem schmutzigen Overall, mit Hautabschürfungen und den kleinen, rotschimmernden Garlock-Augen. Er glotzt Persia an, als habe er so etwas noch nie erlebt oder noch nie jemanden wie sie zu Gesicht bekommen. Dann fragt er argwöhnisch: »Was machen Sie da mit Mama? Was haben Sie hier zu suchen? Das ist *unser* Haus.« Er schaut sie eine Weile mit einem durchdringenden, prüfenden Blick an, wie ein Erwachsener, und Persia sagt rasch: »Deiner Mutter geht es nicht besonders gut, sie hat mich gebeten, sie nach Hause zu begleiten. Vielleicht sollte jemand einen Arzt holen.« Der Junge faucht Mrs. Garlock an: »Mama, was machst du für 'nen Scheiß! Führst dich auf, als wärst du übergeschnappt!« Nach wenigen Sekunden geraten Mutter und Sohn aneinander; Mrs. Garlock, die ein Stück kleiner und fast zwanzig Pfund leichter ist als ihr Sohn, läßt die Arme kreisen, trifft ihn am Kopf und an den Schultern und flucht dabei wie ein Mann, bis der Junge sie wegstößt und dann die Haustür hinter sich zuschlägt. Mrs. Garlock sitzt zornig schluchzend und weinend auf dem Bretterboden: »Teufel, verfluchter Teufel ... Die wissen nicht, was für Teufel sie sind.«

Persia möchte so schnell wie möglich aus dem Haus der Garlocks weg, sie hört von oben das Dröhnen von Schritten, aber irgend etwas hält sie zurück. Rasch schaut sie sich alles noch einmal an, als wolle sie sich Einzelheiten einprägen, wertvolle Fakten, die sie mitnehmen kann, um Duke damit zu erheitern, falls er am Abend in der richtigen Stimmung ist. *Du glaubst es nicht! Oh, es war so schmutzig dort!*

Mit sanfter Stimme sagt sie: »Mrs. Garlock, wie fühlen Sie sich? Hat er Ihnen weh getan? Vielleicht sollte ich Ihnen ein bißchen behilflich sein, damit Sie sich beruhigen. Möchten Sie ein Aspirin?« Sie blickt hinunter auf den Kopf der Frau, auf das dünne, ausgefranste, farblose Haar und hofft dabei, daß sie keine Läuse zu Gesicht bekommt. Nach ihrem Umzug aus der Java Street (einer »guten Gegend«) in die Curry Street kam die arme Iris mehr als einmal mit Ungeziefer nach Hause, das war nichts zum Lachen. Persia bemerkt auch, was für unglaublich dünne, leichenblaße Waden Mrs. Garlock hat; struppiges braunes Haar bedeckt sie.

Mrs. Garlock reißt plötzlich die Augen auf und keift: »Schaun Sie sich nicht um! Das geht Sie nichts an! Sie sind zu jung! Sie sind zu hübsch! *Sie haben ja keine Ahnung!*«

Dann schließt sie die Augen. Sie schlingt die Arme um sich, fängt an, hin und her zu schaukeln und bleckt dabei ihre gräßlichen Zähne. Persia verliert völlig die Geduld: »Ach, Sie sind wirklich übergeschnappt.«

Vesta Garlock hört das gar nicht mehr.

Persia geht hinüber zu dem Laufställchen, um nach dem Baby zu sehen, es zu ignorieren brächte sie nicht übers Herz. »Armes süßes unschuldiges Ding in so einem Durcheinander«, murmelt sie, als sie sich über das Geländer beugt. Doch das Baby schläft ungerührt weiter, sabbernd, in einer übelriechenden Windel, das Gesicht ist ausdruckslos, sanft und rund wie ein Teller – und Gott sei Dank nicht kränklich.

Persia betrachtet das Baby der Garlocks einige Minuten lang, vielleicht zu lange. Wenn sich droben Vernon Garlock aufhält und er herunterkommt, oder wenn der tückisch dreinblickende Junge zurückkehrt, könnte es gefährlich werden; sie hat allerlei mitbekommen über die Garlocks und andere Hillbilly-Familien, wie die Männer mit den Frauen umgehen, manchmal sogar mit ihren eigenen Töchtern ... Doch das schlafende, ruhig daliegende Baby fasziniert sie.

Sie denkt daran, daß ihre kleine Iris so schnell heranwächst; sie möchte so gern wieder ein Baby haben – o Gott, wie gern hätte sie noch ein Kind. Das Glück, es in sich zu spüren, wie es langsam, dann rasch zum Leben erwacht. Und nach der Geburt die unzähligen Stunden der Liebkosungen, des Im-Arm-Wiegens, des Geflüsters; es zu baden mit Handbewegungen, von denen eine jede ganz ihm gilt; nachmittags, wenn Duke weg ist, zusammen ein Schläfchen zu halten; ein kleiner blauäugiger Liebling, der immer nur Persia anschaut, der seinen verwunderten Blick auf sie gerichtet hält, allein auf sie. *Liebst du mich, Schatz? Deine Mami liebt dich auch.*

Bloß: Wenn Persia Courtney noch ein Kind bekommt, dann wird sie es diesmal mit der Flasche aufziehen müssen, statt es zu stillen. Duke Courtney möchte nicht, daß es ihr ergeht wie manchen anderen Frauen, daß ihr herrlicher Busen schlaff wird und Äderchen bekommt, daß die Brustwarzen unschön werden – und Persia möchte das auch nicht. Und wenn sie das Baby stillen würde, so wie sie es bei Iris getan hat, könnte sie mit Duke nicht trinken gehen, dann könnten sie sich nicht gemeinsam vergnügen. Persia und Duke möchten aber ihren Spaß haben!

Persia kommt plötzlich auf die Idee, die Windel des armen Babys zu wechseln; sie fragt sich, ob sie genügend Zeit dazu hat, bevor einer der Garlocks hereinkommt und sie entdeckt – sofern sie in diesem ganzen Durcheinander eine saubere Windel finden kann.

3

»Starr nicht so hin, Iris. Du weißt doch, daß das ungezogen ist.«

Iris überlegt sich, ob das Blut von denen wohl genauso wie ihre Haut eine dunklere Farbe hat als das der »Kaukasier«, der »Weißen«. Sie hat die geheimnisvollen Worte »schwarzes Blut«, »Negerblut« gehört.

Tante Madelyn, wie sie den Kopf schüttelt und dabei murmelt: »Da kommt das schwarze Blut zum Vorschein!«

Und auf der Rennbahn ein mit Duke befreundeter Herr, der über einen anderen, welcher sich außer Hörweite befindet, die spitze Bemerkung macht, es würde ihn nicht überraschen, wenn der Bursche ein Neger wäre, der versuchte, »sich als Weißer auszugeben«. Und dann das schockierte Gelächter.

Persia, wie sie scheltend sagt: »Oh, wie können Sie nur so etwas sagen! Wie können Sie nur!«

»Schauen Sie mal seine Lippen an: wie groß die sind! Und sein Haar ...«

Iris schaut ihnen auf der Straße nach, starrt sie in der Straßenbahn an und im Bus, wo sie wie durch den Sog einer natürlichen Schwerkraft, die anderen unbekannt ist, ganz artig und still nach hinten gelangen; sie stellen sich, die Hand im Haltegurt, dort hin, wo der Bus schlechter gefedert ist, wo sich Abgase sammeln, anstatt einen der freien Plätze weiter vorn zu nehmen, wo die »Weißen« sitzen. Die Trennungslinie verläuft von Tag zu Tag, von einer Busfahrt zur nächsten anders, stellt die aufmerksame kleine Iris fest. Diese Grenze verläuft mal so und mal so, es kommt ganz auf die jeweilige Anzahl der »Weißen« und der »Schwarzen« an.

»Warum kommen die denn nicht zu uns?« flüstert Iris ihrer Mutter ins Ohr. Die beiden sitzen auf einer jener offenen, an der Seitenwand des Busses beginnenden Bänke; neben Persia gibt es für eine junge schwarze Mutter und ihr zweijähriges Kind noch genug Platz, doch die Frau, die sich an einem Haltegurt festhält, schaut über sie hinweg ins Leere. Und Persia gibt Iris einen Schubs, damit Ruhe herrscht: »Sei still.«

Dort, wo Hammond sich dem Fluß zuneigt, wo die Oberstadt zur Unterstadt wird und die Gebäude, ja selbst die Bäume immer schäbiger werden, tauchen jetzt immer mehr schwarze Gesichter auf, während die Zahl der weißen abnimmt. Persia seufzt und fährt mit der Hand durch ihr Haar: »Jaja, du siehst schon, daß wir bald zu Hause sind.«

Sie sind erneut umgezogen. Zuerst ging's von der Java Street in die Curry Street, nun von der Curry Street in die Holland Street. Der Umzug kommt jedesmal überraschend und geht »beschleunigt vonstatten« – so heißt das bei Duke, »beschleunigt« ist eines von seinen Lieblingswörtern.

Sie wohnen jetzt am Rand der Unterstadt (Niggerstadt darf man nicht sagen, dieses Wort hat Iris bis jetzt nur von Leuten gehört, die betrunken waren.)

Die Courtneys sind keine Kirchgänger, doch viele andere aus ihrer Gegend gehen zum Gottesdienst. Sonntagmorgens bietet die East Avenue ein erstaunliches Bild: Überall Neger, die zur Kirche strömen; Frauen in herrlichen Farben, ihre päonienfarbenen Hüte und Kleider sehen aus wie üppige Blüten mit dicken Knospen, Männer mit gestriegeltem, pomadisiertem Haar. (Und die Neger mit grauem oder silbernem Haar fallen Iris besonders ins Auge.) Die Knaben im Anzug, mit weißem Hemd und Krawatte. *Sind das die Jungen mit den schwarzblauen Augen, die Iris immer im Park sieht, genau die, vor denen sie sich in acht nehmen soll?* Und die hübschen kleinen Mädchen im Alter von Iris mit gestärkten Baumwollkleidern, zu Schleifen gebundenen Schärpen und Bändchen im Haar – wie Puppen. Sie kommen befangen daher in ihren eleganten Schuhen. Sie tragen weiße Söckchen.

Iris starrt unentwegt hin. Diese Haut wie Kakao, wie Milchschokolade, wie Zartbitterschokolade. Ein dunkelpurpurner Glanz so wie bei manchen Weintrauben. Und die Schuhe mit der dicken, schwarzen, öligen Schuhcreme eingeschmiert, die sie manchmal mit einem Tuch auf Daddys Ausgehschuhe tupfen darf und die sie dann einreibt, bis das Leder »glänzt wie ein Spiegel – kannst du dein Gesicht drauf sehen?«

Schräge Blicke funkeln sie aus ganz dunklen Augen an.

Seltsames wolliges Haargestrüpp.

»Nicht hinstarren, hab' ich gesagt«, flüstert Persia und gibt ihr einen Schubs.

»Warum ...«, fängt Iris an zu fragen, und Persia sagt: »Laß das sein, Schluß damit.«

Die Frage, die Iris stellen will, ist jedoch viel zu kompliziert für die wenigen Wörter, die sie zur Verfügung hat. Warum sind sie ... so wie sie sind? Anders als wir? Gleich, aber doch anders?

Iris wundert sich, warum sie nicht hinschauen darf, wenn die Negerkinder ohne Scheu zu ihr herschauen, wenn sie ihre blasse, blutleer erscheinende Haut betrachten, ihre blassen, grünlich-grauen Augen und ihr Haar, das weder von brauner, blonder noch sonst einer eindeutigen Farbe ist.

Persia sagt: »Die wissen nicht, wie man sich benimmt. Manche von denen. *Aber wir schon.*«

Iris ist beigebracht worden, daß »Neger« das passende Wort ist, mit der Betonung auf beiden Silben: »*Ne-ger.*« Wenn man es zu schnell oder ganz schlampig ausspricht, bekommt man Wörter, die unerwünscht sind: »Neega«, »Nigger«.

»Farbiger« ist manchmal auch in Ordnung; Tante Madelyn gibt diesem Wort den Vorzug. (Iris hat Madelyn Daiches sehr gern, doch sie ist nicht ihre richtige Tante, sondern eine Cousine zweiten Grades von Persia.) Tante Madelyn sagt, sie habe viele »farbige« Freundinnen, das seien ebenfalls nette Menschen, doch der Rasse insgesamt (»der Rasse als Ganzes«) könne man nicht trauen.

Und dann ist da noch Onkel Leslie (Duke Courtneys älterer, unverheirateter Bruder), der gekünstelt von »Bevölkerungsminderheiten« spricht, von »afro-amerikanischen Menschen« und bisweilen noch gekünstelter von »afrikanisch-amerikanischen Volksgruppen« – als könne er für das, was ihm vorschwebt, einfach nicht die richtigen Wörter finden.

Leslie Courtney sträubt sich sogar dagegen, »Ne-ger« zu sagen. »Farbiger« oder »Schwarzer« hört man nie von ihm. (Mit Entschiedenheit sagt Leslie: »Sie sind genausowenig *schwarz,* wie ich *weiß* bin.«) Als ihm an einem Sommerabend im Cassadaga Park seine Kamera, seine Brieftasche und seine Armbanduhr geraubt werden, hat Leslie die größte Mühe, der Polizei die Hautpigmentierung der Übeltäter zu beschreiben. Das liefert den Stoff für Familientratsch, vielmehr für eine von Dukes

Anekdoten: »Kennt ihr schon die Geschichte, wie mein Bruder von drei ›afro-amerikanischen‹ Bimbos überfallen wurde?«

»Bimbo« gehört zu den Wörtern, die Iris auf keinen Fall benutzen darf. Genausowenig wie »Nigger«, »Brikett« oder »Schoko«. Doch wenn Duke das Wort »Bimbo« verwendet, lachen alle; das überrascht Iris.

Leslie Courtney schlägt sich als Fotograf durch. Er lebt allein, seine Wohnung befindet sich hinter einem kleinen, höhlenartigen Ladengeschäft am schäbigen Ende der Main Street. Duke meint, für jeden Nassauer, der von sich oder von seinen Kindern ein Foto haben wolle und nichts dafür bezahlen könne, sei er goldrichtig. Leslie macht schon seit Jahren Fotos von Iris, manchmal auch von Iris und Persia, sofern diese einverstanden ist. Er hat eine Schwäche für Kinder; er besitzt Hunderte von Aufnahmen von Negerkindern, allein oder in Gruppen, denn er lebt in einer Negergegend (einer »durchmischten« Gegend, wie Tante Madelyn das etwas mißbilligend nennt), die kommerziell nichts abwirft; die Fotos stellt er manchmal in seinem Schaufenster aus, als wäre er stolz auf sie.

Oft genug ist zu Hause darüber diskutiert worden, ob der talentierte Leslie Courtney sich in Hammond als »Negerfotograf« einen Namen machen sollte (als Fotograf mit überwiegend schwarzer Kundschaft) oder ob, wie Duke meint, sein Ruf auf diese Weise unweigerlich Schaden leiden würde. Wann immer Leslie einen Besuch macht und lange genug dableibt, kommt Duke auf dieses Thema zu sprechen, das ihm auf den Nägeln brennt, weil er meint, daß es dabei auch um seinen eigenen Ruf gehe. Die Brüder »erörtern« das Thema, ohne daß sie so richtig in einen »Streit« geraten; dabei lassen sie sich Dukes Whiskey schmecken, denn die Brüder nehmen gern einen zur Brust, und selbst ein kleines Kind merkt, daß sie einander und auch sich selbst eher mögen, wenn sie etwas getrunken haben. Leslie behauptet, er mache Bilder von Menschen, und deren Rasse spiele dabei keine Rolle; ein Künstler müsse das Schöne in seiner Umgebung erkennen, und bei Kindern sei Schönheit ganz gewiß zu finden, bei Kindern jeder »Hautfarbe«. Jedenfalls laste auch auf ihm, einem sogenannten »Kaukasier«, ein Teil der unermeßlichen Schuld, welche die

»Kaukasier« auf sich geladen hätten durch die jahrhundertelange Ausbeutung der afro-amerikanischen Volksgruppen. »Die Sklaverei«, sagt Leslie, »ist der große Schandfleck unseres Landes.« Dabei starrt er blinzelnd vor sich hin, als erschiene dieser schreckliche, unabweisbare Schandfleck vor seinen Augen, und Duke (er ist einer, der manchmal *nicht anders kann,* auch wenn er sich damit selbst schadet) kann sich die schlaue Bemerkung nicht verkneifen: »Also weißt du, Les, die Sklaverei wurde nicht von den Kaukasiern erfunden, sondern von den *schwarzen Afrikanern.*«

Hinter den runden Brillengläsern mit der schmalen, glänzenden Goldfassung machen Leslies Augen einen Ruck. Er sagt mit bebender Stimme: »Ja, das stimmt. Aber eine Schandtat entschuldigt die andere nicht, sie wird dadurch nicht einmal abgemildert. Dem Bösen muß irgendwann Einhalt geboten werden.«

»Das ist doch geschehen, und das gilt nach wie vor«, sagt Duke besänftigend. »Das Gesetz über die Sklavenbefreiung wurde von Lincoln am Neujahrstag des Jahres 1863 unterzeichnet.«

Leslie erwidert: »De facto bleiben sie Sklaven.«

Duke sagt: »De facto haben sie sich selbst dazu gemacht.«

Dann kommt das Krachen von Eiswürfeln, die aus einer Schale herausgebrochen werden.

Ein andermal, als Leslie in verdrießlicher Stimmung nach Hause gegangen ist, will Persia von Duke wissen, warum sein Bruder denn bloß so empfindlich sei wegen der Neger; ob das etwas mit christlichen Grundsätzen zu tun habe? Duke seufzt dann angewidert und sagt: »Nein. Es ist schlimmer: Der arme Kerl identifiziert sich mit diesen Niggern.«

Doch was ist eigentlich »schwarzes Blut«?

Ganz Hammond redet über die Vormundschaftsangelegenheit, in der ein einheimischer Richter einer Frau ihre beiden (neun und vier Jahre alten) Kinder wegnahm, weil sie nach ihrer Scheidung von einem »weißen« Mann einen »Mulatten« geheiratet hatte und in eine »Farbigengegend« gezogen war. Der Richter ging in seinem Urteilsspruch von der Annahme aus, daß eine solche Ehe dem Wohl der Kinder abträglich sei. Tante Madelyn meint dazu: »Für eine Frau ist es sehr traurig, wenn sie ihre Kinder verliert, aber man muß den Dingen irgendwo eine Grenze setzen.«

Und Persia sagt: »Die müßten mich zuerst umbringen, bevor sie *meine* Kinder fortschaffen könnten.«

Iris betrachtet die verängstigt dreinblickenden Leute auf den Zeitungsfotos und fragt: »Was ist denn ein ›Mulatte‹?« (Sie spricht das Wort mit einem langen »u« aus, wie in dem Wort »Muli«, das sie kennt.) »Ist das einer? Der hier?«

Persia meint, sie brauche sich darüber keine Gedanken zu machen.

Duke sagt ihr, das sei ein Weißer mit Negerblut oder ein Neger mit weißem Blut – »eine Blutmischung«.

Iris fragt mit ernster Miene: »Wie passiert so etwas?«

Duke antwortet: »Schätzchen, wenn die Leute nicht vorsichtig sind, passiert alles mögliche!«

Iris Courtney erfährt, daß es ganz auf das Blut ankommt.

Blut, Blutlinien, Stammbaum, Reinrassigkeit.

Auf der Rennbahn in Batavia Downs erläutert Duke einer Frau (nicht Persia, denn die weiß längst Bescheid), daß die Kraft der Turnierpferde ausschließlich über die Blutlinien vererbt wird: »Wenn man wissen möchte, was ein Pferd leisten kann«, sagt er, »kommt es ganz auf die Blutlinien an. Die Natur begünstigt den Aristokraten! Diese herrlichen Geschöpfe stellen nichts anderes dar als die Verkörperung einer Idee.«

Mr. Jacky Barrow, der grauhaarige Bürgermeister von Hammond, welcher der Republikanischen Partei angehört und in der örtlichen Freimaurerloge (der Duke Courtney jetzt endlich beitreten darf) eine hohe »geheime« Stellung einnimmt, erläutert seine privaten Ansichten zur Rassenfrage einer Schar von Freunden, einer vergnügten, lärmenden, ausgelassenen Gruppe von Erwachsenen, das eine oder andere Kind (so die neunjährige Iris Courtney) steht mit großen Augen dabei, während sie auf seiner Jacht *Erin Maid* in östlicher Richtung den schäumenden Cassadaga River entlang zur New York State Fair fahren: »Bei allem, was wir tun, müssen wir darauf achten, daß dies ein

Land des weißen Mannes bleibt. Wir leben in schwierigen Zeiten, und das ist unser Vermächtnis. Es ist das geheiligte Fundament, das unsere Vorväter gelegt haben. Die Republik wurde von Weißen begründet, sie wurde von Weißen aufgebaut. Sehen Sie mal: Niemand will der farbigen Bevölkerung ihre Rechte nehmen, ich am allerwenigsten, aber es geht doch um eine erwiesene Tatsache, die auf der ganzen Welt gilt: Wo die Reinheit aufhört, beginnt die Bastardisierung.«

Das Knallen einer Champagnerflasche, die gerade entkorkt wird.

An diesem strahlend hellen Sonntagnachmittag auf dem Fluß sind Persia und Duke Courtney das auffallendste Paar im Zirkel des Bürgermeisters; sie führen ihren verträumten, stilisierten Foxtrott vor, während aus dem Radio »My Foolish Heart« dröhnt, und als alle applaudieren, ertönt noch ein flottes, verjazztes »Buttons and Bows«. Dann wagt Mr. Barrow, die Seglermütze auf dem Kopf, auf seinen kurzen, wackligen Beinen ein Tänzchen mit der großen, schönen Mrs. Courtney; er packt sie so fest mit seinen verschwitzten Fingern, daß ihr pfirsichfarbenes Chiffonkleid faltig wird. Iris starrt hin, als wolle sie sich alles einprägen, doch in der Mittagshitze schläft sie auf einmal ein, zwischen Kissen mit Gummibezug gezwängt, während Duke Courtney in weißen Leinenhosen mit seinen langen, elastischen Beinen auf dem Deck herumtollt. Und als sie wach wird, schmerzt ihre zarte Haut, als hätte sie im Schlaf eine Ohrfeige bekommen, doch die Stimmen gleichen sich, wie vor einigen Stunden hört sie kreischendes Gelächter und beschwingte Musik.

Ihre Mama und die Freunde ihres Papas, alle lassen sich's gutgehen.

Eine Party. Auf der *Erin Maid.*

Und am Abend in Albany, in dem Hotelzimmer mit dem Plüschteppich, das den Courtneys zur Verfügung steht (»Alles gratis!« sagt Duke voller Stolz), schafft Persia ihr erhitztes kleines Mädchen in die Badewanne und reibt ihm dann das sonnenverbrannte Gesicht und die Schultern mit angenehm kühler Hautcreme ein.

Persia hat ihr volles, rotgoldenes Haar rasch zu Löckchen geringelt, und auf ihrem schönen Gesicht liegt ebenfalls eine

Maske aus Cold Cream, mit der sie wie eine stolze Herrscherin aussieht. Sie sagt: »Mein Kleines, es gibt eben nichts Schöneres, als *sauber* zu sein. Äußerlich und innerlich *sauber.*« Sie spricht die Wörter ganz sorgfältig aus, damit auch nicht eine Silbe verlorengeht, und verschlingt dabei ihre schläfrig in der Wanne sitzende Kleine mit den Augen, als wolle sie sich am liebsten ausziehen und selbst in das sprudelnde, schäumende Badewasser schlüpfen, das so erfrischend ist wie Zitronensaft – Duke wartet jedoch schon ungeduldig auf sie, weil in Jacky Barrows Suite eine Party im Gange ist *(Wo zum Teufel sind denn die Courtneys?).* »Wenn ich nur die Zeit hätte, um immer so sauber zu sein wie mein kleiner Liebling«, flüstert Persia und beugt sich schwankend vor, um Iris auf ihr Stupsnäschen zu küssen. »Äußerlich und innerlich. *Immer.*«

Wie John Ritchie ums Leben kam, ist ein weiteres Thema, über das die Erwachsenen reden. Eine Zeitlang.

John Elmore Ritchie war achtunddreißig, als er im August 1952 im Gefängnis der Stadt Hammond starb. Er war ein Neger, hatte während des Zweiten Weltkriegs in der Armee gedient, war auf den Philippinen verwundet worden und zog seither das linke Bein nach; verheiratet, sechs Kinder, ein Enkelkind; er arbeitete bei der Müllabfuhr von Orleans County, ein schwarzer Mann mit starrem Gesichtsausdruck, der Angst hatte, er könnte jemand zur Gewaltanwendung provozieren oder zu nahe treten, wenn er mit lauter Stimme redete. Deshalb redete er, wenn er sich nicht in seiner Wohnung oder in seiner Kirche aufhielt (er sang im Männerchor einer Baptistensekte), so gut wie immer im Flüsterton, er machte auch keine abrupten, unbedachten Körperbewegungen und schaute niemandem ins Gesicht, den Schwarzen nicht und schon gar nicht den Weißen. Dieser John Ritchie befindet sich also an jenem Spätsommertag um sechs Uhr auf der East Avenue auf dem Nachhauseweg, als ein Streifenwagen neben ihm hält und zwei Polizisten herausspringen. »Stehenbleiben und Ausweis vorzeigen«, schreien sie auf ihn ein, mit erhobenen Schlagstöcken, als stimme etwas nicht, als herrsche schon eine gefährliche Situation.

Der arme, traurig dreinschauende Ritchie trägt eine Brille mit dicken Gläsern, und bei einem stämmigen, einsdreiundachtzig großen Neger, der auf der Stirn eine Narbe oder ein Muttermal hat, etwas, das aussieht wie der Abdruck eines Fossils im Felsgestein, ergibt das schon ein sehr merkwürdiges Bild. Das paßt fast zu der Beschreibung, die eine weiße Frau der Polizei vor einigen Stunden gegeben hat – von einem pechschwarzen Neger, der sie bedroht habe. Er habe ihr Auto angehalten, als sie von der Oldwick Road abbog, habe sie angeschrien und beschimpft und mit der Faust auf die Motorhaube ihres Wagens eingeschlagen, habe mit bloßen Fäusten die Windschutzscheibe zertrümmern wollen, ein »stockbesoffener« Nigger mit kohlrabenschwarzer, schmieriger, öliger Haut, mit Haarbüscheln, die aussehen wie »schmierige schwarze Seife«, ein »komplett Übergeschnappter« – und er trage eine dunkle Sonnenbrille. Das Unglück will es, daß John Elmore Ritchie diesem Neger ähnelt, zumindest auf den ersten Blick: seine Körpergröße, seine Brille und das »verdächtige Verhalten« erregen die Aufmerksamkeit der weißen Polizisten, als sie ihn erblicken, wie er, das Bein nachziehend, einfach die Straße entlanggeht, als wolle er ja nicht auffallen.

Sie halten ihn also an. Sie fragen ihn nach seinem Namen, nach seinem Ausweis, wo er hinwill, wo er herkommt, ob er betrunken ist oder Stoff geraucht hat. Und wo er sein Messer hat, ob er irgendwo am Körper eine Waffe versteckt hat.

John Ritchie hat überhaupt keine Waffe, weder eine versteckte noch sonst eine, hat nie eine gehabt, das ist nicht seine Art. So einen Scheiß reden die Bullen, wenn sie einen hochnehmen wollen.

Da ist John Ritchie so verängstigt oder so perplex, daß er keine Antwort herauskriegt. Als hätte man ihm schon jetzt eine über den Schädel gehauen, ihn betäubt wie einen Stier, der geschlachtet werden soll.

Die Ritchies sagten, als er damals zurückkehrte aus dem Pazifik, aus dem Armeehospital, sei er nicht mehr derselbe gewesen, er habe auch ganz anders ausgesehen. Und vor lauter Angst, daß er seinen Kinder weh tun könnte, habe er sie nicht berührt oder ihnen auch nur ins Gesicht geschaut, er habe überhaupt niemandem ins Gesicht geschaut, weil er befürchtete, daß ein böser Gedanke von einem Menschen zum anderen überspringen könnte. Und manchmal, wenn er schlief oder im Chor mitsang, habe er auf einmal angefangen mit den Händen zu zappeln wie ein Wesen aus der Tiefsee, so ein Ungetüm mit Klauen, das blitzschnell zupacken kann bei seinen tödlichen Attacken. Deshalb legte er die Hände vorsichtshalber an die Hosennaht, und als die weißen Polizisten ihn auf der Straße anschrien, stand er stocksteif da wie in Habachtstellung bei der Armee; er schien nicht recht zu verstehen, was sie da zu ihm sagten, und anfangs schien er nicht einmal so recht zu spüren, wie sie mit ihren Knüppeln an ihm herumfummelten, bis seine Brille weggerissen wurde und er mit gespreizten Beinen und erhobenen Händen sich an eine Wand lehnen mußte, wo sie dann wieder ihre Schlagstöcke benutzten. Denn aus ihrer Sicht mochte es den Anschein haben, dieser seltsame Nigger sei störrisch oder widerspenstig oder wolle der Polizei auf seine ganz besonders schlaue Art »Widerstand leisten«, denn in seiner schwarzen Visage war dieser verbissene Zug, dieser wie in Stein gemeißelte Gesichtsausdruck – von einer Angst, die so schrecklich gewesen war, daß sie eine andere, undeutlichere Form annahm, für die es keinen Namen gibt.

Jetzt blutet John Elmore Ritchie aus der Nase und aus dem Mund; einige Leute aus der Nachbarschaft sind stehengeblieben und schauen von der anderen Straßenseite zu. Dieser Abschnitt der East Avenue ist nicht gepflastert, hier geht die Unterstadt allmählich in die Niggerstadt über, und die Leute aus dieser Gegend wissen, daß man in solchen Situationen nicht zu nahe rangehen darf und den Mund halten muß. Die Bullen schlagen auf John Ritchie ein, stellen Fragen, auf die er keine Antwort geben kann oder will, er sagt kein Sterbenswörtchen, er brummt nur, wenn ihn ein Schlag trifft. Dann bedeckt er plötzlich das Gesicht mit den Händen, er dreht sich um, rennt mit gesenktem Kopf los wie ein wildgewordener Stier und schlägt einem der beiden Polizisten gegen den Brustkorb, so daß dieser ein ganzes Stück zurücktaumelt. Und dann ist der Teufel los.

Ein zweiter Streifenwagen trifft ein. Ein Einsatzfahrzeug kommt. Man hört Sirenen, Männer mit Sprechfunkgeräten,

Männer mit Pistolen sind zu sehen. Sie haben John Ritchie zu Boden gezwungen, in den Schmutz, doch er kämpft, er kämpft wie ein wütender Stier, also dreschen sie auf seinen Kopf ein und treten ihn, bis er Ruhe gibt; dann schleppen sie ihn zur Hintertür des Einsatzwagens. Dabei schreien die Polizisten mit gezogener, schußbereiter Pistole zu den schwarzen Zuschauern hinüber: »Wollt ihr was abkriegen? Wer von euch möchte was abkriegen?« Später behaupten sie, John Ritchie sei am frühen Morgen des folgenden Tages im Gefängnis der Stadt Hammond gestorben (er habe sich selbst an den Eisenstäben seiner Zelle eine Kopfverletzung zugefügt, dafür gebe es Zeugenaussagen von Polizeibeamten sowie von mehreren Mithäftlingen). Nach John Ritchies Begräbnis und an zwei darauffolgenden Abenden kommt es auf der East Avenue und der Pitt Street zu Ansammlungen von schwarzen Menschen, und in Hammond geht das Gerücht um, daß es Krawall geben werde: *Die Schwarzen machen einen Aufstand.* Eine Truppe aus Beamten der Stadtpolizei und berittenen Polizisten des Bundesstaates New York steht bereit, die Polizei sperrt Straßen ab, der Verkehr wird umgeleitet, und das ganze Wochenende herrscht ab 21.00 Uhr Ausgangssperre. Die Bullen achten besonders auf junge schwarze Männer als potentielle Unruhestifter; sie treiben sie auseinander, und andere auch. Es gibt keine Festnahmen. So kam es also dazu, daß John Ritchie sein Leben verlor und auf dem Friedhof Peach Tree beerdigt wurde.

Über diesen Vorfall reden sie, die Erwachsenen. Eine Zeitlang.

Die Peter-B.-Porter-Schule an der Chautauqua Street, auf welche Iris Courtney acht Wochen nach Quartalsbeginn überwechselte (die bedauerliche Folge eines Wochenendumzugs von der Curry Street in eine im vierten Stock gelegene Wohnung in der Holland Street), ist ein älterer, brauner Backsteinbau. Der Spielplatz, dessen Asphaltbelag an den Rändern abbröckelt, hat auf der Rückseite, wo sich die aschenartigen, nach Chemie stinkenden Abfallhaufen erheben, eine Abzäunung. *Dort dürft ihr nicht spielen. Ihr dürft nicht über den Zaun klettern und drüben spielen. Ihr dürft nur auf dem Spielplatz spielen.* In der großen

Pause strömen die kleineren Kinder schreiend und kreischend zu den Schaukeln, den rostigen Wippen und den tückischen Kletterstangen – sie sind der Hauptgrund dafür, daß es zu schlimmen Unfällen kommt. Es gibt weiße Kinder und Negerkinder, die meisten sind jedoch weiß. Die älteren Schüler, die Fünft- und Sechstkläßler, stehen bei gutem Wetter im Freien herum, essen ihren Lunch aus Papiertüten an den auf dem Asphalt aufgestellten Klapptischen, Weiße und Neger für sich. Und eines Tages taucht Iris Courtney auf, die neue Sechstkläßlerin, blaß, sommersprossig, schüchtern und wachsam, in dem netten roten Wollpullover, den Mama ihr gekauft hat als Wiedergutmachung für den Schmerz, als könne es je einen Ausgleich geben für diesen Schmerz, wegen des raschen, peinlichen Wohnungswechsels und der neuen Umgebung ganz ohne Freunde.

Papa hat gesagt, sie müsse lernen, mit unangenehmen Dingen fertigzuwerden. Jeder müsse das lernen. Und man könne nicht früh genug damit anfangen.

Iris lernt etwas dazu. Sie ist schüchtern, doch sie findet sich zurecht.

Ziemlich rasch schließt sie Freundschaft mit einigen zugänglichen Mädchen, dann mit weiteren, und sogar mit ein paar Jungen, die nicht so ehrgeizig, aggressiv und zotig sind wie die anderen; das sind natürlich keine Neger oder »Farbige«, wie man hier sagt. Die beiden Gruppen bleiben meist für sich, wenn sie ihren Lunch essen, wenn sie spielen, sich unterhalten, Witze reißen, in Streit geraten, sich verdreschen, auch wenn sie nach der Schule heimgehen, denn die farbigen Kinder wohnen in der Regel im Norden in dem am Fluß gelegenen Teil der Unterstadt, während die weißen Kinder anderswo zu Hause sind.

Natürlich gibt es auch Ausnahmen.

Iris Courtney lernt etwas dazu. Sie ist vielleicht zu wachsam und ein bißchen kaltherzig. Sie läßt schon mal eine Freundin fallen, weil sie eine neue gefunden hat. Nach der Schule ist sie gern zu einem großen Umweg bereit, wenn sie dabei die Mädchen, die in ihrer Klasse beliebt sind, begleiten kann; einem Instinkt folgend, umwirbt sie diese Mädchen, die sie anscheinend ganz gut leiden können: »Los, Iris, komm doch zu *uns*!«

Wenn es sein muß, hat sie die Ausrede parat, daß sie auf dem Heimweg in die Holland Street das Stück der East Avenue entlangspazieren möchte, in dem es Geschäfte gibt; dort kann sie die Schaufenster betrachten, sich ein Erfrischungsgetränk kaufen, im Drugstore die Magazine und Paperbacks durchblättern, bis ihr der Kopf brummt und die Buchstaben vor ihren Augen verschwimmen – wenn sie nämlich nach Hause kommt in ihr neues »Heim«, wird Persia nicht da sein, und Duke auch nicht.

Ihr Vater hat verschiedene Jobs ausgeübt: im Verkauf, im Management, in »Public Relations«. Er ist ein brillanter Verkäufer, er eignet sich hervorragend als Manager, und aus seiner Verbindung mit Barrow, dem damaligen Bürgermeister, hat er nach seinen Worten wertvolle Einblicke gewonnen, wie gewisse vertrauliche Dinge im Bereich des öffentlichen Dienstes ablaufen und geregelt werden. Doch mit seinem Herzen ist er woanders. Und mit seinem Kopf auch: Er ist seiner ganzen Art nach ein spekulativer Geist, kein Spieler, sondern einer, der Spekulationen anstellt, ein Denker, ein Philosoph, ein Analytiker. Er legt genügend auf die Seite, daß es für einen Geschäftsanteil reicht, für etwas Zukunftsträchtiges, wie er es nennt – doch es bringt Unglück, vorher über solche Dinge zu reden.

Pech haben, Glück haben. »Schicksal.«

Ein kluger Mann ist aber seines eigenen Glückes Schmied. So sagt Duke Courtney.

Persia verkauft Damenunterwäsche bei Freeman Brothers, dem größten und besten Kaufhaus in Hammond.

In Mrs. Rudigers sechster Klasse an der Peter-B.-Porter-Schule gibt es eine langjährige Tradition: Die Sitzordnung der Jungen und Mädchen, die sie unterrichtet, geht nicht nach dem Alphabet, sondern vielmehr nach einem komplizierten Klassifikationssystem, das von ihr selbst stammt. Wo ein Schüler im Klassenzimmer sitzt, kann sie jederzeit neu bestimmen, und zwar ohne eine Begründung. Gute Noten (doch nicht unbedingt Intelligenz); »staatsbürgerliche Tugenden«; Sauberkeit und anständige Manieren; Statur, Körpergröße, Geschlecht, Rasse – das sind die entscheidenden Faktoren in Mrs. Rudigers

Herrschaftsbereich, und der Sitzplan mit seinen leicht auswechselbaren Namensschildchen bringt dies zum Ausdruck. Das halbe Dutzend Negerjungen ist klug aufgeteilt, die Plätze befinden sich jedoch ausnahmslos ziemlich weit hinten; von den Negermädchen sitzen die nettesten, fügsamsten, gepflegtesten ziemlich weit vorn, manche in der dritten Reihe. Die übrigen Jungen und Mädchen sind alle weiß, aber auf sie ist nicht unbedingt Verlaß; sie sind so plaziert, daß die schwergewichtige, aufgeschwemmte Mrs. Rudiger (zwei Zentner wiegt sie bestimmt, und wenn sie sich mit ihrem Stock fortbewegt, sieht sie aus wie ein Elefant mit Schlagseite) von ihrem Pult, das sie selten verläßt, die angenehmen Gesichter ihrer Lieblinge wohlwollend betrachten und die anderen gut im Auge behalten kann, insbesondere die potientiellen Unruhestifter. Wie bei einem Fabrikarbeiter, der nach jahrzehntelanger eintöniger Plackerei völlig abgestumpft ist, machen sich in Mrs. Rudigers Sphäre individuelle Gesichter, Stimmen und Gemüter ganz selten und stets unerwartet bemerkbar.

Zum Beispiel Iris Courtney.

Dieses Kind ist für Mrs. Rudiger ein Rätsel, und Mrs. Rudiger mag keine Rätsel. Iris ist offensichtlich eine begabte Schülerin und in diesem kunterbunten Haufen ein Mädchen mit anständiger, vielleicht sogar guter Erziehung; sie erreicht bei fast allen Klassenarbeiten Spitzennoten, sie erledigt ihre Hausarbeiten und Zusatzaufgaben mit großer Sorgfalt, sie beantwortet die Fragen ihrer Lehrerin mit klarer Stimme, meldet sich jedoch selten und ist Mrs. Rudiger auch nicht aus freien Stücken behilflich, so wie es manche andere Mädchen auf diskrete Weise tun im dauernden Kampf um die Aufrechterhaltung der Disziplin, gegen das drohende Chaos. In diesen Klassenzimmern, in diesen Schulen prallen fortwährend Willenskräfte aufeinander wie unterschiedliche atmosphärische Frontensysteme bei meteorologischen Krisen, und nur durch die kooperative Einstellung der Mehrheit der Schüler läßt sich die Ordnung aufrechterhalten – eine gewisse Art von Ordnung, und sei sie noch so drastisch und kurios.

Wenn es darum geht, gehört Iris Courtney nicht zu den »guten« Schülerinnen.

Die argwöhnische Mrs. Rudiger begreift, daß das Mädchen nur so tut, als wäre es schüchtern und manierlich. Das ist eine Pose, eine List, ein Spiel, eine schlaue Vernebelungstaktik. Insgeheim steht Iris Courtney auf der Seite der Gesetzlosen. Sie kann ihr höfliches Klassenzimmerlächeln zerdehnen und – mit einem Seitenblick zu einem Nebensitzer, sei es ein Mädchen oder ein Junge, ein weißes oder ein schwarzes Kind – zur Andeutung eines Grinsens verziehen. Ihre nette, saubere Kleidung, ihr ordentliches Schuhwerk, ihr sauber gebürstetes hellbraunes Haar, ihre Haltung, ihr Benehmen, der ruhige, gefaßte, kühle Blick ihrer kieselfarbenen Augen – hinter all dem verbirgt sich ein eigenwilliger, aufrührerischer Geist, der in manchen Gesten unwillkürlich zum Ausdruck kommt: in einem Schulterzucken, in einem Augenrollen, in einem verächtlichen Blick, wenn Mrs. Rudiger spricht oder sich mühsam auf den knarrenden Bretterboden stellt, um etwas an die Tafel zu schreiben. Gerne würde sie die kleine Iris Courtney erwischen, wie sie flüstert oder zusammengefaltete Zettel weiterreicht oder hinter vorgehaltener Hand gähnt oder am Seitenrand ihres Lesebuches Männchen malt, doch das schlaue Mädchen läßt sich nicht ertappen.

Bei einer von Mrs. Rudigers Übungen in englischer Grammatik müssen Schüler zur Tafel kommen, Sätze anschreiben und diese schematisch darstellen; dann werden andere Schüler aufgerufen, die diese Sätze korrigieren sollen. Obwohl Iris Courtney ein Talent für Grammatik besitzt, hat Mrs. Rudiger bald genug davon, das Mädchen an die Tafel kommen zu lassen, wo sie sein Gesicht nicht immer sehen kann. Sie ist nämlich überzeugt davon, daß das Mädchen den Klassenkameraden komische Blicke zuwirft; darauf läßt das unterdrückte Gekicher schließen, das versteckte Lächeln, die heitere Atmosphäre, die sich im ganzen Zimmer ausbreitet – bis hin zu jenen kohlrabenschwarzen Flegeln, zu Hector, Rathbone, Rollins und »Muli«, die Mrs. Rudigers Erzfeinde sind und die sie, wenn sie die Macht dazu hätte, vom Erdboden verschwinden lassen würde.

Ach, wenn sie bloß die Macht dazu hätte!

Selbstverständlich ist sich Mrs. Rudiger, deren Sehkraft nachgelassen hat und deren Gehör nicht mehr das beste ist, nicht ganz sicher, ob Iris Courtney wirklich rebellisch ist. Vielleicht ist das arme, erschöpft aussehende Kind einfach nervös, befangen und reizbar? Vielleicht lacht die aus der Lethargie erwachte Schulklasse nicht mit ihr, sondern über sie? Es gibt ja immer wieder Tage, an denen Iris dem äußeren Anschein nach genauso gut ist wie Mrs. Rudigers Lieblinge, und deshalb darf sie vorrücken: in die Mitte der dritten Reihe. Rechts und links von ihr weiße Kinder.

Wie den anderen Lehrern an der Peter-B.-Porter-Schule, die alle »Kaukasier« sind, erscheint es auch Mrs. Rudiger richtig, Weiße und Farbige nach Möglichkeit getrennt zu halten. Ihre Vorurteile machen sich nur auf sehr subtile Weise bemerkbar. Wenn zum Beispiel der Schularzt einen seiner gefürchteten Überraschungsbesuche abstattet, schickt Mrs. Rudiger in erster Linie farbige Schüler in die Turnhalle; ihren besonderen Lieblingen erspart sie die Mühsal einer Untersuchung im Rahmen der staatlichen Gesundheitsfürsorge, weil sie annehmen darf, daß deren Eltern für Arztbesuche aufkommen können. Bei diesen Gelegenheiten wird Iris mit den anderen, den Farbigen und minderbemittelten Weißen, losgeschickt, die verängstigt und beschämt sind, und sie macht sich dann Sorgen, daß ihre Füße und ihre Unterwäsche nicht sauber sein könnten. Als sie ihre Kopfhaut genauso auf Läuse untersuchen lassen muß wie die schlampigsten Neger, von denen einige unweigerlich verlaust sind, ist sie schamrot. Ich hasse, ich hasse, ich hasse, denkt sie, ohne zu wissen, wem ihr Haß, von Mrs. Rudiger einmal abgesehen, eigentlich gilt.

Unter den Negermädchen erregt Lucille Weaver ihre heimliche Bewunderung. Die lustige, schlagfertige Lucille ist die natürliche Widersacherin von Mrs. Rudiger; sie hat ein drolliges, tiefschwarzes Mopsgesicht, ein spöttisches Lachen und dichtes schwarzes Haar, das zu Zöpfen geflochten ist, die so schwer sind wie Seile. Im Turnunterricht ist Lucille eine wahre Plage; die weißen Mädchen begreifen bald, daß man ihr ja nicht im Weg stehen darf. Iris würde sich mit ihr anfreunden, und sei es auch nur, um sie zu besänftigen – bloß wie?

Kurz vor den Weihnachtsferien knöpft sich Mrs. Rudiger Iris und Lucille vor, um sie bloßzustellen. Die Sache ist schlau eingefädelt, vielleicht geschieht es aber auch in aller Unschuld.

In einer ihrer Anwandlungen weist sie Iris einen Platz in der vierten Reihe zu, neben den dröhnenden, überhitzten Heizkörpern; Seite an Seite mit Lucille Weavers Pult. Als Mrs. Rudiger eine unangekündigte Rechenarbeit schreiben läßt, will es der Zufall, daß Iris und Lucille bei einer Aufgabe mit Brüchen, die ein Sechstkläßler kaum zu lösen vermag, zum selben Ergebnis kommen, nämlich zum richtigen. Das kann kein Zufall sein, und Mrs. Rudiger beschuldigt Lucille, sie habe bei Iris abgeschrieben. Die mit versteinertem Gesichtsausdruck dasitzende Lucille wird herausgerufen, um sich zu rechtfertigen. Sie steht stumm vor Entsetzen da, während die Klasse zuschaut und Iris Courtney sich auf ihrem Stuhl windet. Mrs. Rudiger sagt: »Lucille, kannst du mir mal erklären ...? Wie kommt es, daß ...?« Die Zeit schleicht dahin. Im Zimmer ist es still, nur die Heizkörper dröhnen. Lucille schüttelt den Kopf, sie sagt kein Wort; man sieht es ihr nicht an, ob sie schuldig ist oder mürrisch, bis ins Herz getroffen oder einfach verwirrt. Hat womöglich das Ergebnis des weißen Mädchens abgeschrieben, ohne zu wissen, was sie tat? Bei Rechenarbeiten erzielt sie in der Regel gerade noch ausreichende Ergebnisse.

»Lucille«, sagt Mrs. Rudiger, »hast du nun das Ergebnis abgeschrieben? Wenn du die Wahrheit sagst, ist alles in Ordnung.«

Sie betrachtet das schwarze, potthäßliche Mädchen ganz mitleidsvoll. In solchen Momenten gehört es zu Mrs. Rudigers pädagogischer Strategie, den Eindruck zu vermitteln, daß eine Autoritätsperson Milde walten lassen kann.

Lucille Weaver starrt ihre Füße an und murmelt etwas Unverständliches.

»Lucille, bitte nicht lügen«, sagt Mrs. Rudiger mit ruhiger Stimme. »Um alles in der Welt: *bitte nicht lügen.*«

Lucille steht wie gelähmt da. Niemand möchte sie anschauen, doch sie steht mitten im Blickfeld. Mrs. Rudiger fummelt an Lucilles Klassenarbeit herum, als wäre schon das Heft etwas Anstoßerregendes. Um ihre Fairneß unter Beweis zu stellen, sagt sie: »Wenn du darauf bestehst, nicht gemogelt zu haben, kannst du dein mathematisches Können ja ruhig mal vorführen. Hier an der Tafel? Gleich jetzt? Ich werde dir die Aufgabe vorlesen, und dann ...«

Lucille fängt plötzlich an zu weinen. Das ist kein Eingeständnis, betrogen zu haben, doch weil es etwas Größeres und Beschämenderes ist, scheint es dieses Geständnis zu enthalten. Die Schüler winden sich auf ihren Plätzen, alle leiden mit, alle sind erleichtert: Jetzt ist es vorbei, Lucille darf sich setzen. Mrs. Rudiger tadelt die Klasse viele Minuten lang, während Lucille zusammengekauert an ihrem Pult sitzt und weint. Keiner würdigt sie eines Blickes, schon gar nicht die guten farbigen Mädchen, die zu Mrs. Rudigers Lieblingen zählen; sie starren ihre weiße Lehrerin mit großen, entsetzten Augen an.

Nahe bei den klappernden, dampfenden Heizkörpern spürt Iris nichts als Kälte. Auch sie schaut Lucille nicht an. Wenn sie tapfer gewesen wäre, denkt sie, dann hätte sie gesagt, *sie* habe abgeschrieben ... Aber sie ist nicht tapfer, sie sitzt einfach da und zittert.

Und an jenem Nachmittag drücken Lucille und zwei ihrer Freundinnen Iris Courtney auf dem Nachhauseweg vom Bordstein, stoßen sie in einen Rinnstein voller Abwasser. Ihre Schuhe sind durchnäßt, ihre Knie und ihre Handflächen sind aufgescheuert und bluten. Die Mädchen schreien: »Weißes Miststück! Weißes Arschloch«, sie schlagen und treten nach ihr, und dann sind sie weg, laufen lachend die Straße entlang, und Iris rappelt sich auf, beißt sich auf die Lippe, um nicht zu weinen, um ihnen diesen Triumph nicht zu gönnen. »Dreckige Niggerschlampen! *Drecksäue!*«

Ihrer Mutter sagt sie kein Sterbenswörtchen.

Und als sie Lucille Weaver und ihre Freundinnen das nächste Mal sieht, überrascht sie diese mit ihrer wilden Attacke, mit ihrer spontanen Wut. Das magere weiße Mädchen hat kein bißchen Angst, es ist fuchsteufelswild, es hat Persias Jähzorn. Obwohl es bestimmt nicht das Richtige ist, den ganzen Spielplatz zu überqueren und dann eine Prügelei anzufangen, rennt Iris auf Lucille zu und schlägt mit ihren Schulbüchern auf sie ein. Die Mädchen kreischen los, sie raufen miteinander und versetzen einander Tritte. Und ein andermal wird Iris so verdroschen, daß sie auf den Hintern fällt und benommen und atemlos dasitzt, mit blutender Nase; doch sie sieht, daß die Nase des schwarzen Mädchens ebenfalls blutverschmiert ist.

Und dieses Blut ist ganz rot, es hat nichts Abstoßendes. Es ist genau wie ihr eigenes.

4

Amtlich aussehende Postsendungen (manchmal tragen sie den Vermerk EINSCHREIBEN MIT RÜCKSCHEIN) treffen wieder ein für »Cornelius Courtney, Jr.«. Sie werden ihm jedes Quartal an seine neueste Anschrift nachgeschickt. Rechnungen und Mahnungen gibt es auch, außerdem einen Brief der Finanzbehörde in Washington, D.C.

Duke zuckt zusammen, als er die Absenderadresse erblickt: vom Finanzamt!

Aber er packt den Brief und reißt ihn rasch mit dem Daumennagel auf; dann brummt er vor sich hin und geht schnell aus dem Zimmer, bevor Persia eintrifft.

Im Schlafzimmer von Persia und Duke steht auf der Kommode in einem Silberrahmen ein braun getöntes Foto des zwanzigjährigen Gefreiten Duke Courtney; es wurde von Dukes Bruder Leslie aufgenommen. Duke hat darauf ein Engelsgesicht, ein wirklich schönes Gesicht. Er ist noch ein Junge. Daß es dieses Foto von Iris Courtneys Vater gibt, *bevor er Iris Courtneys Vater war,* könnte ihr Angst einjagen, wenn sie darüber nachdächte.

Der Mensch – ein mit Blut und zuckenden Herzkammern versehenes Knochengerüst, das aufrecht einhergeht, wie ein Würstchen von Haut umgeben?

Wenn Persia ausgelassener Stimmung ist (ihre »Boogie-Woogie-Laune« nennt sie das manchmal), bedeckt sie das Glas, das jungenhafte Gesicht mit schmatzenden Küssen.

»Mein süßer Schatz«, sagt sie. »Mein zuckersüßer Schatz. Für mich warst du attraktiver als Errol Flynn.«

Etwas verlegen fährt Duke mit der Hand durch sein welliges, schütter werdendes Haar.

»Himmel nochmal! Das *war* er tatsächlich!«

Namen. Wie das bläuliche gewellte Glas im Oberlicht der Diele des Hauses in der Java Street, durch das man so schön hindurchsehen konnte, das aber da und dort Verdickungen und Schlieren hatte, die auf einmal das Blickfeld veränderten.

»Kannst du dir vorstellen, daß ich mein ganzes Leben lang als ›Cornelius Courtney‹ herumlaufe?«

Duke gerät da richtig in Wut, als wäre ihm diese Schmach erst jetzt zugefügt worden und nicht vor gut dreißig Jahren. Seine Augen werden hell wie Eis, und seine Nasenlöcher sehen aus wie schwarze, ins Gesicht gestanzte Löcher.

Iris lacht, wird aber schnell wieder ernst, als sie sieht, daß ihrem Vater nicht nach Spaß zumute ist.

Er erzählt ihr, er habe seinen Namen geändert, sobald er volljährig geworden und von zu Hause weggegangen sei. Er habe sich zur Armee gemeldet, habe am Krieg teilgenommen. »Gott sei Dank gab es den Krieg!« sagt Duke. Er sei zwar verwundet worden – gleich zwei Verwundetenabzeichen habe er, um das zu beweisen –, aber er blicke richtig wehmütig auf seine Jugendzeit zurück. Damals sei das Leben noch unbeschwerter gewesen.

»Hast du deinen Namen offiziell ändern lassen, bei einer Behörde?« fragt Iris.

»Ich habe ihn hier geändert«, antwortet Duke und schlägt die Faust ritterlich ans Herz.

Als Iris klein war, sagte man ihr, auf ihres Vaters Seite gebe es keinen Großvater und auch keine Großmutter. Duke Courtney und »seine Leute« haben unterschiedliche Vorstellungen vom Leben. Warum da dran rühren? Gibt man einem toten Pferd die Peitsche?

Ein abstoßendes Bild, und selbst ein Kind weiß, daß es auf so eine Frage keine Antwort gibt.

Von Persia erfährt Iris, daß *sie* nach etwas ganz Besonderem benannt worden ist: der Iris des Auges.

»Ich dachte, ich hätte einen Blumennamen«, sagt Iris enttäuscht.

»Eine Iris ist natürlich eine Blume«, sagt Persia lächelnd, »aber es gibt auch noch die andere. Das ist unser Geheimnis: ›Die Iris des Auges‹.«

»Des Auges?«

»›Die Regenbogenhaut.‹ Im Auge, im Augapfel, du Dummchen!«

Persia schnalzt mit den Fingern an Iris' Augen. Die Geste ist so unsanft und kommt so überraschend, daß sich Iris ihr ganzes Leben lang daran erinnern wird.

Als sie das erfahren hat, mag Iris ihren Namen nicht mehr besonders. Am besten gefällt ihr gerade der Name Rose-of-Sharon; so heißt eine hübsche braunhäutige Mitschülerin.

Persia heißt wirklich Persia. Ihre Mutter hat sie so benannt, es ist ihr amtlich beurkundeter Vorname, wie er auch schwarz auf weiß auf ihrer Geburtsurkunde steht.

Im Laufe der Jahre haben sich so viele Leute (insbesondere ihre Anbeter, erfährt Iris) über den ausgefallenen Vornamen gewundert, daß sich Persia als Erläuterung eine kleine Geschichte ausgedacht hat. Jedesmal, wenn Iris die Geschichte hört, verspürt sie eine absurde Beklommenheit, als könne die Sache ein schlimmes Ende nehmen, doch die Geschichte ist jedesmal genau die gleiche.

»Meine Eltern hatten einen ganz normalen, alltäglichen Namen für mich ausgesucht«, erzählt Persia mit kindhaft unbewußter Eitelkeit, »so etwas wie Margaret, Betty oder Barbara. Aber dann blätterte meine Mutter im Krankenhaus in einer Illustrierten herum und sah Bilder von diesem schönen Land – es liegt in Afrika, glaube ich, aber nicht in Schwarzafrika. Die Bewohner sind weiß oder zumindest hellhäutig. Auf diesen Fotos waren Berge zu sehen und ein smaragdgrünes Meer und ein seltsamer Tempel – eine ›Moschee‹ –, und meine Mutter sagte, sie müsse mich unbedingt ›Persia‹ nennen. Niemand konnte ihr das ausreden. Sie wollte ›Persia‹, und dabei blieb es.«

Ihre Mutter ist nicht da; den Blick auf ihr leicht verschwommenes Abbild in Persias Frisierspiegel gerichtet, befeuchtet Iris die Lippen mit ihrer rosigen Zungenspitze.

»Sie wollte ›Persia‹, und dabei blieb es.«

Eines Tages wird sie ihre eigene Geschichte erzählen können.

Nach dem Umzug in die Holland Street, in das senffarbene Backsteingebäude mit den Stuckverzierungen, wo Iris von dem mit Teerpappe ausgelegten Dach den Cassadaga River sehen kann, wie er sich in einer langen Schleife von Ost nach West hinzieht, starr wie ein Stück Tapete aus dieser Entfernung, gerät die Welt aus dem Gleichgewicht.

Wenn so etwas passiert, wartet man stets darauf, daß die Dinge wieder ins Lot kommen, daß »Ordnung« einkehrt. Bis das Warten selbst zur »Ordnung« wird.

Duke hat einen neuen Job als »Firmenrepräsentant«; dabei muß er mit dem Auto herumreisen, ohne feste Arbeitszeit. Es gibt mitternächtliche Telefonate; Persias schläfrige Stimme wird laut, dann zornig. Manchmal ist Duke Courtney, wie Iris erfährt, nämlich gar nicht verreist, sondern hält sich in Hammond auf. Er nimmt an ausgedehnten Poker- oder Euchrespielen teil und muß dann im Siegestaumel einfach zu Hause anrufen. Oder er ist ein niedergeschmetterter, stinkbesoffener, reumütiger Verlierer und ruft sein »Frauchen« an, damit Persia ihn in einem Taxi abholt.

Im Haus in der Java Street, in dem schön tapezierten, mehrfenstrigen Wohnzimmer, sah das Sofa, das die Courtneys auf einem ihrer extravaganten Einkaufsbummel ausgesucht hatten – mit vier enormen Prunkkissen und zwei riesigen Sitzpolstern, aus unpraktischem Panne-Samt in einem Lavendelton mit grünen Tupfern –, spektakulär aus wie ein Möbelstück in einem Hollywood-Musical; in der neuen, übervollen Wohnung mit einer niedrigen Zimmerdecke, wo es fast die ganze Breite der Stirnwand einnimmt, sieht es monströs und traurig aus. Morgens macht sich Iris darauf gefaßt, daß es wieder rasch als Bett hergerichtet worden ist.

Wenn Persia dort übernachtet hat, ist sie schon auf; war es Duke, dann schläft er immer noch und bleibt ewig liegen ... »Kolossaler Kater« nennt er diesen Dämmerzustand. Er schläft in Boxershorts und einem dünnen, gräulichen T-Shirt und schnappt, wenn er schnarcht, röchelnd nach Luft, als wäre er am Ertrinken. Wirres, silberglänzendes Haar auf einem improvisierten Kopfkissen ist alles, was Iris von seinem Kopf zu sehen bekommt. Er liegt bei jedem Wetter zusammengekrümmt unter einer Wolldecke, als wäre ihm kalt, und hat das Gesicht zur Wand gedreht.

Persia und Iris bereiten sich auf den Tag vor, machen sich fertig zum Weggehen und achten darauf, ihn nicht zu stören.

Am Morgen, bevor ihn die Erinnerung an seine Schandtaten überfällt und seine Wangen rötet, kann Duke abscheulich sein.

Iris flüstert: »Mami, was ist eigentlich los?« Persia zündet eine Zigarette an und sagt: »Wen juckt das schon?« Dabei schaut sie ihre Tochter aus ihren braunen Augen verwirrt an, als ob diese ein fremder Mensch wäre.

Wen juckt das schon?

Eine Art Verwirrspiel, ein bedrückendes Rätsel, das eine Zwölfjährige beinahe durchschaut.

Wenn Iris schließlich aus der Schule zurückkommt – sie hat Freundinnen, sie wird von Freundinnen nach Hause mitgenommen, manchmal lungert sie auf der Straße herum –, ist Duke verschwunden. Persia ist noch nicht da, und Duke ist weg. Das prunkvolle Sofa sieht aber immer noch aus wie ein Behelfsbett; die riesigen Kissen sind auf dem Fußboden aufgeschichtet, die Decke liegt unordentlich herum.

Und dann dieser Gestank, der unverwechselbare Geruch, wenn jemand seinen Rausch ausgeschlafen hat.

Jetzt ist Persia Kellnerin, jetzt bekommt sie anständige Trinkgelder; wenn sie spät von der Arbeit nach Hause kommt und merkt, daß Duke noch nicht da ist, macht sie manchmal kehrt und geht schleunigst wieder weg, klappert mit ihren hohen Absätzen die Treppe hinunter. Iris wird wach und ruft ihr nach: »Mami, bist du's?«, und aus dem Dunkel steigt Persias Stimme hoch: »Bin gleich wieder da, Schätzchen!« Persia weiß manchmal genau, wo ihr Mann zu finden ist: im Cassadaga House, im Rick Butterfield's, im Four Leaf Clover Club oder im Vincenzo's ... Doch in manchen Nächten kehrt sie erst um zwei oder drei Uhr morgens zurück, ohne ihn, wird aber bis zur Tür begleitet.

Da liegt Iris im Bett, aber sie schläft meist nicht; sie wartet, ob von der Treppe her ein Stolpern zu hören ist, ob Stimmen zu vernehmen sind. Sie fragt sich, wer wohl die Männer sind, die ihre Mutter nach Hause bringen. Und ob ihr Vater Bescheid weiß.

Sie hat große Angst, glaubt aber, daß sie die Sache mit kühlem Kopf betrachtet.

Sie zieht ihre Pfadfinderinnenuniform vorsichtig vom Drahtbügel, hebt sie aus dem vollgepfropften Kleiderschrank aus Hartfaserplatten, der am Fußende ihres Bettes steht, tappt barfuß ins andere Schlafzimmer, wo es einen bis zum Fußboden reichenden Spiegel gibt und dazuhin über Persias Frisierkommode einen herzförmigen. Sie steht da, hält das Kleid an ihren Körper, betrachtet ihr Spiegelbild, bewundert die Farbe des Stoffes, seine Struktur, seine Beschaffenheit, die verschiedenen gewirkten Abzeichen, welche sie erhalten hat, den mit glänzendem, grünlich-goldenem Zwirn eingestickten Namen *Iris* über ihrer linken Brust. Mehr als alles in der Welt wollte sie den Pfadfinderinnen angehören, der Gruppe an ihrer Schule, wollte zu dem Zirkel mit den beliebtesten Mädchen gehören; sie wollte diese Uniform tragen, diese herrliche Kleidung, *genauso selbstverständlich wie die anderen* ... »O bitte, bitte«, bettelte sie Persia an, »dann werde ich nie wieder etwas verlangen.«

Jetzt betrachtet sie sich mit Augen, die feucht sind vor Rührung. Sie legt das Kleid mit den langen, wunderschönen Ärmeln an ihren Körper, umschlingt es liebevoll.

5

Persia starrt den unrasierten Duke Courtney an, der keine Krawatte trägt, dessen bestes weißes Hemd schmutzig aussieht, dessen goldglänzende Manschettenknöpfe billig wirken. Er hält sich zu ungewohnter Stunde zu Hause auf.

Ein böiger, strahlend heller Novembertag. Sie wird sich an ihn erinnern.

Er hat ihr gerade mitgeteilt, daß sie Schulden haben. Er hat nicht nur bei der Kreditfirma Geld geliehen, die ihre viertürige 1953er Mercury-Limousine finanzierte, sondern auch bei einer weiteren ... hat von seinem Bruder Leslie Geld geliehen ... und von Freunden, von denen einige Persia völlig unbekannt sind. Duke hat nicht umhinkönnen, ein Geständnis abzulegen, da er ihr gemeinsames Auto, das er ja für seinen Job als Vertreter dringend braucht, peinlicherweise noch am Vormittag in der Zentrale der Kreditfirma abliefern muß. Wörter wie »Wiederinbesitznahme«, »Zahlungsunfähigkeit«, »im Rückgriff auf« dröhnen ihr wie wirre Liedfetzen im Kopf herum.

Großer Gott, Duke hat sogar von Madelyn Geld geliehen.

»Die arme Frau arbeitet doch in diesem schrecklichen Schönheitssalon, sie hat ja gar kein Geld!«

»Maddy wollte mit mir zusammen eine Wette abschließen beim Pferderennen«, sagt Duke ausweichend und fährt mit der Hand durch sein Haar. »Das Geld war eigentlich nicht geliehen. Es waren auch nur fünfundsiebzig Dollar.«

Er setzt ein reflexartiges Lächeln auf. Seine Nasenlöcher kommen Persia breiter und dunkler vor. In seinem attraktiven Gesicht mit dem hellen Teint und der dünnen Haut wird die schmale Nase mit der Zeit dicker und geädert.

»Genaugenommen haben wir die Wette gemeinsam verloren.« Er lächelt wieder. »Aber ich habe das geliehene Geld zurückgezahlt.«

»Du hast es zurückgezahlt? Tatsächlich?«

»Das habe ich doch gesagt.«

»Wie hoch sind deine Schulden? Alles in allem, meine ich.« Persia hat Angst, doch sie bemüht sich, mit ruhiger Stimme zu reden. Obwohl ihre Tochter in der Schule ist, hat sie das beunruhigende Gefühl, daß sich jemand in der Wohnung aufhält und ihnen zuhört.

»Was spielt das schon für eine Rolle, Persia, wieviel es ist? Eine gewisse Summe eben.«

Sie stehen in der Küche, halten Abstand voneinander. Persia trägt ihren rosafarbenen gesteppten Bademantel, ein luxuriöses Geschenk von Duke, mit dem er sie an einem weit zurückliegenden Valentinstag überraschte. Der wird an den Ärmeln allmählich speckig und franst am Saum aus. Persia ist barfuß und unter dem Bademantel fast nackt. Allmählich kommt es ihr vor, als schwankte der Linoleumboden unter ihren Füßen – wie das Teakholzdeck jener strahlend weißen Jacht mit dem Namen *Erin Maid*.

Die wurde inzwischen zusammen mit anderen Objekten von der Stadt Hammond beschlagnahmt.

Duke versucht es auf eine neue Art: »Wir haben die Schulden gemeinsam gemacht. Nicht bloß ich. In Wirklichkeit hast du das

abgelegensten Grundstücke der Unterstadt schlängelt, ein schmutziges Flüßchen ist – es führt Fabrikschlämme mit sich, auch Flaschen, Dosen, alte Reifen, ja sogar Knochen und Schlachtabfälle und gebrauchte Kondome und Abwasser aus der Kanalisation. Zum Baden eignet sich der Peech Tree Creek nicht gerade, doch er liegt gleich in der Nähe, und er fließt vor seiner Einmündung in den Cassadaga River rasch dahin, so daß sich kein Treibgut ansammelt; tief ist er auch, unter der Brücke bis zu dreieinhalb Meter, und dunkel, schön dunkel; die Strömung fühlt sich kühl und geschmeidig an, unter der Brücke tanzen und springen die Spiegelbilder wie Traumfetzen, die ins Tageslicht gelangten.

Hier ist es nicht wie am offenen Fluß, wo das Ufer aus Felsen und Betonbrocken besteht, oder wie im Freibad im Cassadaga Park, wo sich verspielte schwarze Jungen wie die Brüder Fairchild unter dem wachsamen Blick der weißen Bademeister und der weißen Rettungswache unerwünscht vorkommen.

Hier können sie die verrücktesten Sachen machen, wenn sie Lust dazu haben.

Die weißen Mädchen Iris Courtney und Nancy Dorsey sollten eigentlich nicht im Peach Tree Creek baden. Sie sind nicht die einzigen Mädchen, die an diesem Nachmittag hier schwimmen, aber allem Anschein nach die einzigen weißen, und sie wissen, daß das auffällt.

Doch wen juckt das schon? Kein Mensch wird das ihren Eltern erzählen.

Wasserüberströmt wie Seehunde schnellen die Fairchild-Brüder empor. Die Sonne schlägt Funken auf ihrer dunklen Haut. Zuerst steigt Sugar Baby heraus, dann Jinx. Sugar Baby ist immer der erste. Sie klatschen sich auf die Hüften, tanzen auf den Fußballen herum. Stoßen Freudenschreie aus, Gejodel und Gekreisch. Aus dem Wasser ruft ihnen jemand etwas zu, und Sugar Baby tut so, als wäre er erbost, legt die Hände an den Mund und schreit zurück: »Du Wichser, du! Wirst dir gleich die Birne zerdeppern, du!«

Zwillinge sind die Fairchild-Brüder nicht, aber man kann sie leicht verwechseln, wenn sie, wie jetzt, beisammenstehen und aussehen wie zwei Jungen, die sich wohlgefällig im Spiegel betrachten. Sugar Baby ist siebzehn und ein paar Zentimeter größer als Jinx, der barfuß gut einen Meter achtzig groß ist, auch fast fünf Kilo schwerer und sehr erwachsen ... *sehr* erwachsen in seiner enganliegenden Badehose, die sich wie schwarzes Gummigewebe um seine Genitalien und seinen Hintern spannt. Sein wuscheliges Haar federt, beim Grinsen bleckt er die gewölbten Zähne. Die Mädchen starren ihn an und vergessen ganz, daß sie errötend wegschauen sollten.

Sugar Baby legt wieder die Hand an den Mund und ruft den weißen Mädchen, die er vom Sehen kennt, zu: »Na, ihr Puppen, macht doch mal Winkewinke! So'n bißchen Winkewinke, na los, auf geht's!«

Die Mädchen haben keine Ahnung, wovon er redet; er spricht mit einem so starken Negerakzent, daß sie kaum ein Wort verstehen.

Nancy Dorsey senkt den Kopf, als hätte sie Angst, geradewegs zu Sugar Baby hochzuschauen, so daß sich ihre Blicke treffen. Das ist schon mehr als einmal passiert... es ist bei ihnen schon häufig vorgekommen. Sie murmelt Iris Courtney warnend zu, sie solle die Brüder einfach ignorieren, die jetzt droben am Brückengeländer lehnen. Das Wasser wirft glitzernde Reflexe auf ihr Gesicht, die seine Konturen auflösen.

Iris Courtney lacht, findet den Gedanken albern. Die beiden ignorieren?

Sie schwimmt im seichten Wasser umher, gelangt immer wieder in den schützenden Schatten der Brücke, blickt hoch und sieht, wie Sugar Baby und Jinx herunterschauen. Beide lächeln, blecken die gewölbten Zähne.

Sugar Baby schirmt die Augen ab, spöttelt frech: »Willste also nich' Winkewinke machen, was? Weißt gar nich' mal, wie das geht, was?«

Iris ist erleichtert, als die Brüder an den verrosteten Trägern emporklettern und wieder mit ihren Sprüngen anfangen und mit dem Schwimmen.

Im Schatten der Brücke kneift Nancy Dorsey die Augen zusammen, drückt die Faust an das pralle Oberteil ihres Badeanzugs und sagt zu Iris: »O Gott, mein Herz klopft wie verrückt.«

Iris erwidert nichts.

Der Peach Tree Creek gleicht an dieser Stelle einer Höhlenlandschaft; an der mit Spinnweben verhangenen Unterseite der Brücke hallen Geräusche wider, am jenseitigen Ufer wuchern Schlingpflanzen. Das Wasser hat jedoch einen brackigen Geruch, den die Mädchen nicht in ihr Haar kriegen wollen; sie schwimmen mit hoch erhobenem Kopf, ein bißchen steif und unsicher. Iris Courtney hat einen buschigen Pferdeschwanz, Nancys Haar fällt locker auf die Schultern. Die beiden Mädchen haben wenig gemeinsam, abgesehen davon, daß ihre Mütter berufstätig sind, daß sie keine Geschwister haben (zumindest keine, die mit ihnen zusammenwohnen: Nancys erwachsener Bruder ist längst fortgezogen) und daß ihre Väter selten daheim sind.

Sugar Baby stellt sich hoch droben auf einen Träger, breitet die langen, dürren Arme aus, läßt die Hände lose herumbaumeln, als wären die Knöchel gebrochen, und gibt seine Little-Richard-Parodie zum besten: Mit einer Fistelstimme kreischt er *»Tutti Frutti, Tutti Frutti Tutti Frutti«*, stapft dabei ins Leere und läßt sich wie ein Stein ins Flüßchen plumpsen.

Gleich darauf springt Jinx einen perfekten gestreckten Salto, bei dem kaum ein Spritzer Wasser aufsteigt.

Nancy Dorsey flüstert Iris ganz aufgeregt etwas ins Ohr, und diese reagiert darauf mit einem hellen, erschrockenen Lachen.

Die beiden weißen Mädchen räkeln sich träge in der Sonne, auf einer ausgebleichten Felsplatte, die einer Handfläche ähnelt. Sie kennen diese Stelle gut, sie haben sich hier schon öfter aufgehalten.

Es ist ein Tag zum Faulenzen, an dem die Zeit stillsteht. Nach Hause zieht sie nichts.

Einige Negermädchen schwimmen auch herum mit den Fairchild-Brüdern, andere Negerjungen schauen von Zeit zu Zeit herüber, dann sind da noch ein paar weiße Jungen und kleine Kinder, die in Ufernähe planschen. Nichts zieht die beiden nach Hause. Iris sagt auf einmal zu Nancy: »Meine Mutter hat meinem Vater kürzlich vorgehalten, er sei kaltherzig: Er habe kein Herz, sondern einen Eisklotz im Leib. Jetzt mach ich mir Gedanken, daß es bei mir genauso sein könnte.«

Nancy hat den Blick auf die Brücke gerichtet und sagt obenhin: »Da würd' ich mir keine Gedanken machen. So'n Blödsinn.«

Iris Courtney trägt einen einteiligen Jersey-Badeanzug, der die Farbe von getrocknetem Blut hat. Nancy Dorsey hat einen zweiteiligen Badeanzug an mit einem straffsitzenden gerippten Oberteil; auf einem goldfarbenen dschungelartigen Hintergrund flattern hellgrüne Papageien. Nancy ist körperlich reifer, ihre Brüste, Hüften und Oberschenkel sind gut entwickelt, und sie hat Grübchen in den Wangen, wenn sie lächelt. Iris hat lange Beine und Arme, schmale, knabenhafte Hüften und kleine, harte Brüste. Wenn sie mit besorgtem Blick an sich herunterschaut, sieht sie Fleisch, das so weiß und verletzlich ist wie etwas, das aus einer Muschel gezerrt wurde.

Als Duke von Persia beschuldigt wurde, er sei kaltherzig, staunte er ungläubig und geriet in Wut. Der Blick in seinem geröteten, wie geohrfeigt aussehenden Gesicht war eisig. Iris denkt jetzt, daß das vermutlich ein Zeichen von Kaltherzigkeit ist.

Doch wie kann man sich ändern, wenn man nichts Genaues weiß?

Sie schaut Jinx Fairchild zu, wie er an einem steilen Träger so mühelos zur höchsten Stelle der Brücke emporklettert, als hätte er dies sein ganzes Leben lang getan. Ihre Zehen zucken und krümmen sich vor Mitgefühl. Es ist, als wäre Iris Courtney auch dort droben ... Sugar Baby geht Nancy auf die Nerven: Ein *Mundwerk* habe der Kerl, er solle sich lieber in acht nehmen. »Für einen farbigen Jungen kann's brenzlig werden, wenn er zu 'nem weißen Mädchen die falschen Sachen sagt. Ganz schön brenzlig.«

Jinx Fairchild stellt sich vorsichtig auf den obersten Brückenträger und streckt seine langen, schlaksigen Beine. Iris hat ihn im Park des Viertels und in der Schule Basketball spielen sehen: lange Beine und Arme, ein starres, neckisches Grinsen. Jinx ist dunkelhäutiger als Sugar Baby, so als hätte ihn die Sonne durchgeröstet. Sein wolliges Haar ist kurz geschoren, auf seinem Brustkorb kann man sehen, wie es in ihm wogt und zuckt. Schalkhafte, weiß umrandete Glotzaugen in einem tiefschwarzen Gesicht.

Iris weiß, daß Jinx in Wirklichkeit Verlyn heißt: Verlyn Rayburn Fairchild. Sie hat seinen Namen in der Schule auf Aushängen gesehen; Jinx hat gerade in der neunten Klasse seine Abschlußprüfung bestanden, er ist ihr zwei Jahre voraus. Sie weiß auch, wo er wohnt: in einem kleinen Holzhaus mit einer Veranda und einem seitlichen Gärtchen in einer »guten« Gegend der schwarzen Unterstadt, dort, wo die East Avenue aus der weißen Unterstadt kommt, kaum einen halben Kilometer von ihrer eigenen Behausung – gar nicht weit weg, man braucht nur über einige verwilderte Grundstücke, das Gelände der alten Konservenfabrik und einen Entwässerungsgraben zu gehen. Jenseits des kurzen Häuserblocks, in dem die Fairchilds wohnen, ist die East Avenue ungepflastert, und die Gegend ändert sich schlagartig: armselige Hütten aus Dachpappe, Hinterhöfe voller Abfall, kleine Kinder, die bis hinaus auf die Straße wuseln, streunende Hunde, es riecht nach Fäulnis und nach schwelendem Müll. In dieser Gegend gibt es keine Unterschiede mehr zwischen den einzelnen Menschen. Aber dort wohnen die Fairchilds nicht.

Sugar Baby heißt in Wirklichkeit Woodrow: Woodrow William Fairchild junior. In der vergangenen Saison war er an der Oberschule ein Basketballstar, der beste farbige Spieler des Teams. Im nächsten Schuljahr kehrt er aber nicht zurück, er sagt, er habe etwas Besseres vor. Ein Abschlußdiplom und berufliche Bildung für Niggerboys, so'n Käse, was soll denn das, wenn man sowieso in die Holzverarbeitung geht oder auf den Bau, wenn man in einem Hotel arbeitet oder bei der Eisenbahn? sagt Sugar Baby in einem Ton, bei dem man nicht weiß, ob Verletztheit, Wut oder Ausgelassenheit mitschwingt. Er habe jedenfalls etwas Besseres vor.

Ganz egal, sagt Sugar Baby, der wahre Knüller ist Jinx. Paßt nur mal auf, was aus dem noch wird!

Iris schaut Jinx Fairchild zu, wie er ohne ein Zögern von der Peach-Tree-Brücke einen Kopfsprung rückwärts ausführt, obwohl ihn seine Freunde abzulenken versuchen. Das geschieht in einer einzigen erstaunlichen, fließenden Bewegung; die Arme und die Beine tadellos gestreckt, durchschneidet er das dunkle Wasser so schnell, so glatt und so scharf wie ein Messer.

7

20. August 1955: Leslie Courtneys vierzigster Geburtstag.

Der soll nicht, wie schon so oft, in der Wohnung in der Holland Street gefeiert werden, weil die Lage dort noch instabil ist.

»Instabil.«

Dieses neutrale, mit Bedacht gewählte Wort erweckt in Leslie Courtney die Vorstellung von einem kleinen Boot, das in die stürmische See gerät.

Leslie ruft seine Schwägerin Persia zwei- bis dreimal wöchentlich an, um zu erfahren, wie die Dinge liegen. Wenn Duke zu Hause ist, spricht er mit ihm. Duke ist jedoch selten zu Hause.

Es ist einer jener Sommertage, an denen der Himmel voller pflaumenfarbener, wie Blutergüsse aussehender Regenwolken hängt. Gewitterblitze lodern leise über dem Fluß.

Wie konnten sie nur beide an einem solchen Nachmittag den Schirm vergessen?

Persia denkt gar nicht dran, bis ihr, als sie aus dem Bus steigt, ein schweflig riechender Wind ins Gesicht schlägt. »Verflixt nochmal«, sagt sie. Und dann: »Weißt du, ich kann mich eben wirklich nicht um jede Kleinigkeit kümmern.«

Sie und Iris haben die zwei Geburtstagsgeschenke für Leslie bei sich sowie die Torte, und das ist wohl der Grund dafür, daß sie den Schirm vergessen haben.

Iris hat festgestellt, daß ganz unschuldige Bemerkungen – kaum eine der Bemerkungen, die Iris ihrer Mutter gegenüber macht, ist allerdings unschuldig – einen Streit auslösen können. Deshalb weist sie vorsichtig darauf hin, daß sie ja von Onkel Leslie einen Schirm ausleihen können, falls es beim Nachhausegehen regnet.

Persia sagt mit ihrem hilflos klingenden Lachen, dem neuen Lachen, hinter dem Verletztheit, Wut und Verwirrung stehen: »Es geht ums Prinzip. Um die Vergeßlichkeit. Das ist wie bei einem alten Pullover, wenn die Maschen aufgehen.«

Sie hat auf der Straße eine Zigarette im Mund hängen, ihr lockiges Haar flattert, die Lippen sind grellrot. Iris erinnert sich, daß Persia sie vor ein paar Jahren mit einem Schubs auf eine Frau aufmerksam machte, die auf der Straße rauchte: *billig*. Eine Frau könne noch so gut aussehen, sagte ihre Mutter warnend, das sei *billig*.

»Hoffentlich ist die Torte was geworden«, sagt Iris.

»Jeder Idiot kann mit fertigen Zutaten eine Torte backen«, erwidert Persia. »Dazu sind diese Fertigmischungen ja da.«

Das FOTOSTUDIO COURTNEY (»Erstklassige Porträtaufnahmen«) befindet sich in der North Main Street 591. Es ist ein kleiner Laden mit einem einzigen Schaufenster; auf der einen Seite grenzt er an ein Schuhgeschäft, dessen Besitzer und Angestellte zwar Weiße sind, in dem aber hauptsächlich Neger einkaufen, auf der anderen Seite an ein Fischgeschäft, aus dem bei jedem Wetter ein starker Salzgeruch dringt. Wenn Iris an das Fotostudio ihres Onkels denkt, dann fallen ihr die todgeweihten Hummer ein, jene schwarzen, spinnenartigen Tiere mit gewaltigen Klauen, die im Schaufenster daneben in dem blubbernden Aquarium umherkriechen.

Beim Blick in Leslies Schaufenster verstummen Mutter und Tochter einen Augenblick lang, als sie unter vielen anderen Bildern ihre eigenen Konterfeis sehen. Das Glas ist voller Fliegendreck, viele der älteren Aufnahmen sind ausgebleicht. Was für ein Durcheinander! Wie auf einem ganz gewöhnlichen Friedhof: Fotografien unbekannter Männer, Frauen und Kinder ... schwarze Gesichter neben weißen ... Bilder mit der Landschaft von Hammond ... das Flußufer ... »künstlerische« Studien, deren Sinn erst nach eingehender Betrachtung erkennbar wird. Anscheinend nimmt Leslie nie etwas aus seinem Schaufenster heraus, sondern fügt immer nur Neues hinzu – genau wie im Inneren seines Ladens, wo die Wände vollgehängt sind mit gerahmten Fotografien. »Da sind wir«, murmelt Iris Persia zu, von einem unbestimmten Gefühl übermannt, das bitter ist wie Tränen, »und da, und dort auch.«

»Ach, verschon mich damit!« sagt Persia. Doch sie schaut hin.

So weit Iris' Erinnerung reicht, haben ihre Eltern über Onkel Leslie immer laut gespöttelt, geklagt und sich Sorgen gemacht: daß es ihm an »normalem« Ehrgeiz fehle ... daß sein Lädchen »heruntergekommen« sei ... wie er denn bloß seinen Lebensunterhalt bestreiten könne. Und er sei doch hoch begabt, ein wahres Original, behauptet Duke überschwenglich: »Mir ist er in jeder Beziehung überlegen.« So weit Iris' Erinnerung reicht, hat Persia von ihnen in Leslies Studio Doppelporträts machen lassen – Leslie nennt sie »Persia-und-Iris-Fotos« –, obwohl ihr die Sitzungen immer mehr auf die Nerven gehen. Ihrer Eitelkeit wurde schon längst Genüge getan.

Persia geht es auch gegen den Strich, daß Leslie mit den fertigen Bildern nichts anfängt, obwohl sie so schön sind, daß er bloß Abzüge herstellt für die Courtneys und für die Studiowand, wo sie mitten unter den Konterfeis wildfremder Leute hängen.

»Warum nimmt er die alten Fotos denn nicht heraus?« sagt Persia beleidigt. »Die sind doch wirklich uralt.«

Iris reibt sich die Augen. »Wenn ich tatsächlich dieses Baby bin, Mama, dann möchte ich, daß ich mich daran erinnern kann. Ich weiß davon überhaupt nichts mehr!«

»Ich erinnere mich schon«, sagt Persia.

Mutter und Tochter starren durch das schmutzige Schaufensterglas und sehen, wie ihnen Mutter und Tochter gelassen entgegenschauen; jedes der Doppelporträts ist in seiner eigenen, unversehrten Zeit angesiedelt, die Vergängliches überdauert.

Und Persia sagt noch einmal, jetzt mit einem Seufzer: »Ich erinnere mich schon.«

Auf dem Weg in den Laden sagt Persia warnend zu Iris: »Laß dir um Himmels willen nicht anmerken, daß wir eigentlich gar nicht herkommen wollten. Du weißt doch, wie Leslie ist.«

»Wieso denn?« fragt Iris überrascht und ziemlich gekränkt. »*Ich* komme doch gern hierher. Für mich gibt es nichts, was ich lieber täte.«

Persia sagt leise: »Für mich schon.«

»Mein Gott, was ist denn das ...? Persia, Iris ... das wäre doch nicht nötig gewesen.«

Das rote Glanzpapier knistert elektrisch, als Leslie die Geschenke etwas unbeholfen auspackt; er gibt acht, daß die Hülle nicht beschädigt wird. Er lächelt so selbstvergessen, hinter der goldumrandeten Brille ist sein Blick so verschleiert, daß es fast den Anschein hat, als hätte er vergessen, daß heute sein Geburtstag ist. Er sei darauf eingestellt gewesen, Aufnahmen zu machen – habe alles vorbereitet, auch einen Strauß weiße Rosen besorgt –, aber mit einer Geburtstagsfeier habe er nicht gerechnet.

Er ist richtig aufgewühlt, der komische Kerl. Er dankt ihnen mehrmals, er umarmt Persia und küßt sie auf die Wange, dann umarmt er Iris ganz fest.

Von Persia bekommt er eine schöne Brieftasche aus Rindsleder, von Iris eine blaugesprenkelte Seidenkrawatte; beide Geschenke hat Persia über einen Freund bezogen, einen Poker-Kumpel von Duke, der das »beste« Herrenausstattungsgeschäft in Hammond leitet. Und dazuhin gibt es die Biskuittorte mit einem leicht gewellten Vanilleguß, vier rosa Kerzen und, mit winzigen roten Zimtkandisstückchen ausgelegt, dem Schriftzug GLÜCKWÜNSCHE ZUM GEBURTSTAG L.C. In jener ausgelassenen Stimmung, wie Persia und Iris sie in letzter Zeit des öfteren gemeinsam erleben, hatten sie die Kandisstückchen am Morgen zusammen auf die Torte gelegt und dabei gekichert wie kleine Kinder. *Das hat etwas Absurdes!* schniefte Persia. *Eine Torte glasieren! Geburtstage! Wenn unser Leben doch . . . so ist, wie's eben ist!*

Aber dann lachte sie ihr glückliches Lachen, hob dabei ihr Haar mit beiden Händen aus dem Genick und ließ es herunterfallen – eine Angewohnheit von ihr, die Ungezwungenheit zum Ausdruck bringen soll: Ach, zum Teufel!

»Es ist dein vierzigster Geburtstag, Leslie«, sagt sie jetzt zu ihm und zündet sich eine Zigarette an. »Ein einmaliges Ereignis.«

Leslie gießt für Persia und für sich dunkelroten Wein in langstielige Kristallgläser, die vermutlich nicht allzu sauber sind. Persia hat die feste Absicht, das zu ignorieren. Leslie hat Iris ein Glas Limonade gegeben, die so zuckrig ist, daß ihr der Mund weh tut.

Um klarzumachen, daß seine Worte nicht ernst gemeint sind, sagt er mit einem Lachen: »Ist denn nicht jedes Ereignis ›einmalig‹?«

Als Persia sich vor Jahren einmal mit ihrer kleinen Tochter im Studio fotografieren ließ, in diesem Ambiente wie hinter der Bühne eines Theaters, voller Dramatik und Erwartung – auf dem weißen Korbsessel, jenem Möbelstück von der Anmut eines kalligraphischen S, eines von Leslie Courtneys Lieblingsrequisiten –, sagte dieser auf einmal ganz freimütig, sein Wunschtraum als Künstler sei es, jeden Mann, jede Frau und jedes Kind in der Stadt Hammond zu fotografieren und auch »alle Menschen, die hier durchkommen«.

Er sagte dies mit Inbrunst. In seinen fahlen Augen lag ein gelbliches Glitzern. Unten an seinem Kinn hatte er vom Rasieren eine leuchtendrote Schnittverletzung.

Persia Courtney verzog das Gesicht und lachte.

»Großer Gott, wozu denn das, Les?«

Aus Leslies klapprigem alten Plattenspieler erklingt fröhliche Musik aus *Die Hochzeit des Figaro*. Iris hört dennoch die beiden reden.

»*Er* hat gesagt ...«

»Na klar. Das ist seine Version ...«

»... ihn nämlich aufgefordert zu gehen. Und jetzt ...«

»Hat er dir das Geld nun tatsächlich zurückgezahlt? Oder ist das eine von seinen Lügengeschichten?«

»Ja, ich glaube schon ... gewiß doch.«

»Oho, jetzt lügst *du* aber!«

Iris läßt den Bildband mit Fotografien von H. Cartier-Bresson zufallen. Stapft einfach aus dem Zimmer, langbeinig wie ein Fohlen. Die werden sie bestimmt nicht vermissen.

In Onkel Leslies »Junggesellenwohnung« gibt es viel zu betrachten: Die Wände hat er vollgepflastert mit gerahmten Fotografien, die zum Teil von ihm stammen, mit Drucken und alten Landkarten. Das Innere eines Schädels, in dem zu viele Gedanken herumschwirren.

Durch die Wände dringt der Geruch von nassem Sand, Salzwasser und Fisch. Doch nach einer Weile merkt man das kaum mehr.

Leslie Courtney hat den Laden und die rückwärtige Dreizimmerwohnung in der North Main Street 591 in Hammond, New

York, vor zwölf Jahren gemietet, als er aus seiner im Süden des Bundesstaats gelegenen Heimatstadt hierherzog. Zuerst ging sein frisch verheirateter Bruder Duke nach Hammond, dann Leslie. Man könnte also meinen, die Brüder stünden einander nahe.

Das Studio selbst ist klein und immer mit Fotoausrüstungen vollgestopft. Leslie kauft immer wieder neue Kameras, neues Zubehör sowie Requisiten für seine Porträtaufnahmen, wirft aber nie etwas weg. Wenn die Scheinwerfer nicht angeschaltet sind, wird das Zimmer von einer einzigen, abgedunkelten Lichtquelle erhellt. Für Iris, die das Studio schon zu einer Zeit gesehen hat, als sie nichts begreifen, geschweige denn im Gedächtnis behalten konnte, die damals nicht einmal sich selbst als ein mit Bewußtsein ausgestattetes Individuum zu begreifen vermochte, erscheint es wie ein Traum, den sie schon unzählige Male geträumt hat, an den sie sich aber in wachem Zustand nicht mehr genau erinnern kann. Aus der Dunkelkammer kommt jedoch der scharfe, beißende Geruch von Chemikalien, jener starke, vertraute Geruch.

Eine niedrige Plattform, so wie ein Kind sich eine Bühne vorstellt ... der schwere, dunkle, vor einer Sperrholzwand hängende Samtvorhang ... das dreibeinige Stativ ... die Requisiten ... der Arbeitstisch und die Regale voller Zubehör. Über dem Arbeitstisch ist ein Dutzend Negative mit Klammern an einem Draht befestigt: gespensterhafte Figuren, die menschliche Gestalt annehmen, Gesichter erhalten, Augenpaare, ein zutrauliches Lächeln. Was lächeln wir an, wenn wir in die Linse einer Kamera schauen? Was ist der Grund für dieses Vertrauen, für diese kurze Euphorie? Iris betrachtet die Negative, ohne sie anzufassen (das läßt sie wohlweislich bleiben), stellt fest, daß sie das junge, händchenhaltende Paar im Sonntagsstaat nicht kennt. Die beiden haben schaurig schwarze Gesichter und Arme – das bedeutet, daß sie »Weiße« sind.

Ihr Onkel sagte einmal zu ihr, im Gegensatz zu anderen Fotografen mache er nie Selbstporträts (Iris hatte sich gerade in der Fachzeitschrift *Camera Arts* eine Beilage mit düsteren Selbstporträts angeschaut), weil er stets in den Fotos, die er von anderen Menschen mache, Gestalt annehme ... auch in Landschaftsaufnahmen und dergleichen. Man könne ihn zwar nicht sehen, aber er sei da.

Nicht anwesend, sagte er, aber doch vorhanden.

Iris sagte, sie verstehe das nicht ... Aber wenn Leslie Courtney »ernst« wurde, verstand ihn sowieso keiner. Er meinte, er begreife das selber nicht recht, aber so sei es nun mal.

Ganz typische Fotografien von Leslie Courtney, entstanden in einem Zeitraum von fast dreißig Jahren, sind seit eh und je vorne im Laden ausgestellt. Auch hier kommt immer wieder Neues hinzu, ohne daß etwas entfernt wurde: Aufnahmen von Babys, von Familien, von Brautpaaren im Hochzeitsstaat ... Abschlußklassen in Talaren, auf dem Kopf Barette ... uniformierte Mitglieder der Veteranenvereinigung der amerikanischen Streitkräfte bei Paraden ... Sportler in Mannschaftsaufstellung, Rotarierclubs, Sonntagsschulklassen, Mitglieder von Handelskammern, Zeremonien am Gedenktag der Einführung der amerikanischen Nationalflagge, Betriebsausflüge ... Straßenszenen in Hammond, Ansichten des Cassadaga River, Fabriken samt Schlackenhaufen und Schornsteinen ... die Landschaft im Winter ... Collagen mit Babys und Kindern mit einer Vielzahl von Gesichtern, dicht an dicht – und mittendrin, ohne jeden erkenntlichen Bezug, Fotos von den Courtneys: der Vater von Iris als schneidiger junger Mann Anfang zwanzig, mit einem Strohhut, im Mund eine Zigarette in einer Zigarettenspitze, die er nach Art von Franklin D. Roosevelt steil nach oben stellt; Duke und Persia als »Die unvergleichlichen Courtneys« in eleganter Abendkleidung bei einer Foxtrottfigur, mit erhobenen Armen und anmutig gestreckten Beinen, den Blick vergnügt aufs Kameraobjektiv gerichtet; Persia als schöne, verträumte junge Frau mit rundem Gesicht, ihr Töchterchen als Säugling in einem spitzenbesetzten Wickeltuch ... dann mit ihrer einjährigen Tochter ... mit ihrer zweijährigen Tochter ... und so weiter bis in alle Ewigkeit, hat es den Anschein. Die Kameraposition ist etwa in Hüfthöhe, und dieser technische Trick bewirkt, daß die Abgebildeten dem Betrachter größer, beeindruckender vorkommen. Iris möchte den Blick nicht unbedingt auf diese Fotos richten, aber sie tut das unweigerlich, sooft sie das Geschäft betritt.

Und spürt dabei, wie ihr der Schrecken in die Eingeweide fährt: *Eines Tages wirst du sterben, hier ist der Beweis.*

Sie steht vor dem Laden ihres Onkels auf der Straße, holt tief Luft, frische, klamme, nach Regen riechende Luft. Grelle Sonnenstrahlen dringen durch die Wolken, aber es hat dennoch angefangen zu regnen, in dicken, schweren Tropfen. Das Tageslicht hat etwas Fließendes. Über den Türmen der großen Brücke liegt das schwache Schimmern eines Regenbogens.

Iris macht tiefe Atemzüge, wie Duke und Persia, wenn sie Zigarettenrauch inhalieren, so als wäre er lebenspendend. Iris raucht auch schon ab und zu, doch nur, wenn keine Erwachsenen in der Nähe sind.

Sie hört ein Donnern, und bald drauf stellt sich heraus, daß es der Lärm von Motorrädern ist, das Geheul eines Dutzends hochtourig bergauf fahrender Harley-Davidsons auf einer Straße unterhalb der Main Street, die am Fluß entlangführt. Rabauken und Schläger seien das, hat der Vater von Iris über die noch jugendlichen, Lederjacken tragenden, unrasierten Männer gesagt, die auf diesen Motorrädern herumfahren; vor denen müsse sie sich hüten. Iris hält Ausschau nach ihnen, aber sie kann sie von ihrem Standort aus nicht sehen.

Für den Fototermin dieses Nachmittags trägt Iris ein blaßgelbes Sommerkleid mit Ösen am Kragen und an den Ärmeln und flache schwarze »Ballerina«-Lackschuhe; sie hat ihr strubbeliges Haar gewaschen, kräftig gebürstet und ordentlich mit goldenen Spangen festgesteckt. Keine Spur auf ihren zarten, fast schönen Gesichtszügen von ihren Gedanken, jenen schlechten, schlimmen, unerlaubten, schmutzigen Gedanken, die sie so oft beschleichen, selbst in verträumten Momenten.

Doch jetzt kommt ihr ein ganz anderer Gedanke, so plötzlich wie der grelle Blitzschlag eines Sommergewitters: Er wird heute hierherkommen! Natürlich! Es ist ja der vierzigste Geburtstag seines Bruders!

Persia schneidet für alle drei keilförmige Stücke aus der Geburtstagstorte und hält das Messer Leslie Courtney hin, damit er es ableckt. »Schmeckt dir der Guß?« fragt sie. Ihre

Stimme hat einen hellen, aggressiven Beiklang; der Wein hat ihr Gesicht gerötet.

Leslie grinst wie ein Junge und sagt: »Ja, sehr sogar.«

Auf dem alten, klapprigen Plattenspieler läuft gedämpfte Orchestermusik aus *Carmen.*

Persia lächelt, scherzt mit Leslie, und dann schaut sie plötzlich ernst drein ... Vielleicht denkt sie: Das ist er nicht, das ist sein Bruder. Dann fällt ihr Blick auf das kristallene Zifferblatt ihrer Armbanduhr: »Donnerwetter! Ich muß dringend telefonieren. Hast du was dagegen, Les?«

Selbstverständlich hat Les nichts dagegen.

Er ist neugierig, wen Persia wohl anrufen wird, aber er hat nichts einzuwenden. Und als Gentleman stellt er keine Fragen.

Persia macht ihren Anruf vorne im Laden, so als möchte sie nicht, daß jemand mithören kann. Leslie und Iris bleiben allein, fühlen sich etwas unwohl dabei. Leslie meint nämlich, er sollte zu Iris etwas sagen über Duke Courtneys rätselhaftes Verhalten in den vergangenen Monaten, für das er sich selbst irgendwie schuldig fühlt; und Iris, die sich den Mund mit Torte vollstopft, hofft, daß Leslie nichts über Duke sagen wird, nur daß er an diesem Nachmittag vorbeikommen wird, daß er sich verspätet hat, aber mitfeiern möchte, daß es für sie und ihre Mutter eine Überraschung sein sollte.

Leslie sagt beklommen: »Deine Biskuittorte ist ganz hervorragend, Iris.«

Iris zuckt die Achseln, aus Verlegenheit oder aus Verärgerung. »Ach, das bringen sie uns in der Schule bei, Onkel Leslie. Alle Mädchen müssen ab der siebten Klasse in den Hauswirtschaftsunterricht.« Sie bricht plötzlich in ein zorniges Lachen aus. »Betten machen, Kochen lernen, Röcke und Schürzen nähen, Topflappen häkeln. Mein Gott: Topflappen!«

Leslie sagt tadelnd: »Aber hör mal, die Torte ist wirklich köstlich. Viel besser als aus der Konditorei.«

»Tatsächlich?«

Wie taktlos, daß Persia so lange wegbleibt.

Die Gesichtszüge, die bei Duke vornehm wirken, sind bei Leslie Courtney wie vom Daumen eines bösen Riesen verwischt worden. Seine Augen sind schön: golden gesprenkelt, schüchtern und zusammengekniffen. Sein Haar hat die Farbe feuchten Schmirgelpapiers, mit einem Anflug von Grau. Mit seiner strengen, knabenhaften Brille sieht er stets ganz erwartungsvoll aus, wie jemand, der sich dauernd auf Zehenspitzen bewegt. Iris hat einmal mitbekommen, wie ihr Vater witzelte, Leslie sei seit zwölf Jahren in Persia verliebt ... Warum ist das eigentlich zum Lachen?

Oberhalb von Leslies Kopf hängt an der Wand eine große, gerahmte Collage, eine der »Konstellationen«, die er einst aus zahllosen kleinformatigen Kinderfotos zusammenfügte. Auf dieser Collage sind hunderte von Kindergesichtern zu einem schwindelerregenden Gewühl zusammengedrängt und nehmen durch Spiegelungen und Vervielfältigungen die Gestalt eines Weihnachtsbaumes an: FROHE WEIHNACHTEN 1949 steht in silbernen Buchstaben darunter. Weiße und schwarze Kinder sind in dieser Komposition versammelt. Iris erinnert sich, daß ihr eigenes Gesicht (sie war sieben) irgendwo zu sehen ist, und zwar gleich mehrfach, doch sie hat vergessen, an welcher Stelle es auftaucht.

Anders als von Iris' Onkel beabsichtigt, wirkt die Weihnachtsbaum-Konstellation nicht unbedingt feierlich; die Menschenkaskade ist für den Betrachter eher aufwühlend. Wer sie betrachtet, spürt, daß sein Atem schneller geht.

Da Leslie merkt, daß sie die Collage betrachtet, sagt Iris ohne viel Überzeugung, es sei wirklich schade, daß er keine Konstellationen mehr mache. Und Leslie antwortet mit einer Leidensmiene: »Ja, das meine ich auch. Ich habe nie begriffen, warum Leute, von denen man annehmen konnte, daß sie sich dafür begeistern würden, überhaupt kein Interesse zeigten – nämlich die Eltern der Kinder. Manche waren sogar ganz unfreundlich. Ein selbsternannter Kritiker, ein Kolumnist des *Chronicle*, ging so weit, mich als ›Exzentriker‹ zu bezeichnen.« Beim Betrachten der Komposition sieht Leslie im Profil grüblerisch, fast zornig aus, wie Duke Courtney, wenn er sich an irgendeine Ungerechtigkeit erinnert, die ihm mal widerfahren ist. Leslie sagt: »Ich habe ein Naturgesetz auf die Kunst angewandt, wie ich's immer mache bei meinen nichtkommerziellen Arbeiten. Ich kann mich im Moment nicht genau an das betreffende

Prinzip erinnern, aber es war eine Art mathematische Formel – das ergab eine Vervielfältigung der Gesichter, manche davon spiegelbildlich. Die Symmetrie der Gesichter, die Symmetrie des Weihnachtsbaumes ... Du bist ja auch irgendwo in dem Baum, Iris.«

Iris sagt: »Vielleicht sind die Gesichter zu klein. Für den Geschmack der Eltern, meine ich.« Sie redet schnell, damit Leslie nicht aufsteht und ihr Miniaturbildchen sucht. Ihr wird fast schlecht bei dem Gedanken, es zu sehen.

Leslie fährt unbeirrt fort: »Diese Kleinformatigkeit war aber formal ausschlaggebend für die Konstellation. Und inhaltlich auch – einzelne Gesichter sind eben klein, im Baum des Lebens. Zwangsläufig!«

Iris sagt: »Und weißt du, Onkel Leslie: Weiße und Farbige durcheinander ... das geht manchen Leuten gegen den Strich. Manchen Eltern.«

Leslie zuckt die Achseln. Das ist vielleicht ganz neu für ihn, aber er ist nicht in der Stimmung, den Gedanken weiterzuverfolgen. Statt dessen füllt er sein Weinglas wieder. Obwohl Persias Glas noch zu zwei Dritteln gefüllt ist, gießt er nach. Bis an den Rand. Zittrig.

Um fünf Uhr, als sie sich im Fotostudio aufhalten, setzt mit prasselndem Regen ein Gewitter ein. Der Wind bläst aus verschiedenen Richtungen und rüttelt an dem Gebäude. Jetzt blitzt es richtig, es gibt lautes Donnerkrachen, das schwächer werdende Tageslicht glimmt wie ein Stück Kohle, und in der Luft liegt Brandgeruch. Doch im Studio fühlen sie sich in Sicherheit.

Im Scheinwerferlicht posierend, sagt Persia: »Ich habe gehört, daß Wilde sich nicht fotografieren lassen, weil sie glauben, man nehme ihnen ihre Seele weg. Aber bei mir ist das anders. Wenn ich ein Foto von mir sehe, denke ich: Hier ist der Beweis, daß ich tatsächlich da bin.«

Das Telefonat scheint sie in eine bessere Stimmung versetzt, sie in ein Prisma verwandelt zu haben, das gewöhnliches Licht zum Leuchten bringt. Sie hat ihr Gesicht für die Kamera geschickt hergerichtet, hat fruchtig duftendes Revlon-Puder und einen grellroten Lippenstift verwendet, der ihrem Mund ein Lächeln gibt, das natürlicher ist als ihr eigenes.

Und dazuhin der Wein.

Im Fotostudio ist Leslie ganz geschäftsmäßig. Er macht seine Arbeit rasch, geschickt und präzise. Er rückt Persia und Iris zurecht, stellt Scheinwerfer ein, mißt das von der Haut reflektierte Licht, betrachtet die Objekte als ein einziges Motiv: als eine Gestaltungsaufgabe. Seltsam, jetzt kann er sie ohne eine Gefühlsregung anschauen.

Iris fragt mit einem kindlichen Gemurmel: »Wo wärst du denn, Mama, wenn du nicht da wärst?« Aber Persia geht auf die Spöttelei nicht ein, hört gar nicht hin.

Mutter und Tochter sitzen auf dem weißen Korbsessel beisammen, bei dem die Farbe allmählich abbröckelt; neben Persia steht eine weiße Vase mit einem Dutzend weißstieliger Rosen. Persia trägt ein leichtes, grünlich schimmerndes Sommerkleid, hat Perlen um den Hals und Perlen im Ohr. Das ausgeschnittene Oberteil ihres Kleides umschmiegt ihren vollen Busen, ihre ruhelosen Beine hat sie übereinandergelegt: die Sorte Frau, die offensichtlich nicht so jung ist, wie sie sich ausgibt. Sie und das neben ihr sitzende Mädchen sehen sich zwar nicht sehr ähnlich, aber man merkt doch, daß sie verwandt sind.

Schwestern vielleicht.

Iris sagt irritiert: »Laß das, Mama, das *kitzelt.*«

Persia sagt: »Ich will bloß dieses Löckchen festdrücken ... du willst doch nicht, daß es absteht, oder? Du bist doch diejenige, die nachher immer unzufrieden ist mit ihrem Aussehen.«

»Onkel Leslie kann das ja retuschieren.«

»Wunder kann Onkel Leslie nicht bewirken.«

Iris windet sich, unter den Scheinwerfern ist es unangenehm heiß. Dort fühlt sie sich stets unbehaglich, mißmutig, wie damals bei der Mandeloperation, die sie im Alter von fünf Jahren hatte, als Mama und Papa ihr versicherten, da sei weiter nichts dabei, es werde nicht weh tun, sie werde nur »einschlafen«; wo ihr dann einfach die greuliche *Äthermaske* übers Gesicht gestülpt wurde, obwohl sie sich wehrte und schrie ... und die Erwachsenen, der Arzt, die Schwestern, die übrigen Anwesenden, stillschweigend zuschauten, wie sie nach vorn kippte und starb.

Der Sturm hat zwar nachgelassen, doch die Luft ist immer noch schwül und beklemmend. Iris spürt, wie ihr der Schweiß aus allen Poren dringt. Sie ist böse auf Persia, weil sie dieses verdammte Kleid anziehen mußte, mit diesem Kragen, diesen Ärmeln ... Sie sagt leise: »Ein wahrer Künstler kann Wunder bewirken. Ein wahrer Künstler kriegt alles hin, verdammt nochmal.«

»Du sollst nicht ›verdammt‹ sagen.«

»Das sagst *du* doch die ganze Zeit. Und du sagst auch noch viel schlimmere Sachen.«

»Ich kann mir das erlauben, du Besserwisser«, erwidert Persia. Sie lacht und rülpst, tut so, als müßte sie nur aufstoßen. »Das ist das Privileg der Verdammten.«

Iris kratzt sich unter dem Arm, sie fühlt sich auf einmal ganz elend.

Wo steckt er denn? Warum läßt er sie alle so lange warten?

Iris sagt in einem bösen und doch bittenden Ton: »Ach Mama, du redest aber was zusammen.«

Von dem schwarzen Tuch bedeckt, kauert Leslie Courtney hinter der schönen, kostspieligen Kodak-Kamera, der größten Errungenschaft seines bisherigen Berufslebens. Manchmal wacht er, wie von Zahnschmerzen gequält, mitten in der Nacht auf und fragt sich, wie er es wagen konnte, so eine Kamera zu kaufen, wie diese Anschaffung bei seinem Einkommen und seinen »Zukunftsaussichten« zu rechtfertigen ist.

Jedesmal, wenn er diese Frau durch den Sucher, durch das teilnahmslose Kameraauge, im Scheinwerferlicht betrachtet, gerät er in Erstaunen, verfällt er in ein ängstliches Schweigen. Persia Courtney besitzt die unglaubliche Fähigkeit, ein Strahlen in ihr Gesicht zu zaubern, die Augen leuchten zu lassen und ein fröhlich wirkendes Lächeln aufzusetzen, mit einer glatten, faltenlosen Stirn, als wäre sie erst neunzehn, als lägen all die Probleme des Erwachsenenlebens und all der Kummer mit dem Ehemann noch in weiter Ferne, ohne daß sie eine Vorahnung hätte.

Neben ihr schneidet Iris schlecht ab. Es ist gerade so, als stellte Persia ihre Tochter in den Schatten: ein ältlich aussehendes Kind mit fahler Haut, Vertiefungen unter den Augen, einer Anspannung im Gesicht. Leslie empfindet Schuldgefühle. Er kann den Anblick nicht ertragen, wie sich die kleinen, harten Schädelknochen der Dreizehnjährigen unter der Haut abzeichnen.

Deshalb schlägt er einen lustigen Ton an, so wie er es an seinem Platz hinter der Kamera im Laufe der Jahre immer wieder getan hat: »Iris, wie wär's denn mit einem Lächeln?« Und er fügt hinzu: »Als du ein kleines Mädchen warst, hab' ich dich mit Pfefferminzlutschern in Stimmung gebracht. Weißt du noch?«

Sie erinnert sich. Sie lächelt, versucht es zumindest. Dieses hurtige, glücklich wirkende Lächeln, wie das von Persia.

Die ganz nahe bei ihr sitzende Persia behält ihren strahlenden Gesichtsausdruck bei. In Gedanken ist sie offenbar ganz woanders, doch im Scheinwerferlicht ist sie vollkommen.

»Manche Menschen muß man sogar zu ihrem *Glück* zwingen«, sagt Leslie mit einem Stöhnen.

Dann drückt er endlich einmal auf den Auslöser.

Und eine halbe Stunde später gehen plötzlich die Lichter aus.

Von Persia und Iris kommt gemeinsamer Aufschrei; Leslie starrt gebannt in die tiefe Dunkelheit, dorthin, wo es eben noch so gleißend hell war.

Der Sturm hat die Stromversorgung unterbrochen. Damit hätte er rechnen müssen. Er sagt: »Bleibt beide, wo ihr seid! Ich hole ein paar Kerzen. Bleibt, wo ihr seid, damit euch im Dunkel nichts passiert.«

Es ist alles in Ordnung, sagt er sich. Er hat schon genügend Aufnahmen gemacht, da sind ein paar umwerfende Bilder darunter, er ist nicht zu kurz gekommen.

Es ist einer dieser tückischen, böigen, vom Ontario-See kommenden Spätsommerstürme: Regen trommelt an die Fenster, verästelte Blitze über dem Fluß, Donnerschläge. Persia erinnert das an Kriegsfilme.

Zittrig und aufgeregt wie kleine Kinder zünden alle drei eine Kerze an und tasten sich durch zum vorderen Teil von Leslies

Laden, wo sie einige Minuten lang wie gebannt dem Sturm zuschauen: Regen trommelt wie Maschinengewehrfeuer auf das Pflaster, das geäderte Aufzucken der Blitze, dann der ohrenbetäubende Donner. Persia sagt, so als dächte sie laut: »Damit ist es entschieden: Ich wäre ja verrückt, wenn ich heute abend ausgehen würde!«

Sie halten sich dann hinten in Leslies behaglicher Junggesellenwohnung auf, bis der Sturm vorüber ist. Hier fühlen sie sich geschützt, hier herrscht eine heimelige, gemütliche Atmosphäre. Mit einer schwungvollen Bewegung, so als hätte er lange auf diesen Augenblick gewartet, zündet Leslie eine Petroleumlampe an; wie die meisten Einwohner von Hammond ist auch er auf Stromausfälle vorbereitet. Persia sagt genüßlich: »Ist das eine Überraschung!« Leslie gießt den restlichen Wein in die Gläser, und Persia fügt mit leiser Stimme hinzu: »Schön.«

Iris ist zu zappelig, um bei den Erwachsenen Platz zu nehmen. Sie geht von einem Fenster zum anderen und schaut sich den Sturm an. Die Luft ist frisch, ein bißchen kühl, riecht nach Regen und nach etwas Schwefligem – so ähnlich riecht auch der Fluß –, und hinzu kommt der salzige Gestank des benachbarten Fischgeschäfts und der im Gäßchen stehenden Mülltonnen. Dort platscht, hämmert, trommelt der Regen herunter, knallt hin wie die Faust betrunkener Zecher. Hat sie darauf die ganze Zeit gewartet?

Ich hasse euch alle, denkt sie. Ich brauche euch nicht, keinen von euch.

Ich bin glücklich, denkt sie.

Im düsteren, wie ein Heiligenschein wirkenden Licht der Petroleumlampe trinken sie den restlichen Wein, dann brechen sie eine Flasche von Leslies Lieblingsbourbon an.

Leslie Courtney denkt: Diese Frau ist ein Prisma, das gewöhnliches Licht bricht, neu ordnet und zum Leuchten bringt.

Persia sagt: »Wenn es blitzt, kommt es einem da nicht vor, als würde der Schädel aufgebrochen? Als dränge etwas von einem nach außen? Nicht das normale Ich, sondern etwas aus dem tiefsten Inneren. So, als ob die Welt untergeht und man auf einmal merkt ... wie dumm und kleinlich man gewesen ist, wie engstirnig und bescheuert, daß man die ganze Zeit unwichtige Dinge für wichtig gehalten hat. Begreifst du das?« Sie lacht nervös, findet jedoch Gefallen an ihrer Bemerkung. Sie ist eine Frau, der Männer schon so oft aufmerksam zugehört haben, daß sich diese Selbstzufriedenheit reflexartig einstellt.

Leslie hat sie die ganze Zeit angestarrt. »Wie bitte? Was soll ich begreifen?«

»Ich bin wohl betrunken.«

»Ach woher denn.«

»Bin ich auch nicht, kann ja gar nicht sein. Ich hab' ja bloß ... hab' gar nicht viel getrunken.« Sie schaut zu Iris hin, die gerade im übernächsten Zimmer umhergeht, ein langbeiniges Kind, eigenwillig, heimlichtuerisch, mit einer tief verletzten Miene ... Wieso bekam Persia kein zweites Kind, bevor es zu spät war? Sie sagt bedächtig: »Ist das ein Regen! Als wären wir unter den Niagarafällen. Er wäscht alles weg ... den ganzen Schmutz.« Dann folgt langes Schweigen. Ein Blitz leuchtet auf, und nach ein paar Sekunden hallt der Donner. Die gewittrige Spannung im Zentrum des Sturms verlagert sich nach Osten. Sie sagt mit leiser, eindringlicher Stimme: »Was er dir erzählt hat, stimmt. Ich war es, die ihn aufgefordert hat zu gehen. Um nachdenken zu können. Damit ich mich nicht immer nur von Gefühlen leiten lasse.« Sie fügt in bitterem Ton hinzu: »Auf Frauen hat Duke diese Wirkung. Er weiß das genau.«

»Tatsächlich?« murmelt Leslie.

Persia sagt: »Als ich herausbekam, daß er mich hintergangen hat, daß er die Ehe gebrochen hat ...«

»Dich hintergangen? Was meinst du damit?« fragt Leslie. »Doch nicht mit anderen Frauen?«

»Auf verschiedene Arten«, sagt Persia schnell. »Ich möchte nicht ins Detail gehen. Wenn man jemanden liebt und ihm vertraut, kann er einen auch mit Worten hintergehen ... mit einer Miene. Das weißt du doch. Aber vielleicht«, sagt sie gleichgültig, »weißt du's auch nicht.«

»Also, das ist schon möglich«, antwortet Leslie und lächelt auf seine langen, knochigen Finger hinunter.

»Als ich es herausbekam, war ich fast glücklich ... so, wie man reagiert, wenn einem eine Entscheidung abgenommen worden ist. Denn wenn man jemanden liebt, ist etwas in einem drin aus dem Gleichgewicht geraten, so als stecke ein Teil der Seele in jener Person; er ist herausgezerrt und in den anderen verpflanzt worden. Und er könnte dort Schaden nehmen. Man weiß einfach nicht, was aus ihm wird, verstehst du? Meine Eltern kommen dir bestimmt bäurisch vor – Duke hat sich jedenfalls so ausgedrückt –, es sind eben einfache Leute, Methodisten, und sie glauben zum Beispiel, Jesus Christus sei ihr Erlöser. Doch wenn du sie mal bitten würdest, eine präzise Erklärung zu geben, so wie Duke vorgeht, wenn er, wie er sich ausdrückt, etwas Licht in die Angelegenheit bringen will, dann würden sie sich sperren ... Sie würden in Verlegenheit geraten und nähmen es dir übel. Weil es Dinge gibt, über die man nicht redet. Weil es dafür keine Worte gibt. Wenn man sich in jemanden verliebt, der so anders ist als man selbst und alle, die man kennt; wenn man heiratet, ein Kind bekommt, eine Familie gründet und das Leben eines Erwachsenen führt, das richtige Leben oder was man dafür hält, da redet keiner über diese Dinge, findet niemand die Worte dafür. Es ist wie beim Tanzen, man kommt mit den gewohnten Schritten auf einmal nicht mehr zurecht, oder der Rhythmus ändert sich, also muß man improvisieren.« Sie redet schnell, fast zornig, hebt nebenbei ein paarmal das Haar aus dem Genick, breitet es aus und läßt es herunterfallen.

»Aber du liebst ihn«, flüstert Leslie.

»Trotzdem kann ich nicht mit ihm zusammenleben«, sagt Persia. Sie lächelt triumphierend: »Und das werde ich auch nicht tun.«

Und dann reden sie miteinander, Leslie und Persia. Es ist geradeso, als befänden sie sich unter einem Wasserfall, in einer geschützten, behaglichen, heimlichen Zweisamkeit. Sie sprechen mit leiser Stimme ... schweigen ab und zu ... fangen wieder an zu reden und lassen, so scheint es Leslie Courtney, die Dinge einfach auf sich zukommen.

Tief in seinem Inneren ist er ganz fest davon überzeugt, daß zwischen ihm und Persia Courtney ein umfassendes Einverständnis herrscht – falls sie sich am nächsten Morgen noch daran erinnert.

8

»Gibt es denn etwas Schöneres auf der Welt als eine Rennbahn am Tag eines großen Rennens?« sagt Duke Courtney ehrfürchtig.

In Schoharie Downs hat die Luft an diesem ersten Samstag im Oktober einen zarten weißlichen Schimmer. Der Himmel ist so blau wie blankgeputztes Glas.

An diesem Nachmittag steht das Trabrennen für zweijährige Hengste aus den östlichen Bundesstaaten auf dem Programm, und die etwa neuntausend Zuschauer fassenden Tribünen füllen sich rasch. Der Hall der Stimmen zieht umher wie Papierschlangen, die der Wind mit sich trägt; wie ein Staublappen wedelt eine riesige amerikanische Flagge über dem mit grünen Schindeln verkleideten Clubhaus. Als die Courtneys das Gelände betreten, lassen mehrere Fahrer ihre Pferde auf dem Track warmlaufen. Es sind schlanke, langhalsige Amerikanische Traber im gleichen dunklen Farbton, mit den typischen Merkmalen, den kräftigen Schultern und den starken Beinen. Im Vergleich zu den Pferden wirken die Fahrer in ihrem bunten Seidendreß wie Kinder; die zweirädrigen Sulkys, deren Speichen traumhaft über die Sandbahn wirbeln, scheinen kaum größer zu sein als Spielzeug. Iris starrt hin, als hätte sie noch nie Rennpferde gesehen, als hätte sie noch nie gespürt, wie sehr einen diese Schönheit, diese animalische Anmut, diese Stärke und Kraft in Erstaunen versetzen können.

Wie Persia hat sich auch Iris innerlich abgestumpft und unempfindlich gemacht gegen derlei Orte, gegen diese geheimnisvollen Stätten, zu denen sich Duke Courtney hingezogen fühlt. Doch genau wie Persia wird sie hier plötzlich schwach. *Gibt es denn etwas Schöneres auf der Welt?*

Zutritt nur für Mitglieder und deren Gäste steht in großen, weißglänzenden Buchstaben an den getönten Glastüren der Cocktail-Lounge des Clubhauses. Aber Duke Courtney ist natürlich ein Gast, er marschiert vergnügt hinein, hinter sich seine Frau und seine Tochter.

Da wird ein Haufen Geld den Besitzer wechseln.

Duke Courtney ist von Mr. Yard eingeladen worden, seinem neuen Freund, dem millionenschweren Züchter und Eigentümer von Traberpferden, dem Gentleman, der sich im Clubhaus wie zu Hause fühlen darf. Er hat ein breites, feuchtes, porzellanweißes Lächeln, einen fast kahlen, glänzenden Kopf, trägt einen Blazer mit zitronengelben und goldenen Streifen und Messingknöpfen, dazu am Revers eine rote Nelke; dieser gesellige Mann marschiert aufgeregt umher und reibt sich eifrig die Hände, als wisse er schon jetzt, daß ein Teil des Geldes in diese Hände gelangen wird, *genau dahinein* ... Mit einem zufriedenen Stöhnen sagt er: »Eines ist sicher! Eines ist so absolut sicher wie das Amen in der Kirche! *Da wird ein Haufen Geld den Besitzer wechseln.*«

Duke hat Persia und Iris erzählt, daß Mr. Yard mehrere Pferde besitzt und das aussichtsreichste von ihnen ein zweijähriger Traber namens Lodestar ist, der am Rennen der Hengste aus den östlichen Bundesstaaten teilnimmt, bei welchem der Sieger 45 000 Dollar erhält. Duke hat selbstverständlich auf Lodestar gesetzt, mit einer Kombinationswette, die ihm bei einem Sieg, einer Plazierung und einem guten Abschneiden etwas einbringt – »eine wohlüberlegte Wette, nichts Gewagtes, nichts Übertriebenes«, wie er Persia versichert. Obwohl Lodestar nicht der Favorit ist, obwohl die Siegquote 4 : 1 gegen ihn steht, zählt er offensichtlich zu den vielversprechenden Pferden, denn er hat die Strecke im Schnitt in einer Zeit von 1 : 59 bewältigt und sich dabei ständig verbessert. Auf der Fahrt nach Schoharie haben Duke und Persia leise und mit Bedacht zahlreiche Punkte durchgesprochen; es waren Themen, bei denen Iris schon etwas mitbekommen durfte, bei denen sie sogar den Eindruck hatte, daß sie mithören sollte, und erst als Duke den Wagen auf dem riesigen Parkplatz hinter der Rennbahn abstellte, fragte ihn Persia, wieviel Geld er eingesetzt habe. Duke sagte: »Bloß hundert Dollar. Ehrenwort.«

Und er drehte sich um und zwinkerte Iris zu.

Mr. Yard, Mr. Calvin Yard, den Duke als einen warmherzigen, bescheidenen und einen trotz seines Reichtums »durch und durch demokratischen« Menschen charakterisierte, hält sich bei einer etwa fünfzehnköpfigen Gruppe auf, die beim Eintreffen der Courtneys in der Cocktail-Lounge trinkend, plaudernd und lachend beisammensteht. Es ist schmeichelhaft: Er scheint wirklich glücklich zu sein, Duke Courtney zu sehen, ihm die Hand zu schütteln, als wären sie alte Freunde, als wäre Duke sein jüngerer Bruder, und dann dessen Frau und dessen Tochter kennenzulernen. »Das sind sie, Cal – meine Mädchen! Meine Persia und meine Iris!« Iris spürt, wie ihr Vater seine Hand auf ihren Hintern legt und ihr einen Schubs gibt. Iris gegenüber ist Mr. Yard freundlich und höflich; Persia gegenüber ist er herzlich und überschwenglich; er ergreift ihre Hand, schaut ihr in die Augen und murmelt: »Persia Courtney – endlich mal! Meine Liebe, ich habe so viel von Ihnen gehört.« Mr. Yard ist Mitte sechzig, er hat einen dicken Hals, rosa geränderte Äuglein, einen gütig wirkenden Mund; er ist ohne seine Ehefrau und ohne Familienmitglieder erschienen. Persia ist zwar nicht ganz entspannt und weit von ihrer üblichen Party-Form entfernt, bringt aber immerhin ein nettes, wenn auch etwas kokettes Lächeln zuwege: »Was Sie da gehört haben, frag' ich mal lieber nicht.«

Mr. Yard wirft den Kopf in den Nacken und brüllt vor Lachen – eine Reaktion, die auf andere einfach ansteckend wirkt.

Der 6. Oktober 1955: Genau eine Woche ist es her, daß Duke Courtney wieder in die Wohnung in der Holland Street eingezogen ist. Seine Sachen sind noch nicht alle da – sie scheinen über ganz Hammond verstreut zu sein –, aber er selbst ist da ... an seinem rechtmäßigen Platz, wie er es ausdrückt. Wo er mit dem Herzen schon immer gewesen ist, wie er sagt.

Ein schwarzer Kellner in adretter weißer Kleidung serviert Mr. Yards Gästen die Drinks; bald darauf kommt er oder ein anderer Kellner wieder mit weiteren Drinks. Es sind mehrere schwarze Kellner da, und man verwechselt sie leicht in ihrer Uniform; diese bewirkt, daß einer dem anderen ähnelt, aber das Clubhaus-Personal hat auch noch die gleiche Verhaltensweise, dieselbe Kühle hinter dem freundlichen Lächeln: *Ja, mein Herr! Nein, mein Herr! Sehr wohl, mein Herr!* Iris stellt fest, daß alle Besucher des Clubhauses weiß sind und alle Kellner schwarz. Wenn Schoharie Downs den anderen Rennbahnen gleicht, zu denen Duke sie mitgenommen hat, dann wird nur da und dort ein schwarzes Gesicht auf den Tribünen zu sehen sein und kein schwarzer Fahrer auftauchen.

Iris fragte Duke einmal nach dem Grund, und er antwortete prompt: »Die wären hier fehl am Platze, Schätzchen.«

Iris stellt außerdem fest, daß ihr Vater unter den Männern in der Cocktail Lounge zweifellos der attraktivste ist ... so wie Persia trotz ihrer gedrückten Stimmung die attraktivste Frau ist. Duke scheint Energie auszustrahlen wie eine Schnellstraße im Sommer die Hitze; seine Augen, die jetzt nicht eisig blicken, bringt ein inneres Leuchten zum Glitzern. Duke Courtney ist derjenige, der am kräftigsten, am vergnügtesten Hände schüttelt ... ein Mann, der sich am wohlsten fühlt, wenn er Leute kennenlernt oder dafür sorgt, daß andere sich kennenlernen.

Und daß es etwas zu lachen gibt: In Duke Courtneys Gegenwart wird immer gelacht.

Jetzt merkt Duke, daß Iris ihn beobachtet; er winkt ihr zu, macht mit dem Daumen und dem Zeigefinger ein kleines O.

Zu ihrer Überraschung kommt ihr Vater zu ihr herüber und leistet ihr Gesellschaft, weil sie so verlassen dazustehen scheint bei einem Tafelglasfenster mit Blick auf den Track.

»Hab' dich die ganze Zeit vermißt, mein kleines Mädchen«, sagt Duke. »In all diesen Monaten. Als ob ein Stück von meinem Herzen herausgerissen worden wäre, weißt du?«

Das klingt jedoch gar nicht traurig, sondern sehr fröhlich.

Es ist die Hochstimmung der Rennbahn. Iris hat schon öfter mitbekommen, wie Duke darüber geredet, ja philosophiert hat: ein ganz bestimmtes Gefühl habe man da in der Brust, in den Eingeweiden, in der Leistengegend.

Als sie im Auto von Hammond nach Schoharie unterwegs waren, hatte Duke etwas vor sich hingesummt, so wie Persia daheim des öfteren singt, ganz gleich, in welcher Stimmung sie sich gerade befindet: *»...mein Herz brennt!«*

Duke sagt noch einmal, daß er sein kleines Mädchen sehr vermißt hat, aber Iris fällt keine Erwiderung ein, ihr Verstand scheint stillzustehen: ihr Daddy drückt sie an sich, legt den Arm um ihre Schultern, und ihr Herz geht schneller vor lauter Freude; ihr Blick fällt auf Daddys großen goldenen Freimaurerring, den golden schimmernde Haare seiner Fingergelenke umgeben, und sie kriegt kein Wort heraus. Er ist ein klein bißchen beleidigt, doch er bleibt heiter: »Mir kommt es gar nicht so vor, als hätte mein kleiner Schatz mich auch vermißt.«

Iris murmelt, natürlich habe sie ihren Daddy auch vermißt.

Duke hört es nicht richtig, und sie muß es noch einmal sagen: »Doch, Daddy. Natürlich.«

Wie Iris wisse, seien die vorangegangenen Monate »knifflig« gewesen, sagt Duke. Er habe sich abgerackert, sei mit dem Auto in die abgelegensten Gegenden gefahren – ohne festes Einkommen, nur auf Provisionsbasis. Er sei jedoch entschlossen, die Schulden loszuwerden und einen neuen Anfang zu machen; er werde es wiedergutmachen bei Iris, bei ihr und bei ihrer Mutter, das wisse sie doch bestimmt.

Iris sagt: »Ja, das weiß ich.«

Duke fährt mit gesenkter Stimme fort, so als verrate er ein Geheimnis: »Es ist manchmal das Schwierigste auf der Welt, zu dem viel Mut gehört, sich von denen fernzuhalten, die man mehr liebt als das eigene Leben. Man kann nämlich zu sehr lieben und mit seiner Liebe Schaden anrichten, wenn es ohne Maß und Ziel geschieht. Eines Tages, wenn du älter bist, wirst du das verstehen.« Sie stehen am Fenster; Duke richtet sein Augenmerk auf den Track, wo jetzt weitere farbenprächtig gekleidete Fahrer ihre Pferde warmlaufen lassen. Die Haupttribüne ist fast voll, überall herrscht reges Treiben. Der Himmel ist leicht verhangen. Selbst durch das Tafelglas hindurch wird die gespannte, der Beklemmung vor einem Gewitter gleichende Atmosphäre der Rennbahn spürbar.

Zu Iris' Überraschung schlägt ihr Vater plötzlich einen anderen Ton an: »Kannst du mich nicht wenigstens mal anschauen? Ich schütte dir mein Herz aus . . . und du schaust mich nicht mal an!« Er lacht verärgert. »Du bist genauso schlimm wie deine Mutter.«

Iris sagt: »Aber ich schau dich doch an, Daddy.«

Tatsache ist jedoch, daß die Augen von Duke Courtneys Tochter unter den geraden, fahlen Brauen schmal geworden sind und kalt dreinblicken: so eisig meergrün und grau wie seine eigenen.

Möglicherweise denken Vater und Tochter gerade an ein und denselben Vorfall: Wie Duke Courtney vor etwa einem Jahr auf dem Wohnzimmersofa aufwachte und das ungute Gefühl hatte, daß jemand da war und ihn beobachtete ... und erst nach einiger Zeit (Minuten später? Nach einer Stunde?) merkte, daß es seine eigene Tochter war, seine kleine Iris. Sie stand ganz in der Nähe und starrte ihn schweigend und teilnahmslos an, beobachtete ganz nüchtern, wie der verkaterte Mann sich abmühte, zu sich zu kommen. *Iris? Schätzchen? Kannst du deinem Papa ein bißchen behilflich sein?* murmelte er, denn er meinte, er brauche nur aufzusitzen, um wieder zu Kräften zu kommen und vernünftig denken zu können. Iris reagierte jedoch nicht, sie blieb einfach stehen und beobachtete ihn, schweigend und ungerührt, und als er es endlich fertigbrachte, die Augen zu öffnen und sich aufzurichten, war viel Zeit vergangen, es war niemand im Zimmer, niemand in der Wohnung, sowohl Iris als auch Persia waren weg ... sein kleines Mädchen war fort.

In der Stunde der Not verließ sie ihn, sagte keinen Ton.

Duke Courtney schaut seine hübsche, schmalgesichtige Tochter an und überlegt, ob sie wohl schon Monatsblutungen bekommt. Hat ihn Persia darüber informiert? Müßte man ihm eigentlich Bescheid sagen? Oder hat er das meiste vergessen, was er wissen sollte?

Mit einer halb verführerischen, halb vorwurfsvollen Miene schaut Duke zu Persia hinüber und sagt: »Deine Mutter scheint sich immerhin zu amüsieren.« Und dann, als Iris bloß nickt, weil ihr keine andere Reaktion einfällt, sagt Duke: »Heute könnte ein ganz besonderer Tag sein. Ein denkwürdiger Tag. Dein Daddy hat vielleicht eine nette kleine Überraschung parat.« Jetzt regt sich Iris' Interesse; er drückt den Zeigefinger auf seine Lippen und dann auf ihre. »Aber ich möchte nicht, daß deine Mutter etwas ahnt. Ich möchte ihr Gesicht sehen ... *also laß kein Wörtchen verlauten.*«

Iris fragt: »Was ist es denn? Was ist das für eine Überraschung?«

»Warte mal ab, Schätzchen. Es ist was für Mama.«

»Sag mir's doch, Daddy.«

Duke schlingt die Arme um sie, dreht sie von den anderen weg und sagt, als wäre dies ihr eigentliches Gesprächsthema: »Du weißt doch, Iris, daß ich euch liebe, nicht wahr? Dich und deine Mutter.«

»Ja, Daddy.«

»Auch wenn wir knifflige Zeiten durchmachen mußten, wir drei? Trotz der ... schlimmen Dinge, die dir deine Mutter über mich erzählt hat?«

Iris hat die Augen schüchtern niedergeschlagen.

»Sie hat dir doch so manches über mich erzählt, oder? Ich will es gar nicht in allen Einzelheiten wissen.«

Iris sagt nichts.

Duke redet weiter, hitzig und doch irgendwie unkonzentriert, als wäre er in Gedanken woanders. Er dreht sein fast leeres Glas Scotch in der Hand, so daß die schmelzenden Eisstücke umherrutschen und klimpern, als wären sie ein Würfelspiel. »Naturgesetz, Darwinsche Evolution ... die Familie, genetische Einheit. Und ein Moralprinzip. Blut, Blutlinien. Zwischenmenschliche Beziehungen ... die konkrete physische Erscheinungsform der Menschen ... Körper ...«

Iris möchte Duke nach der Überraschung fragen, nach dem Geheimnis, doch sie weiß, daß sie ihn jetzt nicht unterbrechen darf.

Drunten auf dem sonnigen Track wechselt eines der Pferde plötzlich das Tempo; es lief im Paßgang, doch nun fängt es an zu galoppieren, es schert aus und geht durch, aber der Fahrer packt kräftig zu und bringt es wieder unter Kontrolle.

Darauf komme es an, hat Duke Courtney immer wieder über die Rennen und die Pferde und die Zucht gesagt: auf die Kontrolle.

»Das verstehst du doch, oder? Meine Familie stand für mich immer an erster Stelle. Ich würde jeden umbringen, der meiner Familie schadet, jeden Mann, der es wagt ... Aber manchmal spielt einem das Leben einen Streich.«

Diese seltsame Bemerkung bleibt im Raum stehen; Duke Courtneys Stimme verklingt, doch Iris Courtney wird das immer im Gedächtnis behalten: *Manchmal spielt einem das Leben einen Streich.* Obwohl ihm die Angelegenheit so wichtig ist, starrt er – wer könnte es ihm verübeln? – durchs Fenster, betrachtet die herrlichen Traber und Paßgänger, die Fahrer in ihrem bunten Seidendreß, die Vorbereitungen für das Rennen. Und die erregte Menschenmenge auf der Tribüne: Tausende von Männern und Frauen, Fremde, schimmernde, tanzende Farbtupfer, eine Unmenge ausdrucksloser Gesichter, Gemüter. *So ist es auf der Welt,* scheint Duke Courtney seiner Tochter zu sagen, *da ist sie in ihrem unermeßlichen Reichtum, und das Herz in deiner Brust ist nur eines von vielen.*

Iris sagt in einem neunmalklugen, fast frechen Ton: »Natürlich verstehe ich das, so blöd bin ich nicht.«

Die Plätze, die ihnen Mr. Calvin Yard für das nachmittägliche Rennen zur Verfügung gestellt hat, befinden sich in einem speziell reservierten Teil des Clubhausbereichs. Direkt über der Ziellinie, die blendende Herbstsonne bequemerweise im Rükken. Die besten Plätze in Schoharie Downs.

»Große Klasse, was, diese Plätze? Bist du nicht froh, daß du mitgekommen bist, Schatz, statt zu Hause Trübsal zu blasen?«

Weil er sich privilegiert fühlen darf, bekommen Duke Courtneys Augen ein hartes gelbbraunes Funkeln. Er ist ein Gentleman, der Gefälligkeiten nicht als Selbstverständlichkeit hinnimmt und einen Freund nie vergißt ... und einen Feind genausowenig.

Persia sagt: »Ja, ich glaube schon.«

Persia hat die Rennbahnatmosphäre stets gefürchtet, sie steigt ihr so rasch zu Kopf. Wie eine Bloody Mary am Vormittag: dieser unschuldige, herbe Tomatengeschmack, dann der gewaltige, vibrierende Schlag in den Magen. Im Nu hat ist aller Kummer wie weggeblasen, er hat sich im Blut in prickelnde Bläschen verwandelt.

Immerhin lacht Persia; allmählich amüsiert sie sich.

Iris sitzt neben ihr und knabbert an ihrem Daumennagel herum, während die Rennen des Vorprogramms laufen, wild und unkontrolliert wie Träume. Die Geschwindigkeit, mit der Pferde sich bewegen, ist immer ein ernüchternder Anblick: die donnernden Hufe, die gestreckten Köpfe und Hälse. Im zweiten Rennen gerät ein Pferd auf halber Strecke mitten in einem dahinstürmenden Pulk ins Schlingern, und im Nu entsteht ein Wirrwarr aus Pferden, Sulkys und Fahrern ... auf der Tribüne schreien die Zuschauer auf ... Iris drückt die Hand vor die Augen. Drei Pferde sind an der Karambolage beteiligt; es gibt Verletzte, die ärztlich versorgt werden müssen.

Mit einer hochtrabenden wie auch resignativen Geste zerreißt Duke Courtney seinen Wettschein für dieses Rennen und läßt die grünen Fetzen im Wind davonflattern.

»Wieviel hast du verloren?« erkundigt sich Persia beiläufig.

Sie trägt ein marineblaues Futteralkleid mit einem breitschultrigen Jäckchen, einen Hut mit anmutig geschwungener Krempe und einer Stoffgardenie; sie hat eine warme Haut, einen roten Mund und einen starren, ängstlichen Zug um die Augen, und sie ist entschlossen, mit ihrem Mann taktvoll umzugehen, Vorsicht walten zu lassen ... weil sie weiß, daß sie ihn liebt, daß sie ihn mehr liebt als ihr Leben.

Ihre Beine auseinanderreißend, in ihren Körper eindringend, erfüllt er sie mit seinem Leben. *Wir sind zum Scheitern verurteilt.*

Duke versichert ihr, daß es sich um kleine, gut abgesicherte Wetten handelt, um geringfügige Einsätze in einer Größenordnung von 35 bis 50 Dollar. Sein eigentliches Interesse gelte an diesem Nachmittag ganz allein dem Hengstrennen, genauer gesagt, dem Pferd Lodestar. Wie Mr. Yard sei er gespannt darauf, was Lodestar wohl an diesem Nachmittag auf dem Track zuwege bringen werde: Ein Hengstfohlen, das schon in seinem ersten Qualifikationslauf unter zwei Minuten geblieben sei, dessen Vater in Hambleton als Sieger durchs Ziel gegangen sei, dessen Mutter ... Ein derartiges Klassepferd könne seinen Besitzern Tausende, Hunderttausende von Dollars, vielleicht sogar Millionen einbringen. Duke reibt sich die Oberlippe mit dem Zeigefinger. »Wenn ich nur Geld zur Verfügung hätte für eine Investition, wenn ich bloß früh genug zugegriffen hätte ...«

»Seit wann kennst du Cal Yard?« fragt Persia.

»Oh, erst seit kurzem«, antwortet Duke. »Aber schon lange genug.«

Unter dem Einfluß des Alkohols schweifen Persias Gedanken ab: Die Miete für den Monat Oktober ist längst fällig ... die Stromrechnung für September muß bezahlt werden ... die Rate für den neuen Wagen (ein gebrauchter 1953er Mercury, den sie einem Arbeitskollegen von Persia abgekauft haben) ist fällig ... sie müssen die alten Schulden abstottern ... die Lebensversicherung, die Krankenversicherung, Zahnbehandlung bei allen dreien kommt hinzu ... ein neuer Wintermantel für Iris, weil der alte schäbig ist und peinlich ... der Boiler funktioniert nicht mehr richtig, und wenn der Vermieter für die Reparatur nicht aufkommt ... »Ach, Scheiße«, seufzt Persia.

In der einen Hand hält sie ein silbernes Fläschchen, auf dem die Initialen C.T.Y. eingraviert sind, in der anderen ihren lippenstiftverschmierten Pappbecher.

Bevor die Rennen anfingen, wurden sie von Mr. Yard zum Sattelplatz geführt, um sein Hengstfohlen zu besichtigen. Die vielen Pferde in all den Boxen, die vielen Stallburschen, Fahrer, Besitzer, Freunde von Besitzern, diese Aufregung, Erwartung, Hoffnung – obwohl es sich um ein frohes, festliches gesellschaftliches Ereignis handelt, spürt man in derartigen Augenblicken erschauernd die Vergeblichkeit menschlichen Strebens: *Wir sind zu viele, zu viele, zu viele.* Mr. Yard zog Persia, die sich vor Pferden ein wenig fürchtet, absichtlich ganz nahe zu Lodestars Box hin und sagte gutgelaunt: »Schauen Sie sich diesen Prachtskerl an, meine Schöne. Gesellen wir Schönheit zu Schönheit.« Persia stand plötzlich Auge in Auge mit dem jungen Traber, war überrascht, daß er noch so fohlenhaft gebaut, so zahm war, daß er sie mit einer Art animalischer Melancholie anschaute ... eingesperrt in seiner Box, über seinen Hals, seinen Rücken und seine Hinterhand war eine leichte baumwollene Pferdedecke gebreitet wie ein Schleier. Lodestar ist ein Brauner mit einer hübschen weißen Blesse auf der Stirn, an den Beinen ist er unregelmäßig weiß »gestiefelt«; er ist nicht besonders groß, ziemlich schlank und hat einen mäßig breiten Brustkorb. »Er ist wirklich schön«, sagte Persia, weil sie meinte, daß alle teuren Pferde schön seien, daß der hohe Preis das Schöne an ihnen sei.

Sie drängten sich alle um das Pferd und murmelten lobende Worte. Lodestar blieb an seinem Platz, blinzelte ungerührt und verzog die Nüstern. Die Boxen am Sattelplatz waren blitzblank, nicht eine Fliege war zu sehen ... In den angrenzenden Boxen standen Pferde, Rivalen, die lebhafter zu sein schienen: größer, breitschultriger, selbstsicherer. Iris flüsterte ihrer Mutter ins Ohr: »Er kommt mir so *traurig vor.*«

Persia sagt jetzt: »Ich hatte den Eindruck, daß Mr. Yards Pferd ziemlich ... still ist. Und auch eher zart gebaut im Vergleich zu ...«

Duke sagt: »Ein Riese ist er nicht. Aber er ist sehr schnell und sehr schlau.« Die mobile Startanlage wird den Track entlanggefahren, hinter ihr drängt sich ein Pulk von Pferden. Lichtreflexe bewegen sich über den Track wie unfertige Gedanken. »Er spart sich seine Kräfte auf. Wartet auf den rechten Augenblick. Du wirst schon sehen. Du wirst dich noch wundern! Ich habe schließlich das Pferd rennen sehen, vergiß das nicht!«

»Ja«, sagt Persia. »Ich weiß.«

»Und dazuhin ist Cal mein Freund.«

»Ja.«

»Er würde mich nicht hinters Licht führen.«

»Nein.«

Persia ist leicht benommen, wie im Auto, wenn Duke Vollgas gibt und sie allmählich 160 Stundenkilometer erreichen.

Persia und Duke zanken sich nicht, und sie wollen auch gar keinen Streit anfangen. Jetzt nicht, wo sie wieder zusammen sind und stärker ineinander verliebt sind als je zuvor.

Duke gibt aber noch nicht nach: »Cal ist beeindruckt von dir. Ich wußte das im voraus.«

»Er kennt mich doch gar nicht«, sagt Persia.

»Aber er hat Augen im Kopf«, sagt Duke.

Persia versteht nicht, was das alles soll.

Iris sitzt neben ihr und hört zu, tut aber so, als wäre sie ganz uninteressiert. Persia weiß, daß ihre Tochter jedes Wort mitbekommt, dieses schlaue Kind, das pfiffiger ist, als es zugibt, mehr weiß, als gut ist. Im Laufe des vorangegangenen Jahres hat Persia manchmal gehört, wie Iris im Bad oder in ihrem Zimmer weinte; es war ein gedämpftes, hustenähnliches Geräusch, und es bedrückt sie (so klagt sie Madelyn gegenüber), daß Iris sich nicht in ihren Armen ausweinen will ... daß sie sich dagegen sträubt, mit ihr zusammen Tränen zu vergießen. Sie wird sogar ungehalten, höhnisch und verläßt stampfend das Zimmer, wenn sie Persia weinen sieht: *Ach, Mutter, hör doch um Himmels willen auf damit!*

Madelyn sagt, Duke sei ja wieder da, jetzt werde es keinen Anlaß mehr geben für Tränen.

Wie sie gaffen, diese Tausende von Zuschauern, während die Pferde auf dem Track die Meile zurücklegen; jedes Rennen ist ein Wunder an Konzentration, und auf der Zielgeraden entsteht eine fast unerträgliche Spannung.

Auch Iris wird von der allgemeinen Erregung erfaßt: gestreckte Pferdehälse, bunte Nummern am Kopf ... Beine, Mähnen, Schweife ... Fahrer und Wagen vereint zu einem einzigen Vorwärtsdrängen. Während der rund zwei Minuten eines jeden Wettrennens ein gigantisches Glücksgefühl.

Ein Glücksgefühl, das sie behalten möchte, für immer.

»Es ist doch wirklich schade, daß dieses Pferd disqualifiziert wird, obwohl es im Rennen weitermachen könnte. Warum ist es denn so wichtig, die Gangart einzuhalten?« will Persia wissen. Duke sagt halblaut: »Fragst du das im Ernst, Schatz?« Und der zwei Plätze weiter sitzende Mr. Yard beugt sich zu ihr herüber und sagt: »Gerade darauf kommt es bei dieser Sportart an, Mrs. Courtney: auf die Diziplin, das Training, die richtige Gangart. So ein Pferd ist entweder ein *Pacer* oder ein *Traber*.«

»Naja«, sagt Persia lachend und stöbert in ihrer Handtasche nach ihren Zigaretten. »Aber wieso denn?« Weil sie die Packung nicht findet, schiebt sie die Hand wie ein erfahrener Taschendieb in die Innentasche von Dukes Sakko und zieht seine Camel heraus. Nach einer halbstündigen Pause soll das Hengstrennen beginnen, alle sind gespannt, Duke am allermeisten, obwohl er nach seinen eigenen Worten nur hundert Dollar gesetzt hat auf das Pferd seines Freundes.

Sie reden über die Geschichte und Tradition der Trabrennen. Mr. Yard sagt: »Wagenrennen sind die älteste Form von Pferderennen und auch die edelste. Hier wird das Pferd nicht verschandelt, indem es so ein mickriges, affenartiges Kerlchen auf den Rücken gesetzt bekommt.« Persia sagt: »Aber wieso bringt man die Traber dazu, so ...« – sie sucht nach dem passenden Wort – »... unnatürlich zu laufen? Man zwingt ein Tier dazu, sich entgegen seinen natürlichen Anlagen fortzubewegen, und dann wird es bestraft, wenn es ...« Mr. Yard protestiert lachend: »Aber meine liebe Persia, das ist doch das Schöne daran, verstehen Sie? Das ist wie Poesie oder Musik oder sonstwas –

die Art und Weise, wie ein Pferd läuft.« Persia beharrt auf ihrem Standpunkt: »Aber es ist so unnatürlich. Besonders bei den Paßgängern, wenn sie beide Beine gleichzeitig aufsetzen. Wäre ich ein Vierbeiner, ich würde verrückt werden, wenn ich so laufen müßte.« Sie erschauert, lacht und bläst Rauch durch die Nasenlöcher, als ließe sie der Gedanke nicht los, daß sie auf allen vieren nackt dahinliefe, mit dem rechten Arm und dem rechten Bein aufsetzend, dann mit dem linken Arm und dem linken Bein. Die beiden Männer lachen über sie, doch in ihrem Lachen schwingt Zuneigung mit. Sie sagt: »Ein Tier sollte seiner Natur gemäß leben dürfen!«

Duke erwidert: »Alle Sportarten haben etwas Künstliches, Persia. So ist das beim Sport und beim Spiel, damit wir den Unterschied zum Leben erkennen. Es gibt einen Anfang und ein Ende ... es gibt Regeln ... Grenzen ... klare Sieger und klare Verlierer, in den meisten Fällen.« Er spricht schnell, denn er sieht die Zeitangabe auf der Tafel mit den Wettquoten; er ist in Gedanken bei dem bevorstehenden Rennen, und an seinem Körper bricht der Schweiß aus. Er setzt seiner Frau gegenüber ein Lächeln auf; er drückt ihre und seine Finger ineinander ... diese vielen Finger, die trotz der hitzigen Debatte so überraschend kühl sind. »Was das betrifft, mein Schatz: Sind wir Zweibeiner nicht auch Tiere? Auch du selbst? Unter den Hüllen, unter dem Make-up? In deinem tiefsten Innern?«

Jetzt sind es kaum noch zehn Minuten bis zum Start des Hengstrennens, und Duke Courtney stöhnt laut, als wäre er sexuell frustriert: Großer Gott, wenn er doch nur seinen Einsatz bei diesem Rennen erhöhen könnte – auf dreihundert, auf fünfhundert Dollar!

Persia legt sein Stöhnen falsch aus und sagt: »Bist du nicht mehr ganz bei Trost?«

Duke lacht zornig: »Ja, weil ich's dir recht machen möchte.«

Kurz bevor das Rennen anfängt, wirft Iris einen Blick zu ihrem Vater hinüber und sieht, daß seine Augen gelblich flakkern, wie der Widerschein von Feuer auf Glas.

Lodestar und sein in blaue Seide gekleideter Fahrer beginnen auf einer äußeren, unvorteilhaften Position, doch das Fohlen ist schnell, der Fahrer schlau, und sie kommen rasch voran; auf halber Strecke scheint das Pferd an vierter oder fünfter Stelle zu liegen in einem Feld von vierzehn ... als drei Viertel zurückgelegt sind, an dritter Stelle ... und die Ziellinie erreicht er dann – in einem Durcheinander von donnernden Hufen, bunten Farben und grellen, wirbelnden Rädern – als Zweiter, sechs Zehntelsekunden hinter dem Sieger.

Auf dem zweiten Platz!

Bei all dem Händeschütteln, den Umarmungen und überschwenglichen Gratulationen bleibt Persia Courtney wie betäubt auf ihrem Platz sitzen ... und ihr wird klar, daß Duke bei diesem Rennen viel mehr Geld gewonnen hätte, wenn sie nicht so ängstlich gewesen wäre.

Er scheint jedoch nicht nachtragend zu sein. Er zieht sie hoch und umfaßt ihre Taille wie ein gieriger junger Liebhaber, lacht und küßt sie – auch als sie beteuert: »O Gott, es tut mir so leid, Duke« –, und die anderen schauen zu, mit einem breiten, zufriedenen Lächeln. Was ist denn los? Persia verliert das Gleichgewicht und fällt beinahe zu Boden. Sie und Duke führen sich auf wie ein betrunkenes Paar auf der Tanzfläche. *Was ist denn los?*

»Wir sind reich!« ruft Duke. »Bald schwimmen wir im Geld!«

Die arme Persia braucht einige Minuten, bis sie begreift, was es mit dem Dokument auf sich hat, welches Duke schwungvoll aus seiner Tasche gezogen und ihr überreicht hat: Ist es ein Formular von einer Behörde? Gar ein fertiger, notariell beurkundeter Vertrag? *Cornelius Courtney jr. als Partner von Belvedere Farms, Inc., Lancaster/Pennsylvania ...*

Er habe einen zwanzigprozentigen Anteil an Lodestar erworben, erzählt ihr Duke. Cal Yard habe ihm großzügigerweise erlaubt – denn er sei ja nur ein kleiner Fisch –, ein paar Tausend Dollar in einen potentiellen Champion zu investieren, und schon jetzt, in Lodestars erstem großen Rennen, hätten sie einen Treffer gezogen: die Prämie für den zweiten Platz belaufe sich auf 25 000 Dollar, und ein Fünftel davon ...

Persia Courtney starrt das Dokument an und bricht in Tränen aus.

9

Jetzt machen sie sich überall bemerkbar. Wenn sie umherläuft, wenn sie dahinspaziert, nicht zu langsam, nicht zu schnell.

Aaaaaaaah! Ist die aber süß!

Mannomann, das ist ja nicht zu fassen!

Einfach Spitze!

He, Kleine!

Sei es auf dem Gehsteig, auf der Straße, auf der schmutzigen Gasse hinter dem Wohnblock, auf dem Trampelpfad durch das Ödland hinter der Schule, oder wenn sie, weil sie allein sein möchte, durch das Gelände des Güterbahnhofs streift und mit feuchten Augen den Fluß betrachtet – auf jeder sonnenbeschienenen Fläche, die sie überquert, bekommt sie es zu hören: *He, Kleine! Aaaaaah, Süße!* Und da hat sie nichts anderes im Kopf als diese Jungen, ihre Gesichter, ihre Körper.

Sie lacht auf, es macht sie ganz verrückt. Es ist wie ein Fieberanfall, der das Blut in Wallung bringt. Chubby Checker dröhnt aus Autoradios, Fats Domino röhrt »Ain't That A Shame!«

Jetzt hat es angefangen. Es ist, als stiege sie am Crystal Beach in eine Achterbahn; es gibt kein Entrinnen, bis die Fahrt zu Ende ist ... *kein Entrinnen.* Wird es bis an mein Lebensende so weitergehen? fragt sie sich.

Es ist, als dächte Iris Courtney gerade an etwas anderes – sie muß ja über vieles nachsinnen – und geriete unversehens an die verlassenen, von Sonnenschein überfluteten Orte, wo die verbotenen Gedanken lauern.

Reizvolle Gedanken.

Gedanken, die in die Augen der Jungen dringen. *Aaaaaaaah, Süße, hast du's denn so eilig? Wo geht's denn hin, Kleine?* Einschmeichelnde Pfiffe, feucht und gleitend wie Saxophontöne; man muß genau hinhören, um sie zu vernehmen ... muß wissen, worauf man achten muß.

Ein Freitagabend im Rialto-Filmtheater, dem schäbigeren der beiden Kinos von Hammond, in der oberen East Avenue, kaum zwei Häuserblocks vom Fluß entfernt. Nancy Dorsey flüstert auf einmal Iris Courtney ins Ohr: »O Gott, schau mal. Glaubst du ...? *Nicht hinsehen!*«

Nancy Dorseys heißer Spearmint-Atem. Iris Courtneys heißes, feuchtes Ohr.

Auf der Leinwand Ava Gardners Gesicht so groß wie ein Güterwagen, es neigt sich dem aschgrauen Gesicht Robert Taylors zu, der im Sterben liegt; droben, wo der teppichbelegte Gang anfängt und die Dunkelheit einsetzt, steht Jinx Fairchild mit seinem Freund Bobo Ritchie. Aus welchem Grund kommt jemand zu diesem Zeitpunkt herein, zehn Minuten vor dem Ende des Hauptprogramms? Große, magere, schlaksige schwarze Jungen mit einem schwankenden Gang, als stünden sie auf Stelzen; die Augen, feucht glänzend wie Kugellager, auf das Dunkel gerichtet.

Iris Courtney wirft einen Blick über die Schulter und stellt fest, daß es wirklich Jinx Fairchild ist.

Jedesmal, wenn sie diesen Jungen aus der Nachbarschaft erblickt, muß sie an das Klappmesser denken, das sie vor Jahren gesehen hat ... es gehörte einem weißen Jungen, der groß angab mit seinem tückischen Messerchen, bei dem verdeckte Klingen herauskamen und sogar ein Korkenzieher, wie Körperteile, von deren Existenz man nichts geahnt hat.

Iris Courtney, Nancy Dorsey und Jeannette McNamara – Neuntkläßler an der Hayden Belknap Junior High School – sitzen mit hochgeschobenen Pulloverärmeln da, an den Handgelenken mattierte Schildchen mit eingraviertem Namen, und in der Dunkelheit hat ihre Haut einen gespenstischen weißen Schimmer. Sie starren unentwegt zur Leinwand hoch, als die beiden schwarzen Jungen wie durch Zufall in ihre Richtung gehen ... flüsternd, kichernd, einander stoßend ... als sie, über die Beine anderer Leute stolpernd, in der Reihe genau vor den Plätzen der Mädchen ankommen ... als sie die fleckigen Sitze herunterklappen und sich hineinwerfen, so als wäre es ihnen ganz egal, wenn dabei die Sessel kaputtgehen oder die ganze Reihe verschoben wird.

Gleich darauf strecken sie ihre Beine mit den grellweißen Segeltuchschuhen und Söckchen (die von Jinx Fairchild in Übergröße) von sich und stemmen sie gegen die Rückenlehnen der vor ihnen stehenden Sessel. Auch diese Sitzreihe gerät ins Schwanken wie nach einem leichten Erdstoß.

Die beiden Jungen reißen mit den Zähnen die Zellophanhülle von Süßigkeiten auf.

Beide kauen rasch und gierig, als hätten sie seit Tagen nichts zu essen bekommen.

Die Jungen sitzen natürlich nicht direkt vor den weißen Mädchen, sondern etwas seitlich, damit sie leichter mit ihnen reden können. Was denn los sei in dem Film, fragen sie, warum der Macker da sterbe und wer *die* denn sei? Ob jemand was zu naschen haben wolle? Die Mädchen ignorieren sie, starren wie gebannt auf die Leinwand. Anfangs. Gespenstische Schemen legen sich über ihre blassen, affektierten Gesichter, spiegeln sich in ihren Augen. Dann fangen auch sie an zu flüstern, können nicht widerstehen, können nicht aufhören zu lachen. Süßigkeiten werden nach hinten gereicht, Spearmint-Kaugummistreifen nach vorn. Es kommt zu Heiterkeitsausbrüchen, und in den benachbarten Sitzen drehen sich Erwachsene verärgert herum, murmeln *Psst! Ruhe bitte!* oder *Mund halten!*, was nur noch zur weiteren Belustigung beiträgt.

Die Wochenschau läuft: Bomberpiloten treten an, ein korpulenter Maharadscha läßt sich wiegen, Präsident Eisenhower ist klapperdürr wie der Tod ... Das alles ist urkomisch; die Jungen krümmen sich in ihren Sesseln und schaukeln hin und her, die Mädchen lachen Tränen. Dann kommt ein Platzanweiser, leuchtet mit seiner Taschenlampe in die Gesichter der Jungen und fordert sie auf, ruhig zu sein, was sie jedoch nicht lange befolgen. Dann kehrt der Platzanweiser zurück, läßt wieder seine Lampe aufblitzen, und Bobo Ritchie knurrt: »Hau bloß ab, Mann«, als wäre ihm nicht mehr so recht nach Spaß zumute, obgleich die bestürzten Mädchen in schallendes Gelächter ausbrechen. Dann kehrt der Platzanweiser mit dem Manager zurück, einem vierschrötigen Weißen im Straßenanzug. Mit ihm ist nicht gut Kirschen essen: Er fordert Jinx und Bobo auf, das Kino zu verlassen, und die Jungen gehorchen mürrisch, erheben sich langsam, strecken sich gähnend, stellen sich in Positur für die drei weißen Mädchen und alle, die sonst noch zuschauen.

Und jeder im Rialto, ob Weißer oder Neger, schaut zu.

»Raus mit euch, Jungs! Raus! Auf geht's!« ruft der Manager nervös.

»Okay, Mann, immer mit der Ruhe!« sagt einer der beiden Jungen. »Is ja gut, Mann, wir sind schon unterwegs«, sagt die andere Gestalt, die größere, welche die Sicht auf die Technicolor-Leinwand versperrt. Der Fairchild-Sprößling zieht den Reißverschluß seiner Schaffelljacke hoch, als wetze er ein Rasiermesser; Bobo, der im Profil furchteinflößend aussieht, zieht seine gestrickte Wollmütze tief in die Stirn wie Joe Louis auf einem alten Foto. Frotzelnd und laut lachend stolzieren die beiden den Gang hinauf, hinter ihnen der aufgebrachte weiße Manager und der junge weiße Platzanweiser mit seiner Taschenlampe. Als die beiden Jungen verschwunden sind, geht eine Welle der Erleichterung durch das Publikum. Die Technicolor-Gestalten fluten wieder auf die Leinwand.

Iris Courtney aber flüstert ihren Freundinnen zu: »Los! Gehn wir!«

Sie ist wild entschlossen, greift nach ihrem Mantel, während die beiden anderen Mädchen sie verblüfft anstarren. »Auf! Los!« sagt sie, doch Nancy Dorsey meint zögernd: »Ich weiß nicht recht . . .«, und Jeannette sträubt sich: »Ach, Iris, lassen wir das lieber.«

Iris ist bereits auf den Beinen, drückt sich durch zum Gang, mit einer Entschlossenheit, die ihre Freundinnen bei ihr selten erlebt haben. »Also, dann geht zum Teufel!« sagt sie, während sie blindlings den Gang hinaufrennt. Dann kommt sie in das hell erleuchtete Foyer, das nach ranzigem Popcorn riecht und nach zuckrigen Limonaden . . . kommt hinaus auf die Straße, wo etwas Schnee fällt und wo der Himmel jenseits der Straßenlampen nicht mehr zu sehen ist. Sie ist so entschlossen aus dem Rialto gestürmt, sie hat so einen merkwürdigen Ausdruck in ihrem blassen Gesicht und in ihren hellen Augen, daß man meinen könnte, jemand habe sie gerufen oder warte auf der Straße auf sie im feuchten Schneegeriesel.

Aber dort ist kein Mensch; die schwarzen Jungen sind schon weg.

Ich möchte Gutes tun.

Wenn es dich gibt, Gott, dann hilf mir, gut zu sein.

In ihrer Wohnung Holland Street 372, die sich im vierten Stock befindet und keinen Aufzug besitzt, liegt Iris Courtneys Zimmer hinten; es ist selbst an sonnigen Tagen ein düsteres Kabuff, eine Höhle, in welche Lichtstrahlen allenfalls schräg und gleichsam widerwillig einfallen und wo sie sofort von der dicken Luft aufgesogen werden. Das Zimmer hat nur ein einziges, rechteckiges Fenster, das dauernd im Schatten einer Außentreppe liegt, die sich quer davor hinzieht wie die Kante einer Hand, welche die Augen abschirmt.

Erinnert sich Iris als Erwachsene an dieses Zimmer, dann denkt sie an die seltsame Architektur, an die willkürliche Art und Weise, wie es zu »ihrem« gemacht wurde, die Ungerechtigkeit ... jahrelang in einem Raum mit so wenig Sonnenschein wohnen zu müssen, der etwas so Unnatürliches, Herabwürdigendes an sich hatte! Und sie wundert sich, weshalb sie als Heranwachsende nicht dagegen protestierte, weshalb sie nicht verärgert oder verbittert war. Doch in in der Zeit ihres Hierseins beklagt sie sich bei Persia selten über das Zimmer, eher noch über die Wohnung oder das Gebäude mit seiner verlotterten Fassade, dem übelriechenden Treppenhaus und den »problematischen« Mietern, oder über die Holland Street oder die gesamte Gegend, die Unterstadt. Als sie an die meilenweit entfernte High-School von Hammond Central wechselt, die zur Oberstadt gehört, merkt sie genau, daß sich ihre Adresse nachteilig auswirkt – ein peinlicher Umstand, der ja durchaus behoben werden könnte, wenn die Dinge anders liefen.

Doch in Wirklichkeit ist dieses Zimmer der Ort, an dem sie ihre Phantasie spielen läßt, an dem Erinnerungen wachwerden, an dem sie Pläne schmiedet, an dem sie nachdenkt und Erwartungen hegt. Sie verbringt viel Zeit am Fenster, wo sie, den Kopf gesenkt wie in einer Demutshaltung, auf die Gasse hinunterschaut und hinüber zur Rückseite der Wohnblocks auf der anderen Seite der Gasse; bei Nacht betrachtet sie die erleuchteten Fenster, die mit Vorhängen und die vorhanglosen; manche der Mieter kennt sie mit Namen, insbesondere diejenigen, die Kinder ihres Alters haben, und es wirkt irgendwie wohltuend auf sie, daß diese Menschen daheim sind – daß sie gemeinsam eine Mahlzeit einnehmen, gemeinsam fernsehen, sich fertig machen zum Schlafengehen –, nämlich dort, wo sie hingehören.

Ihr Onkel Leslie hat vor Jahren eine Reihe von Aufnahmen gemacht, hat Bürogebäude, Wohnblocks, Eigenheime bei Nacht fotografiert, mit Gegenüberstellungen von Dunkel und Hell, und zwar aus der Froschperspektive. Beim Betrachten spürt man die unüberwindliche Entfernung zwischen dem *Hier* und dem *Dort*.

Manchmal steigt Iris aus dem Bett, hockt im Schlafanzug an ihrem Fenster und schaut zu, wie die Lichter auf der anderen Seite der Gasse nacheinander verlöschen; wenn sie sich hinunterduckt, wenn sie den Hals vorreckt und die Wange an die rauhe Oberfläche des Fensterbretts drückt und hinaufschaut, kann sie ein Stück Nachthimmel sehen ... manchmal sogar den Mond.

Den Mond: dieses grimmige Gesicht, das aussieht, als wäre es innen erleuchtet.

Den Mond: den Beweis dafür, daß es am Himmel Entfernungen gibt, die wahrhaft unüberwindlich sind. Eine Sphäre, in welcher menschliches Sinnen und Trachten nichts gilt, in der es dafür nicht einmal eine Sprache gibt.

Gott, hilf mir, gut zu sein.

Wenn es dich gibt, Gott: Ich weiß ja, daß ich kaltherzig bin.

Gott, existierst du? Und wer ist denn »Iris«, warum ist sie da?

So geht es weiter, bis der herannahende Schlaf in einem unkontrollierten Moment eine einzige Empfindung macht aus ihrer unbequemen Positur am Fenster, dem Kratzen des rauhen Holzes an ihrer Wange und den unausgesprochenen Fragen, deren sich Iris Courtney bei Tage schämen würde.

»Ich rede doch ganz normal ...«

»Du liebe Güte!«

»Unterbrich mich nicht! Du hast mich beschuldigt ...«

»Wer hat denn damit angefangen?«

»Stimmt ja überhaupt nicht. Das bildest du dir ein ...«

»Also, wo warst du dann? Und wo warst du am Freitag?«

»Hab' ich dir ja erzählt.«

»Und wieviel war es diesmal?«

»Schatz, das hab' ich dir doch gesagt.«

». . . kann's nicht ertragen, daß du mich belügst!«

»Sei doch nicht so laut! Du weckst noch . . .«

»Und du? . . . Wo hast du meine Zigaretten hingelegt?«

». . . mich beschuldigen. Diejenigen, mit denen ich in den letzten paar Monaten zusammengekommen bin . . .«

»Da kann ich nur lachen! Teure Freunde . . . ›Kumpels‹ . . . Du hältst mich wohl für bescheuert . . . Wo ist dein Feuerzeug? Meines . . .«

»Brauchst du noch etwas Eis? Ich leg' mich hin.«

». . . sollten uns beide hinlegen.«

»Wenn du vernünftig wärst . . .«

»Also, hier schläfst du heute nacht nicht, deshalb . . .«

»Wenn ich wollte, könnte ich schon . . .«

». . . eine Unverschämtheit, wenn ich mir's recht überlege. Als ob ich was dafür kann, wenn mich jemand anschaut. Wenn ich nicht arbeiten gehen müßte . . .«

»Das ist das Neueste! Dir gefällt es doch dort, wenn du mit dem Arsch, mit den Titten wackeln kannst, mit deinen tollen seidenweichen Titten. Du glaubst wohl, ich . . .«

»Mistkerl. Du weckst sie noch auf.«

». . . rede ja ganz normal, zum Donnerwetter!«

»Gehst du zu Bett? Ich brauche noch ein bißchen Eis.«

»Wo sind die Streichhölzer?«

»Auf dem Büfett, glaub ich. Nein, Moment . . .«

»Schatz, wenn wir . . .«

»Jaja, aber du kommst mir nicht in dieses Bett.«

». . . uns nur im Grundsätzlichen einig wären.«

»Dieses Bett, das du besudelt hast.«

»Ach Gott, kommt das schon wieder? Ein einmaliger Ausrutscher . . .«

»Und dann lügst du mich auch noch an!«

». . . ein verdammter Ausrutscher.«

»Ja, und dann beschuldigst du mich! Dein Freund Jimmy French meinte, das sei dann doch . . .«

»Laß dieses Arschloch aus dem Spiel.«

»Jawohl, er ist ein Arschloch, da hast du ausnahmsweise recht, du Schlaumeier: daß er dir Geld geliehen hat!«

»Kannst du keine Rücksicht nehmen? Ihr Zimmer ist gleich nebenan.«

»Gibt's Eis?«

»Ist das dein Glas?«

»Brauch' noch 'n bißchen.«

»War doch noch welches da. Ich dachte ...«

»Morgen? Oder ...«

»Sei doch vernünftig ...«

»*... schläfst nicht unter diesem Dach. Kommt nicht in Frage.*«

»Und was du alles anstellst! Erzählst wohl Iris diesen ganzen Scheißdreck? Und meinem Bruder auch?«

»... ist zehnmal besser als du. Du Lügner, Dreckskerl.«

»Du bist betrunken. Paß auf die Zigaretten auf ...«

»*Du* bist doch betrunken. Gestern nacht, heute nacht und ...«

»Du sollst nicht so laut reden, hab' ich gesagt.«

»Wenn du mich schlägst, du Dreckskerl, dann ...«

»Du sollst nicht so ...«

»... Unverschämtheit. Mir zu sagen, daß du mich liebst, und im nächsten Moment ...«

»Ich liebe dich wirklich.«

»Und deine Tochter?«

»Ich liebe euch doch beide.«

»Rühr mich bloß nicht an.«

»Wenn du mich nicht mit Absicht mißverstehen würdest ...«

»›Das Leben ist eine ernste Angelegenheit‹, sagt er, ›eine bitterernste. Weil unsere Zeit einmal zu Ende geht‹, sagt er, der Herr Schönredner. ›Aber das Leben ist auch ...‹«

»... ein Spiel. Stimmt doch, ist doch klar!«

»Sagt der hochtrabende Herr. Der Quatschkopf, der Klugscheißer.«

»*Das Leben ist bitterernst, aber es ist auch ein Spiel, wenn ...*«

»Blöder Schwätzer.«

»... mit Absicht verzerrt dargestellt, auf dein Niveau heruntergeschraubt ... Blödsinn ...«

»Kööööstlich, darf man sich nicht entgehen lassen.«

»... hysterisches Frauenzimmer.«

»Sunny side of the street. Life can be so sweet.«

»Also Persia, jetzt hör doch um Gottes willen ...«

»... coat an' get your hat ... Leave your worries on ...«

»Es gibt nichts Schlimmeres als eine besoffene Frau.«

»Schöööön gesagt, Herr Klugscheißer. Jetzt auf einmal ...«

»... Iris aufwecken? Und die Nachbarn?«

»Du tust mir weh, verdammt nochmal. Laß los!«

»Willst du dich lieber blamieren, und mich dazu, und ...?

»Loslassen!«

»... hysterisch. Jeden Scheiß ...«

»Lieber soll sie tot umfallen. Mein Vater hatte recht, als er sagte, er wäre lieber tot als bankrott und unfähig ...«

»Dein Vater! Da muß ich aber lachen! Dieser ...«

»Glaubst du das wirklich? Ist das dein Ernst?«

»... saublöd, wußte nicht, wo hinten und vorn ist.«

»Ich würde dem Kind die Kehle durchschneiden, damit ihm das Schlimmste erspart bleibt, und dann würde ich mich selbst umbringen! Das kannst du mir glauben!«

»... absichtlich verzerrt dargestellt, alles heruntergeschraubt auf dein blödsinniges Niveau.«

»... glaubst du mir das etwa nicht?«

»Also, dann geh ich.«

»Ja, geh fort! Geh zum Teufel!«

»Unvernünftig. Und das jedesmal.«

»Geh doch! Hau ab!«

»Dich blamieren, und mich dazu, und ...«

»Die Flasche wirst du aber schön dalassen. Genau dort, wo sie steht, mein Lieber.«

»Ich hab' sie mitgebracht, und ich werde ...«

»Werd' gleich die Polizei anrufen, paß auf. 'Sobald Sie provoziert oder bedroht werden', hat man mir gesagt ...«

»Sei doch leise, um Gottes willen!«

»Ich spreche doch in einem ganz normalen Ton.«

»Hör doch mal zu ...«

»Gibt's noch Eis? Wenn du ...«

»Ist das dein Glas?«

In jenem an die Außentreppe grenzenden Zimmer steht eine Frisierkommode, welche Duke zu Iris' zehntem Geburtstag aus einer Orangenkiste und Sperrholzbrettchen sowie mit zwei Spiegeln von Woolworth zusammengebaut hat, einem rechteckigen Spiegel als Abdeckplatte und einem ovalen als Standspiegel. Den gerafften rosafarbenen Vorhang aus Baumwollstoff fertigte Tante Madelyn auf ihrer Singer-Nähmaschine.

Iris' Frisierkommode ist eine kleinere Version von Persias glitzernder Frisierkommode, doch hat Iris natürlich keine Kosmetika dort stehen, keine Fläschchen mit Parfüm, Nagellack oder Feuchtigkeitscreme, dort befinden sich nur ein paar verstaubte Glastiere, ein Elfenbeinkästchen mit Haarklemmen, eine Haarbürste für Kinder, ein Kamm sowie ein Spiegel-Set, das Persia ihr gekauft hat; diese Gegenstände räumt Iris ordentlich zur Seite, wenn sie sich während ihres letzten Schuljahres an der Hayden Belknap Junior High School in ihr Zimmer zurückzieht, um ihre Hausaufgaben zu machen, anstatt diese, wie sie es jahrelang getan hat, am Küchentisch zu erledigen. Im Gedächtnis von Iris verschmelzen die mühseligen schriftlichen Arbeiten, die Rechenaufgaben und das Nachdenken nicht nur mit den Spiegeln, in denen ihr Gesicht abgebildet ist, sondern auch mit reflektierten Bildern, die einander wie in einem Spiegelkabinett verhöhnen und übertrumpfen.

Manchmal klopft Persia kurz an die Tür, streckt den Kopf herein und fragt, ob Iris nicht herauskommen und ihr Gesellschaft leisten wolle ... oder, wenn Duke zu Hause ist, ob sie nicht zu ihnen kommen möchte. Warum sie denn ganz allein dasitze? Ob sie denn eine kleine Eigenbrötlerin sei?

Iris sagt: »Draußen kann ich mich nicht recht konzentrieren.«

Hier liest Iris auch manchmal, wenn sie ihre Hausaufgaben erledigt hat, in der Bibel.

In der kurzen, doch intensiv erlebten Zeitspanne, als sich Iris Courtney von der religiösen Begeisterung einer ziemlich hübschen und beliebten Mitschülerin anstecken ließ (oder zumindest so tat), besuchte sie in der presbyterianischen Kirche in der Attica Street den Gottesdienst – sie ging sogar gemeinsam mit dem Mädchen und dessen Familie zur Kirche, allesamt überzeugte Christen, die sich mit Iris anfreundeten, um mit der Zeit alle Courtneys zum Besuch ihrer Kirche bewegen zu können.

Die Bravermans. Iris' Freundin heißt Caroline Braverman.

Und Iris hofft darauf, in den Jugendchor aufgenommen zu werden, dem Caroline angehört. Sie weiß, daß sie immerfort glücklich wäre, wenn sie zu den Jungen und Mädchen gehören könnte, die mit solcher Inbrunst »Ein feste Burg ist unser Gott«, »Christe, du Lamm Gottes« und »Komm, Himmelsfürst« singen.

(»Lachhaft!« sagt Duke Courtney, und er meint es ernst. »Kein Kind von mir soll auf so einen Quatsch hereinfallen.« Gereizt erwidert Persia: »Ach, laß sie doch in Ruhe. Was sie da erlebt, ist nur so eine Phase.«)

Es ist aber keine Phase, denkt Iris, es ist etwas Bleibendes.

Lieber Gott, hilf mir, gut zu sein.

Lieber Gott, mach, daß Jesus in mein Herz kommt.

Die meiste Zeit verkriecht sich Iris in ihr Zimmer, weil ihr Persia und Duke zuwider sind.

Jetzt ist das Wetter umgeschlagen, es ist fast über Nacht frostig kalt geworden, und sie können nicht mehr draußen auf der Treppe sitzen, um zu trinken, zu rauchen und ihre Probleme zu »diskutieren«. Sofern ihre Eltern nicht zu diesem Zweck ausgehen oder wenn Duke nicht ohnehin weg ist, sind sie in der kleinen Wohnung beisammen, eingesperrt wie Tiere in einem Zoogehege, und aus dem kleinsten Anlaß kann sich ein Streit ergeben: Man zündet unvorsichtigerweise ganz in der Nähe von brennbarem Material ein Streichholz an, und schon geht es los!

In letzter Zeit neigt Duke zu Gewalttätigkeiten. Er schlägt mit der Faust an die Wand, droht Persia Prügel an, drückt sie manchmal gegen den Türrahmen und schlägt mit der flachen Hand zu.

Und bei Persia gibt es Temperamentsausbrüche. Plötzlich wird Glasgeschirr zertrümmert, wird etwas auf den Boden geworfen, wird eine Tür zugeknallt.

Wenn jemand aus der Wohnung stürmt, ist es immer Duke. Ein Vorrecht der Männer.

Persia bleibt da, schreiend und schluchzend: »Du Lügner! Du Mistkerl! Ich hasse dich!« Oder es herrscht Totenstille, und wenn Iris schließlich ihr Zimmer verläßt, findet sie ihre Mutter in einer stocksteifen Haltung vor; Persias Gesicht ist tränenfeucht, ihr Mund bewegt sich stumm.

Manchmal tritt Iris beim Anblick Persias den Rückzug an; sie hat Angst, sie ist feige, und sie haßt ihre Mutter, wenn sie so aussieht; deshalb zieht sich Iris in ihr Zimmer zurück, starrt im ovalen Spiegel ihr blasses, verschwimmendes Gesicht an und denkt, daß die Liebe zwischen Mann und Frau, wie sie in all den Schlagern besungen wird, ein Hunger ist, der durch bloßen Besitz niemals gestillt werden kann.

Dennoch träumt Iris von Körpern.

Von männlichen, von weiblichen Körpern.

Oooooh, was die so alles miteinander tun, das ist nichts für dich, Schätzchen, das ist nichts für kleine Mädchen, und wackle beim Gehen bloß nicht mit den Hüften, streck' bloß den Busen nicht vor, Wörter wie »Titten«, »Möpse«, »Arsch«, »Fotze« und »Pimmel« sollst du nie in den Mund nehmen, verhalte dich immer ganz unauffällig und erwidere nie den Blick eines Mannes oder eines Jungen. Doch auf einmal tauchen sie überall auf: Jungen, die sie unverschämt anstarren, Jungen, die ihr lediglich einen Blick zuwerfen, und Jungen, die sie anscheinend kaum beachten. Weiße Jungen, schwarze Jungen. Jungen an der Schule. Ältere Jungen. Männer. Von zwei Matrosen mit weißen Seesäcken über der Schulter, die aus dem Greyhound-Busbahnhof marschierten, langgezogene, speichelfeucht klingende Pfiffe – unisono.

Die schwarzen Jungen. Die Jungen aus der Nachbarschaft.

Little Red Garlock in der Gasse beim Wasserlassen, mit gespreizten Beinen und ganz mit Absicht dort, wo Iris ihn nicht übersehen konnte – das Schwein.

Jener merkwürdige Mann, er machte sich nur als Al bekannt, der an die Tür klopfte, als Iris vor ein paar Wochen bei einer Freundin von Persia ein paar Häuser weiter auf das Baby aufpaßte. Iris öffnete gedankenlos die Tür, und da stand »Al«, der angeblich den Mann von Persias Freundin besuchen wollte: Etwa so alt wie Iris' Vater – die Haut wie verbrüht, Augen in der Farbe von Vierteldollarmünzen, hemdsärmelig, obwohl die Temperatur draußen unter Null lag –, und er starrte Iris ein bißchen zu lange an, bevor er sich umwandte. *Doch dieser Mann hat etwas an sich, wie er so grinst, wie sein Mund zuckt, das ist wie eine vieldeutige Bemerkung,* etwas Süßes und Giftiges, das sich über Wochen hinweg in Iris Courtney festsetzt.

Duke sagt: »Also, mit diesen farbigen Burschen solltest du dich nicht unbedingt anfreunden. Und halte dich nicht allein bei ihnen auf. Was so ein schwarzer Mann einem weißen Mädchen antun möchte ... großer Gott, das kannst du dir gar nicht vorstellen.«

Duke sagt: »Am liebsten würden sie uns die Haut abziehen, so sehr hassen sie uns. Doch sie können es nicht. Also sind sie gezwungermaßen höflich uns gegenüber, und wir sind ihnen gegenüber höflich, aber verwechsle das nie mit irgend sonst etwas, Iris.«

Die Jungen aus der Nachbarschaft. Die schwarzen Jungen. Schwarze Männer. Sie lungern in der Gowanda Street am Eingang des Friseursalons herum, kreischen vor Lachen am Eingang der Fischbraterei, des Hähnchengrills, vor Leo's Bar & Grill, vor Poppa D's, vor dem Cleveland Social Club mit seiner fensterlosen, stahlblau gestrichenen Fassade. *Geh nicht zu schnell,* schärfen die weißen Mädchen einander ein, *aber auch nicht zu langsam.* Den ängstlichen, zitternden Blick genau nach vorn gerichtet, in der Magengrube ein Kribbeln, als zappelten Elritzen im flachen Wasser.

Manchmal schnappen die Mädchen Gesprächsfetzen der Männer auf, manchmal müssen sie ihre Phantasie zu Hilfe nehmen.

Ein junger, gutaussehender Schwarzer, der sich dahinbewegt, als fahre er gerade in seinem Auto durch die Gegend – er geht auf der Pitt Street in südlicher Richtung, Iris in nördlicher –, verschlingt sie mit den Augen, entblößt seine hauerartigen Zähne zu einem Lächeln und ignoriert sie in dem Moment, in dem sie aneinander vorbeigehen, als wäre sie eine ausgespuckte Obstschale ... *und das ganz mit Absicht, ganz stilisiert.* Wie in einem neuen Schlager, den Iris noch nicht gehört hat.

Sie glaubte, der junge Mann sei Sugar Baby Fairchild, und dann merkt sie, daß sie sich wohl geirrt hat. Sie hat Sugar Baby anders in Erinnerung, magerer und freundlicher.

Ohne daran zu denken, daß so etwas an der Schule weitererzählt werden könnte, gesteht Iris einer ihrer Freundinnen: »Wenn ich eine Farbige wäre, dann wüßte ich wenigstens, wer ich eigentlich bin!«

11

An einem Samstagnachmittag, es taut schon fast an diesem Märztag des Jahres 1956, braust Little Red Garlock daher in seiner grünen Windjacke aus Segeltuch, mit einer verkehrt herum aufgesetzten Baseballmütze, die Knie nach außen gestreckt, strampelt eifrig auf einem Fahrrad, das zu klein für ihn ist, durch den Verkehr auf der unteren Railroad Street ... und für jedes einzelne Mädchen zwischen zwölf und zwanzig, welches sich irgendwo am Straßenrand in Hörweite aufhält, hat er etwas ganz Spezielles parat: Er sagt es mit einem breiten, feuchten Grinsen, dehnt die regenwurmartige Haut seiner Lippen, läßt die Augenlider herunterhängen wie die Killer im Kino. Von manchen Mädchen kennt Little Red den Namen, andere kennt er vom Sehen; einige wenige rufen etwas zurück, doch die meisten starren ihn einfach überrascht oder ungläubig an oder zucken seltsamerweise vor Scham zusammen. Diese Scham erregt ihn am meisten. Spaß macht es auch, wie unterschiedlich dieselben Mädchen an verschiedenen Tagen reagieren, je nachdem, ob sie ihn rechtzeitig erblicken. Little Red kümmert sich einen Scheißdreck darum, ob er in der Gegend Schwierigkeiten kriegt – nur mit der Polizei möchte er keine Scherereien bekommen, denn das bringt dann Scherereien mit seinem Daddy –; er läßt sich jedoch, so scheint es, von seinem Instinkt leiten: Er weiß offenbar, welche Mädchen die richtigen sind, er freut sich über seine unheimliche Macht, seine Botschaft bei einem den Gehsteig entlangspazierenden Mädchen anzubringen, wobei andere, die sich in der Nähe aufhalten, etwa die Mutter oder eine kleine Schwester, rein gar nichts mitbekommen. Selbst wenn das Mädchen weitergeht und nicht zu ihm rüberschaut und so tut, als hätte sie nichts gehört, *weiß Little Red genau, daß sie's gehört hat.*

Als Little Red die kleine Courtney erblickt, wie sie gerade die Straße überquert, macht er deshalb gleich einen Schwenk in ihre Richtung und säuselt: »He, Kleine! He, Iiiiiris!« – auf diese vielsagende, einschmeichelnde Art, die er so gut beherrscht, als wäre es ein Song, den er so vor sich hinsingt, der ja gar nichts Übles oder Ekliges an sich hat – »He, du geiles Stück, willst du meinen Schwanz lutschen?« Und im Vorbeiflitzen bleckt er für diese bleichgesichtige kleine Mieze die Zähne und setzt sein bestes Grinsen auf und starrt ihr, die so überrascht ist, daß sie den Blick nicht mehr rechtzeitig abwendet, in die Augen: »Aaaaaaaaaaaaaaaaaaaaah!«

Little Red sei geistig zurückgeblieben, heißt es, doch das stimmt nicht; vielleicht tut er manchmal nur so.

Wie jetzt zum Beispiel. An diesem sonnigen Tauwettertag im März. Als er auf einem Fahrrad, das einem seiner Brüder gehört, umherfegt und mal diesem, mal jenem Mädchen seine Botschaft entgegensäuselt, Zuckerpuppen, die so süß sind wie eine Handvoll klebriger kandierter Mais, den Little Red so mag. Er ist ein harter Hillbilly-Typ, der den Stoß und das Zusammenprallen der Zähne kaum spürt, wenn das Vorderrad in ein Schlagloch gerät; er fliegt einfach dahin, so schnell und so froh und mit einem so guten Gefühl, daß er nicht zu überlegen braucht, wo er denn hinfährt und warum; das macht er erst, wenn er irgendwo angekommen ist.

Little Red hat herausgefunden, daß die Leute einem schon sagen, wo's langgeht, sobald man ihnen den Gefallen tut, den Arsch aus dem Sattel zu hieven.

Er ist unterwegs zum Lagerhaus der Firma Mayflower Movers, das am Fluß steht – dort hat er einen Job, er hat die Stelle nach Weihnachten angetreten. Er verlädt zusammen mit seinem Vetter Carly Boback Umzugskartons, kriegt dafür 1,20 Dollar die Stunde, und das ist ein Klassejob, wie ihn Little Red Garlock zeit seines Lebens noch nicht gehabt hat.

Man sagt, der gemeine und verschlagene Typ, der er ist, sei Little Red Garlock dadurch geworden, daß ihn sein Daddy Vernon Garlock einmal zuviel auf den Kopf gehauen hat. Das mag schon stimmen oder zumindest einigermaßen der Wahrheit entsprechen.

Es gibt da sogar Augenzeugenberichte, daß Vernon den Jungen mit seinem Gürtel verdroschen und ihn halb nackt auf die Straße hinausgejagt hat, selbst bei schlechtem Wetter. Vernon sei stockbesoffen gewesen, der Junge habe gewinselt wie ein Tier. Das mag tatsächlich Little Red gewesen sein, vielleicht aber auch ein anderer Junge; im Hause Garlock wimmelt es ja stets von Kindern, die alle dann und wann eine Tracht Prügel nötig haben.

Inzwischen ist es so, daß sich die Polizisten des siebten Bezirks von Hammond kaum noch die Mühe machen, einen Streifenwagen loszuschicken, wenn sie von Nachbarn der Garlocks – oder anderer problematischer Familien, etwa der Feneys, McAleers oder Winnicks – alarmiert werden. Das sind familieninterne Schwierigkeiten, mit denen sie sich nicht zu befassen brauchen. Wenn ein Mann seine Frau verprügelt oder ein Vater seine Kinder, fühlt sich die Polizei nicht zuständig – solange dabei niemand ums Leben kommt. Vernon Garlock hat ja schon mehrmals gesessen, seine längste Gefängnisstrafe war dreißig Tage (Körperverletzung, Unruhestiftung in betrunkenem Zustand); Little Red ist von der Polizei auch schon aufs Revier geschafft und herumgeschubst worden, bis er vor Angst ganz klein und mickrig wurde, doch im allgemeinen lassen jene Anrufe die Polizisten des siebenten Bezirks kalt. Sie müssen sich mit gravierenderen Straftaten befassen: mit Morden, bewaffneten Raubüberfällen, randalierenden Niggern. Als Nancy Dorseys Mutter die Polizei anrief und sich darüber beschwerte, daß der junge Garlock ihre zu jenem Zeitpunkt elf Jahre alte Tochter »anfasse«, »belästige« und »bedrohe«, sagte ihr der diensttuende Wachtmeister, sie solle doch aus der Gegend wegziehen oder ihr kleines Mädchen nicht aus dem Haus lassen; zum Schluß meinte er: »Ist ja nicht so schlimm, es war ja kein Nigger.«

Little Red sei schon dreckig geboren, sagen die Leute.

Nicht bloß die schmutzige Phantasie und das Schandmaul – das zeigte sich erst, als er etwa acht Jahre alt war –, sondern die Unsauberkeit an sich: Schon als neugeborenes Baby, als er gerade rosig glatt und glänzend aus dem Schoß seiner Mama gekommen war, umgab ihn eine Schicht, die aussah wie eine jahrealte Ablagerung.

Dazu hatte er einen dichten karottenroten Haarschopf. Ein dickes, stämmiges, brüllendes Baby von zehn Pfund Gewicht.

Er saugte nicht bloß grapschend an der Brust seiner Mama, er biß zu, er nagte und quetschte daran herum; er verlangte strampelnd nach mehr Milch, selbst als sie ihm aus dem Mund tröpfelte.

Als kleines Kind war Little Red stets verdreckt. Er bedeckte sich selbst und einen jeden, der so unvernünftig war, ihn im Arm zu halten, mit Schmutz. Er beschmutzte seine ganze Kleidung sowie die Bettwäsche und die Decken, auch die Teppiche, die Böden und die Wände im Haus der Garlocks, er beschmutzte sogar Dinge, an die er nach Meinung der Familienangehörigen gar nicht herangekommen war! Mrs. Garlock war fest entschlossen, ihn mehr zu lieben als alle anderen Kinder, weil sie vor der Geburt eine Vision gehabt hatte: Ihr war der Erzengel Gabriel erschienen, in der ausgestreckten Hand ein »hell glänzendes« Baby mit leuchtendrotem Haar, das ihrem Großvater nachschlug, welcher im Ersten Weltkrieg in Frankreich bei einem Gasangriff umgekommen und in einer ihnen allen unbekannten Gegend namens Normandie in einem Massengrab beerdigt worden war – dieser arme Mann, der kein erfülltes Leben gehabt hatte, wollte jetzt wieder auf die Welt kommen. Das Baby erhielt bei der Taufe seine Vornamen, nämlich Patrick Wesley, und Mrs. Garlock war bestrebt, sich nicht beirren zu lassen durch den Schmutz, von seinem widerlichen Benehmen, von seiner Angewohnheit, überall hinzupin keln und auch noch Schlimmeres zu hinterlassen und damit gelegentlich herumzuspielen und es an die Wand zu schmieren. Verkrustete Babyscheiße im Haar der armen Frau, fortwährend unter den Fingernägeln, Spuren davon auf allem, was ihr lieb und teuer war, auf ihren handbestickten Überschlaglaken und Kissenbezügen und den Zierdeckchen, die sie aus der Heimat in den Norden mitgebracht hatte.

Jahrelang bemühte sich Mrs. Garlock nach Kräften um das Kind. Sie versuchte, es sauberzuschrubben, ihm Reinlichkeit beizubringen; sie drückte es immer wieder in die Wanne hinein, bis ihre Finger schließlich rauh und wund waren und der Junge dann doch zu kräftig war für sie, zu kräftig und zu hinterhältig. Im Alter von fünf Jahren hatte Little Red kleine, feste Muskelpakete, so daß ihn die Leute lachend angafften und fragten, ob er ein erwachsener Liliputaner sei. Und dann dieser übergroße Schädel mit dem orangeroten Haar, den der Junge bald für Kopfstöße verwendete, manchmal sogar gegen seinen eigenen Daddy. Vernon Garlock züchtigte den Jungen, wie er es bei all seinen Kindern getan hatte und wie sein eigener Daddy es bei ihm gemacht hatte, doch ein Arm kann ermatten, man kann sogar das Interesse am Verprügeln verlieren. Die Brüder und Schwestern von Little Red lernten rasch, auf Distanz zu gehen. So blieb es Vesta Garlock vorbehalten, dazu beizutragen, daß der eine »Patrick Wesley« in Gestalt des anderen »Patrick Wesley« lebendig werden konnte, ohne daß sie wußte, wo der eine aufhörte und der andere anfing – oder ob der ältere gar mit dem jüngeren identisch war, selbst in dessen Ferkeleien.

Mrs. Garlock flehte Gott um Rat an, dann den Erzengel Gabriel. Doch im Gegensatz zu der strahlenden Gewißheit der Vision kam jetzt gar nichts.

An jenem Weihnachtsfest, als Mrs. Garlock sich zum letzten Mal bemühte, Little Red schön sauber zu schrubben, war dieser sechs. Sie machte auf dem Herd in einem Zwanzigliterkessel Wasser heiß und goß es dann in die Wanne, und wie mit offenen Augen träumend, machte sie den Versuch, ihren Sohn in das heiße Wasser zu drücken – doch Little Red war gewitzter und stärker als sie.

Little Red rannte unter Gejaule splitternackt fort und versteckte sich trotz der bitteren Kälte drei Tage lang, vermutlich unter dem Bungalow eines Nachbarn, wobei er sich aus Mülltonnen und aus den Abfallcontainern bei dem Lebensmittelgeschäft Loblaw ernährte, und als er nach Hause zurückkehrte, nahm man zuerst kaum Notiz von ihm, da alles drunter und drüber ging wegen der tobenden, übergeschnappten Mrs. Garlock ... die arme Frau sollte nie mehr dieselbe wie früher sein.

Vernon Garlock stand mit einer Flasche Genesee-Ale in der Hand am Küchentisch, als der nackte, zerschundene und kränklich aussehende Little Red durch die offene Tür kam. Vernon starrte den Jungen an, als hätte er ihn noch nie gesehen, als hätte er noch nie ein solch abscheuliches Schauspiel erlebt. »Du kleiner Scheißkerl«, sagte er, »wo hast du bloß gesteckt?«

Und bevor der Junge antworten konnte, fügte er einen Satz hinzu, der wie ein Todesurteil klang: *»Du hast deiner Mama das Herz gebrochen.«*

12

Niemand zu Hause. Es ist schon fast zehn Uhr. Da zieht Iris den mitternachtsblauen Regenmantel ihrer Mutter an und läuft hinaus, weil ihr einfällt, sie könnte eine Packung Zigaretten kaufen ... wie eine erwachsene Frau.

Wie Persia: »Chesterfield, bitte.«

Niemand zu Hause – von Iris abgesehen –, und sie hat keine Ahnung, wann die beiden heimkommen werden oder ob einer ohne den anderen nach Hause kommen wird; also läuft sie los zu Cheney's Variety, das ein paar Häuserblocks entfernt ist.

Es ist ein Aprilabend, an dem es süßlich riecht wie nach Pfirsichen, auch nach Regen, und die Straßen, die Straßenlampen und die Autoscheinwerfer haben etwas Glitzerndes an sich, das die vertraute Gegend fremd erscheinen läßt.

Iris geht zu Cheney's statt zu dem bis in die Nacht geöffneten Rexall's, obwohl dieser Laden weiter weg ist. Und er liegt auch an einem Abschnitt der Gowonda Street, an dem Persia und Duke ihre Tochter weder bei Nacht noch bei Tag antreffen möchten.

Iris denkt: Rutsch mir doch den Buckel runter.

Iris zieht den Gürtel von Persias Regenmantel fester, der ein bis zwei Nummern zu groß ist für sie. Als sie auf das seidigglänzende Blau des Mantels hinunterblickt, spürt sie eine sich ausbreitende Erregung.

Und sie denkt: Rutscht mir doch den Buckel runter.

Der Text eines Schlagers von einer Gruppe namens The Platters geht ihr immer wieder durch den Kopf, sie kommt einfach nicht los davon: *O yes! I'm the Great Pretender!* Iris wehrt sich stets gegen die Überflutung, aber manches ist nicht so leicht abzuweisen, es scheint in der Luft zu liegen – *lonely but no one can tell: O yes* – wie das einlullende Geklimper der Werbung oder eines Zeichentrickfilms, wo schon der Rhythmus primitiv und einschläfernd ist. Der Wille des Menschen bleibe ein schwach ausgebildeter Muskel, sagt Duke Courtney, solange man ihm keine strenge Disziplin angedeihen lasse. Iris merkt manchmal, daß sie gerade einen Song vor sich hingesummt hat, ohne es zu wissen, daß sie sogar den Text gesungen hat, leise, wie ein Gebet.

Was ist denn das Gehirn? Ein Radio mit Millionen von Röhren, Kabeln, Steckern? Man merkt gar nicht, daß sie vorhanden sind, bis etwas kaputtgeht und die Störungen einsetzen und alle Sender durcheinanderdröhnen. Was macht einen überhaupt zum Individuum – und wo verbirgt sich das?

Dennoch glaubt Iris an den Willen. Sie will ihn trainieren, zügeln und steuern, als wäre er ein Muskel ihres Körpers.

In Cheney's Variety ist gerade eine laute, ausgelassene Unterhaltung im Gange, dazu wird fortwährend gejohlt und gebrüllt und ein Gelächter ausgestoßen, das sich anhört wie Eselsschreie, wie das Gekreisch von Affen im Zoo, wie das verrückte Zirpen im vergangenen Sommer, bei welchem Persia sich die Ohren zuhielt, von jener Zikade, die sie den »Rasiererkäfer« nannte. Die Luft ist voller Zigarettenqualm.

Iris Courtney steht atemlos am Eingang. So, als wäre sie ein ganzes Stück durch den Regen gerannt . . . doch es regnet ja gar nicht. Ihre Augen leuchten auf wie im Kerzenschein, schnell zeigt sich ein hoffnungsfrohes Lächeln, denn was könnte schöner sein als ein Chor von Stimmen mit »Hallo, Iris!«, »Grüß' dich, Iris!« und »He, Kleine!«. Ihr brummt jedoch der Kopf, und sie ist sich nicht sicher, welcher von ihnen Jinx Fairchild ist und ob er etwas gesagt hat.

Obwohl er ihr doch zulächelt, mit verschleiertem Blick, ein klein bißchen schüchtern. Er wird wohl etwas gesagt haben, denkt sie.

Iris ist seit etwa einer Woche nicht mehr in Cheney's gewesen, doch jetzt hat es den Anschein, als wäre sie erst am Abend zuvor dagewesen.

Sie schaut sich rasch um und stellt mit Erleichterung fest, daß noch ein weißes Mädchen anwesend ist: Bonnie Haugen sitzt mit ihrem (weißen) Freund Steve an der Theke. Fünf schwarze Jungen sowie Bonnie und Steve, alles Klassenkameraden an der High-School, reden über etwas, bei dem sie sich biegen vor einem lüstern klingenden Lachen ... trinken Limonade, rauchen Zigaretten, schlagen die Zeit tot. Cheney's ist der beste Ort in der Gegend, um die Zeit totzuschlagen; dort scheint die Zeit stillzustehen.

Obwohl eine beleuchtete Uhr mit Reklame für Sealtest Ice Cream unübersehbar an der Rückwand hängt.

Jinx Fairchild ist der einzige, der hier etwas zu schaffen hat; er wischt gelangweilt mit einem Mop, der an einem langen Holzstiel befestigt ist, ein Stück des Linoleumfußbodens. Jinx arbeitet nach der Schule und fast den ganzen Samstag in dem Kramladen. Soweit Iris weiß, ist dieser schäbige, heruntergekommene, aber doch nette kleine Laden eines der wenigen Geschäfte der Gegend, die sich im Besitz von Negern befinden; sie vermutet, daß der Inhaber, ein dicker, gutmütiger älterer Mann, ein Verwandter von Jinx ist, aber sie hat sich nie danach erkundigt. Sie kennt Jinx Fairchild nicht gut genug, um so eine Frage zu stellen.

Vorsichtig, als wären es dünne Eisflächen, steigt Iris über die feuchten, glänzenden Stellen des Linoleums. Jinx hat es nicht geschafft, den verdreckten Fußboden richtig sauber zu kriegen, doch sieht es da, wo er schon gemoppt hat, zweifellos besser aus als dort, wo er noch nicht hingekommen ist.

Iris holt sich eine Limonade aus dem Kühlfach und nimmt eine Packung Chesterfield aus dem Zigarettenständer. Ein Gesetz des Bundesstaates New York untersagt den Verkauf von Zigaretten an Minderjährige, aber es wird nicht immer befolgt. Als Jinx bei ihr abkassiert, sagt er spöttisch: »Sind die Zigaretten wieder für deine Mama, Iris, oder für sonst jemand?« Iris antwortet: »Für meine Mama, du weißt schon.« Jinx sagt: »Tja, letztes Mal hat deine Mama nicht viel gehabt von den Zigaretten, glaube ich. Und dieses Mal wird's ja nicht viel anders sein.« Iris erwidert vergnügt: »Ach, der macht es nichts aus, wenn ich die Packung aufmache und ein paar davon probiere – sie ist eine verständnisvolle Mutter.« Jinx lächelt mit seinen großen, weißen, feucht aussehenden Zähnen und sagt: »Die arme Frau hat dabei sowieso nicht viel zu melden.« Die Worte klingen so zuckersüß und melodisch, daß man mit ihnen alles mögliche ausdrücken könnte, sogar Obszönes. Iris vernimmt nur deren Klang, nicht deren Bedeutung. Als sie hinaufschaut zu Jinx Fairchild – er ist ein so aufgeschossener Junge, daß sie dabei ihre Rückenwirbel spürt –, weiß sie überhaupt nicht, was die Worte beinhalten.

Seine langen Finger haben auf der Innenseite braune Flecke in einem helleren Ton, der fast ins Blaßrosafarbene geht ... das sieht sie, als er das Wechselgeld aus der Kasse fischt und es ihr nach Art der Negerjungen mit einem Händeschütteln übergibt, wie sie es von der Schule her kennt.

»Du bist aber noch spät unterwegs, Iris – und ganz allein?« ruft die blonde, einen Pferdeschwanz tragende Bonnie Haugen zu Iris herüber, als wäre diese eine Freundin und nicht ein jüngeres Mädchen aus der Gegend, das sie normalerweise übersieht.

Iris wird ein bißchen rot und sagt: »Ach, das macht mir nichts aus.« Sie spürt die leichte Anzüglichkeit jener Frage und fühlt sich etwas beklommen, als alle zu ihr herschauen.

Vielleicht will das Mädchen sie aber gar nicht beleidigen. Bonnie mit ihrem glänzenden Gesicht und den purpurrot geschminkten Lippen ist ja entzückt über die Aufmerksamkeit, die sie von ihrem Freund bekommt, und sie genießt es außerdem, daß mehrere schwarze Jungen ihr Gesellschaft leisten. Sie packt Iris am Arm und sagt mit einem Schnauben: »Wart nur mal, bis du die schreckliche Geschichte hörst, die diese Typen uns erzählt haben. Wirklich grauenhaft, kann ich dir sagen.« Bobo Ritchie protestiert: »Steht doch in der Zeitung, Mensch! Ist doch kein Geheimnis!« Und Roosevelt Shield schaut Iris an und sagt: »Ich mache jede Wette, daß Iris genau Bescheid weiß – die steckt den Kopf nicht in den Sand.«

Dadurch fühlt sich Iris ermutigt, ein Weilchen im Laden zu bleiben.

Obwohl es wirklich spät ist.

Obwohl Persia sich Sorgen machen wird, falls sie vor ihr nach Hause kommt. Iris hat nicht daran gedacht, einen Zettel zu hinterlassen.

Sie reden über einen schauderhaften Vorfall: Ein Arzt aus Buffalo namens Pilcher ist tags zuvor festgenommen worden, weil er mit Körperteilen und Organen von Menschen »Handel trieb«. Nach Angaben der Polizei verkaufte er seit fünfzehn Jahren Köpfe, Gehirne, Genitalien, Hände und Füße, Ohren, Herzen, Nieren, Lebern und Gedärme an medizinische Forschungslaboratorien in Tennessee, Florida und Colorado. Er verschickte alles per Post – EILBOTEN / VORSICHT GLAS. Iris hat in der Lokalzeitung etwas über den Fall gelesen, hat die Sechs-Uhr-Fernsehnachrichten angeschaltet, um mehr darüber zu erfahren. Der wie ein Geistlicher aussehende Pilcher, ein Weißer mit ernster Miene und einem leichten Stottern, wurde beschuldigt, in den Leichenhallen mehrerer Krankenhäuser von Buffalo Angestellte bestochen zu haben, um Körperteile und Organe zu erhalten, und zwar »wahllos« von weißen und schwarzen Toten – da es sich bei den minderbemittelten Verstorbenen natürlich in der Hauptsache um Neger handelte, stammten die Körperteile und Organe fast alle von ihnen.

Im Fernsehen stritt Dr. Pilcher ab, aus Gewinnsucht gehandelt zu haben. Er habe das aus »rein altruistischen« Motiven getan – »im Dienste der medizinischen Forschung«.

Bobo Ritchie sagt mit seiner lauten, wiehernden Stimme: »Sie sind draufgekommen, weil aus ein paar Köpfen, die er einfach in 'ne Schachtel gesteckt hatte, etwas rauslief. Und das im Postamt, Menschenskind! Irgendein Typ mußte da wohl oder übel die Schachtel aufmachen und nachsehen, was drin ist!«

Die blonde Bonnie, die trotz ihrer rauhen Haut gut aussieht, zieht an ihrer Zigarette und läßt den Rauch langsam ausströmen. Sie schüttelt sich und sagt: »Mein Gott, ist das gräßlich! Da wird einem ja schlecht! Ich möchte bloß wissen«, sagt sie mit Nachdruck, »wie so einer Arzt sein kann!«

Bonnies unschuldige Bemerkung hat etwas an sich, das sie alle zum Lachen bringt. Es ist ein Moment übermütiger Ausgelassenheit.

Jinx Fairchild runzelt plötzlich die Stirn, als käme ihm der Gedanke schmerzlich vor, und bemerkt: »Menschenskind, dein Kopf, auf den du so achtest, und deine Augen, die du im Spiegel anschaust, finden *so ein* Ende. Und dann kommen alle möglichen Leute, die dich nicht kennen, denen du piepegal bist, so Klugscheißer, und fummeln dran herum.«

Jinx hat auf einmal eine Erwachsenenstimme; sie verklingt, und ein düsteres Schweigen folgt.

Der rote Sekundenzeiger der Sealtest-Uhr geht weiter im Kreis herum. Während sie sich unterhalten, während sie lachen – Steve, der weiße Junge, macht etwas nach, das er im Kino gesehen hat –, geht Iris' Blick immer wieder zu der Uhr hin, ohne daß sie etwas wahrnimmt. Das Zifferblatt ist hell erleuchtet und Cheney's auch; der Laden funkelt wie ein Weihnachtsbaum, deshalb ist Iris Courtney ja hier.

Iris hat die ganze Zeit ihre Packung Chesterfield umklammert und vergessen, sie aufzumachen. Sie reißt jetzt mit dem Daumennagel das Zellophan auf, so als hätte sie da schon viel Erfahrung.

Sie sagt: »Jinx, hast du Streichhölzer?«

Bobo Ritchie kommt her und sagt: »Ich hab' welche, Süße, du mußt sie bloß suchen.« Bobo bringt sie alle zum Lachen, indem er die Arme ausstreckt und Iris verschmitzt auffordert, seine Taschen zu durchsuchen, ihn zu filzen. Und Iris ist in dieser ausgelassenen Stimmung drauf und dran, das zu tun. Bobo Ritchie ist sechzehn, er ist gebaut wie ein junger Stier, hat eine sattelfarbene Haut und eine Nase, die aussieht, als sei sie von jemandem mit der flachen Hand plattgedrückt worden; er trägt ein fleckiges weißes T-Shirt, das seine Muskeln so straff umspannt wie ein gutsitzender Handschuh eine Faust. Iris weiß, daß Bobos Vater von der Polizei getötet wurde, doch sie weiß nicht genau, wie es dazu kam. Er wurde von wildgewordenen weißen Polizisten zusammengeschlagen und kam dabei ums Leben – oder hat *er* zuerst eine weiße Frau verprügelt und damit alles Weitere ausgelöst? Von Jinx Fairchilds Freunden ist Bobo der lauteste und rauflustigste, und er hat etwas Spöttisches an sich, vor dem Iris immer zurückschreckt. »Los, Mädchen«, sagt Bobo grinsend und schiebt Iris nach hinten, gegen einen der Hocker, »ich hab' jede Menge Streichhölzer.«

Jinx wirft Iris ein Heftchen Streichhölzer zu. Er sagt: »Wieso rauchst du eigentlich? So was wird zur Gewohnheit.«

Roosevelt beugt sich grinsend herüber. »Jinx ist ja im Training. Er ist ein guter Junge.«

»Stimmt«, sagt Bobo. »Einer von den allerbesten.«

Iris zündet sich eine Zigarette an; ihre Hände sind nicht ganz ruhig. Von draußen hört man, so laut wie ein Gewehrschuß, die Fehlzündung eines Autos.

Bobo legt im Spaß den Arm um den Hals von Jinx wie bei einem Klammergriff im Ringkampf und zwinkert Iris mit einem kichernden Grinsen zu: »Ja, dieser Nigger ist schon einer der Besten. Der wird eines Tages ein Baseball-Stipendium kriegen – und aufs *College* gehn! Als ob er ein *weißer Junge* wär'! Und in einen vergoldeten Eimer scheißen!«

Verärgert drückt Jinx ihn weg und sagt lachend: »Hau bloß ab.«

Steve, dessen Nachname Iris nicht kennt, holt einen Kamm aus der Tasche seiner Jeans und zieht ihn durch sein dunkelblondes, öliges Haar, das hochsteht wie ein Hahnenkamm. Er ist ein stiller Junge, etwas älter als die anderen, und Iris beneidet Bonnie einen Moment lang, weil er *ihr* gehört. Steve hält sich zurück, auch wenn die schwarzen Jungen noch so grob und laut werden und aus der Haut fahren, wie das bei ihnen manchmal vorkommt.

Bonnie Haugen sagt zu Iris, als wäre ihr das eben erst aufgefallen: »Du, ich mag deinen Mantel – der ist *cool.* Ist er neu?«

Iris starrt hinunter auf das mitternachtsblaue, steife, wasserdichte Gewebe mit den billigen Plastikknöpfen. Sie erkennt den Mantel jetzt nicht wieder und weiß auch nicht, was Bonnie eigentlich gefragt hat.

Es muß an der Zigarette liegen; Iris fängt an zu husten. »Ich weiß nicht«, sagt sie leise. Jedes Wort macht ihr unheimlich Mühe ... klingt anders, als es gemeint ist. »Ich glaube schon.«

Bonnie schaut Iris verwundert an und stellt keine Fragen mehr.

22.47 Uhr ist es auf der hell erleuchteten Uhr mit dem wandernden Sekundenzeiger, als Iris Cheney's verläßt und sich auf den Nachhauseweg macht.

Sie geht schnell, mit gesenktem Kopf. Die Luft ist kühl, vom Fluß her weht ein frischer Wind wie im März. In Hammond ist es immer etwas winterlich, vom Hochsommer mal abgesehen, in dem es zu heiß wird ... das kommt dabei heraus, wenn man zu nahe an den Großen Seen wohnt. Im Januar türmt sich der Schnee am Straßenrand zwei Meter hoch. Schneestürme verdecken die Sonne. Ich werde anderswohin ziehen, denkt Iris, ich möchte Fotografin werden und umherreisen.

Die Geschäfte an der Gowanda Street liegen nun im Dunkel, nur ein paar Kneipen sind geöffnet sowie eine hell erleuchtete Imbißbude für Neger, an der ein handgemaltes Schild hängt: RIPPCHEN. Wenig Verkehr, manche der Autos haben einen lauten Auspuff und aufgedrehte Radios, gehören Teenagern ... ein Stadtbus mit der Aufschrift EAST AVENUE, in dem fast keine Fahrgäste sitzen. Doch auf der Straße sind Leute unterwegs, junge Neger, Paare, einige allein herumlaufende Kinder: schwarze Kinder, vor denen Iris stets instinktiv zurückschreckt, wenn sie so wie jetzt auf sie zurasen, jaulend und einander ankreischend, in einer kleinen Meute, ohne auf die anderen Passanten zu achten. Dabei wollen sie einem nichts zuleide tun, sie sind einfach gedankenlos.

Ab und zu lassen sie jedoch Geldbeutel mitgehen. Das ist Tante Madelyn mal passiert.

Wo ich gewesen bin? Ach, ich war bloß ... mal weg. Mit ein paar Freundinnen ...

Also, ich habe einfach nicht daran gedacht. Du hast doch auch keinen Zettel geschrieben.

Iris hat aus Trotz weiter an ihrer Zigarette gepafft; jetzt wirft sie sie in den Rinnstein. Ihr ist ein bißchen übel. Wenige Tage zuvor hat sie mitgehört, als Persia sich am Telefon mit Duke unterhielt. Duke war gerade auf einem Rennplatz irgendwo im Süden des Bundesstaates, Persia sprach mit ungewohnter Vorsicht und mit Betrübtheit. »Böse bin ich überhaupt nicht, Schatz, sondern niedergeschmettert ... O Gott, er ist ja so schön ... Aber wenn Mr. Clay und der Trainer meinen – wenn die Dinge so liegen, wenn er so schwer verletzt ist ... Ach, Schatz, hör mal zu, bitte behalte die Einzelheiten für dich. Erzähl mir und Iris nichts davon, ja?«

Und nach einer Pause: »Die wird wohl nach einer Weile nicht mehr danach fragen. So ist sie. Die begreift manches von selbst ... man muß es ihr nicht erst beibringen.«

Und nach einer weiteren Pause: »Ich schiebe dir wirklich nicht die Schuld zu, Schatz. Ich sagte ja schon, das ist Schnee von gestern, ich bin nur so *traurig*. Er ist ... er war eben so schön.«

Jetzt ruft sich Iris das Gespräch in Erinnerung, den Teil, den sie mitbekam, und den Teil, den sie gar nicht erst zu hören brauchte, sie hat schwer daran zu schlucken, und sie denkt: *Er ist ... er war eben so schön.*

In der von Unkraut gesäumten Gasse hinter den North Bridge Machine Works, die keinen Namen hat und nach Westen hin parallel zur Gowanda Street, nach Osten hin parallel zur Holland Street verläuft, kann Iris im Mondschein ziemlich gut sehen, und sie hat keine Angst, sich hier aufzuhalten. Sie geht jedoch rasch, läuft beinahe, und schaut auch in die dunklen Ecken. Von der Backsteinmauer neben ihr kommt das *Ping!* eines dicken Regentropfens ... und noch ein *Ping!*, das sich anhört wie Regen, der auf Blätter fällt – aber regnet es denn?

Sie bleibt verwundert stehen. Nicht erschrocken, sondern verwundert. Sie streckt die Hände aus, schaut zum Himmel hoch, wo ein hauchdünner Halbmond steht und eine Anzahl Sterne.

Iris hat den Weg durch die Gasse genommen, weil sie sich dort auskennt; sie kennt die verfallene Backsteinmauer hinter den North Bridge Machine Works, das verwahrloste, scheinbar herrenlose, abfallübersäte Gelände, das Kindern als Spielplatz dient, und das von einem Brand beschädigte Lagerhaus mit dem Schild ZUTRITT FÜR UNBEFUGTE VERBOTEN; die Fortsetzung dieser Gasse führt zwei Häuserblocks weiter genau hinter dem Haus Holland Street 372 vorbei. Für den Nachhauseweg bildet sie eine Abkürzung, sie ist dunkel, aber allem Anschein nach menschenleer; Iris wollte die belebte Straßenkreuzung East Avenue/Holland Street meiden, weil dort um diese Zeit in der Hillbilly-Kneipe Horseshoe Bar & Grill Hochbetrieb herrscht.

Aber jetzt ist sie stehengeblieben und bekommt es allmählich mit der Angst zu tun. Sie hat das bedrückende, Übelkeit erregende Gefühl, daß sie einen Fehler gemacht hat. Die Spalten in der sich endlos hinziehenden Mauer bilden geheimnisvolle Öffnungen und Hohlräume; Iris weiß das genau, denn sie hat diese selbst erkundet.

Ihr geht ein Licht auf: Bobo Ritchie ist die nächste Straße, die Girard Street, hochgerannt und kommt ihr jetzt auf der Gasse entgegen, um ihr den Weg abzuschneiden. Iris hat Bobo und seine Freunde laufen sehen, als sie mal richtig loslegten, und sie weiß, daß diese Jungen schnell sind. Aber wie hat Bobo genau wissen können, wo sie hinwollte? Als sie von Cheney's wegging, schaute sie sich mehrmals um, und sie sah niemanden hineingehen oder herauskommen ... und von der Ladentür her schaute ihr niemand nach.

Iris wird rennen, rennen, rennen, bis ihr Herz zerspringt.

Sie steht eine Weile stocksteif da, den Kopf zur Seite geneigt wie ein lauschendes Tier, und gerade als sie meint, daß sich nichts tut, daß keine Gefahr besteht, kommt wieder ein *Ping!* von der Mauer neben ihr.

Sie macht schnell einen Schritt zurück. »Ist da jemand?«

Gedämpftes Lachen, ein Lachen voller boshafter, kindischer Schadenfreude, das ihr bekannt vorkommt.

Bobo Ritchie ist das nicht. Das hört sich nicht nach Bobo an.

Kein schwarzer Junge; der Tonfall ist anders.

In einiger Entfernung ist die fast durchweg beleuchtete Rückfront von Reihenhäusern zu sehen, deren Vorderseite an die Holland Street grenzt, aber Iris ist der Weg abgeschnitten, sie kann an keine Hintertür klopfen und um Hilfe bitten.

Jetzt fliegt Iris eine Handvoll Steinchen ins Gesicht und an die Brust; sie schreit auf, nicht sosehr vor Schmerz als vor Verblüffung.

In einem vor ihr liegenden, von kleinen Bäumchen, Büschen und Unkraut überwucherten Stück Land raschelt es. Dann kommt der leise, kaum vernehmbare Singsang: »Iiiiiiiiris!«

Little Red Garlock.

In dieser Gegend weiß man genau, daß Little Red in den Gassen umherstreift, daß er den Leuten gern in die Fenster guckt, daß er in Hinterhöfe, in die Eingangshallen von Apartment- und Bürogebäuden eindringt und manchmal Dinge mitnimmt, die er gar nicht gebrauchen kann, oder daß er aus purer Boshaftigkeit Sachen kaputtmacht. Der Hausmeister des Gebäudes, in dem die Courtneys wohnen, hat ihn einmal im Kellergeschoß schlafend angetroffen; ein andermal marschierte Little Red ins Haus einer Frau, weil er angeblich zur Toilette gehen wollte, und dann pinkelte er in der Küche auf den Fußboden. Ihm macht es Spaß, sich so aufzuführen und alle Versuche zunichte zu machen, ihm etwas beizubringen, ihn zu ändern oder ihn zu bestrafen – und Iris hatte schon den Eindruck, daß dies aus einem tiefsitzenden instinktiven Haß gegen sich selbst und sein ganzes Milieu geschieht.

Little Red ist grinsend aus den Büschen hervorgeschlendert.

»Heda, Iiiiii-ris! Wo willst du denn hin?«

Er kommt auf Iris zu, während sie zurückweicht, rückwärts geht – umkehren und davonrennen will sie nicht –, er albert herum, als wäre dies ein Spiel, bei dem Iris bloß so tut, als wäre sie verängstigt und zornig, während sie im Grunde durchaus mitmachen möchte.

Iris sagt: »Ich seh' dich genau. Ich weiß, wer du bist.«

Bebend vor Haß fügt Iris hinzu: »Ich sag's meinem Vater ... er wird die Polizei auf dich hetzen.«

Little Red lacht und trottet fröhlich weiter. Er säuselt einen Singsang obszöner Wörter, den Iris nicht hören will, und macht an seinem Unterleib widerliche Gesten, die Iris nicht sehen will.

Sie auf dem Rückzug, er auf dem Vormarsch – auf diese seltsame, aber scheinbar geordnete Weise gelangen Iris Courtney und Little Red Garlock am 2. April 1956 gegen 23 Uhr aus der Gasse auf die East Avenue. Offenbar nimmt kein Mensch Notiz von ihnen, denn später erinnert sich niemand an sie.

Auf der East Avenue fängt Iris an zu rennen.

Little Red singt hinter ihr her: »Wackel bloß nicht so mit deinen Titten!«

Panische Angst hat Iris nicht; sie meint, daß er sie hier auf der Straße nicht anfallen wird – in der Nähe halten sich Leute auf, sie kann um Hilfe rufen. Sie fürchtet sich vor ihm, doch sie gerät nicht in Panik; sie meint, es wäre wohl am sichersten, zu

Cheney's zurückzukehren. Dort kann sie sich verkriechen, Little Red würde sich niemals trauen, ihr nachzugehen; dort gibt es einen Münzfernsprecher, sie kann daheim anrufen – und vielleicht ist jetzt tatsächlich jemand zu Hause –, sie kann die Polizei benachrichtigen.

Iris ist eine gute Läuferin, im Schulsport, beim Basketball, beim Volleyball und beim Turnen schneidet sie gut ab, sie atmet beim Laufen nicht durch den Mund, sie zieht die Knie hoch, bleibt bei einer bestimmten Gangart – doch jetzt läuft sie unbeholfen, drückt die Ellbogen an den Körper, während dieser schweinische Little Red Garlock hinter ihr herrennt und laut schreit, damit es alle, die in Hörweite sind, mitbekommen: »Du geiles Stück! He, du geiles Stück!«

Persias schicker Regenmantel hindert beim Laufen. Iris schluchzt fast und denkt: Ich hasse euch alle miteinander, ich hasse euch.

Bei Cheney's sieht es so aus, als wolle Jinx Fairchild den Laden gerade schließen; keine Kundschaft mehr, nur über der Ladenkasse brennt noch ein Licht, Jinx zieht sich gerade ein grünes Sweatshirt über ... ein dunkelgrünes mit dem prahlerischen weißen Buchstaben H, eine der Auszeichungen, die Jinx als Basketballspieler für seine hervorragenden Leistungen erhalten hat.

Droben in der Hammond Central High School heißt es, Jinx Fairchild, der jüngere Bruder von Sugar Baby, sei sogar noch besser als Sugar Baby, den fast alle Schüler nicht persönlich, nicht von der Schule her kennen, der ihnen vielmehr als großartiger Basketballspieler ein Begriff ist, als der beste schwarze Spieler, den es je in Hammond gegeben hat.

Jinx Fairchild denkt vielleicht daran, während er das Sweatshirt über den Kopf zieht, während er mit seinen langen Fingern durch sein krauses Haar fährt, und er zeigt dabei dieses Lächeln, das Iris kennt: die eine Seite seines Mundes hat eine Einbuchtung, als würde sein Lächeln durch irgend etwas gebremst.

Als Iris Courtney leichenblaß und mit irrem Blick durch die Tür, an der das Glöckchen bimmelt, hereinstürmt, starrt ihr Jinx Fairchild völlig verblüfft entgegen, so als kenne er sie überhaupt nicht.

Iris wird sich später nicht mehr daran erinnern: Der Name, der ihr zuerst einfällt, ist nicht Jinx, sondern Verlyn.

Er heißt doch Jinx, sagt sie sich, und sie erzählt ihm in atemloser Hast von Little Red Garlock: Wie er ihr Angst einjagte, wie er ihr nachschlich, daß sie seinetwegen nicht nach Hause gehen kann, daß sie nicht weiß, was sie machen soll.

»*Der?* Dieses gottverdammte Arschloch?« ruft Jinx wutentbrannt.

Jinx geht hinaus auf den Gehsteig und sieht nach, und ein paar Häuser weiter steht tatsächlich Little Red Garlock am Straßenrand und schaut her. Jinx ruft hinüber: »He, du – hau bloß ab, du Arschloch! Sonst kannst du was erleben!« Little Red schreit in spöttischen Ton etwas Unverständliches zurück und rührt sich nicht von der Stelle.

Das geht ein paar Minuten lang so weiter: Jinx Fairchild schüttelt die Faust und ruft Little Red Garlock zu, er solle schleunigst nach Hause gehen, Little Red Garlock lacht und johlt etwas zurück.

Iris steht zitternd am Eingang und weiß nicht recht, ob sie böse, besorgt oder verlegen sein soll; sie glaubt, daß Jinx Fairchild auch von ihr die Nase voll hat. Zum erstenmal in ihrem Leben fällt ihr ein, daß ein Schwarzer denken mag, zwei Weiße hätten untereinander zwangsläufig mehr tief verwurzelte Gemeinsamkeiten, als irgendein Weißer mit ihm, dem Schwarzen, haben könnte.

Iris sagt rasch: »Ich rufe zu Hause an. Mein Vater soll herkommen und mich abholen.« Sie fragt sich, warum sie lügt. Sie weiß, daß ihr Vater nicht zu Hause sein wird. »Ich könnte vielleicht die Polizei rufen.«

Jinx dreht sich zu ihr um, hört kaum, was sie sagt. »Was hat er mit dir angestellt, dieser Scheißkerl? Hat er dich angerührt? Hat er was gemacht?«

Iris antwortet: »Nein. So nahe ist er nicht rangekommen.«

Jinx sagt wutentbrannt: »Diesem Arschloch müßte mal jemand den Schädel einschlagen. Jeder weiß, daß er plemplem ist, daß er eines Tages jemand was antut. Dann ist es zu spät. Wenn er nicht abhaut, werd' ich ihn grün und blau schlagen.«

Iris sagt: »Kann ich mal telefonieren?«

»Jaja«, sagt Jinx, der kaum zuhört. Er stolziert ein paar Meter den Gehsteig entlang und droht Little Red mit erhobener Faust; dieser lacht und schüttelt selber die Faust.

Iris wirft ein Fünfcentstück in den Münzfernsprecher und wählt die Nummer ihrer Eltern; ihr Zeigefinger ist so kalt und klamm, daß die Haut am Plastikmaterial des Telefons kleben bleibt. Am anderen Ende klingelt es fort und fort; Iris hat das erleuchtete Wohnzimmer vor Augen, aus dem sie, so kommt es ihr vor, vor langer Zeit wegging, und aus einem so lächerlichen Grund. Da steht das Sofa mit seinem traurig wirkenden Pomp, den vielen Kissen; da sind die Zwillingstischleuchten aus lavendelblauer Keramik mit ihren glänzenden purpurnen Schirmen, die immer etwas schief sitzen; da steht das Kaffeetischchen, auf dem die von Zigaretten herrührenden Brandspuren nicht zu sehen sind, weil Persias Modejournale dort aufgehäuft sind und ihre Taschenbücher mit den bunten, reißerischen Umschlägen, außerdem alte Nummern von *Time, Life, Fortune, Racing News* und *Standardbred Illustrated,* die Duke nicht gelesen hat ... Auf einem der Tische steht ein silbern gerahmtes Foto von Lodestar, das Leslie Courtney im vorangegangenen Herbst aufgenommen hat.

In diesem Zimmer und in den anderen Zimmern ist niemand.

Iris legt auf und erhält prompt ihr Fünfcentstück zurück.

Jinx ist hereingekommen; er ist außer sich. Sie fragt ihn zögernd: »Soll ich die Polizei rufen? Oder ... glaubst du, die würden mich nur auslachen?«

Jinx starrt sie an, als wäre sie nicht mehr ganz richtig im Kopf. Seine großen, intelligenten Augen sind weiß gerändert, glitzern und treten leicht hervor, sein hageres Gesicht ist gerötet. »Hier unten brauchen wir keine Bullen! Herrgott nochmal! Ich hab' doch keine Angst vor diesem primitiven weißen Mistkerl, ich bin doch kein armes kleines Mädchen!« Er reißt ihr den Hörer aus den Fingern und knallt ihn auf die Gabel. Iris hat ihn noch nie mit einem so starken Negerakzent reden hören.

Jinx schließt den kleinen Laden ab. Das Licht über der Registrierkasse läßt er brennen.

Draußen geht Jinx wie selbstverständlich in die Richtung von Little Red. Iris hält ihn am Arm fest, schlägt ihm vor, sie sollten die andere Richtung einschlagen, ihm aus dem Weg gehen, sie wolle bloß irgendwie nach Hause kommen. »Laß dich bitte in keine Schlägerei hineinziehen«, sagt sie.

Jinx erwidert zornig: »Du wohnst doch dort, nicht wahr? Wieso willst du in eine andere Richtung gehen? Bloß wegen dem Arschloch dort?« Er ist erbost, erregt und kampfeslustig; Iris spürt die Hitze, die er ausstrahlt. Fast verächtlich sagt Jinx noch einmal: »Ich bin doch kein armes kleines Mädchen, mit dem so ein Saukerl umspringen kann, wie er will.«

Little Red steht allem Anschein nach da und wartet.

Iris zieht noch stärker an Jinx' Arm, zieht mit beiden Händen, und erhebt die Stimme zu einem kleinen Aufschrei: »Jinx, *bitte*!«

Also gibt Jinx nach. Er ist bereit, in die andere Richtung zu gehen. Jinx Fairchild ist offenbar der Typ Junge, den man anschreien, anbetteln und betätscheln muß, bis er endlich nachgibt und das tut, von dem er weiß, daß es vernünftig ist.

Die Gegend mit den kleinen Ladengeschäften und Mietshäusern hinter sich lassend, gehen sie auf der Gowanda Street in nördlicher Richtung auf den Fluß zu, wo sich hauptsächlich Lagerhäuser befinden, die um diese Zeit verlassen dastehen. Das Gejaule und Gesäusel von Little Red Garlock, der ihnen folgt, überhören sie dabei geflissentlich. Hier gibt es ein starkes Echo, es riecht nach Fisch und nach Dieselöl. Jinx hat Iris' Arm genommen, er zieht sie mit sich, gibt das Tempo an, aber er scheint sich sonst gar nicht um sie zu kümmern in seinem Zorn. Er schimpft auf Little Red Garlock und brummt vor sich hin. Iris erinnert sich daran, daß sie schon einmal erlebt hat, wie Jinx Fairchild so zornig war: letzten Sommer droben im Cassadaga Park, als sie und ihr Onkel Leslie durch die Gegend wanderten und nach Motiven für Porträtaufnahmen Ausschau hielten (Iris begleitet ihren Onkel manchmal; in der Familie heißt es immer, sie sei Leslies »Assistentin«, sein »Lehrling«, doch in Wirklichkeit braucht er selten ihre Hilfe; er ist ein Mensch, der lieber allein arbeitet). Damals fotografierten sie einzelne Personen, selbstverständlich mit deren Einwilligung, wenn Leslie von den Gesichtern, der Eigenart oder der Ausstrahlung dieser Menschen angetan war, und sie standen eine Weile ganz fasziniert da und schauten einer Gruppe schwarzer Jungen beim Basketballspiel zu. Unter ihnen befand sich Jinx Fairchild. Sie waren verblüfft, wie geschickt die Jungen spielten, wie blitzschnell ihre Ballwechsel und Täuschungsmanöver vonstatten gingen, wie sie aus ungünstigen Positionen und Entfernungen Bälle warfen, die dennoch mit höchster Präzision in dem zerfledderten Netz des Korbes landeten. Das Spiel nahm ein abruptes Ende, als einer der Jungen Jinx Fairchild einen Stoß mit dem Ellbogen versetzte; es kam zu einer unschönen Auseinandersetzung, und Leslie Courtney und Iris gingen rasch weg. Was für einen Anblick Jinx Fairchild bot, als er den anderen Jungen anschrie und herumstieß, der ihn dann auch wieder herumschubste, kommt Iris erst jetzt wieder in den Sinn.

In einer Entfernung von etwa einem halben Häuserblock trottet Little Red Garlock mitten auf der Straße hinter ihnen her, die Hände trichterförmig am Mund. In seinem vergnügten Blick liegt ein irres Glitzern. Sein verfilztes, vor Schmutz starres Haar, das im Laufe der Jahre einen Braunton bekommen hat, sitzt auf seinem Kopf wie ein Helm. Was für ein tolles Spiel! Es gefällt ihm unheimlich, und er ist fest davon überzeugt, daß diejenigen, die er im Visier hat, das Spiel genauso mögen wie er.

Schon seit vielen Tagen betrachtet Little Red Garlock die Welt mit den stahlharten Schlitzaugen von Jack Palance, der in *Shane* den aalglatten, schwarzgekleideten Killer spielt. Er war auch schon Jerry Lewis, der typische Blödmann. Am glücklichsten fühlt er sich jedoch als Lou Costello, da läßt er sich von seiner Verrücktheit leiten wie von einer Benzinspur, an die ein Streichholz gehalten wird; als Costello teilt er Tritte und Schläge aus, statt sie einfach blöde glotzend einzustecken, als wäre er ein pralles Kissen.

Unermüdlich trottet Little Red die Straße entlang, säuselt fort und fort: »Weiße Schlampe lutscht Negerschwanz – *ha!* Weiße Schlampe lutscht Negerschwanz – *ha!* Den rabenschwarzen Negerschwanz!« Das ist wie beim Radfahren: das Auf und Ab der Pedale, immer im Kreis herum, der Rhythmus, das Tempo – wenn man einmal in Schwung ist, möchte man nicht mehr aufhören.

Auch wenn Little Red den Clown spielt, weiß er doch genau, wo Iris und der Niggerjunge hinwollen. Er weiß Bescheid. Iris wohnt in der Holland Street gleich bei der Girard Street (wenngleich die Bezeichnungen »Holland« und »Girard« für ihn keine Bedeutung haben, und der Name »Iris« auch nicht, ja nicht einmal »Little Red«); also wollen sie am Fluß abbiegen zur Pitt Street oder vielleicht zur Holland Street hinüber und so wieder heraufkommen und ihm entwischen.

Aber er ist schlauer als sie.

Er kennt in der Unterstadt jede Straße, jede Gasse, jeden Pfad und jede Abkürzung – von jenem Teil der Unterstadt mal abgesehen, der sich hinter dem Peach Tree Creek hinzieht und durchweg von Farbigen bewohnt ist. Er weiß besser als die Besitzer bestimmter Gebäude, wie man auf das Dach hinaufkommt, er kennt sich in Kellern und Hinterhöfen aus, er weiß auf jedem Ödland genau Bescheid, kennt die Trampelpfade durch das dschungelartige Gehölz oberhalb des Peach Tree Creek und die Pfade durch die städtische Müllhalde und jede Biegung, jede Steigung und jeden Zentimeter Felsgestein des Fußwegs am Fluß, den die Angler benutzen. Seine gegenwärtige Strategie zielt einfach darauf ab, die beiden glauben zu machen, er habe aufgegeben ... er wird jedoch auf dem kürzesten Weg zur Pitt Street gehen, um ihnen dort aufzulauern.

Little Red trottet so zielsicher wie ein Hund durch die Gasse hinter den Lagerhäusern, er könnte diese Strecke sogar mit geschlossenen Augen zurücklegen, aber er läßt sich vom Mondschein, der ihn umgibt und auf ihn fällt und in seinen Augen leuchtet, den Weg weisen. An dem abschüssigen Hügel beginnt die Pitt Street: Dieses gute Gefühl, steil bergab zu marschieren, als werde man geschoben, von einer Hand auf dem Gesäß.

Er summt ein Lied ohne Worte vor sich hin.

Als er Neeleys abgesperrte, im Dunkel liegende Imbißstube erblickt, die aussieht wie eine riesige Sardinendose, hat er ein Bild vor Augen: Er und sein Vetter essen mit Ahornsirup und Ketchup übergossene Pfannkuchen, und plötzlich bekommt er einen so wäßrigen Mund, daß ihm dieser weh tut.

Genauso wie sein steifer, mit Blut gefüllter Pimmel, in dem es pocht, der vorne kribbelt; das tut weh, irgend jemand soll dafür büßen.

Jetzt wartet er auf die beiden, er weiß einen Moment lang gar nicht mehr, auf wen er eigentlich wartet, und steht bloß herum – man schleppt seinen Arsch einfach irgendwohin, und wenn man dort ist, wird einem der Grund schon einfallen. Auf einmal erblickt er sie, diese beiden: den Nigger, der irre lang ist, und das kleine Mädchen, dessen wippendes Haar silbrig glänzt, und der zusammengekrümmte, grinsende Little Red ist ein Indianer, ein Späher in den Bergen, der seine Beute ausgemacht hat. Pfeil und Bogen hat er in der Hand; er nimmt eine Handvoll Steinchen und wirft ... Little Red Garlock ist so stark und kann so genau zielen, daß der schrotähnliche Schotter viele Meter weit fliegt und ins Ziel gelangt.

Und weh tut: Was für Schreie sie ausstoßen!

»Weiße Schlampe lutscht Negerschwanz!« schreit er.

Er sieht in ihren Gesichtern, wie sehr sie ihn hassen, wie sehr sie sich vor ihm fürchten, und er weiß, daß sie ihm nie und nimmer entkommen werden. Er steht da, die Hände auf den Hüften, grinsend und so glücklich, wie er immer ist bei diesen Gelegenheiten, wenn er sich ergötzt an dem Schmerz, an der Erniedrigung und der Verwirrung von Menschen, die ihm angeblich überlegen sind; er ist sich dessen sogar bewußt, und seine frohe Stimmung hat genau damit zu tun. Denn er wird nicht davonlaufen wie seine Feinde, er ist nämlich kein Feigling. Er bleibt, wo er ist, wackelt dabei mit den Hüften und tut so, als hätte er einen großen, ballonartigen Busen, den er wackeln und hüpfen lassen kann, und er säuselt sein Lied *Weiße Schlampe, Negerschwanz.*

Diesmal wird der schwarze Junge nicht davonlaufen, das sieht man ihm an; er sitzt in der Falle, er muß kämpfen. Deshalb geht er rasch und entschlossen zu der Stelle, wo Little Red wartet, er läuft nicht, sondern er geht, und Little Red wartet in der Tat auf ihn, und der schwarze Junge ist so außer sich, er begreift nicht, daß Little Red fast fünfzehn Kilo schwerer ist als er, und wenn er es weiß, dann ist er so wild entschlossen, daß es ihm egal ist. Er geht einfach auf Little Red zu, und dieser stößt einen kleinen Freudenschrei aus, wie Lou Costello es vielleicht machen würde, ein zu allem entschlossener Costello, der alles andere als ein Feigling ist: »Zeig mal, was du drauf hast, Bimbo!«

Also stürzen sich die Jungen am Fuße der Pitt Street aufeinander, in einem Grundstück voller Schutt neben der Firma Ace Trucking, dreschen mit den Fäusten aufeinander ein, mit wilden Schwingern, ungeschickten Stößen.

Der hochgewachsene Jinx Fairchild scheint verletzbar zu sein, er hat nicht viel Erfahrung mit Schlägereien, jedenfalls ist er es nicht gewöhnt, in diesem bitteren Ernst zu kämpfen, mit einem einzigen Widersacher einen Schlagabtausch zu machen, ohne daß seine Kumpel dabei zuschauen oder sein Bruder. Und Little Red Garlock ist ein gerissener Gegner; instinktiv beugt er immer wieder die Knie, duckt sich und macht Kopfstöße.

Wieso tun solche Treffer nicht weh? Da spritzt Blut aus der Nase, aber es stellt sich kein Schmerz ein, nur Verblüffung, lediglich die Wucht des Stoßes ist spürbar, vielleicht schwebt der Schmerz in der Luft und macht sich erst später bemerkbar. Einer der beiden Jungen schnauft, schluchzt fast, der andere grunzt bloß, hat die Zähne zu einem Grinsen entblößt. Little Red ist Schlägereien gewöhnt, er kennt die schmutzigen Tricks, er weiß, wie man das Knie einsetzt und den Kopf. Einen Kopfstoß an die Stirn zu kriegen, ist etwas Übles, und es gibt keine Möglichkeit, sich dagegen zu schützen.

Und dann machen sie am Boden weiter. Jinx geht in die Knie, und Little Red fällt mit einem irren Freudenschrei über ihn her. Er weiß die ganze Zeit, daß jemand zuschaut, *jemand schaut Little Red Garlock zu,* sie wird die Geschichte dann weit und breit erzählen, vielleicht schaut auch der Mond zu, oder Gott blickt vom Himmel herunter und lächelt, denn Er ist ja bestimmt auf der Seite dessen, der gewinnt.

Und wo soll Iris Courtney denn hin, wenn sie Hilfe holen möchte? Was soll sie denn machen? Keine Autos auf der Pitt Street und auf der River Road, keine Häuser in der Nähe, sie müßte schon über einen Kilometer weit gehen zu einer Kneipe am Fluß, doch so weit denkt sie nicht, sie ist zu verwirrt, erregt, verängstigt; sie umkreist die kämpfenden Jungen und weiß nicht, was sie machen soll, schweigt ebenfalls, findet keine Worte, sieht mit Erstaunen, wie Jinx Fairchild immer wieder getroffen wird; er drischt zwar auf Little Red Garlock ein, aber längst nicht stark genug, um ihm richtig weh zu tun oder ihn benommen zu machen oder auch nur zu verblüffen. Was soll sie machen? Wie kann sie ihm helfen? Iris versucht, die beiden auseinanderzuziehen, aber das wird natürlich ignoriert, sie bekämpfen einander so blindwütig wie Hunde, jeder ist erpicht darauf, dem anderen zu schaden, doch sie sind unbeholfen, sie grunzen und fluchen ... Sie existiert gar nicht für die beiden, wenn sie »Halt!« ruft und »Aufhören!«, wenn sie zu Little Red sagt: »Laß ihn in Ruhe!«

Sie meint, sie müsse Hilfe holen, losrennen und Hilfe holen.

Es spielt sich am unteren Ende der Pitt Street ab, auf dem unbebauten Grundstück neben der Firma Ace Trucking.

Vom Mond ein milchiger Lichtschein. An der Ecke eine trübe Straßenlaterne.

Am anderen Ufer des Cassadaga River, der in der Dunkelheit so breit wirkt, so übelriechend ist und aufgewühlt, funkeln die Lichter von Häusern, die sich am Hang hochziehen bis in die Berge. Ein matter Lichterkranz an der Spitze des Wasserturms der Stadt Hammond. Dazu die blinkenden roten Lichter von WHMM, dem Rundfunksender von Hammond.

Sie möchte Hilfe holen, doch sie rührt sich nicht vom Fleck; gebannt schaut sie zu, wie sich Jinx Fairchild und Little Red Garlock auf der Erde herumwälzen. Gierig packen sie einander, stöhnen wie ein Liebespaar, wenn sie ineinander verkrallt, wenn ihre glühenden Körper vereint sind. Jinx hat starkes Nasenbluten, auf der Stirn hat er eine stark blutende Platzwunde, und dieses Blut klebt auch an Little Red ... Jinx wurde das Sweatshirt mit dem weißen H bis zu den Schultern hinaufgezerrt, sein schwarzer, glänzender Rücken liegt frei, und Iris möchte das Sweatshirt am liebsten herunterziehen, damit es ihn schützt. *Jinx, bring ihn um. Er darf nicht weiterleben, Jinx.*

Der Kampf verläuft nicht so, wie Little Red Garlock es erwartet hat; er hat einiges abbekommen, aber er spürt nichts davon. Doch auf einmal tut etwas weh, seine Mundhöhle blutet, er ist plötzlich wie von Sinnen ... hat feuchte, glitschige Lippen ... er flucht, packt einen Betonbrocken und stößt ihn Jinx Fairchild in den Rücken. Jinx schreit vor Schmerz auf wie ein verwundetes Tier, er schafft es, freizukommen und sich – unter wahnsinnigen Schmerzen – wegzurollen, dann hat *er* etwas Schweres, Keilförmiges in der Hand, das er verzweifelt mit den Fingern umschließt, und er läßt es niedersausen auf den Kopf von Little Red ... wieder und wieder, während sein Atem zu einem pfeifenden Keuchen wird.

Iris Courtney steht da wie gelähmt und schaut zu, wie Little Red Garlock stirbt.

Ich muß Hilfe holen, denkt sie.

Sie schaut hin, kann den Blick nicht abwenden.

Zweiter Teil

Der Abstieg

1

Am Tag der Beerdigung ihres Sohnes, am Tag nach der Beerdigung und am darauffolgenden Tag wird Vesta Garlocks Abwesenheit in der Gegend sehr wohl bemerkt.

An der Gowanda Street, an der Girard und an der Chautauqua Street ... in der Gasse hinter der East Avenue, wo sie gewöhnlich die Mülleimer durchstöbert ... im Park vor der Precious Blood Church, wo sie sonst Crackers ißt und fast bei jedem Wetter Royal Crown Cola trinkt ... bei Woolworth, bei Rexall, im Mohigan Market & Butcher Shop, in der Bäckerei French, in Angelos Imbißstube, in Lulus Schönheitssalon, wo sie unangemeldet hereinkommt, um sich umzuschauen oder dort herumzulungern ... ja sogar in der Oberstadt, bei Montgomery Ward und im Discount-Textilgeschäft Norban, in der höhlenartigen, überwölbten Lobby des Postamts, in dem mit einem prächtigen Marmorfußboden ausgestatteten Foyer der First Bank of Hammond, aus welchem die seltsame, ungepflegte, aber offenbar doch recht harmlose Frau in der Regel zweimal wöchentlich höflich hinausgewiesen wird.

Man sollte nicht annehmen, daß jenseits des Viertels um die Gowanda Street jemand weiß, wer Vesta Garlock ist, doch als die Zeitung über den Tod von Little Red berichtet und den Vorfall groß herausstellt, vermuten die meisten Leute, welche die Frau vom Sehen kennen, daß sie die Mutter des Jungen sein muß.

Ach, die? Diese übergeschnappte Frau?

Richtig bekloppt ist sie ja nicht, oder? Armes Ding!

Den Leuten, die den grobschlächtigen Little Red Garlock kannten, fällt es jedoch schwer, ihn als »Patrick Wesley« zu betrachten. Mit diesem Patrick Wesley hatte Little Red doch nichts gemein! Es ist, als hätte der Tod die Macht gehabt, ihn zu verwandeln. Das in der Zeitung abgedruckte alte Foto zeigt ihn als einen ernsten, lächelnden, allem Anschein nach normalen Jungen von etwa zwölf Jahren, nur die zu groß geratenen Ohren und Zähne lassen vermuten, daß etwas von den Garlocks in ihm steckt.

Nach ein paar Tagen ist Mrs. Garlock wieder da und macht ihre Runden durch die Straßen.

Es ist schon merkwürdig: Diese Frau läuft herum wie eine Streunerin, wie eine Schlafwandlerin, doch in Wirklichkeit hält sie einen genauen Zeitplan und eine feste Route ein. Sie geht bei Sonnenaufgang von zu Hause weg und kommt bei Sonnenuntergang zurück (falls sie überhaupt wieder heimkommt; bei warmem Wetter übernachtet sie manchmal im Freien); Geschäfte betritt sie aufs Geratewohl, doch geht sie stets zum Platz vor der Precious Blood Church, wo *ihre* Parkbank steht, und sie stöbert in der Gasse hinter der East Avenue immer in denselben Mülltonnen herum. Fährt sie im Stadtbus in die Oberstadt, so macht sie sich mit diesem Besuch selbst ein Geschenk, und sie geht ganz bestimmt ins Kaufhaus Montgomery Ward. »Monkey Wards« ist Mrs. Garlocks Lieblingsgeschäft; sie lächelt fast, wenn sie die breiten Gänge erblickt, die hallenartigen Ausmaße wahrnimmt, die zahllosen Verkaufstische mit Waren und den ganz speziellen Geruch, der alles umgibt; im Untergeschoß kann sie die Damentoilette benutzen, manchmal schläft sie dort, denn der Abteilungsleiter ist ziemlich nachsichtig und läßt sie nicht hinauswerfen.

Doch an diesem Morgen sieht Mrs. Garlock ganz anders aus; offensichtlich ist sie von jemandem zurechtgemacht worden für das Begräbnis ihres Sohnes.

Statt ihres alten, schäbigen, schmutzverkrusteten schwarzen Mantels hat sie einen grünen karierten Übergangsmantel an, der so gut wie neu ist, und als Zeichen der Trauer trägt sie einen schwarzen Strohhut sowie ein schwarzes Kleid aus einem Synthetikstoff, der an ihren dünnen Beinen klebt. Ihr seit Jahren ungepflegtes Haar wurde gewaschen und gebürstet, es ist ihr liebevoll und geschickt in Flechten um den Kopf gelegt worden;

ihr Gesicht sieht geglättet aus und glänzt, wirkt fast frisch. Auch bei Vesta Garlock scheint der Tod eine geheimnisvolle Veränderung bewirkt zu haben.

Als Mrs. Garlock an diesem Morgen an Lulus Schönheitssalon vorbeigeht, wo man ihr sonst nur Mitleid, Verachtung oder unverhohlene Ablehnung entgegenbringt, erregt sie auf einmal mitfühlendes Interesse: Die beiden Angestellten und ihre Kundinnen gehen ans Fenster und schauen hinaus, stellen erstaunt fest, welche Veränderung im Erscheinungsbild der Frau stattgefunden hat, und Madelyn Daiches, die ja so gutherzig ist, läuft hinaus und sagt Mrs. Garlock, wie betroffen sie gewesen sei, als sie die schlimme, die schockierende Nachricht erfuhr; sie hoffe, daß die Polizei den Täter bald ausfindig machen werde. Mrs. Garlock zeigt jedoch nicht das geringste Interesse, verzieht bloß angewidert das Gesicht, dreht sich um und geht so schnell weg, wie Madelyn sie noch nie hat laufen sehen.

»Und das ist der Dank, den ich bekomme! Ich wollte ja nur freundlich sein.«

An einem Aprilmorgen bringt die Polizei von Hammond Mrs. Garlock und mehrere Familienmitglieder auf die Wache des siebten Bezirks zu einer Gegenüberstellung mit Leuten, die des Mordes an Patrick Wesley verdächtig sind.

Sechs Männer im Alter von dreiundzwanzig bis fünfunddreißig Jahren, im Scheinwerferlicht nebeneinander auf einer Bühne, wie im Varieté, nur daß sich alles in verkleinertem Maßstab abspielt, daß alle zu nahe beieinander sind.

Die Männer sind alle Weiße und tragen durchweg Freizeitkleidung.

Seit dem Mord haben die Polizisten bei ihren ausgedehnten Ermittlungen (in der Gowanda Street gingen sie von Tür zu Tür) Dinge zu hören bekommen, die kaum überraschend waren (sie kennen ja die Garlocks zur Genüge), jedoch nicht von Nutzen sind. Sie erfuhren, daß Little Red gestohlen und mutwillig Zerstörungen angerichtet habe, daß er eingebrochen habe, daß er ein Sittenstrolch gewesen sei und nicht ganz richtig im Kopf ... ein verdammter kleiner Scheißkerl, der es voll und ganz verdient habe, um die Ecke gebracht zu werden. Die Art von Bemerkungen, die in der Zeitung nicht gedruckt und von Radio WHMM nicht gesendet werden können. Man fand heraus, daß Little Red auf einem unbebauten Grundstück knapp fünfzig Meter vom Fluß entfernt getötet und sein Leichnam vom Kai aus in den Fluß geworfen worden war, doch die Mordwaffe wurde nicht entdeckt ... bestimmt wurde auch sie in den Fluß geworfen, ist auf den Grund hinuntergesunken und bleibt unauffindbar. Es stellte sich heraus, daß er Stunden zuvor auf der Straße gesehen worden war, auf verschiedenen Straßen, aber nicht in Gesellschaft anderer, kleinerer Jungen, mit denen er sich manchmal herumtrieb, doch im weiteren Verlauf des Abends sah ihn offenbar niemand oder wollte es zumindest nicht zugeben.

Der einzige brauchbare Hinweis, den die Polizei bis jetzt erhalten hat – seltsamerweise stammt er aus Quellen, die anscheinend nicht miteinander in Verbindung stehen –, geht dahin, daß Little Red Garlock unlängst eine Motorrad-Gang provozierte und daß deren Mitglieder ihm Rache geschworen haben.

Kürzlich kam abends ein Anruf aus dem Cassadaga House, wo einige Motorradfahrer aus Buffalo und Rochester zechten; Polizeibeamte gingen hin und nahmen zwei Männer fest, die betrunken randaliert hatten; sie wurden auf der Polizeiwache des Bezirks eingehend verhört wegen des Mordfalls Garlock und beschuldigten dabei zwei andere, die sich angeblich damit gebrüstet hatten, in Hammond jemanden ausgelöscht und in den Fluß geworfen zu haben. Auf die Frage »Warum habt ihr das getan?« hätten diese Männer erwidert: »Uns paßte nicht, wie der aussah.«

Deshalb sind S. L. und R. T., zwei »Hell's Angels« aus Buffalo, die zum Verhör nach Hammond gebracht wurden, an diesem Morgen im siebten Bezirk bei der Gegenüberstellung dabei: unrasierte, unausgeschlafene, dickliche, ziemlich junge Männer mit teigigem Gesicht, in schwarzen Lederwesten, schmutzigen T-Shirts, verschmierten Jeans und Lederstiefeln. Angesichts ihres Motorrad-Outfits, ihrer öligen Elvis-Presley-Frisur und der Angst, die ihnen offensichtlich in den Knochen steckt, liegt es nahe, bei der Gegenüberstellung diese beiden als Schuldige herauszugreifen und nicht die Penner aus der Gegend oder den Polizisten in Zivil, wenn jemand dingfest gemacht werden soll wegen der Ermordung von Little Red Garlock am 2. April. Außerdem sind die Alibis, die S. L. und R. T. für jene Nacht haben, äußerst dürftig.

Die Garlocks können sich jedoch nicht einigen. Einer von ihnen zeigt auf einen der Verdächtigen, ein zweiter auf einen anderen, während ein dritter einen ganz anderen aussucht. Sie sind gereizt und geraten in Streit; Vernon Garlock, der Polizisten nicht ausstehen kann, sitzt mürrisch und verschlafen da und sagt kein Wort. Und auf einmal kommt, so als hätte sie schon die ganze Zeit geredet, doch mit geringerer Lautstärke, Vesta Garlocks Gemurmel und Geseire voll durch: ».. .seine Zeit auf Erden ist bemessen, und wenn deine Zeit gekommen ist, so füge dich. Gelobt sei der Herr. Er ruht in Seinem Schoß. Ich habe den Erzengel Gabriel erblickt, wie er, auf einer Wolke schwebend, meinen Jungen heimwärts trug. Uns bleibt nichts zu tun. Die Schrift sagt: ›Seid guten Mutes und freuet Euch, denn Ihr werdet Euren Lohn im Himmel erhalten.‹«

Daraufhin tritt eine beklemmende Stille ein.

Es gibt demzufolge keine eindeutige Identifizierung der Täter, und die »Hell's Angels« aus Buffalo müssen auf freien Fuß gesetzt werden.

Die Garlocks schämen sich zutiefst wegen Vesta und wollen sie nach Hause mitnehmen, doch die Frau ist zu schlau und entwischt ihnen, wendet sich an den Polizeiwachtmeister mit der Bitte: »Können Sie mich zu Monkey Wards hinbringen? Jetzt gleich?«

Der Mann schaut sie verblüfft an. »Montgomery Ward's, Madam?«

Mrs. Garlock knöpft ihren Mantel zu, will so schnell wie möglich wegkommen. »Sagte ich doch: *Monkey Wards.*«

2

Einen Tag und eine Nacht lang regnete es, und jetzt ist der Peach Tree Creek über die Ufer getreten. Er sieht auf einmal ganz anders aus.

Vor, unter und hinter der Brücke rauschen aufgewühlte Wassermassen; hinter der Brücke bilden sie gewundene, brausende Wasserläufe unterschiedlicher Breite, und sie verströmen einen Gestank wie zwei weißglühende, durch die Nasenlöcher führende Drähte, die einem das Gehirn verschmoren.

Nach soviel Regen ist es am Morgen schlammig. Überall glitzernde Pfützen und das Geräusch tröpfelnden Wassers.

Und der messerscharfe Sonnenschein, der schmerzhaft durch die Augenlider dringt ... als wäre die menschliche Haut transparent.

Jinx Fairchild steht auf der Brücke über den Peach Tree Creek und denkt, daß er das Flüßchen so noch nie gesehen hat, daß es ein Ort ist, an dem Totes wieder zum Leben erweckt wird – wie jener im Wasser treibende Baumstamm, an dem noch ein bedrohlich aussehendes Wurzelgeflecht hängt; er könnte einem Schwimmer die Beine abreißen, wenn dieser so unklug wäre, sich heranzuwagen ... Ein toter Hund mit rotem Fell ... ein Kadaver, der einer Ratte ähnelt ... Äste von Bäumen, lose Bretter, ein Teil von einem Ruderboot – all dies lebt, lärmt, verbreitet Gerüche, läßt weiße Wasserspritzer und Schaum aufsteigen wie Gelächter. Wie wildes, seltsames Gelächter! Wer es vernimmt, möchte darin einstimmen, schafft es jedoch irgendwie nicht.

Jinx hat an diesem Morgen wieder eine schlimme Nacht hinter sich. Er lehnt sich auf das Geländer und schaut auf das Flüßchen hinunter, das er so gut kennt und das ihm dennoch fremd ist. Er überläßt sich jenem tranceartigen Gefühl – es scheint von den Beinen hochzusteigen –, das er und Sugar Baby empfanden, als sie klein waren: Wenn man auf der festgefügten, unbeweglichen Brücke steht und ohne zu blinzeln auf das Wasser schaut, das unten dahinfließt, kommt ein geheimnisvoller Augenblick (Wann ist es Zeit dafür? Ist es immer derselbe Zeitpunkt? Warum?), an welchem das Wasser stillsteht und man selbst in Bewegung gerät.

Gott, das muß zehn Jahre her sein, als er und Sugar Baby und einige andere Kinder hier im Flüßchen herumtollten. Aber damals war es heiß, es war Spätsommer, jene windstille, tote Zeit, und da konnte man sehen, wie sich an seichten Stellen auf dem Wasser eine Haut bildete, und man konnte das Wasser riechen. Sie hielten das jedoch nicht für Gestank, einfach für den Geruch des Peach Tree Creek, der so natürlich war wie jeder andere, obwohl er von Tag zu Tag ein bißchen stärker und übler wurde. Und da rief jemand nach ihnen, ihre Mutter rief *Woodrow! Verlyn!*, auf diese besondere Art, die sie hatte, als sie klein waren, und bei der sie sofort die Köpfe in die Höhe reckten, als hätte ihre Mutter sie schon am Schopf gepackt und schüttle sie durch. Sie schauten auf und sahen, wie Minnie Fairchild wütend und empört in ihrer weißen Uniform auf sie zukam; glänzende, weißliche Strümpfe trug sie an diesem brütendheißen Sommertag, und ihr Gesicht, das damals schmäler war, schien vor Zorn schwarz zu sein: »He, ihr beiden! Ihr verflixten Bengel! Habt ihr den Verstand verloren? Hab ich euch nicht verboten, hier zu spielen? Raus aus diesem Dreck, und zwar sofort!« Wutentbrannt scheuchte sie die beiden nach Hause, und sie nahm sich nicht einmal Zeit, die Kinder aus der Nachbarschaft auszuschimpfen, so als käme es nicht darauf an, daß auch sie im Abfall spielten.

Zu Hause schrubbte sie die beiden dann ab. Das war das Schlimmste. Sie wusch ihnen den Kopf, fuhr in die Ohren hinein, reinigte sogar ihre Finger- und Zehennägel, die zwar schmutzig waren, aber nicht unbedingt vom Peach Tree Creek. Sie ließ die beiden mit jenem übelriechenden Mundwasser gurgeln, das sie von dem weißen Arzt mitgebracht hatte; sie mußten es unverdünnt anwenden, obwohl ihre Mutter ihnen den Löffel Lebertran mit Orangensaft verdünnte, wenn sie gnädig gestimmt war. Sugar Baby kicherte Jinx ins Ohr: »Das Zeug ist reine Pferdepisse, jede Wette« – und Jinx fing an zu würgen.

Ihrer schlauen Mama schlugen sie aber doch noch ein Schnippchen. Schlau war sie schon, aber ihnen war sie nicht gewachsen. Im folgenden Jahr vergnügten sie sich natürlich wieder am Peach Tree Creek. Wo sollten sie auch hin?

Ist doch egal, ob er dreckig ist, denkt Jinx Fairchild. Er gehört uns.

Von Mr. Hannah, dem Mathelehrer der zehnten Klasse, wird Jinx Fairchild getadelt, weil er seine Geometriearbeit verhauen hat. Ob er während der Arbeit an etwas anderes gedacht und vielleicht nicht gewußt habe, was er da hinschrieb?

Jinx Fairchild murmelt: »Nein.«

Jinx Fairchild murmelt: »Nein, Sir.« Seine Mama hat ihm diese pfiffige kleine Höflichkeitsfloskel eingebleut, und jetzt ist sie ihm fast zur Gewohnheit geworden.

Wie es denn dann zu erklären sei, fragt Mr. Hannah, daß Jinx die Aufgabe Nummer acht einwandfrei gelöst, aber bei der dritten Aufgabe genau den gleichen offenkundigen Fehler gemacht habe wie die größten Dummköpfe der Klasse?

Das verstehe er selbst nicht, murmelt Jinx Fairchild; er nimmt die mit roter Tinte korrigierte Arbeit entgegen und starrt sie verständnislos an: Ein »C« ist im Grunde kein schlechtes Ergebnis, aber für ihn schon. Normalerweise wäre er perplex und verlegen, doch heute reagiert er anders; er denkt daran, daß er die Klassenarbeit am vergangenen Freitag ganz benommen geschrieben hat, wie im Traum, und daß er sich nachher an nichts mehr erinnern konnte.

Mr. Hannah hat Jinx Fairchild das ganze Schuljahr lang wohlwollender behandelt als die meisten weißen Schüler. Jinx hatte den Eindruck, daß er ein Weißer ist, der sich liebenswürdige Neger aussucht und diese bevorzugt – um zu zeigen, daß seine Abneigung gegenüber den anderen überhaupt nichts mit deren Rasse oder gar mit Rassismus zu tun hat.

Sein Haß, seine Angst, sein Abscheu.

Als Jinx sich gerade umwenden will, sagt Mr. Hannah: »Mir fiel auf: So ein Fehler paßt überhaupt nicht zu Jinx Fairchild.« Er meint das ironisch; wie die meisten Lehrer an dieser Schule ist er sehr von sich überzeugt. Jinx nickt also, aber er kann seinen Lehrer mit seinen umwölkten, brennenden Augen nicht ansehen und sagt im Weggehen: »Wenn ich den Fehler gemacht habe, Mr. Hannah, dann muß er ja wohl zu mir passen.« Und seine Stimme klingt ein klein wenig trotzig.

Doch Mr. Hannah ist Jinx Fairchild wohlgesonnen und überhört dies.

Wo er auch hingeht, zu jeder Stunde, jeden Tag, sind diese Hände dabei, die ihm gehören ... In dem Blick, mit dem er sie anschaut, liegt etwas Scheues, als wäre da etwas bei ihm, das seine eigenen Gedanken hat, das Unerforschliches über *ihn* weiß.

Die Hände von Jinx Fairchild. Sie haben jemanden getötet.

Lange, schmale Finger, von denen er meinte, daß er sie kenne, daß sie ihm gehörten. Sie sind wie sein Penis, der ihm bisweilen auch nicht gehört ... wenn Blut in ihn strömt und er hart wird wie eine Faust. Blut, das er genausowenig kontrollieren kann.

Ich habe getötet. Mit diesen Händen.

Wenn er in der Schule oder bei der Arbeit ist, wenn er im Bus umherfährt, weil er für sich sein will, wirft Jinx Fairchild immer wieder einen scheuen Blick auf seine Hände. So, als sähe er sie jetzt zum erstenmal. Diese dunkelbraune Haut mit ihrem schwachen ölig-roten Schimmer, die rosa getönte Handfläche, die hellen Nägel. In diesen Augenblicken befällt ihn der faszinierende Gedanke, daß die braune Farbe nichts Bleibendes sei, daß sie irgendwie verblassen könnte, ausgewaschen werden könnte. Daß er jedenfalls nicht schwarz ist.

Jinx Fairchilds rechte Hand hat eine solche Spannweite, daß er zwischen der Spitze seines kleinen Fingers und dem ausgestreckten Daumen einen Basketball festhalten kann; mit der linken Hand schafft es das nicht ganz. Wenn der Ball in Brusthöhe scheinbar mühelos losfliegt, dann wird er von zehn feinnervigen Fingern gelenkt, die so schnell sind wie das Auge einer Katze. Als Jinx in der sechsten oder siebten Klasse war, stellte er sich einmal vor, er stünde stockblind auf dem Basketballplatz und spielte viel besser als die anderen Jungen, allein durch die Schnelligkeit seiner Hände und seiner Beine. Er stellte sich vor, wie die Zuschauer in Begeisterungsstürme ausbrachen, wie die Sporthalle vibrierte unter dem Applaus.

In der vorangegangenen Saison spielte er so gut, bekam er soviel Applaus, daß ihm das fast unwirklich erschien; es war längst nicht so packend real wie die Phantasievorstellung. Jinx Fairchild steht an der Freiwurflinie in seinem schweißdurchtränkten Hammond-T-Shirt, groß, locker, entspannt aussehend; seine Augen sind auf den Korb gerichtet, und der Ball dreht sich in seinen Händen wie ein Globus, während die hübschen weißen Mädchen in den Cheerleader-Pullovern wie verrückt umhertanzen –

Gimme a J!
Gimme an I!
Gimme an N!
Gimme an X!

–, und seine Gedanken wandern hinüber zu einigen schwarzen Burschen, die die Schule ohne Abschluß verlassen haben. Sie sind älter als er, lehnen an der Mauer; von dieser Perspektive aus ist es klar, daß die Menge von Jinx Fairchild begeistert sein wird, wenn er den Strafwurf in den Korb plaziert, und daß man ihn, wenn er nicht trifft, für das halten wird, was er ist: ein Niggerjunge wie alle anderen auch.

Die meiste Zeit verfehlt Jinx Fairchild das Ziel nicht.

Und jedesmal, wenn er einen Korb wirft und Punkte erzielt für das Team, wird das Gefühl stärker ... wird alles unwirklicher. Und dabei nimmt er nur den Zeitpunkt vorweg, wenn der Jubel aufhören wird, wenn man ihn so illusionslos betrachten wird, wie er sich selbst betrachtet.

Ja, es stimmt: Jinx Fairchilds Gehirn wußte nicht, was seine Hände vorhatten.

Einen Betonbrocken aufheben oder vielmehr einen Stein, doppelt so groß wie seine Faust, und ihn dem anderen auf den Kopf schlagen ... nicht bloß einmal, um ihn zu betäuben, sondern immer wieder ... um zu töten.

Jinx Fairchild weiß gut, wie brüchig der Schädel eines Menschen ist; er ist wie eine Eisfläche, die sich hart anfühlt und doch zerspringt. Er war es aber, der einen Schädel zerschmetterte. Er war es, der ein, zwei, drei, vier, *fünf Mal* zuschlug und einen Menschen tötete!

Was danach geschah, weiß er nicht mehr.

Er erinnert sich an das Mädchen. Das weiße Mädchen. Ein verschwommenes Gesicht, wie ein weißes Blütenblatt.

Er erinnert sich an das Gewicht und den kräftigen Körperbau des Toten ... erinnert sich, wie das Wasser ans Ufer schlug.

Er erinnert sich, daß er viel später sein blutverschmiertes Sweatshirt auf der Müllkippe bei der Peach Tree Street verbrannte und daß er versuchte, seine Jeans und seine Hände von den Blutflecken zu säubern.

Diese Erinnerungen sind wie unzusammenhängende Fetzen eines Traums; an die Person, die die Bruchstücke verbindet, kann er sich nicht erinnern. Er weiß auch nicht mehr, wie er darin verwickelt wurde, weiß nur, daß er dabei war. *Lauf nach Hause,* sagte er zu dem Mädchen, *hau ab.* Sie zögerte jedoch, war ganz benommen, entsetzt, als hätte Jinx Fairchild auch auf sie eingeschlagen. Dann wollte sie etwas sagen, und er ging auf sie zu, grinsend wie ein Halloween-Kürbis, den die kleinen Kinder ausgehöhlt und zur Fratze gemacht haben: *Los, verschwinde! Verpiß dich! Du hast hier nichts verloren, du blöde Sau!*

War das wirklich Minnie Fairchilds jüngerer Sohn, ihr Herzblatt, ihre Hoffnung, ihr Lebenslicht? So hatte ihn noch niemand reden hören.

Im Bundesstaat New York wird die Todesstrafe auf dem elektrischen Stuhl vollstreckt. Jinx hat gelernt, daß die Elektrizität in einem Stromkreis fließt: Wenn der Stromkreis nicht geschlossen ist, kann die Elektrizität nicht fließen. Bei der Hinrichtung durch elektrischen Strom wird der Kreis durch den Körper eines Menschen geschlossen.

Wenn die gewaltige Spannung durch die Todeskandidaten hindurchschießt, verfallen sie angeblich in wilde Zuckungen, so als würden sie ausgepeitscht. Es riecht nach gebratenem Fleisch, und aus dem Kopf steigt eine Rauchfahne. Jinx weiß aus Filmen, daß der Kopf des Todeskandidaten mit einer Kapuze bedeckt wird, doch in den Alpträumen, die ihn immer wieder befallen, in denen er sich selbst angegurtet und mit Elektroden versehen auf dem elektrischen Stuhl sitzen sieht, ist sein kahler Schädel unverhüllt.

Als Tyrone Tilly, dieser geistesschwache Neger aus der neunzig Kilometer entfernten Stadt Buffalo, der sich seinen Verteidigern zufolge nicht daran erinnern konnte, was er tags zuvor getan hatte, und schon gar nicht, was er nicht getan hatte, vor ein paar Monaten in Sing-Sing hingerichtet wurde und es Schlagzeilen gab über den »Lustmörder«, da bemerkte Sugar Baby: »In Amerika sind sie ganz scharf drauf, Nigger zu rösten! Das macht ihnen Spaß!«

»Hast du was, Verlyn?«

Minnie Fairchild schaut ihren sechzehnjährigen Sohn an, der mit hängenden Schultern in der Küchentür steht, als hätte es ihn gerade aus einer anderen Welt hierher verschlagen. Sein Mund bewegt sich, er scheint mit den Zähnen an den Lippen zu nagen; die Hände hat er halb in die Hose gesteckt, doch es sieht so aus, als blicke er durch die Wimpern hindurch auf sie hinunter.

So rasch, wie die Nadel ihrer Singer-Nähmaschine aufblitzt, kommt Minnie Fairchild der unangenehme Gedanke, daß ihr geliebter Verlyn doch seinem Vater nachschlägt und nicht ihr: daß er den Verstand, die Vernunft, den Anstand, die Würde, den Ehrgeiz, den sie hat, nicht besitzt. Doch ebenso rasch ist der Gedanke wieder verflogen. »Seit ein paar Tagen machst du so 'nen traurigen Eindruck, Verlyn, so hab' ich dich ja noch nie nicht gesehn«, sagt Minnie in einem halb zärtlichen und halb anklagenden Ton. Allmählich geht das in etwas über, das ihr Sohn die »Mamasprache« nennt: Mit doppelten Verneinungen und einer einschmeichelnden Modulation, die sie bewußt anwendet, so wie Eartha Kitt es tut, wenn sie ihren Auserwählten verführen möchte.

Ihre vier Kinder wissen, daß die »Mamasprache« nur den Anfang bildet; wenn Minnie Fairchild damit keine Wirkung erzielt, und das ziemlich schnell, schlägt sie einen anderen Ton an.

Jinx reißt sich also zusammen, richtet sich auf, lächelt seine Mutter an, versucht etwas zu sagen, doch ihm fällt nichts ein. Er steht einfach da und schaut in die Gegend.

Minnie putzt am Spültisch Fische. Flußbarsche mit großen Mäulern, die Mr. Fairchild an diesem Tag im Cassadaga gefangen hat. *Zack!* ist der Kopf ab. *Zack!* ist der Schwanz ab. Minnie greift mit der in einem Gummihandschuh steckenden Hand hinein und zieht geschickt die Gedärme heraus. Die Küche ist voller Fischgeruch; es riecht, als schwappe der Fluß ins Haus herein. Das mag Jinx gerade durch den Kopf gehen, aber vielleicht denkt er auch gar nichts, weil er verblüfft ist, daß seine Mutter vor Energie fast zerspringt, obwohl sie verspätet von der Arbeit bei dem weißen Arzt in der Oberstadt nach Hause gekommen ist. Sie trägt immer noch ihre Dienstkleidung aus Nylon und die hellen, glänzenden Strümpfe. Die weißen Schuhe mit den klobigen Blockabsätzen hat sie ausgezogen und trägt dafür ihre alten, bequemen Cordsamthausschuhe, die an den Zehen ausgeschnitten sind. Aber sonst ist sie noch fest zugeschnürt, sauber und glatt wie ein Würstchen. Minnie Fairchild ist vierundvierzig Jahre alt, genau zwei Jahrzehnte jünger als ihr Ehemann Woodrow; sie ist klein und drall, sieht gut aus, ihre Haut hat einen schimmernden, warmen Braunton wie Roßkastanien, ihr Haar hat sie penibel glattgebürstet, so daß es einer schwarzen Lacklederkappe ähnelt. Sie hat ein kleines Bulldoggengesicht, eine breite Nase, weiße Zähne ohne jede Spur von Gold, und ihre Lippen sind bei Tag und bei Nacht kastanienbraun geschminkt.

Wenn Minnie am Spültisch zu tun hat, dreht sie den Wasserhahn immer ganz auf, und sie muß mit erhobener Stimme reden, um sich verständlich zu machen. So auch jetzt. »Du bist ja so schlapp, hoffentlich kriegst du nicht so 'ne üble Frühjahrsgrippe«, jammert sie. Wieder diese einschmeichelnde Modulation. Jinx spürt, daß ihm das zu Herzen geht.

»Ach was, ich bin doch nicht krank, Mama«, möchte Jinx erwidern, doch er hört sich sagen: »Nein, Mama, von der Grippe kommt das nicht.«

Minnie schlägt mit raschen, zielsicheren Bewegungen die Köpfe und Schwänze der Fische ab und verzieht dabei das Gesicht, als widere sie der Geruch an, doch ihre Haltung und die ruckartigen Bewegungen ihres Armes zeigen, daß ihr das *Zack! Zack! Zack!* auf dem alten, abgenutzten, blutbefleckten Brotschneidebrett Spaß macht. Dabei hört sie nicht recht, was Jinx erwidert. Und sie redet dann so schnell, daß Jinx kaum noch mitkommt. Zuerst: »Das wollen wir auch nicht hoffen!« Und dann: »Mach dich mal ein bißchen nützlich, Junge, hol 'ne alte Zeitung, wickle den Abfall rein und trag ihn weg. Was ich noch weniger ausstehn kann als den Fischgestank und die Schuppen überall, das sind Fischaugen, die mich anglotzen, als wär' ich an allem schuld.« Minnies helles, fröhliches Lachen knistert wie brennende Zweige.

Und der zur Arbeit angetriebene Jinx Fairchild tut, was ihm aufgetragen wurde.

Dankbar dafür, daß er etwas zu tun hat mit seinen großen, mageren, knochigen Mörderhänden.

Minnie Fairchild werkelt um diese Zeit immer in ihrer Küche, man hört das Klappern, Klopfen und Schaben, und sie seufzt, wenn sie merkt, wie spät es schon wieder geworden ist. Man könnte meinen, daß es dieser Frau nicht paßt, in der Küche zu stehen, um diese guten, nahrhaften, vitaminreichen Mahlzeiten zuzubereiten, während ihr alter, nichtsnutziger Ehemann Woodrow am anderen Ende des Gartens eine Schachpartie gegen sich selbst spielt und erst zum Abendessen hereinkommt, wenn ihn jemand gerufen hat, und dann auch noch ganz gemächlich, weil er auf dem einen Ohr taub ist und auf dem anderen nichts hört, wie Minnie sich unter hellem, bitterem Lachen beklagt. Doch in Wirklichkeit mag Minnie diese Tageszeit. Sie arbeitet gern in dieser Küche (dort steht ein vierflammiger Gasherd mit Backofen, ein großer Kelvinator-Kühlschrank, ein ordentlicher Spültisch mit Wasseranschlüssen), weil sie jene Küchen noch in schmerzlicher Erinnerung hat, mit denen sie sich am Anfang ihrer Ehe begnügen mußte, ganz zu schweigen von den Küchen, in denen ihre Mutter ihr ganzes Leben lang wirtschaftete. Sie mag ihr Haus, welches eines der schönsten ist an diesem Ende der East Avenue: ein braungestrichener Holzbungalow mit fünf Zimmern, unter dem Giebel ein Dachboden, mit einer Veranda vor dem Haus und einem zwanzig Ar großen Grundstück, so daß sie im Sommer einen Garten hat, der allerdings von Woodrow bestellt wird, da er die Zeit dafür hat und die nötige Geduld. Die Kinder haben gelernt, Minnie Fairchilds Besitzerstolz zu respektieren, auch wenn sie ihn nicht teilen; das tut nicht einmal Verlyn, der sensibelste von allen, und auch Bea nicht, die alt genug ist (sie ist fünfundzwanzig), um zu wissen, wie es ihnen in Pittsburgh erging, und um sich an Geschichten neueren Datums über die Zustände in South Carolina zu erinnern, wo Woodrow geboren wurde.

Wenn du wissen willst, wie weit du's gebracht hast, mußt du wissen, wo du herkommst, sagt Minnie.

Sie sagt: Du kriegst kein Haus wie das da, wenn du bloß faul herumhockst.

Minnie steht auf dem Standpunkt: Wer so ein Haus *behalten* will, der darf nicht faul herumhocken.

Minnie sagt: Für Farbige, die über ihre Hautfarbe lamentieren, hab' ich kein Verständnis. Und sie sagt das absichtlich mit einer schleppenden Redeweise, damit klar wird, wie ernst sie das meint.

Seit elf Jahren geht Minnie Fairchild einer festen, gut bezahlten Beschäftigung nach bei Dr. M. R. O'Shaughnessy, einem praktischen Arzt, der in Hammond einiges Ansehen genießt. Er hat seine Praxis in seinem Haus am Franklin Square, einer feinen, wenn auch etwas heruntergekommenen Gegend. Um zur Arbeit oder nach Hause zu gelangen, muß Minnie Fairchild zwei verschiedene Busse nehmen. Anfangs verrichtete sie normale Hausarbeit und kochte gelegentlich eine Mahlzeit. Nach dem Tod von Dr. O'Shaughnessys Frau gab es dann eine »Umstellung«, wie der Doktor das nannte; Minnie wurden immer mehr häusliche Pflichten übertragen, und nach einiger Zeit ersetzte sie sogar Dr. O'Shaughnessys Sprechstundenhilfe, obwohl sie keine Ausbildung als Krankenschwester oder Schwesternhelferin hatte. (»Das ist doch kinderleicht«, prahlt Minnie bei ihren Freundinnen. »Die Hauptsache ist die Uniform; du mußt nur entsprechend aussehen, dann nehmen dir die Leute das schon ab!«) Seit Jahren bringt Minnie ihrer Familie alle möglichen Sachen, die sie von Dr. O'Shaughnessy bekommen oder aus seiner Praxis mitgenommen hat: Ärzteproben der Pharmafirmen – von Mundwässern, Deodorants, krampflösenden Mitteln, verdauungsfördernden Pillen, Pillen gegen Verstopfung, Pillen gegen Durchfall, Kopfschmerztabletten, Schlaftabletten, Muntermachern ... Blechschachteln mit Pflastern, Monatsbinden und Verbandmull ... Fläschchen mit

Augentropfen und mit Haarwaschmitteln gegen Schuppen ... auf Hafermehlbasis hergestellte Gesichtsseife. Alle Schubladen sind bis oben voll damit, und das Arzneischränkchen im Bad ist ein wahres Füllhorn. »Was ist denn das, Mama?« rief Bea immer und zog das neueste Mittel heraus. Wenn die Fairchild-Kinder nicht die gesündesten der Gegend waren, dann immerhin diejenigen, die am besten gegen Krankheiten gewappnet waren.

Neben ihrer Tätigkeit als Sprechstundenhilfe bei Dr. O'Shaughnessy, dessen Patientenkreis hauptsächlich aus älteren Damen besteht, und ihrer Rolle als Haushälterin kümmert sich Minnie Fairchild auch um die Buchhaltung des Arztes. In seinen Finanzangelegenheiten herrscht immer ein großes Durcheinander. Sie bezahlt die meisten Haushaltsrechnungen und sorgt dafür, daß Reparaturen vorgenommen werden. Dr. O'Shaughnessy wohnt in einem schönen Backsteinhaus aus den neunziger Jahren des vergangenen Jahrhunderts. Für einen Witwer, dessen Kinder in alle Himmelsrichtungen verstreut sind und die sich um nichts kümmern, ist es viel zu geräumig; überdies muß ständig etwas repariert und renoviert werden. »Was würde ich ohne dich anfangen, Minnie?« fragt Dr. O'Shaughnessy oft mit einem Seufzer, und Minnie lacht bescheiden und sagt: »Sie würden schon zurechtkommen, Herr Doktor!«, obwohl sie vom Gegenteil überzeugt ist. O'Shaughnessy ist ein gutmütiger, aber etwas undurchschaubarer Mann Mitte sechzig, weißhaarig, würdevoll, aristokratisch in seinem Gebaren und Aussehen, und die Woche durch ist er zumindest tagsüber völlig nüchtern. Minnie kennt sein Geheimnis: An jedem Werktag säuft er von sechs Uhr abends bis Mitternacht, und an Samstagen und Sonntagen fängt er damit um die Mittagszeit an. Außerdem spritzt er sich manchmal am Sonntag ein bißchen Morphium, um den Ruhetag ertragen zu können. Aber Minnie will sich, wie sie sagt, über Weiße kein Urteil erlauben – zumindest über *diese* Kategorie von Weißen nicht.

In den letzten Jahren hat Dr. O'Shaughnessy des öfteren davon gesprochen, er werde Minnie in seinem Testament »bedenken«. (»Aber das glaub' ich keinen Moment lang«, sagt Minnie.)

Nichts hat Minnie in ihrem Erwachsenenleben so viel Freude gemacht wie die Geschichten über Dr. M. R. O'Shaughnessy, die sie ihren Freundinnen erzählt. Das tut sie mal in einem belustigten und spöttischen, mal in einem entschuldigenden, meist jedoch in einem ehrerbietigen Ton. »Und wie geht's dem Doktor, Minnie?« mag eine erwartungsvoll grinsende Freundin fragen, und Minnie wirft dann die Arme in die Höhe und sagt lachend: »Alles beim alten!« Nun will die Freundin wissen: »Hat dieser Mann überhaupt noch Patienten, so wie er sich aufführt?« Und Minnie antwortet: »Jede Menge. Diese alten weißen Damen würden nie zu 'nem anderen gehen; sie meinen, daß Dr. O'Shaughnessy alles kennt, was sie so haben, und wie das mit der Zeit angeschwollen, abgeschlafft oder zusammengefallen, grau oder kahl geworden ist. Außerdem gibt er hübsch acht, daß er ihnen nicht weh tut mit seinen Instrumenten – *ich* muß sie vorher anwärmen –, und er sagt ihnen nie was Unangenehmes. Könnte man sich denn 'nen besseren Arzt wünschen? Mein Gott, erst heute kam so ein jämmerliches altes Geschöpf, mit Diamanten und Pelzen behängt, und ihr schneidiger schokoladefarbener Chauffeur mußte ihr die Treppe hinaufhelfen.« Minnies Zuhörerin bricht in schallendes Lachen aus, als sie eine Beschreibung der Patientin erhält, die Minnie in ihrer Eigenschaft als Arzthelferin aus- und anziehen mußte: ein grauenhafter Anblick – schlaffes, schwabbliges Fleisch, wie ein zusammengefallener Brotteig, hunderte von Haken und Ösen am Fischbein-Korsett und am Büstenhalter der Frau, die ineinandergehängt werden mußten. »Ich hoffe bloß, daß meine Kinder mich von meinem Elend erlösen werden, wenn's mit mir je so weit kommen sollte!« ruft Minnie und wischt sich Lachtränen von den Wangen.

Minnie Fairchild ist nicht religiös, auch nicht abergläubisch. Kein bißchen. Schon seit sie aus dem Haus ihrer Mutter auszog. Sie hört im Radio gern Gospelsongs, Mahalia Jackson und die Caravans sind ihre Lieblinge, aber damit hat sich's, der christliche Glauben ist für sie eine Marotte der Weißen, reiner Betrug. Wenn die »Friedfertigen« je ein Stück Erde bekamen, dann ein absolut wertloses, sagt Minnie.

Als kleiner Junge traf Jinx Fairchild mehrmals mit dem legendären Arbeitgeber seiner Mutter zusammen; einmal drückte ihm der rundliche, lächelnde weiße Mann einen Silberdollar in die Hand, und ein andermal beugte er sich zu ihm herunter und verkündete: »Deine Mutter ist das Salz der Erde!« Schon damals mißfielen ihm die lobenden Worte, die der Mann über seine Mutter sagte. Erde, das war für ihn Staub und Schmutz.

Jinx weiß, daß in der Nachbarschaft über Minnie und ihren weißen Arbeitgeber seit Jahren heftig getratscht wird; es wird sogar behauptet, daß Ceci, die eine glatte, fast butterfarbene Haut hat, nicht die Tochter von Woodrow Fairchild, sondern von O'Shaughnessy sei. Mehr weiß Jinx nicht, und er will auch gar nicht mehr wissen. Der bloße Gedanke daran läßt eine würgende, stumme Wut in ihm aufsteigen. Wie bei Bea, die einen gelbhäutigen Mistkerl anhimmelte, der sie behandelte wie den letzten Dreck. Und bei der Leinwandschönheit Dorothy Dandridge, der all die dummen Negermädchen unbedingt gleichsehen wollten. Wenn *er* Blut von den Weißen in sich hat, denkt er, geht das weit zurück, dann ist das nur noch ein winziges bißchen.

Als Jinx in die Küche zurückkommt, brät Minnie gerade in ihrer schweren eisernen Pfanne den Fisch und summt vor sich hin. Es ist ein Song von Johnny Mathis ... oder von Frank Sinatra? Jinx steht da, die Hände auf dem Rücken gefaltet, starrt die kopflosen, ausgenommenen Barsche an, die in Butter und gehackten Zwiebeln schwimmen. Er hört, wie er mit rauher Stimme sagt: »Also, letzte Woche, da haben sie doch im Fluß die Leiche gefunden . . .« Und Minnie sagt ganz nebenbei, ohne daß sie mit dem Singen aufhört: »Und du sagst mir jetzt gleich, wer's getan hat, du Schlaumeier?« Dabei kneift sie die Augen zusammen, als unterhielten sie sich über ein lustiges Thema. Jinx starrt blinzelnd vor sich hin. Er weiß, daß seine Augen gerötet sind und daß sich die verschwommenen Gesichtszüge eines im Wasser versinkenden Toten in ihnen spiegeln. Minnie sagt barsch: »Mach dich nützlich, Junge, steh mir nicht dauernd im Weg – los, deck den Tisch.« Also deckt Jinx den Tisch und schaut dabei seine flinken, geschickten Hände an. Dann sagt Minnie: »Gieß für dich und für Ceci schon mal die Milch ein«, und Jinx füllt zwei Gläser mit Milch. Dann sagt sie: »Es ist Zeit, daß du deinen Vater rufst«, und Jinx schwirrt jetzt der Kopf, seine Finger und seine Zehen sind eiskalt geworden, so als wären in einer riesigen Sporthalle alle Augen auf ihn gerichtet. Also sagt er rasch: »Mama, mir geht was im Kopf rum ...« Und Minnie fragt ihn sofort: »Ein Mädchen? Ist was passiert? Ist das der Grund? Sag bloß nicht, daß du dich mit kleinen Drecksäuen und Schlampen abgegeben hast wie dein Bruder, dann versohl' ich dir nämlich den Hintern!« Plötzlich ist sie, ohne daß sie eine Antwort abwartet, ganz außer sich vor Wut, als hätte Jinx bereits alles zugegeben. »Jedes von diesen Mädchen würde sich die Finger ablecken, wenn sie einen Burschen wie dich kriegte, einen guten, ordentlichen, anständigen Jungen wie Vernon Fairchild, der als Sportler Spitze ist und ein College besucht, wo er verdammt gut abschneidet, der einmal Lehrer, Arzt oder Rechtsanwalt werden wird, und der in *diesem Haus* wohnt, nicht in irgendeiner gräßlichen Bruchbude aus Teerpappe draußen bei der Müllkippe!«

Jinx will sich nicht von seinem Thema abbringen lassen. Er sagt: »Hör mir mal zu, Mama: Da ist doch was passiert letzte Woche, da wurde doch diese Leiche gefunden ...«

Als Minnie den Gesichtsausdruck ihres Sohnes bemerkt, knallt sie einen Topf mit gekochten Kartoffeln auf eine Ablage und schnaubt verächtlich. »Warum nehmen die Leute das bloß so wichtig? So ernst? Alle reden darüber, sogar die Patienten von Dr. O'Shaughnessy, und dabei geht's nur um einen elenden Drecksack, einen Hillbilly. Um einen von den *Garlocks,* Himmel nochmal! Wenn's aber ein Negerjunge gewesen wäre? Was dann? *Ich will gar nicht dran denken!*«

Minnie ist ganz plötzlich in Wut geraten, ihr Mopsgesicht ist hart geworden wie eine Faust, und Jinx steht stumm und ein wenig benommen da. Sein Kopf dröhnt jetzt noch schlimmer. Aber er sagt dennoch: »Mama, ich möchte mit dir reden, bevor Papa und Ceci reinkommen. Ich glaube, ich habe einen Fehler gemacht, und ich weiß nicht, was ich machen soll ...«

Minnie ist außer sich. »Ein *Garlock*! Was das in unserer Stadt bedeutet, weiß jeder. Abschaum! Dreck! Aus der untersten Schublade! Es dreht einem den Magen um, dieses ganze Getue in der Zeitung, die polizeilichen Ermittlungen! Die Polizisten sollen bloß nicht zu mir kommen und Fragen stellen, denen werd' ich was erzählen! Dieser Hillbilly-Abschaum verprügelt doch die eigenen Frauen und Kinder, bringt sie um ... das ist die schlimmste Art von Weißen, die es gibt, von richtigen Nazis mal abgesehen. Aber wenn das ein Negerjunge gewesen wäre, dann würde sich kein Mensch drum kümmern.«

Jinx sieht das Glitzern in den Augen seiner Mutter, spürt die Furcht, die sie ausstrahlt, und gibt auf.

Und später denkt er: Was wollte ich sie eigentlich fragen? Ob ich mich der Polizei stellen soll oder nicht? Ob ich mich auf den elektrischen Stuhl setzen soll oder nicht?

In diesen Tagen muß Jinx immer wieder daran denken, wie stolz er auf seinen »neuen« Namen gewesen war: nicht mehr Verlyn, sondern Jinx. Diesen Namen hatte ihm einer der Brüder seiner Mutter gegeben, als er vier Jahre alt war. »Mit diesem Bürschchen wirst du's schwer haben, Minnie! Er ist ein richtiger Teufel – ein *Jinx*!« Lustig daran war unter anderem, daß der Kleine ja so ruhig, ernst und vorsichtig war, daß er bei dem Familientreffen in Pittsburgh von all den Kindern das schüchternste war. Es gab noch keine Anzeichen, daß er in die Höhe schießen würde, wie das dann einige Jahre später geschah; er war mager und von einer unbeholfenen Hastigkeit, als kämen seine blitzschnellen Reflexe einen Sekundenbruchteil zu früh, bevor er sich überhaupt auf sie einstellen konnte. Bei jeder Mahlzeit war er derjenige, der kleckerte; er war das einzige Kind, das auf Teppichen Spuren hinterließ. Wenn die Kinderschar herumtollte und die neue Lampe seiner Tante, die sie beim Bingospiel gewonnen hatte, zu Boden stürzte, war Verlyn allem Anschein nach der Übeltäter ... und sah dabei ganz unschuldig aus, war so von schmerzlicher Reue und Beschämung erfüllt, daß Tränen in seinen Augen glitzerten.

Das ist aber einer! So ein Bürschchen! Ein Teufelchen! Kleiner Jinx! Ihr Weiber, geht ihm bloß aus dem Weg! – Die Erwachsenen schauten lachend auf ihn herunter, beugten sich herab, um ihn zu umarmen, zu küssen, auch Minnie war bester Stimmung, war so angetan vom lauten Lachen ihrer Brüder, daß sie nicht schimpfte oder protestierte, obwohl sie den Namen überhaupt nicht mochte und später nie verwendete. Ein Niggername, schnaubt Minnie. Der paßt zu einem heruntergekommenen Boxer oder einem Rennpferd. Richtig gewöhnlich.

Minnie will Sugar Baby auch nicht »Sugar Baby« nennen – *sein* rechtmäßiger Name ist Woodrow Fairchild junior –, obwohl er von klein auf so geheißen hat.

Mit der alptraumhaften Konzentration eines Mannes, der sein eigenes Schicksal vorhergesagt bekommt, wenn auch verschlüsselt, liest Jinx Fairchild im *Chronicle* die Berichte über den Mordfall Garlock, hört sich, wann immer er das, ohne Verdacht zu erregen, tun kann, die Nachrichtensendungen von WHMM an. Aber niemals stellt er irgendwelche Erkundigungen an wegen des Mordes, und er nimmt auch nicht, wenn es sich irgendwie vermeiden läßt, an der Schule oder sonstwo an Gesprächen teil, bei denen es um den »mysteriösen Mordfall« geht.

Er weiß, daß die Polizei in der ganzen Gegend nach Zeugen sucht.

Ist er ein Zeuge?

Und Iris Courtney?

Wenn er an Iris Courtney denkt, wird ihm schwummerig ... als starre er in die Sonne.

Die Polizisten kommen zum erstenmal am Freitag morgen zu Cheney's Variety, um dort Erkundigungen anzustellen, und Jinx Fairchild ist nicht da; beim zweitenmal, Samstag nachmittags, ist Jinx anwesend, aber Cheney ebenfalls ... ein asthmatischer Schwarzer, den die Polizisten allem Anschein nach kennen und mögen. Sie sprechen etwa drei Minuten lang mit Jinx, fragen ihn, ob er etwas über den Mord weiß, ob er den ermordeten Jungen kannte, ob ihm irgend etwas zu Ohren gekommen sei. Und Jinx Fairchild, dieser gutaussehende, höfliche Negerjunge mit der schlaksigen, langbeinigen Anmut des geborenen Athleten und dem Respekt vor der weißen Rasse, der nicht gekünstelt wirkt, sondern offenbar in Fleisch und Blut übergegangen ist, antwortet höflich: »Nein, Sir«, »Nein, Sir, hab' ich nicht«, und: »Leider nein.« Jinx Fairchild ist glatt wie Honig, und das schlucken die Polizisten; sie wollen nur noch im Weggehen wissen, wer denn in der Mordnacht im Laden gewesen sei, und als Jinx sagt, er sei dagewesen, fragen sie: »Aber gesehen oder gehört hast du nichts, oder?« Und Jinx sagt erneut: »Nein, Sir, hab' ich nicht.«

Er hat die Finger in den Gürtel gekrallt, damit sie nicht zittern können. Falls es dazu kommen sollte.

Die Gerüchte, die Jinx bei Cheney's und in der Schule zu Ohren kommen, besagen, daß eine Gang von Hell's Angels den Mord begangen habe. Weiße. Cheney verzieht vor Abscheu das Gesicht und sagt: »Es waren diese Lederjacken-Rowdys auf den Motorrädern.« Jinx blinzelt, starrt vor sich hin und grinst einfältig. Hell's Angels? Weiße? So, wie zahllose Luftwirbel den Staub emportragen und sich zu einer einzigen Spirale vereinen, verdichten sich in den darauffolgenden Tagen die Gerüchte über die Hell's Angels, die Motorradfahrer, die Weißen, und sie werden praktisch zu einer Gewißheit.

Am 16. April wird dann bekannt, daß es zwei Festnahmen gegeben hat: zwei Hell's Angels Mitte zwanzig aus Buffalo. Über einen Tag lang glaubt man in Hammond, die Mörder des Jungen seien gefunden worden, und der Fall sei abgeschlossen.

Jinx' erste Reaktion ist Erleichterung: Ich war's nicht! Ich nicht! Jemand anderes!

Dann schämt er sich zutiefst: Aber ich war es doch!

Er ist kein Kirchgänger wie sein Vater, aber irgendwie glaubt er doch an Gott. Er glaubt, daß Gott ihm ein Zeichen schicken wird, wenn es ihn gibt.

Du weißt genau, daß du es warst.

Du kannst das keinem anderen in die Schuhe schieben.

Jinx' Vater ist religiös – er wäre ein Prediger, wenn er keine so heiser krächzende Stimme hätte –, Jinx jedoch nicht, weil er es seit seiner Kindheit verabscheut, sich Jesus Christus hinzugeben, wie es sein Vater tat und allzu viele andere, wenn sie in den Bibelstunden ihr Geheul und Gekreisch anstimmten, das sich anhörte wie rasend gewordene Schlangen. *Jesus Christus der Retter. Gott, heiliger Vater.*

In panischer Angst denkt Jinx: Verschone mich, Gott! Bitte such einen anderen aus!

Er fürchtet sich davor, daß ein unmißverständliches Zeichen kommen wird, aber eines Tages kann er sich nicht davon abhalten, die Gowanda Street entlangzugehen bis zu dem Häuserblock, wo die Garlocks wohnen, gegenüber Loblaws Laden, wo Minnie einkauft und wo Sugar Baby in seiner High-School-Zeit einen Job als Packhilfe hatte – ein mieser Job, den er einfach hinschmiß und demjenigen, der ihn dort schikanierte, kurz und bündig sagte, er könne ihn am Arsch lecken.

Dort steht das Haus der Garlocks. Heruntergewirtschaftet und verkommen wie ein Niggerhaus, bloß größer. Niggern würde man erst gar nicht gestatten, sich in diesem Block einzumieten.

Das ist ein weißer Häuserblock, ein rein weißer.

Niggern, die hierherziehen wollen, schlägt man den Schädel ein.

Eine heruntergekommene, schäbige Gegend. Reihenhäuser, ein Wohnblock aus Sandstein, einige kleine Geschäfte, Loblaws Laden hinter einem mit Schlaglöchern übersäten Parkplatz und das Haus der Garlocks mit offenen Fenstern, aus denen Vorhänge aus Plastikstreifen heraushängen, Abfall auf der vorderen Veranda, Kinderspielzeug auf dem Gehsteig. Jinx steht wie gebannt auf der anderen Straßenseite, die Arme auf der Brust verschränkt, die Hände fest in den Achselhöhlen, starrt hinüber, und er befürchtet, er könne hier im grellen Sonnenschein zu Gesicht bekommen, was er, wie ihm plötzlich bewußt wird, in seinen Träumen gesehen hat: Little Red Garlock in voller Lebensgröße, wie er sich durch die schäbige Tür mit dem Fliegengitter zwängt, wie er losstrampelt auf einem Fahrrad, das zu klein ist für seine prallen Schenkel und sein dickes Gesäß. Er würde Jinx Fairchild erblicken, und dann würde allmählich sein obszönes, verzücktes Lächeln erscheinen. *He, Nigger! Schwarzer Niggerschwanz!*

Jinx' Augenlider werden schwer und müde. Aber er kann seine Beine nicht bewegen, kann nicht weg von hier.

Vor dem Haus spielt ein kleines Kind allein im Rinnstein, ein etwa dreijähriger Junge, blond und dicklich, mit den Gesichtszügen der Garlocks. Sogar von der anderen Straßenseite kann Jinx diese Gesichtszüge erkennen. Das Kind spielt mit einem roten Gummiball, und plötzlich schnellt der Ball hoch und rollt auf die Straße, und Jinx läuft hin, greift hinunter, um ihn zu holen; das geschieht mit einer einzigen geschmeidigen Bewegung, und schon wirft er den Ball dem kleinen Jungen zurück, der ihn zuerst verständnislos anglotzt. Doch dann erscheint auf seinem Gesicht ein Lächeln, ein reizendes, strahlendes Lächeln.

Jinx trottet fort, ohne sich umzuschauen. Er weiß, daß Hillbillys die Neger hassen und ihre Kinder wohl auch.

Jinx Fairchild ist auf seinen langen, wackligen Beinen schon drei Häuserblocks weit gegangen, als ihm klar wird, daß er sein Zeichen erhalten hat.

Gott will dir etwas mitteilen, aber was das zu bedeuten hat, sagt er dir nicht.

In diesen Tagen, in denen Jinx gerötete Augen hat und eine angenagte Lippe, fürchtet er sich vor seinem Vater. Er glaubt, daß Woodrow Fairchild senior die Fähigkeit besitzt, ihm in die Seele zu blicken ... durch seine Augen hindurch in sein Innerstes zu schauen. Und daß sein Vater ihn auffordern wird, sein Verbrechen zu gestehen: Geh zur Polizei und gestehe; knie nieder, Junge, und bete zu Jesus Christus, daß er dich rettet; verjage alles Sündige aus deinem Herzen und sei wieder ein ganzer Mensch.

Papa, das kann ich nicht.

Papa, zwing mich nicht dazu.

Er kann nicht schlafen, nicht essen, er kann sich in der Schule nicht konzentrieren und schwänzt den Unterricht, treibt sich aber nicht mit seinen Kumpeln herum; in diesen Tagen geht Jinx Fairchild auch seinen Kumpeln aus dem Weg. Sogar Sugar Baby, der ihn vielleicht nur scharf zu mustern brauchte und schon Bescheid wüßte. *He, Mann, was zum Teufel ist los mit dir? Steckst wohl in dieser Garlock-Scheiße drin?*

Die Furcht ist wie ein Schleimklumpen, den er nicht hinunterschlucken, aber auch nicht aushusten kann.

Jinx fürchtet sich hauptsächlich vor seinem Vater. Er weiß, daß Minnie ihn nicht mehr fragen wird, was er hat oder was ihn bewegt; von *ihr* droht keine Gefahr.

Woodrow Fairchild senior verbringt sein Rentnerdasein damit, mit seinen Freunden im Fluß Barsche oder Welse zu fangen; im Sommer kümmert er sich um seinen Garten, der mit seiner Mauer aus Sonnenblumen am hinteren Ende und den großen, prächtigen Gruppen aus Ringelblumen, Zinnien und Schwarzäugiger Susanna zwischen dem Gemüse ein vertrauter Anblick ist in der East Avenue; er schaut sich in der Stadt um und übernimmt Gelegenheitsjobs, obwohl er mit seinen vierundsechzig Jahren, mit dem krüppelhaften Zwergenhöcker auf seinem Rücken, dem schief auf den Schultern sitzenden Kopf und dem stets erstaunten Gesichtsausdruck nicht viele Aushilfsarbeiten verrichten kann. Die Zeiten, in denen er Lastwagen von Weißen be- und entladen oder Kohle in die Hochöfen von Weißen schaufeln konnte, sind jetzt vorüber. Er bezieht eine kleine staatliche Versehrtenrente, weil er sich einst in einem Ausbildungslager der Armee eine Verletzung zuzog, doch ist diese Rente, wie Minnie verächtlich sagt, zum Leben zuwenig und zum Sterben zuviel: Die eine Hälfte davon gibt Mr. Fairchild für den eklig süßen Wein der Marke Mogen David aus, den er heimlich trinkt (aber alle kennen sein Geheimnis), die andere Hälfte erhält die Second Coming African Church of Christ the Redeemer, bei der er Diakon ist.

Minnie Fairchild hat für die meisten Gewohnheiten ihres ältlichen, geistesabwesenden Mannes nur Verachtung übrig, doch seine Kirchgängerei bringt sie in Rage. »Diakon: Was heißt denn das?« hat Minnie ihn gefragt, und mit seiner heiseren Flüsterstimme, die sich anhört wie der Wind in trockenen Maiskolben, hat Woodrow geantwortet. »Das bedeutet, daß ich aushelfe.« Und Minnie sagt dann: »›Aushelfen‹? Wie denn?« Und Woodrow murmelt: »Einfach aushelfen, Pfarrer Goomer verläßt sich da ganz auf mich.« Minnie fragt weiter: »Aber wie denn? Kannst mir das mal sagen? Und wo geht das Geld hin, das du ihm gibst? Er ›verläßt sich auf dich‹ – ausgerechnet auf *dich*! – *Was soll denn das bloß heißen?*« Irgendwo sei diese Religion von vorvorgestern mit ihrem Geschrei und Geheul und Gestampfe wohl schon am Platze, spottet Minnie mit geweiteten Nasenlöchern, wie so vieles andere von drunten aus dem Süden, etwa die Geisterbeschwörerinnen und der Voodoo-

Hokuspokus – *aber nicht hier!* Minnies Verachtung für Woodrow verwandelte sich vor einigen Jahren in helle Wut, als er seine Hausmeisterstelle an der Precious Blood Elementary School verloren hatte. Ein kleines Mädchen hatte behauptet, sie habe von ihm geträumt, von seinem schwarzen Gesicht und wie er sich bewegte, daß er so dahinhuschte wie eine Krabbe, und daß er Dinge sagte, androhte – und es war nicht klar, ob an diesen Träumen nicht doch etwas dran war, ob vielleicht etwas vorgefallen war: daß der schwarze Hausmeister der Schule diesem kleinen weißen Mädchen schweinische Worte zugeflüstert, unter den Rock gegriffen hatte. Die Eltern des Mädchens waren verständlicherweise sehr beunruhigt, und die katholische Nonne, die die Schule leitete, war ebenfalls sehr beunruhigt, und Woodrow Fairchild mit seiner gebrochenen Stimme und dem schiefsitzenden Kopf und der lähmenden Schüchternheit in Gegenwart Weißer machte keinerlei Anstrengung, sich zu verteidigen ... gab einfach auf, ging nach Hause. Seitdem ist er »Rentner«.

Dieser Woodrow Fairchild hat's faustdick hinter den Ohren.

Hat einem kleinen weißen Mädchen ins Höschen gelangt und ist ungeschoren davongekommen – oder so gut wie.

Nicht zu fassen! Dieser alte, bucklige Schlappschwanz?

Der war auch mal anders – ist doch bei allen so.

Da kann er ja froh sein, daß er noch am Leben ist. Daß er den Kopf noch auf der Schulter trägt, auch wenn er 'ne Macke hat.

Im Jahr 1920 trat ein achtundzwanzigjähriger Mann aus South Carolina namens Woodrow Fairchild in die Armee ein und erlitt in einem Ausbildungslager im nördlichen Texas einen Unfall, der lebenslängliche Behinderungen nach sich zog. An Einzelheiten konnte er sich nachher nicht mehr erinnern. Der »Unfall« ereignete sich nicht auf dem Ausbildungsgelände, sondern genau vor der Kaserne, in welcher er untergebracht war: ein Sturz von einer Treppe, ein Durcheinander, und dann kam er in einem Armeehospital wieder zu Bewußtsein, hatte Verletzungen an der oberen Rückenpartie, an den Schultern und am Hals; sein Kehlkopf war zerquetscht, als hätte jemand ein- oder zweimal mit dem Stiefel fest draufgetreten. Doch im Hospital konnte sich Woodrow Fairchild an nichts mehr erinnern, auch später nicht, und selbst jetzt spricht er über den Unfall, als wäre er einfach aus heiterem Himmel passiert, ohne jede Absicht, so unerklärlich wie ein Akt höherer Gewalt, bei dem etwas vom Himmel herabstürzt oder aus dem Erdinneren hervorbricht, so Gott es will. Minnie Fairchild sagt zu ihren beiden Jungen, zu Verlyn und Woodrow junior: »Da seht ihr, was passiert, wenn ihr in die Armee eintretet! Wenn ein armer, unwissender, gutmütiger Negerjunge mit lauter Knallköpfen zusammengerät!« Als ob Verlyn und Woodrow nicht längst Bescheid wüßten.

Jinx ist jetzt so groß, daß ihm sein Vater klein vorkommt – nicht verhutzelt, denn Woodrow Fairchild ist muskulös und hat einen großen Kopf mit grauem Haar, das wie Draht ist – und daß ihm dies irgendwie falsch erscheint, weil es so aussieht, als zeigten seine Söhne einen Mangel an Respekt, wenn sie sich neben ihn hinstellten. Jinx vermeidet es deshalb, in seine Nähe zu kommen. Oder er kauert sich nieder oder setzt sich hin. Schaut zu ihm auf so wie jetzt an diesem warmen, regnerischen Tag Ende April, an dem Jinx hinuntergeschlendert ist ans Ende des Gartens, wo sein Vater auf einem Baumstumpf sitzt. *Jetzt werd' ich's ihm sagen,* hat Jinx dabei gedacht, und: *Ich werde es ihm gar nicht zu sagen brauchen, er wird es mir ansehen.* Er sieht, daß sein Vater gegen sich selbst Schach spielt, das Schachbrett auf den Knien, die weißen Figuren links, die schwarzen rechts; es sieht aus, als wäre Weiß mit drei Königen am Gewinnen ... die feuchte Luft hat etwas Friedliches an sich wie frisches Brot, das in aller Stille auskühlt.

Woodrow senior hat eine dunkle, faltige Haut, die aussieht wie das Leder einer alten Reisetasche, eine breite, geäderte Nase und gelbe, verfaulte Zähne. Er ist so viel älter als seine Frau, daß die Leute immer denken, er sei der Großvater der Kinder, und Jinx kommt er eher großväterlich vor, liebevoll, was Minnie manchmal nicht mehr ist, nicht so aufpasserisch wie Minnie, nicht so kritisch. Jinx weiß sehr wohl, daß er seinen Vater beim Schachspiel nicht stören darf; er hockt sich neben ihn hin und schaut zu. Die linke Hand gegen die rechte, was soll das bedeuten? Was für einen Sinn hat so ein Spiel? Jinx wartet geduldig, bekommt immer mehr Angst und wird dennoch immer ruhiger; er denkt, daß er sich wie die Sünder in dem alten Gospel-Choral »He's Got the Whole World in His Hands« seinem Vater ausgeliefert hat: *Jetzt bin ich da, hier bin ich.* Als das Spiel vorüber ist, fragt ihn sein Vater mit einer ganz heiseren, gebrochenen Stimme, wie es ihm so gehe, und Jinx sagt nach kurzem Zögern: »Nicht besonders gut.« Sein Vater murmelt etwas, das tröstlich und ein bißchen fragend klingt, und legt dabei die Hand auf Jinx' Kopf, als erteile er den Segen. Es ist eine große, warme Hand, deren Finger von einer Schläfe zur anderen reichen. Jinx schaut auf zu ihm wie ein kleines, schuldbewußtes Kind. *Siehst du's meinem Gesicht nicht an? Weißt du's nicht?*

Jinx sagt mit überstürzten Worten: »Papa, ich hab' einen Fehler gemacht. Ich war in Cheneys Laden, wollte gerade zumachen, und da kam dies Mädchen rein.« Jinx zögert. Ob er wohl sagen sollte, daß das Mädchen weiß war? Gehört das dazu? »Ein weißes Mädchen«, sagt er mit schwacher Stimme. »Ich kenne sie nicht genau, nur flüchtig. Ein nettes Mädchen. Zwei Jahre jünger als ich. Und sie hatte Angst ... sie sagte, dieser Kerl, dieses Schandmaul aus der Gegend dort sei hinter ihr her. Und ...« Wieder macht Jinx eine Pause. Er fängt an zu schwitzen. Die große Hand seines Vaters liegt jetzt auf seiner Schulter, und der Blick seines Vaters hat etwas Abweisendes, Verschlossenes. Jinx hat das Gefühl, daß sein Vater nicht mehr zugehört hat, seit er die Worte »weißes Mädchen« vernommen hat.

Wenn Jinx den Namen Garlock sagt, kann er nichts mehr zurücknehmen.

Jinx hockt auf seinen Fersen auf der weichen Erde; seine Oberschenkel und seine Knie haben angefangen zu schmerzen. Der Augenblick, in dem er und Woodrow Fairchild senior sich anstarren, als hätten sie einander noch nie gesehen, ist lang und fürchterlich. Jinx denkt: Er weiß es. Dann denkt er: Er weiß es nicht – er weiß es nicht. »Es kam zu einer Schlägerei«, flüstert Jinx. Aber jetzt kann er weder vor noch zurück, es sei denn, sein Vater brächte ihn dazu. Und es sieht aus, als wolle dieser nichts dergleichen tun. Seine Augenlider haben sich zusammengezogen, sind fast geschlossen.

Jinx merkt, daß er sich schluchzend zusammengekauert hat, die Wange auf das Knie seines Vaters gelegt hat.

Gott im Himmel, das hatte er nicht tun wollen! Wie konnte das geschehen?

Wie schon seit Jahren nicht mehr, läßt er jetzt einem wilden, kindhaften, beschämenden Schluchzen freien Lauf. Und sein Vater umarmt ihn, drückt ihn fest an sich. Sein Vater läßt ihn weinen, er fängt an zu beten, spricht zu Jesus Christus dem Herrn, als wäre Jinx Fairchild gar nicht da.

In dieser seltsamen Positur verharren Woodrow Fairchild und sein Sohn Jinx viele Minuten lang.

Glaubt er an Gott? An Jesus Christus den Herrn?

Glaubt er an den Teufel?

Leicht dahinschwebend wie der seidige Samen der Gänsedistel, stellt sich bei ihm in jener Nacht der Gedanke ein: *Wenn dieses weiße Mädchen nicht lebte, würde kein Mensch was wissen.*

3

»Weißt du, was du brauchst, Süße? Ein anständiges Essen«, sagt Virgil Starling, der den Arm um Persia Courtneys Brustkorb geschlungen hat und sie ruckweise in die Küche schiebt, wobei ihre Hüften immer wieder gegeneinanderstoßen.

Persia protestiert. »Oh, Schatz, ich glaube, ich kann nichts runterkriegen.«

Dabei beugt sie sich zu ihm hin und legt das Gesicht an seinen Hals.

Fast hätte sie gesagt *bei mir behalten:* Ich glaube, ich kann nichts bei mir behalten. Zum Glück passierte das nicht.

Ihr attraktiver Liebhaber mit der karamelfarbenen Haut, der schöne Virgil Starling, ist ein Mann, wie Persia Courtney noch keinen gekannt hat. Wie dieser Mann aussieht.. Wie dieser Mann sie *ansieht*. . . Persia schmilzt wie Butter.

Kaum zu glauben, nach allem, was sie durchgemacht hat.

Sie kann es nicht fassen.

Er lacht dieses feuchte, schnalzende Lachen tief drunten in seiner Kehle. Geht mit seiner Holden auf dem Linoleumfußboden umher, damit sie einen klaren Kopf bekommt. Chuck

Berrys »Maybelline« summend, schaukelt er sie und greift dabei so fest in ihre Achselhöhlen, daß sie quietscht und kreischt und sich an ihn klammert, um nicht hinzufallen. Virgil Starling sagt mit Entschiedenheit: »Ich komm' schon zurecht. Aber du mußt was Anständiges futtern.«

Virgil Starling zieht also sein Hemd, seine Socken und seine Schuhe an und geht hinüber zu Loblaw, von dort zum Meeresfrüchte-Markt und dann zur italienischen Bäckerei, Persias Geldbörse in der Hüfttasche. Schließlich schlendert er zur Wohnung zurück und kocht für beide ein köstliches Essen: Galveston-Gombo, so nennt er es.

»Meine Mama macht das ganz nach Lust und Laune, da gibt's kein Rezept; man macht das so, wie man's haben möchte: dick oder dünn, scharf gewürzt oder auch nicht, je nachdem.«

Persia, die ihr Gesicht gewaschen und leicht gepudert, das rotgoldene Haar wie Rita Hayworth hochgekämmt und aufgetürmt hat, sitzt währenddessen auf dem Rand des Küchentisches, zwischen den zuckenden Fingern eine brennende Zigarette. Sie trägt ein champagnerfarbenes Negligé mit Rüschen, das Duke ihr geschenkt hat – Gott, ist das lange her, aber es sieht immer noch gut aus. Sie kämpft gegen ein Gefühl der Übelkeit an, das in ihr aufsteigt, läßt sich jedoch nichts anmerken. Und überlegt, ob sie den Manager des Clubs anrufen und sich entschuldigen sollte wegen vergangener Nacht – Sonny, das wird nicht mehr vorkommen, ich verspreche es –, aber auch das läßt sie sich nicht anmerken. Auch die Sorgen nicht, die sie sich um Iris macht, schon seit Wochen, daß sie sich fragt, wo zum Teufel das Mädchen denn jetzt bloß steckt: so wie man sich vor herumliegenden Glasscherben fürchtet, an denen man sich die nackten Füße verletzen kann, wenn man sie nicht rechtzeitig sieht. Statt dessen wendet sie sich ihrem Süßen zu, der sich in ihrer Küche aufspielt, als gehöre sie ihm, und sie verschlingt ihn mit ihren Blicken: sein langbeiniges Stolzieren, die Wölbung im Schritt seiner rotbraunen Hose, das hauchdünne, halb geöffnete Hemd, das seine warme, fast haarlose Brust zeigt, die liebevollen Blicke, die er ihr zuwirft. Er reckt sich her zu ihr, um sie zu küssen, und Persia gibt ihm lachend lange, feuchte Zungenküsse; sie schlingt die Arme um seinen Hals, hält die brennende Zigarette hoch über seinen Kopf, doch Virgil sagt, sie solle ihn jetzt lieber nicht auf Touren bringen, und Persia läßt ihn los. Und sie reden die ganze Zeit in einem fort: Das ist wie Musik, bei der man gar nicht zuzuhören braucht, um zu wissen, daß sie da ist, daß sie läuft, daß man sie mag, daß sie gut ist.

Persia Courtney hat einen Mulatten als Liebhaber, sagen die Leute – na und? Das tut sie, um *mir* eins auszuwischen, sagt Duke Courtney – was ist denn schon dabei, selbst wenn das zuträfe?

»Mein Lieber, manchmal bist du einfach zuviel für mich«, sagt Persia und ist dabei überrascht, daß ihre Stimme so schläfrig klingt.

»Kein Mann ist zuviel für dich, Persia, sondern gerade halbwegs gut genug«, sagt Virgil fast bescheiden.

Als das Wort »Persia« aus seinem Mund kommt, durchfährt es sie wie elektrischer Strom; er gebraucht es nicht oft.

Persia lacht fast barsch. »Willste mir schöntun, Süßer?« sagt sie breit.

Virgil Starling braucht eine ganze Weile, um das Essen zuzubereiten, deshalb fangen sie an, Bier zu trinken: Beck's, direkt aus der Flasche.

Duke sah es nicht gern, wenn Persia aus der Flasche trank, aber er kann sie jetzt nicht mehr kritisieren.

Dukes Sachen sind fast durchweg aus den Schränken ausgeräumt. Diesmal ist es endgültig; er wird nicht zurückkommen.

Die beste Methode, einen klaren Kopf zu bekommen: kaltes, bitteres Beck's direkt aus der Flasche.

»Keine Butter da?« sagt Virgil mit einem Stirnrunzeln. »Okay, dann eben Margarine ... ist für Okraschoten nicht ideal, wird aber schon gehen. Jetzt müssen wir erst mal alles gut zerkleinern, eine große, würzige Zwiebel dazugeben und ein paar schöne, frische grüne Pfefferschoten wie die da – hmmmmmmm! Riecht das aber gut in der Pfanne! Dann stopfen wir das Zeug in die Tomaten; schöne, frische Tomaten sind natürlich am besten, aber die aus der Dose tun's auch, auch wenn sie vielleicht ein bißchen zu süß sind. Okay, jetzt lassen wir's auf kleiner Flamme dünsten, dann geben wir die Austern dazu, dann die Shrimps. Der einzige Nachteil an den Shrimps ist, daß man sie erst mal säubern muß, und das kostet Zeit.«

»Ich kümmere mich um die Shrimps«, sagt Persia.

»Nee, Schätzchen, du bleibst schön sitzen«, sagt Virgil.

»Warum darf ich nicht helfen?« fragt Persia.

»Weil du nicht in der Stimmung dazu bist«, antwortet er.

»Aber ja doch!« sagt sie.

»Nee, Schätzchen, bleib sitzen«, sagt Virgil mit einer abwehrenden Handbewegung. »Siehst hübsch aus, wie du so dasitzt.«

Persia sagt: »Glaubst du, ich sei betrunken, und du müßtest auf mich aufpassen? Ist das der Grund? Daß ich mich mit einem Messer verletzen könnte ... oder etwa *dich?*«

Virgil lacht und schenkt Persia keine Beachtung mehr.

Die Shrimps säubert er jedoch rasch und gründlich, und als er fertig ist, liegen auf der Arbeitsplatte, im Ausguß und auf dem Fußboden viele kleine Köpfe, Schwänze und durchsichtige Schalen herum ... tagelang wird Persia dann auf diesen Abfällen herumtreten und sie zerquetschen.

Das Gombo ist fertig. Virgil Starling und seine Angebetete küssen sich wieder, dann setzen sie sich an den Küchentisch, die Knie an die Knie des Gegenübers gedrückt, und fangen an. Zu dem Essen gibt es knuspriges italienisches Brot und zwei Flaschen Beck's direkt aus dem Kühlschrank. Das dickflüssige Gombo ist würzig und schmackhaft, aber Persia ist nicht hungrig – Persia ist neuerdings nie hungrig, weil sie befürchtet, ihr werde schlecht –, doch mit jedem Löffel, den sie zittrig an den Mund führt, nimmt ihr Appetit zu. Sie wundert sich: Hat sie tatsächlich Hunger? Schließlich ißt sie fast gierig, und Virgil schiebt ihr seinen Teller hin, damit sie ihn leert, zündet sich eine Zigarette an und schaut ihr beim Essen zu.

»Gombo nach Art meiner Mama – das schmeckt dir, was?«

»Oh ja«, sagt Persia.

»Gut, was?«

Persia wischt sich seufzend den Mund mit einer Papierserviette ab und sagt: »Ja, es ist gut.«

4

»Wir zwei sind zum Scheitern verurteilt« – es ist Duke, mit murmelnder Stimme –, »das weißt du, Persia ... weißt du genau.« Und Persias Stimme hebt sich: »Und was ist dann mit Iris, deiner Tochter? Ist sie auch zum Scheitern verurteilt?« Eine lange Pause tritt ein, als hätte Duke Courtney vergessen, daß er eine Tochter hat. Schließlich sagt er: »Sie ist auch zum Scheitern verurteilt. Sie gehört uns. Sie ist das Bindeglied zwischen uns, das niemals zerbrechen wird.«

Iris lauscht nicht, aber sie bekommt alles mit. Diese Stimmen dringen durch die Wände eines jeden Zimmers, wo auch immer sie sich versteckt.

Dies ist die letzte klare Erinnerung, die sie von Duke Courtney in der Wohnung in der Holland Street haben wird und von sich selbst in ihrem alten Zimmer: wie sie die Faust an den Mund drückt.

An einem einzigen hektischen Wochenende, dem letzten Wochenende im Juni, zieht Persia Courtney, unterstützt von ihrem neuen Freund Virgil Starling, mit Iris und ihrem ganzen Mobiliar, ihren Kleidungsstücken und sonstigen Besitztümern – aber nicht Duke Courtneys Sachen: die läßt Persia in einem Karton zurück, den der Hausmeister des Gebäudes aufbewahren soll – vierzehn Häuserblocks weiter südlich in die obere Wohnung eines zweistöckigen Fachwerkhauses in der Jewett Street. Es ist ein altes, festes Haus mit einem steilen, spitz zulaufenden Dach; seitlich löst sich die salpetergraue Farbe und fällt in kleinen Streifen ab. Es wird von ähnlichen Häusern flankiert, die fast genau am Gehsteig stehen, so daß es keinen Platz für begrünte Vorgärten gibt. Der Hinterhof ist ganz verwildert, ein Dschungel, der zu einem etwa zwölf Meter hinter dem Haus liegenden Bahndamm ansteigt.

Der helle Pfeifton der Lokomotiven und das Rattern der Güterwagen werden Iris Courtney in den nächsten drei Jahren bis in ihre Träume verfolgen, aber hier hat sie endlich ein Zimmer mit einem richtigen Fenster und richtigem Tageslicht und wird sich nicht ducken und verdrehen müssen, damit sie den Himmel sehen kann.

Und keine Außentreppe, die sich quer davor hinzieht.

Iris steht an dem vorhanglosen Fenster, drückt die Stirn an das mit Fliegendreck übersäte Glas und schaut hinaus: auf den überwachsenen Hinterhof, der für sie ein ungewohnter Anblick ist, auf die Gehölze und Büsche und die zwei Meter über dem Gelände verlaufende Bahntrasse. Jenseits der Gleise stehen Reihenhäuser; in den Hinterhöfen sind Wäscheleinen gespannt, jeweils auf andere Weise. Sie spürt eine Hoffnung in sich aufsteigen, die nur ein bißchen von Angst durchsetzt ist.

Die neue Wohnung in der Jewett Street 927 ist nicht viel anders als die alte in der Holland Street 372, sie hat allerdings ein Zimmer weniger. Und die neue Gegend ist auch nicht viel anders als die alte. Die Jewett Street ist eine Wohn- und Geschäftsstraße, die sich am schäbigen Rand eines Italienerviertels hinzieht; sie ist zwar ruhiger als die Holland Street – »nicht so gefährlich«, wie Persia sagt –, doch nun müssen sie zur nächsten Bushaltestelle zwei Häuserblocks weit gehen und zum Einkaufen fast ebenso weit.

Persia hat jedoch vor, in naher Zukunft ein Auto zu kaufen. Und ihr stehen auch die Autos von Freunden zur Verfügung. Sie ist eine Frau, der es nie an Freunden mangelt, die ein Auto besitzen.

Und es gibt Virgil Starling. Er hält sich oft bei ihnen auf.

Persia sagt: »Er ist der netteste Mann, dem ich je begegnet bin.«

Persia sagt: »Er ist ein guter Mann ... er ist gut zu mir.«

Persia sagt erbost: »Glaubst du, ich kümmere mich darum, was die Leute sagen? Glaubst du, ich ließe mir von irgend jemand Vorschriften machen, wie ich leben soll? Ich möchte auch ab und zu glücklich sein!«

Iris nimmt schweigend zur Kenntnis, daß sie während des langwierigen Einzugs in die neue Wohnung – eine Zeitlang arbeitet Virgil Starling, der ihnen bei den schwereren Möbelstücken hilft, mit einem Freund zusammen, welcher dunkelhäutiger ist als er – von den Mietern im Untergeschoß und den Nachbarn zu beiden Seiten abschätzig beobachtet werden. Niemand begrüßt sie, niemand lächelt. Und natürlich bietet niemand seine Hilfe an.

Eine weiße Frau mit ihrer weißen Tochter und ein hellhäutiger Nigger ... was sagt man dazu?

Da sie wissen, daß sie beobachtet werden, entwickeln sie eine ausgelassene Fröhlichkeit beim Transport der abgewetzten Möbel, der Schachteln mit schlecht verpacktem Geschirr, der zerknitterten Kleidungsstücke, der Schuhe und Bücher. Virgil Starling trampelt die Treppe hoch, er hat Persias schicken breitkrempigen Hut auf den Kopf gestülpt und vollführt unter der Last einer dieser Schachteln ein komisches Getaumel – als sie ihn sehen, schreien Persia und Iris vor Lachen.

Virgil Starling bleibt gelassen, tut nur so, als wäre er verwirrt und beleidigt. »He ihr, was gibt's denn da zu lachen? Ich hab' mir wegen euch beiden fast das Rückgrat gebrochen!«

Iris Courtney traut sich nicht in die Nähe des Liebhabers ihrer Mutter; ihr kommt seine glatte Haut zu hell vor.

Mit seinen verschmitzten dunkelbraunen Augen mustert er sie von oben bis unten. Und sein geglättetes dunkelbraunes Haar ist ölig und glänzend und sieht aus wie eine Kappe, der schwere Duft liegt Iris stundenlang in der Nase. Und mit seiner klarinettenhaft gleitenden Stimme sagt er: »Hmmmmmmmm! Ein Mädchen zum Anbeißen!«

Tatsächlich ist er Jazzklarinettist und spielt manchmal in dem einen oder anderen örtlichen Club. Um – wenigstens vorübergehend – seinen Lebensunterhalt zu verdienen, arbeitet er in Louis the Hatter's, dem besten Herrenbekleidungsgeschäft für Schwarze in Hammond. Das ist der Grund für seine elegante Garderobe, für die Dutzende von bunten Hemden, die handgefertigten Lederstiefel, die zweireihigen Sportmäntel, die gutsitzenden Hosen. Er hat eine Armbanduhr mit einem breiten Stretchband; an mehreren Fingern trägt er Ringe. Möglicherweise hat er in einer anderen Stadt eine Ehefrau und Kinder, aber wer möchte sich schon in Virgil Starlings Privatangelegenheiten einmischen? Persia Courtney nicht, die in seiner Gegenwart schmilzt wie Butter, die in seiner Gegenwart den Kopf zurückwirft und lauthals lacht, wie Iris sie in Jahren nicht hat lachen hören.

In einem Spiegel von Persias Frisierkommode, der schräg an einen Türrahmen gestellt ist, sieht Iris insgeheim, wie Persia

Virgil Starlings Hand ergreift und seine Finger küßt, wohl auch an den Fingerspitzen saugt und ein bißchen an ihnen knabbert. Und Virgil Starling fällt über sie her wie eine große Dschungelkatze.

Iris Courtney schaut schmerzerfüllt weg.

Zwischen den Beinen spürt sie einen scharfen, prickelnden Stich.

»Es gibt Männer, die brauchen nicht ganz *schwarz* zu sein, damit eine Frau sich ganz *weiß* vorkommt«, hat Persia Courtney lachend ins Telefon gesagt, als sie mit einer von ihren Freundinnen redete. »Und es ist ein tolles Gefühl.«

Iris fragt sich, welcher Altersunterschied zwischen ihrer Mutter und Virgil Starling liegt. Und ob das bei dem, was sie miteinander tun, eine Rolle spielt.

Eines Nachts klingelte in der Wohnung in der Holland Street das Telefon, und Duke Courtney wollte Persia sprechen; da sie nicht zu Hause war, sprach er mit Iris. Er schien nüchtern zu sein und versuchte, seine Gekränktheit unter Kontrolle zu halten, als er sie fragte: »Hat deine Mutter die Absicht, *mich* zu demütigen, wenn sie mit diesem Mulatten schläft?«

Iris wußte nicht, was sie erwidern sollte. Daß der eigene Vater so etwas sagte, kam ihr zutiefst beschämend vor.

»Auf wessen Seite stehst du, Iris? Auf ihrer oder auf meiner?«

»Oh, Daddy . . .«, murmelte Iris.

»Auf der Seite dieser Hure oder auf meiner?«

Der Telefonhörer rutschte Iris aus den Fingern, und als sie ihn aufhob, war die Verbindung unterbrochen.

Gegenwärtig heißt es, Duke Courtney wohne in dem zentral in der Main Street gelegenen alten Niagara Hotel. Sobald er Persias neue Adresse in der Jewett Street erfährt, wird er ein Dutzend rote Rosen schicken *An meine geliebte Ehefrau Persia und meine geliebte Tochter Iris von »einem, der nicht maßvoll, sondern im Übermaß liebte«.*

So wie an diesem ersten Abend in der neuen Wohnung macht es Persia Courtney später noch oft, wenn sie weggeht, um den Abend (oder die ganze Nacht) woanders zu verbringen: Sie nimmt das Gesicht ihrer Tochter in ihre schlanken Hände, küßt sie auf die Stirn oder (zum Spaß) auf die Nasenspitze und sagt mit bittender Miene: »Warte nicht, bis ich wiederkomme, Schätzchen! Und mach dir keine Gedanken!«

Das soll heißen: Ich weiß nicht, wann ich nach Hause kommen werde.

Das soll heißen: Wann ich nach Hause komme, ist meine Sache.

Iris Courtney reagiert dann oft so: Sie umarmt ihre Mutter ungelenk, berührt die rot bemalte Wange ihrer Mutter mit den Lippen und sagt: »Nein, ich werde nicht auf dich warten. Und ich werde mir keine Gedanken machen.«

Wie viele Male wird das in den nächsten paar Jahren geschehen?

An diesem Abend, an dem Virgil Starling drunten in seinem Auto sitzt und auf sie wartet, sieht Persia Courtney hinreißend aus ... oder beinahe. Sie trägt ein sommerliches aprikosenfarbenes Strickkleid mit enganliegendem Oberteil, ihr gebürstetes Haar glänzt, hat einen fruchtigen Duft, den Iris noch nicht gerochen hat; Persias hochhackige weiße Sandalen bringen die Rundungen ihrer Waden zur Geltung. Als sie am Nachmittag den Umzug hinter sich gebracht hatten, war Persia völlig erschöpft, und sie nahm eine Stunde lang genüßlich ein heißes Bad, umgeben von duftendem, prickelndem Schaum, mit Cold Cream im Gesicht, die Augen wohlig geschlossen, ein Glas auf dem Rand der Wanne ... einfach so zum Nippen.

Ein Glas, in das man ganz nebenbei ein bißchen Southern Comfort gießt, ist noch lange kein Drink.

Persia wirft Iris vom Gang aus einen Kuß zu. »Mach's gut, Schätzchen!«

»Du auch«, murmelt Iris.

In jener Nacht wird Iris in ihrer neuen, fremden Umgebung von einem unheimlichen Geräusch aus dem Schlaf gerissen; sie ist mehrere Sekunden lang ganz entsetzt, bis sie merkt, worum es sich handelt: das Pfeifen einer Lokomotive, eine endlose Schlange von Güterwagen, ein donnerndes Rumpeln, das sich anhört, als rase der Tod durch die Welt.

Denkt sie denn an den Tod, an die Pfütze dunkel werdenden Blutes unter dem Kopf ihres Feindes oder an die zerschundene Leiche, die aus dem Fluß gezogen wurde?

Nein. Sie beschäftigt sich mit anderen Dingen.

Doch. Denn ihr fällt nichts anderes ein.

»Du bist so still in letzter Zeit«, bemerkt Persia, während sie ihrer Tochter im Vorbeigehn eine Haarsträhne aus dem Gesicht wischt, als wäre es ihr Vorrecht, Iris ganz nach Belieben zu berühren, zu liebkosen, zu stupsen. »Was machen denn deine Freundinnen? Nancy? Jeanette? Ich hatte sie recht gern ... Und was ist denn mit diesem Jungen passiert, der dich ein paarmal angerufen hat?«

Mit einer Abgeklärtheit, die ihre Mutter zum Lachen bringt, sagt Iris: »Die sind mir zu unreif.«

Die Tage sind nicht das Schwierige, sondern die Nächte, in denen sie sich daran erinnert, wie Jinx Fairchild von Little Red Garlock freikommt, wie er einen Steinbrocken aufhebt und ihn niedersausen läßt auf den Kopf seines Gegners, immer wieder ... fluchend, schluchzend, Worte schreiend, die keine Worte waren, sondern bloß Laute.

Da hörte Little Red Garlock auf zu kämpfen, gab keinen Ton mehr von sich ... und dann war er auf einmal tot.

Seine Beine zuckten noch ein bißchen, das war alles. Dann hörte auch das auf. Es ging ganz schnell.

Jinx stand auf, und Iris kam näher, und sie standen über der Leiche, starrten hinunter ... überlegten, was er ihnen jetzt für einen Streich spielen wollte, als er in dem Unkraut, in dem Schotter dalag wie ein geschlachteter Eber. Hoffte er vielleicht, sie würden sich zu ihm herunterbeugen, ihn anfassen? Dann wäre er im Vorteil.

Jinx Fairchild mußte doch wissen, was die Blutlache und die aufgerissenen, blicklosen Augen zu bedeuten hatten, doch er flüsterte Little Red zu: »Steh auf, du verdammtes Arschloch, steh doch endlich auf!« Obwohl er genau wußte, daß er dem Jungen den Schädel eingeschlagen hatte, so wie man Eis, das man beseitigen möchte, mit der Schaufelkante zerschlägt. Er war jedoch noch ganz benommen, wischte sich das Blut aus seinem schweißnassen Gesicht, flüsterte bittend: »Mensch, steh doch endlich auf!«

Dann endlich wandte er sich Iris Courtney zu und sagte mit ruhiger Stimme, aber zähneklappernd: »Hau ab. Du hast hier nichts verloren.«

Sie wollte ihn nicht allein lassen; sie stand stumm und mit bleiernen Gliedern da, wußte nicht, was sie tun sollte, doch auf einmal begann er in einem barschen Ton zu sprechen, auf einmal zeigte er einen Gesichtsausdruck, den sie von ihm nie erwartet hätte, und auf einmal wich sie instinktiv zurück, weil sie merkte, daß er so außer sich und so verzweifelt war, daß er auch sie umbringen könnte, daß er sich aber damit zufriedengeben würde, sie zu verscheuchen wie einen Hund – solange sie ihm nur gehorchte.

Also wandte sie sich um, rannte weg.

Rannte, bis ihr Herz fast zersprang.

Daß Little Red Garlock auf dem unbebauten Gelände am Fuß der Pitt Street gestorben war, lag zuerst Tage zurück, dann wurden Wochen daraus … und jetzt sind es Monate. Die Lähmung, die Iris Courtney befiel, ist noch nicht ganz verschwunden; es ist, als wäre ihr Dasein immer noch aufgehoben, als bewegte sie sich in einem luftleeren Raum.

Und wie steht es um Jinx Fairchild?

Sie hat nichts von ihm gehört, hat keine Ahnung, was er denkt und fühlt, ob er ihr die Schuld gibt, ob er den bitteren Haß auf sie hat, den er zu Recht haben könnte. *Ich bin diejenige, die schuld daran ist. Nicht du.* Wenn sie hinunterschaut auf ihre weiße Haut, verspürt sie ein Schwindelgefühl und Übelkeit, als wäre das Weiße ein äußerliches Symptom für die Bleichsucht ihrer Seele, für ein schlimmes, tiefgehendes Unbeteiligtsein. Denn sie hatte ihm gegenüber versagt, indem sie keine Hilfe geholt hatte, um ihn vor seinem eigenen Überlebensinstinkt zu schützen. Wenn Jinx versuchte, seinen Feind umzubringen, dann nur, um diesen davon abzuhalten, daß er ihn umbrachte. Iris Courtney weiß, daß sie dafür verantwortlich ist.

Zuerst dachte sie, sie könnte sich ihrer Mutter anvertrauen, könnte ihr alles gestehen; Persia würde dann schon wissen, was zu tun wäre – und sie würde es wahrscheinlich für sich behalten. Persia ist aber auch emotional und unberechenbar; sie hätte von

Iris verlangen können, daß sie die Polizei benachrichtigt, daß sie zur Polizei geht, bevor diese zu ihr kommt. Tage vergingen, und Iris konnte nicht sprechen, sie war benommen und krank vor Angst. Sie hatte die kindliche Vorstellung, wenn Polizisten zu der Wohnung in der Holland Street kämen, um sie festzunehmen, würde Persia diese von ihr fernhalten.

In bestimmten Schulbezirken in Hammond ist es nichts Ungewöhnliches, daß uniformierte Polizeibeamte mit Verfügungen des Jugendgerichts in den Klassenzimmern erscheinen und einen Jungen oder ein Mädchen mitnehmen; erst im März geschah dies in Iris Courtneys Klassenzimmer mit einem angsterfüllt schluchzenden Negermädchen namens Chloe, das mitgenommen wurde, weil dessen Pflegemutter ihren Mann beschuldigt hatte, er habe das Mädchen sexuell mißbraucht. Iris konnte sich deshalb vorstellen, vor den Augen ihrer verwunderten Klassenkameraden abgeholt zu werden. Nach einem solchen Drama herrscht eine gespannte, erregte Atmosphäre; alle Kinder sitzen steif auf ihren Plätzen und denken: Hoffentlich trifft es mich nicht! Beim Jugendgericht scheint man kaum einen Unterschied zu machen zwischen »Opfer« und »Täter«; das »Opfer« fühlt sich genauso schuldig wie der »Täter«, sieht sich vielleicht sogar noch als den Hauptschuldigen, weil es den »Täter« provoziert hat, ein Verbrechen zu begehen. Iris dachte: Ich trage mehr Schuld als Jinx Fairchild.

Daß ihre Haut weiß ist, hat etwas damit zu tun ... aber was?

In den Monaten nach der Entdeckung von Little Red Garlocks Leiche ist man der Meinung, die Kriminalpolizei ermittle weiterhin; von der irrtümlichen Festnahme der beiden Hell's Angels abgesehen, gibt es keine Verhaftungen ... und es scheint auch keine Verdächtigen zu geben. Die Lüge, die sich Iris Courtney in ihrer Verzweiflung und Angst ausgedacht hat, ist folgenlos geblieben, weil ein junger Polizeibeamter mitfühlend oder nachlässig war; allmählich sieht es fast so aus, als wäre die »Lüge« die »Wahrheit«, weil sie von so vielen akzeptiert und als bare Münze genommen worden ist. Auf diese Weise lernt Iris Courtney, die irgendwo tief drinnen immer noch Angst hat, festgenommen zu werden, wie vorteilhaft es ist, die Unwahrheit zu sagen: Wenn man zur rechten Zeit und am rechten Ort scheinbar harmlose, in Wirklichkeit aber falsche Angaben macht.

Als die polizeilichen Ermittlungen nachlassen, als es über Wochen hinweg keine »neuen Erkenntnisse« gibt, verschwindet der Name Garlock aus den Spalten des *Chronicle*, und der örtliche Rundfunksender WHMM erwähnt ihn auch nicht mehr. Wenn die Leute über den Fall sprechen, wenn sie über den Mord, über die Leiche im Fluß reden, über »den jungen Kerl, den eine Motorradbande umgebracht hat«, dann erinnern sie sich kaum noch an den Namen des Jungen. Allein das Geheimnisvolle beschäftigt sie, die Publicity, die *ein* ungeklärter Fall erhalten hat, obwohl es doch eine Vielzahl ähnlicher Fälle gibt. Little Red gerät allmählich in Vergessenheit.

Der Tod macht Abstraktionen aus uns.

Reue kann uns nicht abverlangt werden.

Diese traurigen, aber aufschlußreichen Wahrheiten wird Iris Courtney zeitlebens im Gedächtnis behalten.

Und ihre Schuld? Von ehrfürchtiger Scheu, Faszination und Stolz erfüllt, läßt sie sie langsam durch die Finger gleiten; die Schuld ist wie einer jener außergewöhnlich schönen Steine, die ab und zu am Ufer des Ontario-Sees gefunden werden. (Persia und Iris haben einen Glaskrug, der bis obenhin voll ist mit solchen »Edelsteinen«; längst vergessene Souvenirs von Familienausflügen an den See; sie stehen jetzt auf einem Fenstersims in der Küche.) Sie glaubt, daß Jinx Fairchild ihren Namen nennen muß, falls ihn die Polizei tatsächlich ausfindig macht und festnimmt; aber sie hält es nicht für möglich, geschweige denn für wahrscheinlich, daß die Polizei je eine Verbindung zwischen Jinx Fairchild und der Leiche herstellen wird ... die einzige Verbindung, die es gibt, ist sie selbst.

Auf einmal ist Iris glücklich. Sie denkt: Dann werden wir nie gefaßt werden.

Iris Courtney und Jinx Fairchild.

Es ist Ende August, und eines Abends geht Iris nach dem Kino zu Cheney's Variety, wo sie seit der Nacht, in der Little Red Garlock ums Leben kam, nicht mehr gewesen ist. Sie gehört zu einer Gruppe weißer Mädchen und Jungen, die alle älter sind als sie selbst und die sich in dem engen Lädchen zwischen den Negern laut und sehr selbstsicher aufführen. Iris sieht Jinx Fairchild hinten im Laden und ist so aufgeregt, daß sie es kaum aushalten kann. Ein grobknochiger schwarzer Junge steht in gebückter Haltung hinter einem Ladentisch, auf dem Kopf eine verkehrt herum aufgesetzte Baseballmütze. Iris geht von ihren Freunden weg, stürzt blindlings auf ihn zu, wartet unter Herzklopfen darauf, daß *er* sie wahrnimmt – und dann merkt sie, daß der Junge überhaupt nicht Jinx Fairchild ist; er ist ungefähr so alt und so groß wie er, doch seine Haut ist etwas dunkler, und seine Gesichtszüge sind derber und grobschlächtiger. Wie konnte Iris diesen Jungen auch nur einen Moment lang mit dem anderen verwechseln? Jinx Fairchilds Gesichtszüge sind ihr doch vertrauter als ihre eigenen.

Der schwarze Junge starrt sie an. Iris sagt entschuldigend: »Ich dachte einen Moment, du wärst Jinx Fairchild.«

Der schwarze Junge zieht die Oberlippe hoch zu einem höhnischen, aber auch anerkennenden Lächeln. »Oho! Wenn ich dich so seh', hätt' ich da gar nichts dagegen!«

5

Dummkopf.

Ein Killer, und ein mieser Typ, der jede Strafe verdient hat . . . und außerdem noch ein dummer Nigger.

Folgendes passiert: Am Sonntag vor dem Labor Day geht Jinx Fairchild früh, bevor der Gottesdienst vorüber ist und die Kinder auf den Spielplätzen herumwimmeln, in den Cassadaga Park und macht ganz alleine Wurfübungen: auf dem rauhen Betonboden, an dem vertrauten alten Korb, welcher nur ein locker auf dem abgenutzten Korbbrett sitzender Ring ohne Netz ist. Da kommt einer vorbei, der am Villanova College studiert, der im Villanova-Basketballteam Stürmer ist, und die beiden spielen stundenlang ein erbittertes Spiel Mann gegen Mann. Es ist das anstrengendste Basketballspiel, das Jinx Fairchild je ausgetragen hat; nie ist er sich so unbeholfen, so minderwertig vorgekommen.

Der Collegestudent ist weiß und größer als Jinx; er ist schlank, muskulös und mit den Beinen bemerkenswert schnell – der schnellste weiße Junge, den Jinx je gesehen hat. Er macht sich einfach als Neil bekannt.

In der zweiten Hälfte des Spiels tritt eine Veränderung ein: Es sieht aus, als lerne Jinx Fairchild von seinem Gegner, so wie ein Egel Blut saugt. Der schwarze Junge übernimmt allmählich den Stil, die Techniken und die Tricks des weißen Jungen, wie er seine Schulter verdreht, wie er mit dem Kopf täuscht, wie er in seltsamen, unterschiedlichen Rhythmen dribbelt – all dies eignet sich Jinx an, bis er schließlich gegen Mittag, als die heiße, alles in ihren Bann ziehende Septembersonne über ihnen steht, selbst anfängt, Treffer zu erzielen.

Als das Spiel vorüber ist, schüttelt ihm Neil grinsend die Hand und zuckt mit den Achseln, als wäre er ein bißchen verlegen. »Du bist gut, mein Lieber«, sagt er und schaut Jinx dabei fragend an, »du bist echt Spitze.« Neil gibt Jinx einen Bleistift und ein Stück Papier, damit er seine Telefonnummer aufschreiben kann. Neil möchte Jinx anrufen, wenn er sich wieder zu Hause aufhält, damit sie sich treffen können, doch vor lauter Aufregung fällt Jinx die eigene Telefonnummer nicht mehr ein.

Das ist Jinx so peinlich, daß er es nicht zugeben möchte; er kritzelt einfach ein paar Zahlen hin und reicht den Zettel seinem neuen Freund zurück, diesem hellhäutigen Jungen mit rotblondem Haar, der meint, daß Jinx echt Spitze sei, seinem neuen Freund, von dem er natürlich nichts mehr hören wird.

Jinx Fairchild hat jemanden umgebracht, aber niemand weiß es.

Bis auf das weiße Mädchen: Iris Courtney.

An sie und an sein Verbrechen denkt er oft.

Den ganzen Sommer lang denkt Jinx darüber nach, ob er die Tat gestehen soll ... weiß aber nicht, wie sie zu beurteilen ist. Kann sich die Worte nicht einprägen. Ich hab's getan, muß er anfangen, ich bin es, der ... Doch ein Teil von ihm bleibt kindlich und gehässig und wendet ein, daß Little Red Garlock den Tod verdiente: *Du hattest das Recht, ihn umzubringen.*

Bei wem soll Jinx sein Geständnis ablegen? Bei der Polizei? Auf der Wache an der East Avenue? Er sieht sich schon die Stufen hochsteigen und hineingehen, seine angsterfüllten weißgeränderten Augäpfel springen von einem Gesicht zum anderen, und was dann? Was soll er sagen, mit wem soll er reden, *was kommt dann?*

Er denkt: Ich hasse die Weißen.

Insbesondere weiße Männer. Er haßt sie einfach, als wären sie für *ihre* Hautfarbe verantwortlich, als hätten sie diese bewußt ausgesucht, während er für die Farbe *seiner* Haut nichts kann.

Er wird zur Polizei gehen, auch wenn es weiße Polizisten sind ... weiße Scheißkerle. Er wird ihnen wahrheitsgetreu sagen, was passiert ist, auch wenn er sich nicht mehr genau daran erinnert. Und wenn er wegen Mordes vor Gericht gestellt wird, wenn er zum Tod auf dem elektrischen Stuhl verurteilt wird ... dann hat das seine Richtigkeit, dann ist das Gottes Wille.

Aber Jinx ist nicht sicher, ob es einen Gott gibt. *Er* redet oft mit Gott, aber von Gott kommt einfach keine Antwort.

Schweigt sich ganz schön aus, denkt Jinx Fairchild.

Wie wenn du in einen Tunnel hineinschreist: Alles, was du hörst, du Dummkopf, ist das Echo deiner eigenen Stimme.

Das Seltsamste dabei ist: Jinx kann sich gar nicht genau erinnern, was in jener Nacht alles passiert ist. Er erinnert sich daran, wie es in Cheney's anfing und was am Schluß war – daß er sein Sweatshirt auf der Müllkippe verbrannte, daß er schluchzte und Selbstgespräche führte –, doch das Dazwischenliegende ist verschwommen, unscharf. Als wäre der Tod des weißen Jungen namens Garlock, bei welchem das weiße Mädchen Zeugin war, nur eine Geschichte, die Jinx Fairchild bruchstückhaft mitbekommen hat.

Eine von diesen Geschichten, die im Viertel kursieren, die so lange herumerzählt werden, daß sie nicht wiederzuerkennen sind, wenn sie zum Urheber zurückkehren ... aufgebauscht und entstellt und mit Schmutz bedeckt, einem Schneeball ähnlich, den man im Hinterhof auf dem Boden rollt, bis er so groß wie ein Weidenkorb wird und so schwer, daß man ihn nicht mehr vom Fleck bekommt – und der dann kein Schneeball mehr ist.

Jinx Fairchild geht jedenfalls nicht zur Polizei. Und die Polizei kommt nicht zu ihm.

Aber es zieht ihn zur Pitt Street hin.

Er will sich umschauen. Und nachdenken.

Das unbebaute, verwilderte Eckgrundstück: hochgeschossenes Unkraut, Betonbrocken, Steine, Schutt, vergilbte Zeitungen. Auf dem Little Red Garlock angeblich gestorben ist, weil ihm jemand den Schädel einschlug, so wie man einen Kürbis zerschmettert. Derjenige, der ihn umbrachte, war kräftig genug, um die Leiche bis hinunter zum Fluß zu schleppen, hinaus ans Ende der Anlegestelle ... kräftig genug, um die Leiche ins Wasser zu werfen.

Dort hätte sie versinken können. Aber nichts dergleichen geschah. Sie hätte auch flußabwärts treiben und in den Ontario-See gelangen können. Aber nichts dergleichen geschah.

Jinx Fairchild steht auf dem Gehsteig und starrt vor sich hin. Ein Beobachter würde sich überlegen, wo dieser besorgt aussehende schwarze Junge bloß hinstarrt.

Sein Mund ist kalt, im Gaumen sitzt schwärzliche Galle. Soll ich so weiterleben? Ist dies Gottes Wille? Oder ist es einfach geschehen, ohne daß ein Sinn dahintersteckt?

Jinx ballt die Hände zu zitternden Fäusten und versteckt sie hinter seinem Rücken. Sobald du Blut an den Händen hast, schreit Blut nach Blut ... Vielleicht.

Soll ich so weiterleben?

Eines Tages traut Jinx Fairchild seinen Augen nicht: Am Fuß der Pitt Street steht dieses kleine weiße Mädchen namens Iris Courtney schüchtern und unschlüssig auf der anderen Straßenseite und beobachtet ihn. Ob sie zuerst da war und wartete, oder ob er zuerst eintraf und sie eben erst gekommen ist, weiß er nicht. Eine langen Augenblick starren sich die beiden einfach an. Iris Courtney ist es, die schließlich eine Bewegung macht ... sie lächelt ängstlich, hebt grüßend die Hand.

Jinx Fairchild starrt sie bloß an. Steht stocksteif da.

Dann eilt Iris Courtney über die Straße, kommt auf ihn zu; er sieht, daß es tatsächlich Iris ist ... genauso, wie er sie in Erinnerung hat, aber heute, an diesem stillen Nachmittag, an dem nur das Kreischen der Möwen zu hören ist und ganz in der Ferne Verkehrslärm, ist sie nicht außer sich und nicht verängstigt, ihre Augen scheinen zu leuchten vor Gewißheit.

Sie kommt her zu Jinx Fairchild, ergreift seine Hand, hebt sie an ihre Lippen ... und küßt sie.

Und flüstert: »Du warst nicht schuld daran, sondern ich.«

6

Virgil Starling und Persia Courtney kehren an einem Sonntag um halb vier Uhr morgens von einer Party in Rochester nach Hammond zurück, als sie von einem Streifenwagen der Verkehrspolizei überholt werden, der dabei Virgils mitternachtsblaues Mercury-Coupé mit Schnee und Matsch bespritzt und dann absichtlich die Fahrt verlangsamt, so daß Virgil, der unter Einhaltung der Geschwindigkeitsbegrenzung weitergefahren ist, keine andere Wahl hat, als neben dem Streifenwagen herzufahren ... und es sich bieten lassen muß, daß man ihm mit einer Stablampe ins Gesicht leuchtet.

In sein Gesicht und in Persia Courtneys.

Die Verkehrspolizisten geben Virgil das Zeichen zum Anhalten. Er gehorcht sofort, bremst seinen Wagen auf dem Standstreifen der Schnellstraße ab. Und flüstert dabei angsterfüllt etwas vor sich hin, das sich anhört wie: »O Gott o Gott! O Mannomann!« Persia, die sich schläfrig an ihn gedrückt hat, den Kopf auf seiner Schulter, setzt sich verwirrt und verängstigt auf und sagt: »Was ist denn los? Die Polizei? Du hast dir nichts zuschulden kommen lassen.« Und sie fährt rasch mit den Händen durch ihr wirres Haar, als wäre sie im Schlaf, im Bett überrascht worden. Virgil sagt: »Es kommt nicht drauf an, was ich getan oder nicht getan habe. Was ich bin, das ist das Ausschlaggebende.« Als die beiden Polizisten mit gezogener Pistole an den Wagen herankommen, stellt er den Motor ab und sagt mutlos: »Und daß du bei mir bist.«

Virgil Starling und Persia Courtney haben getrunken, stundenlang. Aber sie sind nicht richtig betrunken. Virgil ist vorsichtig gefahren, er ist immer auf derselben Spur geblieben, hat die Geschwindigkeit kaum geändert, hat keine Beeinträchtigung erkennen lassen. Er ist ein verdammt guter Fahrer, er käme mit diesem gut funktionierenden Auto noch im Schlaf zurecht. Warum ist er also von den Polizisten angehalten worden?

Zwei hünenhafte Weiße, mit schußbereiter Pistole.

Ein Anblick, den niemand so rasch vergißt.

Persia Courtney wird auch im Gedächtnis haften bleiben, wie rasch Virgil Starling aus seinem Auto steigt, als er dazu aufgefordert wird; wie untertänig er den Polizisten seinen Führerschein übergibt. Wie er sich in seinem rehbraunen Wildledermantel mit dem Kragen aus Fuchspelz zusammenkrümmt und sein glattes, pomadisiertes Haar weiß wird von feuchten Schneeflocken; wie er aschgrau im Gesicht wird und seine Augenlider flattern, als hätte er nervöse Zuckungen. Und daß er auf die lauten, abgehackten Fragen der Polizisten mit einem Kopfschütteln antwortet *(Aber nein, Sir)* oder mit einem Kopfnicken *(Jawohl, Sir)*.

Warum er so schnell gefahren sei, wird er gefragt. Ob er betrunken sei, ob das sein Wagen sei, wo er die Zulassung habe, ob er eine Waffe bei sich trage, ob er im Wagen eine Waffe habe, wo er herkomme, wo er hinwolle, warum er es so eilig gehabt habe, ob das wirklich sein Wagen sei, wo er seine Waffe versteckt habe, ob er vorbestraft sei, wer seine Freundin sei.

Dabei wird der Strahl der Stablampe auf den Beifahrersitz gerichtet, auf Persia Courtneys blasses Gesicht.

Dann wird Virgil Starling gezwungen, die Beine zu spreizen und sich auf die Motorhaube seines Wagens hinunterzubeugen, damit ihn die Polizisten abwechselnd filzen können. Nun gehen sie härter mit ihm um; sie knallen seinen Kopf hinunter, wenn er ihn hochhebt, nennen ihn *Bürschchen, Nigger, Bimbo*. Persia Courtney, die jetzt stocknüchtern ist, ruft ihnen durchs Fenster zu: »Er hat sich nichts zuschulden kommen lassen, er ist nicht zu schnell gefahren, das kann ich bezeugen.« Und als einer der beiden Polizisten Persia erneut ins Gesicht leuchtet und sie sich die Augen zuhalten muß, ist sie verängstigt, aber auch zornig und sagt fast schluchzend: »Ich kann's bezeugen! Ich kann's bezeugen! Er hat nichts getan, rein gar nichts.«

Die militärische Aufmachung, die auf Hochglanz polierten Lederriemen, Halfter, Stiefel, Schlagstöcke, die gezogenen Pistolen. Die wichtigtuerischen weißen Gesichter, die lauten

Stimmen, das bellende Lachen. Wer würde sich da widersetzen? Virgil Starling tut es nicht; er zieht seinen Wildledermantel aus und sieht zu, wie die Polizisten die Taschen umdrehen und das glänzende Seidenfutter aufreißen (weil sie nach Rauschgift suchen? Ist das der Vorwand?). Er zieht seine hochhackigen Kalbslederstiefel aus und steht in Strümpfen im Schnee, während die Polizisten die Stiefel untersuchen oder zumindest so tun. Er schließt das Handschuhfach auf, schließt den Kofferraum auf, entfernt unter Aufsicht der weißen Bullen mit einem Schraubenzieher die vier schicken verchromten Radkappen. *Nein, Sir. Jawohl, Sir.* Persia Courtney steht inzwischen zusammengekauert auf dem Standstreifen der Schnellstraße, fröstelt in ihrem stahlblauen Mantel aus Webpelz, der so umwerfend aussieht. Die Bullen denken bestimmt, es sei ein echter Pelzmantel. Sie merken wohl auch, daß Persia spitze Schuhe mit Pfennigabsätzen trägt, die sehr unpraktisch sind bei diesem Wetter hier im Norden des Bundesstaates New York, aber dennoch sehr attraktiv; daß sie schulterlanges, glänzendes, rotgoldenes Haar hat, das zwar in Strähnen herunterhängt, aber doch ins Auge sticht, das jedem Mann ins Auge sticht; daß ihr Gesicht etwas aufgedunsen aussieht, als wäre sie schon viel zu lange auf und nicht mehr richtig wach, daß sie aber doch eine gutaussehende Frau ist – eine attraktive weiße Frau, die es mit einem Neger treibt.

Persia hat die Polizisten soeben gefragt, gegen welches Gesetz Virgil verstoßen hat, warum sie so mit ihm umspringen. Sie sagt, sie werde Anzeige erstatten, sie kenne in Hammond einige Politiker und werde diese Schandtat zur Sprache bringen. Da sagt der eine Polizist zum anderen: »Riechst du, was ich rieche?« Und der andere erwidert grinsend: »Aber ja, riecht richtig reif.« »Ist nicht reif, ist schon *überreif*«, sagt der erste, grinst aber Persia ebenfalls an und mustert sie von oben bis unten. Er tut so, als wäre es ein Scherz, bei dem sie lachen müßte, und er wundert sich, daß Virgil Starling, der so erschöpft ist und so mitgenommen aussieht, das alles so ernst nimmt.

Als sei er eben erst auf die Idee gekommen, macht der eine Polizist dem anderen einen Vorschlag: Was die weiße Schlampe, die so erpicht darauf sei, ihren Niggerfreund freizukriegen, tun könnte. Der andere erwidert, das sei eine verdammt gute Idee. Und dann lachen die beiden kumpelhaft, brechen in ein derbes Gelächter aus und machen einen ganz leutseligen Eindruck ... wenn man von den Pistolen mal absieht, die auf Virgil Starling gerichtet sind.

Es herrscht Stille, die nur von einem großen Diesellaster unterbrochen wird, der auf der Schnellstraße vorbeifährt und über zwei Spuren hinweg Matsch verspritzt.

Um diese Zeit gibt es jedoch kaum Verkehr, nur wenige Scheinwerfer sind in Sichtweite.

Persia Courtney, die in ihren durchnäßten hochhackigen Schuhen zittert, überlegt sich, wo sie eigentlich sind, wie weit sie von Hammond, von zu Hause, entfernt sind. Die wirbelnden, taumelnden Schneeflocken, die wie wildgewordene Insekten herumschwirren, bringen sie durcheinander.

Weder Persia Courtney noch Virgil Starling scheinen die Herausforderung des Polizisten gehört zu haben. Sie schweigen. Da wiederholt der Bulle seinen Vorschlag, der andere murmelt eine Erwiderung oder Bestätigung, und dann fängt Persia plötzlich an zu weinen. Sie flüstert: »Lassen Sie uns in Ruhe! Wir haben nichts getan, haben kein Gesetz gebrochen.« Ihr Appell ist so unmittelbar und kindhaft, so von Angst durchdrungen, daß die Bullen Mitleid mit ihr haben. In wenigen Minuten ist alles überstanden. Virgil Starling bekommt einen Strafzettel wegen Überschreitens der Höchstgeschwindigkeit und darf weiterfahren. Auf der Fahrt nach Hammond sagt er kein Wort; unter seinem beschädigten modischen Outfit ist er verschwitzt, auch sein Gesicht, das den warmen Farbton überreifer Bananen hat, ist mit einem glitzernden Schweißfilm überzogen. Und in diesem Schweigen, das allem ein Ende zu setzen scheint, dessen Endgültigkeit so unergründlich und doch so stumm ist wie der Tod, legt Persia Courtney den Arm um Virgil Starlings Hals und schmiegt sich an ihn wie zuvor, als hätte sich nichts geändert zwischen ihnen, und sie bemüht sich, nicht zu weinen, bemüht sich, die häßlichen Geräusche zu unterdrücken, die in ihr hochsteigen wie ein Brechreiz, während sie die restliche Strecke nach Hammond zurücklegen, zu dem Haus in der Jewett Street. Am Treppenaufgang hat Iris das

Licht für Persia angelassen, auch in der Küche, in die sie hineintaumelt, allein und ganz erschöpft, das Haar in Unordnung, im Strumpf eine üble Laufmasche, das Gesicht von Wimperntusche durchzogen wie von geronnenen Blutstropfen.

Sie stolpert ins Zimmer von Iris, weckt sie aus ihrem tiefen Schlaf, setzt sich auf den Rand des Bettes, weint in den Armen ihrer Tochter, versetzt dem Mädchen einen Schrecken mit ihrer Angst, ihrer Wut und ihrer Verzweiflung, in der sie wirr, wie betrunken redet: »Schrecklich ... mitanzusehen, wie ein Mann sich erniedrigt ... und der kann nicht vergessen, daß du's miterlebt hast ... und ihr beide könnt das nicht ungeschehen machen ... was du mit deinen eigenen Augen gesehen hast.«

7

Gib doch ab!

He du! Hierher, du Arschgeige!

Mistkerl, was soll man denn mit so 'nem Ball machen?

Die Sterne funkeln am Nachthimmel wie die Lichter ferner Städte, aber Jinx Fairchild, der von neun Uhr abends bis Mitternacht ganz allein im Cassadaga Park übt, schaut nie hinauf. Er spielt so konzentriert, daß er vom Nachthimmel gar keine Notiz nimmt.

He, du Arschloch, hierher!

Mensch, das wird doch nie was!

Heute nacht wird Jinx von keinem Jungen aus der High-School gedeckt, auch von keinem, der für Hammond spielt oder bei sonst einer Mannschaft, die er kennt. Es ist vielmehr ein erwachsener Mann, ein fast zwei Meter großer Kerl, der ihm die ganze Zeit zu schaffen macht, der ihn abblockt und mit gestreckten Armen abwehrt, der ihm ins Gesicht schnauft und ihm keine Möglichkeit zum Werfen läßt. Jinx muß deshalb cool und trickreich spielen, eiskalt, muß täuschen und den Ball rasch aus einem unerwarteten Winkel werfen ... muß unter raffinierten Tempowechseln mit dem Ball dribbeln ... und plötzlich abstoppen, sich auf der Ferse umdrehen und aus dem Stand einen Sprungwurf versuchen. Er muß stets vermeiden, das Offensichtliche zu tun.

Wo willst du denn hin, Nigger?

Manchmal ist der Bewacher von Jinx ein Weißer, und die Zuschauer stellen sich dann unweigerlich auf dessen Seite. Einem Weißen kann man aber leicht entwischen, ein schwarzer Abwehrspieler hingegen weiß ziemlich gut, wie Jinx Fairchild vorgeht. Wenn er das jedoch ganz genau wüßte, säße Jinx in der Klemme, wäre mattgesetzt, erledigt, aber zum Glück ist kein Abwehrspieler so vertraut mit seiner Spielweise; deshalb macht es nichts, wenn der Kerl größer, stärker und aggressiver ist als Jinx, wenn er den Ellbogen einsetzt (und der Schiedsrichter nichts merkt), wenn er Jinx auf den Fuß tritt (und der Schiedsrichter nichts merkt), wenn er ihn verspottet und verhöhnt und ihm seinen heißen Atem ins Gesicht bläst. Wenn Jinx seinen Einfallsreichtum und sein Durchhaltevermögen voll einsetzt, kann er den Gegner ausmanövrieren, kann er sich auf einmal befreien, zum Korb rennen, hochspringen, werfen und einen Korb erzielen.

Da gibt es keinen, der ihn aufhalten könnte!

Keinen einzigen!

Diese einsamen Übungsspiele im Cassadaga Park strengen Jinx Fairchild mehr an als alle anderen. Und die nur in seiner Vorstellung vorhandenen Bewacher.

Doch auf dem Spielfeld ist er in Sicherheit.

Dort ist er die meiste Zeit in Sicherheit.

Wenn er mit den Fingerspitzen die Struktur des Balles spürt. Das perfekte Gewicht des Basketballs. Wenn er den Ball in Brusthöhe losschießen läßt und sieht, wie dieser durch den Korb sinkt, *weil die Augen von Jinx »Iceman« Fairchild es so gewollt haben.* Manchmal rollt der Ball torkelnd auf dem Ring, als wolle er die gegnerische Mannschaft und deren Anhänger necken; manchmal fällt er geradewegs durch den Korb, ohne daß er das Netz auch nur berührt.

O Mann, du bist Spitze!

Klasse, Mann ... so gut wie du ist keiner.

In seinem letzten Schuljahr fangen sie an, ihn »Iceman« zu nennen. Weil er so cool, beherrscht und ausdruckslos ist, ganz egal, was er denkt, was in ihm vorgeht. *He, Jinx! Iceman! Baby, du bist einfach suuuper!* Die Talentsucher der Collegemannschaften von Syracuse, Cornell, Seton Hall, Villanova, Penn State und

Ohio State werden auf ihn aufmerksam; die ganze Basketballsaison hindurch steht Icemans Name und sein Foto in den Lokalzeitungen. An diesen Jungen kommt keiner heran. Einfach Spitze, dieser Kerl.

Wie er den Ball mit der rechten Hand dribbelt, dann mit der linken. Wie er mit der Linken einen Hakenwurf versucht und, wenn er den Korb verfehlt, den abprallenden Ball wieder fängt. Wenn Iceman in Fahrt ist, kann ihn keiner bremsen. Wenn er in Bewegung ist, dann ist er sicher.

Doch manchmal, wenn er an der Freiwurflinie steht, langsam und tief atmet, sich auf den Freiwurf konzentriert, bleibt ihm zuviel Zeit zum Nachdenken, und dann mag es schiefgehen. Und alle schauen zu. Die Menge, in zwanzig Zuschauerreihen auf der Tribüne gestaffelt, verharrt in erwartungsvoller Stille. Weiße Gesichter, schwarze Gesichter. So viele Augen. Und das weiße Mädchen ist unter ihnen, starrt ihn an.

In solchen Augenblicken bricht Iceman der Schweiß aus. In den Achselhöhlen und im Nacken.

So viele wollen, daß Jinx Fairchild trifft, wenn der Ball wirbelnd von ihm fortfliegt und hochsteigt ... und so viele wollen, daß Jinx Fairchild nicht trifft. *He, Niggerjunge! He, Bimbo!* Die Neger rollen verzückt die Augen, kreischen *Ohhhhhhh, Iceman!* In Hammond kennt man seinen professionellen Stil, seine ausdruckslose Gelassenheit. Der Blick ist stets auf den Ball und auf die anderen Spieler gerichtet. Er konzentriert sich ganz auf das Spiel. Geht nicht auf die Zuschauer ein oder auf den Beifall, der so wild ist wie Gewitterregen, der auf das Dach, die Außenwand und die vergitterten Fenster der hell erleuchteten Sporthalle prasselt. Selbst die Papageienschreie der Cheerleaders hört Jinx Fairchild nicht:

J-!
I–!
N–!
X–!
JINX!
JINX!
JINX!

Die Anfeuerungsrufe donnern durch die Halle, als würden sie durch die starken Scheinwerfer, den glänzenden Hartholzboden verstärkt, auch dadurch, daß es kein Dunkel und keine Spalten gibt, in denen sie sich verlieren könnten.

(Neun wunderhübsche weiße und ein hellhäutiges farbiges Mädchen sind die Cheerleaders der Mannschaft ... es ist das erste Mal in der Geschichte der Schule, daß einem nichtweißen Mädchen diese Ehre zuteil wurde. Es ist natürlich das reizendste Geschöpf, das man sich vorstellen kann: Tochter eines Zahnarztes, nett angezogen, Stupsnase und glattes, schwarzbraunes, glänzendes Haar, das wie bei den weißen Mädchen als Pferdeschwanz herunterbaumelt.)

Was außerhalb des Spielfeldes passiert, interessiert Iceman nicht; er ist einer der seltenen Spieler, die ein ganzes Spielviertel lang keinen Blick auf die Anzeigetafel oder die Uhr werfen. Das Spiel hat ihn fest im Griff, hat ihn gepackt wie eine Pythonschlange ... oder vielleicht ist er es, der das Spiel im Griff hat. Seine Hände und Beine sind so schnell, daß die Leute behaupten, sie verschwämmen ihnen vor den Augen. Seine Körperbewegungen sind so flüssig, daß es den Anschein hat, als könne nur das Auge des Betrachters sie erfassen, doch das täuscht: Gerade dort geraten sie durcheinander. Man schaut dem Spielgeschehen zu, sieht, wie der Ball gedribbelt wird; dann hat Jinx Fairchild den Ball weggeschnappt und rennt durch die andere Hälfte des Spielfeldes, und die Anhänger der Heimmannschaft springen auf. Wie hat er das bloß gemacht? *Was ist passiert?* Den Ball innerhalb eines Sekundenbruchteils wegzuschnappen, ist Jinx Fairchilds Spezialität; das sieht so graziös und mühelos aus, daß die Talentsucher ganz verzückt dreinschauen. Sie wissen nicht, daß sich Jinx Fairchild – nicht bewußt, sondern im Laufe stundenlanger Beschäftigung – den unebenen Hartholzboden des Basketballfeldes von Hammond Central eingeprägt hat und ahnt, wo der Ball nicht hochspringen wird. Genau zu dieser Stelle drängt er den Gegner, der ein Dribbling macht, im Getümmel des Spiels instinktiv hin. Schon eine Sekunde oder eine halbe Sekunde, bevor seine langen Finger blitzschnell zugreifen und den Ball wegschnappen, übernimmt Iceman den Rhythmus des stockenden Dribblings.

Und dann rast er zum anderen Korb, die einheimischen Schlachtenbummler springen schreiend auf, ganz gleich, ob Hammond einen Vorsprung von zwanzig, vierunddreißig oder gar sechzig Punkten hat. Jinx Fairchild hält den Kopf hoch und schaut den Ball, der auf seine Fingerspitzen eine magische Kraft ausübt, überhaupt nicht an; er kommt seitlich mit einem Sprungwurf an den Korb heran, als könnten die angespannten Muskeln seiner Beine es nicht mehr erwarten, als müßten sie jetzt losschnellen, ihn emporschnellen – wenn man ihm zuschaut, könnte man meinen, daß er einen Meter hoch springt. Die gegnerische Mannschaft stapft hinter ihm her; dem Pechvogel, der Jinx Fairchilds Bewacher ist, sieht man an, daß er beschämt, verdutzt und wütend ist; er ist ein gutaussehender, rotblonder weißer Junge mit kräftigem Körperbau, auf dessen Haut der Schweiß wie Fett glänzt. *Mistkerl. Den könnt' ich umbringen. Ein stinkender Nigger mit gemeinen, schmutzigen Niggertricks.*

Das Beifallsklatschen und die Jubelrufe sind wie die Niagarafälle, man könnte darin ertrinken. Ertrinken und weggeschwemmt werden.

Und ihre Augen ... die zusammengekniffenen Augen des weißen Mädchens ... die Augen, von denen er weiß, daß sie graugrün sind, weil er schaudernd in sie hineingeschaut hat.

Doch auf dem Spielfeld, solange das Spiel läuft, ist Jinx Fairchild in Sicherheit.

Die weißen Mannschaftskameraden sind in dieser Spielzeit nicht neidisch auf Jinx Fairchild. Das wäre sinnlos. Sie würden dabei nur schlecht aussehen. Willis Broadman, ein Schwarzer, denkt genauso. Auch Lonnie Jackson, ein »Schwarzer Blitz«, wenn er sein Bestes gibt. Hank Breuer, der Trainer, spricht mit Jinx nicht mehr in seiner näselnden, tadelnden Art, denn er verwechselt ihn nicht mehr mit seinem aufmüpfigen älteren Bruder Sugar Baby, der die Mannschaft vor zwei Jahren bei den Viertelfinalspielen des Bundesstaates im Stich gelassen hat. Er fühlt sich nicht mehr verpflichtet, mit Rücksicht auf die anderen zu sagen: »Das gilt auch für dich, Jinx«, oder: »Hörst du mir zu, Jinx, oder weißt du das alles schon längst?« – wobei sein rötliches Gesicht sich noch mehr verfärbte. Heutzutage legt Hank Breuer meist einen Arm um Jinx, wenn dieser vom Feld kommt, den anderen um einen anderen Spieler: »Schön gespielt! Ganz prima!« Dabei strahlt er vor Glück wie ein junger Bursche. Breuer ist der Trainer einer Mannschaft, die eine Erfolgsserie hat. Sein Name steht ebenfalls groß in den Zeitungen; seine Kollegen sind richtig neidisch, und die Talentsucher der Colleges überschütten ihn mit Lob. Er selbst hat in Seton Hall graduiert und schon mehr als einen vielversprechenden Sportler dorthin vermittelt. Warum nicht auch Jinx Fairchild?

Hank Breuer merkt (und seinen Freunden wird er es später erzählen), daß der weiße Junge schweißgebadet ist und wie ein Hund hechelt, der Negerjunge aber praktisch trocken ist oder allenfalls feuchtkühl wie die Unterseite eines Blattes.

Sugar Baby war nicht gut für die Mannschaft; er stolzierte angeberisch herum in seinen hohen schwarzen Segeltuchschuhen, war geradezu überheblich, ein verdammt überheblicher Nigger. Schwänzte den Unterricht und fiel bei den Prüfungen durch, vielleicht nur, um zu sehen, was Breuer tun würde, was Breuer tun könnte. Jinx hingegen nimmt den Unterricht fast genauso ernst wie das Basketballspiel – obwohl ihn natürlich nichts so fasziniert wie Basketball, dieses Feuer, das immer heller lodert und in das er wie hypnotisiert hineinstarrt. Wenn er nicht spielt oder trainiert, denkt er an das Spielfeld, den glänzenden Hartholzboden, den er sich eingeprägt hat, das Hüpfen des Balles, den Ball an seinen Fingerspitzen, den Ball in Brusthöhe, wie er den Ball mit einer Hand graziös hochnimmt und genau in den Korb wirft – obgleich es eher so aussieht, als schubse er ihn unbekümmert weg. In seinen zwanzig Trainerjahren in Hammond hat Hank Breuer nichts dergleichen gesehen.

Er kann sich jedoch erinnern, daß Jinx Fairchild das Basketballspiel nicht immer so ernst genommen hat; seine neue Ernsthaftigkeit kam ganz plötzlich, vor einem Jahr. Auf einmal machte der Bursche nach der Schule allein seine Übungen, ja sogar während seines Ferienjobs: acht Stunden bei der Firma Cassadaga Gravel, dann nach Hause zum Essen, dann auf einen Spielplatz oder in den Park, um noch ein paar Stunden lang zu trainieren – Anzeichen für einen richtigen Profi. Und wenn Hank Breuer von Zeit zu Zeit das Gefühl hat, daß die Art und Weise, wie der Junge sich dem Sport widmet, etwas Exzessives oder Besorgniserregendes hat, dann forscht er nicht weiter nach. So ein Typ von Trainer ist er nicht, schon gar nicht bei den schwarzen Jungen, die er in seinen Teams hat. Was er an Jinx Fairchild mag, ist seine natürliche Begabung für den Sport; was er macht, macht er so gut, daß er nicht zu prahlen, nicht mit dem Ball anzugeben braucht. Und es ist nett von ihm, wie er die gelegentlichen Patzer seiner Mannschaftskameraden mit einem Achzelzucken abtut: daß sie ihn manchmal während des Spiels im Stich lassen, daß sie schlecht abspielen, dumme Fouls begehen. Jinx sagt dann, die Mannschaft habe eben einen schlechten Tag gehabt; er meint achzelzuckend: »Tja, wir müssen alle noch viel lernen, wir sind nicht die Harlem Globetrotters.« Hank Breuer mag es auch, daß Jinx Fairchild sich in der Mannschaft einordnen und ihren Bedürfnissen unterordnen kann: Er hat sozusagen hinten am Kopf Augen und spielt immer rasch den freien Mann an, auch wenn dieser die Sache vielleicht nicht so anpackt, wie Jinx Fairchild es gerne hätte – er ist da großzügig. Die anderen Jungen zollen ihm dafür Respekt. Und wenn Hammond weit genug in Führung liegt und das Spiel dem Ende zugeht, darf auch mal einer der eifrigen weißen Jungen einen Korb werfen.

Auf dem Spielfeld ist Jinx Fairchild in Sicherheit.

Da ist er in Sicherheit. Wenn er mit der Mannschaft läuft. Im grünweißen Dreß von Hammond. Wenn hoch droben die Uhr tickt und jede Minute anzeigt.

Jinx Fairchild setzt seinen Stolz in alles, was die Öffentlichkeit von ihm zu Gesicht bekommt. In seine blendendweißen Segeltuchschuhe, die er stets sauberhält ... in seine weißen Socken, von denen er zwei Paar besitzt; nie läßt er sie über die Knöchel herunterrutschen, wie es die meisten anderen Jungen tun ... nie sind die Träger seines Trikots verschränkt oder hängen herunter ... sein Haar ist kurz geschnitten, doch die spitz zulaufenden, wie ein Pfeil aussehenden Koteletten gehen fast bis zum Unterkiefer. Er achtet auf seine Schultern, das Rückgrat, hält den Kopf hoch; selbst wenn er dribbelt, schaut er nicht auf den Boden oder auf den Ball hinunter (wenn er den Ball in den Fingern hat, gehört er ihm): darin zeigt sich sein Stolz, seine Beherrschung, der Stil, die Gelassenheit von Iceman. Es überrascht nicht, daß die Talentsucher und Anwerber von Jinx Fairchild angezogen werden wie von einem Magneten, denn dieser Negerjunge könnte seiner Rasse eines Tages zum Ruhm gereichen wie Joe Louis, Jackie Robinson, Henry Aaron, Sugar Ray Robinson. Achtzehn Jahre alt, einsneunzig groß, aber immer noch im Wachstum begriffen, nur einundachtzig Kilo schwer, muskulös, gelenkig, ein Star, der willens ist, ein Mannschaftsspieler zu sein – so wertvoll wie Gold. Und allem Anschein nach außerhalb des Spielfeldes höflich und freundlich.

Jinx ist nicht entgangen, daß es in Hammond keine Football-, Basketball- oder Volleyballmannschaft mit mehr als zwei oder drei Negern gibt und daß während eines Basketballspiels nie mehr als vier Neger gleichzeitig auf dem Spielfeld sind. Darüber sagt er jedoch zu seinen weißen Mannschaftskameraden und zu seinem Trainer nichts; er fragt sich nur, ob dies eine feste Regel ist, die man hier im nördlichen Teil des Staates New York oder vielleicht überall befolgt – vom Süden mal abgesehen, wo selbstverständlich kein einziger Nigger in der Mannschaft wäre, weil es an den meisten Schulen keinen einzigen Nigger gibt. Eine feste Regel oder einfach eine Einstellung, ein Brauch, ein Aberglaube oder ein Instinkt, dem man unweigerlich folgt?

Er stellt jedoch keine Fragen. Das würde nicht zur Gelassenheit des Iceman passen.

Angenommen, ein paar weiße Jungen in der gegnerischen Mannschaft – von Lebanon zum Beispiel oder von Wrightsville, große, ungeschlachte Mistkerle vom Land – sind frustriert, weil Hammond Punkte macht, also fangen sie während des Spiels an, höhnisch *Nigger*! zu rufen. Angenommen, es ist ein Auswärtsspiel, und die Menge ist unruhig und feindselig; wenn Jinx Fairchild dann die Rufe *He, Nigger! He, Bimbo! He, Schoko!* hört, läßt er sich nichts anmerken. Wenn er so ganz nebenbei, aber mit Absicht gefoult wird, wenn ihm jemand den Ellbogen in den Bauch oder Hals stößt, wenn ihn jemand in dem Moment mit den Armen sperrt, in dem er hochspringen und werfen will –

wenn ihn ein bulliger Dreckskerl so hart abblockt, daß er zu Boden stürzt –, dann versucht er, seinen Schmerz, seine Besorgnis oder seine Furcht, er könnte verletzt worden sein, nicht zu zeigen. Oder wenn er so wütend ist, daß er jemandem die Kehle durchbeißen könnte. Er sagt dem Schiedsrichter, was er zu dem Vorfall zu sagen hat, ohne auch nur die Stimme zu heben; sich mit dem Schiedsrichter auseinanderzusetzen, ist Mr. Breuers Aufgabe. Langsam, cool und gesammelt steht er wieder auf, langbeinig wie ein Fohlen, der Kopf gerade; er bewegt die Schultern, um die Muskeln zu lockern, läßt sich vom Schiedsrichter den Ball geben und geht zur Foullinie, um den Freiwurf auszuführen. Und da, in diesem Augenblick, taucht, wie Sonnenstrahlen, die durch eine abgewetzte Jalousie dringen, ein Gedanke auf: an Little Red Garlock, dem er den Schädel eingeschlagen hat. Little Red Garlock grinst ihn an, bleckt die Zähne, Haarsträhnen steigen rankenartig empor in dem mondhellen Wasser, und die Augen, die aufgerissenen toten Augen ... Atmet Jinx Fairchild jedoch ein paarmal tief ein, den Ball mit den Fingern in Brusthöhe festhaltend, den Blick starr auf den Korb gerichtet; tritt Jinx Fairchild in seinen geheimen Bereich ein, in den ihm niemand folgen kann, wo ihn keiner erkennt, dann sieht er nur vage Umrisse seiner Gestalt und merkt, daß er auf dem Spielfeld, auf dem die leuchtende Zeitanzeige Geltung hat, sicher ist, wenn er den in seinen Fingern liegenden Ball dazu bringt, in einer von seinen Augen vorausbestimmten Flugbahn aufzusteigen, einen Bogen zu machen und in den Korb zu fallen. Dann kann nichts schiefgehen.

Den Applaus, das Stöhnen und die Zurufe hört er nicht.

So cool ist Iceman.

Auf dem Spielfeld ist Jinx Fairchild sicher.

Ich glaube, daß wir mit der Sünde geboren wurden und unser ganzes Leben lang bemüht sein müssen, uns von ihr reinzuwaschen. Nicht, weil uns Gottes Strafe droht, sondern weil wir ein Gewissen haben. Selbst wenn es weder Gott noch Jesus Christus gibt, gibt es immer noch das Gewissen des Menschen.

Jinx Fairchild arbeitet tagelang an seiner Hausaufgabe, einem fünfhundert Wörter umfassenden Aufsatz zum Thema »Was ich glaube«, für seinen Leistungskurs in Englisch. Er schreibt ihn mit blauer Tinte in großen, geschwungenen Buchstaben, schreibt eine Fassung um die andere mit einer wilden Konzentration, die fast so zielbewußt ist wie seine Konzentration aufs Basketballspiel. Er gibt sich die größte Mühe. Erst jetzt begreift er, daß die Seele im geschriebenen Wort ihren Ausdruck findet, daß sich seine eigene Stimme auf dem Papier bemerkbar machen kann.

Als er den Aufsatz zurückerhält, sieht er zu seiner Beschämung, daß Mrs. Dunphy, seine Lehrerin, den Rotstift benutzt hat: zahlreiche Grammatikfehler, einige Bandwurmsätze, eine fatale »Unklarheit«. Jinx hat ein »D+« bekommen – eine so schlechte Note hat er im Fach Englisch in den letzten Jahren selten erhalten.

»Normalerweise gebe ich für so einen Aufsatz ein ›F‹«, sagt Mrs. Dunphy und schaut Jinx dabei über ihre halbmondförmigen Brillengläser hinweg mit einem harten, vorwurfsvollen Lächeln an. »Du kennst doch die Regel, Jinx: Keine Bandwurmsätze!«

»Ja, Ma'm«, murmelt Jinx.

»Das hab' ich doch an die Tafel geschrieben: KEINE BANDWURMSÄTZE.«

»Ja, Ma'm.«

»Und der Inhalt: Stammt der wirklich von dir?« fragt Mrs. Dunphy zweifelnd. »Die Gedanken kommen mir nicht wie deine eigenen vor.«

Jinx Fairchild steht schweigend da, als wäre er verwirrt. Will die weiße Frau etwa behaupten, er habe gemogelt?

Als hätte sie seine Gedanken gelesen, fügt Mrs. Dunphy rasch hinzu: »Was in dem Aufsatz steht, klingt überhaupt nicht nach dir, Jinx. Das hört sich an, als hätte es jemand anders geschrieben, ein Fremder. Das stammt nicht von *dir.* Und die Gedanken sind verworren und unzusammenhängend.« Sie stößt ein kurzes, schnaubendes Lachen aus, ist beunruhigt und verärgert, weil dieser große, schläfrig dreinblickende Negerjunge so unnatürlich still dasteht.

Als er sich gerade umdrehen will, gibt Mrs. Dunphy nach und sagt: »Wenn du Verbesserungen vornimmst und alles neu schreibst, könnte ich die Note anheben. Ich würde diesmal eine Ausnahme machen.«

Jinx murmelt: »Danke, Ma'm.«

»Wirst du das tun?«

»Was, Ma'm?«

»Neu schreiben, Verbesserungen machen? Und es bis Montag abgeben?«

Jinx schiebt den Aufsatz in sein Notizheft. Sein Herz klopft stark und gleichmäßig, läßt ihn gelassen sein, nach Art von Iceman. Er denkt: Wenn du Blut an den Händen hast, schreit Blut dann nicht nach Blut? Und dieses weiße Miststück mit ihrem dicken, gepanzerten Hintern schaut süßlich lächelnd hoch, so als hätte sie das Recht dazu.

Er sagt: »Ja, Ma'am. Danke, Ma'am. Das mach' ich.«

Und er tut es. Und die Note wird auf »B+« angehoben.

Es ist Anfang Winter ... es riecht nach Schnee, die Sonne ergießt sich wie Säure durch das Küchenfenster der Fairchilds.

Auf der Fensterscheibe funkelt und glitzert der Frost so stark, daß Jinx Fairchild seinen Stuhl zur Seite dreht, um seine Augen zu schützen. Er schüttet Milch in eine Schüssel Rice Crispies und fängt an zu essen.

Minnie, seine Mutter, und Ceci, seine kleine Schwester, sitzen bei ihm und unterhalten sich, aber Jinx träumt mit offenen Augen ... bekommt kein einziges Wort mit.

Die Nacht zuvor hat er wieder davon geträumt. Monatelang war es nicht mehr geschehen, doch in der Nacht zuvor hat er wieder so stark davon geträumt, daß er aufwachte und ihm ganz übel und schwach war vor Schreck. Weil er das weiße, fast an der Wasseroberfläche treibende Gesicht gesehen hatte, das Gesicht von Little Red Garlock, weich und weiß wie Brotteig, doch die Augen unverwechselbar, die Zähne zu einem Grinsen entblößt. Und die leblosen Beine, die so schwer gewesen waren, wurden plötzlich lebendig, fingen an zu stoßen und zu treten. Und Jinx spürte, wie sich Finger fest um seinen Knöchel legten; der tote Junge hatte ihn im Griff und zog ihn in den Fluß ...

Nein! Du bist tot! Kannst mir nichts mehr antun!

Minnie legt Jinx die Hand auf den Kopf, legt sie auf die grünweiße Wollmütze, die Jinx im Haus trägt; sie schimpft ihn aus, wie sie es schon seit Tagen getan hat, und in ihrer Stimme klingt eine Spur von Eifersucht mit: »Mußt du diese Mütze die ganze Zeit vor meinen Augen tragen? Bloß weil so'n strohdummes hellhäutiges Negermädchen sie für dich gestrickt hat?«

Ceci kichert. »Iceman kriegt jede, er kann sie sich aussuchen. Alle Mädchen laufen Iceman nach – und manche Frauen auch.«

Jinx träumt vor sich hin, hört nicht zu. Er ißt die matschigen Crispies, ohne etwas zu schmecken.

Jinx kann beinahe das Gesicht des toten Jungen heranschweben sehen ... die spöttischen Augen. Er spürt, wie die Finger seinen Knöchel packen.

Laß mich los! Du bist tot, du Scheißkerl!

»Diese Koteletten find' ich unmöglich!« ruft Minnie. Sie zupft und zieht an Jinx' Haar herum, kneift ihn in die Wange, als wäre er noch ein Kleinkind, dieser große Junge, der, wenn er mit seinen langen Beinen am Küchentisch sitzt, entweder mit den Knien gegen Cecis Knie stößt oder mit den Füßen gegen Cecis Füße, so daß es bei jeder Mahlzeit Rempeleien, Vorwürfe und Sticheleien gibt. An den meisten Tagen wetteifern Minnie und Ceci um die Aufmerksamkeit von Jinx – wenn er sich Mühe gibt, kann er richtig charmant sein –, doch er hat die Angewohnheit, sein Essen hinunterzuschlingen, um rasch von zu Hause wegzukommen – zum Basketball, zur Schule, zur Arbeit. Jinx ist anders als Sugar Baby, der in diesem Alter viel mit seinen Freunden feierte. Er hat keine Zeit für solche Belanglosigkeiten.

Minnie Fairchild dankt Gott dafür.

Jawohl, dankt Gott.

In einem nach wie vor barschen, tadelnden Ton sagt sie: »Verlyn, ißt du zu Hause zu Abend oder woanders? Gehst du mit einem von diesen Talentsuchern aus?«

Jinx murmelt etwas.

»Wie? Du weißt es nicht?«

»Vermutlich esse ich auswärts.«

»Wie er redet! Kaum zu glauben!« ruft Minnie. Ihre Augen, die neuerdings einen gelblichen Schimmer haben, leuchten auf wie Katzenaugen. »Diese Weißen kommen einander in die Quere, weil jeder Verlyn Fairchild einladen möchte: ins Howard Johnson, ins Pancake House, mein Gott, womöglich noch ins Hotel Franklin.«

»Dort war Jinx schon«, sagt Ceci. »Hat er uns doch erzählt, Mama.«

»Nur in der Cafeteria«, sagt Jinx.

»Huch! ›Nur in der Cafeteria‹!« schreit Minnie. »Als nächstes geht er dann in den großen Saal mit all dem Marmor. Ich kann euch sagen: den hab' ich schon mal von innen gesehen. Sieht hochvornehm aus, wie in einem Film oder in einem Palast. Und da ist also mein Verlyn«, sagt sie und lacht dabei ein bißchen zu laut, »steht da in seinen großen weißen Segeltuchschuhen, mit seiner hübschen, tief ins Gesicht gezogenen Strickmütze.«

Wie ranzige Milch unter einem Sahnehäubchen steckt hinter Minnie Fairchilds Geplauder vermutlich Verletztheit, Besorgnis oder Angst; weder Jinx noch Ceci wollen herausbekommen, um was es sich handelt.

Minnie Fairchild arbeitet jetzt als Dienstmädchen im Hotel Franklin, verrichtet schwere Putzarbeit, wie sie es schon seit Jahren nicht mehr getan hat.

Minnie hat sich schon den ganzen Morgen darüber geärgert, daß Woodrow senior sich schon in der Frühe, bevor die anderen wach waren, davongestohlen hat, um auf dem Fluß zu fischen – Eisfischen mit seinen Freunden –, obwohl es im Haus Dinge gibt, die er erledigen wollte. Und der neue Job – den sie allerdings schon seit fünf Monaten hat – gibt Minnie dauernd Anlaß zu Besorgnis, zu altweiberhafter Übellaunigkeit und zu Befürchtungen; zuvor haben ihre Kinder das bei ihr noch nie bemerkt.

Jinx denkt: Sobald ich genug Geld verdiene, kann Mama zu Hause bleiben.

Jinx denkt: Sobald ich von hier wegkomme, kann ich Geld nach Hause schicken.

Wenn er nicht gerade Basketball spielt, denkt er über diese Dinge nach, damit er nicht über etwas ganz anderes nachdenken muß.

Das liegt jetzt weit zurück. Jinx weiß gar nicht mehr genau, wie viele Monate es her ist. Er ist in Sicherheit, er wird nicht gefaßt werden.

Er trinkt ein großes Glas Milch ... seine Knochen wachsen, gieren nach Milch.

Minnie und Ceci haben aufgehört, Jinx zu necken, weil er dafür nicht in der richtigen Stimmung ist. Während sie in der Küche herumhantiert, beklagt sich Minnie pausenlos in einem klagenden, melodischen Ton; das klingt wie eine Predigt oder ein Bluesgesang ohne Musikbegleitung. Ihre Hüften sehen breit aus in ihrer häßlichen weißen Uniform; die wird durch den weißen Rollkragenpullover, den sie darunter trägt, noch unförmiger.

Dieser verdammte Sturmwind vom Ontario-See sei keine Kleinigkeit, sagt Minnie erbost, als hätte jemand das Gegenteil behauptet. Der sei jetzt so kalt, daß einem der Hintern abfriere, während man auf den Bus wartet.

Wenn man da zusammengekauert mit seinesgleichen an der Bushaltestelle stehe, wie Vieh, das vor Elend stumm und dumm geworden ist. Und die weißen Busfahrer behandelten einen wie ein Stück Dreck, wenn man beim Einsteigen stolpere oder den Fahrschein auf den Boden fallen lasse.

Die Arthritis in ihren Händen, die Schwellungen an den Gelenken und der pochende Schmerz, der sie nachts wachhält ... das versetzt Minnie am meisten in Angst. Sie hat fast alle Schmerzmittel von Dr. O'Shaughnessy aufgebraucht.

Ceci sagt fast frech: »Warum arbeitest du eigentlich so weit droben in der Oberstadt? Floras Mutter hat nicht so weit weg 'nen ganz guten Job.«

»Weil sie in der Oberstadt mehr bezahlen!« sagt Minnie fast schreiend. »Weil man ab und zu ein Trinkgeld kriegt, das man nicht zu versteuern braucht!«

Minnie Fairchild ist jetzt die meiste Zeit wütend. Sie ist auf Dr. O'Shaughnessy wütend, weil er zusammenbrach und in ein Pflegeheim in Syracuse geschafft wurde, woraufhin seine kaltherzigen Kinder (Weiße von der allerschlimmsten Sorte) daherkamen und ihre Ansprüche geltend machten ... nur darauf warteten, daß er starb.

Das bereitet Minnie den schlimmsten Kummer: zu wissen, daß sie Dr. O'Shaughnessy nie wiedersehen wird.

Minnie war diejenige, die ihn fand. Tausendmal hat sie die Geschichte erzählt, wie sie die Hintertür mit ihrem Schlüssel öffnete – Minnie Fairchild hatte ihren eigenen Schlüssel zum Haus des weißen Arztes –, wie sie den Korridor entlangging: »Dr. O'Shaughnessy? Sind Sie da? Dr. O'Shaughnessy? Ich bin's, Minnie.« Und wie sie den armen Mann in seinem Schlafzimmer fand, wo er in einem Wirrwarr aus Bettüchern zusammengebrochen war. Das eine Auge offen, das andere geschlossen. Das offene Auge erkannte Minnie Fairchild nicht wieder.

An den Anblick und an den Geruch möchte sich Minnie nicht erinnern.

Dr. O'Shaughnessy hielt Wort, war ein Gentleman, wie Minnie ihn stets eingeschätzt hatte, hinterließ *Mrs. Minnie Fairchild, meiner treuesten Freundin und Angestellten,* ein Dutzend Haushaltsgegenstände, darunter eine Lampe mit einem Löwenkopf aus Bronze, über die Minnie immer gewitzelt hatte – das schwere, häßliche Ding sei tonnenschwer, all die Schnörkel und Verzierungen sauber zu bekommen, sei ein Hexenwerk –, außerdem 1200 Dollar in bar. Und letzteres wird zu Minnies Empörung von O'Shaughnessys Kindern angefochten.

»Stellt euch vor! Das fechten sie an! Diese wohlhabenden Weißen, zwei Brüder und eine Schwester, sind dermaßen egoistisch und gemein!«

Dieses Thema sollte bei Minnie lieber nicht angeschnitten werden. Sonst werden ihre Atemzüge kurz und rasselnd und ihre Nerven noch schwächer. Jedes Gelenk ihres Körpers durchzuckt ein pulsierender Schmerz.

Heutzutage hat Minnie Fairchilds Gesicht einen gelblichen Schimmer, als wolle sich eine Krankheit bemerkbar machen. Seit fünf Wochen hat Minnie weder Zeit noch Lust gehabt, sich das Haar richten zu lassen, so daß es ganz verfilzt und fettig ist. Hat sie nicht zugenommen, ist sie nicht an den Hüften und am Hinterteil schwabbelig geworden? »Das kann doch gar nicht sein«, sagt Minnie angewidert. »Bei all der Arbeit, die ich mache. All den Treppen.« Sie hat jedoch einen neuen Hüftgürtel kaufen müssen, und nach der kleinsten Anstrengung ist sie außer Atem, ist sie gereizt und zappelig, als schwirre ihr ein Insekt um den Kopf herum, das sie nicht erwischen kann, weil sie es nicht genau sieht.

Und die Arthritis in ihren Händen.

Und das Hotel Franklin. Der weiße Geschäftsführer, die weiße Kundschaft, wie geringschätzig sie von den Weißen angeschaut wird – nicht unbedingt sie, nicht unbedingt Minnie Fairchild, sondern ihre schwarzbraune Haut, als wäre das alles, was sie sehen, wenn sie Minnie erblicken. Eine weiße Dame behauptete, jemand habe ihr einen Ring gestohlen; ob dieser Jemand nicht die Putzfrau gewesen sein könne, und ob es sich bei der Putzfrau nicht um Minnie Fairchild gehandelt habe? Gott sei Dank kam der Ring zum Vorschein: Das verdammte Ding war in einem Koffer verstaut gewesen, zwischen der Unterwäsche. Minnie Fairchild war jedoch zutiefst gekränkt, und dann schämte sie sich über ihre eigene Erleichterung, als das weiße Miststück ein Lächeln zuwege brachte und eine Entschuldigung: »Das ist mir aber ganz schrecklich peinlich!«

Ganz schrecklich peinlich!

Minnie vermißt die freundlichen alten Damen, die zu Dr. O'Shaughnessy kamen, die ihr Respekt und Zuneigung entgegenbrachten, sich nach ihrem Wohlergehen und nach ihrer Familie erkundigten, und die sich von *ihr* dazu bringen ließen, daß *sie* im Sprechzimmer ihre Nervosität ablegten. Im Hotel Franklin ist alles anders.

Minnie ist überzeugt, daß alles schlimmer geworden ist, viel schlimmer: Was die Weißen von den Negern halten nach den Vorgängen in Little Rock, Arkansas, im vergangenen September. Da griffen Bundestruppen ein, um an den Schulen die Rassenintegration durchzusetzen, um die Horden erboster, lautstark protestierender Weißer zurückzudrängen – ein schrecklicher Anblick. Und in den Zeitungen und im Fernsehen wurde soviel Aufhebens davon gemacht, alle redeten darüber, auf beiden Seiten dieser nervöse, unruhige Blick, schlimmer noch als damals im Jahr 1955, als sich Martin Luther King drunten in Montgomery, Alabama, an die Spitze des Busboykotts setzte und manche befürchteten, auf den Straßen werde Blut fließen ... Blut von Schwarzen. »Ich glaube, dieser Pfarrer

King bringt mehr Schaden als Nutzen«, klagte Minnie. »Er predigt ›Gewaltlosigkeit‹, ›passiven Widerstand‹ und ›Liebe statt Haß‹ – und macht uns die Hölle heiß. Aber *ich* vergelte Haß nicht mit Liebe, weil ich einfach keine Liebe übrighabe.« Und ihr Verlyn entgegnete ihr so rasch und mit soviel Nachdruck, daß sie verblüfft war: »So vernünftig wie Pfarrer King habe ich noch nie jemanden reden hören.« Also fingen sie an zu streiten an jenem Tag, bis Minnie die Beherrschung verlor und ihren Liebling ohrfeigte und Verlyn aus dem Haus stampfte.

Minnie rief ihm nach: »Du hast ja keine blasse Ahnung, Junge! Bist noch viel zu jung und kennst dich überhaupt nicht aus!«

Wenn Minnie wütend ist, wandert ihr Akzent nach Süden, an Pittsburgh vorbei bis hinunter in den Nordosten von Georgia, wo ihre Leute herstammen.

Nach diesem Temperamentsausbruch hat Minnie stets darauf geachtet, in Verlyns Gegenwart bestimmte Themen nicht zur Sprache zu bringen. Ihr geht es sehr zu Herzen, wenn ihr eigenes Fleisch und Blut sich in einer Sache, in der sie sich im Recht weiß, gegen sie stellt und sie voller Verachtung anschaut.

Auch dafür gibt Minnie Martin Luther King die Schuld, das erinnert sie an die Stelle im Neuen Testament, wo Jesus warnt, er werde Eltern und Kinder entzweien und Mann und Frau: *Ich bin nicht gekommen, den Frieden zu bringen, sondern das Schwert.*

»Ich will dein gottverdammtes Schwert nicht«, sagt Minnie wutentbrannt.

Jetzt ist Verlyn aber so sehr mit Basketball beschäftigt, und sein Name und sein Foto erscheinen so oft in der Zeitung, daß er kaum von etwas anderem redet. Immer nur über Basketball, seinen Trainer, seine Mannschaftskameraden. Über die Bewerbungen um einen Studienplatz und ein Stipendium für das nächste Jahr.

Gott sei Dank! denkt Minnie.

Er hat seinen Weg gefunden, denkt Minnie mit Befriedigung.

Verlyn hat jetzt seine Rice Crispies gegessen, hat sein zweites Glas Milch in großen, durstigen Schlucken getrunken. Die grünweiße Strickmütze – sie ist eigentlich recht schön – hat er nachlässig unter den Arm gestopft, wie um Minnie zu besänftigen. Wenn er so baumlang dasteht, kommt sie sich ganz klein vor.

Er sieht so nett, so gut aus, daß es Minnie manchmal schon bei seinem Anblick den Atem verschlägt. Gott im Himmel, es gibt nichts, was sie ihrem Verlyn nicht verzeihen würde.

Aber was diese fast erwachsenen Jungen gar nicht brauchen können, ist eine Mama, die sie schmachtend anhimmelt.

Seit sie mit Woodrow junior soviel Kummer hat, ist Verlyn ihr noch viel mehr ans Herz gewachsen.

Verlyn, den sie Jinx nennen. Minnie haßt Beinamen, doch in letzter Zeit konnte sie nicht umhin, in Gedanken den Namen zu verwenden, den alle anderen verwenden. Es ist, als gehöre ihr Sohn nicht mehr ihr allein.

Als Jinx draußen vor der Tür seine Schuljacke überzieht, gibt ihm Minnie einen Kuß und knurrt: »Wiedersehn, Junge!« Jinx zieht den Kopf ein und murmelt: »Wiedersehn, Mama.« Er merkt, wie Minnie ihn anschaut: als denke sie daran zurück, wie er als winziges Baby an ihrer Brust trank oder, noch schlimmer, wie er in ihrem dicken Bauch steckte. An den Unterrichtstagen geht Jinx früh aus dem Haus und übt in der Schulturnhalle Basketball, bevor es um 8.45 Uhr zum erstenmal klingelt.

Auch Minnie wird bald weggehen. Sie muß um 7.50 Uhr den Bus in die Oberstadt nehmen.

Draußen herrscht diese üble feuchte Kälte, die für Arthritis denkbar schlecht ist. Am Himmel niedrig hängende Wolken, die das Licht aufsaugen wie schmutzige Baumwolle.

Diese ärgerliche Angewohnheit von Minnie! – Sie wartet, bis Jinx die Straße erreicht hat, dann ruft sie ihm vom Eingang aus etwas hinterher, mit einem hohen, langgezogenen Heulen, das sehr laut ist, aber wenig beinhaltet. Jinx versteht nicht recht, was sie wissen will: Ob er tatsächlich auswärts essen wird? Um wieviel Uhr er nach Hause kommt?

Jinx lacht und winkt ihr zu. »Irgendwann komm' ich schon heim, Mama!«

Ob Minnie das nun genau verstanden hat oder nicht, sie winkt jedenfalls energisch zurück, mit einem breiten, glücklichen Lächeln. Die Zuneigung steht ihr so im Gesicht geschrieben, daß es Jinx einen Stich ins Herz versetzt, in sein schwarzes Herz. Es ist, als nähme Minnie Fairchild ihren rechtmäßigen Platz ein in jener speziellen Sitzreihe ganz vorn auf der Tribüne, wo Mr. Breuer Plätze für VIPs (wie er sie nennt) reserviert.

Dieses weiße Mädchen, Iris Courtney.

Seit Iris die High-School besucht, sieht Jinx Fairchild sie häufig. Und sie sieht ihn.

Dieser Blick in ihren Augen, so unverblümt, ganz ohne Schläue oder mädchenhafte List ... oder Stolz. Jinx Fairchild fürchtet sich vor diesem Blick, auch wenn er ihn erregt, sexuell stimuliert. Sie hat ihm gesagt: *Niemand steht mir so nahe wie du, niemand steht uns so nahe wie wir einander.*

Jinx meint, daß das schon stimmt. Aber er will nicht darüber nachdenken, wieso das so ist und was er dagegen tun kann.

An der Hammond Central High School gibt es über fünfhundert Schüler, und doch treffen Jinx Fairchild, der die Abschlußklasse besucht, und Iris Courtney, die hier ihr zweites Schuljahr absolviert, oft durch Zufall aufeinander – ist es tatsächlich Zufall? Überall, wo sie sich aufhalten, wird ihnen, auch wenn es noch soviel zu sehen gibt, die Anwesenheit des anderen irgendwie bewußt.

Sie nehmen einander wahr, weil eine Art Blendwirkung entsteht. Es ist, als wäre dort, wo der andere steht, alles ganz plötzlich in helles Licht getaucht.

Auf den Treppen ... auf den Gängen ... an der Bushaltestelle vor der Schule. Im Schulauditorium, wo die verschiedenen Klassen an jedem Freitag morgen zum festgesetzten Zeitpunkt zu ihren Sitzreihen marschieren ... Der vorne bei den anderen Abschlußkläßlern sitzende Jinx Fairchild kann es nicht lassen, über die Schulter nach hinten zu schauen, dorthin, wo Iris Courtney mit ihren Klassenkameraden sitzt. Und in der Cafeteria der Schule, wo es ausgelassene Fröhlichkeit gibt, Liebeleien, verletzte Gefühle und endlose Melodramen; dort geht Iris Courtney manchmal zu Jinx Fairchilds Tisch hin, wenn er allein ist oder in Gesellschaft eines Weißen, sie also willkommen ist. »Ist es dir recht? Darf ich mich setzen?« fragt Iris leise, und sie stellt ihr Tablett erst dann auf den Tisch, wenn Jinx seine Erlaubnis gegeben hat. »Wir leben in einem freien Land!« sagt er und entblößt dabei die Zähne zu einem freudlosen Lächeln.

Niemand steht mir so nahe wie du.

Niemand steht uns so nahe wie wir einander.

Bei den Basketballspielen im Schuljahr 1957/58, seinem letzten Jahr, schaut Jinx vor Spielbeginn rasch nach dem weißen Mädchen ... nicht um Blickkontakt herzustellen, schon gar nicht, um ihr zuzuwinken oder zuzulächeln, wie es seine Mannschaftskameraden bei ihren Freunden und Verwandten tun, sondern nur, um sie ausfindig zu machen, um zu wissen, wo sie sich befindet. Okay, Mädchen. Da bist du also.

Früher wünschte er mal, sie wäre tot; jetzt hat er Angst, daß er eines Tages mit ihr schlafen wird.

In Hammond wird die Rassentrennung selten durchbrochen. Manchmal schon, aber das bringt nur Unheil.

»Weißer Abschaum«, sagt Minnie. »Da sorgt man dafür, daß man in 'ner guten, anständigen Gegend wohnt, wo farbige Leute ihre eigenen Häuser haben und sich abrackern, um sie in Schuß zu halten. Und dann kommen diese Hillbillies, die auf der Straße besoffen umfallen, die ihre Frau und ihre Kinder verdreschen wie die schlimmsten Nigger, die schlimmsten Niggerstrolche. Weißer Abschaum kommt, weil die Weißen, die sich's leisten könnten, nicht herwollen.«

Während des Basketballspiels achtet Jinx Fairchild natürlich überhaupt nicht auf Iris Courtney, wirft nicht einmal einen Blick in ihre Richtung. Aber es gehört ja zum Stil dieses gelassenen schwarzen Jungen, nicht über den Spielfeldrand hinauszuschauen, höchstens zu Hank Breuer ... und manchmal nicht mal zu ihm. Obgleich er sich wohl bewußt ist, daß die Blicke auf ihn gerichtet sind – die »weißen« Augen –, daß er im Mittelpunkt des Interesses steht. Er begreift, daß Weiße ihn betrachten, als ob er gar kein Individuum wäre, sondern zu einer bestimmten Kategorie gehörte. Sie schauen ihm aufmerksam zu, sind erstaunt über seine körperlichen Fähigkeiten; wenn sie seinen persönlichen Stil bewundern, meinen sie fälschlicherweise, sie hätten etwas über diese Kategorie erfahren, während sie in Wirklichkeit nicht einmal etwas über das Individuum Jinx Fairchild in Erfahrung gebracht haben.

Iris Courtney ist die Ausnahme; sie ist der einzige Mensch weißer Hautfarbe, der ihn so sieht, wie er ist, der ihn kennt.

Eine traurige Bluesnummer geht Jinx Fairchild durch den Kopf, bewegt ihn wie die Erinnerung an ein tatsächliches Ereignis, obwohl es nur ein Song ist, den er im Radio gehört hat; er weiß nicht einmal mehr, wie der Sänger heißt, der das vorgetragen hat: *Went down to the St. James Infirmary ... saw my little baby there* – langsamer, klagender Gesang, von einer Klarinette begleitet – *stretched on a long white table, so sweet, so cold, so bare.* Und wenn er den Song weitergehen läßt, wird er zu einer sich dahinschlängelnden Liebkosung, die über seine Genitalien streicht und Blut, Kraft und Entschlossenheit in sie strömen läßt. *Went down to the St. James Infirmary ... all was still as night. My gal was on the table ... stretched out so pale, so white.*

»St. James Infirmary« muß ein Negersong sein, denkt Jinx Fairchild. Genauso klingt es. Wenn es keiner ist, sollte es einer werden.

So pale ... so white.

So dead.

Wenn er diesen Song in seinem Kopf hört, merkt er, daß er unbewußt an Iris Courtney gedacht hat. Und manchmal, wenn er sie beobachtet, ohne daß sie es merkt, hört er den Song in seinem Kopf.

Genauso fahren Träume im Unterbewußten mit ihren eigenen Geschichten fort, unbeeinflußt von unserem Willen. Das träumende Selbst, das unterhalb des denkenden *Ich* liegt.

Jenes *Ich-Ich-Ich,* von dem wir uns gar nicht vorstellen können, daß es aufhört zu existieren, selbst wenn wir, wie Jinx Fairchild auf dem Basketball-Spielfeld, merken, daß es gefährdet ist, daß seine Existenzgrundlagen provisorisch sind, ja nur dem Namen nach da sind.

Iris Courtney sagt rasch mit gesenkter Stimme, die gerade laut genug ist, daß der neben ihr sitzende Jinx Fairchild sie in dem dahinratternden Bus hören kann: »Ich habe vergangene Nacht einen schlimmen Traum gehabt und bin ganz verängstigt aufgewacht. Ich meinte, alles läge noch vor mir und würde noch einmal passieren.« Sie hält inne, schaut Jinx nicht an. Die beiden sitzen steif, wie Fremde, nebeneinander. »Denkst du oft darüber nach? Ich meine . . .«

Jinx Fairchild fährt zusammen, zuckt ein bißchen mit den Achseln, starrt aus dem Fenster. Es ist ein wolkenverhangener Märznachmittag, an dem die Abenddämmerung eingesetzt hat; nicht einmal fünf Uhr, und schon breitet sich Düsternis aus. »Ja. Klar. Die ganze Zeit.«

Iris fragt schüchtern: »Glaubst du, es kommt irgendwann mal dazu, daß wir nicht dran denken?«

Jinx zuckt wieder mit den Achseln.

»Wenn wir aus Hammond wegziehen, anderswo wohnen . . .«

»*Ich* werde garantiert anderswo wohnen.«

»Du gehst nächstes Jahr aufs College, und dann . . .?«

Jinx zuckt mit den Achseln und gibt keine Antwort. Er sitzt da, die Arme unbeholfen vor seiner Hammond-Schuljacke verschränkt, die Hände in den Achselhöhlen. Die grünweiße Mütze hat er tief über die Stirn heruntergezogen, bis zu den Augenbrauen; sein langes, mageres Gesicht wirkt dadurch breiter. Iris Courtney putzt sich mit einem zerknitterten rosafarbenen Kleenex die Nase. Sagt, als hätten sie eine Meinungsverschiedenheit gehabt: »Aber wir haben damals das Richtige getan. Irgend etwas anderes wäre ein schrecklicher Fehler gewesen.«

Jinx sagt fast zu laut: »Was meinst du eigentlich mit ›das Richtige‹? Keinem Menschen was zu sagen? Oder den Scheißkerl umzubringen?«

Iris Courtney lehnt sich plötzlich nach vorn, als wäre ihr schwindlig geworden. Sie hat einen kleinen Stapel Schulbücher auf dem Schoß, eine rote Handtasche aus Kunstleder und einen abgewetzten Matchbeutel von der Art, in dem man Turnkleidung befördert; sie legt die Ellbogen auf den Matchbeutel, reibt sich mit den Fingerspitzen die Augen. Das ist eine Geste, die Jinx Fairchild schon früher gesehen hat. Sie sagt so leise, daß Jinx es kaum hören kann: »Keinem Menschen was zu sagen.«

Sie fahren mit dem East-Avenue-Bus über eine Reihe kleiner, abschüssiger Hügel in die Unterstadt hinunter. Jinx war zuerst im

Bus; er nahm ziemlich weit hinten, direkt über den Rädern, auf einem Doppelsitz Platz, hatte die Mütze tief ins Gesicht gezogen, kaute an einem großen Klumpen Kaugummi herum, zeigte die kalte, faltige, stahlharte Iceman-Miene, die besagt, daß ihm nicht nach Geselligkeit zumute ist. Falls andere Fahrgäste ihn erkennen sollten: Er ist nicht in der richtigen Stimmung für Lobsprüche, für Gratulationen oder für Fragen, was denn nun passieren wird, wenn die Mannschaft von Hammond an den Ausscheidungsspielen teilnimmt ... Landesmeister werden kann. Iris Courtney aber, die allein durch die vordere Tür in den Bus einstieg, die an diesem Nachmittag keine Freundin und auch keinen Freund dabeihatte (Jinx vermutet, daß Iris einen weißen Freund hat, er hat sie bei Basketballspielen zusammen gesehen), kam zielsicher wie eine Schlafwandlerin zu ihm her und murmelte: »Darf ich mich zu dir setzen? Ist das okay?«, obwohl der Bus gerade ausscherte und sie dadurch in den Sitz gedrückt wurde.

Jinx Fairchild sagte wie immer: »Wir leben in einem freien Land.«

Als Iris Courtney das erstemal neben Jinx Fairchild im Stadtbus fuhr, so als wären sie alte Freunde, als gingen sie vielleicht miteinander, ein hübsches weißes Mädchen und ihr braunhäutiger Freund, war Jinx verärgert, aufgebracht und verlegen. Er wollte unbedingt abhauen, wollte aufspringen und beim nächsten Halt aussteigen. Sie brachte doch beide in Schwierigkeiten! Wollte sie wirklich, daß die Leute sie zusammen sahen und sich wunderten?

Aber er blieb natürlich sitzen; ihm wurde heiß im Gesicht, er zitterte, war verärgert.

Er spürte, wie die Leute sie musterten. Weiße hauptsächlich. Aber auch ein paar Schwarze.

Obwohl dies der Norden ist, nicht der Süden. Und man das Jahr 1958 schreibt. Offiziell ist die Rassentrennung an allen öffentlichen Schulen in Hammond abgeschafft ... auch wenn sie in den meisten gehobenen Wohngegenden de facto weiterbesteht.

Obwohl Jinx Fairchild nicht gedacht hat, daß ihm nach einer Unterhaltung zumute wäre, sieht es jetzt ganz danach aus. Seine Nase steckt beinahe in Iris Courtneys buschigem Haar, er atmet ihr ins Ohr, warm und feucht wie ein Hund. »*Ich* hab' das Richtige getan, ich hatte ja keine andere Wahl. Wir haben schon drüber gesprochen. Als das einmal angefangen hatte, gab's nur zwei Möglichkeiten: Entweder geht der Saukerl dabei drauf oder ich.« Er ist so aufgebracht, daß er dem Mädchen einen Schubs gibt und mit seinen großen, harten Fingern ihren Ellbogen umklammert; wenn sie in dem vollbesetzten Bus nicht so sehr im Blickfeld wären, würde er den Arm um ihren Hals legen und sie in den Schwitzkasten nehmen ... nur zum Spaß, so wie man bei jüngeren Geschwistern einen Griff ausprobiert. Jinx Fairchild ist ein Junge, der gern auf Tuchfühlung geht, der auch mal zupackt.

»Und ich werd' jeden Tag von morgens früh bis abends spät dankbar dafür sein, daß es mich nicht erwischt hat«, sagt er.

Iris Courtney reibt sich weiter mit dieser ihm vertrauten Geste die Augen. Als hätte sie dieselben Gedanken schon oft gehabt und könne sie nicht loswerden. Jinx möchte ihre Hände wegreißen. Er sieht, daß die Nägel abgebissen sind, besonders der linke Daumennagel. Bis ans Fleisch. Sie sagt: »Wenn ich nur ... noch einmal von vorn anfangen könnte. Es war meine Entscheidung, es war meine ...«

Jinx sagt: »Tja, Schätzchen, aber du hast sie nun mal getroffen, nicht wahr. Mein Daddy sagt über bestimmte Dinge: ›So hat es sollen sein.‹ ›So hat es sollen sein. Amen.‹«

Iris Courtney sagt, als wäre sie auf einmal beruhigt, versöhnt: »So hat es sollen sein. Amen.«

Einige Minuten lang sitzen sie schweigend da, befinden sich in einer Art Gleichgewicht.

Jinx sieht, daß Iris an der Oberlippe eine winzige Schrunde hat. Ihre Augen kommen ihm fremd vor: sie sind eisig, zinnfarben, liegen tief in den Höhlen. Ihre Haut ist blaß, glatt, dünn und mit Sommersprossen gesprenkelt, die wie schmutzige Regentropfen aussehen. Ist sie eher der Durchschnittstyp mit dem verhärteten Gesichtsausdruck, oder ist sie schön? Jinx kann das aus der Nähe nicht beurteilen. Die Nähe macht ihn nervös, erregt. Er riecht den warmen, etwas hefeartigen Geruch des Mädchens. Zwischen seinen Schenkeln zuckt Verlangen auf, schmerzhaft wie ein Messerstich.

Niemand steht mir so nahe wie du.

Niemand steht uns so nahe wie wir einander.

Seit April 1956 ist Iris Courtney viel reifer geworden; in ihrem mädchenhaften Gesicht hat sie die Züge einer erwachsenen Frau. Jinx kann sich nicht mehr richtig erinnern, wie sie vor dem Zusammenstoß mit Little Red Garlock ausgesehen hat – nur so ein Mädchen aus der Gegend, sehr jung. Hübsch, kokett, scheinbar unbekümmert. Der Typ, dem jeder intelligente schwarze Junge aus dem Weg gehen würde.

Jinx fragt sich, ob sie vielleicht nicht ganz richtig im Kopf ist.

Jinx fragt sich, was sie von ihm will, nach all dem Unheil, das sie ihm bereitet hat.

Diese Unterhaltungen, diese hastigen, improvisierten Treffen kommen durchweg auf Initiative von Iris Courtney zustande. Von sich aus würde Jinx Fairchild sie »nicht mal mit der Kneifzange anfassen« (um eine Wendung zu benutzen, die Minnie häufig im Munde führt).

Im Sommer des vergangenen Jahres rief sie ihn dreimal zu Hause an. Die ersten beiden Male war Jinx nicht da und Minnie nahm ab. »Wer ist denn dieses Mädchen, das dich belästigt? Wollte nicht sagen, wie es heißt, als schämte es sich. Kam mir vor wie eine kleine weiße Zimtzicke!« Jinx war erstaunt, als er den Anruf erhielt, aber auch bewegt: Soweit er feststellen konnte, vergoß Iris Tränen wegen der unglückseligen Situation, die in ihrer Familie herrschte. Sie erzählte ihm, sie verdiene nicht, am Leben zu bleiben, sie sei »zum Scheitern verurteilt«, sei einfach untauglich. Jinx redete fast eine Stunde mit ihr, und als er auflegte, fühlte er sich so erschöpft, als hätte er in der Sporthalle eine Stunde lang trainiert.

Am nächsten Tag und an den darauffolgenden Tagen hielt er Ausschau nach ihr ... weil er ihr aus dem Weg gehen wollte.

Jetzt stöbert Iris in ihrer Handtasche herum. Sagt, sie habe etwas für ihn.

»Warum machst du mir immer wieder Geschenke?« lacht Jinx.

Wenn er in Iris Courtneys Gegenwart lacht, klingt das in seinen Ohren wie Draht, der an Beton entlangschabt.

Iris lacht ebenfalls, und ihr Lachen klingt froh. »Du bist wohl ein Junge, dem die Leute gern etwas schenken«, sagt sie mit einem verstohlenen Grinsen.

Iris hat Jinx in den vergangenen zwölf Monaten mehrmals in Verlegenheit gebracht, indem sie ihm kleine Geschenke aufdrängte. Er ist es gewohnt, von seiner Mutter Geschenke zu bekommen, von seinen Verwandten, von bestimmten schwarzen Mädchen und von Frauen aus der Nachbarschaft, die ihn mögen ... doch das Verhalten von Iris hat etwas Aufdringliches, und das macht ihm zu schaffen. Denkt sie etwa die ganze Zeit an ihn? Denkt sie dauernd darüber nach, was für drollige, hintersinnige Sachen sie ihm schenken könnte? Einmal war es ein Schlüsselbund mit einem fingerhutgroßen Basketball aus Messing ... ein andermal eine Anstecknadel aus Rheinkiesel – Jinx wußte nicht, wozu das verdammte Ding gut sein sollte –, und dann ein schlanker, goldener, sehr eleganter Füllhalter. Jinx fragt sich, ob er ihr ab und zu auch etwas schenken sollte.

Das hat er nie getan und wird es auch nie tun.

Es fällt ihm auch gar nicht ein, sie anzurühren; er weiß, wohin das führen würde.

»Huch! Was ist denn das?«

Es ist ein sehr altes Foto im Sepiadruck, etwa fünfzehn auf zwanzig Zentimeter groß, auf Pappe gezogen ... ein Foto aus dem Bürgerkrieg. Auf einer ländlichen Brücke, vor dem Hintergrund dschungelartiger Blattgewächse, ist eine Gruppe Unions-Soldaten zu sehen, die eine stramme Haltung einnimmt und sich gegen das Wasser und den Himmel scharf abzeichnet. Einige sind beritten, die meisten zu Fuß, und unter den Infanteristen gibt es mehrere schwarze Männer. Die Bildunterschrift in verblichener Tinte lautet:

Militär bei der Überquerung des Chickahominy, 1864.

Jinx Fairchild stößt einen schwachen Pfiff aus. »Ist das echt? Wirklich ... so alt?«

Er hält die Fotografie ans Licht. Starrt sie an, als wäre das etwas Unangenehmes.

Wenn Jinx Bilder längst verstorbener Menschen sieht, wenn er deren merkwürdige Gelassenheit gegenüber dem Schicksal und dem Tod wahrnimmt, jagt ihm das immer einen Schrecken ein; da macht sich in ihm ein Gefühl breit, das er nicht benennen kann. Wer die Vergangenheit betrachtet, weiß, daß es kein Himmelreich gibt, keinen Ort, an den all diese Toten gelangen. Diese hier sind Unions-Soldaten, einige davon befreite Sklaven in der Uniform, die sie vom Staat bekommen haben, und sie sind so kräftig, so männlich, so gelassen wie die Weißen (obwohl ihre Uniformen durchweg schäbig aussehen). Ein Foto ist ein Rätsel, denkt Jinx Fairchild. Was steckt dahinter? Und wie lautet die Lösung? Er starrt das Foto ununterbrochen an, wie ein kleines Kind.

Iris lehnt sich an ihn und sagt aufgeregt: »Mein Onkel ist Fotograf, er hat ganze Schubladen voll von solchen Sachen. Er sammelt sie. Er reist im ganzen Staat herum und sucht sie zusammen, bei Auktionen, in Trödelläden. Ich hab' ihm von dir erzählt ... und er hat gesagt: ›Du kannst das gern mitnehmen und deinem Freund geben.‹ Ich hab' ihm gesagt, du seist mein Freund. Ich arbeite manchmal für meinen Onkel, wenn es Dinge zu erledigen gibt. Das Überraschende beim Fotografieren ist: Wenn von einem entwickelten Negativ ein Abzug gemacht wird, kommt es immer darauf an, wie du es belichtest. Aus einem einzigen Negativ kannst du tausend verschiedene Abzüge machen. Das weiß kaum jemand.« Iris plaudert vergnügt, lehnt sich gegen Jinx' Arm, doch Jinx hört ihr erst dann genauer zu, als sie sagt: »Weißt du, als ich das Foto fand, dachte ich, einer von deinen Vorfahren könnte dabeisein. Auf der Brücke.«

Jinx schaut plötzlich auf. »Einer von meinen *was*?«

»Einer von deinen Vorfahren.«

Jinx Fairchild starrt sie bloß an. Vorfahren?

Iris sagt mit stockender Stimme: »Von damals, als Lincoln die Sklaven befreite, meine ich. Und sie mitgekämpft haben gegen die ...«

Sklaven?

Jinx Fairchild starrt das weiße Mädchen an, bis es befremdet und beleidigt wegschaut.

Er sagt kein Wort mehr, bis Iris in der Jewett Street aussteigt. Auch da murmelt er nur »Wiedersehn« und schaut ihr nicht nach, als wären sie Fremde, die zufällig nebeneinander saßen;

er wird bestimmt nicht über die Schulter blicken, um zu sehen, wie sie auf dem Gehsteig steht und *ihm* nachschaut ... traurig und verloren.

Kleine weiße Zimtzicke, denkt er. Ist's nicht wert, daß ich mir ihretwegen den Hals verrenke.

Jinx behält jedoch das Foto, verwahrt es sorgsam. Seine Mutter wird es unter alten, vergilbten Zeitungsausschnitten und anderen Erinnerungsstücken aus seiner Schulzeit entdecken – nach seinem Tod.

Dieses alte, verblichene Foto, das mit seinen belanglosen Details einem Traum ähnelt, mit Pferden und längst verstorbenen Soldaten, die sich stramm auf einer Brücke aufgestellt haben, in einer Gegend, die Jinx Fairchild nicht kennt. (Wo sich der Fluß oder Bach mit dem Namen Chickahominy befindet, erfährt er nie; er vermutet, daß er irgendwo im Süden ist.)

Diese Männer haben einmal gelebt. Wie ich. Sind einmal quicklebendig herumgelaufen. Wie ich.

Haben immer nur an sich gedacht ... wie ich.

Jinx Fairchild fühlt sich den schwarzen Soldaten auf dem Foto nicht nahe. Er sieht zu seiner Überraschung, daß ein oder zwei von ihnen tatsächlich jünger aussehen als er ... noch Jungen sind. Aber er findet keinerlei Ähnlichkeit. Ein schwarzer Mann in Uniform tut ihm in der Seele weh, denn zumindest in Nordamerika heißt das, daß dieser schwarze Mann die Uniform des Staates trägt, der ihn auf andere Weise ausbeutet ... der so von ihm Gebrauch macht, ihn aussaugt und dann wegwirft. Jinx denkt nicht an seine Vorfahren, und er denkt ganz gewiß nicht an befreite Sklaven.

Sklaven!

Zwischen den längst verstorbenen Soldaten auf der Brücke über den Chickahominy und dem achtzehnjährigen Jinx Fairchild in Hammond, New York, gibt es keine Verbindung. Genausowenig wie zwischen Jinx Fairchild und sonst jemandem, ganz gleich welcher Hautfarbe.

»Alles Scheiße!« ruft Jinx, als er an diese Dinge denkt.

Dabei weiß er gar nicht genau, was er damit sagen will und warum er vor Zorn bebt.

»Ist ja nicht die Rede davon, mal ein Spiel zu *verlieren*, Junge, so hab' ich das nicht gemeint«, sagt Sugar Baby Fairchild mit gekränkter Miene und einer Stimme, die anklagend und doch melodisch klingt, vorwurfsvoll und doch brüderlich warm. »Du spielst einfach nicht mehr so cool, das ist alles. Ein Spiel kann man mit zwei Punkten Vorsprung gewinnen, aber auch mit zwanzig. Mir geht's bloß um den Vorsprung. Iceman darf ja auch mal einen schlechten Tag haben wie alle anderen auch. Sowas kommt bei Ernie Banks genauso vor wie bei Babe Ruth oder Stan Musial. Jinx Fairchild ist also der coolste Spieler, den die Zuschauer je zu Gesicht bekommen haben, aber eines Abends, sagen wir mal drüben in Troy, ist deine Mannschaft vielleicht ziemlich nervös und ängstlich, und Iceman hat vielleicht eine schlimme Erkältung. Du mußt ja gar nichts Blödsinniges anstellen, keinen schlimmen Fehler machen, du bist bloß nicht so cool, das ist alles. Und kein Mensch wird was merken, denn wer kann schon Gedanken lesen?«

Sugar Baby wirft mit Jinx Körbe und behält dabei die Zigarette im Mund. Wenn er trifft, ist es okay; wenn er danebenwirft, ist es ihm scheißegal, für ihn ist das sowieso bloß ein Spielchen für kleine Jungs.

Als er sieht, daß Jinx einen schroffen Gesichtsausdruck bekommen hat und sein Blick düster und verletzt ist, legt Sugar Baby seinem Bruder die Hand auf die Schulter (die dieser dann abschüttelt) und sagt: »Ich hab' dir mal zu Hause zugeschaut, Junge, als du noch klein warst. Du hast ein Glas mit dem Ellbogen vom Tisch gestoßen, und dann hast du's mitten im Flug geschnappt, bevor es auf den Boden fallen konnte. Menschenskind, du hast einfach hingelangt, und schon hast du's gehabt! So, als hättest du da gar nichts überlegen müssen, denn so schnell kann ja keiner denken, sondern es bloß tun. Wie eine Katze eine Motte schnappt. Ich bin auch schnell, ich hab' auch hinten am Kopf Augen, aber so bin ich nicht ... das ist schon unheimlich. Ich will nur soviel sagen, Junge: Du reagierst ungeheuer schnell, ohne daß du was dabei denkst; wenn du also mal anfängst, über deine Reaktionen nachzudenken, könnte es sein, daß sie etwas langsamer werden. Dann wärst du noch genauso schnell wie jeder andere Blödmann, der sich total verausgabt. Und in dem betreffenden Spiel steht ihr im Halbfinale, Troy ist gar nicht so übel, und Hammond hat außer dir und diesem Soundso, diesem großen Abwehrspieler mit den Quadratlatschen, nicht viel zu bieten ... Iceman wird also ein bißchen nachdenklicher sein als sonst. Weil er sich so abrackert, die Meisterschaft zu holen für all diese weißen Schweine. Und für diesen arschgesichtigen Breuer, der herumhopst, als mache er sich gleich in die Hosen. Und an diesem Abend ist der dressierte Affe dann vielleicht doch nicht so cool. Das ist verständlich. Kein Mensch wird dir was verübeln, wenn du's schlau machst. Du bist ja sowieso ein ganz Schlauer, du kannst Mist bauen und dabei noch gut aussehen. Also, angenommen, irgendein Arschloch läuft sich frei, und du weißt, wenn du ihm den Ball zuspielst, wird er wahrscheinlich keinen Korb erzielen. Du spielst ihn trotzdem an, aber so, daß der Ball schlecht zu kriegen ist und er ihn verliert. Oder du bekommst einen Freiwurf und fängst an zu husten. Irgendwas in dieser Art. Wie gesagt, mit zwei Punkten Vorsprung kann man ein Spiel genauso gewinnen wie mit zwanzig. Solange man nur gewinnt. Stimmt doch, oder?«

Es ist ein sonniger, windiger Aprilmorgen. Jinx Fairchild ist barhäuptig, hat schmutzige Arbeitshosen an und ein T-Shirt. Sugar Baby Fairchild ist eine Augenweide: Er trägt neue, kastanienfarbene Cordhosen und einen breiten Ledergürtel mit Messingschnalle (darauf in Schreibschrift die Initialen SBF), eine Jacke aus Antilopenleder, Stiefel aus Ziegenleder, die an den Zehen rechteckig sind und fünf Zentimeter hohe Absätze haben, dazu einen Velourshut mit zehn Zentimeter breiter Krempe, den er schräg auf den Kopf gesetzt hat. Er hat penibel zurechtgestutzte Koteletten und einen Schnurrbart. Beim Sprechen leuchtet das Weiße in seinen Augäpfeln geheimnisvoll auf, als wolle er damit seinen Worten Nachdruck verleihen. Je stiller Jinx Fairchild wird, desto mehr redet Sugar Baby Fairchild. Das ist wie Gesang, wie ein Summen: Immer wieder dieselben Worte, bis es fast keine Worte mehr sind, sondern nur noch Klänge, die etwas Beruhigendes an sich haben.

In der Gegend ist es kein Geheimnis, daß Sugar Baby Fairchild jetzt bei Poppa D. ein und aus geht; auch Minnie Fairchild muß gemerkt haben, daß ihr Junge mit Leo Lyman in Buffalo Kontakt aufgenommen hat, dessen Name jedem einheimischen Schwarzen geläufig ist. Und da ist noch dieser rosa- und goldglänzende Eldorado Baujahr 1956 mit den Chromverzierungen, die wie gebleckte Zähne aussehen, und mit all den Accessoires, außerdem das schicke Appartement in der Genesee Street, in dem er jetzt mit dieser gutaussehenden hellhäutigen Farbigen zusammenwohnt, die ebenfalls mit Poppa D. befreundet ist.

Man könnte meinen, in bestimmten Kreisen sei jeder mit jedem dick befreundet.

Zur Zeit ist Sugar Baby Fairchild im Haus in der East Avenue nicht willkommen; Minnie will ihn nicht sehen, nimmt nicht einmal Geld von ihm an oder Geschenke, wenn er ihr mal was zukommen lassen will.

Sugar Baby Fairchild hat seiner Familie erzählt, er habe bei Poppa D. eine Vertrauensstellung, und das sei viel besser, als den Hausmeister zu spielen, in der Kiesgrube zu schuften, im Krankenhaus oder in einem Hotel in der Oberstadt für Weiße die Dreckarbeit zu erledigen oder ihren Müll wegzuschaffen; das machten jetzt die meisten seiner Freunde aus der High-School. Er sieht Jinx selten, trifft ihn ab und zu auf der Straße. Jetzt ist er zum erstenmal zu ihm gekommen, hat Jinx auf dem Spielplatz aufgesucht, wo er seine Wurfübungen macht. Jinx ist sich zuerst nicht im klaren darüber, was Sugar Baby von ihm will, warum er so freundlich ist und soviel Interesse zeigt für seine Zukunftspläne. Sugar Baby hat sich dieses Jahr nicht ein einziges Mal die Mühe gemacht, sich ein Basketballmatch anzuschauen, in dem Jinx mitspielte.

In dieser Aufmachung, in diesen engen Hosen und den Schuhen mit den hohen Absätzen, und wenn er gerade eine Zigarette raucht, hat Sugar Baby doch bestimmt kein Interesse, mit einem Basketball herumzutollen.

Inzwischen weiß Jinx, worum es geht. Er sagt kein Wort. Seine Beine sind steif wie die eines Zombies oder eines Roboters in einem Film, und die Hälfte seiner Würfe geht daneben. Und Sugar Baby wird ungeduldig, schwitzt ein bißchen. »Verflucht nochmal, du führst dich auf wie so'n Mädchen, das ihre Möse für was ganz Besonderes hält und keinen ranläßt. Was kümmerst du dich um diese weißen Drecksäcke? Glaubst du, sie kümmern sich um *dich?* Denen bist du doch völlig egal! Für die bist du nur ein dressierter Affe, genauso wie ich früher! Sobald du nicht mehr spurst, suchen sie sich einen anderen Affen. Glaubst du, sie interessieren sich auch nur im geringsten für *dich*? Du Arschloch, in Wirklichkeit kennen sie dich überhaupt nicht, wissen gar nicht, wer du eigentlich bist.«

Er macht eine verächtliche Geste, tut so, als spucke er aus.

Und nun passiert folgendes: Sugar Baby hat sein glattes Gesicht verzogen, als tue ihm etwas weh, und Jinx stürzt sich plötzlich auf ihn. Doch für Sugar Baby ist es ein leichtes, ihm auszuweichen, sein Knie schnell und zielsicher hochzuziehen und es Jinx in die Hoden zu stoßen, mit einem genauen Timing, welches beweist, daß er das nicht zum erstenmal macht.

Vielleicht gibt es doch einen Gott.

Vielleicht will er mich bestrafen.

Jinx Fairchild kniet nieder und betet: Gott, hilf mir, gut zu sein. Doch mitten im Gebet schweifen seine Gedanken ab; er stellt sich vor, er dringe in eines seiner Mädchen ein oder in Iris Courtney oder in Mrs. Dunphy, diese weiße Schlampe, die ihn immer anlächelt ... und erinnert sich, wie er mit dem Steinbrocken auf Little Red Garlocks Kopf einschlug ... Hilf mir, Gott, ich warte drauf.

Und denkt: Tu doch was, Gott. Ich warte drauf.

Zuerst langsam, dann schneller, wie ein Erdrutsch, der allmählich Schwung bekommt und immer schwerer und schneller wird, geht Jinx Fairchilds Leben in die Brüche.

Der Junge steht jetzt sehr unter Druck: weil das Turnier für den gesamten Bundesstaat bevorsteht, weil Hammond Central zum erstenmal in vierzehn Jahren eine Basketballsaison ohne Niederlage hinter sich hat, weil ihm Stipendien winken: von Cornell, Syracuse, Penn State, Ohio State, Indiana. Kein Wunder, daß Jinx Fairchild nervös, gereizt, kurz angebunden, merkwürdig, nicht er selbst ist.

Wenn er nicht er selbst ist, wer ist er denn dann?

Ceci, die zusammen mit ihren Freundinnen den Film »Eva mit den drei Gesichtern« gesehen hat, sagt: »Jinx bekommt auch drei verschiedene Gesichter – und kein Mensch weiß, welches er als nächstes aufsetzen wird.«

Er geht auch zu Parties. Dafür hatte er früher keine Zeit.

Trinkt auch, raucht ab und zu einen Joint.

An einem Wochenende gibt es irgendwo in der Peach Tree Street noch spät in der Nacht eine Party, weil keine Erwachsenen im Haus sind und man die Musik so laut aufdrehen kann, daß man kaum mehr hört, was gespielt wird. Eben singt wohl Jerry Lee Lewis »Great Balls of Fire« und kommt damit schwarzer Musik ziemlich nahe, und plötzlich stürzt sich Sissy Weaver, die auf Jinx Fairchild scharf ist und die heute abend besoffen und ganz außer Rand und Band ist, auf Louise Thornton, die sich an Jinx herangemacht hat, und die beiden Mädchen kämpfen um Jinx. Und er schaut hilflos und verlegen zu.

»Nimm bloß deine Dreckpfoten weg von ihm, du Schlampe!«

»Hau du bloß ab! Du bist ja übergeschnappt!«

Sissy Weaver mit ihrer rauchgrauen Haut und den glühenden Augen und Louise Thornton mit ihrer schicken roten Perücke, dem schwarzen, paillettenbesetzten Jerseykleid – zwei gutaussehende Mädchen kämpfen um Jinx Fairchild, sie kreischen, schlagen mit den Fäusten aufeinander ein, treten einander. Die rote Perücke fliegt durch die Luft, Gläser und Stühle gehen kaputt, die beiden Mädchen wälzen sich fluchend auf dem Fußboden, schlagen einander, versuchen einander umzubringen. Und Jinx Fairchild kraxelt über ihnen herum, will sie auseinanderziehen, traut sich aber nicht, sie anzufassen, weiß einfach nicht, was er machen soll.

»Great Balls of Fire« brüllt Jerry Lee Lewis, so laut, daß es einem schon wieder aus den Ohren herausdröhnt.

Am nächsten und übernächsten Tag, als die Geschichte vom Kampf um Jinx Fairchild in der Gegend die Runde macht, wird allgemein behauptet, daß Sissy Weaver gewonnen habe. Zumindest sei sie diejenige gewesen, mit der Jinx Fairchild nach Hause ging.

In diesen Wochen, in denen die Basketballsaison zu Ende geht und das Landesturnier beginnt, merkt Minnie Fairchild, daß ihr die Dinge aus den Händen gleiten. Aber sie kennt den Grund nicht und weiß auch nicht, was sie dagegen tun soll.

Ihr jagt es Angst ein, wie ihr Junge sich verändert, wie seine ungezwungene Nettigkeit verschwindet; sie hört die Geschichten, die in der Gegend im Umlauf sind, sie weiß Bescheid, doch ihre Besorgnis verwandelt sich in laute Anklagen und spöttische Wut ... wie eine Fernsehmutter, die einen lustigen, frechen Ton anschlägt, weil sie hofft, sie könne die dahintersteckende Besorgnis auf diese Weise tarnen. Minnie stürmt Jinx nach, der sich die Ohren zuhält, und sagt zu ihm: »Irgendeine kleine Schlampe wird dich bestimmt drankriegen, du Dummkopf!« Oder: »Was deine Mama davon hält, ist dir wohl egal, was? Glaubst du, ich merke nichts? Ich kann es sogar *riechen* an dir!« Oder: »Wofür hältst du dich eigentlich, Junge? Für den König von Siam? Oder König Faruk?«

Eines Tages treibt Minnie ihren Sohn in seinem Schlafzimmer in die Enge, konfrontiert ihn mit den Geschichten, die ihr zu Ohren gekommen sind – die ihre Freundinnen ihr genüßlich erzählt haben. Jinx kauert sich zusammen wie ein kleiner Junge, sein Gesicht bekommt plötzlich Fältchen, seine Augen sind tränenfeucht, und er stöhnt: »Sag *du* mir doch, was ich machen soll, Mama; *du* weißt doch immer alles besser!« Und das sagt er gar nicht frech, sondern aus tiefstem Herzen.

Und Minnie Fairchild steht einfach da und blinzelt.

Dressierter Affe.

Und wenn du dich entschließt, das nicht mehr mitzumachen?

Jinx Fairchild hat am Morgen die Schule geschwänzt, er wird wohl auch den Nachmittagsunterricht schwänzen, jedoch um 15.15 Uhr zum Training erscheinen. Falls Mr. Breuer merkt, daß Jinx beim Unterricht gefehlt hat, wird er keinen Ton sagen.

Er wird Jinx Fairchild auf die Schulter klopfen, wie er es vergangenen Freitag gemacht hat nach dem Spiel gegen Lebanon, wird dabei seinen penetranten Schweißgeruch verströmen, den Geruch des Stolzes.

Nimm bloß deine Pfote weg von mir, du weißer Scheißkerl: Jinx Fairchild denkt das nicht, denn er ist nicht der Typ, der so etwas denkt.

Ach wo. Jinx Fairchild ist der Typ von Negerjunge, mit dem jeder, der für die Rassenintegration ist, zusammensein möchte.

Jinx lehnt sich über das Geländer der Main-Street-Brücke, spuckt einen Klumpen schleimigen Speichel hinunter in den Fluß. Die Strömung ist stark, mit Weiß durchsetzt, das Wasser stahlfarben ... wie Tausende und Abertausende dünner Drähte. Es riecht auch scharf nach Metall, und die Aprilluft hat eine Rauheit, die in die Knochen dringt, bis hinein ins Mark.

Er schaudert, spürt in seiner Kehle etwas Kratziges, Feuriges. Schleim in heißen Klumpen von der Größe einer Münze will herauf, will ihn mit Hustenstößen durchschütteln.

Er schaut nach Osten. Zu seiner Linken liegt das zerklüftete Ufer, an das Diamond Chemicals angrenzt. Zu seiner Rechten der Rangierbahnhof, die Lagerhäuser, die Kais mit Frachtern und Lastwagen, die beladen oder entladen werden, die Hafenkneipen und die steil ansteigenden Hügel von Gowanda.

Ein Frachter, der zum See fährt, kommt direkt auf ihn zu; er zerteilt die kabbeligen Wellen, wirkt aus dieser Perspektive gedrungen wie eine Bulldogge.

Jinx schaut einfach hinaus, ohne etwas zu denken. Wenn er sich Gedanken macht ... wenn er jetzt, an diesem Morgen, zur Polizei geht und sein Verbrechen gesteht, hört sein Leben auf, aber es wird ein erfülltes Leben gewesen sein. Darin liegt eine Genugtuung, eine Befriedigung.

Er überlegt sich, wie alt er an seinem nächsten Geburtstag sein wird. Das Datum liegt jenseits eines Abgrundes, der so breit ist wie der Cassadaga.

Auf der Polizeiwache werden sie ihn in das Vernehmungszimmer schaffen. Sie werden Fragen stellen, und er wird antworten. Langsam, mit hohl klingender Stimme, so wie sie in letzter Zeit in der Schule gewesen ist. Als ob seine Stimme nicht in ihm drin wäre, sondern aus einiger Entfernung herkäme. Als wäre er die Puppe eines Bauchredners.

Aber das überlegt er sich nicht so genau. Seine Augen werden trübe in dem Wind. Er spannt seine Armmuskeln an, lehnt sich über das Geländer hinaus. Jinx Fairchild hat starke, feste Muskeln ... die vielleicht ein bißchen zu straff sind und auch mal reißen könnten.

Muskeln, Sehnen, Knochen. Jinx hat gelesen, daß der perfekte Athlet eine Maschine aus Menschenfleisch ist. Er braucht nicht zu denken, weil sein Körper für ihn denkt.

Wenn er bei der Vorbereitung auf ein Spiel seine Fersen umwickelte, war er in letzter Zeit nachlässig.

Jinx Fairchild mag es neuerdings nicht, wenn man ihn anfaßt.

Ich möchte ein Geständnis ablegen ...

Es geht um den Jungen, der vor zwei Jahren im Fluß gefunden wurde ...

Mein Name ist Verlyn Fairchild, ich bin der Mörder von ...

Dann wird er an diesem Samstag nicht mit der Mannschaft am Halbfinalspiel des Basketballturniers der New York State High Schools teilnehmen, wird er nie mehr Basketball spielen. Wird er die Begeisterungsrufe, die Pfiffe und das Getrampel nicht mehr hören. Niagarafälle von Glückseligkeit, die auf *ihn* herunterstürzen. Wassermassen, die anschwellen, um *ihn* zu ertränken.

Dressierter Affe.

Jinx blinzelt zum Fluß hinunter. Soviel Geflimmer, Geglitzer, wie Glimmerstückchen oder Gedankenblitze. Stärker als der Peach Tree Creek bringt dieser Fluß die Gedanken dazu, sich loszulösen und vorzupreschen. Von seinen Zehen steigt ein Gefühl der Schwäche und Hilflosigkeit auf. *Mein Name ist ... Ich bin der Mörder von ...* Sechs Meter tiefer sieht er sein dunkles Spiegelbild aufschimmern, und unter seinem Gesicht erscheint das Gesicht des anderen: die dicken Wangen, die bösartigen, eng beisammenstehenden Augen, die Zähne, die zu einem breiten weißen Lächeln entblößt sind.

Jinx starrt entsetzt hinunter: Haar steigt vom Kopf hoch in Büscheln, die wie Klumpen kleiner Schlangen aussehen.

Jinx ist wie gelähmt vor Schreck; er spürt die Finger, die seinen Knöchel umklammern. Ihn hinunterziehen, hinunterzerren.

Wie lange er dort ist, sich gefährlich weit hinauslehnt, daß die Finger über das verrostete Geländer rutschen und seine Augen sich weiten, als strömte Blut aus den Pupillen in die Netzhaut, weiß Jinx Fairchild nicht. Er hätte beinahe das Gleichgewicht verloren. Er hat vergessen, wo er sich aufhält und warum er dort ist. Der Fluß ist nicht mehr der Cassadaga River, sondern etwas Lebendiges, das wirbelnd dahinbraust, ein Reich von Geistern, die das *Ich, Ich, Ich* in Jinx Fairchilds Gehirn mit ihrem betäubenden Gemurmel übertönt haben.

Aber er fällt nicht hinunter, ertrinkt nicht.

Er erwacht aus seinem Trancezustand und stellt zu seiner Beschämung fest, daß ihm jemand zugeschaut hat. Um zu sehen, wie er hinunterfällt? Hinunterspringt? Es ist ein Mann mit käsigem Gesicht, der unter der Brücke auf einer Betonplatte hockt, umgeben von einer zerklüfteten Halbinsel aus ähnlichen Betonplatten, den Standplätzen von Anglern. Doch der Mann, der belustigt, abwartend zu ihm heraufschaut, ist kein Angler. Es ist ein Mann, den Jinx noch nie gesehen hat, mit einer Eisenbahnermütze und dreckigen Hosen. Weder jung noch alt, ein Fremder, der zu Jinx Fairchild hinaufgrinst und hinaufstarrt, weil er sehen möchte, wie dieser in den Fluß stürzt.

Jinx spürt, daß sein Gesicht plötzlich heiß wird und zuckt, als wäre er geschlagen worden.

Der Mann drunten ist kein bißchen verlegen; er legt die Hände an den Mund und ruft mit gespielter Besorgtheit: »He, Junge, was machst du denn da droben?« Jinx weicht zurück, macht dabei eine obszöne Geste und sagt: »Fick dich ins Knie, weißes Schwein!«

Jinx geht weg. Der Bann ist gebrochen. Drunten hallt schwachsinniges Gelächter um die verrosteten Eisenträger der Brücke.

He, du – du – du!

Im Telefonbuch von Hammond ist ein einziger Courtney eingetragen *(Courtney, Leslie, Fotograf)*, und als Jinx Fairchild die Nummer gewählt hat, kommt ein freundlich klingender Mann an den Apparat und teilt ihm mit, Iris Courtney sei seine Nichte. Er könne ihm die Nummer geben. Jinx murmelt: »Ja, bitte.« Dann wählt er die Nummer. Und am anderen Ende klingelt das Telefon fort und fort. Als er schon auflegen will, nimmt ein Mann ab, dessen rauhe Stimme sich anhört, als sei er eben erst aufgestanden. Wieder fragt Jinx nach Iris, sagt, er sei ein Klassenkamerad von ihr, und der Mann sagt: »Okay, Junge, wart mal einen Moment.« Jinx muß dann ziemlich lange warten und hört dabei eine gedämpfte Unterhaltung und Musik, Radiolärm. Dann wird der Hörer mit einem dumpfen Krachen hochgenommen, und die Männerstimme dringt wieder in Jinx' Ohr, undeutlich, als wäre der Sprecher leicht betrunken. »Das Mädchen ist scheint's nicht da ... und die Mutter kann nicht ans Telefon kommen.«

Jinx legt auf. Er ruft nie wieder an.

Zehn Minuten nach Beginn des letzten Viertels im Spiel gegen Troy, als das Hammond-Team knapp in Führung liegt, endet Jinx Fairchilds Basketballkarriere.

Gerade eben ist er hoch in die Luft gesprungen ... und nun fällt er, stürzt er zu Boden.

Unter den ohrenbetäubenden Anfeuerungsrufen: *Jinx! Jinx! Jinx!*

Seit Spielbeginn ist der Deckungsspieler von Troy mit ihm auf Tuchfühlung. Er tritt ihm auf die Zehen. Setzt die Ellbogen, die Schultern ein. Er ist ein weißer Junge mit dem polnisch klingenden Namen Baranczak, ist einsneunzig groß, hat Augen, die funkeln wie nagelneue Murmeln, er hat einen hellen, geröteten Teint und blondes, zu einem brutalen Bürstenschnitt zurechtgestutztes Haar. Baranczak ist ein starker Abwehrspieler, nicht ganz so schnell auf den Beinen wie Jinx, aber doch schnell ... und trickreich und hinterhältig. Im ersten Viertel, als Jinx sich dreht, um einen Hakenwurf zu machen, ist Baranczak überraschend zur Stelle ... foult ihn, indem er ihm den Ellbogen in die Rippen rammt, so daß er fast zu Boden geht.

Dieser fanatische Haß in Baranczaks Blick! Als der Schiedsrichter pfeift, murmelt er: »Mach langsam, du schwarzer Wichser, wir sind hier nicht in Harlem.«

Doch Jinx schaut Baranczak nicht ein einziges Mal ins Gesicht. Er spielt so cool und gelassen, als wäre der Scheißkerl gar nicht da. Das treibt die Gegner fast zur Verzweiflung.

Blick dem Gegenspieler nie in die Augen, schau ihn nur auf Brusthöhe an. Stell fest, wo er ist, wohin er will ... wo ihn sein Schwung hinbringen wird.

Und an der Freiwurflinie, wenn er die Struktur des Balles mit den Fingerspitzen spürt, achtet Jinx Fairchild darauf, nie nach links oder nach rechts zu schauen, in die Menge. Seine Stirn liegt dann in Falten wie die eines alten Mannes, doch sein Gesicht ist nach wie vor ausdruckslos; kein Mensch weiß, daß er betet: *Gott, laß mich nicht danebenwerfen, Gott, ich bitte dich ...*

Tausendmal hat er sich hier schon aufgestellt an der Freiwurflinie. Wußte nie, wieso. Ein albernes Spielchen für kleine Jungs, aber wenn du mitmachst, du Esel, dann mußt du's auch richtig machen.

Jinx Fairchild läßt den Ball losschnellen ... sieht, wie er hochsteigt, auf der Kante des Ringes auftrifft und abprallt.

Er hat nicht getroffen. Und die Menge reagiert wie immer: mit enttäuschtem Stöhnen, mit Jubelschreien.

Hammond hat einen schlechten Tag erwischt; vielleicht hat die Mannschaft diesem Spiel zu lange entgegengefiebert. Der Mannschaftsrhythmus stimmt nicht, die Harmonie fehlt, es ist ein komischer Tag; selbst bei den besten Teams kommt das vor, niemand weiß, warum. Jinx Fairchild, der Starstürmer, tut sich schwerer als sonst, kann niemanden anspielen, weil seine Mannschaftskameraden so genau gedeckt werden, und Baranczak, sein eigener Bewacher, steht immer genau vor ihm. Hat der große, bullige Junge mit dem roten Gesicht Mühe, Jinx Fairchild zu bewachen, so macht sich das nicht durch Nervosität bemerkbar; das äußert sich dann in Aggressivität und in Schimpfworten.

Dieser klugscheißerische Nigger, der gar nicht darauf achtet, daß er da ist ... daß er existiert.

Für Jinx Fairchild läuft das Spiel jedoch, als die Minuten vergehen, in weiter Ferne ab, wie etwas, das man durchs falsche Ende eines Fernrohrs betrachtet. Hammond liegt acht Punkte zurück, dann zwölf ... er schaut nicht auf die Anzeigetafel oder auf die Uhr ... er weiß es.

Gott, sorg dafür, daß ich nicht versage. Gott, sorg dafür, daß ich nicht Scheiße baue.

Er atmet durch den Mund, seine Beine sind bleischwer. Seine Kehle ist wund, kratzt, tut weh, er hat immer wieder Schleim geschluckt ... und diese Schmerztabletten, die Sissy Weaver aus dem Vorrat ihrer Mutter abgezweigt und ihm zugesteckt hat (rezeptpflichtige Tabletten aus der Klinikapotheke), wandeln das Pochen in seinem Kopf auf seltsame Weise ab, dämpfen es wie bei einem dick umwickelten Motorkolben.

Jinx Fairchild hat sich auf der Brücke stark erkältet, und genau das hat er auch verdient.

Die Pfiffe des Schiedsrichters ... die Rufe der anderen Spieler ... das fanatische Geschrei der Zuschauer ... wie der arme Hank Breuer von seiner Bank aufspringt, als bekäme er gleich einen Herzanfall: Das alles ist fern und unwirklich geworden.

Dank seines durchtrainierten Körpers steht Jinx das Spiel weiterhin durch. Mit seinen langen Beinen, den flinken Händen und Füßen, den scharfen, schlauen Augen. Wie Joe Louis, als er im ersten Kampf gegen Schmeling die Füße nicht mehr bewegen konnte, aber immer noch weiterkämpfte. Dieser Zombie-Blick, dieses Glitzern in den Augen. Wie bei der Gottesanbeterin, der Sugar Baby im Garten grausam den Kopf abschlug, als sie kleine Jungen waren: Das Tierchen kroch immer noch herum, zuckte weiterhin ... minutenlang. *Weiß dieses blöde Viech nicht, daß es eigentlich tot ist?* protestierte Sugar Baby.

Troy wirft Körbe, Hammond wirft Körbe. In der zweiten Spielhälfte verliert Troy an Schwung. Jinx wird wieder von Baranczak gefoult ... der schwarze Junge hat das breite, verschwitzte Gesicht direkt vor sich, aber er schaut es nicht an ... der Schmerz des Sturzes schießt durch seine Wirbelsäule, wird aber ebenfalls etwas Fernes, wird gedämpft, als wäre er mit einer dicken Mullbinde umwickelt.

Baranczak wird verwarnt: Noch ein Foul, und er muß vom Spielfeld.

Jinx Fairchild steht steif und würdevoll auf. Er kann nicht richtig scharf sehen, aber er nimmt den Ball und stellt sich an der Freiwurflinie auf, bereitet sich auf den Wurf vor. In der Halle wird es flüsterleise ... die Scheinwerfer haben etwas Seltsames, wirken plötzlich greller und blenden beinahe. Der Hartholzboden glänzt vor Wachs, und sein Geruch vermischt sich mit zahllosen anderen Gerüchen.

Gott, laß mich nicht danebenwerfen, denkt Jinx Fairchild und schluckt heiße, münzgroße Schleimklumpen hinunter. *Tu doch was, Gott.*

Der große, schlaksige Stürmer im Hammond-Team, dessen schweißdurchtränktes Trikot die Nummer 3 trägt, bereitet sich auf den Wurf vor ... schaut weder nach rechts noch nach links, nicht einmal zur ersten Reihe mit den VIPs aus Hammond, wo Minnie Fairchild, seine Mutter, mit der Familie sitzt, von bangen Vorahnungen und Angst erfüllt, die grobknochigen Hände auf dem Schoß gefaltet wie beim Gebet.

Aber er schaut nicht her, ihr Verlyn.

Sie versteht diesen Jungen nicht mehr.

Jinx Fairchild läßt den Ball losschnellen, und diesmal sieht er, wie er sauber durch den Ring fällt, der wie eine Ellipse aussieht, aber in Wirklichkeit ein Kreis ist.

Auch sein zweiter Wurf landet im Korb.

Und Hammond geht in Führung. Vier ... sechs ... acht Punkte Vorsprung. Woran liegt es, daß das eine Team seine Harmonie wiederfindet und das andere nachläßt? Kurz nach Beginn des letzten Viertels schnappt sich Jinx Fairchild den Ball und läuft von der Grundlinie in die gegnerische Hälfte ... springt fast einen Meter in die Luft, läßt den Ball aus den Fingern gleiten, so anmutig hochsteigen wie eine Melodie ... und dann, als er herunterkommt, landet er hart und ungeschickt, sein Fußgelenk verdreht sich, und das Krachen des brechenden Knochens dringt durch die ganze Halle.

8

Iris Courtney trägt den Strauß, den der Blumenhändler abgegeben hat, hinauf in die Küche zu ihrer Mutter: ein Dutzend blutrote Rosen mit einer handschriftlichen Notiz für MISS PERSIA DAICHES.

Persia öffnet den Umschlag mit besorgter Miene, liest die Karte, reicht sie weiter an Iris.

Anläßlich des Tages, an dem unsere Scheidung offiziell in Kraft tritt. Ich wünsche Dir von Herzen Glück bei diesem Unterfangen, dessen Ergebnis sich noch zeigen muß.

Dein Ex-Ehemann

»DUKE«

Das Lachen von Iris ist kurz, rauh und freudlos.

Sie sagt: »Warum hat er seinen Namen in Anführungszeichen gesetzt? Ist er jetzt nur noch ein *Name*?«

Sie nimmt die blaue Vase vom Regal, ihre Lieblingsvase, läßt Wasser hineinlaufen und arrangiert die Rosen sorgfältig, aber so unbeteiligt wie eine Verkäuferin in einem Blumenladen. Insgeheim beobachtet sie Persia, die einfach dasteht ... stumm und betroffen.

Wenn sie anfängt zu weinen, denkt Iris ganz ruhig, werde ich das nicht aushalten können.

Wenn sie weint, denkt Iris, haue ich ihr eine runter.

Sie sagt beiläufig: »Ich hätte nicht gedacht, daß er sich Rosen leisten kann oder daß ihm danach ist. Je weniger wir ihn zu Gesicht bekommen, desto mysteriöser wird er. Ich möchte wetten, daß diese Karte gar nicht von Duke stammt. Ich weiß nicht, wer dahintersteckt, aber Duke ist es nicht.«

Persia steht in Strümpfen auf dem Linoleumboden; sie trägt einen schwarzen, filigranartigen Unterrock, hat sich ein paar Lockenwickler ins Haar gedreht. Und in der Luft liegt der warme, vertraute, beruhigende Geruch des Bügelns, feucht und auch ein ganz klein wenig verbrannt. Im Radio singen die Everly Brothers »All I Have to Do is Dream«; ihre Stimmen sind wie Kleenex, das sich in Wasser auflöst.

Iris hält die schwere Vase mit gestrecktem Arm. Ja, die Rosen sind schön, wie das bei frisch geschnittenen Rosen immer ist.

»Glaubst du das nicht auch, Mutter?« hakt sie nach. »Was auf der Karte steht, klingt doch nicht nach Duke, oder?«

Doch Persia weint still vor sich hin.

Sie lehnt sich gegen das wacklige Bügelbrett, als suche sie Halt. Ihr Gesicht ist feucht, der Ausschnitt ist gerötet und fleckig, der Busen ragt hervor. Durch den groben Spitzenbesatz ihres Unterrocks schimmert ihr schwarzer Büstenhalter mit einem metallischen Glitzern. Iris schreckt seit ihrer Kindheit davor zurück, die Brüste ihrer Mutter anzuschauen, als bildeten diese, wenn sie so aufdringlich sichtbar werden, irgendeine Art Vorwurf gegen *sie*. Iris ist groß und schlank, hat feste Muskeln und kleine, harte Brüste, einen straffen, flachen Bauch, feste Hüften und Oberschenkel ... und ihre Nerven sind angespannt wie eine Spiralfeder. Sie sieht mit Bedauern und mit Befriedigung, daß die Haut von Persias Oberarmen schlaff wird und daß ihr schulterlanges rötlichblondes Haar – es ist gefärbt, doch Persia verwendet den Euphemismus »getönt« – einen grellen synthetischen Glanz hat, wie bei einem Mannequin.

Meine schöne Mutter. Jetzt ist sie nicht mehr schön.

Verkehrt herum hängt vom Bügelbrett der schwarze Satindreß herunter, dieses erniedrigende Kostüm mit dem kurzen, engen Rock, dem weiten Ausschnitt, *The Golden Slipper* in gestickten gelben Buchstaben auf der einen Brust und ein Signet mit einem kleinen gelben Slipper auf der anderen. Wenn Persia rauchgraue, glitzernde Strümpfe dazu trägt und acht Zentimeter hohe Absätze, ist dieser Dreß so aufreizend wie ein Tingeltangelkostüm.

Iris ist verärgert und verletzt und ruft: »Herrgott nochmal, du wolltest doch die Scheidung, Mutter! *Du* hast sie verlangt! Und sie war auch nötig. Warum bist du so eine Heuchlerin?«

Persia weint so unnatürlich leise, ihr schöner Mund ist so verkrampft, daß Iris fast Angst bekommt.

Ist in dem leidenden Gesicht nicht eine Spur von Wahnsinn?

Unbekümmert, als wäre sie betrunken, lehnt sich Persia an das Bügelbrett, vergißt ganz, daß sie das heiße Eisen aufrecht hingestellt hat. Es wäre in diesem Haushalt nicht das erste Mal, daß das Bügeleisen umkippt und auf den Linoleumboden fällt. Das ist Iris schon passiert, und Persia auch.

Persia sagt unter Schluchzen: »...werde nie einen Mann lieben, so wie ich deinen Vater geliebt habe.«

»Quatsch!« ruft Iris wütend.

Als züngle eine Flamme in Iris auf – so ist diese Wut. Sie schlägt die Küchentür hinter sich zu, rennt durch den schmalen Gang in ihr Schlafzimmer, diesen engen, muffigen Raum, der längst zu klein für sie ist. Eine Bettdecke aus billiger fleischfarbener Chenille, gepunktete, schlaff herunterhängende Vorhänge aus Schweizermusselin, ein Spiegel, in den zu schauen sie sich nicht traut, dunkelfarbig tapezierte Wände ... mit einer Vielzahl gerahmter Fotografien ... *nicht* von den Courtneys, sondern von Fremden, die schon lange tot sind, Aufnahmen von kahlen Landschaften und vom Meer, Geschenke ihres Onkels. Wenn sie mit sich selbst sehr unzufrieden ist, starrt Iris diese Schwarzweißfotografien an und findet in ihnen Trost; sie geben ihr tiefschürfende Antworten auf Fragen, die sie noch nicht gestellt hat.

Warum sind wir hier? Was bedeuten wir einander?

Was ist dieses Leben: seine Dimensionen, seine Umstände?

Duke Courtney ist nie in die Wohnung in der Jewett Street eingeladen worden, hat jedoch oft angerufen. (Weil Duke das so beharrlich tat, mußte sich Persia eine neue Nummer geben lassen, die nicht im Telefonbuch steht.) In der Zeit von Virgil Starling kam er einmal her, er trug einen glatten Kammgarnanzug und ein weißes Hemd mit Fliege, und seine Augen funkelten gelblich; er zwängte sich mit einer so kalten Wut durch die Tür, daß man ihm anfangs nicht anmerkte, daß er betrunken war. Er behauptete, er habe ein Recht darauf, hier zu sein und die Nacht hier zu verbringen, und als Persia versuchte, ihn wegzudrücken, holte er aus und versetzte ihr einen Schlag an die Schläfe, der sie gegen den Küchentisch warf. Als Iris zu schreien begann, wandte er sich ihr zu, und es sah einen Moment lang so aus, als wolle er jetzt auf *sie* einschlagen.

»Daddy, ich bin's, Iris!« rief sie. »Schlag mich nicht!«

Duke Courtney schlug sie nicht. Er ging weg, ohne ihr ein Haar zu krümmen.

Heute abend macht sich Iris ebenfalls fertig zum Ausgehen. Sie wird in der Nachbarschaft bei einer Freundin von Persia auf das Baby aufpassen und dafür fünf Dollar bekommen. Iris hat als Heranwachsende nach der Schule, an Samstagen und in den Sommerferien verschiedene Jobs, hat sie fünf, zehn oder zwanzig Dollar beisammen, trägt sie das Geld zu Persias Bank, der First Bank of Hammond in der Main Street in der Oberstadt. Zu ihren wichtigsten Besitztümern gehört das genarbte dunkelblaue Sparbuch, in welchem die Kassierer über Jahre hinweg das stetige Wachstum ihres Guthabens festgehalten haben; an ihrem sechzehnten Geburtstag sind es 460 Dollar. Geld zusammenzusparen ist ein Selbstzweck, es schafft Zufriedenheit; der Gedanke, es auszugeben, kommt Iris schrecklich vor. Welche materielle Habe, welcher Austausch von abstraktem Eigentum gegen konkrete Erfahrung wäre eine solche Transaktion wert?

Geld hingegen könnte eines Tages Freiheit bedeuten. Könnte es ermöglichen, von Hammond wegzukommen, die Erinnerung an Little Red Garlock und diese Frau loszuwerden, die in der Küche schluchzt, als könne das Herz, das ihr schon so oft gebrochen worden ist, noch einmal brechen.

Iris horcht, und dabei denkt sie: Heuchlerin!

Du wolltest die Scheidung ... *du* möchtest doch, daß wir unser Leben selbst in die Hand nehmen.

Sie streicht ein paarmal mit der Bürste über ihr dichtes, federndes Haar, betrachtet sich mißtrauisch im Spiegel: Durch den Schlafmangel sind ihre Augen umflort, aber sie glänzen merkwürdig, tränenfeucht, obwohl sie nicht diejenige ist, die weint.

Sie will die Wohnung so rasch wie möglich verlassen, bevor Persia weggeht.

Will so schnell wie möglich zu Mrs. Cupple gehen, die ein paar Häuser weiter wohnt, auf neutrales Territorium.

Sie nimmt wie üblich einen Armvoll Bücher mit. In diesem Sommer liest Iris die Romane von Jane Austen, Lyrik von Keats, Shelley und Robert Frost, naturkundliche Bücher, Bücher über das Fotografieren sowie Anthologien mit Lyrik, Kurzprosa und Theaterstücken, die sie sich in der öffentlichen Bücherei von Hammond aufs Geratewohl ausgesucht hat. Der Reiz dieser fieberhaften, richtungslosen Lektüre einer Heranwachsenden liegt darin, daß das Hier und Jetzt außer Kraft gesetzt wird.

In der Küche weint Persia noch immer.

Steht immer noch in Strümpfen da, in ihrem schwarzen, filigranartigen Unterrock ... ein Träger ist ihr von der Schulter gerutscht.

Persia hat wieder angefangen zu bügeln, obwohl ihr Gesicht noch tränenfeucht ist und das Mascara, das sie erst kurz zuvor so systematisch aufgetragen hat, allmählich zerläuft. Durch die Maske aus dickem Make-up ziehen sich Rinnsale, die aussehen wie verfärbter Regen.

Auf dem Bügelbrett steht deutlich sichtbar ein Glas mit einer klaren Flüssigkeit: Gin.

Iris ruft erbost: »O Mutter! Du hast doch gesagt, du würdest das seinlassen!«

Sie fügt hinzu: »Du hast gesagt, in dem verdammten Lokal, in dem du arbeitest, *müßtest* du trinken, und deshalb würdest du's zu Hause einschränken. Das waren deine eigenen Worte!«

Die zwölf blutroten Rosen stehen auf der Arbeitsplatte neben dem Spültisch, wo Iris sie abgestellt hat.

»Genau das hast du gesagt. Du Lügnerin!« Es ist der schnaubende, hilflose Ärger einer Sechzehnjährigen.

Iris Courtney steht am Spätnachmittag eines eintönigen Hochsommertages des Jahres 1958 an der Küchentür der Wohnung in der Jewett Street 927. Ihr Herz hämmert, als ob sie ... *sie*... beleidigt worden wäre. Die Haare stehen ihr zu Berge. Ihr junges Gesicht strotzt vor Selbstgerechtigkeit. Sie könnte eine Art Racheengel sein, ein Wesen aus einem alten Gemälde, einem von diesen Gemälden aus dem Mittelalter oder der Frührenaissance, die sie sich in den Kunstbänden der öffentlichen Bücherei anschaut ... wobei sie ungeachtet all der Schönheit keine menschliche Wärme empfindet, sondern eine kalte Wißbegierde, eine analytische Neugier, und über die Unzahl von Formen staunt, in denen die Sehnsüchte der Menschen ihren Niederschlag finden.

Persia, die in ihrem schwarzen Unterrock schlampig aussieht, die rosa Plastiklockenwickler am Kopf baumeln hat, will sich jedoch nicht auf eine von diesen langwierigen Auseinandersetzungen einlassen. Das ist ihr zu dumm. Sie ist eine sechsunddreißigjährige Frau, die jedes bißchen Energie aufsparen muß für die lange Nacht, die vor ihr liegt; ihre Arbeitszeit als »Cocktail Hostess« im Golden Slipper Lounge (einem etwas zweifelhaften Etablissement fünf Kilometer nördlich von Hammond an der Fernstraße 63) geht von 18 Uhr bis 2 Uhr morgens ... zumindest ist 2 Uhr die offizielle Sperrstunde. Nein, Persia wird sich mit ihrer aufsässigen Tochter nicht herumstreiten; sie nimmt einen großen Beruhigungsschluck aus ihrem Glas, hält es mit beiden Händen fest. Dort glitzern ihre hübschen Ringe.

Iris reibt sich unsanft die Augen. »Vielleicht hat Daddy doch recht – mit dem, was er über dich sagt.«

Das Telefon läutet.

Aus dem Radio kommt die laute, fröhliche Autoreklame eines Neu- und Gebrauchtwagenhändlers in Hammond, mit dem Persia und Duke Courtney früher befreundet waren.

Persia bügelt wieder, diesmal mit mehr Tempo. Sie hat trotz ihres verschmierten Gesichts eine seltsame Würde. »Dein Vater hat wahrscheinlich in allem recht«, sagt sie. »Das ist das Schreckliche daran.«

Iris geht. Das Telefon läutet immer noch. Sie nimmt im Vorbeigehen den Hörer ab, läßt den Anrufer reden und sagt nach wenigen Augenblicken: »Nein, sie ist nicht da! Hier ist niemand. Tut mir leid. Versuchen Sie's anderswo!«

9

Tagsüber streunt er meist mit seiner Kamera in der Gegend herum, weil er zu ruhelos und zu erregt ist, um in dem kleinen, elenden Studio in der North Main Street zu bleiben; dort hängt dann der Hinweis »Geschlossen« an der Tür, und niemand geht ans Telefon. Nachts – und die Nächte sind sehr lang – trinkt er Scotch und liest wieder Augustinus, den er einst als junger Mann gelesen hat, als er noch Begierden und idealistische Vorstellungen hatte und großartige Zukunftsträume.

Was also liebe ich, wenn ich, Gott, dich liebe? Wer ist es, der meine Seele so hoch überragt? Durch meine Seele hindurch will ich aufsteigen zu ihm. Hinausschreiten will ich über meine Kraft, die mich dem Körper verbindet und sein Gefüge mit Lebenshauch durchdringt.

Leslie Courtney ist in den letzten Jahren immer mehr zu der Überzeugung gelangt, daß er Gott mit seiner Kamera finden . . . ihm zumindest Liebe entgegenbringen kann. Zeigt sich Gott denn nicht in jedem seiner Ebenbilder, tritt er nicht in allem, was sichtbar ist, prachtvoll in Erscheinung? Leslie Courtney ist jedoch klug genug, bei unpassenden Gelegenheiten nicht über solche Dinge zu reden. Die Leute halten ihn ohnehin für ziemlich überdreht: ein langer, dürrer Mann mit Storchenbeinen und einem Dreitagebart, der abgenutzte Mokassins, zerknitterte Hosen und eine goldumrandete Schülerbrille trägt, der überall in der Stadt mit seiner Kamera auftaucht und fragt: »Darf ich? Sie haben doch nichts dagegen?«

An manchen Tagen kommt Leslie Courtney mit dreißig oder vierzig Leuten ins Gespräch, die ihm meist unbekannt sind. Die Unterhaltungen finden statt, bevor oder während er Aufnahmen von den betreffenden Leuten macht. Er bemüht sich jedoch, locker zu reden, das Tagesgeschehen einzubeziehen, auch den Sport und das Wetter sowie aufsehenerregende Lokalereignisse, wenn es welche gibt. Wie viele andere schüchterne Menschen kann er seine Schüchternheit ins Gegenteil verkehren und vor Redseligkeit überfließen ... es ist bemerkenswert!

Und dann kehrt bei ihm wieder die gewohnte Ruhe ein.

An einem abgewetzten Lederriemen, den er um den Hals geschlungen hat und der ihr etwas von ihrem Gewicht nimmt, hängt die große, klobige Kodak.

Aber du bist ein Heuchler, ein Narr.

Du würdest Gott fallenlassen, wenn du Persia Courtney lieben könntest und von ihr geliebt würdest. Gib es doch zu!

Seit die Scheidung rechtskräftig geworden ist, heißt sie nicht mehr Persia Courtney, sondern Persia Daiches. Leslie bemüht sich, sie unter diesem Namen zu sehen; er versucht sich vorzustellen, daß sie nun nicht nur unverheiratet ist, sondern in einen jungfräulichen Zustand zurückversetzt worden sei.

Eine absurde Art von Galanterie. Doch er versucht es.

(Obwohl er über Persias zahlreiche Männerbekanntschaften Bescheid weiß und ihm über Virgil Starling allerhand zu Ohren kam. Das geschah zwangsläufig; Hammond ist eine kleine Stadt.)

Selbstverständlich ruft er Persia häufig an. Fragt, ob sie irgend etwas brauche, ob er ihr behilflich sein könne, wie es ihr gehe. Dadurch, daß Persia und Iris offenbar sehr beschäftigt sind, läßt er sich nicht entmutigen; er lädt die beiden zum Abendessen ein, ins Kino, zur Orleans County Fair (wo Leslie Courtneys Foto von zugefrorenen Wasserläufen im Wettbewerb der Berufsfotografen eine Auszeichnung erhält) und zu Picknicks im Cassadaga Park. Es sieht so aus, als hielte er sich immer in der Gegend um die Jewett Street auf; die Kamera am Riemen um den Hals gehängt, klingelt er auf gut Glück an

Persias Wohnungstür ... und muß in Kauf nehmen, daß er eine Abfuhr bekommt.

An einem Abend Ende Juli sind die Voraussetzungen ideal; als Leslie Courtney in der Jewett Street 927 vorbeischaut, kommt er gerade zur rechten Zeit: Persia ist zu Hause, Iris ebenfalls; Mutter und Tochter sind einigermaßen guter Stimmung und sind ungewöhnlich rücksichtsvoll zueinander ... was nicht immer der Fall ist, seit Iris allmählich erwachsen wird.

Als Persia ihn auf der Türschwelle erblickt, ruft sie: »Genau der Richtige! Genau der, auf den wir gewartet haben!« Er wird zum Abendessen eingeladen, und danach sitzen Persia und Leslie im Wohnzimmer, sehen fern und trinken den herben kalifornischen Wein, den Leslie mitgebracht hat; sie lassen sich von Red Buttons, Ernie Kovacs und Jack Paar unterhalten, dann ist es halb zwei, und für Leslie ist es Zeit zu gehen. Als er sich an der Tür zum Treppenhaus verabschiedet, drückt er plötzlich voller Verzweiflung Persias Hand und redet drauflos, lächelt wie ein Mann, der bereit ist, durchs Feuer zu gehen, doch Persia ist klug genug, ihn zu stoppen.

»Bitte nicht, Les.«

In dieser Zeit nehmen Leslie Courtneys spontane Unterhaltungen mit Fremden, die ihm in der Vergangenheit soviel Freude bereitet haben, allmählich eine besorgniserregende Intensität an ... arten manchmal fast in Streitereien aus. Es hat den Anschein, als wolle er sich rechtfertigen, verteidigen und interessant machen: »Wenn ich dieses verdammte Ding nicht in der Hand halte, kann ich irgendwie nicht mehr richtig sehen!«

An einem schwülen Augustnachmittag redet er auf dem heruntergekommenen Platz vor dem Bezirksgericht seltsam leidenschaftlich auf einen triefäugigen Penner ein, dem er fünf Dollar gegeben hat, damit er ihn fotografieren darf. »Es ist, als fehle mir ohne die Kamera die Kraft«, sagt Leslie Courtney. »Als könnte ich ohne sie nichts mehr erkennen.«

Der Penner auf der Parkbank zwinkert grinsend zu Leslie Courtney hoch, als hielte er das für einen Witz, der ihn allerdings nicht interessiert. Seit er den Fünfdollarschein in der Hand hält, hat sich in seiner Kehle, seiner Brust und seinem

Bauch ein mächtiges Verlangen breitgemacht nach dem süßesten Mogen David, den er in der Wein- und Spirituosenhandlung drüben auf der anderen Straßenseite finden kann.

»Wie?« sagt er höflichkeitshalber. »Wie war das?«

Leslie Courtney lacht, die Kodak in der Hand. »Wenn ich's nur wüßte!«

Wenn er sich in Hammond aufhält, wird er jedoch immer ruheloser.

Er besucht andere Städte im Bundesstaat New York, in Pennsylvania und jenseits der kanadischen Grenze ... ganz wahllos. Vergeudet viele Rollen Film. Eines Abends besäuft er sich in Olcott Beach am Ontario-See in Gesellschaft mehrerer Männer und Frauen, die er eben erst kennengelernt hat, kann dann nicht mehr nach Hause fahren und verbringt die Nacht im Auto. Am Morgen wird er von zwei kleinen Jungen geweckt, die ganz nahe an seinem Kopf ans Autofenster klopfen, grinsend und kichernd: »He, Sie! Sind Sie tot oder lebendig?«

In Buffalo »kauft« er in einem schäbigen Striplokal hinter der Main Street eine Frau. Sie hat schwarzgefärbtes Haar und eine olivfarbene Haut und nicht die geringste Ähnlichkeit mit der anderen. Persia.

Meist zieht es ihn aber zum Ontario-See, wo er am Steilufer und am muschelübersäten Kiesstrand entlanggeht, obwohl ihm das Wasser und der weite, sich auftürmende Himmel nicht mehr als die üblichen »malerischen« Aufnahmen einbringen ... er also wiederum Film vergeudet.

Doch er ist glücklich hier, kann sich stundenlang verlieren. Stundenlang, tagelang, wochenlang. Manchmal riecht die Luft schon herbstlich; skalpellscharfe Winde fegen aus Kanada herunter. An anderen Tagen ist es immer noch sommerlich, ist die Gegend erstarrt und totenstill; der Gestank verfaulender Fische, zerbrochener Austernschalen und angeschwemmten Tangs steigt ihm in die Nase.

Was also liebe ich, wenn ich liebe?

Wer ist dieses Wesen, das meine Seele so hoch überragt?

Ganz gleich, ob er stehenbleibt und Aufnahmen macht oder

nicht: Leslie Courtney braucht stets seine Kamera. Ohne die klobige Kodak, die er an einem Riemen um den Hals hängen hat, wäre er blind.

10

Und im Januar 1959, im tiefen Winter, kommt es dazu, daß Iris Courtney in ihr geheimes Tagebuch schreibt: *Sie ist eine Alkoholikerin.*

Alkoholikerin, Alkoholikerin schreibt sie, als wolle sie die Wörter testen. Wagt es, diese Wörter zu Papier zu bringen, sie dort festzuhalten. *Ich verachte sie und kann es kaum erwarten, von ihr wegzukommen!* Sie sticht mit der spitzen Feder in das Papier, als sie hört, wie sich ihre Mutter im angrenzenden Badezimmer übergibt: Gestöhn, hilfloses Würgen, Schluchzen und Erbrechen, das kein Ende nimmt. *Aber ich liebe sie auch. O GOTT, WAS SOLL ICH MACHEN*?

Es ist natürlich nicht das erstemal und gewiß nicht das letzte, daß Iris spät nachts aufschreckt, weil ihre Mutter in die Wohnung stolpert, ins Badezimmer torkelt ...

Das schmale, rechteckige Tagebuch, in welchem Iris Courtney die Seite ihres Lebens genauestens beschreibt, die sie für die dunkle hält – die geheime, über die sie nie mit irgend jemandem spricht –, ist ein altes Hauptbuch mit marmoriertem Einband und knitternden gelblichen Seiten, das sie vor Jahren in der Nachbarschaft in einem Mülleimer gefunden hat. Die ersten zwanzig Seiten waren mit säuberlichen Eintragungen bedeckt, die Iris heraustrennte; die übrigen betrachtete sie als ihr Eigentum. *Iris Courtney ist der anspruchsloseste Mensch, den man sich denken kann,* rühmt sie sich in ihrem Tagebuch.

Wie bei den meisten prahlerischen Behauptungen ist dies das Eingeständnis einer Niederlage.

Iris Courtney wird es ihr ganzes Leben lang nicht vergessen: wie sie sich am Spültisch hinunterbückte, um den übervollen Müllbeutel zu entfernen, und dahinter einen Haufen leerer Flaschen entdeckte; Persia wollte sie vermutlich selbst wegschaffen, vergaß es aber ... wie sie in diesen ihren letzten Lebensjahren auch sonst so vieles vergißt.

Drei leere Ginflaschen, zwei leere Bourbonflaschen, eine leere Whiskyflasche, einige leere Weinflaschen.

Mit den Formen und Etiketten der Flaschen ist Iris natürlich bestens vertraut; sie hat sie ihr ganzes Leben lang zu Gesicht bekommen.

Die Ginflasche ist zwar leer, aber doch noch ziemlich schwer. Gordon's Distilled London Dry Gin. Auf dem Etikett das schaurige Abbild eines Wildschweins, ganz naturgetreu mit Hauern und kleinen, bösartigen Augen ... die orangefarbene Kolorierung läßt an eine Karikatur denken, doch bei genauem Hinsehen erweist sich, daß die Zeichnung keine Karikatur ist.

Iris preßt die Fingerknöchel an den Mund, unterdrückt ein Seufzen.

»O Mama! O mein Gott! *Warum denn nur?*«

Was Bier betrifft: Die Ansammlung leerer »Schlitz«-Flaschen scheint für Persia nicht sonderlich peinlich oder beschämend zu sein, denn sie versucht nicht, die zahlreichen Flaschen zu verstecken, vielmehr läßt sie diese in der Küche deutlich sichtbar stehen, in den Sechserpack-Pappträgern. Da man für jede Flasche drei Cents Pfand bekommt, achtet Persia darauf, das Leergut allwöchentlich zu Ace's Beer, Wine & Liquor zurückzuschaffen, das gleich um die Ecke ist: Sie gibt die leeren Flaschen zurück, kauft neue Sechserpacks »Schlitz«; gibt die leeren Flaschen zurück, kauft neue Sechserpacks ... eine Woche um die andere. Das Geschäft hat viele Stammkunden, die treueste Kundin aber ist die gutaussehende, fröhlich lächelnde Persia.

Warum läßt Persia die leeren Bierflaschen einfach stehen? Iris begreift: Bier zählt bei einer so abgehärteten Alkoholikerin gar nicht mehr.

»So eine Unverschämtheit! Ausgerechnet *du!* Hast du mit deiner Zeit nichts Besseres anzufangen, als mir nachzuspionieren?« ruft Persia wutentbrannt, als Iris schließlich nach tagelangem Zögern auf den Alkoholkonsum ihrer Mutter zu sprechen kommt. »Meine eigene Tochter spioniert mir nach ... wie all diese Wichtigtuer, diese Arschlöcher um uns herum ... Meinst du, an dir gäbe es nichts auszusetzen? Führt sich auf wie ein Moralapostel, das neunmalkluge Fräulein! Ich mache, was ich will, was mir paßt ... Ich darf auch mal ein bißchen glücklich sein ... Ich bin diejenige, die hier das Geld verdient – ich bin jeden Abend auf den Beinen in diesem Scheißladen, muß jeden Mistkerl anlächeln, der reinkommt, mich in den Hintern zwickt ... Manchmal fummelt so ein Dreckschwein an meinem Busen rum, und dann heißt es lächeln, lächeln, immer nur zuckersüß lächeln, denn wenn du's nicht tust, wirst du rausgeschmissen. Du hast ja keine Ahnung! Diese Geringschätzung ... diese Selbstsucht ... Du hochnäsiges Fräulein, wenn ich erfahre, daß du mich schlechtmachst, bei Maddy, bei Les, bei einer von meinen Freundinnen oder gar bei deinem gottverdammten Vater, dann hau ich dir eine runter, daß dir Hören und Sehen vergeht ... Die eigene Tochter schnüffelt mir nach! Und ich hab' mich so für dich aufgeopfert! *Für dich, du elendes kleines Luder!*«

So zieht Iris Courtney jedesmal den kürzeren.

Ist geschlagen, demoralisiert, muß sich sogar entschuldigen.

»Mama, es tut mir leid ...«

»Mama, ich wollte doch nicht ...«

Immer öfter bekommt Persia solche Wutanfälle, und Iris schrumpft ihr gegenüber zusammen, als wäre Persia eine Riesin ... als wäre sie, wenn sie durch die vollgestopften Räume ihrer gemeinsamen Wohnung stürmt, die Türen hinter sich zuschlägt, eine Atmosphäre äußerster Anspannung erzeugt, nicht mehr ihre Mutter, sondern eine Naturgewalt, ein schrecklicher Hurrikan.

Iris weicht dann zurück, versteckt sich zitternd und weinend in ihrem Zimmer.

Unter diesen Umständen erscheint es wirklich ganz nebensächlich, daß sich Persia in der Küche ein paar Drinks eingießt ... daß sie eine Zigarette nach der anderen raucht, sich zu entspannen versucht. Sie macht ja, was sie will, was ihr paßt. Sie darf ja auch mal ein bißchen glücklich sein.

Es ist erst 0.20 Uhr, aber ihr kommt es später vor. Nicht mehr Samstag nacht, sondern Sonntag morgen.

Kaum ist sie ein paar Minuten lang allein, fühlt sie sich so einsam, daß es ihr Angst einjagt.

Sie singt leise vor sich hin – eine von Duke Courtneys alten Angewohnheiten.

Persia hält sich wieder in der rosa erleuchteten Damentoilette des an der Fernstraße 63 gelegenen Golden Slipper Lounge auf ... macht wieder eine fünfminütige Pause. Rasch eine Chesterfield und dazu einen Wodka, den sie so langsam wie möglich trinkt. Sie frischt ihr verkrustetes, zerfurchtes Make-up auf und zupft ihr hochtoupiertes Haar mit den Fingerspitzen zurecht, die ihr wie abgestorben vorkommen (ihr Wahrnehmungsvermögen hat ihr allerdings in letzter Zeit so manchen Streich gespielt). Außer ihr ist niemand da, deshalb singt sie, wie um etwas Unangenehmes abzuwehren, mit ihrer dünnen, melodischen, etwas näselnden Stimme: »›Blue skies smiling at me ...‹« Doch schon kommt auf klappernden Pfennigabsätzen Molly McMillan herein, die zwölf Jahre jünger ist als Persia und in ihren Augen noch ein junges Ding. »He, du bist ja anscheinend recht glücklich heute nacht«, sagt Molly mit ihrem gezierten Lächeln, hinter dem auch Spott stecken kann, und Persia erwidert rasch: »Warum auch nicht? Ich versuche, glücklich zu sein, man braucht ja anderen Leuten nicht unbedingt die Stimmung zu verderben.« Molly, die nur halb zugehört hat, lacht und schaut weiter ihr Gesicht im Spiegel an, die geweiteten Augen, die glitzern wie unechte Juwelen. »Jaja, da hast du recht.«

Molly trinkt nichts, doch sie zündet sich so eilig eine Zigarette an, daß ihre Hände zittern. Sie ist eine von den Serviererinnen, die immer wegen irgend etwas wütend sind, und klopft fortwährend mit der Schuhspitze auf den Boden.

Beide tragen schwarze, enganliegende Satinkleider mit einem winzigen gestickten goldenen Slipper auf der rechten Brust, einem tiefen, V-förmigen Ausschnitt und bauschigen Klein-Mädchen-Ärmeln, dazu schwarze, hochhackige, spitz zulaufende

Schuhe und schwarze Netzstrümpfe. Bei Molly hat in einem Strumpf eine Laufmasche angefangen.

Persias rotblondes, ins Aschfarbene gehendes Haar ist hochtoupiert, mit Haarlack gefestigt und wie eine Krone um den Kopf gelegt; Mollys Haar ist so platinblond wie das von Marilyn Monroe.

Im schmeichelhaften rosafarbenen Licht der Damentoilette sieht man nicht gleich, daß Persia wesentlich älter ist als Molly McMillan ... man muß schon genauer hinschauen.

Persia sagt halb fröhlich, halb gereizt: »Mein Ex-Mann war auch die meiste Zeit beschwingt und gut gelaunt. Wenigstens nach außen hin. Ich glaube, ich hab' das von ihm.«

Mollys Blick geht im Spiegel zu Persia hin. »Sprichst du von Duke?«

»Er war tatsächlich immer in guter Stimmung, irgendwie.«

»Stimmt genau. Ich kenn' ihn doch. Mit Duke hat man viel Spaß.«

»Als ob ihn nichts kratzen könnte, weißt du?«

»Wem sagst du das? So sind sie doch alle.«

In dem Raum gibt es zwar eine schicke Tapete aus imitiertem Samt und den riesigen Spiegel, der glitzert, als wäre er mit Goldstaub besprüht, doch die Lüftung ist so schlecht, daß Persia kaum atmen kann und einen Hustenanfall bekommt.

Ihr ist schlecht. Sie fühlt sich ganz elend.

Sie ist schon seit Monaten krank, kann nichts bei sich behalten; sie meldet sich immer wieder beim Arzt an und sagt dann, den Telefonhörer in der zitternden Hand, den Termin in letzter Minute ab ...

Persia wappnet sich jetzt, wartet darauf, daß Molly McMillan auf ihre dreiste, unbekümmerte Art nach Duke Courtney fragt, mit dem man ihrer Meinung nach soviel Spaß haben kann. Persia steht ganz still da und wartet auf die Frage, so still und gespannt, daß sie gar nicht mehr weiß, worauf sie eigentlich wartet, nur daß sie auf die Frage eine Antwort geben muß ... eine Antwort, die nicht beschämend ist für sie, die nicht herumerzählt werden kann. Sie weiß, daß die Leute über sie reden, ein Auge auf sie haben, sich Gedanken machen über sie. Doch sie war nie eine von diesen geschiedenen Frauen, die immer nur jammern und klagen, denen die Leute Mitgefühl vorheucheln, um sich dann insgeheim über sie lustig zu machen.

Ihre Stimme bebt plötzlich. Sie scheint aufgebracht zu sein. »Um meine Tochter mache ich mir Sorgen. Wie ich sie vor Unheil bewahren soll.«

Molly murmelt etwas Zustimmendes.

»Es gibt soviel Unheil in der Welt ... soviel *Scheiße.*«

Sie ist auf einmal so wütend, so erregt, daß Molly McMillan im Spiegel den Blick wieder auf sie richtet.

Persia hat noch mehr zu sagen, doch auf einmal muß sie sich übergeben. Das geschieht so rasch, daß sie ihr Glas nicht mehr auf der Ablage vor dem Spiegel abstellen kann, daß sie nicht mehr rechtzeitig in eine der Kabinen kommt. Sie erbricht auf den Fußboden und in eines der Waschbecken. Das Erbrochene ist widerlich heiß, teils ist es Flüssigkeit, nämlich purer Wodka, teils etwas, das dick ist wie Haferbrei und dermaßen kratzt, daß ihre Kehle weh tut und sie auch noch anfängt zu schluchzen. Sie fühlt sich gedemütigt und hilflos. Sie weiß, daß sie sterben wird; es ist der Tod, den sie herauswürgen will, ihr Magen läßt sie im Stich, ihre Nerven sind angespannt wie Drahtseile. Sie hört, wie Molly McMillan angewidert ruft: »O Scheiße, nein, sowas!«, weil Erbrochenes auf ihr Kleid und ihre Netzstrümpfe gespritzt ist. Aber Molly hilft ihr dann doch, kümmert sich um sie, hält Persia an den Schultern fest, als wäre sie ein kleines, verängstigtes Kind und sagt: »Gleich geht's dir wieder besser, Schätzchen, warte nur, gleich geht's dir wieder besser.«

Die Zigarette, die Molly McMillan zwischen ihren roten Lippen stecken hat, zeigt steil nach oben; wegen des Rauchs und wegen des Gestanks von Persias Erbrochenem verzieht sie die eine Hälfte ihres jungen Gesichts.

Persia hofft, daß Molly nichts weitererzählen und ihren Job im Golden Slipper nicht gefährden wird. Der ist alles, was sie jetzt noch hat.

12

Ich wollte nicht einsam sein. Das hatte ich mir immer gewünscht.

Als du geboren wurdest, dachte ich, ich würde nie mehr einsam oder unglücklich sein. Mein Herz schwoll, daß es fast zerbarst.

Es war, als hätte Gott mir ein Versprechen gegeben: daß ich in meinem Leben nie mehr einsam oder unglücklich sein würde, weil ich mein kleines Mädchen hatte, mein süßes kleines Baby Iris.

13

Es ist ein frostiger, schillernder Tag im November des Jahres 1959.

Iris Courtney geht mit einem Freund Hand in Hand auf der Main Street spazieren.

Wenn Iris nicht mit ihrer Mutter zusammen ist und sich nicht in der Wohnung in der Buena Vista Avenue aufhält (sie sind erneut umgezogen, in eine noch bescheidenere Wohnung, eine schäbigere Gegend, aber dort fahren wenigstens nachts keine Güterzüge), kann es geschehen, daß sie stundenlang nicht an Persia denkt ... und ihr wird leicht ums Herz.

Sie ist siebzehn Jahre alt, besucht an der Hammond Central High School die Abschlußklasse. Sie wird als Viertbeste ihres einhundertdreiundfünfzig Schüler umfassenden Jahrgangs graduieren, ein Stipendium an der Syracuse University erringen, das sie von allen Studiengebühren befreit. Sie wirkt so beherrscht, so erwachsen, daß sie manchmal auf der Straße, in Geschäften oder in der öffentlichen Bücherei, in der sie abends arbeitet, von Männern angesprochen wird; erst wenn sie den ängstlichen Blick in Iris' Augen sehen, merken sie, daß sie nicht so alt ist, wie sie zu sein scheint. Welches Alter das auch immer sein mag.

Doch an diesem Nachmittag ist Iris mit einem Jungen zusammen, der sich einbildet, daß er sie liebe, mit einem Jungen, der sie eines Tages heiraten möchte, und sie ist hoffnungsvoll, wenn auch nicht ganz glücklich (Persia ist wirklich krank, aber zu einem Arzt will sie nicht gehen); sie hört ihm nicht genau zu ...

und sieht zu ihrem Erstaunen einen Lastwagen vorbeirattern, der seitlich die Beschriftung STRASSENBAUAMT ORLEANS COUNTY trägt, auf dem hinten auf der offenen Ladefläche zwischen Schaufeln, Sandsäcken und Straßenbaugeräten einige schwarze Männer sitzen, mit dicken Jacken und Wollmützen, und einer der schwarzen Männer, der größte, ist Jinx Fairchild – *mein Gott, das ist er doch, oder?*

Seinen Namen ruft Iris nicht, sie winkt ihm nur nach. Versucht, seinen ausweichenden Blick zu erhaschen.

Natürlich sieht er sie nicht.

Natürlich rumpelt der Lastwagen einfach die Main Street hinunter und trägt seine menschliche Fracht fort.

Iris hat Jinx Fairchild in den vergangenen eineinhalb Jahren ein paarmal zufällig auf dieser oder jener belebten Straße in der Unterstadt zu Gesicht bekommen, aber er hat nicht reagiert, ist einfach weitergegangen.

Jetzt fragt ihr Freund, wem sie denn zuwinke, und Iris sagt rasch: »Den kennst du nicht ... und er war es sowieso nicht.«

Jemandem, der weiß, wer Jinx Fairchild ist oder war, zu verraten, daß es mit ihm bergab gegangen ist, würde ihr nie einfallen.

14

Eine windige Januarnacht, die Temperatur liegt bei minus zehn Grad, die Kälte dringt ihr bis ins Mark. Und setzt sich dort fest.

Sie weint vor Beschämung: Benommen ist sie, wacklig auf den Beinen, man schickt sie nach Hause, in einem Taxi, das bereits bezahlt ist.

Zusammengeklappt ... wie ein Taschenmesser.

Ihren ersten Zusammenbruch in der Öffentlichkeit registriert Persia nicht, eigentlich nimmt sie ihn überhaupt nicht wahr. Er spielt sich ab, ohne daß sie mit ihrem Willen und ihrem Bewußtsein beteiligt ist.

Klappt zusammen. Schlägt mit der Stirn oberhalb des rechten Auges auf den Porzellanrand des Waschbeckens. Auf der Damentoilette von Covino's Bar & Grill, wo sie von 18 Uhr bis 2 Uhr morgens Nachtschicht hat.

Sie sinkt zu Boden. Ihre Beine geben nach. Sie ist nur noch ein willenloser Körper, der zu Boden stürzt.

Es ist das erstemal, daß Persia in der Öffentlichkeit das Bewußtsein verliert.

Von Gerüchen umgeben, vom unzweideutigen Gestank der Toiletten.

Sie liegt auf dem schmutzigen Fußboden. Blut tropft an ihr herunter ... Es dauert Minuten, lange Minuten, sie wieder zu Bewußtsein zu bringen.

»Ich will keinen Krankenwagen! Wie sieht denn das aus, wenn ein beschissener Krankenwagen vor der Tür steht? Am Freitagabend kommen die Leute, um sich zu vergnügen! Die Gäste hier sind alle Freunde von mir, und dieses blöde Stück trinkt zuviel und klappt zusammen! Sie ist selbst schuld dran, ich hab' sie gewarnt! *Schafft sie hier raus!*«

In einem Taxi nach Hause geschickt. Als wäre sie irgendein besinnungsloser Betrunkener.

Im voraus bezahlt. Rückkehr unerwünscht.

Ist doch gar nicht ihre Schuld! Bei diesem Streß. Immer auf Trab gehalten vom Manager, einem Spaghettifresser. Die Mädchen trinken alle, wenn sich eine Gelegenheit bietet. Und ausgerechnet sie knöpft er sich vor! Und die anderen starren sie an ... ihre Brüste, ihren aufgedunsenen, schmerzenden Bauch, ihren Hintern, der anfängt schlaff zu werden. Flüstern ihr schmutzige Dinge zu, die sie nicht genau mitbekommt. Flüstern hinter ihrem Rücken ihre dreckigen Verleumdungen.

Die Alternative wäre, von Männern Geld anzunehmen. Das kommt für Persia nicht in Frage.

Sie hat ihren Stolz. Der ist weiß Gott alles, was ihr übriggeblieben ist.

Der Taxifahrer läutet an der Haustür. Das fortgesetzte Klingeln ist wie ein Katastrophenalarm.

Es ist 23.20 Uhr. Iris Courtney ist längst von ihrem Bibliotheksjob nach Hause gekommen, aber noch nicht zu Bett gegangen. Bitte sorg dafür, daß es nichts Schlimmes ist, betet sie.

Ihre Gebete sind für Iris Courtney wie dünnes Aluminium; sie malt sich aus, wie sie dahinfegen, dahinwirbeln, über eine

Wasserlache segeln. Sie weiß, daß die Gebete nicht gehört werden, deshalb kommen sie ihr billig und entbehrlich vor.

Doch sie rennt los. Nach unten. Drei zugige, ungeheizte Treppen. Buena Vista Arms, Buena Vista Avenue 3551, nur einen Katzensprung vom Hammond Farmers' Market entfernt, was immerhin ein Vorteil ist.

»O Mama!« ruft Iris, als sie Persia erblickt, die an der Wand lehnt, das Gesicht wächsern, die Augen trüb, auf der Stirn eine Beule so groß wie ein Hühnerei. Sie wird von dem Taxifahrer gestützt, einem freundlichen, schweigsamen älteren Mann, dem seine Aufgabe längst nicht so peinlich ist, wie man annehmen könnte; er ist Iris behilflich, ihre Mutter hinauf in die Wohnung zu schaffen, und murmelt: »Danke, nicht nötig, Miss«, als Iris ihn bezahlen, ihm wenigstens ein Trinkgeld geben will. Iris beißt sich auf die Lippen, damit sie nicht weint, nichts vermasselt, nicht versagt, wie ein kleines Mädchen, das nicht weiß, was es tun soll ... welche Pflichten es als Tochter hat.

Am nächsten Tag geht Iris morgens nicht zum Unterricht, bringt Persia die einzige Nahrung, die diese nach ihren Worten verträgt: heiße Milch mit eingeweichten Weißbrotstücken, so schwachen Lipton's Tea, daß er fast farblos ist, und eine Schale Würfelzucker, falls sie Lust auf etwas Süßes bekommt.

Und ihre Packung Chesterfield.

Persia hat sich im Bett aufgesetzt. Sie sieht ein bißchen besser aus, ihr Gesicht ist aber immer noch arg mitgenommen, und die häßliche Beule über ihrem Auge ist so düsterrot wie eine Geschwulst. Ohne Make-up hat ihr Gesicht einen seltsamen Glanz, als wäre es mit Stahlwolle geschrubbt worden.

Iris sagt sanft und hoffnungsvoll, *nicht* in dem anklagenden Ton, von dem sie jetzt weiß, daß er in all den Monaten ein taktischer Irrtum war: »Du weißt jetzt, daß du mit dem Trinken aufhören mußt, Mama. Das weißt du jetzt, nicht wahr?« Sie ist auf ein Achselzucken, eine sarkastische Bemerkung oder einen gewissen Widerstand gefaßt ... doch Persia überrascht sie, indem sie ihr sofort zustimmt.

»Ja, du hast recht, Schätzchen.« Sie ist reumütig, schuldbewußt, reibt sich die Schwellung an ihrer Stirn: »Das muß ich tun.«

Sie schaut zu Iris hoch und versucht zu lächeln. Ihre Augen sind mit einem Geflecht von geplatzten Äderchen überzogen, sie sehen dick und gummiartig aus, wie hartgekochte Eier.

Die Ernsthaftigkeit und die demütige Aufrichtigkeit, mit der Persia spricht, lassen klar erkennen, daß sie die Wahrheit sagt.

15

Doch es war eine Lüge. Du hast gelogen. Du hast immer gelogen.

»Versichert? Bei Blue Cross-Blue Shield?«

»Nein.«

»Also Barzahlung? Oder ein Scheck? Wenn per Scheck bezahlt wird, sind zweierlei Ausweise erforderlich, nämlich ...«

»Bargeld.«

Die blonde Kassiererin in der Buchhaltung des Hammond General Hospital bewegt sich ruckartig hüpfend, wie ein Eichelhäher; das dauergewellte, aus der Stirn gekämmte Haar liegt starr wie ein Kranz um ihren Kopf. Doch sie ist freundlich, vielleicht weil sie merkt, daß Iris Courtneys Finger bläulich angelaufen sind, daß die Nägel wegen der Kälte, wegen ihrer Angst und ihres niedrigen Blutdrucks eine blaurote Färbung bekommen haben. Iris fummelt an ihrer Brieftasche herum, zieht Geldscheine heraus, knisternde druckfrische Scheine, die zu besitzen sie mit einem seltsamen Stolz erfüllt ... auch wenn sie sie jetzt ausgibt.

Iris hat das Geld am selben Morgen in der First Bank of Hammond von ihrem Sparbuch abgehoben.

Folgende Untersuchungen sind aufgeführt: Blut, Schilddrüse, Röntgen des Brustkorbs, Röntgenaufnahmen mit Konstrastmitteln, Urintest und noch ein paar andere. Gegen Vorkasse. Bei jedem Vorgang ist mit Bleistift eine Zahl eingesetzt, aber Iris ist viel zu aufgeregt, um die Beträge im Kopf zusammenzuzählen; es ist, als zöge sie es kindischerweise vor, von der Summe, welche ihr die Kassiererin nennt, überrascht und verblüfft zu werden: 149,76 Dollar.

»Kommt da noch Mehrwertsteuer hinzu?«

»Aber nein, meine Liebe«, lacht die Kassiererin. »Im *Krankenhaus* gibt es das nicht.«

Iris lacht ebenfalls, obwohl ihre Zähne klappern. »Na, das ist gut.«

Sie schiebt die Scheine einzeln durch das Fenster der Kassiererin hin, schaut zu, wie diese sie weglegt. Als wären das bloß Papierstücke. Ganz unbeteiligt. In der öffentlichen Bücherei verdient Iris einen Dollar pro Stunde, davon bleiben ihr netto 78 Cents; für fünfzehn Wochenstunden bekommt sie weniger als zwölf Dollar – doch an diese traurige Tatsache will sie jetzt gar nicht denken.

Mama, das ist das mindeste, was ich tun kann.

Am Abend zuvor trank Persia schlückchenweise Wein, um ihre Nerven zu beruhigen, rauchte eine Zigarette nach der anderen, und da sagte sie auf einmal: »Verdammt nochmal, das ist doch verkehrt! Ich sollte für *dich* aufkommen, Iris. Ich habe das Gefühl ... als Mutter versagt zu haben.« Und Iris sagte verlegen: »Ach, Mama, sei doch nicht so dumm; du hast genug für mich getan.« Und Persia sagte fast beleidigt: »Wieso ist es dumm, wenn ich mir darüber Gedanken mache, daß meine Tochter für mich bezahlen muß? Ich weiß, wie hart du arbeitest.«

Iris sagte beharrlich: »Es ist das mindeste, was ich tun kann.«

Dabei dachte sie: Und warum lügst du? Warum sagst du dauernd die Unwahrheit?

Persia hat in den letzten paar Wochen, seit ihrem Blackout bei Covino, über ihren Alkoholkonsum Lügen erzählt und hat nicht zugeben wollen, daß sie gelogen hat. Iris schreibt in ihr Tagebuch: *Wenn sie zwischen der Wahrheit und der Lüge nicht mehr unterscheiden kann, was bleibt dann noch?*

Man verliert den Boden unter den Füßen, hat keine klare Richtung mehr.

Es ist eine Art Spiel geworden. Auf dem Regal steht, deutlich sichtbar, ein halbes Dutzend der üblichen Flaschen. Sie hat sie jedoch nicht angerührt. Die Flaschen, aus denen Persia trinkt, sind im Wäschekorb versteckt ... im fettverkrusteten Backofen ... in ihrem nachlässig gemachten Bett, dort, wo die Bettdecke

Erhöhungen hat, die ja auch zufällig entstanden sein könnten. Sie hat sogar kostbare Flaschen mit Gordon's Gin in Zeitungspapier gewickelt und an der Außentreppe versteckt, wo sie leicht von irgend jemandem entdeckt werden können. Das hat sie aus lauter Verzweiflung getan, vermutet Iris.

Sie kann aufhören, wenn sie nur will. Sie muß dazu gebracht werden, daß sie aufhören will.

Aber die Hauptsache ist jetzt: Persia erklärte sich endlich bereit, einen Arzt aufzusuchen; sie hat eingesehen, daß sie krank ist. Das geschah eigentlich auf Tante Madelyns Drängen hin. Ganz gleich, was Persia Dr. McDermott über ihre Trink-, Eß- und Schlafgewohnheiten, über die Häufigkeit ihrer Brechanfälle, ihre Schwindelanfälle und Desorientiertheitszustände, ihre Vergeßlichkeit und ihre Weinkrämpfe erzählte oder verschwieg, was für eine Mischung aus Wahrheit und Lüge oder Lüge und Wahrheit das auch gewesen sein mag – das Entscheidende ist jetzt, daß Persia sich im Hammond General Hospital befindet, um sich einer Reihe von Routinetests zu unterziehen. Beinahe vergnügt schlendert sie in das alte, labyrinthartige Gebäude hinein, während Iris in der Aufnahme neben der Ambulanz unter den summenden Leuchtstoffröhren wartet und dabei in ihrem Mantel fröstelt.

Wieder einen Schultag versäumt mit der legitimen Entschuldigung: *Mutter erkrankt.*

Vor ein paar Tagen wurde Iris von einem ihrer Lehrer gefragt, ob ihre Mutter schwer erkrankt sei; Iris antwortete, das sei nichts Ernstliches, alles sei unter Kontrolle.

Und so wird es ja wohl kommen: Sobald die Untersuchungsergebnisse vorliegen, sobald die Tatsachen bekannt sind, wird der Alpdruck verschwinden. Bestimmt.

Sie sitzt mit aufgeknöpftem Mantel da, reibt sich mit den Fingerspitzen die Augen. Ohne daß sie es weiß, hat für Iris eine zermürbende Zeit des Wartens begonnen ... eine vorgezogene Trauerperiode. Und sie ist jetzt schon erschöpft!

Sie hört eine schwache, verklingende Stimme: *Ich würde dem Kind die Kehle durchschneiden, damit ihm das Schlimmste erspart bleibt, und dann würde ich mich selbst umbringen.*

Iris wird abgelenkt, weil in der Ambulanz ein Geschrei, ein Durcheinander angefangen hat. Eine junge Mutter schimpft erbost auf ihre beiden kleinen Jungen ein, die einander verprügeln; mit erhobener Stimme, die einen West-Virginia-Akzent hat, ruft sie ihnen zu: »Hört auf, verdammt nochmal! Hab's euch doch ausdrücklich verboten! Wie oft muß ich das noch sagen?« Das blasse, plumpe Gesicht, ihr Aussehen, ihr listiger Blick – das kommt Iris irgendwie bekannt vor. Sie ist Anfang zwanzig, aber so verbraucht, daß man sie für viel älter halten könnte, hat so schrecklich dünnes Haar, daß die Kopfhaut stellenweise durchschimmert, hat geschwollene Knöchel ... und ist hochschwanger. Sie trägt eine offene Militärjacke, einen unförmigen schwarzen Rock, dicke baumwollene Stützstrümpfe und Männerstiefel. Sie schaut mit einer boshaften Hilflosigkeit zu, wie einer ihrer beiden Jungen zum Jux unter einer Stuhlreihe entlangkriecht und die dort sitzenden Patienten belästigt, während der andere, dessen Gesicht mit wunden Stellen überzogen ist, neben ihm herläuft, ihn zu treten versucht und dabei vor Lachen brüllt. Vielleicht ist er etwas zurückgeblieben ... vielleicht sind beide Jungen geistig zurückgeblieben ... es ist erstaunlich, daß das Kind den weißen Gipsverband eines dort sitzenden Mannes nicht sieht, sondern darüber stolpert und hinfällt. Die Mutter ruft vorwurfsvoll: »Hört sofort auf damit! Danny! *Bud!* Kommt her zu mir!«

Iris Courtney eilt hinüber, hebt den quäkenden Jungen vom Boden auf, schafft ihn zu seiner Mutter zurück, die überrascht zu sein scheint über soviel Nettigkeit und vor Verlegenheit und Freude rot wird. »Ach, vielen Dank, das ist wirklich nett von dir«, sagt sie, packt den kleinen Jungen an den Schultern und schüttelt ihn durch. »Du schrecklicher Kerl! Ihr zwei Bengel! Ihr wißt genau, daß ich das heute abend eurem Daddy erzählen werd'!« Iris sagt: »Sind Sie nicht Edith Garlock?« Die Frau lächelt sofort, zeigt ihre feuchten, babyhaften Zähne: »Stimmt, so hieß ich früher. Jetzt heiße ich Edith Bonner ... aber eine Garlock bin ich wohl immer noch.«

Dann plaudern sie mehrere Minuten lang miteinander.

Iris Courtney, die eine solche Begegnung niemals absichtlich herbeigeführt hätte, die schon bei dem bloßen Gedanken daran entsetzt aufgelacht hätte, redet also leutselig – oder fast leutselig – mit einer Frau, die mit Little Red Garlock verwandt ist, mit einer Cousine von ihm, wie sich herausstellt. Iris erzählt Edith, daß sie und ihre Eltern früher in der Holland Street gewohnt haben, nicht weit von der Gowanda Street ... daß sie mit mehreren Kindern der Garlocks zur Schule gegangen ist ... daß ihre Mutter mit Vesta Garlock bekannt war.

Edith stößt einen kleinen Freudenschrei aus. »Tatsächlich? Sag deiner Mama, daß es meiner Tante Vesta jetzt viel besser geht. Sie ist wieder daheim in West Virginia, von wo sie ja von Anfang an nicht weggewollt hatte ... die arme Frau war hier oben schrecklich unglücklich. Ich kann ihr das gut nachfühlen: das üble Wetter, mit dem wir's hier zu schaffen haben, und« – sie schaut verstohlen zu der Aufnahmeschwester hin, die sich in der Nähe aufhält – »die Leute, mit denen man's hier zu tun bekommt – denen ist's doch ganz egal, ob du lebst oder stirbst, sobald sie herausbekommen haben, daß du kein *Geld* hast. Sobald sie merken, daß du von der Fürsorge lebst, behandeln sie dich wie ein Stück Dreck, lassen dich warten, wie's ihnen gerade paßt. Mein kleiner Bud hier – Bud, du bleibst jetzt sitzen! – hat diesen schlimmen Ausschlag im Gesicht und ist dauernd erkältet, und dann bekomm' ich von denen gesagt, er habe eine *Allergie,* und sie geben mir eine Liste mit – ungelogen! – hundert Sachen, die das Kind nicht berühren, geschweige denn essen darf. Staub zum Beispiel, Tierfelle oder *Milch!* Nicht zu fassen: *Milch!* Hast du jemals so 'nen Blödsinn gehört? Als ich neulich mit dieser Liste heimkam, ist mein Mann fast ...«

Iris Courtneys Augen trüben sich vor Mitgefühl.

»Das kann ich mir vorstellen«, sagt sie.

Edith Garlock schaut belustigt zu ihr hoch. »Vielleicht, vielleicht auch nicht«, sagt sie ganz ohne Sarkasmus.

Iris holt tief Atem. »Little Red und ich gingen in dieselbe Schule. Was mit ihm passierte, war ... ein schwerer Schock. Die Polizei hat ja nie rausgekriegt, wer ihn umgebracht hat, nicht wahr? Da war doch von einer Motorrad-Gang die Rede, aber ...«

Edith versetzt Iris in Erstaunen, indem sie spöttisch lacht.

»Ach! *Die!*«

Um ihren kleinen Jungen zu besänftigen, der aufgehört hat zu weinen und zappelnd und quengelnd neben ihr sitzt, greift Edith tief in eine offene Reißverschlußtasche ihrer Militärjacke und holt eine Orange heraus; während sie mit Iris redet, schält sie die Orange, indem sie die Schale mit den Fingernägeln rasch und präzise abzupft, so als reiße sie einem kleinen Vogel vergnüglich die Federn aus. »Paß mal auf, Schätzchen, manche Leute haben gleich gewußt, was da passiert ist. Wer das getan hat.«

»Die wußten . . .?«

»Aber ja.«

Edith winkt Iris zu sich heran, sie möchte ihr etwas mitteilen, das nicht für fremde Ohren bestimmt ist . . . als könnte in diesem lärmerfüllten Raum, in dem zwei Stühle weiter ein Baby quäkt, in dem ständig über Lautsprecher Durchsagen gemacht werden, jemand mithören. Der süßsaure Geruch der Orange und der Orangenschalen steigt Iris in die Nase, zusammen mit weniger angenehmen Gerüchen feuchter Wolle, fettigen Haares und der weißen, krustigen Salbe im Gesicht des Jungen. Eher stolz als angeberisch sagt Edith: »Wir wußten Bescheid. Jedenfalls die Männer. So etwas passiert, wenn es von zu Hause her noch böses Blut gibt zwischen den Leuten. Also von West Virginia her. Das wird dann geregelt. Das wird in Ordnung gebracht. Was die blöde Polizei dahinter vermutet, spielt keine Rolle.« Sie gibt ihrem Jungen Orangenschnitze und läßt die Orangenschalen in einen Aschenbecher fallen, wobei sie gar nicht merkt, daß einige auf dem Boden landen.

Iris staunt über die simple Logik dieser Bemerkungen. Sie empfindet das irgendwie als Zurechtweisung . . . kommt sich vor wie jemand, dessen falsches Weltbild jetzt zurechtgerückt wird. »So war es also! Da ist eine alte Rechnung beglichen worden!«

Edith lächelt geheimnisvoll. »Von den Männern. Wie sie das immer machen.«

Um 15.30 Uhr ist Persia zurück.

Iris legt rasch ihr Buch weg und steht auf. Sie schaut ihre Mutter fragend an.

»Es ging wohl rascher, als du dachtest?«

»Es hat lange genug gedauert, Iris. Stell jetzt bloß keine Fragen.«

Persias bronzefarbenes Lippenrot ist stellenweise abgenagt, und an ihrem Haaransatz glitzert Schweiß; sie sieht müde, aber auch sehr erleichtert aus. Ihr Haar ist im Nacken mit einer Spange festgesteckt; sie trägt unauffällige Wollhosen und einen zottigen Mohairpullover, den sie aus einer Schublade herausgefischt hat und den sie jetzt häufig trägt, weil er den peinlichen kleinen Spitzbauch verdeckt und die hervorstehenden Knochen ihrer Schultern und Handgelenke. Dennoch umgibt sie ein gewisser Glanz. Mit ihrem gefärbten Haar, ihrem starken Make-up und ihrem entschlossenen Auftreten findet sie in der Öffentlichkeit Beachtung. Das verfehlt nie seine Wirkung.

Persia stöbert sofort in ihrer Handtasche herum, holt ihre Zigaretten heraus und zündet sich eine an. Ihre Augenlider zittern vor Erleichterung; eine Stunde und zehn Minuten hat sie sich drinnen im Krankenhaus aufgehalten, wo das Rauchen verboten ist.

Persia zieht an der Zigarette, als wäre das reiner Sauerstoff.

Dann streift sie indigniert die Ärmel des Pullovers hoch und zeigt Iris an ihren Armen ein halbes Dutzend kleiner, runder Pflaster. »Das war diese grobe, grausame Schwester, die mich fortwährend mit einer Nadel stach, keine Vene finden konnte und *mir* die Schuld gab. Gott, haben diese Stiche weh getan! Duke konnte das auf den Tod nicht leiden; weißt du noch, wie er sagte, ihm werde es ergehen wie Al Capone – er werde lieber sterben, als sich mit einer Nadel traktieren zu lassen? Ich bin ja Gott sei Dank nicht so empfindlich, aber ich bin unwillkürlich zusammengezuckt, als diese Frau auf mich zukam. Die hatte es auf mich abgesehen, da bin ich sicher – weißt du, der schlimmste Feind einer Frau kann eine andere Frau sein, besonders dann, wenn die das Sagen hat, zum Beispiel als Krankenschwester. ›Daran müssen Sie sich eben gewöhnen‹, riet sie mir auf eine selbstgefällige, widerliche Art, so als wüßte sie etwas über mich, das mir unbekannt ist. Das mußt du dir mal vorstellen!« Als sie merkt, daß einige Leute herschauen, zieht Persia schnell die Ärmel herunter, bis übers Handgelenk. Sie steht einen

Augenblick lang da und tritt von einem Fuß auf den anderen, als wüßte sie nicht, wo sie sich befindet und was sie vorher gemacht hat.

Iris legt sanft einen Arm um sie. »Das tut mir leid, Mama«, sagt sie schuldbewußt. »Immerhin ist es jetzt erledigt, oder?«

»Fürs erste.«

»Und wann kommen die Ergebnisse? Hast du das erfahren?«

Persia zuckt mit den Achseln, schaut Iris nicht an. »Das haben sie mir nicht gesagt.«

Genau in diesem Moment fährt Iris Courtney ein Gedanke durch den Kopf, dem sie aber nicht traut, weil er zu ernüchternd ist: daß Persia vielleicht weggegangen ist, ohne sich den übrigen Untersuchungen zu unterziehen ... ohne Rücksicht darauf, daß McDermott, ihr neuer Arzt, sie ihr verschrieben und daß Iris dafür bezahlt hat. Iris sagt stockend: »Ich nehme an, daß dein Arzt vom Krankenhaus verständigt wird ... so wird das wohl gemacht. Sobald die Ergebnisse aus dem Labor vorliegen.«

»Kann schon sein«, murmelt Persia gleichgültig.

Sie hebt ihren Mantel auf, und Iris hilft ihr beim Anziehen. Es ist der alte Webpelz, der wie Silberfuchs aussehen sollte; in diesem Mantel vergrub Virgil Starling immer verzückt das Gesicht und behauptete, der sei Klasse ... genau wie Persia. Doch jetzt ist er abgenutzt und schäbig, Iris findet ihn peinlich, genauso wie sie das nach Hollywood-Art gefärbte Haar und das übertriebene Make-up ihrer Mutter peinlich findet, auch das theatralische Benehmen, das sie in der Öffentlichkeit an den Tag legt. Persia scheint genau zu wissen, daß man ihr Beachtung schenkt; einerseits schreckt sie davor zurück, andererseits lädt sie dazu ein.

Iris trägt einen Mantel im klassischen Stil aus imitiertem Kamelhaar; mit seinem Tunnelgürtel und den Schildpattknöpfen sieht er ordentlich, gefällig und schulmädchenhaft aus ... an der Hammond Central High School tragen die meisten Mädchen aus gutsituierten Familien echte Kamelhaarmäntel.

Ein blendendheller Wintertag Anfang Februar. Der vom Fluß kommende Wind fegt den trockenen Pulverschnee empor, verwandelt ihn in meterlange Schlangen. Persia hat sich in ihrem Mantel eingemummt, einen weißen Angoraschal um den

Kopf gebunden; sie zuckt zusammen und sagt: »Auf dieses verdammte Wetter könnte ich verzichten, das steht fest!«

Iris hört das nicht genau. Ihre Augen tränen vor Kälte.

Persia hat eine Belohnung verdient, und Iris läßt sich gern dazu überreden, nicht gleich nach Hause zu gehen, sondern einen Film anzusehen; im »Palace« läuft *Telefon Butterfield* 8, mit Elizabeth Taylor, Persias Lieblingsschauspielerin. »Danach könnten wir im Schraft's zu Abend essen«, sagt Persia und drückt Iris' Arm, als wären sie zwei Mädchen, die einen Streich planen. »Ich bin sicher, daß ich was essen kann, wenn es was Gutes gibt und die Atmosphäre angenehm ist. Das habe ich auch McDermott zu erklären versucht, aber ich glaube, der hat das nicht begriffen. Weißt du, eine Frau kann einem Mann etwas noch so gut erklären, der hört einfach nicht zu.«

Iris verdrängt schnell die Erinnerung daran, wie Persia am vorigen Morgen im Bett das weichgekochte Ei und den Toast erbrach, die Iris ihr zum Frühstück gebracht hatte: Ihre Augen traten unter der schrecklichen Anstrengung hervor, sie würgte und würgte, als wollte sie ihr Innerstes nach außen kehren, auch als es längst nichts mehr zu erbrechen gab.

Iris mußte eine Schüssel holen, konnte sie gerade noch rechtzeitig herbeischaffen.

Iris, ich weiß nicht, was über mich kommt.

Iris denkt jetzt nicht daran, sie freut sich auf den Kinonachmittag mit Persia; sie und ihre Mutter sind seit Jahren nicht mehr gemeinsam im Kino gewesen. Auch Iris verehrt Elizabeth Taylor, die hinreißende Liz mit ihrer berückenden Haut, ihren unglaublichen lavendelfarbenen Augen, den üppigen Lippen, Brüsten, Hüften, vor Lebenslust strotzend. Iris denkt an das aufgemotzte »Palace« mit seinen purpurroten Plüschdrapierungen, seinen weichen Polstersesseln, seiner goldenen »ägyptischen« Dekoration. Plötzlich hat Iris Courtney keinen sehnlicheren Wunsch, als *Telefon Butterfield 8* zusammen mit ihrer Mutter anzuschauen.

»Aber die Bibliothek!« sagt sie enttäuscht. »Ich muß um halb fünf dort sein, ich darf nicht zu spät kommen.«

Persia hängt sich bei Iris ein. Sie denkt an Clancy's gegenüber dem Kino, wo sie etwas trinken wird, um ihre Nerven zu stärken und ihren empfindlichen Magen zu beruhigen. »Weißt du was, Schätzchen?« sagt sie, ausgelassen wie eine Schülerin, die den Unterricht schwänzt. »Du meldest dich krank.«

16

Wenn wir verletzt sind, wenn wir verängstigt, verwirrt sind ... dann greifen wir zur Feder. Heimlich.

Sie ist völlig unberechenbar geworden, unzuverlässig.

Sie hat keine Seele, alles nur glatte Fassade.

Sie könnte mit dem Trinken aufhören, wenn sie wollte. Aber sie will einfach nicht.

Es gibt nichts, was uns verbindet.

Im Spätwinter des Jahres 1960 fürchtet sich Iris Courtney davor, die Wohnung in der Buena Vista Avenue zu betreten: Ist Persia nicht zu Hause, dann wartet Iris mit wachsender Besorgnis auf ihre Rückkehr; ist Persia zu Hause, muß Iris der Person gegenübertreten, in die sich ihre Mutter verwandelt hat.

Deshalb schlendert Iris in diesen Wochen, sobald die Bibliothek geschlossen hat, durch die Straßen, ißt in einem Lokal allein zu Abend – und liest dabei, macht Schularbeiten, kritzelt in ihr Tagebuch. Am Anfang war sie sehr befangen, fürchtete sich davor, von Schulkameraden gesehen zu werden. Ihnen, die in stabilen häuslichen Verhältnissen leben, würde es seltsam vorkommen, daß ein Mädchen im Alter von Iris Courtney allein in der lärmerfüllten Cafeteria im Greyhound-Busbahnhof oder an der Theke von Rexall's zu Abend ißt ... oder in einem der namenlosen Restaurants in der Main Street, wo hauptsächlich Alleinstehende hingehen (die jedoch älter sind und meist männlich).

Mit der Zeit gefällt es mir. Ich mag das wirklich. Wer sein Leben in den Griff bekommen will, kann nichts Besseres tun, als allein in einem Lokal zu essen.

Iris' Lieblingsrestaurant ist Kitty's Korner an der Ecke Buena Vista und Fifteenth Street, ein kleines, viereckiges, mit Stuck verziertes Gebäude, das kanariengelb gestrichen ist und wie ein Puppenhaus aussieht: Hängepflanzen in den Fenstern, eine einzige Reihe von Nischen, und eine L-förmige Theke, die eine Bedienung namens Betty stets blitzsauber hält. Wenn Iris dort ißt, sitzt sie mit dem Rücken zur Tür in einer der Nischen; in dieser Umgebung kommt es selten vor, daß jemand zu ihr herkommt und fragt, ob sie allein ist, ob sie Gesellschaft will, was sie denn liest, wie sie heißt.

Betty, die freundliche, gutmütige Bedienung, drängt sich auch nicht auf; sie hat gleich gemerkt, daß Iris nicht zu den Kunden gehört, die plaudern möchten. *Lassen Sie mich bitte in Ruhe. Ich weiß, daß Sie nett sind. Aber ich kann das nicht ertragen.*

Auch in der Schule heißt es bald, Iris sei kühl, reserviert, distanziert, sie sei eine »Außenseiterin«. Das macht alles viel leichter.

In Kitty's Korner hängt an der Rückwand ein Pfadfinderinnenkalender, der Iris stets in die Augen sticht. Sie denkt schuldbewußt an ihre Uniform, die sie seit Jahren nicht getragen, aber immer noch im Schrank hängen hat, weil sie sie nicht wegwerfen wollte. Seltsam, wie rasch sie das Interesse an den Pfadfinderinnen verlor, kaum daß sie sich ihnen angeschlossen hatte, auch an ihren Freundinnen, die Pfadfinderinnen waren. Wie rasch sie das Interesse an religiösen Dinge verlor, für den Kirchenchor und für Caroline Braverman; mit ihr spricht sie jetzt kaum noch.

Persia sagte einmal: »Weißt du was? Du gleichst ganz deinem Vater.«

Iris fragte, was sie damit sagen wolle.

»Du bist eiskalt«, antwortete Persia.

Heute abend sitzt Iris in Kitty's Korner in der Nische, die am weitesten vom Eingang entfernt ist und hat der Tür den Rücken zugewandt; wenn sie hört, wie diese aufgeht, schaut sie sich kein bißchen um. Er hat sich verspätet. Vielleicht kommt er gar nicht. Warum sollte er auch? Sie rechnet eigentlich nicht mit ihm.

Ein Abend an einem Werktag Mitte März.

Persia ist mit Rafe, ihrem neuen Freund, ausgegangen, hat wahrscheinlich für Iris auf dem Küchentisch einen Zettel hinterlassen: *Bitte nicht aufbleiben, bis ich zurück bin. Alles Liebe, P.*

Vielleicht ist auch gar kein Zettel da.

Vielleicht sind sie gar nicht ausgegangen, sind vielmehr dort und trinken ... oder liegen im Bett.

Kitty's Korner ist so hell erleuchtet, daß es weh tut, ähnelt einem überbelichteten Foto; Iris reibt sich die Augen, fragt sich, ob man seinen Augen trauen kann: Der Sehvorgang ist eine Art fotografischer Prozeß, und die Fotografie lügt immer ... das hat ihr Leslie Courtney eröffnet. *Es gibt keine visuelle Wahrheit, nur Einbildungen. Kein »Kameraauge«, nur das menschliche Auge.*

Hier, an diesem Ort, zu dem Iris vielleicht fälschlicherweise Zutrauen gefaßt hat, hat es den Anschein, als zeichneten sich die Umrisse zu scharf, zu deutlich ab. Man erwartet beinahe, daß Konturierungen zu erkennen sind, wie bei alten, retuschierten Aufnahmen: des Armes und der Hand eines Gastes, der an der Theke eine Tasse an den Mund führt ... des Bulldoggenprofils eines neben ihm sitzenden Mannes. Das Problem liegt darin, daß es mehr Realität gibt, als man aufnehmen kann.

Das Licht prallt von den Oberflächen ab. Auf dem grünen Resopalbelag der Theke, welchen die Bedienung blitzblank hält, indem sie unablässig mit einem unförmigen Schwamm darüberwischt, funkeln grelle Lichtreflexe. Dann sind da noch die verchromten Serviettenhalter ... die Salz- und Pfefferstreuer ... die schwarzen Plastikhüllen der Speisekarten ... die grünen und schwarzen, rautenförmigen, wie ein Puzzlespiel aussehenden Bodenfliesen. Farben, die zu grell, Stimmen, die zu laut sind. Eine zu stark aufgedrehte Jukebox spielt Harry Belafontes einschmeichelnden Song »Water Boy«.

Sie sieht auf der Uhr, daß es Viertel nach zehn ist. Er hat sich verspätet.

Er wird wohl gar nicht kommen, hatte gar nicht die Absicht. Das wußtest du doch schon, als du den Hörer auflegtest.

Drei Postbedienstete an der Theke und Betty, die Bedienung, amüsieren sich; sie erzählen Witze, machen Sprüche, hänseln einander. Iris freut es, daß die so gut miteinander auskommen und sie selbst in Ruhe gelassen wird. Sie sitzt da und blättert in einem herumliegenden Exemplar des am Morgen erschienenen *Chronicle:* Schlagzeilen, immer Schlagzeilen, »Neuigkeiten«; für sie und für alle, die sie kennt, spielt sich das öffentliche

Leben in weiter Ferne ab, doch diese Welt existiert wirklich, wir leben in ihr, es gibt kein Entrinnen.

Jetzt ist es zwanzig nach zehn. Das Restaurant schließt um 23 Uhr, und dann bleibt Iris Courtney nichts anderes übrig, als nach Hause zu gehen.

Harry Belafontes »Water Boy« läuft immer noch.

In der öffentlichen Bibliothek von Hammond gilt Iris Courtney als eine stille, aber tüchtige Mitarbeiterin, als eine Hilfskraft, die man, wie es oft geschieht, mit Bibliothekarsaufgaben betrauen kann. Die Bezahlung ist schlecht, aber die Arbeit ist eigentlich recht interessant. Bücher, Zeitschriften, zahllose Regale mit den Phantasieprodukten fremder Menschen, und alle erheben den Anspruch auf Wahrheit. Die Bezahlung ist schlecht, die verfügbaren Jobs sind alle unterbezahlt. (»Was zum Teufel ist schon dabei, wenn ich Cocktails serviere?« sagt Persia trotzig. »Was soll ich denn in meinem Alter anderes anfangen?«)

Das Gelächter an der Theke verstummt, als die Tür aufgeht und eine Gestalt auf der Schwelle steht; die Bedienung und ihre Gäste glotzen erstaunt, und Iris Courtneys Herz hüpft vor Freude: *Er ist da!*

Jinx Fairchild. Er sieht sehr schwarz aus.

Er ist jung, schlaksig wie ein Füllen, aber sehr schwarz und sehr groß; er bleibt am Eingang stehen, will nur, daß Iris Courtney ihn bemerkt. Er trägt eine Lederjacke, die so faltig und abgewetzt ist, daß sie stellenweise weiß aussieht, eine schmutzige Arbeitshose und eine marineblaue Wollmütze von der Art, wie sie in Hammond jeder zweite Schwarze trägt.

Auf der Oberlippe hat er einen dünnen Schnurrbart, den Iris Courtney noch nie an ihm gesehen hat.

Er schaut sie an, nickt ohne zu lächeln mit dem Kopf und verschwindet wieder. In Kitty's Korner ist es still, als Iris Courtney rasch ihre Sachen zusammensucht, ihren Mantel anzieht, an der Kasse die Rechnung bezahlt und hinauseilt zu Jinx Fairchild, der draußen auf dem Gehsteig wartet; Betty und die anderen schauen schweigend zu. Diese Weißen mit ihren ausdruckslosen Gesichtern. Was werden sie sagen, wenn Iris weg ist?

Sogar die Jukebox hat aufgehört zu spielen.

Als Iris draußen zu Jinx hingeht, merkt sie, daß er ungeduldig und gereizt ist, daß er sie nicht anschauen will. Er will sie auch nicht anfassen, doch sie drückt ihm die Hand und sagt: »Danke, daß du gekommen bist, Jinx.«

Das bringt ihn in Verlegenheit. Das hat er nicht erwartet.

Und der Schock, in seiner Hand die Hand des weißen Mädchens zu halten, deren Finger seine Finger so freimütig packen, als hätte sie ein Recht dazu ... Er lacht vor Nervosität und Verärgerung, sagt: »Na klar. Was ist schon dabei.«

Iris sagt: »Was ist mit deinen Händen? Hast du dich verletzt?«

Manche der Wunden sind frisch, andere vernarbt.

Jinx murmelt im Gehen etwas, das Iris nicht mitbekommt.

Sein Auto ist ein tiefliegender, rostfleckiger Chrysler Baujahr 1955, der an der Seite eine lange, üble Schramme hat, die bei einem Überholunfall entstanden sein muß. Als Jinx für Iris die Beifahrertür öffnen will, deren Griff sie schon in der Hand hat, kommt es zu einer peinlichen Situation; Iris tritt lächelnd einen Schritt zurück, ihr wird heiß im Gesicht. Er öffnet die Tür und schiebt sie ins Wageninnere, so als wären sie alte Freunde, die sich nicht mehr recht verstehen, oder Bruder und Schwester.

Er hat den Motor laufen lassen. Iris gerät in einen heißen, trockenen, aus der Heizung aufsteigenden Luftschwall.

Sie bedankt sich noch einmal: »Ich hätte nicht gedacht, daß du kommst. Das ist sehr nett von dir ...«

Jinx sitzt hinter dem Lenkrad, bringt den Motor auf Touren und sagt weder freundlich noch unfreundlich: »Wir gehen am besten nirgendwohin, in kein Lokal oder sonstwas, wo uns Leute sehen. Wo *ich* gesehen werde, wo *ich* ausgefragt werde. Wir fahren einfach rum, du erzählst mir, was los ist, und dann bring' ich dich heim. Hast du nicht gesagt, ihr seid umgezogen und wohnt jetzt ganz in der Nähe?« Er hält inne, schaut sie an. »Ich muß bald nach Hause.«

»Ja«, sagt Iris.

Sie denkt, daß sie schon damit zufrieden ist, Jinx Fairchild bei sich zu haben, ausgerechnet ihn.

Jinx fährt auf der Ontario Street nach Osten; er spricht kein Wort, und Iris auch nicht. Was soll er denn machen mit diesem verrückten weißen Mädchen, das ihm dauernd auf die Pelle gerückt ist, das ihn immer so fixiert hat? Er wird sie nicht anrühren, das steht fest für ihn.

Denn das wäre so, als hielte man ein brennendes Streichholz an Menschenhaar.

Zündelte damit herum ... einfach so zum Spaß.

Im Auto riecht es nach Pomade, nach Essensresten; es riecht scharf und ätzend nach Babywindeln.

Iris sagt schließlich schüchtern: »Ich habe gehört, daß du verheiratet bist, daß ihr ein Baby habt.«

»Hmm, das stimmt.«

»Ich wollte dir eigentlich gratulieren, als ich davon erfuhr.«

»Danke.«

»Und wo arbeitest du jetzt?«

Jinx zuckt die Achseln. »Mal da, mal dort.«

»Und du bist mit Sissy Weaver verheiratet? Ich kannte ihre Schwester, als ich in die Grundschule ging.«

»Ja, mit Sissy Weaver.«

»Wo wohnt ihr denn?«

Jinx wirft ihr einen Blick zu, lacht etwas grimmig, aber vielleicht ist er einfach nur belustigt. »Du stellst aber 'ne Menge Fragen, Iris. Wie meine Mama. Wir wohnen in der Tenth Street. Da haben wir was gemietet, im ersten Stock.«

Sie schweigen eine Weile. Iris' Gesicht ist sehr warm, ihr Herz schlägt so schnell, daß es weh tut. Sie fahren an unbeleuchteten Geschäften vorbei, vor denen körniger Schnee aufgehäuft ist. Vertraute Anblicke, die jetzt etwas Unvertrautes haben. Um diese Zeit herrscht an den Straßenkreuzungen fast kein Betrieb mehr, die Ampeln blinken gelb.

»Glaubst du, daß du irgendwann wieder die Schule besuchen wirst? Oder auf ein College gehen wirst? Du wolltest doch ...«

Jinx schnaubt verächtlich.

Diese Frage hat er wohl von seinen Angehörigen schon oft genug gehört.

Iris Courtney bleibt jedoch bei ihrem Thema. Dieses Drängen, diese Unnachgiebigkeit ist typisch für sie. »Du könntest aber wieder hingehen, nicht? Später mal?«

»Machst du Witze?«

»Nein, wieso?«

Jinx schaut sie an, als wäre sie beschränkt. Und mit Beschränkten ist er kurz angebunden.

Nach dem Unfall beim Basketballspiel hat Jinx Fairchild mit dem Sport und der Schule Schluß gemacht ... hat sich um die Erwartungen und Hoffnungen, welche die Weißen in ihn setzten, nicht mehr gekümmert.

Iris erinnert sich daran, daß die Schulleitung und die Schülervertreter damals darüber debattierten, ob Jinx Fairchild ein Diplom der Hammond Central High School erhalten solle, obwohl er aus der Abschlußklasse vorzeitig ausgeschieden war ... nämlich eine Bescheinigung, wie sie traditionsgemäß an Schüler vergeben wurde, die zwar hoffnungslos, aber gutwillig waren (oftmals an Schwarze, bisweilen auch an leicht zurückgebliebene Schüler) – anstelle des echten, von der Schulbehörde anerkannten Diploms. Man beschloß dann, Jinx Fairchild die Bescheinigung auszustellen, doch hatte man Bedenken, daß er zur Abschlußfeier nicht erscheinen und das Dokument nicht zusammen mit seinen Mitschülern in Empfang nehmen werde. Das tat er auch nicht; man mußte es ihm per Post zuschicken.

Nicht drängend, sondern stockend, zögernd, sagt Iris jetzt: »Hör mal: Warum mußte es dazu kommen? Zu diesem ›Unfall‹? Ich weiß, daß du das absichtlich gemacht hast – ich habe es sofort gemerkt.« Sie schweigt. Daß sie von Jinx keine Antwort bekommt, überrascht sie nicht; er tut so, als habe er gar nicht recht zugehört. Sie sagt schließlich: »Er hatte den Tod verdient. Das steht fest. Wenn er noch am Leben wäre, wenn es wieder so wäre wie in jener Nacht ... würde genau dasselbe passieren. Ich weiß, man kann ihn, seine ganze Art ... und die Umstände ... auch in einem anderen Licht sehen. Man kann soviel Verständnis aufbringen, daß man ihn nicht mehr haßt oder ihm den Tod wünscht; wenn man es so betrachtet, wäre man ein Teil von ihm, so wie Gott ein Teil von ihm ist. Aber damit gebe ich mich nicht ab, das ist mir egal. Ich will die Dinge nicht aus dieser Perspektive sehen, mir paßt diese mitfühlende Haltung nicht; ich will nicht, daß es ihn gibt.«

Jinx Fairchild schweigt eine ganze Weile, dann sagt er mit verbissener Miene: »Ich hab' nicht die blasseste Ahnung, wovon du redest, Kleine. Hör doch mit deinem dummen Geschwätz auf.«

Sie berührt seinen Arm. Er bringt sich dazu, ihre Hand nicht abzuschütteln, so wie es ein Tier mit einer Fliege machen würde.

Sie sind auf der North Main Street auf einem der abschüssigsten Hügel in Hammond und nähern sich der Brücke. Jinx bremst mit raschen, ruckartigen Bewegungen; er ist ein geschickter Fahrer, der seinen Wagen stets unter Kontrolle haben möchte.

Iris sagt: »Ich weiß, wovon ich rede. Wir können einander nichts vormachen. Bei dem Basketballspiel ... das hast du mit Absicht getan ... und dein Leben ruiniert. Warum denn nur?«

»Du bist wohl nicht ganz dicht? Halt bloß die Klappe.«

»Niemand weiß das, nur ich. Mich kannst du nicht täuschen. Aber es war ein Fehler. Wir haben nichts Böses getan. Wir haben keine Strafe verdient.«

»Ich soll mein Leben ruiniert haben? Wie denn? Ich bin doch ganz zufrieden«, sagt Jinx. »Ich tu', was ich will; ich bin glücklich, ich hab' 'nen kleinen Jungen, hab' sogar zwei, weil Sissy noch 'nen Vierjährigen hat, der mich Daddy nennt, und das will ich auch sein ... Ich soll mein Leben ruiniert haben? Keine blasse Ahnung hast du!«

»Du redest ganz anders als früher«, sagt Iris. »Das bist gar nicht du; man meint, das sei einer aus Georgia. Du siehst auch ganz anders aus.«

»Wie 'n richtig dummer, blöder Nigger, was?«

»Aber mich kannst du nicht täuschen.«

»Was weißt denn du über Nigger? Reiß dein Maul nicht so auf, du weißes Miststück, du hast doch nicht den blassesten Schimmer!«

Jinx stößt sie mit dem Ellbogen weg, gerade so stark wie nötig.

Als sie sich der Rampe der Brücke nähern, fährt Jinx ein bißchen zu schnell, und die Hinterräder fangen an, nach rechts wegzurutschen. Jinx bremst vorsichtig ab ... und die Räder greifen wieder.

In Hammond wird im Winter auf den Straßen Salz, Sand und Splitt gestreut; auf der Brücke setzt ein rasch aufeinanderfolgendes, fast unhörbares *Ping! Ping! Ping!* ein, das von winzigen

Steinchen stammt, die gegen die Innenseite der Kotflügel des Chrysler geschleudert werden.

Der Wagen bleibt jedoch in der Spur. Sie rutschen nicht gegen das Geländer.

Iris reibt sich die Augen, schaut auf, schaut hinaus ... sieht, daß sie über den Cassadaga hinwegbrausen. Wohin fahren sie? In Ufernähe ist der Fluß mit Eis bedeckt, mit großen Eisstücken, doch in der Mitte ist die Schiffahrtsrinne offen ... dunkles, aufgewühltes Wasser schlängelt sich rasch dahin. An beiden Ufern sind vereinzelt die Lichter von Häusern zu erkennen.

Iris flüstert neckisch: »Mich kannst du nicht täuschen.«

Ihr Blick wandert zu Jinx' aufgerissenen, narbenbedeckten Fingern, mit denen er das Lenkrad umklammert, als hätte er Angst, die Kontrolle über das Auto zu verlieren. Und wenn sie ins Rutschen kommen und ins Wasser hinabstürzen? Ist das die Strafe, die sie verdient haben? Iris sagt: »Es stimmt. Ich habe nicht den blassesten Schimmer. Ich habe von nichts 'ne Ahnung.« Sie legt die Hand auf Jinx' Hand, spannt die Finger um seine. Er schiebt ihre Hand nicht weg, aber es ist keine Wärme in ihm, keine Zustimmung.

Sein Gesicht ist verschlossen wie eine Faust; seine dicken, verdrossenen Lippen, die ihr schön vorkommen, sind zusammengepreßt.

Die Scheinwerfer entgegenkommender Autos leuchten ihnen ins Gesicht, blenden sie, verschwinden wieder.

Iris sagt: »Ich will nichts anderes von dir, als daß es dich gibt. Dabei liebe ich dich nicht mal richtig. Ich weiß, daß du verheiratet bist, aber darum geht es nicht. Es ist nur so, daß es für mich keinen anderen gibt als dich. Aber das hat keinen Zweck, und ich weiß das. Bitte versteh mich nicht falsch, ich weiß das gut.«

Jinx schüttelt den Kopf wie ein Hund, der Wasser abschüttelt. Aber er schüttelt sie nicht ab.

Sie verlassen die Brücke, Jinx biegt in eine schmale, halb ländliche Straße ein, die irgendwohin führt, an dem Gebäudekomplex von Diamond Chemicals vorbei ... über offenes Sumpfgelände ... an verstreuten Farmen, einem Altmetall-Lager vorbei ... über Wiesen und Hügel, immer weiter weg von Hammond.

Von den Schneefällen der letzten Monate ist es ringsherum weiß, so weit das Auge reicht.

»Jinx ... ich habe solche Angst.«

»Angst wovor?«

»Vor dem, was geschieht.«

»Vor dem ... was am Fluß passiert ist?«

»Nein. Nicht wegen der Vergangenheit. Vor dem, was kommt.«

»Meine Mama sagt immer: Das Zukünftige regelt sich von selbst, genauso wie das Vergangene.«

Ihre nackten Brüste in seiner Hand, die kleinen Brustwarzen hart wie Erbsen.

Brüste, die genau in seine gewölbten Handflächen passen, die so erstaunlich weich, so weiß sind ... die Haut scheint zu blaß und dünn zu sein, um Iris Schutz zu gewähren.

Und ihre Knochen, ihr Knochengerüst: so zart, so zerbrechlich.

Und ihr Hals, um den er so leicht die Finger legen und spüren kann, wie die mächtige Schlagader pocht und pocht. Im Vertrauen auf ihn! Im grenzenlosen Vertrauen auf *ihn*!

Und ihre Energie, die sich auf ihn überträgt, so wie sich Wasser mit Wärme auflädt.

(»Wieso entziehen Wassermoleküle den Molekülen wärmerer Substanzen, die mit Wasser in Kontakt kommen, so rasch Energie?« fragte Jinx Fairchild einmal in der High-School seinen Physiklehrer. »So ist das eben«, erwiderte dieser.)

Jinx tut jedoch nichts anderes, als Iris in den Armen zu halten; das ist offenbar alles, was sie jetzt von ihm will, sich zu erhoffen wagt. Es ist klar, daß sie noch nie mit jemandem intim gewesen ist, und Jinx will damit nicht anfangen: *Schätzchen, das lassen wir ... dafür hast du ja später noch Zeit genug.* Sie gleicht einem von einer unaussprechlichen Angst oder Sorge erfüllten Kind. Und Jinx ist als Mann schlau genug, dies nicht beim Namen zu nennen; er fürchtet sich davor, daß zwischen ihnen eine zu große Vertrautheit entstehen könnte. Es genügt doch, sie zu umarmen, zu trösten ... ihre Brust zu streicheln ... sie zu küssen. Fast so, wie er damals, als er noch in die Grundschule ging, Mädchen geküßt hat. Nur, um sie zu berühren. Nur, um in ihre Nähe zu kommen. *Du wirst schon sehen: Alles wird gut.*

Iris Courtney hat für Jinx etwas Unwirkliches: Sie ist für ihn keine Frau, sondern eine Art Puppe, ein puppenhaftes Schwesterchen, ein puppenhaftes weißes Schwesterchen.

Das liegt an ihren zerbrechlichen Knochen, ihrer schrecklich zarten, durchscheinenden Haut ... wie kann sie von ihr ausreichend geschützt werden?

Mit ihr schlafen ... mit ihr bumsen wie mit Sissy ... das wäre zu intim für Jinx und damit abstoßend.

Er liebt doch Sissy, er ist ja ganz verrückt nach ihr; ihr Körper ist der einer Frau, in ihn kann er sich hineinwühlen, tief hineingraben, schreiend, halb schluchzend ... und sein Bewußtsein, das ihm so häufig Pein bereitet, verlöscht dann wie eine Kerzenflamme. Was Jinx an seiner jungen Frau liebt, ist ihre Dreistigkeit, ihre Unverschämtheit, ihre Habgier, ihr aufbrausendes Temperament, ihre Launenhaftigkeit, ihr Mangel an Fairneß, ihr plötzlich ausbrechendes strahlendes Lachen und ihre wilden, verrückten Angewohnheiten, von denen sie nicht lassen kann: an ihm herumzufummeln, seinen Hosenschlitz aufzumachen und seinen Schwanz zu packen, wann immer sie Lust hat – als eine Frau, die ihren Anspruch geltend macht. Und sich auf ihn zu setzen, auf seinem Glied herumzureiten, eine schwarze Frau, die ihn tief in sich hineinsaugt. Immer diese verlockende Aussicht auf Lust, auf Vergessen, und das ist es, was Jinx mehr liebt als sein Leben, seit er erwachsen ist ... seit er Vater ist und nicht mehr nur Sohn.

Durch Sissy wird alles andere ausgelöscht.

In jener von Weißen beherrschten Stadt auf der anderen Seite des Cassadaga, die nachts ein Bienenstock aus kalten, funkelnden Lichtpunkten ist, in der sich jedoch nichts bewegt, in der jetzt kein Leben zu erkennen ist.

Aber er ist mit dem kleinen weißen Mädchen Iris zusammen, seinem puppenhaften Schwesterchen, diesem merkwürdigen, schönen Geschöpf mit dem süßen Atem, das weint; die Augen sind mit Tränen gefüllt. Iris hat helles, lockiges, festes Haar, das fast so beschaffen ist wie das seiner Schwester Ceci, nicht richtig gekräuselt zwar, aber auch nicht so weich, glatt und glänzend, wie man es von den Weißen erwartet. Er lacht, weil es so einfach ist, Trost zu spenden, so, als brauche er nur ein paar Münzen aus der Tasche zu ziehen. Er hat sie mit seinen langen Armen umschlungen, sie hat ihre Arme um seine Taille gelegt, so fest, daß es fast weh tut. Er lacht, weil ihm das komisch vorkommt: *Du drückst mich noch tot, Kleine! Höchste Zeit, daß ich dich nach Hause bringe!*

In dieser ausgelassenen Stimmung denkt er nicht darüber nach, wie es kommt, daß sie zu dieser späten Stunde hier mit ihm zusammensein kann, was sie für ein Zuhause hat, wie ihre Eltern sind, sofern sie Eltern hat; er spürt, daß ihre Einsamkeit stärker und schmerzlicher ist als seine eigene ... und auch etwas zu tun hat mit ihrer traurigen weißen Hautfarbe. Mit der Einsamkeit und Kaltherzigkeit der Weißen, von der seine Mutter in den letzten zwei Jahren so oft gesprochen hat: *Gott im Himmel, wie kommt es bloß, daß die Weißen so gemein sind?*

Und Jinx ist sehr erleichtert, ist in Hochstimmung, freut sich königlich, jetzt, da er merkt, daß dieses Mädchen nicht mehr von ihm verlangt, als er zu geben bereit ist.

Jinx Fairchild und Iris Courtney verbringen eine knappe Stunde in dem verbeulten Chrysler, der nordöstlich von Hammond am Ufer des Cassadaga geparkt ist ... mit laufendem Motor, angeschalteter Heizung, von der stillen Winterlandschaft umgeben, tief unter ihnen der Fluß, der für sie nicht sichtbar ist. Es ist in solchen Situationen schon vorgekommen, daß Liebespaare von Kohlenmonoxid betäubt einschliefen und gemeinsam starben. Aber das wird hier in dieser Nacht nicht geschehen. Jinx Fairchild paßt da schon auf.

17

Nicht gleich, sondern erst später, nach Persias Einlieferung ins Krankenhaus, schreibt Iris in ihr Tagebuch: *Wie schnell es geht, wenn es erst mal angefangen hat ...*

Und wie unumkehrbar es ist. Immer in dieselbe Richtung.

Auf einer sonnenbeschienenen Stelle des verschossenen Linoleumbodens liegt der junge, geschmeidige, pechschwarze Kater Houdini und schaut zu, wie Iris ihrer Mutter das Frühstück serviert – zu einer ungewöhnlichen Zeit, am Spätnachmittag dieses windigen Apriltages: Rührei, dick mit Butter bestrichener Vollkorntoast, Orangensaft und schwacher Lipton's Tea. Persia führt eine Gabel mit Rührei an den Mund und läßt sie wieder auf den Teller sinken, hebt die Gabel erneut, so als wäre sie etwas Wertvolles oder seltsam Schweres ... und legt sie wieder auf den Teller. Iris stichelt, schmeichelt, bettelt, droht, fleht sie an: »Versuch's doch. Probier's doch mal. Woher weißt du, daß du's nicht bei dir behalten kannst, wenn du's gar nicht versucht hast?«

Es ist einer dieser stürmischen Spätwintertage, an denen der Wind Äste auf die Straße weht und die Blätter vom vergangenen Jahr. Der Himmel ist so blau, daß es dem Auge weh tut.

Houdini, der streunende Kater, der Iris vor ein paar Wochen nachlief, bis aufs Skelett abgemagert, das eine Ohr zerfetzt und mit geronnenem Blut verkleistert, voller Flöhe und Milben, fühlt sich jetzt in Persias Küche so wohl, daß er sich auf den Rücken rollt und in gespieltem Erschrecken die Beine von sich streckt und die grünbraunen Augen weit aufreißt. Die schöne Kreatur ist voller Leben, so als stünde sie unter elektrischer Spannung.

Der Kater hat Hunger. Er ist immer sprungbereit, wenn etwas Eßbares auftaucht.

Nie kann er genug bekommen, der pechschwarze Kater Houdini, dessen Gier sich als lautes, quarrendes Schnurren bemerkbar macht, wenn Iris kommt, um ihn zu streicheln.

Manchmal, sobald Iris in der Tür erscheint und ihre Blicke sich treffen.

Iris sitzt Persia in der Wohnung 16 D des Hauses Buena Vista Arms an diesem stürmischen Apriltag am Küchentisch gegenüber, hat jedoch den Kopf abgewendet, um ihrer Mutter das entwürdigende Gefühl des Überwachtwerdens zu ersparen.

Auch um Persia die Demütigung zu ersparen, daß sie in ihrem Zustand aus der Nähe betrachtet wird.

Aber vielleicht braucht Persia Hilfe ... braucht jemanden, der ihre zittrigen Finger festhält und ihr hilft, die Gabel, das Glas oder die Tasse an den Mund zu führen. Und die beiden Finger an Persias rechter Hand, die Rafe Fuller vor einiger Zeit gebrochen hat, sind nicht richtig ausgeheilt und werden vielleicht nie richtig ausheilen (eine Auseinandersetzung war das nicht unbedingt, Rafe verlor einfach die Beherrschung, wußte nicht, was er da anrichtete).

Iris ist jedoch klug genug, ihre Mutter nicht zu füttern.

Es gebe Demütigungen, die ein Mensch einfach nicht ertragen könne, sagt Persia manchmal.

Auf ihrer Stirn treten kleine Schweißperlen hervor.

»Mutter, du solltest es wirklich mal versuchen.«

»Hab' ich doch getan. Tu' ich doch die ganze Zeit.«

»Hast du nicht!«

»Ich hab' doch ein bißchen was gegessen. Aber Eier mag ich nicht.«

»Versuch's mal mit dem Toast und dem Saft.«

»Hab' ich doch schon.«

»Stimmt ja gar nicht, ich bin doch die ganze Zeit hier gewesen.«

»Himmel nochmal, wenn du mich allein lassen würdest, dann ginge es schon.« Persia legt die Gabel auf den Teller, greift nach ihrer Packung Chesterfield, zündet sich eine an, inhaliert tief und genüßlich, als wäre der Rauch frische, lebenspendende Luft.

Iris wedelt erbost den Rauch von sich weg.

Sie könnte essen, wenn sie nur wollte. Sie will einfach nicht.

Mir kann sie nichts vormachen!

Sobald Persias Gabel mit einem Klicken auf dem Teller landet, springt Houdini auf, als hätte man ihn gerufen; er setzt sich miauend und heftig schnurrend auf Iris' Schoß, drückt seine scharfen Krallen in ihre Oberschenkel. Er ist hungrig.

Er ist hungrig.

Iris überläßt ihm den Teller mit den Rühreiern, die Persia verschmäht hat; kalte Eier, kalter Toast, Houdini frißt alles, schnurrt laut dabei, zuckt mit dem Schwanz, und sein geschmeidiger kleiner Körper zittert vor Aufregung. Seit Iris ihn nachts nach Hause getragen und ihn davor bewahrt hat, auf der Straße zu verhungern, ist sein Bauch rund und fest geworden wie der einer trächtigen Katze, doch das scheint keine Rolle zu spielen: Houdini ist hungrig.

Einige Tage danach kleidet sich Persia zum Ausgehen an, trinkt, während sie zwischen ihrem Schlafzimmer und dem Bad hin und her geht, »Schlitz«-Bier direkt aus der Flasche. Halb angezogen, in Strümpfen, plappert sie etwas daher, das Iris nicht recht versteht; sie lacht leise, fast zornig, beklagt sich über Leute, die ihr nachspionieren, die sie auf der Straße unverblümt anstarren. Und in letzter Zeit habe sie einen »Einfluß« bemerkt ... etwas wie Radiowellen ... oder Störungen im Fernseher. Mit gesenkter Stimme sagt sie: »Ich glaube, die wollen sich mit meiner Hilfe bemerkbar machen, wollen etwas mitteilen.«

Iris fragt gelassen: »Wer versucht da, etwas mitzuteilen?«

»Das weiß ich nicht!« antwortet Persia. Ihre Stirn legt sich in Falten, weil sie plötzlich ganz perplex ist. Sie lächelt schwach. »Ich weiß nicht, um wen es sich handelt; ich habe ihre Gesichter nicht gesehen.«

Eine Weile herrscht Schweigen.

Aus der Wohnung über ihnen kommt ein heftiges Plumpsen, ein dumpfer Schlag, und man hört, wie ein Kind umherrennt. Auch der Lärm eines Radios oder Fernsehers, ein endloses Gemurmel wie von Wasser, das rasch über Steine hinwegfließt.

Iris schluckt und sagt: »Mutter, ich verstehe das nicht. Wer will denn ...«

Persia ist im Badezimmer, hat den Wasserhahn voll aufgedreht. In verdrießlichem Ton ruft sie heraus: »Die sind anscheinend böse auf mich oder auf sonst jemand. So hört sich das jedenfalls an. Und das macht mich fertig, das geht mir auf den Wecker. Ich möchte bloß wissen, was das mit *mir* zu tun hat. Mich trifft keine Schuld.«

Iris möchte etwas sagen, möchte ihrer Mutter entgegentreten, doch sie spürt hinter den Augen ein warnendes Stechen, das zu migräneartigen Kopfschmerzen werden kann, wenn sie nicht aufpaßt.

Seit etwa einem Jahr leidet Iris immer häufiger unter starken, lähmenden Kopfschmerzen. Ein weißglühender, durchdringender Schmerz ist das und ein Hämmern in ihrem Schädel. Deshalb ist sie lieber vorsichtig.

Und in dieser Nacht gelingt es ihr, tief zu schlafen. Sie wird erst um fünf Uhr morgens wach, als sie an ihrem Oberschenkel ein Reiben spürt und merkt, daß das Bett rhythmisch bebt: Houdini, der pechschwarze Kater, der auf Iris' Bett schläft, wann immer sie es zuläßt, ist jetzt wach und putzt sich mit raschen, geschickten Bewegungen seiner Zunge, drückt dabei seinen warmen, flauschigen Körper aufdringlich gegen ihre Leistenbeuge. Als Iris ihn streichelt, schreckt er zusammen, doch dann setzt sein Schnurren ein, knisternd wie ein Feuerchen.

Ist Persia zu Hause?

Offenbar nicht: Iris hätte sie hereinkommen hören.

Dennoch ruft Iris: »Mutter?«

Stille. Bis auf Houdini, der weiter schnurrt und seinen festen, glatten Kopf an Iris' Hand reibt.

Iris schläft erschöpft wieder ein; am Morgen hat sie den vorangegangenen Abend schon halb vergessen, das Gespräch mit Persia, die Worte, die sie sagte, sagen wollte, sich nicht zu sagen traute. *Wenn ich mich zurückerinnere, dann finde ich nur Bruchstücke, wie das auch bei meinen Träumen ist.*

Am 11. Mai 1960 will es der Zufall, daß Iris ihre Mutter auf der unteren Main Street zu Gesicht bekommt. Es ist später Nachmittag, und die Luft hat einen warmen, sepiablauen Ton. Ja, es ist Persia, eindeutig Persia. Obwohl sie gegenwärtig behauptet, sie wolle von Männern nichts mehr wissen und arbeite als Teilzeit-Verkäuferin in einem Trikotagengeschäft, geht sie nun auf Lucky's Bar & Grill zu, in Begleitung eines kleinen, stämmigen Mannes mit einem grobschlächtigen Bulldoggengesicht, den Iris noch nie gesehen hat – ein mieser Typ.

Hat er vielleicht Geld? Ist er einer von denen, die bezahlen?

Und wie Persia lacht: ein hohes Soprangelächter wie Glas, das zersplittert.

Sie hat ihren schicken neuen Regenmantel an, ein dunkles, mit schillernden Fäden durchzogenes Kastanienbraun, straff gegürtet; sie stöckelt auf hochhackigen Schuhen einher, ihr Haar ist ein farbenprächtiges Gewirr.

Iris Courtney bleibt in einiger Entfernung stehen und starrt gebannt hin. Sie weiß, daß sie schnell weggehen sollte, bevor Persia sie erblickt – sei es aus Klugheit, aus Beschämung oder mit Rücksicht auf ihr eigenes seelisches Wohl. Iris ist jedoch nicht wie sonst, sie zeigt eine rechthaberische, kleinliche Haltung ... starrt unverwandt diese Frau an, die ihre Mutter ist – von der sie schon so oft belogen worden ist.

Jetzt hat Persia sie gesehen, es gibt kein Zurück mehr.

»Iris? Schätzchen? Wieso bist du ...«

Persia hat sich mit dem linken Arm bei ihrem Bekannten eingehängt, so als brauche sie eine Stütze. Sie verzieht die geschminkten Lippen zu einem schiefen Lächeln.

Iris antwortet nicht; sie bleibt, wo sie ist, lächelt ebenfalls, aber ihr Lächeln ist bitter.

Persia ist aufgebracht; sie bemüht sich, etwas von ihrem alten Selbstbewußtsein aufzubieten, um die Situation zu bereinigen. Sie sagt stockend: »Roy, das ist meine Tochter Iris; von ihr hab' ich dir doch schon erzählt, nicht wahr? ... Iris, das ist Roy, mein neuer Freund. Roy *Baker.*« Roy murmelt: »Tag«, lächelt verlegen und mißvergnügt. Er ist ein recht gut gekleideter Mann Mitte Fünfzig mit einer roten, fleischigen Trinkernase und wäßrigen, eng beisammenstehenden Augen.

Obwohl Iris achtzehn ist und längst kein Kind mehr, führt sie sich auf wie ein Kind. Sagt nichts. Kein einziges Wort. Schaut nur groß, mit diesem wissenden, anklagenden, verachtungsvollen Blick, dem eines Racheengels.

Bezahlt er dich, Mama? In bar oder einfach mit Drinks?

Als hätte sie Iris' Gedanken mitbekommen, streckt Persia langsam den Arm nach ihr aus, tut mütterlich. »Hör mal, wir könnten doch alle zusammen einen Happen essen! Wieviel Uhr ist es denn?« sagt Persia mit einer vergnügten Partystimme. Doch hier in der Öffentlichkeit, vor der trüben, rosafarbenen Neonreklame LUCKY'S BAR & GRILL, hier, wo die Stadtbusse vorbeikurven und ihre Abgaswolken ausstoßen, hat diese Stimme einen verzweifelten Unterton.

Iris murmelt gelassen: »Vielen Dank, Mutter, aber das geht jetzt nicht.«

Roy Baker zieht laut die Nase hoch und starrt auf seine Füße. Persias Vorschlag scheint ihm sehr mißfallen zu haben.

Halb drängend, halb bittend versucht Persia jedoch weiterhin, die Sache in den Griff zu kriegen: Sie ist Doris Day in einer Filmkomödie, einem amerikanischen Märchen voller harmloser Zusammenstöße, Verwechslungen und langwieriger Mißverständnisse, die sich jedoch ausräumen lassen. Als sie merkt, daß ihre Tochter weggehen will, sagt sie: »Roy, ich glaube, ich sollte mich Iris widmen. Macht's dir was aus, mein Lieber? Ich ruf' dich im Lauf des Abends an, ich versprech's dir.« Roy Baker sagt: »Was? Wieso denn das?« Man merkt seiner Stimme an, daß er es gewohnt ist, bei Frauen seinen Willen durchzusetzen ... bei bestimmten Frauen.

Roy Baker zieht Persia auf die Seite. Sie reden in scharfem Ton miteinander. »Paß mal auf ...«, sagt Roy Baker. »Paß *du* mal auf«, sagt Persia. Roy Baker packt Persia am Arm, und sie versucht, ihn wegzustoßen, schwankt auf ihren Stöckelschuhen, die arme Persia, Haarsträhnen im Gesicht ... Auf einmal kommt es vor Iris' Augen zu einer öffentlichen Szene typischer Art: Ein Mann und eine Frau, beide angetrunken, streiten sich vor Lucky's Bar & Grill – ein gehässiger kleiner Mann mit rotem Gesicht und eine zänkische Frau in mittleren Jahren. Roy Baker ist erbost, Persia ebenfalls, aber ihr kommt es offensichtlich darauf an, ihn zu besänftigen und zu umgarnen. Darauf versteht sich Persia am besten, das ist ihr stärkster weiblicher Trieb ... auch wenn der Mann sie am Arm packt, sie durchschüttelt, ihr weh tut. Iris schaut gebannt zu. Passiert das wirklich? Ist diese Frau meine Mutter?

Sie wendet sich abrupt ab. Persia ruft ihr nach, und mit Tränen in den Augen schreit Iris über die Schulter zurück: »Bleib doch bei ihm! Bleib doch, wo du bist! Du widerst mich an!«

Iris läuft weg. Sie hört, wie Persia ihr nachruft: »Iris! Iris!« Aber sie bleibt nicht stehen, sondern rennt einfach weiter.

Iris arbeitet von halb fünf bis halb neun in der öffentlichen Bibliothek von Hammond, ißt dann im Restaurant des Greyhound-Busbahnhofs zu Abend; sitzt an der Theke und später im

Warteraum und liest ... unterstreicht dabei mit raschen Federstrichen Abschnitte ihres Buches, als wäre dies der geeignete Platz, um schulische Dinge zu erledigen, und kein lärmerfüllter Ort, an dem ein ständiges Kommen und Gehen herrscht. Wenn Iris gelegentlich merkt, daß ein Mann sich ihr nähern will, daß sich einer absichtlich neben sie setzt und den Hals verrenkt, um in ihr Buch zu schauen, ignoriert sie ihn bewußt. In dem unvorteilhaften Licht sieht ihr Gesicht blaß und mitgenommen aus, ihre Augen wirken eingesunken. Ihr schulterlanges Haar ist hellbraun mit einem Stich ins Aschgraue.

Iris Courtney ist seit der Nacht, in der sie Jinx Fairchild dort getroffen hat, nicht mehr zu Kitty's Korner zurückgekehrt. Seit sie ihn angerufen und gebeten hat, sie dort zu treffen. Die Vorstellung, daß Jinx dorthin zurückkehren und nach ihr schauen könnte, verwirft sie verächtlich, denn sie weiß, daß er niemals etwas Derartiges tun würde; für ihn existiert sie doch gar nicht.

Und warum auch?

Warum sollte Iris Courtney für *ihn* existieren?

Und wie könnte er ihr denn, was Persia angeht, behilflich sein?

Iris sitzt nachts um halb zwölf im Busbahnhof, als ein Polizist zu ihr herkommt. »Warten Sie auf einen Bus, Miss?« fragt er und mustert sie, als ob sie von zu Hause abgehauen oder eine Amateurnutte wäre. Iris sagt schnell: »Nein, ich ... ich warte bloß so«, dann packt sie ihre Sachen zusammen und läuft verärgert weg. Könnte sie festgenommen werden? An der Wand hängt unübersehbar ein Schild: HERUMLUNGERN VERBOTEN.

Die Main Street liegt fast verlassen da, die Schaufensterfronten sind dunkel; sie macht lange, rasche Schritte und hofft, daß der Polizist ihr nicht folgt. Von Lucky's Bar & Grill ist sie hier nur ein paar Häuserblocks entfernt. Sie fragt sich, wo Persia sein mag, wie es ihr geht, auch wenn sich der sechs Stunden zurückliegende Vorfall mit anderen Vorkommnissen der letzten Wochen und Monate vermischt hat und so ununterscheidbar geworden ist wie dreckiges Wasser, das sich mit dreckigem Wasser vermischt.

Das Kino mit der prächtigen Fassade ist das »Palace«, in dem sie und Persia vor Monaten die Nachmittagsvorstellung von *Telefon Butterfield 8* sahen. Wie Schulmädchen, die den Unterricht schwänzen, wie Schwestern, die ihre Geheimnisse haben ... Persia hatte jedoch über die Tests im Krankenhaus die Unwahrheit gesagt, und später wollte sie nicht einmal zugeben, daß sie gelogen hatte; sie beschuldigte das Krankenhauspersonal, die Laborergebnisse verschlampt zu haben.

Sie will uns beide zum Wahnsinn treiben. Ich lasse mir das nicht gefallen.

Jetzt läuft im »Palace« das biblische Epos *Ben Hur* mit Charlton Heston in der Hauptrolle. Um diese Zeit ist der Kartenschalter dunkel, nur ein einsamer Platzanweiser steht gähnend im Foyer und wartet auf das Ende der Spätvorstellung.

Von Verzweiflung und Zorn getrieben, legt Iris den ganzen Nachhauseweg zu Fuß zurück: fast fünf Kilometer durch schlecht beleuchtete, nahezu menschenleere Straßen. Der größte Teil der Strecke verläuft steil bergab, und das macht Spaß, macht fast euphorisch.

Als sie die Wohnungstür aufschließt, sieht sie zu ihrer Überraschung, daß in der Küche Licht brennt ... im Wohnzimmer ebenfalls ... und daß Persias Regenmantel auf dem Sofa liegt. Persia ist schon da; sie ist vor Iris nach Hause gekommen!

Und Roy Baker ist allem Anschein nach nicht bei ihr. Daß ihre Mutter Herrenbesuch hat, kann Iris Courtney manchmal schon riechen, bevor sie die Wohnung betritt.

Am Boden taucht plötzlich Houdini auf, der pechschwarze Kater mit dem zerfetzten Ohr und dem runden Bäuchlein, miaut, weil er gestreichelt oder gefüttert werden will. Seinen Namen bekam er wegen seiner Fähigkeit, aus dem Nichts aufzutauchen mit seinem gierigen, besitzergreifenden Schnurren.

Iris beugt sich hinunter, um ihn zu streicheln, flüstert ihm zu: »Sei still, Houdini! Mach ja keinen Lärm!« Dankbarkeit überkommt sie, Erleichterung, daß sie zu Hause ist, in Sicherheit, daß auch Persia zu Hause ist, im Bett liegt. Iris geht leise durch die Zimmer und schaltet das Licht aus. Sie zieht sich in ihrem Schlafzimmer aus, geht ins Badezimmer, steht ein paar Minuten lang vor Persias geschlossener Tür, horcht, während sie selbst kaum atmet, ob Persias schwere, rasselnde, unregelmäßige Atemzüge zu vernehmen sind. Sie trägt ein Flanellnachthemd mit Blumenmuster, ihre nackten Zehen krümmen sich auf dem kühlen Linoleumboden.

Sie drückt die Tür auf. »Mama?« Der vertraute Geruch von schmutziger Wäsche, starkem Parfüm, Persias gefärbtem Haar, Gordon's Gin. Persia ist im Bett, schläft anscheinend, atmet stoßweise. Durch die Vorhänge dringt ein schwacher, gespenstischer Lichtschein. »Mama?« flüstert Iris scheu, doch Persia gibt auch jetzt keine Antwort. Iris geht auf Zehenspitzen zum Bett, zitternd, legt sich neben Persia auf die Bettdecke. Ihre Mutter strahlt Wärme aus. Schläft sie tatsächlich, oder tut sie nur so? Wie früher, wenn Iris als kleines Mädchen ins Schlafzimmer ihrer Eltern schlich, unbedingt bei ihnen unter die Decke schlüpfen wollte, vor allem bei Persia, um sich anzuschmiegen und zu kuscheln. Am nettesten war es, wenn Persia nicht richtig wach wurde, sich im Halbschlaf lächelnd Iris zuwandte und sie wortlos in ihre Arme schloß. Wortlos auch dann, wenn Daddy auf der anderen Seite schlief.

Iris streckt sich auf dem Bett aus, achtet darauf, daß sie ihre Mutter nicht weckt. Sie kreuzt die Arme über der Brust, legt die Füße übereinander, liegt ganz still da. So voller Dankbarkeit, daß sie weinen könnte. Gott, könnte sie weinen! Sie beginnt zu zittern, doch vor Aufregung, nicht vor Kälte.

Sie liegen bis zum Morgen nebeneinander, der pechschwarze Kater Houdini zusammengerollt zu ihren Füßen.

Und eine Woche später ist Persia Courtney dem Tode nah.

Winzige rote Ameisen in dem lockigen Haar unter ihren Armen und in dem krausen Haar zwischen ihren Beinen. Persia bemüht sich unter Tränen und Gestammel, sie zu entfernen. Weg mit ihnen! *Fort!*

Und die glitzernden Glasscherben auf dem Boden des Badezimmers. Und auf dem Küchenboden. Diese wirren Zickzacklinien im Linoleumbelag, sie kann nicht hinschauen ... tritt barfuß drauf, winselnd vor Schmerz.

Das Glas mit dem Gin hat sie mit beiden Händen festgehalten, doch es rutschte ihr weg, als wäre es etwas Lebendiges.

Iris, wo bist du? Iris, so hilf mir doch!

Sie schreit. Niemand hört sie, nur die Nachbarn, die nichts wissen wollen.

Sie schläft ... stundenlang. Versinkt in Schlaf wie in Morast. Etwas drückt auf ihren Kopf, etwas Haariges, Warmes, Schweres drückt gegen ihren Mund und nimmt ihr den Atem.

Dieses Biest. Seine grünbraunen Augen leuchten im Dunkel.

Iris? So hilf mir doch! Hilf mir ...

Die schwarze Kreatur rennt in panischer Angst davon, gleitet auf ihren scharfen Klauen aus, hat Schaumspritzer am Maul.

Raupen in der Bettwäsche ... sie spürt sie, kommt aber nicht weg von ihnen. Schlafend, aber bei vollem Bewußtsein; selbst im Grab, im Tod, dieser Schrecken, bei vollem Bewußtsein zu sein. Sie spürt die Raupen in ihrem Haar, spürt, wie sie über ihr Gesicht, ihre Brüste, ihren ungeschützten Bauch kriechen. *Iris, hilf mir! Iris!* Ihre Brustwarzen schmerzen, als ob sie ein Kind gesäugt hätte.

Sie ist gestorben, sie ist bei lebendigem Leibe begraben worden.

Sie trieft vor Schweiß.

Talkumpuder reicht nicht aus, um diesen Schweißgeruch zu überdecken, und Gesichtspuder kann nicht darüber hinwegtäuschen, daß ihre Haut die Farbe ranziger Butter hat.

Klingelt das Telefon? Duke Courtney will sie retten.

Er will sie um Verzeihung bitten, doch nun ist es zu spät.

Sie geht ohnehin nicht mehr ans Telefon. Sie hat gespürt, wie es in ihrer Hand bebt, hat drinnen die spöttischen Flüsterstimmchen gehört.

Iris, bitte hilf mir ... Schätzchen, wo bist du denn?

Es ist Frühling. Der Duft der Blüten und des Todes. Sie schreit und schluchzt, jemand klopft an die Haustür, und sie drückt das Kopfkissen an den Mund, um ihre Schreie zu ersticken, bis die Gefahr vorüber ist.

Es könnte die Polizei sein, die gekommen ist, um sie lebendig zu begraben.

Polizisten, die sich mit grinsenden Gesichtern, mit lüsternem Blick vor sie hinstellen.

Wie sie lachen würden, wenn sie die roten Ameisen sähen! Das Gewimmel von roten Ameisen! Auf ihren Schamhaaren ... in ihrer Vagina.

Schlampe, würden sie sagen, lachend. Dreckfotze.

Sie gießt den letzten Rest Gin in ein Glas, und zu ihrer Verblüffung schwappt die kostbare Flüssigkeit über, besudelt das Bettzeug, dringt in die Matratze ein. So schnell! Auf der Matratze ein verblichener, eidechsenförmiger Blutfleck von ihrer Menstruation ... Jahre alt. Persia hat seit einem Jahr keine Menstruation mehr gehabt, aber sie hat trotzdem Angst, daß einer ihrer Bekannten etwas bemerkt, etwas riecht und sich angeekelt abwendet.

Die roten Ameisen! Wie sie beißen! Sie läßt Wasser in die Wanne laufen, klettert mühsam hinein, rutscht aus, verliert das Gleichgewicht, prallt mit dem Hinterkopf gegen den Wannenrand. Sie ist halb bewußtlos, doch das heiße Wasser läuft schäumend weiter, plätschert in die fleckige, auf altmodischen Tonfüßen stehende Porzellanbadewanne und durch ihr Gehirn.

Die Zeit verrinnt. Die Sonne erreicht ihren Zenit.

Sie ist im Schlafzimmer ... sie ist in der Küche, und ihr Kopf ist klar. Wie ein Fenster, das rasch geputzt wurde und durch welches jetzt Licht hereinströmt.

O Gott, hilf mir, bitte hilf mir. Es ist noch nicht zu spät.

Wieder diese schwarze, haarige Kreatur, dieses helläugige Biest; es drückt sich in den Ecken herum, lauert. Wenn ihre Kraft nachläßt und sie sich hinlegt, wird es sich auf ihrem Mund niederlassen und ihr den Atem nehmen.

Du Teufel. *Teufel!*

Ihre nackten Zehen und die Ferse ihres rechten Fußes bluten von Glassplittern. Aber sie kann auf dem Boden kein Glas entdecken ... sie hat ihn gründlich gefegt.

Sie ist eine gute Hausfrau. Hat »Old Dutch«-Reinigungsmittel, »Brillo«-Putzschwämmchen und »Oxydol«. Aber die Zigaretten sind ihr ausgegangen, und der Laden ist unendlich weit weg.

Sie hat einen Einfall: Schnaufend vor Aufregung füllt sie einen Dreilitertopf mit Wasser, stellt ihn auf den Herd, dreht die Gasflamme ganz auf. An ihrer verschwitzten Stirn kleben Haarsträhnen. Dann lockt sie die Katze: *Komm! Komm! Komm!* Doch die Kreatur ist schlau, ist auf der Hut. Gerissen wie der Teufel. Ihre grünbraunen Augen leuchten auf ... die Krallen kratzen auf dem Linoleumboden ... der gedrungene Schwanz reckt sich arrogant hoch. Persias Feinde haben dafür gesorgt, daß dieses Untier mit Iris hierherkam, damit es sie beide im Schlaf ersticken kann. Aber Persia hat sich etwas ausgedacht, ruft: *Komm! Komm her! Komm doch her!* Sie hat ihren alten, champagnerfarbenen Morgenmantel an, der einst so schick aussah, mit Spitzenbesatz, Fältchen, kleinen Schlaufen, den sie vor vielen Jahren von ihrem Mann, ihrem jungen, hingebungsvollen Ehemann, geschenkt bekam ... *Komm doch her, Kätzchen! Schönes Kätzchen!*

Das Wasser braucht lange.

Endlich beginnt es zu kochen; der große Topf rattert auf dem Brenner.

Hunger treibt den schwarzen Kater aus seinem Versteck ... plötzlich ist er in der Küche, stößt sein anklagendes, erwartungsvolles Miauen aus. Auch Persias Augen leuchten auf. Auch sie ist auf bloßen Füßen, drückt die Zehennägel an den Boden. *Komm, Kätzchen! Komm her!* ruft sie mit rauher Stimme, und als Houdini sich an ihrem Bein reibt, sich anschmiegt, greift sie nach dem Topf kochenden Wassers, hebt ihn, ohne daß sie Zeit gehabt hätte für Topflappen, mit beiden Händen hoch, versucht beiseite zu treten, als sie das kochendheiße Wasser auf die Katze schüttet, doch die Katze bringt sie ins Stolpern, die Katze tobt wie wild, sie schreien beide ...

Hilf mir! Iris, hilf mir!

Persias Morgenmantel scheint zu brennen, sogar ihre Haut. Sie rennt zur Tür, reißt sie auf, läuft hinaus zum Treppenabsatz, doch die Treppe ist weg, der untere Teil des Mietshauses ist weg – Buena Vista Street, die Stadt Hammond, alles, was Persia kennt, ist verschwunden.

18

In ihr Tagebuch schreibt Iris Courtney nur: *18. Mai. Mutter wurde heute im Krankenwagen ins Hammond General Hospital gebracht. Onkel Leslie und ich fuhren hinterher.*

Erst Jahre später wird Iris begreifen, daß Persia kein Einzelfall war, daß es sich bei dem langsam einsetzenden, dann rapide um sich greifenden Zerfall um Symptome des Alkoholismus handelte. Eine alles andere als ungewöhnliche Geschichte, die für Iris jedoch ganz neu, ganz furchtbar ist; sie wird das nie richtig in Worte fassen können, nicht einmal sich selbst gegenüber, es gibt nur Bruchstücke, Fetzen, Momentaufnahmen.

Ein Nachbar hörte Persias Schreie vom Treppenabsatz vor der Wohnung, kam herbei, sah sie liegen und holte einen Krankenwagen. Und von da an sieht Iris Courtney ihre Mutter mit anderer Leute Augen.

Wieso war Persia so stark abgemagert? Nur noch Haut und Knochen, abgesehen von dem grotesk aufgetriebenen Bauch. Was für ein merkwürdiger Anblick. Merkwürdig auch die schlaffen, zusammengefallenen Brüste, wie Ballons, aus denen die Luft entwichen ist ... Persias schöner Busen!

Und ihre großporige Haut, ein ungesundes, ins Orangefarbene gehendes Gelb; auch in ihren Augäpfeln Gelbsucht, sie haben die Farbe von Urin.

Und ihr mühsamer, rasselnder, übelriechender Atem. In ihren Mundwinkeln ein körniger weißer Belag.

All dies sieht Iris Courtney. Doch irgendwie kann sie es nicht fassen, nicht begreifen.

Säuberlich hält sie in ihrem Tagebuch fest: *19. Mai. Mutter ist auf der Intensivstation. Die Ärzte sagen, es wird einige Zeit dauern, bis sie sich genügend erholt hat, um nach Hause zu kommen.*

Zu Beginn hat Iris eine optimistische Einstellung, die Persias Verwandte und Bekannte offenbar teilen: Im Krankenhaus wird Persia die Behandlung bekommen, die sie braucht. Nun wird es keine Arzttermine mehr geben, die sie im letzten Moment absagt ... was sie, wie sich herausstellt, über ein Jahr lang gemacht hat.

Madelyn Daiches meint: »Im Krankenhaus *kann* Persia nicht trinken, und nach der Entlassung sitzt ihr dann der Schreck dermaßen in den Knochen, daß sie nicht trinken *wird*.«

Als Iris erfährt, ihre Mutter leide an einer »Leberzirrhose« und habe darüber hinaus noch andere gesundheitliche Probleme unterschiedlicher Schwere, ist sie erleichtert wie ein Kind: Dann ist es ja nichts Ernstes. Wie Krebs oder eine Herzerkrankung.

Was die Verbrennungen zweiten Grades an den Beinen und Füßen betrifft: Das sind oberflächliche, geringfügige Verletzungen. Sie werden ausheilen.

Diese Tage und Wochen ... ein schieferfarbener Himmel, aus dem Regen fällt ... Regen, dessen Geschwindigkeit allmählich zunimmt, wie bei einem Bach, der sich einem Wasserfall nähert.

Persia bleibt auf der Intensivstation. Mit Infusionen, die in ihre verbrauchten Venen tröpfeln, wird sie am Leben erhalten, auch durch einen Schlauch, der Galle in einen durchsichtigen, am Bettrand befestigten Plastikbeutel leitet. Eine betrübliche Vorstellung: der Körper als Mechanismus, der Flüssigkeiten aufnimmt und abgibt. Diejenigen, die Persia besuchen (Madelyn, einige Freundinnen, ein oder zwei Nachbarinnen – Persia ist so weit bei Bewußtsein, daß sie Besuche von Männern untersagt, Duke Courtney eingeschlossen), sind schockiert über ihr Aussehen, behaupten, sie hätten sie nicht wiedererkannt: diese unheimliche Verfärbung der Haut, die fast zugeschwollenen Augen, wie erschöpft, müde und alt sie aussieht. Und der aufgetriebene Bauch, dick wie bei einer hochschwangeren Frau, der einen merkwürdigen Gegensatz bildet zu ihrem übrigen Körper.

Als Iris Courtney ihre Mutter im Krankenhaus zum erstenmal sieht, in dem seltsam hohen Bett, starrt sie Persia verständnislos an: Wer ist diese hinfällige, reglose Gestalt? In eines von Persias Nasenlöchern ist ein dicker Gummischlauch eingeführt worden, mit einem Gewicht daran, das durch die Kehle und die Speiseröhre in den Magen hinunterrutschen soll. Das eine Nasenloch ist grotesk geweitet, das andere zugeklemmt. Persias Augen sind geschwollen, als wären sie blaugeschlagen worden, und es läßt sich nicht sagen, ob sie geöffnet sind ... ob Persia auch klar sieht.

»O Mama!« ruft Iris mit einer Stimme, in der Schmerz, Schock und Anklage liegen.

Sie erhält keine Antwort.

In den nächsten Wochen verbringt Iris Courtney ihre Zeit damit, am Bett ihrer Mutter zu sitzen und darauf zu warten, daß die schwerkranke Frau sich in Persia zurückverwandelt. Den Unterricht an der Hammond Central High School besucht Iris nicht mehr, sie denkt nicht mal an ihn. Vielleicht wird sie später, im Sommer, die Arbeiten und Prüfungen nachholen, vielleicht auch nicht. Sie bleibt im Krankenhaus und wartet darauf, daß Persia zu sich kommt und *sie* anschaut ... daß sie sagt, es tue ihr leid. Bis zu Persias Todesstunde wartet sie darauf, daß die Genesung einsetzt.

Zu Beginn der zweiten Woche ist Persia eines Morgens so weit bei Bewußtsein, daß sie mit schwacher, erschöpfter Stimme sprechen kann. Iris packt ihre Hand, beugt sich zu ihr hin, damit sie jedes Wort mitbekommt. »Wollte nicht einsam sein ... als hätte Gott ein Versprechen eingelöst ... ein kleines Mädchen ... meine Kleine ... ich weiß, ich habe versagt ... war keine gute Mutter ... keine Mutter. Schätzchen, ich weiß, daß ich versagt habe.«

Als es den Anschein hat, daß sie nichts mehr hinzusetzen will, sagt Iris rasch mit etwas zu lauter Stimme: »Mama, du *warst* eine gute Mutter, und du bist es immer noch.«

Persia versucht, sie anzuschauen. Kaum zu glauben, welche Kraft sie aufbieten muß, nur um zu schauen. Vor ihren Augen scheint ein Fieberschleier zu liegen. Persia hat sich im Krankenhaus eine Infektion zugezogen, hat hohes Fieber.

Iris wiederholt mehrmals: »Mama, du warst eine gute Mutter, du warst immer eine gute Mutter.« Und denkt: *Lügnerin! Lügnerin! Warum lügst du?* Dabei drückt sie Persias Hand, diese zerbrechliche, kraftlose Hand, die Hand einer alten Frau.

Persia sagt mit rauher Stimme: »Ich hätte besser sein können ... ich *bin* auch besser ... tief drinnen. Glaubst du mir etwa nicht?« Einen Augenblick lang scheint sie fast böse zu sein; Entschlußkraft und Widerstandsgeist flammen auf, die alte Persia, die schon bei einem einzigen Widerwort in die Luft ging. »Ich weiß gut ... ich hätte besser sein können«, sagt sie. »Hab' die Kontrolle verloren ... glaubst du nicht auch, daß ich ein besserer Mensch bin ... als es den Anschein hat?«

Iris starrt Persias verschwollenes, verfärbtes Gesicht an, diese Augen, die gelbe Halbmonde sind, und fragt sich: Streiten wir? Haben wir eine Auseinandersetzung? Hier? Jetzt? Sie murmelt rasch: »Ja, Mama. Du hast recht, Mama.«

Persia sagt mit Entschiedenheit: »Du hast keine Ahnung ... bist zu jung. Darfst dir kein Urteil anmaßen.« Iris sagt, das tue sie nicht, und Persia fährt fort: »Ich habe dich *geliebt* ... mein kleines Mädchen. Doch das hat nichts genutzt, oder?« Natürlich habe es etwas genutzt, erwidert Iris, und Persia sagt ungeduldig: »Lüg mich nicht an, verdammt nochmal, jetzt nicht, erzähl mir bloß keine Lügen. Versprich mir nur ... daß du nicht denselben Fehler machen wirst wie ich.«

Iris fragt: »Was für einen Fehler, Mama?« Und Persia sagt mit schwächer werdender Stimme: »Du bist genau wie ich, Iris. Sei *nicht* so wie ich.« Iris fragt verzweifelt: »Mama, wovon redest du denn? Von was für einem Fehler?« Und Persia erwidert vage: »Ich wußte, was Rechtschaffenheit ist. Aber mich hat so etwas immer ... gelangweilt. So ein Mann. So ein Lebensstil. Diesen Fehler darfst du nicht machen, Schätzchen. Wenn du einen rechtschaffenen Menschen findest, dann wende dich nicht ab. Ich wußte, was dein Vater für einer war ... aber das war mir egal, denn ich liebte ihn sosehr. Jetzt ist mir das gleichgültig ... jetzt ist es sowieso zu spät ...«

Sie wird schläfrig, als zeige sich die Wirkung einer starken Droge; Iris spürt mit ihren Fingern, wie das Bewußtsein, die Kraft, wie das Leben ihrer Mutter verebbt ... sie findet es unerträglich, daß sie dieses Verströmen nicht aufhalten kann.

Das Letzte, was Persia an diesem Tag sagt, ist: »*Versprich mir* ...« Iris sagt: »Ja, Mama«, ohne zu wissen, was sie versprechen soll.

Dennoch bleibt sie bei ihrer Vorstellung von der wahren Persia, der gesunden Persia. Der Frau, die so oft und so liebevoll mit ihrer Tochter fotografiert wurde, während ihres ganzen gemeinsamen Lebens; im Schaufenster von Courtneys Fotostudio an der North Main Street sind sie nach wie vor ausgestellt.

Wichtig ist, abzuwarten, bis diese Frau zurückkehrt.

Wichtig ist, optimistisch zu denken. Oder gar nicht zu denken.

Leslie Courtney scheint derselben Meinung zu sein. *Wenn Persia aus dem Krankenhaus entlassen wird ... Wenn Persia gesund ist* ... Er plant für den Sommer einen Ausflug nach Crystal Beach in Ontario und an den Lake Placid in den Adirondacks, er spricht über einen Umzug in eine neue Wohnung oder eine Doppelhaushälfte in einer besseren Gegend. Leslie Courtney ist hoffnungsvoll, aber der Zusammenbruch seiner Schwägerin hat ihn offenbar so schockiert, daß er das Trinken aufgegeben hat.

Für immer, beteuert Leslie. Einen Tag um den anderen, und das für immer.

Als Persia den einundzwanzigsten Tag im Krankenhaus verbringt, klingelt um elf Uhr nachts in ihrer Wohnung das Telefon. Duke Courtney ist am Apparat. Von ihm hat Iris seit über einem Jahr nichts mehr gehört. Er beklagt sich bitter darüber, daß er Persia nicht besuchen darf: »Als ich's erfuhr, bin ich sofort hingegangen. Unglaublich, wie man mich gestern und heute abgefertigt hat im Krankenhaus ... Ich sagte, ich hätte ein Recht darauf, ich sei sechzehn Jahre mit dieser Frau verheiratet gewesen. Wer hat ein Recht darauf, wenn nicht ich? Iris, ich wünsche mir von ganzem Herzen, euch beide zu sehen. Ich muß euch unbedingt sehen. Morgen im Krankenhaus ...«

»Nein«, sagte Iris gelassen.

»Ich war verreist, sonst wär' ich früher gekommen. War unterwegs. Hab' geschäftlich was Neues angefangen. Iris, jetzt ist die Zeit gekommen für Männer, die etwas wagen ... Wenn ich mit dir rede, komme ich mir vor wie ein Fremder. Ich spreche mit meiner eigenen Tochter, und ich fühle mich so ... Iris? Sag doch was! Ich muß dich und deine Mutter unbedingt sehen, ihr werdet es nicht bereuen, wenn ihr ...«

»Nein.«

»Kann ich bei dir vorbeischauen? Ich bin gerade in der Gegend. Wenn ich ...«

»Nein.«

Einen Augenblick lang herrscht Schweigen. Dann stößt Duke Courtney ein schroffes, verblüfftes Lachen aus. »Mein Gott, du bist aber ... nicht sehr freundlich, Iris! Was ist denn los mit dir? Dein eigener Vater ruft an und ... Also, ich war selber auch nicht gerade bei bester Gesundheit ... Leslie sagt, Persia wolle nicht mal ihn sehen ... Diese Frau ist offensichtlich nicht ganz bei Verstand, ist nicht in der Lage, ihre Angelegenheiten selbst zu regeln. Die arme Persia! Sie ist so selbstzerstörerisch. Ich sag' das ungern, aber ich hab' das schon vor Jahren kommen sehen ... Der Doktor Soundso, dieser aufgeblasene Heini, hat mich einfach stehenlassen ... und die Oberschwester in der Intensivstation – was für ein Drachen! Ich sagte, es sei äußerst wichtig, hier gehe es um Leben und Tod. ›Wer hat denn ein Recht, diese Patientin zu besuchen, wenn nicht ich?‹ sagte ich. ›Sechzehn Jahre sind wir verheiratet gewesen, *und Persia spürt doch im Grunde ihres Herzens, daß wir immer noch miteinander verheiratet sind.*‹ Davon lasse ich mich nicht abbringen! Deine Mutter ist jetzt nicht ganz bei Sinnen, sie braucht mich ... Ach Gott, wir drei, wir brauchen doch einander. *Ich* sehe es ein. Warum sieht *sie* das nicht ein? Und *du? Wer hat ein Recht, wenn nicht ich?*«

»Nein«, sagt Iris wieder, mit starren Lippen.

Und hängt auf.

Am nächsten Morgen weiß sie, was sie zu tun hat, als sie durch das Foyer des Krankenhauses zu den Fahrstühlen geht und merkt, daß Duke Courtney auf sie wartet. Er geht rasch auf sie zu, doch dann zögert er, ruft mit einer überraschend zaghaften Stimme ihren Namen, als hätte er sie nicht richtig erkannt.

Duke Courtney ist ein großer, schlanker Mann Mitte vierzig mit einem verlebten Gesicht und dünnem, silbrigem Haar; an seinem Kinn glitzern silbrige Bartstoppeln. Er blickt besorgt drein, lächelt schwach. Sein blauer Nadelstreifenanzug scheint ein oder zwei Nummern zu groß zu sein, die Hose hat keine Bügelfalten mehr, doch seine teuren schwarzen Schuhe sind spiegelblank.

Hinter Duke steht eine Frau in seinem Alter mit verschmiertem Augen-Make-up und grell geschminktem Mund, die offensichtlich zu ihm gehört.

Iris, die jetzt zusammen mit einigen anderen Besuchern den Aufzug erreicht hat, sieht beide, schaut teilnahmslos durch sie hindurch. Sie läßt sich von Duke Courtney, der verdutzt »Iris? Iris? *Iris?*« sagt, nicht aufhalten.

Ich ging an ihm vorbei. Ich kenne ihn nicht. Als ich den sechsten Stock erreichte, hatte ich ihn bereits völlig vergessen.

Persia ist die meiste Zeit ohne Bewußtsein.

Oder zu erschöpft und verwirrt, um die Augen zu öffnen.

Iris Courtney begreift, daß es unsagbar mühsam sein kann, auch nur die Augen zu öffnen.

Einmal jedoch, wenige Tage vor dem Ende, rafft sich Persia auf, ihr Blick wird klarer, sie greift nach Iris' Hand und hält diese mit kindlicher Gebärde fest. Ihre wunden Lippen sind schorfig. Ihr Haar, das jetzt einen verblichenen Braunton hat und sehr dünn ist, ist straff aus der Stirn gekämmt worden. »Iris? Wo sind wir?« flüstert sie. Iris sagt ihr, daß sie im Krankenhaus ist; sie sei schon seit einiger Zeit hier, sie werde behandelt, sie brauche Ruhe, und es werde ihr bald bessergehen. Persia ist jedoch sehr erregt, sie rollt die Augen und ruft: »Hol mich hier raus! Dieser *Sarg* ...« Und Iris sagt: »Ja, Mama«, sagt mit einer frohen, mädchenhaften Stimme: »Das tu' ich, Mama, sobald ich vom Arzt höre, daß es dir bessergeht.«

Persias verbrauchter Körper ist nervös und angespannt. Iris spürt, wie Persia tief in ihrem Innern zu zittern beginnt. Doch der Gummischlauch, diese Schlange durch ihre Nase, hält sie fest, hält sie gefangen. Und der Infusionsschlauch in ihrem linken Unterarm. Und der Schlauch, der Giftstoffe aus ihrem Körper leitet. Und das Gewicht der frischen, weißen Bettwäsche. Nach wenigen Sekunden ermattet Persia, seufzt leise. »Nein, das ist nicht nötig, Schätzchen«, sagt sie ergeben. »Sie wollen mich hier haben. So haben sie es geplant. Hier ist der richtige Ort für mich.«

Dritter Teil

Die Feier

1

Sie ist auch zum Scheitern verurteilt. Sie gehört uns. Sie ist das Bindeglied zwischen uns, das niemals zerbrechen wird. Aber ich habe es zerbrochen, denkt Iris Courtney triumphierend und voller Trotz.

Sie ist weggezogen, hat Hammond verlassen ... will nur zu Besuch dorthin zurückkehren.

In Hammond hat sie kein Zuhause. Es gibt dort keinen Ort, der mehr darstellen könnte als eine Erinnerung. Das erleichtert die Sache.

Und als sich Dr. Savage an einem Spätnachmittag im November 1962 auf seine zerstreute Art erkundigt: »Gehen Sie zum Thanksgiving nach Hause, Miss Corey?«, antwortet Iris höflich lächelnd: »Mein Zuhause ist hier in Syracuse, Dr. Savage. Und ich heiße nicht ›Corey‹.«

Im November 1962 ist Iris Courtney zwanzig Jahre alt, zwanzig Jahre und sechs Monate, und sie bewohnt ein kleines, spärlich möbliertes, aber einigermaßen sauberes und ruhiges Zimmer in einer Pension an der allmählich schäbiger werdenden South Salina Street in Syracuse im Bundesstaat New York; sie bezahlt dreißig Dollar Warmmiete im Monat. Sie absolviert ihr drittes Studienjahr an der Syracuse University; es gefällt ihr, allein zu leben, eineinhalb Kilometer vom Campus entfernt, in einem Backsteingebäude, das früher ein Privathaus war und das jetzt vorwiegend graduierten Studenten als Unterkunft dient. In ihrem ersten Jahr hauste Iris in einem Wohnheim der Universität, umgeben von anderen Studienanfängerinnen, doch fühlte sie sich dort fehl am Platz, weil sie schon zu erwachsen war; jetzt hat sie sich damit abgefunden, daß sie zu jener Randgruppe von Studenten gehört, die aus finanziellen Gründen nicht auf dem Universitätsgelände wohnen und zu ihrem Stipendium etwas dazuverdienen müssen, manchmal in mehr als nur *einem* schlechtbezahlten Job. Sie gehört zu jenen nüchternen, fleißigen, selbstsicheren Menschen, die nicht mehr jung wirken, auch wenn sie es dem Alter nach noch sind.

Durch Iris' dichtes, federndes Haar, das jetzt kürzer geschnitten ist, nur bis zum Nacken geht, ziehen sich Silberfäden; auf der Stirn hat sie Fältchen, die jedoch fast unsichtbar sind; selbst ihre Sommersprossen verblassen jetzt rasch, wie Kindheitserinnerungen. Ihr ansonsten glattes Gesicht ist wie gemeißelt: hohe Backenknochen, eine hohe, schmale Stirn, doch es ist ein schönes Gesicht ... Iris Courtney nimmt dies zumindest an, da es ihr schon oft versichert wurde.

Ohne daß sie dies mit Gelächter quittiert hätte. Und was nützt mir mein Aussehen?

Ohne daß sie den Mund verzog. Und was nützte es ... ihr?

Dennoch ist Iris hier in Syracuse glücklich. Meistens.

Sie ist froh, daß sie dieses Zimmer hat im obersten Stockwerk jenes dreigeschossigen Backsteinhauses in der South Salina Street ... sie ist froh, an dieser Universität zu sein, wo sie stets gute Noten erzielt, wo sie in ihrem dritten Studienjahr einen Job bekam als studentische Hilfskraft des renommierten Byron Savage von der Abteilung für Kunstgeschichte, des Herausgebers von *The Journal of Art and Aesthetics* ... sie ist froh, daß sie in einer Stadt wohnt, die mit dem Auto nicht mehr als zweieinhalb Stunden von Hammond entfernt ist, aber fünfmal so groß und mit ihrem geschäftigen Treiben und ihrem glanzvollen kulturellen Leben so anders ist, daß sie Tausende von Kilometern weg sein könnte. Oft scherzt sie, hier habe sogar der vom Ontario-See kommende Wind einen anderen Geruch.

Iris Courtney hat durch Kummer und mehr noch durch Kränkungen eine sehr dünne Haut bekommen, sie muß sich eisern beherrschen, damit sie bei Berührungen nicht nervös zusammenzuckt, doch ist ihr dies gar nicht bewußt. Sie denkt selten an Persias Tod und kommt nie darauf zu sprechen.

Iris hat nämlich gelernt, daß man das, was man erlebt hat, noch lange nicht begriffen hat, daß man sich nicht einmal genau erinnern kann, geschweige denn das sprachliche Vermögen hat, es auszudrücken.

Und was taugen die »Tatsachen« als Erklärung? Die »Tatsachen« sind es, die der Erklärung bedürfen.

Sie war achtunddreißig, als sie starb.

Er verschwand gleich nach der Beerdigung, ohne eine Anschrift zu hinterlassen.

Sie war nicht versichert. Die Rechnungen betrugen annähernd 8000 Dollar; L. hat einen Kredit aufgenommen, doch ich will ihm das Geld zurückzahlen.

Ich bin jetzt bereit, mich zu verlieben. Es ist Zeit.

2

»Miss Courtney«, sagt er mit seiner Gentlemanstimme.

»Iris«, sagt er und betont dabei beide Silben.

Hat Byron Savage so lange im Ausland gelebt, daß er mit einem leicht exotischen Akzent spricht?

Nun schenkt er ihr mehr Aufmerksamkeit, und da er weiß, daß er sie verletzt hat, achtet er darauf, sie mit ihrem richtigen Namen anzusprechen. Er lächelt, als wäre dies ein obligatorischer Bestandteil eines Gesprächs; seine blauen, spöttisch dreinblickenden Augen leuchten jetzt vor Besorgtheit. Iris stellt fest, daß ihr Arbeitgeber ein auf harmlose Weise eitler, aber auch gütiger Chef ist, der, wenn er sich danebenbenommen hat, sehr um Wiedergutmachung bemüht ist ... er schätzt sich selbst so hoch ein, daß er meint, der von ihm angerichtete Schaden müsse beträchtlich sein.

Iris Courtney sitzt hinter einer alten, hohen Remington-Royal-Schreibmaschine in Dr. Savages Vorzimmer, eingelullt von ihrem stakkatoartigen Tippen, das die meisten ihrer eigenen Gedanken verscheucht. Das Büro mit seiner hohen Decke, den antiquierten Heizkörpern und den zugigen bleiverglasten Fenstern ist ein seltsam tröstlicher Ort, und oft arbeitet sie länger als bis fünf Uhr, macht Überstunden, erledigt die Korrespondenz, füllt Formulare der Universität aus, tippt detaillierte Gutachten über Artikel, die dem *Journal* zur Veröffentlichung angeboten wurden. Sie hält es für eine Auszeichnung, hier arbeiten zu dürfen, und meint, sie habe es dem Zufall zu verdanken, daß sie die Stelle bekam: Dr. Savage hielt sie wohl für eine graduierte Studentin; sie schnitt in seinem beliebten Einführungskurs für Nichtgraduierte sehr gut ab, und von daher war ihm ihr Gesicht und auch ihr Name irgendwie vertraut, wenn auch nicht bekannt.

Er ist ein heikler, anspruchsvoller, aber auch gerechter Mann. Ende fünfzig, schätzt Iris. Mittelgroß, fast kahlköpfig, mit einem flaumigen bräunlichen Haarkranz, gut fünfundzwanzig Pfund Übergewicht, Fettpolster am Bauch und am Rumpf, ziemlich schwerfällig in seinem Gebaren. Seine Angewohnheit, sich ständig zu räuspern, gibt ihm etwas Zaghaftes wie auch Autoritäres ... in der Tat eine Angewohnheit, die einem auf die Nerven gehen kann. Iris hört ihn in seinem Büro, hört, wie er näher kommt. *Hmmmm! Uh-hummmm!* und dann: »Miss Courtney? Iris? Darf ich Sie kurz stören?«

Iris denkt: Wenn er mich mit dem Vornamen anredet, soll ich dann auch seinen Vornamen verwenden?

Doch sie nennt ihren Arbeitsgeber stets »Dr. Savage«. Das hat einen Wohlklang, der fast mit Händen zu greifen ist.

Bei all seiner Höflichkeit ist Byron Savage ein willensstarker Mann. Diejenigen, die Kunstgeschichte als Hauptfach haben (Iris Courtney gehört zu ihnen), wissen sehr wohl, daß man ihm auf dem Gebiet der Theorie nicht widersprechen darf; Ästhetik ist die Religion von Dr. Savage, und seine Stimme bebt vor Leidenschaft, wenn er über die sogenannte »große Tradition« der westlichen Kunst spricht; dies ist auch das Thema seiner zahlreichen Bücher und Monographien. Auch im Büro des *Journal* kann Dr. Savage sehr heikel und anspruchsvoll sein; Iris weiß, daß er andere Hilfskräfte wegen geringfügiger Versehen entlassen hat. Bei Dr. Savage ist Vorsicht geboten, wie bei allen, die eine Machtposition innehaben; Iris beherzigt dies.

Doch eines Nachmittags, als Iris Überstunden macht, weil sie das Korrekturlesen der Fahnenabzüge der Zeitschrift übernommen hat, erkundigt sich Dr. Savage fast schüchtern, ob sie nach Hause gefahren werden wolle. Es ist schon stockdunkel; ein Graupelschauer weht gegen die Fenster. Dann, Mitte November, überrascht er Iris mit der Frage, ob sie ihm, seiner Frau und ein paar anderen am Thanksgiving beim Abendessen Gesellschaft leisten wolle. »Da Sie ja, wie Sie schon sagten, nicht nach Hause fahren werden, Miss Courtney – *Iris.*«

Bei jeder der beiden Einladungen zögert Iris, bevor sie sie annimmt.

Doch sie nimmt sie an. Als hätte ihr Byron Savage einen Edelstein gegeben, den sie instinktiv mit den Fingern umschließt, ohne ihn vorher zu betrachten.

So will es der Zufall, daß Iris Courtney mit der Familie Savage in Berührung kommt. Sie ist so aufgeregt, so voller Vorfreude, als wüßte sie bereits, daß sie ein neues Leben beginnen wird.

3

Von den vierzehn Bewohnern des Backsteinhauses South Salina Street 2117 sind zehn Männer; alle zehn sind »älter«; sieben von ihnen sind ausländische Studenten – aus Taiwan, Indien, Nigeria und Jamaika. Zu dem ein Meter neunzig großen, aus Jamaika stammenden Claude St. Germain fühlt Iris sich am meisten hingezogen; die beiden plaudern öfters miteinander, und Iris betrachtet ihn dann nachdenklich.

Claude St. Germain redet so undeutlich und mit einem so starken Akzent, daß Iris nicht recht mitbekommt, ob er nun ein Maschinenbaustudium absolviert oder ob er ein nichtgraduierter Student ist; vielleicht weiß er das selbst nicht so recht. Er scheint Ende zwanzig zu sein, hat noch nie im Norden gelebt, zieht mißtrauisch die Augenbrauen hoch, wenn er von dem höflich lächelnden weißen Mädchen gegrüßt wird oder wenn ihn dieses in eine Unterhaltung verwickelt, sei es im Vestibül der Pension (wo die Bewohner ihre Post abholen) oder in der im Hinterhaus gelegenen Küche, die von den Mietern benutzt werden darf. Claude schaut Iris über Wochen hinweg nicht ins

Gesicht. Dann wird er allmählich freundlicher, doch seine Stimmung ist nie vorhersehbar. Er ist massig, sehr dunkel, gutaussehend, hat die übergroßen, gemeißelten Gesichtszüge einer in Eisen gegossenen Rodin-Büste, dichtes, wolliges Haar, eine breite Nase und ein abruptes, immer heller werdendes Gelächter, das unvermittelt ausbricht, während seine Augen unbewegt bleiben.

Englisch ist Claudes Muttersprache, doch er spricht es nicht so fließend wie die meisten anderen ausländischen Studenten, und selbst wenn er übermütiger Laune ist, scheint er argwöhnisch zu sein, scheint er zu befürchten, daß er hinter seinem Rücken ausgelacht wird. Eines Tages hört Iris, wie sich ein anderer Hausbewohner nach Claudes Befinden erkundigt, und wie dieser mit einem spöttischen Lachen sagt: »Wer will das wissen? *Du? Dich* interessiert das? Und das soll ich dir glauben?« Auf der Treppe dröhnen seine Füße wie Hufe.

Doch Iris schenkt Claude St. Germain weiterhin viel Beachtung; sie horcht, ob seine Stimme, sein unbändiges Gelächter zu hören ist; sie beobachtet ihn insgeheim von ihrem Fenster aus, geht sogar manchmal auf der Straße ein oder zwei Häuserblocks lang hinter ihm her, wenn er sie nicht sieht. Und wenn sie ihn heimlich beobachtet, spürt sie in ihrer Brust ein wohliges Gefühl wie sich ausbreitende Müdigkeit.

Und wenn er sie bemerkt, durchfährt sie meist ein beklemmendes Gefühl.

Ach, und wie er geht, dieser wiegende Gang ... wie er dabei den Kopf hin und her bewegt: Iris schaut hin, als müsse sie sich das genau einprägen. Auf den Straßen in der Nähe des Campus geht der Jamaikaner mal schnell, mal langsam; mal mit einer wütenden Entschlossenheit, mal völlig ziellos, leicht gebeugt, wie um sich kleiner zu machen; geschmeidig bahnt er sich seinen Weg durch das Gedränge von Menschen, die fast ausnahmslos Weiße sind. Wie viele Weiße es hier gibt!

Anfang November hört Iris zufällig von einem anderen Mieter, daß Claude bei seinem Studium Schwierigkeiten hat; ihr fällt ein, daß sie ihm vielleicht behilflich sein könnte. Natürlich nicht in Mathematik, sondern in Englisch, falls er da Hilfe braucht.

So schnell wie eine hoch droben dahinziehende Wolke geht ihr dieser Gedanke durch den Kopf, und schon ist er vergessen. Neben den Vorlesungen und den Arbeitsstunden, die sie bei Dr. Savage ableistet, bleibt ihr keine Zeit mehr, selbst wenn es ihr leichtfiele, Claude darauf anzusprechen, ihr fehlt einfach die Zeit. Sie sieht sich immer als eine Gestalt, der eine Feuerwand auf den Fersen folgt.

»Willst du mal ausgehn mit mir, Iris? Was trinken? Tanzen? Irgendwann mal? Wie?«

Ganz plötzlich fängt Claude an, von Iris Courtney Notiz zu nehmen, und dann lungert er auf dem Gang vor ihrem Zimmer herum und auf der Treppe, klopft spät nachts an ihre Tür, um sie zu einem Drink in seinem Zimmer einzuladen; er wartet morgens, bis sie das Haus verläßt, damit er sie begleiten kann. Und abends kann Iris noch so verstohlen in die Küche schleichen: Claude kommt garantiert hinterher und platzt herein, dreist, lärmend, erwartungsvoll, streitlustig, voller Fragen, die er an sie richten will, immer bereit, in dieses wilde, ungestüme Gelächter auszubrechen. Er besteht darauf, sie auszuführen: »Vielleicht ins Kino? Zum Tanzen? Was trinken, droben in der Marshall Street? Wie wär's, Iris? Was sagst du dazu?« Seine Augen sind kalt und freudlos.

»Tut mir leid, das geht nicht«, sagt Iris höflich und: »Tut mir wirklich leid, das geht einfach nicht«, versucht, dem Blick des schwarzen Mannes zu begegnen und nicht klein beizugeben, wenn er in Wut gerät: »Also hör mal, Claude, ehrlich ... Ich gehe nicht viel aus, ich hab' keine Zeit dafür.«

»›Keine Zeit! Keine Zeit!‹«

Iris hört, wie Claude sie anderen gegenüber mit einer Falsettstimme nachäfft, wie er dreckige Witze erzählt, wenn sie vorbeikommt; sie sieht ihn im dritten Stock stehen, ohne Gürtel, die Hose halb offen ... Claudes Zimmer liegt im zweiten Stock, er hat im dritten nichts zu suchen. Als Iris zitternd sagt: »Laß mich bitte in Ruhe«, erwidert Claude grinsend: »Ist dir schon mal eingefallen, daß du *mich* endlich in Ruhe lassen könntest, Baby?«

In der Woche vor dem Thanksgiving ist Iris einmal um zehn Uhr abends unten in der Küche, es ist noch ein anderer Mieter da, der sich gerade Kaffee macht, ein taktvoller weißer Mann namens Hodler, der Wirtschaftswissenschaften studiert. Da kommt plötzlich der Jamaikaner herein; er riecht nach Bier und nach Schweiß, ist voller Ungestüm und Aggressivität, lächelt breit: »Ja, hal-*lo,* Iris! Wie geht's dir denn so, Baby?« Und nach wenigen Sekunden verschwindet Hodler so leise wie eine Katze.

Claude ist mit Schweißperlen überzogen wie ein Athlet, der sich warmgelaufen hat. Er hat einen roten Orlon-Pullover mit V-Ausschnitt an, darunter kein Hemd, hält eine Bierdose in der Hand und plappert wie ein betrunkener Papagei. Iris unterbricht ihn: »Hast du denn gar keinen Stolz mehr?«

Claude stiert Iris Courtney an, als wären diese Worte in einem Geheimcode abgefaßt, den er nicht entziffern kann. Er zuckt die Achseln, grinst sabbernd, sagt: »Willst du tanzen?«

Iris dreht am Herd die Gasflamme aus und will die Küche verlassen, doch St. Germain versperrt ihr den Weg; er wackelt mit den Hüften wie Elvis Presley, streckt die Arme in die Höhe und schnalzt mit den Fingern. Er grölt dazu einen Song, der einen Calypso-Rhythmus hat. »Magst du Harry Belafonte, Baby? *Der* gefällt dir, wie? Na klar! Die weißen Schlampen sind alle scharf auf Belafonte ... auf dieses Arschloch.«

Iris will sich an Claude vorbeiquetschen, doch dieser drängt sie zurück, schiebt sie gegen den Herd ... den altmodischen Gasherd, achtflammig, riesig ... wackelt herausfordernd mit den Hüften, jetzt ohne ein Lächeln. Und Iris, die irgendwie den Eindruck gehabt hat, Hodler werde den Hausmeister holen (der sehr wohl weiß, wie Claude sich in den letzten Wochen aufgeführt hat und mit diesem sogar mehrmals in Streit geraten ist), fängt an zu begreifen, daß ihr niemand helfen wird. Daß sie allein ist mit diesem verbitterten, nicht mehr ganz zurechnungsfähigen schwarzen Mann. Und sie überlegt, was sie tun soll. Was soll sie bloß machen? Plötzlich duckt sie sich ganz spontan und schlüpft an Claude vorbei, um an eine der Küchenschubladen zu kommen; er packt sie am Arm und versucht, sie herumzuwirbeln, so als tanzten sie gerade einen wilden, schwindelerregenden Tanz, aber Iris windet sich los, öffnet eine Schublade, zieht ein Messer heraus, ein Schälmesser, das zu klein ist, also wirft sie es weg und sucht weiter, bis sie ein Tranchiermesser findet. Aus ihrer gebückten Haltung erhebt sie das Messer gegen den erstaunten Mann und sagt, indem sie die Spitze auf seine Kehle richtet, mit ruhiger, ja teilnahmsloser Stimme: »Wenn du mich noch einmal anrührst, bring' ich dich um.« Und mit einem nervösen kleinen Lachen, die Hände erhoben, weicht Claude einen Schritt zurück.

Er stößt einen langen, feuchten Pfiff aus ... glotzt sie an.

Iris Courtney rührt sich nicht vom Fleck. Sie richtet das Messer weiterhin auf Claudes Kehle. Ihr Gesicht ist leichenblaß, die Sommersprossen sind verschwunden; ihre Augen sind geweitet, doch ihre Hand ist ruhig ... ganz ruhig.

In demselben gelassenen Ton sagt sie: »Du hast mich anscheinend falsch eingeschätzt. *Mach das nie wieder.*«

Claude ist jetzt nüchtern; die herausfordernde Haltung hat er abgelegt.

»Okay, Baby, ganz wie du willst ... du hast das letzte Wort.«

Um das Gesicht zu wahren, bewegt er sich rückwärts in einer Art Calypsoschritt aus der Küche hinaus, wirft einen Blick über die Schulter, um festzustellen, ob irgend jemand seine Niederlage miterlebt hat. Dann ist er weg, es ist vorbei. Und von nun an bemüht sich Claude, Iris Courtney aus dem Weg zu gehen – oder, wenn er sie doch sieht, würdevoll durch sie hindurchzuschauen. Und Iris Courtney bemüht sich, ihn nicht anzusehen ... den Blick nicht auf ihm ruhen zu lassen.

Der jamaikanische Maschinenbaustudent verschwindet übrigens während der Weihnachtsferien, und er taucht dann nie wieder in Syracuse auf. Sein Zimmer im zweiten Stock bleibt wochenlang leer.

4

In dieser windigen Novembernacht ist Iris Courtney um halb drei Uhr morgens noch zu aufgeregt, um schlafen zu können. Es ist die fieberhafte Erregung, die einen Migräneanfall ankündigt, und Iris kann sie nicht unterdrücken. Sie zieht sich rasch an, streift einfach eine Hose über ihr Flanellnachthemd, steckt die nackten Füße in ein Paar Stiefel, legt einen Wintermantel um und rennt ohne Kopfbedeckung und ohne Handschuhe – für Handschuhe hat sie keine Zeit – in der kalten, schneidenden Luft zwei Häuserblocks weit zu einer Telefonzelle in der Nähe einer Esso-Tankstelle. Dort wirft sie Münzen ein, wählt keuchend die Vermittlung, weil sie eine Auskunft braucht, und als sie gesagt bekommt, wie die Nummer von »Verlyn Fairchild« in Hammond lautet, vergißt sie diese gleich wieder. Sie gibt auf, versucht nicht, sich die Nummer in Erinnerung zu rufen. Wie kann sie Jinx jetzt anrufen, so spät in der Nacht? Oder auch zu einer anderen Zeit – mit welchem Recht? Wer ist sie denn?

Sie legt auf. Die Münzen verschwinden.

Sie drückt die Stirn an den kalten Hörer und schließt die Augen. Wartet in dieser unterwürfigen Haltung darauf, daß der Schmerz einsetzt.

Iris Courtney hat Jinx Fairchild schon sehr lange nicht mehr gesehen oder gesprochen. Sie hat kein Recht auf ihn, hat eigentlich nicht einmal das Recht, an ihn zu denken; er ist mit einer Frau verheiratet, die sie nicht kennt, er hat Kinder; sie hat kein Recht, ihn einfach anzurufen, ohne an die Fremdheit zu denken, die zwischen ihnen herrscht, oder an die Gleichgültigkeit, die er ihr gegenüber empfindet. Sie könnte schwören, daß sie in ihrem neuen Leben kaum noch an ihn denkt – doch am Abend zuvor hat sie ein Messer ergriffen, um an seiner Stelle Rache zu nehmen ... weil der Stolz, die Ehre, die Männlichkeit von Jinx Fairchild durch einen anderen in den Schmutz gezogen wurden.

Natürlich habe ich nicht angerufen. Er hätte mich für verrückt gehalten. Unmöglich.

Sie fühlt sich zu schwach, um die Telefonzelle zu verlassen und nach Hause zurückzukehren. Es kommt selten vor, daß Überreste ihres alten Lebens wie Granatsplitter, die sich im Fleisch weiterbewegen, in ihr neues Leben vorstoßen. Sie ist durcheinander, kann nicht begreifen, was geschehen ist, was beinahe geschehen ist. Sie denkt traurig daran, daß ihr Geliebter so weit weg ist; ob es sein kann, daß er derjenige ist, den sie haßt, auf den sie das Messer richtet?

5

Kalt, klar, frostig zieht der Tag des Thanksgiving herauf; die Luft hat einen metallenen Geruch. Selbst der Himmel sieht gefroren aus ... wie gefrorenes Wasser, gewellt und mit einem Netz überzogen. Doch Iris beachtet ihn nicht.

Das ist der Tag, der Feiertag, auf den sie gewartet hat. Mit Vorfreude und auch mit Furcht.

Sie zügelt ihre kindliche Freude über die Einladung, indem sie sich sagt: Es bedeutet überhaupt nichts; du tust ihm nur leid.

Und: Es ist bloß eine Geste der Mildtätigkeit. In seinen Augen ist »Iris Courtney« eine Heimatlose.

Und in ihr Tagebuch, wo sie die Eintragung ein Jahr später mit Erstaunen lesen wird, schreibt sie: *Meine Vorhersage: ein Fehler. Doch kein schwerer.*

Wenn Iris Courtney, wie Verwandte ihr rieten und wie es die Vernunft befahl, ein paar von Persias guten, nicht allzu auffallenden Kleidern mitgenommen hätte, dann hätte sie etwas Passendes anzuziehen gehabt bei einem so außergewöhnlichen Anlaß wie dem Dinner zum Thanksgiving im Hause von Dr. Byron Savage. Sie blieb hartnäckig in ihrem Kummer und nahm nichts mit. Konnte den Anblick von Persias Kleidern nicht ertragen, von Kleidern, die immer in der Hoffnung gekauft worden waren, etwas zu erreichen ... was auch immer es sein mochte, das Frauen zu erreichen hoffen, wenn sie schöne Kleider kaufen.

Abgesehen davon hatte Persia Größe 40; Iris hat Größe 36.

Deshalb muß Iris zwei Tage vor dem Fest eine Freundin dazu bringen, ihr ein Kleid zu leihen: ein reizendes Wollkleid von Lanz, das nur ein bißchen zu groß ist für sie, mit langen, anmutigen Ärmeln, einem halblangen Faltenrock und einer Reihe hübscher Hornknöpfe. Der erikafarbene, mit türkisfarbenen und goldenen Fäden durchwirkte Stoff steht Iris Courtney gut, weil er das Haselnußbraun ihrer Augen unterstreicht und ihre Haut wärmer aussehen läßt, nicht so durchscheinend.

Als Iris sich in diesem Kleid im Spiegel betrachtet, beißt sie sich auf die Lippe, murmelt vor sich hin: »Wer ist denn das ...?« Und lächelt überrascht und erfreut.

Eine vordergründige Welt, facettenreich, unermeßlich. Und Iris Courtney ist eine unter vielen.

Doch ist nicht auch die Kunst vordergründig? Die Kunstwerke, die Fotografie, die »große Tradition« in all ihrer Vollkommenheit?

Vordergründiges, welches imstande ist, welches einzig und allein imstande ist, die innere Weltseele durchscheinen zu lassen.

Falls es eine Weltseele gibt. Falls sie zu scheinen in der Lage ist.

Da Dr. Savage in der Nähe der Universität einen weiteren Dinner-Gast der Savages abholen muß, nämlich die Witwe des Dekans der Geisteswissenschaftlichen Fakultät, wird er Iris Courtney in ihrer Pension abholen; sie braucht also kein Taxi zu nehmen. Er trifft pünktlich um halb fünf mit seinem perlgrauen Lincoln Continental in der South Salina Street 2117 ein. Iris steht in der Diele im Mantel bereit, läuft an den Straßenrand, klettert auf den bequemen Rücksitz des Wagens und wird zum Haus der Savages gefahren, welches in einem weit entfernten Stadtteil sein muß ... es liegt in der Springdale Road am Rande des Golfplatzes des Onondaga Country Club.

Dr. Savage und Mrs. Wells, die Witwe des Dekans, die auf dem Beifahrersitz des Wagens sitzt, unterhalten sich, und von Zeit zu Zeit muß Iris Courtney auch etwas zu dem Gespräch beitragen oder auf Fragen antworten, obwohl sie nicht recht weiß, was sie sagen soll. Dr. Savage erläutert gerade, daß das Festessen in ihrem Haushalt im Laufe der Jahre schrittweise vom frühen Nachmittag auf den frühen Abend verlegt worden sei; er hoffe, daß dies den Gästen nichts ausmache, aber irgendwie scheine das kultivierter zu sein. Mrs. Wells schwärmt davon, wie der Feiertag vor sechzig Jahren begangen wurde, als sie ein junges Mädchen war; dann wendet sie sich lächelnd um und fragt Iris Courtney, wie weit ihre Erinnerungen an das Thanksgiving zurückreichen. Und Iris hört sich selbst entschuldigend sagen: »Ich weiß das leider nicht mehr.«

Das ist eine merkwürdige Antwort. Doch weder Mrs. Wells noch Dr. Savage scheinen Notiz davon zu nehmen, sie reden bereits über ein anderes Thema.

Dann wird Iris vom Anblick des Hauses der Savages überrascht.

Ihr erster Gedanke ist: Wie monströs!

Dann denkt sie: Wie schön! Ist das wirklich ein *Haus?*

Iris hat gehört, daß Byron Savage aus einer wohlhabenden einheimischen Familie stammt, daß das *Journal of Art and Aesthetics* (Titelblatt und Abbildungen im Vierfarbendruck) teilweise, wenn nicht völlig von Dr. Savage finanziert wird. Aber auf die viktorianische Pracht seines Hauses ist sie nicht vorbereitet. Es ist ein zerklüftetes kleines Gebirge aus hohen, spitzen Türmen, romanischen Bögen, massiven Mauern, Kaminen und Giebeln, ein Alptraum aus grinsenden Fenstern. Als Dr. Savage die gewundende Auffahrt hinauffährt, fragt Iris staunend: »Dr. Savage, ist das wirklich ... Ihr Haus? Es kommt mir wie ein Schloß vor. So etwas habe ich noch nie gesehen.«

Dr. Savages Lachen klingt etwas verlegen, aber auch erfreut.

Er erzählt Iris, daß das Haus zu Beginn des Jahrhunderts von seinem Vater Lawrence Savage erbaut worden sei, und zwar in einem amerikanischen Baustil, der den Namen »Richardsonsche Romanik« trage, nach dem Architekten Henry Hobson Richardson. Bei bestimmten Ziergiebeln sei rosa Missouri-Granit verwendet worden, ansonsten purpurfarbener Colorado-Sandstein; die Ausgestaltungen seien natürlich von Hand gemacht worden, von Steinmetzen, die aus England herüberkamen; jede Wasserspeierfigur an den Fallrohren unterscheide sich von den übrigen. »Manche Leute halten diese Romanik für entsetzlich häßlich, andere halten sie für sehr schön«, sagt Dr. Savage lächelnd. »Aber da ich die meiste Zeit meines Lebens hier verbracht habe, brauche ich mir das nicht anzuschauen ... Ich gebe kein Urteil ab.«

Die weißhaarige Mrs. Wells erzählt Iris: »Dr. Savage ist da viel zu bescheiden. Das sogenannte Savage-Haus ist in dieser Gegend berühmt. Es ist im Nationalen Verzeichnis Historischer Stätten aufgeführt. Und es ist wirklich schön, meinen Sie nicht auch?«

»O ja«, sagt Iris mit schwacher Stimme.

Das Savage-Haus mit seiner reichverzierten Schmuckfassade sieht in dem schwächer werdenden Novemberlicht aus, als wäre es aus Pappmaché. Es ist ein Traumschloß, ein Schloß wie in einem Film, und wirkt doch so massiv, so gewichtig auf den Betrachter ... Iris Courtney fragt sich, ob die Menschen, die in dem Haus wohnen, ihm ähnlich werden.

»Bitte nennen Sie mich Gwendolyn.«

Mrs. Savage ergreift Iris' Hand, nicht um sie kurz zu schütteln, sondern um sie einen Augenblick lang festzuhalten, mit warmen, trockenen, selbstsicheren Fingern. »Ich freue mich so, Sie kennenzulernen, meine Liebe, und ich bin entzückt, daß Sie bei uns sein können. Byron hat soviel Gutes über Sie erzählt ... was Sie beim *Journal* leisten und als Studentin ... Sie schreiben doch Ihre Abschlußarbeit bei ihm, wie ich höre ... Ja, und wovon hat er noch gesprochen? Über die durch und durch vernünftige Art, die Sie im Büro an den Tag legen.«

Auf diese Worte, die mit einem starken, melodischen North-Carolina-Akzent gesprochen werden, antwortet Iris Courtney nicht, sie lächelt nur freundlich.

Iris schreibt keine Abschlußarbeit bei Dr. Savage, sie zählt noch zu den jüngeren Semestern. Doch dieser Punkt ist zu unwichtig, als daß sie ihn richtigstellen müßte, und Dr. Savage hat ohnehin nicht zugehört. Iris verliert sich in den kobaltblauen Augen von Mrs. Savage und lächelt nur.

Gwendolyn Savage ist eine attraktive, äußerst feminine Frau Ende fünfzig mit einem sanften, mondförmigen, gepuderten Gesicht, silbrigweißem Haar und diesen auffallenden blauen Augen. Sie ist klein, ein ganzes Stück kleiner als Iris, wirkt jedoch durch ihre Haltung größer; ihr Gebaren, ihre Stimme, ihr Lächeln haben etwas Vornehmes, ja Fürstliches. Sie trägt ein schwarzes Jerseykleid mit einem Einsatz aus gefälteltem Satin; ihre Schuhe sind aus schwarzem Wildleder; an ihrer linken Brust steckt eine wie ein Sternhaufen funkelnde Diamantbrosche, ein schönes, antik aussehendes Schmuckstück.

Schön sind auch ihre Diamantohrringe und ihre Ringe. Einer der Ringe glitzert eisigblau ... ein Sternsaphir?

Persia nannte ihn ihren »Lieblings-Edelstein«.

Obwohl Persia Courtney nie einen Sternsaphir aus der Nähe sah. Und Iris Courtney hat bis zu diesem Augenblick auch noch keinen zu Gesicht bekommen.

Später, als Mrs. Savage merkt, daß Iris schüchtern und mit einem starren Lächeln in einer Ecke des Emfangszimmers steht und an der Wand einen kleinen, erdfarbenen Corot anstarrt, wendet sie sich ihr wieder zu, macht sie mit anderen Gästen bekannt ... es sind zu viele ... sie kann sich die Namen nicht merken, obwohl sie beim Händeschütteln den Namen der betreffenden Person wiederholt. (Ein alter Politikertrick, sagte Duke Courtney, nichts klingt schöner als der eigene Name.) Iris Courtney kann sich nicht viel merken, weil sie zu benommen ist: ein Geschichtsprofessor mit Frau; ein großer, kahlköpfiger Herr in der Kleidung eines Geistlichen, der eine Ähnlichkeit mit Adlai Stevenson hat; ein junger Renaissanceforscher, der in der Abteilung für Kunstgeschichte als Dr. Savages Schützling gilt ... Sie wird sogar Mrs. Wells vorgestellt und will ihr gerade die Hand schütteln, als diese lächelnd sagt: »Ah, wir hatten doch schon das Vergnügen! Sie sind Iris, nicht wahr? Oder Irene?«

Dann nähert sich Dr. Savage und will Iris mit einem von der University of Rochester stammenden Gastprofessor bekanntmachen, der auf den klassizistischen Engländer John Flaxman spezialisiert ist; den Namen dieses Gastes kann sich Iris auch nicht merken.

Zu viele Gäste. Das Stimmengewirr ist beängstigend.

Doch der Raum ist schön: eine fünf Meter hohe Balkendecke, Mahagoni-Holzarbeiten, bemalte Tapeten, aus China importierte Beschläge und im Kamin ein lustig flackerndes Feuer, welches Dr. Savage, der inmitten seiner Gäste auflebt, häufig schürt. Über dem Kaminsims hängt ein Spiegel aus altem Glas, und Iris Courtney sucht gedankenverloren nach ihrem Spiegelbild ... schaut mehrmals an ihrem eigenen Gesicht vorbei, ohne es zu erkennen.

Unter den Gästen taucht plötzlich ein schwarzes Gesicht auf. Ein grobknochiges, walnußfarbenes Gesicht. Iris ist aufmerksam, neugierig. Die schwarze Frau trägt jedoch Dienstmädchenkleidung, reicht auf einem silbernen Tablett Gläser mit Sherry und winzige, mit Shrimps garnierte Kanapees. Wie sie lächelt, wie glücklich sie zu sein scheint! Eine dickliche Frau mit wulstigen, lächelnden Lippen. Sie lächelt, während sie im Empfangszimmer umhergeht und das Tablett den Gästen der

Savages präsentiert; sie lächelt, wenn jemand zugreift und sich, ohne sie anzuschauen, bedankt, oder auch, wenn jemand, ins Gespräch vertieft, kein Wort des Dankes sagt. Das soll ja keine Unhöflichkeit sein, so etwas gibt es hier gar nicht.

Iris Courtney nimmt ebenfalls ein Glas Sherry und murmelt ohne aufzuschauen ein Dankeschön. Sie ist von Verlegenheit erfüllt, von einer Scham, die sie fast körperlich spürt. Sinnlose Worte gehen ihr als Singsang durch den Kopf: *Die weißen Schlampen sind alle scharf auf Belafonte ... die weißen Schlampen sind alle scharf auf ...*

Als die Essenszeit näherrückt, verlassen einige der Gäste das Haus der Savages; sie waren offenbar nur zu Drinks eingeladen. Iris' Stimmung hebt sich leicht.

Der Sherry, den sie nicht gewöhnt ist, hat ihre Kehle gewärmt. Tief drunten in ihrem Bauch spürt sie ein Prickeln, ein Kitzeln von sexuellem Verlangen ... sinnlos auch das.

Mrs. Savage und ein kleiner Zirkel von bewundernden Damen stehen draußen in der Eingangshalle um etwas herum, das wie ein Bischofsthron aussieht. »Französische Gotik«, erläutert Mrs. Savage und streichelt dabei das schön geschnitzte Eichenholz mit ihren beringten Fingern. »Dreizehntes Jahrhundert, etwas ganz Exquisites.« Iris gesellt sich mit einem schulmädchenhaften Interesse zu den Damen. Mrs. Savage erzählt gerade, daß Ezra Savage, der Großvater ihres Mannes, in vorgerücktem Alter zu einem gierigen, unersättlichen Sammler guter, wertbeständiger Dinge aus vergangenen Zeiten geworden sei. »›Sie tragen das Imprimatur der Geschichte‹, pflegte ihn Byron zu zitieren. Er starb im Alter von vierundneunzig Jahren und war dem Vernehmen nach nie auch nur einen Tag krank.«

Mrs. Savage wird nach den Lebensumständen von Ezra Savage gefragt und erzählt der Gruppe mit lebhafter Stimme, als wäre ihr die Geschichte völlig neu, wie der Großvater ihres Mannes in Syracuse mit fünfzehn Jahren als Holzwarenhändler anfing.

»Mit fünfzehn! Man stelle sich das vor!«

»So jung!«

Im Jahr 1860 sei Ezra Savage mit vierzehn in Liverpool von zu Hause weggelaufen. Er sei ganz allein nach Amerika ausgewandert, wo er niemanden kannte, und sei in Albany von Matthias Goodwin, dem Pionier des Holzwarenhandels, eingestellt worden. Er habe ein Flachboot mit Holzwaren beladen (mit Besenstielen, Schüsseln, Butterfässern, Axtstielen), sei den Hudson hinuntergefahren und habe bei verschiedenen Ansiedlungen haltgemacht; als er in Poughkeepsie anlangte, sei er völlig ausverkauft gewesen. Daraufhin sei der unternehmungslustige junge Mann nach Albany zurückgekehrt, um Nachschub zu holen. Im Jahr 1862 habe er in Syracuse sein eigenes Geschäft eröffnet, an der State Street in der Unterstadt, nicht weit von der Stelle, an der jetzt Sibley's stehe.

Eine der bewundernden Damen sagt mit einer Geste, die dem gesamten Savage-Haus gelten soll: »Und der Rest ist Geschichte!«

»So ist es«, sagt Mrs. Savage.

Als Iris Courtney sieht, daß Mrs. Savage sie so freundlich und beinahe erwartungsvoll anlächelt, strengt sie sich an und sagt nachdenklich: »Manche Theoretiker sind der Meinung, man könne die Geschichte als Lebensgeschichte einiger weniger Menschen interpretieren ... einer kleinen Zahl genialer Persönlichkeiten.« Damit gibt Iris eine Bemerkung wieder, die in Dr. Savages Vorlesungen häufig auftaucht; sie wird eines Tages feststellen, daß diese Bemerkung auf einem Aphorismus von Nietzsche fußt. Doch als sie dies mit ihrer treuherzigen, kristallklaren Stimme sagt, klingt es völlig spontan.

Gwendolyn Savage merkt jedenfalls nicht, daß es sich um ein Zitat handelt. Ihr Lächeln wird breiter, sie ist so erfreut, daß auf ihren mit ein wenig Rouge bedeckten Wangen Grübchen erscheinen. Als hätte ihr eigenes Studium der Geschichte zu demselben Resultat geführt, sagt sie: »Das ist sehr zutreffend!«

Heuchlerin.

Aber im Grunde bist du selbst eine.

Um Dr. Savages Einladung annehmen zu können, mußte Iris Courtney eine zuvor getroffene Verabredung absagen. »Tut mir leid«, sagte sie schuldbewußt, »da ist etwas dazwischengekommen: Ich muß jetzt doch heimfahren nach Hammond.«

Sie hatte einem Freund versprochen, mit ihm nach Cleveland zu fahren, um seine Familie kennenzulernen; der junge Mann promoviert in Chemie, und er bildet sich ein, er sei in Iris verliebt. Iris ist zwar nicht in ihn verliebt, doch sie sagte zu und wollte die Zusage auch einhalten. Aber als Dr. Savage seine verlockende Einladung aussprach, konnte sie nicht nein sagen.

Iris Courtney ist keineswegs in Byron Savage vernarrt, obwohl dies bei einigen weiblichen und männlichen Studenten der Kunstgeschichte der Fall zu sein scheint. Doch sie bewundert ihn sehr. Wer eine Vorlesung von ihm hört, wer in einer seiner Monographien blättert, kann nicht umhin, ihn zu bewundern.

Ihren Freund Tom, der ihr seine Liebe beteuert und an eine Verlobung denkt, hat Iris zwar sehr gern, doch die Wertschätzung, die er ihr entgegenbringt, findet sie beunruhigend. Sie weiß, daß diese auf einer Fehldeutung beruht, auf einer romantischen Illusion oder Täuschung. Jedesmal, wenn er sagt, er liebe sie, muß Iris dem Drang widerstehen, ihm zu sagen: »Aber du kennst mich doch gar nicht!« Sie glaubt, es werde bald soweit kommen, daß sie sein Geknutsche und Getätschel nicht mehr ertragen kann. Und diese Worte, diese Worte, diese leeren Worte: *Ich liebe dich, Iris.*

Es steckt keine Absicht dahinter, daß Iris Courtney dazu übergegangen ist, sich Leute eine Zeitlang warmzuhalten oder sich von ihnen anhimmeln zu lassen ... und sich dann zu lösen, zu trennen oder einfach nicht mehr an sie zu denken. Mit ihrem Verhalten gegenüber Freunden, Bekannten und Männern, die ihr den Hof machen, verfolgt sie keine bestimmte Absicht; sie ist niemals grausam und reagiert stets überrascht, wenn andere wütend werden. *Habe ich dir denn irgend etwas versprochen? Was hast du dir da bloß eingebildet?*

Iris weiß, daß es in ihrem Leben nur zwei Menschen gegeben hat, die sie genau genug kannten, um sie zu lieben oder nicht zu lieben, nämlich ihre Mutter Persia und Jinx Fairchild; und Persia ist tot.

Bevor sie Toms Einladung nach Cleveland annahm, hatte Iris daran gedacht, nach Hammond zu fahren, um das Thanksgiving zusammen mit ihrem Onkel Leslie zu feiern. Dieser gutherzige, einsame Mann, den Iris wirklich liebt – er schreibt ihr oft und ruft auch an –, betrachtet sie als seine einzige

Verbindung zu Persia (Leslie sagt das nicht, aber Iris weiß es). Die Junggesellenallüren ihres Onkels gehen Iris jedoch allmählich auf die Nerven, und seine exzentrische Art kommt ihr jetzt nicht mehr so interessant vor; seit sie mit den Meisterwerken der Kunstgeschichte und mit der »großen Tradition« in Berührung gekommen ist, erscheint ihr auch der Beruf des Fotografen nicht mehr so reizvoll. Byron Savage erwähnt die Fotografie in seinem Einführungskurs mit keinem Wort.

Sie hatte sich jedoch nicht fest vorgenommen, nach Hammond zu fahren. Und als Iris von Tom, der sich einbildet, in sie verliebt zu sein, die Einladung bekam, sagte sie zu und erteilte ihrem Onkel eine Absage. Es tue ihr ja so leid, beteuerte sie ganz aufrichtig, aber es sei etwas dazwischengekommen.

Iris hat jetzt am prachtvoll gedeckten Eßtisch der Savages Platz genommen und denkt an diese Dinge, während sie den Gesprächen begierig zuhört und so aufmerksam um sich blickt, daß sie die Anstrengung in ihren Augen spürt.

Das viele Lächeln wird auf ihren Wangen Dauergrübchen hinterlassen.

Wie freundlich, wie wohlwollend die Tischgesellschaft ist ... diese zwölf Männer und Frauen, die, wenn sie Iris Courtney sehen, in ihr einen Gast der Savages erblicken und sie zumindest den Abend über als eine der ihren akzeptieren.

Und dieses reizende Eßzimmer, das Mrs. Savage den Gästen gegenüber als den Raum bezeichnet, der ihr von allen am besten gefällt: Der französische Kristallkronleuchter über ihnen glitzert wie Eis; der Tisch und die Stühle sind im französischen Empirestil (der ausgezogene Tisch bietet zwölf Gästen bequem Platz); das eingebaute englische Sideboard, kunstvoll ausgestaltet wie ein Altar, stammt aus der Zeit Jakobs I.; der chinesische Teppich in Rot- und Grüntönen ist größer als irgendein Teppich, den Iris je in einem Privathaus gesehen hat. Den Bemerkungen anderer hat Iris entnommen, daß sie von Wedgwoodgeschirr essen (das Design mit dem Parthenon-Fries stammt übrigens von John Flaxman) und aus Waterford-Kristallgläsern trinken; das Silber kommt aus Paris, frühes neunzehntes Jahrhundert; das weiße Spitzentischtuch aus Portugal, natürlich Handarbeit.

Und der vielarmige vergoldete Kandelaber mit all seinen schlanken Kerzen ... und der apfelgrüne französische Moiré-Wandbehang ...

So viele Gänge! Soviel zu essen!

Mit dem ersten Gang, einer Krebssuppe mit viel Sahne, hat Iris Probleme; die Suppe ist köstlich, das weiß sie, doch sie kriegt nur ein paar Schlucke davon hinunter, legt den Löffel unauffällig neben den Teller und sieht, daß Mrs. Savage dies bemerkt ... nichts, was an dieser Tafel geschieht, entgeht Mrs. Savage.

Dann kommt der riesige Truthahn. Der freudestrahlende Dr. Savage zerlegt ihn fachmännisch, doch ringsherum ertönen allerlei lustige Bemerkungen.

Es gibt zwei verschiedene Füllungen (mit Pilzen und mit Austern) sowie zwei verschiedene Preiselbeersaucen (süß und sauer), Kartoffelbrei, kandierte Süßkartoffeln, in Würfel geschnittene Karotten und warme Brote verschiedener Art, darunter Maisbrot. Iris Courtney ist noch nie in ihrem Leben soviel zu essen hingestellt worden, noch nie fühlte sie sich so versteinert, so benommen, so ... fern der Wirklichkeit. *Beim Essen kommt mir P. in den Sinn, ich muß daran denken, wie sie sich übergeben hat.*

Doch sie strengt sich an. Unter den Augen der lächelnden Mrs. Savage tut sie ihr Möglichstes.

Während des üppigen Mahls erscheint von Zeit zu Zeit die schwarze Frau, um Mrs. Savage beim Bedienen der Gäste behilflich zu sein und die benutzten Teller und die leeren Schüsseln abzutragen. Mrs. Savage stellt sie der Tischgesellschaft als Mercedes vor: »Mercedes«, ohne Nachnamen.

Mit ihrem starken North-Carolina-Akzent verkündet Mrs. Savage, sie wisse gar nicht, wie sie ohne Mercedes zurechtkommen sollte.

Mercedes lacht, schüttelt den Kopf, ohne etwas Vernehmliches zu antworten. Sie ist eine stämmige, tüchtige Frau mit walnußfarbener Haut und einem gutmütigen Blick. Etwa Mitte fünfzig. Sie hat einen großen Hängebusen, ihre Taille ist so breit wie ihre Hüften; ihr Haarnetz sitzt leicht schief auf ihrem geölten, geglätteten Haar. Als sie sich bei Iris aufhält, als sie die

Kante des schweren Tabletts auf den Tischrand stellt, riecht Iris den würzigen, rauchigen Geruch, den Mercedes ausströmt.

Iris zögert, und Mercedes sagt halb tadelnd: »Wollen Sie sich denn nicht noch was nehmen, Schätzchen? Ist ja genug da!«

Überglücklich geht Mrs. Savage mit Mercedes und den Tabletts voller Speisen um den kerzenbeschienenen Tisch. Sie hat eine weiße Schürze mit Rüschen über ihr schwarzes Jerseykleid gebunden und bezeichnet das Essen als das alleinige Verdienst ihrer Mutter, Großmutter und Urgroßmutter ... und der alten, in der Familie überlieferten Rezepte ... die auf Mary Washington persönlich zurückgehen: »Das Rezept für die Austernfüllung stammt von ihr. Ganz bestimmt!«

»Sie meinen George Washingtons Mutter?«

»Seine Mutter. In der Tat.«

Dr. Savage ist aufgestanden, gießt Wein in die Gläser seiner Gäste, als könnte ihm nichts auf der Welt mehr Freude bereiten. Byron Savage strahlt, geht in seiner Gastgeberrolle auf ... er räuspert sich wiederholt, doch es ist ein zufriedenes Räuspern, wie das Schnurren einer Katze. Alle seine Gäste mögen ihn, und er mag seine Gäste. »Darf ich dir noch etwas eingießen, Emma? Ein bißchen Roten? Weißen? Und du, Andrew? Ein Schlückchen von beiden? Iris? Nein? Ein bißchen? So ist's recht, meine Liebe, Sie haben ja fast nichts davon getrunken, und es ist schon ein ganz besonderer Tropfen, glaube ich.«

Dr. Savage trägt einen eleganten karierten Anzug mit einer glänzenden kastanienfarbenen Weste, die sehr feierlich wirkt, und eine mit einer Diamantnadel befestigte Krawatte.

»Julie, noch ein klein wenig? Und du, Gwendolyn? Ja? Recht so!«

Flackerndes Kerzenlicht, das in dem Kristalleuchter über ihnen und in dem Kristall auf der Tafel glitzert, eine kleine Galaxie aus Lichtblitzen und Gefunkel.

Kleinknospige weiße Rosen in herrlichen weißblauen Wedgwood-Vasen.

Iris Courtney trinkt Weißwein, ängstlich darauf bedacht, einen guten Eindruck zu machen.

Sie blickt aufmerksam um sich. Sie hört zu. Und sie redet auch, mit überraschender Schlagfertigkeit und Munterkeit.

Sitzt ganz aufrecht auf ihrem französischen Empire-Stuhl, in ihrem geliehenen Lanz-Wollkleid, welches das Haselnußbraun ihrer Augen zur Geltung bringt und den schwachen Goldton ihrer Haut. Wie kommt es, daß ich hier bin? Gerade ich?

Dr. Savage hat wieder Platz genommen, freudestrahlend, auch Mrs. Savage sitzt wieder; alle Teller sind von neuem gefüllt. Mercedes bewegt sich unauffällig zwischen dem Eßzimmer und der Küche hin und her, durch die geräuschlose Schwingtür; die altertümliche Wanduhr neben dem Sideboard tickt gemütlich, und die Unterhaltung setzt wieder ein. Man redet über Kunst, über Politik, über die Universitätsbürokratie, über die Football-Mannschaft der Universität, über gemeinsame Bekannte, über das Wetter, über das Weltraumprogramm, über Präsident Kennedy. Ist er nach dem Fiasko in der Schweinebucht noch glaubwürdig? Dr. Sewall, der Geschichtsprofessor, sagt angewidert: »Er ist ein ungeheurer Egoist.« »Dieser Mann ist unsere einzige Hoffnung«, sagt Dr. Savage mit ausgebreiteten Armen. Einige Minuten lang wird intensiv diskutiert, fast debattiert. Die meisten beteiligen sich daran, doch die Wortführer sind Dr. Savage, Dr. Sewall und Reverend Andrew Reed (der große, kahlköpfige, vornehm aussehende Geistliche ist ein anglikanischer Pfarrer). Es geht um die Vorschläge, ein Abkommen abzuschließen über das Verbot von Atomwaffenversuchen, insbesondere um die Frage, ob man den Sowjets trauen kann, ob man Marxisten trauen kann, die ja »kein Hehl daraus machen, was sie erreichen möchten«, ob man denn der amerikanischen Führung trauen kann ... Iris nippt an ihrem Wein und hört zu, wundert sich darüber, mit welchem Nachdruck, welchem Ernst, welcher Leidenschaft diese Männer reden, so als wären die Meinungen, die sie hier am Thanksgiving des Jahres 1962 in der Springdale Road in Hammond mit solcher Entschiedenheit äußern, von großer, weitreichender Bedeutung – als wären sie gar Ausdruck politischer Macht.

Iris läßt ihre Gedanken schweifen, wie sie es sonst auch des öfteren tut, wenn ihr die Zeit lang wird. Da ist die immerwährende Erinnerung, die ihr jetzt wie eine Phantasievorstellung vorkommt: Wie sie in Jinx Fairchilds Armen lag, damals in seinem Auto am Fluß, wie er sie küßte, sanft und verspielt, doch nicht herablassend, wie er ihre Brüste streichelte, liebkoste und küßte. Sie wollte, daß er mit ihr schlief, traute sich aber nicht, es zu sagen; doch in der Erinnerung, in der Phantasievorstellung, bringt sie sich dazu zu reden, sie ist ohne Scham, ungestüm, ein bißchen verrückt vielleicht ... in ihren Lenden flammt Verlangen auf, züngelt hoch. *Ich liebe dich, ich würde mein Leben hingeben für dich. Du bist das einzig Wirkliche in meinem Leben.*

Jetzt reden sie angeregt über Reisen: nach Italien, nach Griechenland. Mrs. Wells schwelgt in Erinnerungen ... Mr. Malone gibt Empfehlungen ... Mrs. Savage bittet um Rat ... alle brüllen vor Lachen, als Dr. Savage eine Anekdote erzählt ... Mrs. Sewall berichtet von einem Aufenthalt in Amsterdam, und Dr. Reed berichtet von einem Aufenthalt in London. Man redet über das sehenswerte Museum in Den Haag, über die Philips Collection in Washington, über Brüssel, wohin Dr. Savage einmal gereist ist, nur um das Museum zu besuchen, und zu seiner Verblüffung – ist das nicht typisch fürs Reisen? – Unerwartetes entdeckt hat: Da ist Picasso, der einfach *weitermacht.* Da ist Matisse, der im hohen Alter eine Ähnlichkeit mit Yeats gehabt hat. Da sind El Greco, Tizian und Vermeer. Mit Vermeer habe sich Alan, der Sohn von Dr. Savage, einmal befaßt. Alan sei ein Jahr lang in den Niederlanden gewesen und habe hervorragende Arbeit geleistet, aber dann habe er sich leider dem heruntergekommenen 20. Jahrhundert zugewandt. Von Constable ist die Rede, mit dem sich Dr. Savage derzeit beschäftigt ... und von Bosch, den Dr. Savage angeblich nur in kleinen Portionen ertragen kann.

Dr. Reed spricht über Boschs Triptychon »Garten der Lüste« im Prado in Madrid, bezeichnet es als ein äußerst unangenehmes, doch sehr beeindruckendes Werk. Dr. Savage pflichtet ihm bei; er sagt, er habe einmal als junger Mann untersucht, wie das Gemälde auf die Galeriebesucher wirkt. Er selbst sei geteilter Meinung; er habe seit Jahrzehnten darüber nachgedacht, ob der »Garten der Lüste« nun wirklich ein Werk von höchster Genialität sei; ein Rätsel sei es allemal. Und er reißt Iris Courtney aus ihren erotischen Träumereien, indem er sie fragt, was *sie* denn darüber denke.

Hinter dieser Frage steckt nicht die grausame Taktik des Professors, der einem geistesabwesenden Studenten eins auswischen möchte, sondern aufrichtiges Interesse, ja Galanterie, doch Iris Courtney ist bestürzt und spürt, wie ihr das Blut ins Gesicht steigt. Sie fragt sich, wie Dr. Savage auf die Idee kommt, daß sie zu diesem Thema überhaupt etwas beitragen könne oder daß ihre zufälligen Eindrücke es verdienten, artikuliert zu werden, ausgerechnet in diesem Kreis. Stockend sagt sie: »Ich glaube ... ich stimme mit Ihnen überein. Als Sie in Ihrer Vorlesung das Dia vorführten, hörte ich, wie alle tief Luft holten. Das Werk ist irgendwie verschlüsselt, zumindest erscheint es einem so auf den ersten Blick.« Dr. Savage hat weitere Fragen an Iris, er examiniert sie auf nette Art, und sie zeigt allmählich immer mehr Sachverstand. Sie hat nicht nur bei Dr. Savage das Wesentliche über Hieronymus Bosch mitbekommen, sondern hat auch vor nicht allzu langer Zeit die Fahnenabzüge eines für das *Journal* vorgesehenen Artikels gelesen, der sich mit einem bestimmten Aspekt der Darstellung befaßt. Sie weiß daher einiges oder vermittelt zumindest diesen Eindruck, und das reicht aus, um vor Dr. Savage und den anderen Anwesenden bestehen zu können. Sie schließt mit der gewagten Behauptung, das Verschlüsselte sei nicht wichtig, und die »Bedeutung« des Werkes auch nicht, sondern nur dessen unmittelbare Wirkung. Wichtig sei nur, ob man, wenn man es erblicke, gebannt stehenbleibe.

»Tatsächlich? Glauben Sie das wirklich?« sagt Dr. Savage belustigt.

Andere lassen ähnliches vernehmen. Iris verstummt. Sie ist verlegen, gekränkt; später wird ihr zu ihrem Entsetzen bewußt, daß sie sich über den Sinn und Zweck der Kunstgeschichte und der Ikonographie, die Dr. Savages Lebensinhalt, ja seine Religion darstellen, geringschätzig geäußert hat; kaum zu glauben, daß er sie so glimpflich davonkommen ließ.

Mercedes hat inzwischen unauffällig Geschirr und Besteck abgeräumt; als sie nun auf die Schwingtür zugeht, auf ihren kräftigen Armen einen schweren Tellerstapel, ertönt die melodische Stimme von Mrs. Savage, nicht scharf, doch mit einem Anklang von Schärfe: »Die Flaschen, Mercedes – Sie haben die

Weinflaschen vergessen.« Mercedes murmelt: »Jawohl, Madam, ich komm' sofort wieder und hol' sie.«

Als Iris Courtney dies hört, sagt sie sofort: »*Ich* mach' das!« Bevor Mrs. Savage etwas einwenden kann, springt sie impulsiv auf, ergreift die leeren Weinflaschen und trägt sie hinter der schwarzen Frau her ... geht dreist in die Küche, in der ein Gast nicht gern gesehen ist.

Und denkt dabei: Warum tu' ich das bloß?

Sie stellt die Weinflaschen auf einer Arbeitsplatte ab, auf der noch Platz ist. Die Küche der Savages ist eine Enttäuschung: Altmodische Armaturen ... ein unglaublich häßlicher Herd ... eine einzige Deckenleuchte, die gnadenlos grelles Licht verbreitet ... überall stehen Schüsseln, Töpfe und Pfannen herum ... die beiden Spülbecken sind mit seifigem Wasser gefüllt und mit Geschirr vollgestopft. Es riecht nach Truthahnfett, Soße und frisch gebrühtem Kaffee.

Mercedes starrt Iris Courtney an, dieses aufdringliche weiße Mädchen, das in *ihre* Küche eingedrungen ist. Und Mercedes zeigt kein Lächeln. Die knurrenden Laute, die sie in ihrer Überraschung ausstößt, klingen nur andeutungsweise wie »Danke!«.

Gleich darauf schiebt sich Mrs. Savage durch die Schwingtür; ihre Diamantohrringe funkeln unheilverkündend. Doch Mrs. Savage lächelt Iris Courtney an, wenn auch etwas gezwungen. »Es ist nicht nötig, daß Sie beim Abräumen mithelfen, meine Liebe«, sagt sie und greift nach Iris' Arm. »Sie sind doch als Gast bei uns!«

Iris will zurückweichen, läßt es aber sein. Sie sagt: »Einfach dazusitzen, macht mich nervös. Ich lasse mich nicht gern bedienen.«

Mrs. Savage lacht, als hätte Iris eine clevere Bemerkung gemacht.

»Aber das gehört doch dazu, wenn man Gast ist, meine Liebe.«

Arm in Arm geht sie mit Iris zur Tafel zurück.

Durch die Unterhaltung der Festtagsgesellschaft dringt in regelmäßigen Abständen ein helles, hallendes Glockenspiel.

Es markiert die Viertelstunde, die halbe Stunde, die volle Stunde, fort und fort ... bis in alle Ewigkeit.

Mit einem breiten Lächeln, bei dem er die Zähne bleckt, sagt der neben Iris Courtney sitzende Dr. Reed: »Wenn dabei solche Musik erklingt, macht es einem fast nichts aus, daß die Zeit vergeht, nicht wahr?«

Sie kommt aus der hohen, elfenbeinverzierten Standuhr neben dem Sideboard aus der Zeit Jakobs I. – diese Uhr stamme aus der Werkstatt von Joseph Mills in London, zirka 1740, erfahren die Gäste. Sie sei eines der wertvollsten Stücke aus der Hinterlassenschaft von Lawrence Savage.

Die verzückt dreinschauende Mrs. Wells streicht über ihre Perlenkette, lächelt Iris Courtney über den Tisch hinweg an und sagt mit Nachdruck: »Es gibt ja soviel Schönes auf der Welt, nicht wahr? Wenn ich hierherkomme zu den Savages, habe ich immer den Eindruck, daß es das *andere* aufwiegt.«

Diese Bemerkung gehört zu den spontanen Gefühlsäußerungen über gesellschaftliche Fragen, auf die niemand einzugehen braucht.

Iris lächelt rasch.

Als Nachtisch gibt es drei Delikatessen, die alle nach traditionellen Rezepten zubereitet worden sind, welche von Gwendolyn Savages Vorfahren stammen, den Makepeaces aus Raleigh in North Carolina: eine Kürbispastete mit Schlagsahne, eine schaumige Pflaumencreme und Schokoladepudding in kleinen geriffelten Schalen. Von allen Seiten wird Mrs. Savage überschwenglich gelobt, am meisten von ihrem Mann, der sie bewundernd anlächelt. Dr. Savage räuspert sich und sagt: »Ich habe eine sehr tüchtige, sehr gute Frau.«

Mrs. Savage errötet auf reizende Art; sie sagt: »Ach, mit diesen Rezepten schafft das jeder. Wirklich!«

Iris Courtney hat keinen Hunger mehr, doch sie löffelt den Schokoladepudding in sich hinein und spürt dabei, wie sich ein süßer Geschmack in ihrem Mund ausbreitet, der sich so unmittelbar auswirkt wie Schmerz. Plötzlich möchte sie weinen, o Gott, ihr ist ganz nach weinen zumute ... wie sie so dasitzt an diesem Tisch unter Fremden.

Zwei Stunden sind vergangen. Zwei Stunden und fünfzehn Minuten. Und die Barockuhr tickt weiter, ihr fein abgestimmter Mechanismus bereitet ein erneutes Einsetzen des Glockenspiels vor.

Das Festessen geht seinem Ende zu, man unterhält sich nun ungezwungen in kleineren Zirkeln. Die meisten Gäste der Savages sind offenbar untereinander befreundet. Iris hört, wie Mrs. Wells sich mit sanfter Stimme bei Mrs. Savage erkundigt: »Und wie geht es Jenny, Gwendolyn?« Sie sieht in Mrs. Savages Gesicht ein abschätziges oder beleidigtes Zucken, als diese sagt: »Ach, wir haben den Eindruck, daß es ihr insgesamt bessergeht. Manchmal ist das schwer zu sagen. Sie hat einen neuen Job ... sie wohnt aber nach wie vor in Manhattan. Und wie du siehst, ist sie heute nicht bei uns.« Es gibt noch mehr zu sagen, doch Mrs. Savage beläßt es dabei, und Mrs. Wells wechselt diskret das Thema: »Gwendolyn, hab' ich dir eigentlich erzählt, daß Alan so nett war, mir zum Geburtstag zu gratulieren? Stell dir mal vor: Er hat mir diesen Sommer eine reizende Karte aus Paris geschickt. Wie geht es ihm denn?« Mrs. Savages Miene hellt sich auf. Sie sagt: »Oh, Alan geht es gut; es geht ihm bestens, er arbeitet ungeheuer schwer, um sein Buch fertigzustellen. Byron und er sind geteilter Meinung, nicht wegen der Qualität der Arbeit, sondern was deren Sinn und Zweck betrifft. Aber Alan hat ja für diese Forschungsarbeit ein Guggenheim-Stipendium erhalten, und Byron war entzückt darüber. Weißt du, es ist nicht leicht, der Sohn von Byron Savage und auch noch Kunsthistoriker zu sein, die Leute werden da etwas neidisch. Wir meinen aber, daß Alan sehr gut vorangekommen ist. Er ist immer noch in Paris, wir werden ihn erst zu Weihnachten wiedersehen; er hat versprochen, zum Weihnachtsfest nach Hause zu kommen.«

Mrs. Savage blickt in diesem Moment in die Richtung von Iris Courtney, schaut ihr in die Augen, lächelt. Dieses schöne, strahlende Lächeln. Während des gesamten Essens hat sie Iris in Gespräche verwickelt, ihr Fragen gestellt. Jetzt fragt sie: »Iris, von wo, sagten Sie, kommen Sie her?« Iris antwortet: »Aus Hammond, New York.« Und Mrs. Savage sagt: »Ach ja, das liegt doch in der Nähe des Ontario-Sees, nicht weit von Rochester, oder?« Iris bestätigt dies, und Mrs. Savage fragt: »Stammt Ihre Familie aus Hammond?« Zögernd, als verstünde sie die Frage nicht recht, sagt Iris: »Ja.« Mit einem forschenden Blick fragt Mrs. Savage: »Und Ihre Eltern sind ...?« Iris legt den Dessertlöffel, den sie langsam in den Fingern gedreht hat, auf ihren Teller und sagt mit einem leichten Kopfschütteln: »Meine Mutter ist vor zwei Jahren gestorben ... nach langer Krankheit.« Dann macht sie eine Pause. Sie hört von Mrs. Savage und Mrs. Wells ein mitfühlendes Murmeln, schaut aber nicht auf. Sie sagt mit einem leichten Stottern: »Es war ein friedlicher Tod. Am Schluß, meine ich ... am Schluß ist sie in Frieden gestorben.« Sie legt wieder eine Pause ein. Ihr Atem geht rasch und flach, in ihren Augen brennen Tränen. Sie sagt: »Niemanden trifft ... eine Schuld. Sie wurde operiert, aber ...« Ihre Stimme verliert sich, die Standuhr fängt mit ihrem langsamen, einschmeichelnden Glockenspiel an. Die beiden anderen murmeln wieder Worte des Mitgefühls, doch Iris schaut nicht auf und hört nicht zu.

Dann stürzt sie vom Tisch fort ... befindet sich plötzlich in der Eingangshalle. Die Gästetoilette ist es, wonach sie sucht, dieser kleine, fensterlose Raum mit schwarzgoldenen Tapeten und einem Spiegel, in dem einen Augenblick lang ihr blasses, schuldbewußtes Gesicht auftaucht, bis die lang angestaute Welle von Übelkeit in ihr losbrandet und sie zum Klobecken rennt, wo sie sich die Seele aus dem Leib kotzt.

So geschieht es, daß Iris Courtney die Nacht im Haus der Savages verbringt. Das Ehepaar Savage besteht darauf, als es sieht, in welchem Zustand sie sich befindet.

Iris ist zu schwach, zu krank, zu verängstigt, um Einwände zu erheben. Als ihr die Savages die Treppe hinaufhelfen zu einem der Gästezimmer, muß sie sich auf diese stützen ... sie kann sich kaum auf den Beinen halten.

Sie murmeln tröstende und ermutigende Worte. Doch Iris ist so durcheinander, daß sie nichts davon aufnimmt. Und schläfrig: So müde ist sie in Gegenwart anderer schon lange nicht mehr gewesen.

Seit dem Todesfall nicht mehr.

Seit der Beerdigung nicht mehr, nach der sie zwölf Stunden lang schlief.

Sie wird von Mrs. Savage in das Zimmer geführt, einen höhlenartigen, kühlen Raum mit dunklen Seidentapeten, einer vier Meter hohen Decke, einem Flechtteppich auf dem polierten Holzboden; ein hohes Baldachinbett steht für sie bereit.

Mrs. Savage sagt ihr mit freundlicher, besorgter Stimme: »Hier sind Handtücher, Iris; hier ist eines von Jennys Nachthemden; hier ist ein Bademantel von Jenny. Das Bad ist hinter dieser Tür. Da ist Seife, dort sind Toilettenartikel. Morgen früh geht es Ihnen bestimmt viel besser.«

Iris sucht nach einer Erklärung, bringt aber kein Wort heraus. Mrs. Savage setzt sich neben sie aufs Bett, streichelt ihre Hand, drückt die schwachen, eisigen, nachgiebigen Finger, sagt mit sanfter Stimme: »Nie werden wir den Grund erfahren, Iris, nie werden wir erfahren, wieso diese Dinge geschehen und warum wir soviel Leid und Kummer ertragen müssen, ohne daß wir darauf vorbereitet sind, warum Gott soviel von uns erwartet, was er mit uns plant.« Iris fängt an zu weinen, doch sie hört wieder auf damit. Zwingt sich, damit aufzuhören. Weil sie sonst lachen würde. »Wer von Gott schwafelt«, pflegte Duke Courtney zu sagen, »macht das nur, weil er gut im Rennen liegen möchte.«

Iris bringt es fertig, einen heftigen Schüttelfrostanfall so lange zu unterdrücken, bis Mrs. Savage weg ist und die Tür fest verschlossen ist. Dann zieht sie sich mit klammen Fingern langsam aus und schlüpft vor Müdigkeit zitternd ins Bett. Das hohe Bett mit der harten Matratze ist wie ein Boot, das auf dunkler See dahintreibt; schwere, kühle Laken entziehen ihrem Körper die Wärme, doch Iris liegt ganz still und reglos da. *Gott, hilf mir; Gott, hilf mir; ich bitte dich, hilf mir.* Und ihre Körperwärme kehrt schließlich wieder zurück.

Doch da schläft sie schon.

Wenn ich mich zurückerinnere, dann finde ich nur Bruchstücke, wie das auch bei meinen Träumen ist.

6

»Komm, Kätzchen! Komm! Miez! Miez! Miez! Komm doch, Houdini! Wo zum Teufel steckst du bloß?«

Leslie Courtney verbringt eine halbe Stunde damit, in der beißenden Kälte herumzulaufen, ohne Mantel, barhäuptig; er hält sich die Nase zu, damit er den Abfallgeruch der Gasse nicht riecht. Dabei ist er heute sehr beschäftigt: am Morgen in der Precious Blood Church eine lange Aufnahmesitzung mit dem Kirchenchor, nach dem Mittagessen zwei Porträtsitzungen, in der Dunkelkammer staut sich die Arbeit einer Woche, finanzielle Dinge müssen geregelt werden, wahrscheinlich läutet gerade das Telefon, und im Laden ist niemand, der es abnehmen könnte. Verdammt, denkt Leslie, verdammt nochmal, ich hätte eine Aushilfe einstellen sollen; in der Weihnachtszeit geht der Umsatz der Fotobranche unweigerlich nach oben, jetzt ist weniger als eine Woche bis zum Fest, und in der Luft liegt eine kaum zu zügelnde Aufgeregtheit, die man fast riechen kann; die Autofahrer sind rücksichtslos, die Kunden sind ungeduldig, wissen nicht, was sie wollen und wieviel sie ausgeben möchten. Von überallher dröhnen Weihnachtslieder, auf beiden Seiten der Main Street ziehen sich grelle, gräßliche, kitschige Lichterketten hin, und Leslie Courtney konnte nicht umhin, das Schaufenster seines Fotostudios mit blinkenden roten und grünen Lichtern zu umrahmen ... ob es einem gefällt oder nicht, man muß zugeben, daß diese Festbeleuchtung eine schlichte Fröhlichkeit ausstrahlt.

Theoretisch müßte Leslie Courtney gegen diese rauschhafte Atmosphäre am Jahresende gefeit sein (er ist ohne Familie, braucht keine großen Geschenke zu kaufen), aber er scheint nicht nur als Geschäftsmann, sondern auch als Bürger der Vereinigten Staaten dafür anfällig zu sein.

Wo Weihnachten nicht bloß ein jährlich wiederkehrendes religiöses Fest ist, wird es selbst zur Religion. Das spielt sich in ein oder zwei hektischen Wochen ab und ist dann bis zum nächsten Jahr erledigt.

Er legt die Handteller an den Mund und brüllt: »Houdini! Verdammt nochmal! Komm doch endlich her!«

Der pechschwarze Kater Houdini mit dem Stummelschwanz, dem zerfetzten Ohr und den grünbraunen Augen ist seit fast zwei Tagen verschwunden. Der Gedanke, daß ihm etwas zugestoßen sein könnte, ist Leslie Courtney unerträglich; für die verdammte Katze trägt er die Verantwortung.

»Houdini? Ich bin's doch! Miez! Miez! Miez!«

Er trampelt durch die verschneite, mit Unrat bedeckte Gasse, wo man, wenn man die ausgefahrene Spur verläßt, in bis zu einem halben Meter tiefen Schnee gerät. An Ricardos Schuhgeschäft, an Aikens Eisenwarenhandlung vorbei, zum Kurzwarengeschäft, zu Rexall's; die Hintereingänge dieser Geschäfte kennt Leslie Courtney fast so gut wie seinen eigenen Laden. Heute, am Donnerstag, sind die meisten Geschäfte in der Unterstadt bis neun Uhr geöffnet.

Gräßlich, denkt Leslie, dieses Wetteifern der Geschäftsleute, die Kunden hereinzulocken, sie zum Kaufen zu verleiten. In einer Gesellschaft, in der alles käuflich ist, hat alles seinen Preis. Ihre Bürger werden zu mehr oder weniger erfolgreichen Prostituierten gemacht.

Seine Stimme wird heiser, klingt verzweifelt: »Houdini? Mieze?«

An der Querstraße, der Sixth Street, bleibt Leslie stehen. Sein Atem zeichnet sich in der Luft ab. Er überlegt, ob er die Suche fortsetzen und noch einen Häuserblock weit gehen oder ob er sie abbrechen und nach Hause gehen soll. Es könnte sein, daß jemand anruft. Es ist halb sieben und stockdunkel. Der 20. Dezember. Morgen ist der kürzeste Tag, die längste Nacht des Kalenderjahres.

Auf der Sixth Street strömt der Verkehr dahin, Reifen zischen durch den Matsch. Auf der anderen Straßenseite leuchtet PIZZA STAR in roten Neonbuchstaben. Das ist keine Gegend für ein Tier, nicht einmal für den abgehärteten, mit dem Straßenverkehr vertrauten Houdini. Leslie schaut im Rinnstein nach dem Kadaver der Katze ... bereitet sich darauf vor, daß er etwas findet, obwohl er es nicht für wahrscheinlich hält.

Ein Mann, den Leslie vom Sehen, aber nicht dem Namen nach kennt, kommt zufällig vorbei, fragt ihn, was zum Teufel er da mache. Leslie sagt mit belustigter Stimme, die seine Besorgnis nicht erahnen läßt: »Ach, ich suche diesen verdammten Kater, der meiner Nichte gehört; er ist bei mir in Pflege, solange sie studiert.« Leslie ist froh, daß der Mann weitergeht und keine Plauderei anfängt.

Seine Zähne klappern, die Kälte geht durch bis aufs Mark. Sein Haar ist im Laufe des Jahres so schütter geworden, daß ihm die Kälte zusetzt, wenn er keinen Hut aufhat; sie streicht wie ein gespenstischer Hauch über seine Kopfhaut. Er beschließt, mit der Suche aufzuhören.

Als er auf der Gasse zurückläuft, ruft er ein paarmal »Houdini!« und spitzt die Lippen zu einem Pfiff. Durch das scharfe, durchdringende Pfeifen läßt sich Houdini manchmal im Haus aus seinem Versteck locken. Sofern er sich im Haus aufhält.

Leslie will sich nicht eingestehen, wie verängstigt er ist, wie schlecht er sich fühlt. Wenn Houdini diesmal wirklich fort wäre? Der Kater, den seine Nichte so gern hat.

Houdini ist für Leslie Courtney das Lebewesen, das ihn mit Persia Courtney verbindet.

Leslie betritt seine Erdgeschoßwohnung durch das hintere Vestibül, das ungefähr so groß ist wie eine Telefonzelle, und geht weiter in die Küche, wo er als erstes seine Brille abnimmt, um die beschlagenen Gläser zu putzen. Das Telefon klingelt nicht. In der Wohnung ist es totenstill; das vibrierende Summen des bejahrten Kühlschranks ist für Leslie so selbstverständlich geworden wie sein eigener Herzschlag.

Er setzt seine Brille wieder auf, schiebt die Bügel zurecht. Den vertrauten Raum, die Küche, kann er plötzlich wieder genau sehen. Aber was hilft ihm das?

Dieses Unwohlsein tief in seinen Eingeweiden, dem er hilflos ausgeliefert ist.

Dieser Eindruck, etwas verloren zu haben, unwiederbringlich verloren zu haben, der, wenn man bei Verstand bleiben will, niemals Platz greifen darf.

Mechanisch, wie er es gewohnheitsmäßig mindestens einmal am Tag macht, öffnet er eine der Schranktüren, schaut nach der Flasche mit Seagram's Whiskey, die oben auf dem Regal steht. Es ist die einzige Spirituosenflasche. Harte Sachen trinkt er nicht mehr, nicht einmal Wein oder Bier, doch er läßt die ungeöffnete Whiskeyflasche auf dem Regal stehen. Für den Fall, daß er es einmal eines Tages einfach nicht mehr ertragen kann, was aus seinem Leben geworden ist ... es nicht mehr aushalten kann.

Als Persia eingeliefert wurde, schwor Leslie, nichts mehr zu trinken, bis sie gesund wäre und aus dem Krankenhaus entlassen werden würde; aber dann gäbe es einen Grund zum Feiern. Seit damals hat er keinen Alkohol getrunken.

Auf gewisse Weise wartet er immer noch.

Houdini? Bist du hier drin?

Er schaut in die Ecke der Küche, in der die Katzenschüsseln säuberlich auf einem Zeitungsblatt stehen, eine Schüssel mit Wasser und eine Schüssel mit Trockenfutter. Auf den ersten Blick kommt es ihm vor, als wäre das Katzenfutter weniger geworden, doch dann sieht er, daß dies nicht der Fall ist.

Bedrückt wandert er durch die Räume, indem er sich wie ein Blinder an den Wänden, an den Möbelstücken entlangtastet. Er hat diese Umgebung so oft gesehen, daß er sie nicht mehr anzuschauen braucht.

Iris' Kater ist seit zwei Jahren bei Leslie; in dieser Zeit ist er zweimal von zu Hause weggelaufen, aber nie so lange wie jetzt. Beide Male kam er aufgeregt und hungrig zurück, ohne sichtbare Verletzungen. Diesmal muß ihm etwas zugestoßen sein: Vielleicht hat er mit einem anderen Kater oder mit einem Hund gekämpft, oder er ist überfahren worden.

Zur Ironie von Leslies Situation gehört, daß er eine leichte Allergie gegen Katzenhaare hat. Er wacht oft mit geschwollenen Nasenschleimhäuten auf und stellt fest, daß sich Houdini ganz in seiner Nähe auf dem Bett zusammengerollt hat ... der verdammte Kerl versteht es, sich bei Nacht so leise durch die Schlafzimmertür zu zwängen, daß Leslie gar nichts merkt. Und wenn Leslie feststellt, daß der Kater auf dem Bett schläft, bringt er es nicht über sich, ihn zu verscheuchen.

Er hat Houdini sehr ins Herz geschlossen, obwohl ihm dessen schlaue Art mißfällt – sein unschuldiges Getue, bei dem er nur darauf wartet, daß Leslie ihm den Rücken zukehrt. Und, bei Gott, manchmal ist er bestürzt über die Freßgier dieses Tieres ... einen fast metaphysischen Hunger von der Art, die nie gestillt werden kann.

Wann immer ich ein Foto von mir sehe, denke ich: Das ist der Beweis: Ich existiere tatsächlich.

Doch die Kamera bewahrt nur Bilder. Bilder von Sterblichem oder Totem.

Iris sagte mit tränenüberströmtem Gesicht: »Ich kann sie nicht mehr sehen! Nimm sie weg! Versteck sie!«

Leslie hat deshalb die meisten Fotos von Persia sowie von Persia und Iris aus dem Laden entfernt und an den Wänden seines Schlafzimmers aufgehängt. In Reihen, gerahmt, hinter Glas. Die älteste Aufnahme entstand im Mai 1940: Persia Courtney als reizende, sehr junge Braut in einem weißen Kleid mit Rüschen und mit einem Brautschleier; das letzte wurde im August 1955 hier im Studio aufgenommen: Persia und Iris Seite an Seite auf dem Korbsessel. An Leslie Courtneys Schlafzimmerwänden hängen, chronologisch geordnet, Bilder einer lächelnden Frau, die allmählich heranreift: Persia in einem trägerlosen Chiffonkleid mit ihrem feschen Ehemann Duke als »Die unvergleichlichen Courtneys« (aus einer Serie von Publicity-Fotos, die Leslie von sich aus anfertigte); Persia, wie sie nach ihrer Entlassung aus dem Krankenhaus mit feuchten Augen ihre kleine Tochter betrachtet, die sie in den Armen hält. Persia mit einer schulterfreien spanischen Bluse; sie lächelt so verführerisch wie Rita Hayworth in die Kamera lächelt. Persia mit stark konturierten Lippen und toupiertem Haar; ihr kleines Mädchen hat den Kopf an ihre Schulter gelegt und schaut ebenfalls in die Kamera, mit einem offenen, fröhlichen Blick. Und so weiter. So viele Posen, über so viele Jahre hinweg, und jetzt ist es zu Ende. Die Persia Courtney, die Leslie zuletzt sah, eine tobende, delirierende Frau mit gelber Haut und verfilztem Haar, hatte keine Ähnlichkeit mit diesen Bildern ... Leslie vermag jedenfalls keine zu erkennen.

Leslie hat die vielen Fotos von Persia Courtney in seinem Schlafzimmer aufgehängt, um Iris Kummer zu ersparen, wenn sie ihn besucht, doch das kommt selten vor, seit sie das College besucht. Seit sie studiert, hält sie sich selten in Hammond auf. Selbst ihre Sommerferien verbringt sie nach Möglichkeit woanders. Und jetzt gibt es anscheinend in Syracuse eine Familie, mit der sie freundschaftlichen Umgang hat ... Iris zeigte einen kindhaften Stolz, als sie das letzte Mal anrief, wollte aber nichts Genaues sagen. Die ganzen Weihnachtsferien über wird sie nicht nach Hause kommen, weil sie soviel fürs Studium zu tun hat. Und weil diese Familie – die Savages – sie freundlicherweise zu Heiligabend und zu anderen festlichen Anlässen eingeladen hat.

»Du wirst mir fehlen, Iris, aber ich habe volles Verständnis«, sagte Leslie.

Iris schwieg dazu.

Leslie sagte: »Die Hauptsache ist, daß du glücklich, bist, Iris.«

Auch dazu schwieg sie.

Leslie Courtney ist traurig, aber nicht verbittert, als er an diese Dinge denkt, denn er ist nicht der Mann, der sich unnütz grämt bei seiner Arbeit in der Dunkelkammer; dort entwickelt er bis gegen neun Uhr Abzüge, um sich dann etwas zu essen zu kochen. Leslie Courtney bereitet seine Junggesellenmahlzeiten rasch, aber manchmal recht einfallsreich zu: Eier verquirlt er mit Hüttenkäse und Ananaswürfeln aus der Dose; fettiges Rinderhack bröckelt er in die Pfanne und vermengt es mit brutzelnden Zwiebeln, mit Tomaten und Maiskörnern, obendrauf gibt er zerlassenen Kraft's American Cheese, dann schüttet er alles auf weißes Wonder Bread. Als er sich nun in der Küche mit dem beschäftigt, was er im Kühlschrank entdeckt hat, hört er auf einmal ganz in der Nähe ein wildes Kratzen und ein gedämpftes Miauen; er öffnet die Kellertür, und da stürzt ihm der pechschwarze Kater Houdini entgegen. Er fängt sofort an zu schnurren, schlingt sich um Leslies Beine und versucht mit seinen nadelspitzen Krallen, an Leslie hochzuklettern. Leslie ist so verblüfft, daß er vergißt, erleichtert zu sein: »Houdini! Wo zum Teufel hast du bloß gesteckt?«

Leslie bückt sich und streichelt den Kater und überläßt ihm einen Teil seines Abendessens – heute abend hat er ein Lieblingsgericht zubereitet, er hat Dosenschinken in einem Topf Campbell-Pilzcremesuppe erhitzt, mit der Gabel zerkleinert und dann alles auf weißes Wonder Bread gegossen. Er überlegt, wie Houdini im Keller so lange unentdeckt bleiben konnte. Der Keller gehörte zu den Räumen, die Leslie zuerst durchsuchte; er hielt sich während der vergangenen zwei Tage häufig in der Küche auf und hätte das Kratzen an der Tür hören müssen. Und kratzen kann Houdini sehr wohl: Das Holz sieht aus, als hätte man mit frisch geschliffenen Messern darauf eingestochen.

Leslie kann seine Neugier schließlich nicht mehr im Zaum halten und geht hinunter in den Keller, um nachzusehen ... merkt, daß eines der Fenster, die auf die Gasse hinausgehen, eingedrückt ist. Das also ist des Rätsels Lösung.

So findet Leslie Courtneys ängstliche Suche ein glückliches Ende. Und Leslie ist wirklich froh ... Erleichterung breitet sich in ihm aus, schwillt an zu einer euphorischen Hochstimmung. Er sitzt in seiner engen kleinen Küche und läßt sich von Bing Crosby nicht aus der Ruhe bringen, der im Radio mit zuckersüßer Stimme »I'm Dreaming of a White Christmas« singt; er verzehrt sein Abendessen, während Houdini zu seinen Füßen schnurrend frißt. Dem Kater wird Leslie im Verlauf dieses Abends noch viele Male zumurmeln: »Du hast mir einen schönen Schrecken eingejagt, du verdammtes Biest. Mach das bloß nicht nochmal!«

Wenn er keine Alkoholprobleme hätte, denkt er, dann würde er sich jetzt ein Glas Seagram's eingießen und feiern.

7

Soviel ist klar: Irgendwann in den frühen Morgenstunden des 19. Februar 1963 findet Sugar Baby Fairchild (in den Zeitungen wird er als »Woodrow Fairchild junior« auftauchen) in einer Wohnung im achten Stock eines verkommenen Wohnblocks in der Randolph Street in Buffalo im Bundesstaat New York ein schreckliches Ende; ein Dutzend Mal wird auf ihn eingestochen, dann wird er nackt in eine Badewanne geworfen und mit kochendem Wasser übergossen, so daß seine Haut sich rot färbt, Blasen wirft, aufplatzt und sich abschält. Und er lebt noch, als sich seine Killer grölend hinstellen und auf ihn urinieren.

Über den Vorfall, der in den Nachrichtensendungen nicht in allen Details geschildert wird, berichtet die in Buffalo erscheinende *Evening News* unter der Schlagzeile FÜNFTER MORD IM KAMPF RIVALISIERENDER DROGENHÄNDLER, doch auf den Straßen von Buffalo und Hammond geht das Gerücht um, Sugar Baby Fairchilds eigener Boß Leo Lyman habe befohlen, ihn zu ermorden – ihn auf »spezielle« Weise umzubringen –, als

Warnung an andere junge Nigger in seiner Bande, die ihm möglicherweise kleinere Beträge vorenthalten und nicht die nötige Achtung entgegenbringen.

Als Jinx Fairchild davon erfährt, kommt es ihm vor, als stürze kochendheißes Wasser über seinen eigenen Körper; das Entsetzen, die unfaßbare Schande machen ihn sprachlos, er ist wie gelähmt.

Das hält tagelang an. Ein Gefühl des Erstickens, Ertrinkens breitet sich in ihm aus wie Applaus, der von den Wänden der Sporthalle widerhallt und weitergeht ... weitergeht ... kein Ende findet. Jinx schiebt Sissy weg, wenn sie versucht, ihn zu trösten, denn er traut dieser Frau nicht mehr (zu oft hat sie ihn hinters Licht geführt, ihn dazu gebracht, ihr zu verzeihen, um ihn dann erneut hereinzulegen); lange Zeit kann er Minnie und Woodrow nicht gegenübertreten, weil er sich nicht vorstellen kann, ihnen ins Gesicht zu schauen, ohne daß sie gemeinsam daran denken, wie Sugar Baby gestorben ist ... nicht nur an die Stiche und das kochende Wasser, das seine Leiche fast unkenntlich machte, sondern an die grölenden Killer, die auf ihn pißten, während er starb.

Die Polizei von Buffalo wird Sugar Babys Killer nie finden, dieser Mord ist nur einer von vielen im Drogenhandel, im Heroingeschäft; das sind Schwarze, die einander umbringen ... meist abgeschlossen von der Außenwelt, wie Haifische, die in ihrer Freßgier übereinander herfallen und nicht nur ihre Artgenossen verschlingen, sondern bisweilen auch ihre eigenen ins Meer quellenden Eingeweide.

8

Mrs. Savage hat aufgehört, Iris zu bitten, sie Gwendolyn zu nennen. Doch die Art und Weise, wie sie den Namen Iris ausspricht, hat etwas Zärtliches und Absichtsvolles.

Es hat den Anschein, als hätte die ältere Frau die jüngere ins Herz geschlossen. Sie lädt Iris oft zu sich ein oder läßt sie durch Dr. Savage einladen: zu Empfängen zu Ehren von Gastrednern, zu großen Dinners oder einem kleineren Lunch, an dem nur

Damen teilnehmen ... darunter Frauen in den Zwanzigern, die mit Universitätsdozenten verheiratet sind. Mrs. Savage geht dazu über, Iris Mitte der Woche anzurufen und nachzufragen, ob sie Zeit habe, zu ihnen zu kommen: zu einem Essen im Familienkreis, am frühen Abend, nichts Ausgefallenes. Und Iris nimmt die Einladung stets dankbar an, sagt, daß sie sich sehr darüber freue, und wenn sie auflegt, denkt sie: Warum mache ich das bloß? Ich fühle mich doch bei diesen Leuten nie wohl.

Iris hat sich an die Umgangsformen und Eigenheiten von Mrs. Savage gewöhnt: an ihren Südstaatenakzent, an das schnelle, strahlende Lächeln und das langsamere, eher nachdenkliche Lächeln, das manchmal etwas Wehmütiges hat, an den offenen Blick ihrer schönen kobaltblauen Augen, der forschend auf Iris gerichtet ist, *als wollte sie eine Frage an mich richten, die sie nicht in Worte fassen kann.* Bei all ihrem Geschick als Gastgeberin und der Freude, die ihr diese Rolle offensichtlich bereitet, scheint Gwendolyn Savage bisweilen einsam zu sein; zwar selten allein, aber doch einsam, während Iris Courtney häufig mit Absicht allein ist, aber selten einsam.

Mrs. Savage hat sich mehrmals äußerst taktvoll nach Iris' Mutter erkundigt, und Iris hat ihr einige Anhaltspunkte geliefert. Das Bild, das von Persia Courtney entsteht, zeigt eine Frau von ungewöhnlicher Wärme, Vitalität und Charakterstärke, die nach einer frühen Scheidung nicht mehr heiraten wollte und entschlossen war, Verwandten nicht zur Last zu fallen, sondern sich und ihre Tochter selbst durchzubringen, und die dann eine Reihe schlechtbezahlter Jobs hatte (Verkäuferin, Schreibkraft, Bibliothekshelferin). Als sie schließlich erkrankte, war diese Frau nicht nur außergewöhnlich tapfer, sie bemühte sich auch bis zuletzt darum, ihre Tochter das Ausmaß ihres Leidens nicht ahnen zu lassen. Mrs. Savage zeigt warmes Mitgefühl; sie sagt im Flüsterton: »Iris, Ihre Mutter scheint eine bemerkenswerte Frau gewesen zu sein. Sie können sich glücklich schätzen, so eine Mutter gehabt zu haben ... dieses Segens teilhaftig geworden zu sein. Auch in meiner Familie gab es solche starken, selbstlosen, unentwegt gütigen Frauen, und Byrons Mutter, der ich sehr nahe stand, war beispielhaft ... war in der Tat ein Vorbild. War Ihre Mutter religiös?«

Iris sagt zögernd: »Meine Mutter gehörte keiner Religionsgemeinschaft an, aber sie war wohl schon ein gläubiger Mensch.«

Mrs. Savage murmelt: »Oh, das reicht ja schon aus! Ich bin sicher, daß das genügt.«

Mrs. Savage sagt dies in aller Unschuld, es ist lediglich eine von ihren teilnahmsvollen Randbemerkungen, doch Iris spürt so etwas wie Zorn in sich aufsteigen. Tatsächlich? »Genügt« das? Und wofür »genügt« es – um in euer wunderschönes christliches Himmelreich zu kommen?

Im Hinblick auf Iris' problematischen Vater, der angeblich seit langem aus ihrem Leben verschwunden ist, hat Mrs. Savage sogar noch mehr Taktgefühl gezeigt. Iris hat angedeutet, ihr Vater sei in der Politik tätig ... in einem der westlichen Bundesstaaten. Ihrer Erinnerung nach sei er ein vielbeschäftigter, energischer Mann mit stählernem Blick. Sie habe ihn im Alter von fünf Jahren zuletzt gesehen, trage ihm aber nichts nach, denn ihre Mutter habe ihm auch nichts nachgetragen; sie habe lediglich gesagt, die Ehe sei schiefgegangen, und dabei habe sie es belassen. Mrs. Savage nickt beim Zuhören mit dem Kopf; sie ist offenbar beeindruckt von der mutigen Haltung, der Entschlossenheit, der ungewöhnlichen Charakterstärke von Persia, der Mutter von Iris Courtney.

Sie sagt seufzend: »Selbst ihr Name ist so schön ...«

Mrs. Savage hat dann Iris ins Vertrauen gezogen ... immer auf eine etwas indirekte Art und Weise.

Sie hat zu verstehen gegeben, sie und ihr Mann seien nicht ganz glücklich darüber, was für ein Leben ihre siebenundzwanzigjährige Tochter Jenny führte, doch sie hat nicht genau gesagt, woran das liegt. Nur soviel: Jenny sei »unentschlossen« ... Jenny habe »Schwierigkeiten« mit Männern ... Jenny rufe selten an, schreibe nie und führe ein Leben, das ihre Eltern nicht »verstehen« können. Sie zeigt Iris eine Anzahl Schnappschüsse, auf denen eine dunkelhaarige, stämmige, eher unauffällige junge Frau zu sehen ist; einige von diesen Fotos wurden auf einem Tennisplatz aufgenommen, in der hellen Mittagssonne. Iris hat den Eindruck, daß die Tochter der Savages im Gegensatz zu ihren Eltern eine verstockte, frostige Art hat.

Was Alan betrifft, den einunddreißigjährigen Sohn, früher ein Rhodes-, gegenwärtig ein Guggenheim-Stipendiat, der ein so kluger, fleißiger, ernster und stets liebenswerter Mensch sei, gibt sich Mrs. Savage weitaus optimistischer. »Es tut mir wirklich leid, daß Alan nicht wie geplant zu Weihnachten nach Hause kommen konnte«, sagt Mrs. Savage, »doch von Paris bis hierher ist es ein weiter Weg ... und er scheint dort stark engagiert zu sein. Ich bin jedoch sicher, Iris, daß ihr euch bald kennenlernen werdet. Und ich glaube, daß ihr großen Gefallen aneinander finden werdet.«

Als wäre ihr ein kostbares, geheimnisvolles Kunstwerk anvertraut worden, widmet sich Iris dem schlanken, jungenhaften, dunkelhaarigen Mann auf den Familienfotos; in seinem schmalen, angespannt lächelnden Gesicht entdeckt sie einige der unverwechselbaren Merkmale seiner Mutter: die Stellung der Augen, die schlanke Adlernase, den sanften Zug um den Mund. Sie sagt nachdenklich: »Ja, Mrs. Savage, das werden wir bestimmt.«

Erst später wird ihr bewußt, daß sie ein bißchen zu weit gegangen ist. Doch soweit sie sich erinnern kann, schien Mrs. Savage daran keinen Anstoß zu nehmen. Sie tut das ohnehin selten.

Mrs. Savage hat ihrer jungen Freundin anvertraut, daß Byron Savage der bemerkenswerteste Mann sei, dem sie je begegnet ist, aber auch der schwierigste. Hat Mrs. Savage etwas an ihm auszusetzen, dann mildert sie das ab, so daß es zu einer häuslichen, ehelichen Angelegenheit wird: »Dieser Mann hat soviel Energie, soviel Willensstärke, ich versuche schon lange nicht mehr, mit ihm Schritt zu halten!« Und: »Als wir heirateten, wußte ich, daß es eine echte Herausforderung sein würde, mit einem Genie zusammenzuleben. Mein Gott, ich hatte ja keine blasse Ahnung!«

In einer nachdenklicheren Stimmung, als sie und Iris nach einer Einladung allein sind und auf das Taxi warten, das Iris in die Salina Street zurückbringen wird, vertraut Mrs. Savage ihr auch an, daß der Glaube in ihrem Leben »von überragender Bedeutung« sei. Sie sei presbyterianisch getauft worden, habe sich mit dreizehn Jahren

»für Christus entschieden« und sei seither in ihrem Glauben nie wankend geworden ... auch wenn es Kummer und Leid und Verrat gegeben habe. »Ich *glaube* nicht bloß an Gott«, verkündet Mrs. Savage mit ihrem Südstaatenakzent, »ich *weiß*, daß es Gott gibt. Er lebt in uns. Ganz bestimmt.«

Dazu fällt Iris keine passende Erwiderung ein.

Mrs. Savage fährt eifrig fort: »Mir scheint, daß Gott sich uns nur dann zeigt, wenn es nötig ist. Denn seine heilige Gegenwart ist so überwältigend, Iris, daß alles andere klein und nichtig erscheint.«

»Tatsächlich?« murmelt Iris schaudernd.

Sie ertappt sich dabei, wie sie durchs Fenster auf den gesprenkelten spätwinterlichen Himmel starrt, und befürchtet, auch er werde ihr klein und nichtig erscheinen, ausgebleicht wie er ist.

Und danach, als das Taxi sie abholt und in die Innenstadt von Syracuse bringt, in das geschäftige Treiben von Durchschnittsmenschen, denkt sie: Wie leicht ist es, an Gott zu glauben, wenn man Savage heißt! Wenn man genau sieht, daß Gott an einen glaubt.

Im Laufe der Monate zieht sich Iris Courtney von ihren Freunden, von jungen Leuten ihres Alters, allmählich zurück, auch von dem jungen Mann, der sich einbildet, in sie verliebt zu sein; auf ihre entgegenkommende Weise nehmen die Savages sie ganz in Anspruch. Wenn sie nicht bei ihnen zu Besuch ist, hält sie sich in ihrem Zimmer im obersten Stock des schäbigen Backsteinhauses in der South Salina Street auf, arbeitet fürs Studium und denkt über ihre Zukunft nach. Gwendolyn und Byron Savage werden in ihrer Phantasie zu leuchtenden Traumgestalten, deren Größe man nicht sehen, sondern nur erahnen kann.

Unter Dr. Savages Einfluß wird sie karrierebewußter.

Unter Mrs. Savages Einfluß wird sie zurückhaltender, femininer.

Gelegentlich stellt Iris eine dogmatische Äußerung von Dr. Savage in Frage, und dann diskutieren die beiden mit einer ungestümen intellektuellen Leidenschaftlichkeit. Seltener stellt

Iris eine Bemerkung von Mrs. Savage in Frage, doch die beiden sind eigentlich nie geteilter Meinung ... auf Auseinandersetzungen legt Mrs. Savage keinen Wert. (Als von Martin Luther King die Rede ist im Zusammenhang mit der von ihm für Ende August 1963 geplanten Bürgerrechtsdemonstration in Washington, sagt Mrs. Savage: »Ich bewundere Pfarrer King sehr, es ist Gottes Werk, daß die Neger so einen frommen Anführer haben. Wenn er nicht wäre, würde überall soviel Wut ausbrechen.« Iris erwidert impulsiv: »Für manche Leute ist es aber heuchlerisch, nicht wütend zu sein.« »Oh!« sagt Mrs. Savage leise mit einem spöttischen, beleidigten Unterton ... und wechselt das Thema.)

Obwohl Mrs. Savage überzeugt ist, daß sie und Byron dem Temperament nach weit auseinanderliegen, von der Intelligenz ganz zu schweigen, stellt Iris bei näherer Bekanntschaft fest, daß die beiden bestens zueinander passen. Bei beiden ist die Fülle von Geistesgaben, die sie besitzen, auf besondere Weise zusammengefaßt, gebündelt und auf ein Ziel gerichtet, einem starken, ins Dunkel scheinenden Lichtstrahl vergleichbar, der nicht das Dunkel erhellt, sondern das eigene Blickfeld. Auch wenn Gwendolyn Savage über die viele Arbeit stöhnt, ist sie doch ausgefüllt von den Routineaufgaben des häuslichen und gesellschaftlichen Lebens und achtet kaum auf das, was sich draußen in der Welt abspielt. Byron hingegen redet ausführlich über aktuelle Fragen, seine scharfe, analytische Geisteskraft ist jedoch ganz auf sein Fachgebiet gerichtet, die Renaissance sowie die europäische Kunst des 18. und 19. Jahrhunderts, und dort wiederum auf kleinere ikonographische und zeitgeschichtliche Probleme, bei denen die Kunstwerke manchmal bloß eine Illustration oder ein Indiz zu sein scheinen. Iris erkennt auch, daß die Großzügigkeit ihrer Freunde durch eine Infrastruktur ermöglicht wird, die sie umgibt und beschützt, die für sie so selbstverständlich ist wie die Luft, die sie atmen: durch ihren ererbten Reichtum, ihre gesellschaftliche Stellung und ihre Hautfarbe. Die glücklichen Lebensumstände der Savages sind ein geschichtlicher Zufall, den sie jedoch für etwas Natürliches halten ... für ein von Gott verliehenes Geburtsrecht.

Diese Leute sind unmöglich, denkt Iris Courtney.

Sie sind so gut, so freigebig, aber auch so *selbstgefällig.*

Doch wenn unten das Telefon klingelt und Iris herbeigerufen wird, freut sie sich schon auf die nächste Einladung von Mrs. Savage ... kein einziges Mal lehnt sie ab.

Bin ich für sie etwas anderes als ein Spiegel, ein Reflektor, der ihnen ihr Glück vor Augen führt? Der ihr Glück vergrößert wiedergibt?

Und macht mir das etwas aus?

9

Ah, ein Gleißen wie von flüssiger Lava strömte in ihre Adern und erleuchtete sie. Wo vorher nur die Dunkelheit des Körpers, der erkrankten Gebärmutter gewesen war, floß jetzt Feuer.

Es kam durch eine Vene, eine zarte blaue Vene an der Innenseite ihres linken Handgelenks.

Sie starb, ihr Schädel öffnete sich der Dunkelheit ... ein Donnern drang auf sie ein ... da war Gott in seiner Pracht, wie ein Lichtstrahl, der leuchtet, aber nicht blendet, und er sprach nicht in Worten, doch seine göttliche Weisheit lautete so: Gwendolyn, meine Tochter, du wirst keine Kinder mehr gebären können, andere werden an deiner Stelle Kinder gebären, und diese Kinder wirst du in den Armen halten und lieben, als ob sie deine eigenen wären, die du ersehnt hast, und diese Kinder werden wiederum Kinder gebären und diese ebenfalls, bis das Ende der Zeit gekommen ist. Und als sie aus der Narkose erwachte (diese schien nur wenige Sekunden lang angehalten zu haben; für ihr Gehirn war die zweistündige Operation an ihrem Körper blitzschnell verlaufen), half ihr die göttliche Gewißheit und die fortwährende Freude, die ihr diese Gewißheit gab, über die schrecklichen Schmerzen hinweg, über die sie in ihrem geschwächten Zustand nicht sprechen konnte. Und als sie in den darauffolgenden Tagen im Krankenhaus und dann zu Hause wieder zu Kräften kam, wagte sie nicht darüber zu sprechen und machte nur ihrer lieben jungen Freundin Iris gegenüber einige Andeutungen.

Wovor fürchte ich mich denn, Iris? Daß andere denken, ich sei verrückt? Ich hätte einen religiösen Wahn – so wie die, vor denen meine Angehörigen einst Abscheu empfanden? Wie dieser schwarze Straßenprediger mit seinem Geschrei und Geheul von Jesus und die Sektenleute, die ekstatisch kreischten und tanzten und Giftschlangen in der Hand hielten oder sich um den Hals legten und ihre Mäuler küßten, Geschöpfe des Teufels, harmlos gemacht durch die Liebe Jesu. Doch in Wirklichkeit traute sie sich nicht einmal ihrer jungen Freundin Iris gegenüber, solche Dinge zu erwähnen, sie (die gewiß bei Gwendolyn Savage einen Rückhalt sucht) ganz spontan ins Vertrauen zu ziehen, ihr einfach das Herz auszuschütten – denn das, so wurde Gwendolyn Makepeace einst belehrt, sollte man niemals tun. *Sobald etwas Wahres bekannt wird, kann man es nicht mehr zurücknehmen, man kann es nur noch ableugnen:* eine Weisheit ihrer Mutter wie auch ihrer Großmutter. *Sobald etwas Wahres bekannt wird, kann man es nicht zurücknehmen, man kann es nur noch ableugnen.* Daher lieber schweigen, lieber stumm sein, auch im Delirium stumm sein, denn Byron war bei ihr, hielt ihre Hände mit beiden Händen fest, seinen starken, geschickten Händen, als sie aus der Narkose erwachte, die ihr Gehirn umnebelte. Ihr über alles geliebter Mann rief ihr wie von fern etwas zu, sagte ihr, die Operation sei erfolgreich verlaufen, sie werde bald wieder gesund sein, sagte, daß er sie liebe, sosehr liebe, und daß sie eine tapfere und gute Frau sei. Tage später, als sie wieder zu Hause war, nicht mehr ans Bett gefesselt, aber immer noch schwach auf den Beinen und weiterhin auf Schmerztabletten angewiesen, gestand er ihr jedoch, er habe einen Schock bekommen wie selten in seinem Leben, als er sie nach der Operation erblickt habe – so gealtert, erschöpft und blaß, das Gesicht wie eine Maske, wächsern und weiß wie eine Totenmaske. Er sei fast zusammengebrochen; vor der Operation habe er sich den Ernst der Lage nicht eingestehen wollen, habe das schreckliche Wort *Tumor* kein einziges Mal ausgesprochen, als hätte sich irgendwie etwas Obszönes im Körper seiner geliebten Frau eingenistet, das ein Gentleman nicht beim Namen nennen dürfe. »Da wußte ich, daß ich ohne meine geliebte Gwendolyn nicht leben kann«, gestand er. »Ich sehe ein, daß ich ein Egoist bin, ein egozentrischer Mensch von grenzenloser Eitelkeit, aber ohne dich, mein Liebling, bin ich nichts.« Obwohl sie von den Schmerzen und den Schmerztabletten benommen war, wußte sie, daß sie ihn trösten und besänftigen mußte; vielleicht hatte er sie auf seine kindhafte Art verantwortlich gemacht für die Obszönität in ihrem Schoß, und nun lag es an ihr, ihn zu trösten, den armen Byron Savage, für den die kleinste Störung seines Tagesablaufs ein Ärgernis ist; wie sie den Haushalt seit der Zeit, als die Kinder noch klein waren, in Ordnung hielt, hat ihn nie interessiert, das ist für ihn so natürlich und selbstverständlich wie die Gesetze der euklidischen Geometrie und so unpersönlich wie deren Anwendung. Byron Savage könnte sie niemals von dem Erlebnis erzählen, das sie unter Narkose gehabt hatte, als ihr Gehirn mit Gottes Feuer in Berührung kam: *Sobald etwas Wahres bekannt wird, kann man es nicht mehr zurücknehmen, man kann es nur noch ableugnen.* Sie war sehr verletzt, daß ihre eigene Tochter sie nicht besuchte und nur dreimal anrief, freute sich jedoch darüber, daß ihre junge Freundin Iris ihr Gesellschaft leistete, in deren Gesicht sie am ersten Tag ihres Krankenhausaufenthalts ein solch tiefes Einsetzen gesehen hatte, daß ihr klar geworden war: *Ja, da ist Liebe; eine Liebe, die nicht vorgetäuscht sein kann.* Und doch würde sie nie etwas Derartiges sagen und damit das Mädchen und sich selbst in Verlegenheit bringen, würde es allenfalls auf indirekte Weise zum Ausdruck bringen oder, so wie jetzt, durch einen Austausch von Blicken, indem sie einander kurz anlächelten. Wenn Iris während ihrer Genesung zu Besuch kam und stundenlang bei ihr blieb, so nett und besorgt, so aufmunternd war, ihr bisweilen vorlas (*Stolz und Vorurteil, Vernunft und Gefühl, Emma* – Romane, die Gwendolyn seit ihrem achtzehnten Lebensjahr immer wieder gelesen hat, ohne daß sie auch nur eine einzige Zeile langweilig fand) und manchmal einfach still dasaß und den Vögeln im Garten zuhörte, sehnte sie sich durchaus danach, ihrer Freundin von dem göttlichen Leuchten zu erzählen, das durch ihre Adern geströmt war, von Gottes Versprechen, daß Kinder ihres Blutes nicht von ihr (die dazu ohnehin schon seit Jahren zu alt war), sondern für sie geboren würden, und daß diese Kinder wiederum Kinder gebären würden, bis das Ende der Zeit gekommen sei. Gwendolyn Savage sagte davon kein Wort, dachte aber: *Iris, wie kommt es, daß wir uns nicht ausdrücken können? Wer ist daran schuld?* Dabei ist Gwendolyn Savage sonst so redegewandt, so versiert: »Wer möchte Kaffee haben? Wer hätte gern Tee? Etwas Honig in den Tee?« erkundigt sie sich bei ihren Gästen. Einmal jedoch (an einem Julinachmittag, als sie sich außergewöhnlich wohl fühlte) sagte sie Iris unumwunden, daß ihre Gebärmutter entfernt worden sei, mache ihr genausowenig aus wie einst das Verschwinden der Menstruation. Beim Älterwerden gebe es Einbußen, denen man kaum nachtrauere, die man gar nicht als Verlust empfinde, versicherte sie Iris. Und Iris lächelte Gwendolyn Savage mit erleichterter Miene an, fragte aber nicht, was das für Einbußen seien.

10

Eine üble Angewohnheit, das Rauchen ... und durch Carters starkriechende pergamentfarbene algerische Zigaretten ist sie um so schlimmer.

In dünnen, sich kräuselnden Wölkchen Rauch ausstoßend, sagt Carter vorwurfsvoll, indem er die Stimme hebt, um den Lärm des Cafés zu übertönen: »Alan, tu sais que tu es irresponsable ... perfide. Moi, je ...«

Alan Savage sagt in scharfem Ton: »Mein Gott, sprich doch englisch! Du bist kein Franzose, und ich auch nicht.«

Dieser Ausbruch verblüfft Carter; er starrt Alan Savage eine Weile erstaunt an. Dann fummelt er an seiner Zigarette herum und sagt beleidigt: »Ich dachte, wir seien hierhergekommen, um miteinander zu reden und einander zu verstehen. Es spielt doch keine Rolle, ob wir englisch oder französisch ...«

Seine Stimme verliert sich. Die beiden Männer sitzen schweigend da, ohne sich anzuschauen. Alan Savage spürt, wie ihm die Hitze ins Gesicht steigt, wie seine Schläfe alarmierend zu pochen beginnt. Eine Gesellschaft von Amerikanern betritt das Café, zwei Paare in teurer Sportkleidung. Setzt euch ja nicht zu uns, denkt Alan Savage. Die Stimmen der Amerikaner, mit dem breiten Akzent des Mittleren Westens, dröhnen ihm ins Ohr.

Es ist Sommer. Paris wird bald entvölkert sein. Doch in dem Café an der Place Saint-Sulpice, in dem die beiden Männer sitzen, eines von den vielen unscheinbaren Cafés seiner Wohngegend, die Alan Savage im vergangenen Jahr besucht hat, herrscht lautes, geselliges Treiben.

Ganz in der Nähe fangen die Glocken von Saint-Sulpice an zu läuten. Alan fragt sich, ob man von dem seltsam zu Herzen gehenden Klang dieser Glocken je genug bekommen kann.

11

Als wäre es in Kerzenlicht getaucht, so schön schimmert das lächelnde Gesicht von Iris Courtney.

Sie trägt einen gehäkelten Sommerpullover, türkisfarben mit Weiß durchzogen. Und weiße leinene Bermudashorts ... von Gwendolyn Savage, die die Hosen vor einiger Zeit für sich kaufte, sie kaum eine Stunde lang trug und dann der Meinung war, daß solche Modeartikel für sie nicht mehr das Richtige seien.

Alan Savage schüttelt Iris die Hand, schaut sie an und sagt: »Iris Courtney! Mir kommt es fast so vor, als wären wir einander bereits begegnet – meine Mutter hat soviel über Sie geschrieben.«

Iris ist sich nicht sicher, ob die Worte des jungen Mannes einfach als Feststellung aufzufassen sind, oder ob sie ironisch gemeint sind. Sie spürt, daß Alan Savage einer von denen ist, die sich zweideutig äußern, weil der Eindruck, den sie von der Welt und von anderen Menschen haben, zwiespältig ist. Doch sein Händedruck ist ehrlich und freundlich, und hier auf der zum See hin gelegenen Terrasse des herrlichen, mit weißen Schindeln verkleideten Sommerhauses in Skaneateles, New York, Ende August des Jahres 1963, hat Iris Courtney plötzlich ein Glücksgefühl, das so überschäumend ist wie eine Flasche Mineralwasser, die heftig geschüttelt wurde.

Alle drei Savages schauen sie an, und sie sagt: »Also, über Sie hat mir Ihre Mutter kein Sterbenswörtchen erzählt.« Und da lachen sie natürlich entzückt; Dr. Savages Lachen ist immer explosiv und herzhaft, wunderbar ansteckend, und in diesem herzlichen, hoffnungsfrohen Augenblick bekommt Iris feuchte

Augen, obwohl sie gelassen denkt: Familien lachen gern zusammen: Denk dran.

Und den ganzen langen, schönen Sommersonntag über läßt Byron Savage sein herzhaftes, ansteckendes Lachen ertönen, und Gwendolyn Savage strahlt vor Glück, wie sie es seit ihrer Operation im Frühling nicht mehr getan hat, und Alan Savage, der launische Alan, der seit seiner Kindheit reizbar und hämisch und in Gesellschaft so nervös und unruhig wie ein Whippet gewesen ist, eine von diesen überzüchteten Hunderassen, die nichts anderes wollen als rennen – die leben, um zu rennen, deren Herzen erst dann normal schlagen, wenn sie rennen –, auch er fängt allmählich an, sich zu entspannen ... Denn durch Iris Courtneys Gegenwart tritt in der Familie eine gewisse Veränderung ein, mit der niemand gerechnet hat, nicht einmal Mrs. Savage, die es kaum erwarten konnte, daß ihr Sohn und ihre neue Freundin sich kennenlernen.

Insgeheim triumphierend, flüstert Mrs. Savage ihrem Mann an jenem langen, schönen Sommersonntag ins Ohr: »Wie gut sie zueinander passen! Wie gut sie miteinander auskommen! Hab' ich's dir nicht gesagt!« Und Dr. Savage, der den mütterlichen Eifer seiner Frau in diesem Fall wie auch in anderen Fällen für eine leichte Form weiblicher Hysterie hält, setzt einfach sein unergründliches Lächeln auf, legt den Zeigefinger auf die Lippen und sagt: »Immer mit der Ruhe, meine liebe Gwendolyn.«

Und die durch die Begriffsstutzigkeit ihres Mannes leicht gekränkte Mrs. Savage sagt: »Aber ja, Byron. Das weiß ich sehr wohl.«

Es könnte durchaus sein, daß Byron Savage eine Verbindung, wenn es denn dazu kommen sollte, wenn es sich nicht um weibliche Hirngespinste handelt, genauso begrüßen würde wie Gwendolyn Savage ... denn er kann besser beurteilen als sie, warum eine Eheschließung, und eine ziemlich rasche obendrein, für ihren Sohn ratsam wäre. Und die kleine Iris Courtney könnte trotz ihrer zweifelhaften Familienverhältnisse die Richtige sein: Sie ist eine herausragende Studentin, sie ist eine sehr schöne junge Frau, und sie bewundert Byron Savage ganz offensichtlich.

Vor dem Abendessen kommt es auf dem grasbewachsenen Hang oberhalb des Sees zu einem ausgelassenen Krocketspiel, bei dem Mrs. Savage zuschaut. An dem langen, schönen Sommersonntag breitet sich allmählich die Abenddämmerung aus.

Drunten spiegelt der Skaneateles Lake den makellosen tiefblauen Himmel.

Etwas Blaues ist auch auf dem gepflegten Rasen der Savages zu sehen: Hortensien, Mrs. Savages Lieblingsblumen.

Das Krocketspiel, das Byron und Alan Savage, Iris Courtney und drei Gäste aus der Gegend spielen, wird mal ernst, mal unernst ausgetragen. Gespannt verfolgt die in der Nähe auf einem Segeltuchstuhl sitzende Mrs. Savage das Spiel; sie ist der Typ des interessierten Zuschauers, der immer von den Spielen anderer gefesselt ist, ohne daß er sie besonders gut beherrscht ... sich im Wettkampf durchzusetzen, gehörte nicht zu ihrer Erziehung. Doch nun schaut sie vergnügt zu, wie sich die Spieler aufführen: Der schelmische Dr. Savage setzt seinen Schläger so schwungvoll ein, daß die anderen sich ducken. Der täppische Alan, der seine Aktionen immer genau plant, dann aber danebenschlägt oder einen ungültigen Treffer erzielt, setzt eine todernste Miene auf und murmelt: »Es ist doch bloß ein Spiel! Bloß ein Spiel!« Und Iris Courtney, die zuvor noch nie einen Krocketschläger in der Hand gehalten hat, jetzt aber so talentiert spielt ... und für soviel Heiterkeit sorgt. Wenn ein Ball an einem Tor abprallt oder in eine Hecke fliegt oder den Hügel hinunterhüpft, ist es unweigerlich ihrer, und sie wird mit gutmütigem Spott bedacht, wenn sie diese Bälle zurückholt ... alt und zerschunden sind sie, denn sie stammen aus der Zeit, als die Kinder der Savages noch klein waren.

Von Mrs. Savage kommen immer wieder Zurufe: »Iris, lassen Sie sich von Byron nicht ablenken! Passen Sie auf!« Und: »Iris, Sie machen Fortschritte! Mein Gott, wie rasch Sie vorankommen!« Und: »Also, Alan, paß jetzt auf! Nicht übermütig werden!«

Seit ihrer Operation im Frühjahr (über die sie ungern spricht, insbesondere in gemischter Gesellschaft) ist Mrs. Savage häufig außer Atem und wird rasch müde, doch heute ist sie so glücklich wie schon lange nicht mehr.

Gleich wird sie ins Haus gehen, um die Zubereitung des Abendessens zu beaufsichtigen, doch vorerst verfolgt sie noch das Spiel, schaut Iris Courtney zu, die so unbeholfen und gleichzeitig so anmutig ist, und ein so attraktives Mädchen: ihr Gesicht ist gerötet, ihr federndes Haar hat einen silbernen Schimmer, ihr junger, schlanker Körper strotzt vor Leben ... die leicht gebräunten Beine sind gespreizt, als sie mit dem natürlichen Gleichgewichtssinn des Sportlers den Schläger schwingt. Mrs. Savage sieht auf Iris' Gesicht Schweiß glitzern und hofft, daß es dem Mädchen nicht zu heiß wird und sie plötzlich die Lust verliert wie vor Jahren die arme Jenny.

Jennifer Savage war bei Spielen nie gut, sie wurde immer von ihrem älteren Bruder übertroffen.

Als Iris sich rasch duscht und zum Abendessen umzieht, denkt sie: Das ist der glücklichste Tag meines Lebens ... oder?

Mit ihrer zarten, wohlklingenden Stimme ruft Gwendolyn Savage: »Kommt bitte alle herein! Das Abendessen steht bereit.«

Das Abendessen wird nicht im Haus, sondern auf einer vergitterten, auf der Rückseite des Hauses gelegenen Veranda serviert, mit Blick auf den dunkel glitzernden See. Der runde, mit einer Glasplatte bedeckte Tisch ist aus weißgestrichenem Schmiedeeisen. Vier Gäste sind da, Iris Courtney inbegriffen, die zu verstehen beginnt, daß man mit ehelichen Schwierigkeiten leichter zurechtkommt, wenn man ein offenes Haus führt.

»Wie reizend!«

»Die Nachtluft ...«

»...der See, nicht wahr?«

»Ein herbstlicher Geruch.«

Eine junge Schwarze ist aus Syracuse herbeigeholt worden, damit sie Mrs. Savage beim Servieren behilflich sein kann; sie heißt »Evie« oder »Ava«, Genaueres weiß man nicht.

Sie lächelt alle an und niemanden. Einer ihrer Schneidezähne hat eine auffällige Goldkrone.

Vom fahlen, glimmernden Licht der Kerzen angezogen, prallen immer wieder Motten und andere Insekten gegen das Gitter, aber nur ein paar gelangen herein. Stechmücken sind nicht darunter. »Gott sei Dank!«, sagt Dr. Savage mit gespieltem Entsetzen. »Es gibt ein Insekt, das ich nicht ausstehen kann, und das ist die Stechmücke.«

Alan, der gerade damit beschäftigt ist, das Essen auf seinem Teller zu zerschneiden, sagt verschmitzt: »Vater, das kommt wahrscheinlich daher, daß du nicht viel Erfahrung mit Bettwanzen hast.«

Iris hört, wie Mrs. Savage Luft holt. Taktvollerweise geht niemand auf das Thema ein.

Man redet vielmehr über das Segeln auf dem Skaneateles Lake, dem schönsten der Finger Lakes, auf dem Motorboote verboten sind; über die örtliche Sommertheateraufführung von *Porgy und Bess,* die so bewegend ist und einen so authentischen Eindruck macht; über das Rote Telefon, das genau an diesem Tag in Moskau und Washington installiert wurde, um einen ungewollten Atomkrieg zu verhindern (»Was aber die Möglichkeit eines *gewollten* Atomkriegs nicht ausschließt«, bemerkt Dr. Savage sarkastisch). Man redet auch über das unberechenbare Verhalten eines bestimmten Schäferhundes, der einem prominenten Anwohner gehört, und da Alan eben aus Europa zurückgekehrt ist, wird viel über Europa gesprochen, seien es Erinnerungen, Spekulationen oder Klagen. Es werden diskrete Erkundigungen angestellt nach Mrs. Savages Gesundheitszustand und Alans Zukunftsplänen (er wird sich teils in Syracuse, teils in New York aufhalten und seine Forschungsarbeit über den surrealistischen Künstler Man Ray abschließen, außerdem Boston besuchen und die Rare Book and Manuscript Library in Yale); auch nach den Zukunftsplänen von Byron Savage (er bekommt von der Syracuse University Studienurlaub, wird aber neben seinen Reisen nach London, wo er sich zu Forschungszwecken aufhalten wird, und seinen Vorlesungen am Courtauld Institute das *Journal of Art and Aesthetics* weiter herausgeben). Es wird allgemein bedauert, daß der Sommer vorübergeht ... daß die Nächte kühler werden, daß sich ein Herbstgeruch einstellt und der Winter naht. Die Unterhaltung plätschert rhythmisch dahin wie Musik, sie hat einen festlichen Beiklang. Was gibt es eigentlich zu feiern in diesen Zeiten? fragt sich Iris Courtney.

Sie ist glücklich, sie hört kaum zu. Das Kerzenlicht scheint ihr in die Augen.

Zu ihrer Linken sitzt Dr. Savage, zu ihrer Rechten ein Mann mittleren Alters namens Flann oder Flynn, und fast genau gegenüber sitzt Alan Savage, der seiner Mutter in diesem verträumten, gedämpften Licht mehr ähnelt als draußen auf dem Rasen. Während des anderthalb Stunden langen Essens spürt Iris oft, daß sein Blick auf sie gerichtet ist ... auf ihr ruht. Obwohl er sie kein einziges Mal direkt anspricht.

Und sie begegnet seinem Blick und lächelt.

Denkt gelassen: Du bist der Richtige.

Denkt, während ihr Herz ruhig gegen ihre Rippen pocht: Du bist der Richtige.

Sie merkt rasch, daß dem Sohn der Schwung fehlt, den sein Vater hat; höchstwahrscheinlich fehlt ihm auch die Wärme, die seine Mutter besitzt, doch daran läßt sich nichts ändern. Er ist jedoch ein attraktiver Mann. Mit seinen über den Hemdkragen fallenden Haarlocken, seinem skeptischen Lächeln, seinen schlanken Schultern, der zerstreuten Miene; er hat manchmal eine brüske Art, aber er ist liebenswürdig ... ja, Iris ist sicher, daß Alan Savage im Grunde seines Herzens ein liebenswürdiger Mensch ist.

»Süß« sei er, sagt Mrs. Savage.

Das ist bei Mrs. Savage das höchste Lob.

Iris fragt sich, ob sie Alan Savage gegenüber auch als »süß« bezeichnet wurde.

Iris denkt lächelnd: Bin ich süß?

Erinnerung oder Einbildung: Wie Jinx Fairchild ihre Brüste mit den Händen umfaßte, die Brustwarzen küßte und an ihnen saugte, nicht im Ernst, nur zum Spaß. »Mmmmmmmm, Schätzchen!« sagte er. Doch nur zum Spaß.

Weiße Titten. Schwarzer Schwanz.

Nur zum Spaß.

Iris Courtney ist die ganze Zeit über still gewesen, hat jedoch allem Anschein nach den älteren Tischgenossen aufmerksam zugehört, hat gelacht und war offenbar ganz bei der Sache, in dieser Hinsicht mit Gwendolyn Savage vergleichbar, so feminin. Sie verwendet bei solchen Anlässen pupurroten Lippenstift, der gut zu ihr paßt. Verwendet einen hellen, aprikosenfarbenen Gesichtspuder, der gut zu ihr paßt. Hat Augen wie Juwelen. Tupft Parfüm hinter die Ohren. Lächelt bereitwillig, zeigt einen klugen Sinn für Humor. Sie weiß, daß sie anerkannt wird, andernfalls säße sie nicht als Gast an diesem Tisch, an den Persia Courtney auch mit all der Schönheit und dem Charme ihrer Jugend nie und nimmer eingeladen worden wäre.

Als Mrs. Savage merkt, daß Iris sich nicht aktiv an der Unterhaltung beteiligt hat, bringt sie sie – wie immer – geschickt ins Gespräch; man redet eine Weile über das Pensum, das Iris fürs Studium zu erledigen hat, und über ihre Unterbringung in jenem öden Haus in der Salina Street (Mrs. Savage kennt die Pension von außen). Ob sie den Skaneateles Lake möge? Ob er nicht wirklich schön sei? Die Savages kämen seit dreißig Jahren hierher. Iris stimmt zu: Der See sei schön. Iris sagt, es sei der schönste See, den sie je gesehen habe. Eine stämmige Frau mittleren Alters mit einem langen, über den Rücken hängenden Zopf, die sich als »Sommerkünstlerin« bezeichnet, erzählt von einem tragischen Unglücksfall beim Segeln, der sich hier vor zwei Jahren ereignet hat; in einem plötzlich aufkommenden Sturm seien zwei junge Leute ertrunken. Nach einer Pause erzählt Iris von einem tragischen Unglücksfall, der sich, als sie noch klein war, bei einem Schiffsausflug ereignet habe. Ihr Vater habe in der Kommunalpolitik von Hammond eine aktive Rolle gespielt, und der Bürgermeister von Hammond habe eines Tages einige seiner Freunde und deren Familien auf seine Jacht eingeladen zu einer Fahrt auf dem Erie-Kanal; sie wisse nicht genau, wie es passiert sei: Irgendwie sei ein Junge ins Wasser gefallen und ertrunken – ein rothaariger Junge sei es gewesen, das wisse sie noch genau, etwa elf Jahre alt. Der Junge sei vielleicht hineingesprungen, weil er baden wollte; vielleicht sei die Jacht an einer Anlegestelle gewesen, und die meisten Erwachsenen hätten sich an Land befunden. An die Einzelheiten könne sie sich nicht mehr erinnern. Iris hat keine Ahnung, warum sie den Savages und deren Gästen diese Geschichte erzählt; sie redet schnell, ist jetzt ganz außer Atem, auf ihrer Stirn und in ihren Achselhöhlen bricht Schweiß aus ... ihre Stimme hat ein seltsames Zittern, wie das Flackern einer Kerzenflamme ... und sie starrt auf der Glasplatte des Tisches das Spiegelbild einer Kerzenflamme an, als sie sagt, sie sei zu jung gewesen, sie wisse das nicht mehr, die einzige klare Erinnerung, die sie an jenen Tag habe, sei der Anblick des toten rothaarigen Jungen, als er aus dem Wasser gezogen worden sei – wie das erdfarbene Wasser an ihm hinuntergeströmt sei und sein Gesicht dadurch einen Augenblick lang fast so ausgesehen habe, als wäre er noch am Leben.

Sie hört, wie sie weiterredet, rasch und überstürzt, und sie kann nicht aufhören.

Obwohl sie weiß, daß diese Leute, diese Fremden, sie verwundert anstarren.

»So etwas vergißt man nicht. Manches, was man gesehen hat, bei dem man Augenzeuge war, vergißt man nie. Selbst wenn es keine ...«

Ihre Stimme bebt und versagt, in ihrem Kopf herrscht völlige Leere.

Sie merkt zu ihrem Entsetzen, daß Dr. Savage und Mrs. Savage, die sie so gern haben, einander einen bestürzten Blick zuwerfen, daß sie zu weit gegangen ist und ihre Zuhörer peinlich berührt sind. Da läßt sie sich etwas einfallen; sie schüttelt den Kopf, als wäre auch sie ganz perplex, und zieht die Sache ins Lächerliche, indem sie mit genau dem richtigen Quantum Eindringlichkeit und Hilflosigkeit sagt: »Und deshalb habe ich nie schwimmen gelernt. Ich bin wasserscheu und habe nie schwimmen gelernt.«

Byron Savage und Alan Savage sagen gleichzeitig: »Ich bringe es Ihnen bei!«

Als die schwarze Frau erscheint, legt Iris Courtney ihre Serviette weg, steht schnell auf und sagt: »Mrs. Savage, lassen Sie mich das erledigen.« Und da man sie als schonungsbedürftig betrachtet, gibt Mrs. Savage mit einem schwachen, erfreuten Lächeln ihre Einwilligung. Iris Courtney gehört inzwischen sosehr zur Familie, daß es ganz natürlich erscheint, wenn sie ab und zu bei einem Essen die Aufgaben von Mrs. Savage übernimmt.

In der Küche sagt Iris zu der schwarzen Frau: »Bei den Savages ist es immer so nett, finden Sie nicht auch?« Und die schwarze Frau nickt eifrig, läßt die Goldkrone ihres Schneidezahns aufblitzen: »Aber ja, M'm, wirklich wahr.« Sie stapeln das Geschirr in den Ausguß, stellen die Tassen und die Untertassen auf ein Tablett. Iris hat noch etwas sagen wollen, aber es fällt ihr jetzt nicht mehr ein; sie merkt, daß die schwarze Frau sie aus den Augenwinkeln beobachtet, daß zwischen ihnen eine gewisse Spannung herrscht. Die schwarze Frau ist schlank und kräftig, etwa vierzig Jahre alt, hat eine schöne, ins Purpurfarbene gehende schwarze Haut wie Jinx Fairchild, auf der Myriaden von Lichtpünktchen schimmern – wie bei ihm ... Iris Courtney hat noch etwas sagen oder fragen wollen, aber es fällt ihr nicht mehr ein, und die Zeit drängt ohnehin: Der Kaffee tröpfelt in die Kanne, sein starkes, köstliches Aroma erfüllt die Küche.

Die Kerzen sind auf ein Viertel ihrer ursprünglichen Länge heruntergebrannt, doch die Motten prallen weiterhin gegen das Gitter, mit einem leisen *Ping!*, das fast unhörbar ist, weil es vom sägenden Zirpen der Grillen übertönt wird.

Alan Savage, den die Frau mit dem Zopf nach seiner Arbeit gefragt hat, sagt: »Kunst ist für eine bestimmte Zeit und einen bestimmten Ort gedacht, eine ›zeitlose Kunst‹ ist Schwindel.« Während er einen seiner sorgfältig artikulierten Sätze spricht, aus denen Iris den Tonfall von North Carolina andeutungsweise heraushört, räuspert sich Byron Savage immer stärker und trommelt mit den Fingern immer ungeduldiger auf den Rand der Glasplatte; und als Alan sagt: »Was ist Kunst anderes als ›der Unruhe eine materielle Form zu geben‹, wie Man Ray bemerkt hat?«, da explodiert er schließlich und ruft: »Ich hoffe doch, daß Kunst mehr ist als das! Daß sie mehr Transzendenz hat! Daß es da nicht bloß um die *nervliche Befindlichkeit* geht!«

Es kommt zu einer scharfen Auseinandersetzung zwischen Vater und Sohn, und Mrs. Savage, die sehr müde ausgesehen hat, sieht jetzt sehr aufgebracht aus. Die Frau mit dem Zopf versucht humorvoll zu intervenieren, was ihr aber nicht gelingt, und als Dr. Savage vorgetragen hat, was Iris Courtney in dieser oder jener Form schon oft gehört hat, sagt Alan schließlich lachend zu Iris: »Die Surrealisten meinten, die persönliche Vorgeschichte sei irrelevant – die Herkunft, die Kindheit, alles rein Persönliche; sie glaubten, man müsse die Vergangenheit ausradieren und bei Null anfangen. Und das ist doch begreiflich, nicht wahr, Iris? In Zeiten wie diesen?«

Iris Courtney sitzt mit großen Augen da; ihr fehlen die Worte. Zum erstenmal seit ihrer Ankunft am Skaneateles Lake fällt ihr keine Erwiderung ein.

12

Iris, wo gehst du denn hin?

Unten in dem höhlenartigen Foyer wurde der Boden aus imitiertem Marmor auf billigen Hochglanz poliert; oben sind die Gänge mit alten, zerschlissenen Teppichen von undefinierbarer Farbe ausgelegt.

Alles fensterlos, von der Außenwelt abgeschnitten. In der Luft liegt ein scharfer medizinischer Geruch. Eine Bürotür nach der anderen, endlos aufgereiht ... Milchglas in den Türen ... Namen in einheitlicher schwarzer Schrift, dahinter die Abkürzungen Dr. med. oder Dr. dent.

Und von der Decke das zuckende Licht der Neonröhren.

Iris, komm zurück!

Plötzlich fängt sie an zu rennen. Rennt einfach los ... reißt ihre Hand aus Persias Hand und läuft weg. Obwohl die Zahnarztpraxis im zwölften Stock ist und der Fahrstuhl im siebten Stock angehalten hat. Obwohl sie früher immer ein braves, folgsames Mädchen gewesen ist, wenn sie hierhergebracht wurde, reißt sie jetzt ihre feuchte Hand aus Persias Hand, rennt keuchend und kichernd davon, wohl wissend, daß Persia hinter ihr herlaufen wird. Aber diesmal tut es Persia nicht.

Sie rennt ein Stück weit den Gang entlang, bleibt stehen und schaut sich um. Rechnet damit, daß Persia ihr erbost nacheilt in ihren hinderlichen hochhackigen Schuhen, daß sie um ihren hübschen Mund diesen grimmigen Zug hat, der so urkomisch wirkt, obschon er ankündigt, daß es Schelte geben wird oder gar eine Ohrfeige. Aber diesmal läuft Persia ihr nicht nach; Iris steht wie gelähmt da, starrt ungläubig und entsetzt zu ihrer Mutter hin, die im Aufzug steht und sich nicht rührt ... deren Gesicht so kalt und gleichgültig ist wie das einer Fremden.

Dann schließt sich die Tür des Aufzugs. Und er fährt geräuschlos nach oben.

Iris schreit.

Etwas so Schreckliches hat sie noch nie erlebt: allein auf dem siebten Stock des Osborne Building, und Persia fährt davon, und es gibt nichts als den endlosen Korridor, die aneinandergereihten Türen, Milchglas in den Türen, die nach Medikamenten, Desinfektionsmitteln und Staub riechende Luft.

Sie ruft *Mami! Mami!*, wird innerhalb von Sekunden zu einem Häufchen Elend; sie rennt zum Aufzug zurück, doch der ist weg, und Persia auch; sie steht wie betäubt da, weiß nicht, was sie tun soll ... schluchzt hilflos.

Irgendwo auf dem Gang geht eine Tür auf; ein Mann mit schimmernder Glatze schaut heraus ... wirft ihr einen Blick zu ... aber er verschwindet gleich wieder, will nichts zu schaffen haben mit Iris Courtney – *schlimmes, schlimmes Mädchen, wie kann man nur so unartig sein!*

Sie ist vier Jahre alt. Bald wird sie sterben.

Sie gibt Persias marineblauem Kostüm mit dem ausgestellten Rock die Schuld und Persias gepflegter Aufmachung bei diesem Zahnarztbesuch am Samstag morgen; vor allem aber sind Persias hochhackige Schuhe schuld daran, die besonders schönen aus weißem und gelbbraunem Leder ... eine Überraschung von Daddy ... Eines Tages gehen sie die Main Street entlang, Persia sieht in einem Schaufenster die neue Frühjahrsschuhmode, deutet auf ein bestimmtes Paar und sagt: »Da, genau das Richtige für mich!« Sie sagt das nur so zum Spaß, denn die Schuhe sind sehr teuer, aber Duke Courtney schiebt sie sofort in den Laden hinein, und bevor sie recht weiß, was geschieht, gehören die Schuhe ihr.

Persia sagt lachend: »Weißt du, wieso er das getan hat? Der verrückte Kerl kam gerade von seinem Buchmacher, das war der Grund. Er hatte richtig gewettet, aber darüber ließ er nichts verlauten.«

»Schätzchen, das ist eine schwierige Aufgabe ... ganz im Ernst«, sagt Persia später. Sie reicht Iris das Schuhbürstchen und erklärt ihr: »Mit dieser weißen Paste behandelst du die schönen hochhackigen Schuhe, die auf einem Blatt Zeitungspapier auf dem Küchentisch stehen. Du mußt aufpassen, daß du die weiße Paste nicht auf das braune Leder schmierst. Wenn du das für Mami machst, dann mach es so, wie es sich gehört.«

Die Hand von Iris zittert ein kleines bißchen.

Ihre Hand zittert, doch sie konzentriert sich auf ihre Aufgabe; sie paßt so sehr auf, daß sie das Atmen vergißt, und die weiße Paste gerät nicht auf das braune Leder. Persia sieht, wie gut sie die Aufgabe erledigt hat; sie küßt Iris auf die Nase und sagt: »Oh, bist du aber tüchtig! Mein liebes kleines Schätzchen!«

Als Persia am Ende des Korridors durch die Tür mit der Aufschrift NOTAUSGANG hereinkommt, weint Iris still vor sich hin ... mutlos. Sie steht wie angewurzelt vor dem Aufzug, schaut sich nicht um, bis Persia einen Pfiff ausstößt, diesen scharfen, gellenden, lustigen Pfiff, der auch Daddys Pfiff ist; da dreht sie sich erstaunt um, sieht Persia plötzlich auf sich zukommen, wie eines von diesen Wesen aus den Zeichentrickfilmen, bei denen man auf alles gefaßt sein muß: Mit ihnen geht es mal bergauf, mal bergab; sie können urplötzlich auftauchen und urplötzlich verschwinden; sie können verstümmelt werden, können allerlei Verwandlungen durchmachen; es kann Erniedrigungen geben, schauderhafte Geschehnisse, aber auch ausgelassene Fröhlichkeit und ein Happy-End. Und sie stürzt heftig schluchzend auf ihre Mutter zu, und Persia ist voller Schuldgefühle und so gerührt von dem Leid des Kindes, daß sie vergißt, daß sie Iris den Hintern versohlen wollte. Sie beugt sich seufzend hinunter und umarmt Iris, wischt ihr mit einem Kleenex die Tränen und den Rotz aus dem Gesicht. *Hast du wirklich geglaubt, deine Mami würde weggehen und dich im Stich lassen?* Persia küßt sie und nimmt sie auf den Arm. *Hast du das wirklich geglaubt? Tatsächlich? Du dumme kleine Iris!*

»Mami?«

Es dämmert. Sie weiß nicht, was für ein Tag, was für eine Jahreszeit es ist.

Ihre Mutter umarmt sie nicht mehr. Das erhitzte Gesicht ihrer Mutter ist nicht mehr da, sie küßt sie nicht mehr.

Sie ist eine erwachsene Frau ... hat den Körper einer erwachsenen Frau.

Sie liegt kraftlos in einem Bett, das sie nicht kennt, in einem Zimmer, einem Haus, das sie nicht kennt, ist von ihrem Traum ganz zerschlagen ... weiß nicht, wo sie ist, weiß nur, daß sie nicht zu Hause ist.

Nach wenigen Minuten kommt die Wirklichkeit zurück. So wie sie das immer tut.

Iris Courtney sagt sich: Sie ist in Syracuse; sie liegt in ihrem Bett in ihrem gemieteten Zimmer in der South Salina Street; es ist alles in Ordnung, sie hat Erfolg, sie ist überaus glücklich; es gibt einen Mann, der meint, er sei in sie verliebt, aber sein Name fällt ihr einige wirre Sekunden lang nicht ein.

Ein nasser Herbstmorgen. Drunten auf der Straße das Klappern der Müllabfuhr. Der erste Schnee fällt, blütengroße Flocken sinken matt zu Boden und schmelzen, ein vorzeitiger Schneefall, zart wie Spitzenbesatz, der rasch verschwindet.

13

Er sagt: »Du bist schön, Iris ... aber das weißt du wohl selbst.«

Er sagt: »Du hast ein Botticelli-Gesicht ... aber das weißt du wohl selbst.«

Er sagt: »Ich fühle mich sehr hingezogen zu dir ... aber das weißt du wohl selbst.«

Er ist liebenswürdig; Iris Courtney hat sich nicht getäuscht.

Und er ist nicht fordernd, sondern sehr behutsam; er ist nicht besonders selbstsicher, wirkt irgendwie unerfahrener, zaghafter als sie, obwohl er doch zehn Jahre älter ist. Und er wählt seine Worte mit Bedacht, als fürchte er, selbst die unverfänglichsten Ausdrücke könnten ihn bloßstellen oder sie verletzen.

Er ist ein Gentleman; er respektiert ihre Jungfräulichkeit.

Ich bin so glücklich, schreibt Iris in ihr Tagebuch, das jetzt abgegriffen ist, dessen eselsohrige Anfangsseiten sie eines Tages herausreißen wird, ohne sie noch einmal gelesen zu haben. *Alan ist genau so, wie Mrs. Savage gesagt hat, höchstens noch süßer.* Manchmal, wenn sie zu ruhelos ist, um sich an ihren Schreibtisch zu setzen, beugt sie sich hinunter und notiert etwas. *Heute ein typisch schöner Abend bei den Savages. Alan war so warmherzig, so lustig, so redegewandt, so zärtlich.* War die Handschrift von Iris noch vor nicht allzu langer Zeit sehr klein und kritzelig, ist sie jetzt verspielt, kapriziös, mit Schnörkeln verziert. *Er sagt, daß er mich liebt. ICH BIN SO GLÜCKLICH* – manchmal füllt sie den Rest der Zeile oder gar den Rest der Seite mit den Kritzelstrichen, mit denen man sonst auf einem Scheck den freien Raum hinter den Ziffern ausfüllt.

Am Skaneateles Lake sagte Alan Savage am Morgen nach ihrem ersten Zusammentreffen zu Iris Courtney, wenn sie wolle, werde er ihr das Segeln beibringen.

Segeln sei ein wirklich phantastisches Erlebnis, Schwimmen nicht, sagte er.

Sie könnten das alte Segelboot der Savages benutzen, das er als Junge so gern gehabt habe, das er vermißt habe in den vielen Sommern, in denen er von zu Hause weggewesen sei.

»Ja, gern«, sagte Iris nach kurzem Zögern.

Sie lächelte erfreut und sagte: »Ja, das würde mir gefallen.«

Sie nahm es nicht wichtig, wie der junge Mann dreinschaute, daß er zwar lächelte, aber in ihrer Gegenwart offensichtlich befangen war ... nicht recht wußte, was er von ihr halten sollte, oder ob er sich überhaupt Gedanken machen sollte über sie.

Iris überlegte sich: Sie kann ihm ja nur Gutes über mich erzählt haben. Etwas anderes kennt sie gar nicht von mir.

Beim Setzen der Segel drunten an der Anlegestelle und bei der fast zweistündigen Fahrt auf dem See redeten sie kaum miteinander. Alan Savage gab den Kurs an, und Iris Courtney bemühte sich nach Kräften, seinen Anordnungen nachzukommen. Sie krabbelten auch wie Kinder auf dem Deck herum und prusteten vor Lachen. Der Wind blies nicht sehr stark, der Himmel war klar, die Sonne war strahlend hell wie eine glühende Münze.

Innerhalb weniger Minuten war das Haus der Savages nur noch ein weißer Fleck am Ufer.

Iris gefiel das Segeln sehr; Alan Savage mußte doch merken, wie sehr es ihr gefiel, wie glücklich sie lächelte, als ihre Blicke sich bisweilen wie zufällig trafen. *Die Macht des Segels besiegt die Macht des Windes: So einfach ist das.*

Ihr Haar flatterte im Wind, als sie Alan Savage zurief: »Es stimmt – es ist wirklich ein phantastisches Erlebnis! Genau wie Sie sagten!«

Als sie mit dem Segelboot wieder anlegten, war Alan Savage Iris Courtney gegenüber unbefangen genug, um mit seinem flinken, etwas aggressiven Lächeln und dem gesenkten Blick, der anscheinend eine Art Tick von ihm war, zu sagen: »Verdammt schade, daß Sie die Freundin meiner Mutter sind!«

14

Aber er hält sich nicht daran. Gleich nach dem Labor Day, als er und seine Eltern nach Syracuse zurückgekehrt sind, ruft er Iris an und verabredet sich mit ihr für den Abend in einem Restaurant in der City; seine Eltern werden nicht dabeisein. Als Iris sich nach ihnen erkundigt, sagt er lächelnd, aber mit einer Spur von Ungeduld in der Stimme: »Iris, Sie kommen ja oft genug mit meinen Eltern zusammen! Heute abend brauchen wir gar nicht über sie zu reden, ja nicht einmal an sie zu denken. Stellen Sie sich vor, wir hätten uns eben erst kennengelernt: Ich komme herein und sehe Sie hier sitzen. Ich komme her zu Ihnen. *Hallo!*«

Er grinst wie ein Junge. Streckt seine Hand über den Tisch und ergreift ihre, drückt sie und schüttelt sie.

Iris denkt: Seltsam, wie er sich aufführt.

Sie sagt: »Eine gute Idee.«

Er sagt: »Ganz bestimmt.«

Zwei Stunden später, als sie vor der Pension in der South Salina Street in seinem geparkten Wagen sitzen und ruhig miteinander reden, ohne einander anzufassen (nach dem impulsiven Händeschütteln hat Alan Savage Iris Courtney nur noch ein einziges Mal berührt – als er ihr in den Mantel half), kommt er aber doch auf seine Eltern zu sprechen, so als könnte er dem einfach nicht widerstehen. Er sagt: »Meine Eltern haben Sie sehr gern, aber das wissen Sie ja selbst. Mit meiner Mutter verstehen Sie sich wohl besonders gut?«

Iris sagt rasch: »Ihre Mutter war immer sehr nett zu mir.«

Ihr treten sofort Tränen in die Augen.

Alan Savage betrachtet sie aufmerksam, ja argwöhnisch. »Tatsächlich? Wie denn?«

»Auf verschiedene Weise.«

Iris redet so leise, daß Alan sie bitten muß, ihre Worte zu wiederholen.

Er sagt halb protestierend: »Aber Sie sind ja auch zu ihr sehr nett gewesen. Sie haben sie im Krankenhaus und zu Hause besucht; das hat ihr viel bedeutet. Besonders weil meine Schwester ...« Er hält inne, überlegt es sich anders. Dann schlägt er einen anderen Ton an, fragt mit seiner unbeholfenen Lustigkeit: »Sind Sie denn ein Mensch, zu dem man nett sein sollte? Diesen Eindruck hat man bei Ihnen nicht unbedingt.«

»Was wollen Sie damit sagen?« fragt Iris beleidigt.

»Mir geht es um folgendes: Bei manchen Leuten, Männern und Frauen, aber hauptsächlich Frauen, hat man den Eindruck, daß sie von niemandem etwas brauchen, daß sie unzugänglich und distanziert sind. Wie Kunstwerke, die einfach da sind und niemanden brauchen, der ihren Wert anerkennt.« Er macht eine Pause. Er atmet hörbar, streckt und krümmt seine Finger. Iris kommt ein Gedanke: Er mag Frauen nicht. »Eines muß ich zugeben«, fährt er dann fort. »Als ich Sie kürzlich zum erstenmal sah, nachdem ich von meiner Mutter so viel über Sie gehört hatte, war ich auf Ihre Schönheit nicht vorbereitet! Sie haben ein Botticelli-Gesicht, wie das seiner Venus oder wie eines aus seinem Gemälde ›Der Frühling‹, wo die seltsam verträumten, distanzierten Gesichter einen Gegensatz zu den fülligen Körpern bilden.«

In Iris' Augen stehen Tränen, doch sie fängt plötzlich an zu lachen. Ihr Lachen ist schroff. »Das ist also Ihr Eindruck von mir?« sagt sie.

Alan Savage starrt sie erstaunt an. Die Scheinwerfer eines näher kommenden Wagens erhellen ihr verzerrtes Gesicht.

Am nächsten Tag will Iris Courtney kurz von 8.00 Uhr gerade das Haus verlassen, als im Aufenhaltsraum das Telefon klingelt. Der Anruf ist für sie: Alan Savage möchte sich entschuldigen.

Er sei ein schlechter Menschenkenner, sagt er, er lasse sich von Äußerlichkeiten zu stark beeinflussen.

»Iris, geben Sie mir noch eine Chance?«

Glücklich bin ich. So GLÜCKLICH! Ich hätte nie gedacht, daß ICH SO GLÜCKLICH SEIN KANN.

Er berührt sie, sie sind Liebende. Wenn auch noch nicht ganz.

Seine Liebkosungen haben etwas Zauderndes, Melancholisches. Es kommt vor, daß er mitten in einer Unterhaltung über persönliche Dinge das Thema wechselt und über eines seiner Forschungsgebiete spricht: zum Beispiel über Marcel Duchamp, der die Kunst aufgab, um sich dem Schachspiel zu widmen, den das Schachspiel so gefangennahm, daß es ihm nicht mehr um das bloße »Gewinnen« ging, sondern darum, das Phänomen Schach zu ergründen.

Er redet auch über Man Ray: Als seine Mätresse Lee Miller ihn verlassen hatte, habe er sich gerächt, indem er sie »in Stücke riß« – indem er Abbildungen ihres Körpers zerstückelte und in seiner Kunst verwendete. (»Die Kunst ist natürlich für den Künstler die höchste Form der Rache«, sagt Alan Savage – offenbar aus tiefster Überzeugung.)

Manchmal nimmt er ihren Kopf in seine Hände, legt die gespreizten Finger an ihr Gesicht und küßt sie, schüchtern und doch gierig. Es ist, als küßte er ein Kunstwerk, ein Werk von erlesener Schönheit; sein Gesicht ist so nahe an ihrem, daß Iris Courtney es nicht sehen kann, nicht sehen möchte.

Eines Abends sagt Alan: »Ich fühle mich sehr hingezogen zu dir, Iris ... aber das weißt du ja wohl selbst.« Er hat die Augen niedergeschlagen. Sein Gesicht und sein Hals sind leicht gerötet. Mrs. Savage bemerkte einmal, ihr Sohn habe eine genauso empfindliche Haut wie sie; er bekommt leicht Nesselsucht, Ausschläge und Hautverdickungen, die auf mysteriöse Weise entstehen und auf ebenso mysteriöse Weise verschwinden.

Es sieht so aus, als wäre dieser intelligente Mensch mit etwas Rätselhaftem konfrontiert worden, das er nicht begreifen kann. Deshalb schwingt in seiner Stimme etwas Anklagendes mit, ganz leicht nur, doch für Iris Courtneys Ohr so unverwechselbar wie der melodische Südstaatenakzent hinter den härteren Nasallauten des nördlichen Bundesstaates New York.

Iris lächelt; Iris sagt strahlend: »Nun, ich habe für dich dieselben . . .«

»Nein, hast du nicht«, sagt Alan Savage.

»Erzähl doch mal was von deiner Mutter und deinem Vater! Wie war dein Leben, bevor wir uns kennenlernten?« Wie jeder Liebhaber will auch Alan Savage von seiner Geliebten erfahren, wie sie gelebt, wie sie die Welt gesehen hat, bevor er in ihr Leben trat. Er hört aufmerksam zu, runzelt die Stirn, lächelt; oft streichelt er dabei ihre Hand oder hält sie fest, so als wolle er mehr aus ihr herausbringen.

Er fragt sie nicht, ob sie schon einmal verliebt war, und von sich selbst sagt er nichts dergleichen.

Wenn Iris Courtney über ihre Vergangenheit spricht, insbesondere über ihre Kindheit, sind ihre Augen oft feucht, doch ihre Stimme ist fest und ohne Stocken, so als entspreche das, was sie ihm erzählt, der Wahrheit. Sie achtet vor allem darauf, daß die Lebensgeschichte der Iris Courtney, die die Savages zu hören bekommen, nahtlos und stimmig ist. Alan Savage erfährt also, daß Persia Courtney schon im Alter von achtunddreißig Jahren an Leberkrebs gestorben sei. Daß sie ihre Krankheit tapfer ertragen habe, wie sie ja so vieles im Leben tapfer ertragen habe, daß sie ihre Tochter nicht mit ihren Schmerzen und Ängsten belasten wollte. Daß sie nach einer frühen Scheidung nicht mehr geheiratet habe, weil sie auf keinen Fall von einem Mann finanziell oder emotional abhängig sein wollte. Daß sie eine liebevolle Mutter gewesen sei und ein ungewöhnlich netter, geduldiger und humorvoller Mensch. Sie sei Verwandten nie zur Last gefallen, habe eine Reihe schlecht bezahlter Jobs ausgeübt, als Verkäuferin in einer Miederwarenhandlung, als Schreibkraft, als Bibliotheksassistentin . . . Iris hat ein paar amüsante Anekdoten parat im Zusammenhang mit Persias Tätigkeit in der Öffentlichen Bibliothek von Hammond:

Etwa wie sie die schmachtenden Blicke eines Junggesellen in mittleren Jahren einfach nicht zur Kenntnis genommen habe, der praktisch jeden Abend in die Bibliothek gekommen sei und so getan habe, als lese er in der *Encyclopedia Britannica.*

Sie habe gern gesungen. Wenn sie die Hausarbeit erledigte, wenn sie duschte, wenn sie unterwegs war. Da habe sie vor sich hingesummt, habe leise *Blue skies smiling at me* gesungen, und sie sei auch eine wundervolle Tänzerin gewesen, bevor sich die Krankheit bemerkbar gemacht habe.

Alan Savage sagt: »Sie scheint eine bemerkenswerte Frau gewesen zu sein. Hast du ein Foto von ihr?«

Iris sagt: »Hier in Syracuse habe ich keines.«

Was Iris' Vater anbetrifft, diesen geheimnisvollen Mann, den Iris zuletzt gesehen hat, als sie fünf Jahre alt war, und der sich jetzt anscheinend in Kalifornien aufhält: Mr. Courtney war ein schwieriger Mensch, ein Idealist, der angesichts der unlösbaren weltweiten Probleme den Mut verlor, dem das Böse, der Egoismus, die Brutalität, die Armut, die Ungerechtigkeit, der Haß und die Blindheit der Menschen schwer zu schaffen machten, dessen Gesundheit angeschlagen war, weil er den Kurs, den die Menschheit steuerte, moralisch zutiefst mißbilligte; der seine juristische Betätigung und sein politisches Engagement einstellte, weil er in Hammond von einigen Mitstreitern hinters Licht geführt worden war – Iris erzählt das Alan Savage in einem atemlosen Wortschwall, welcher deutlich macht, daß sie ihrem seit langem abwesenden Vater viel Liebe und Achtung entgegenbringt, auch wenn sie das nicht zugeben will.

Sie sagt: »Man sagt, ich gleiche ihm überhaupt nicht. Ich schlage meiner Mutter nach.«

Sie sagt: »Eines habe ich genau in Erinnerung: Pferde mochte er sehr. Vielleicht ist das auch jetzt noch der Fall. In Pferde war er ganz vernarrt.«

»Wirklich?« sagt Alan Savage. »In Reitpferde oder in Rennpferde?«

»In Pferde überhaupt, glaube ich.«

In ihrem Tagebuch hat sie eine Bemerkung von Man Ray festgehalten, die Alan Savage zitierte: *Die Tricks von heute werden die Wahrheiten von morgen.*

Alan ist ein reservierter, ja verschlossener junger Mann, der durch seine Zurückhaltung etwas arrogant wirkt. Angaben zu seiner Person sind nur auf Umwegen zu bekommen, aber Iris Courtney ist sowieso nicht der Typ, der direkte Fragen stellt, das macht sie höchstens, wenn sie etwas zu einer Unterhaltung beitragen will.

Er wird im Januar 1964 zweiunddreißig Jahre alt werden.

Sein B.A. wurde ihm in Harvard verliehen, sein Ph.D. in Kunstgeschichte in Yale. Er ist viel in Europa herumgereist, hat sich längere Zeit in Rom und Paris aufgehalten, hat nach seiner Promotion verschiedene Auszeichnungen und Stipendien bekommen. Von Yale, von der Boston University, von Columbia und Cornell ist ihm eine Lehrtätigkeit angeboten worden, und seine Eltern drängen natürlich darauf, daß er die Stelle in Cornell annimmt. Das wäre von Syracuse nur eine Stunde Autofahrt auf der I-81 an die Südspitze des Lake Cayuga.

Die »Unrast« hat ihn nach eigenem Bekunden viel zu lange umhergetrieben.

Nämlich seit seinem neunzehnten Lebensjahr, als er zwischen seinem ersten und zweiten Studienjahr in Harvard zum ersten Mal ohne seine Eltern Europa bereiste. Und dort, in Europa, die »Freiheit« entdeckte.

Und sie gefiel ihm sehr, er genoß sie ... eine Zeitlang.

In Wirklichkeit über zehn Jahre lang.

Aber: »Man bekommt doch Heimweh, besonders nach seiner Muttersprache.«

Und: »Manchmal ist einem, als löse man sich auf, wie etwas Gestricktes, das langsam aufgetrennt wird.«

Und: »Eines Tages schaut man sich um und stellt fest, daß die Altersgenossen allesamt viel *älter* sind.«

Er ist also in die Vereinigten Staaten zurückgekehrt und ist überrascht darüber, wie sehr es ihm hier gefällt. Natürlich vermißt er Paris, und das Leben, das er dort führte, und manche von seinen Freunden ... aber er kann ja immer wieder mal einen kurzen Besuch machen. (Aber dort leben möchte er nicht mehr.) Er möchte schon in Amerika leben, aber in einer Welt, die ihm gehört, die von seiner Arbeit und seiner Phantasie geprägt wird.

Für ihn ist die Arbeit das eigentliche Zuhause. Seine Arbeit ist sein Leben.

Alan Savage erzählt das Iris Courtney, die der modernen Kunst, auf welche er sich spezialisiert hat, aufrichtiges Interesse entgegenbringt; sie ist begeistert von den Originalen, die Alan erworben hat (Man Ray, de Chirico, Magritte), und von seinen ehrgeizigen Plänen, eine wesentlich größere Sammlung anzulegen, sobald er ein »festes Zuhause« hat.

Die Kunst ist eine Welt, welche die vorhandene Welt zudeckt; sie hat die Macht, die vorhandene Welt auszulöschen ... und das gibt ihr diese ungeheure Anziehungskraft.

Das begreift Iris Courtney allmählich. Das erfährt sie von Alan Savage.

Und weil sein Leben sosehr aus seiner Arbeit besteht und seine Arbeit sein Leben ist, ist er unpolitisch, hat er für Politik keine Zeit.

»Die Politik ist doch nur eine törichte Nebensache, und ein nutzloses Unterfangen obendrein.«

Er wisse natürlich Bescheid über das aktuelle Geschehen in Amerika, er habe liberale Anschauungen, wähle, wenn überhaupt, so gut wie immer die Demokraten. Er billige die zupakkenden Bemühungen der Kennedy-Regierung, den rassistischen Süden umzugestalten, er befürworte die neuen Bürgerrechtsgesetze und unterstütze Martin Luther King. Was mit Medgar Evers passiert sei, finde er sehr bedauerlich, auch den Tod der vier jungen Mädchen bei dem Bombenanschlag auf eine Kirche in Alabama; ganz gewiß müsse da etwas getan werden, man könne gewissermaßen per Gesetz für Anstand sorgen, das könne und müsse man einfach tun, obschon es nicht seine Art sei, sich wegen dieser Dinge herumzustreiten, denn die Politik sei eben eine törichte Nebensache, und ein nutzloses Unterfangen obendrein.

Von einem politisch interessierten Mann, einem brillanten freiberuflichen Schriftsteller und Historiker, mit dem er in Paris recht eng befreundet gewesen sei, habe er allerdings einige beunruhigende Dinge erfahren: zum Beispiel über die Eskalation des amerikanischen Engagements in Vietnam (die Zahl der »Militärberater« sei innerhalb von zwei Jahren von 2000 auf

15000 gestiegen!), über die NATO und über Nukleartests, aber er wolle da nicht Stellung beziehen, das passe einfach nicht zu ihm.

Er sei auch nicht religiös, obschon er presbyterianisch getauft worden sei und der Kirche sowie dem Christentum im allgemeinen Respekt entgegenbringe. Er lasse sich mit gläubigen Menschen nie auf eine Auseinandersetzung ein, vor allem mit seiner Mutter nicht, für die der Glaube etwas ganz Wesentliches sei.

(Wenn er zu Hause sei, besuche er natürlich ab und zu den Gottesdienst. An Weihnachten, an Ostern sowie bei Hochzeiten und Beerdigungen begleite er seine Eltern; das sei eine Respektbezeigung ihnen gegenüber. Und vielleicht werde er eines schönen Tages sogar kirchlich getraut werden.)

Er glaube nicht an Gott: das sei eine anthropomorphische Selbsttäuschung.

Er glaube an die menschliche Willenskraft, an das Potential des Menschen, an seine Phantasie. An feste Prinzipien und Momente hellsichtiger Klarheit. Wie Cézanne, in dessen Kunst die felsenfeste Grundlage unter den bloßen Impressionen das Gestaltungselement darstellte – die unbeugsame Realität hinter dem verspielten Schimmern des Lichts.

Und er glaube auch an die Liebe, die romantische Liebe.

Die habe er erst jetzt entdeckt.

»Willst du irgend etwas über mich wissen? Was ich für ein Leben führte, bevor wir uns kennenlernten?« fragte er, und in seinem Gesicht meinte ich eine Spur von Besorgnis zu erkennen. Aber wir plauderten ja nur miteinander, es ging um nichts Wichtiges oder Bedeutendes; ich bemerkte scherzend, er habe ja schon eine ganze Reihe von Jahren hinter sich gehabt, als wir uns kennenlernten, und dafür könne man ihn ja wohl nicht zur Verantwortung ziehen.

Er fragte mich mehrmals ganz vorsichtig, ganz schüchtern, ob viele Männer in mich verliebt gewesen seien, und dann überwand er sich schließlich und fragte mich, ob ich früher jemals verliebt gewesen sei. Ich schlug auch da einen scherzhaften Ton an und sagte: »Was spielt das schon für eine Rolle, wenn nichts daraus wurde?« Und um ihn zu necken und ein bißchen zu schockieren (die Savages lassen sich gern einen milden Schock versetzen), sagte ich nach einer Weile: »Ich glaube, du möchtest auf diskrete Weise herausbekommen, ob ich noch Jungfrau bin, stimmt's?« Er wurde puterrot im Gesicht und stritt es ab, und ich klopfte ihm auf den Arm und sagte: »Da ich nie eine richtige Liebesbeziehung hatte, ist die Antwort wohl offenkundig.«

Mit seinem rätselhaften Lächeln trägt Alan Savage Iris Courtney ein Zitat von Magritte vor: »Ich verabscheue meine Vergangenheit. Und die aller anderen.«

Es ist Ende Oktober 1963. Nach einer Einladung bei den Savages, bei welcher viel über Europa geredet wurde, insbesondere über Paris, fährt Alan Savage Iris Courtney in einer böigen, regendurchpeitschten Nacht nach Hause, und Iris sagt beiläufig, als wüßte Alan das vielleicht noch nicht: »Ich war noch nie in Europa.« »Dann reise ich bald mit dir hin, Iris, ja?« sagt Alan – ganz ungezwungen, so als wären sie bereits verlobt.

Alan begleitet Iris in dieser Nacht nach oben zu ihrem Zimmer im dritten Stock des schäbigen roten Backsteingebäudes in der South Salina Street, anstatt sich wie sonst im Besucherzimmer von ihr zu verabschieden. Zu ihrem netten, sauberen, spärlich möblierten Zimmer, das 30 Dollar Monatsmiete kostet. Sie weiß nicht mehr recht, ob sie ihn überhaupt heraufgebeten hat, doch als er drinnen ist, als die Tür verschlossen ist, denkt sie: Ja, es ist Zeit.

Ich liebe ihn wirklich. Es ist Zeit.

Als sie ihr Zimmer, das sie normalerweise gar nicht anschaut, mit den Augen des jungen Mannes betrachtet, mit seinem unsteten Blick, wirkt es gemütlich, abgeschieden, dämmerig, auf nette Weise feminin. Die Wände sind mit einem altmodischen Blumenmuster aus purpurroten Tulpen und Efeu tapeziert; das schmale Bett hat einen Überwurf aus purpurrotem Cordsamt; an dem Giebelfenster, das zur Straße hinausgeht, hängen geraffte weiße Vorhänge. Der kleine Schreibtisch steht in einer Ecke, die durch hohe Bücherregale aus imitierter Kiefer zu einer Art Höhle wird. Auf dem schäbigen Bretterboden liegt ein zottiger ovaler Teppich in Grün- und Beigetönen. An einer der Wände hängen einige auffällige Fotos, gerahmt und verglast, die sie von ihrem Onkel Leslie bekommen hat; das größte ist eine Collage aus Hunderten von Kindergesichtern in der Form eines Weihnachtsbaums.

»Hier wohnst du also!« sagt Alan Savage mit einem sonderbaren Lächeln.

Und, indem er sich umschaut: »Irgendwie habe ich nicht erwartet ...«

Er steht in der Mitte des Zimmers, dreht sich langsam und blickt um sich, als suche er etwas Bestimmtes. Was für ein neugieriger, von Natur aus wißbegieriger Mensch er doch ist: ein Mensch, für den das Entschlüsseln zum Beruf gehört.

Iris überlegt mit einem gewissen Unmut, ob ihr Freund dieses bescheidene, kärgliche Zimmer mit den Räumen in dem Herrenhaus seiner Familie vergleicht, ob er, vielleicht halb unbewußt und ohne es zu wollen, den Eindruck bekommt, wer so ein Zimmer bewohne, sei ziemlich unbedeutend. *Und das Bad teilt sie mit zwei anderen Mietern: Was sagt man dazu?* Doch sie verwirft den Gedanken, weil er seiner wie auch ihrer unwürdig ist. Er liebt mich, er hat Achtung vor mir, denkt sie. Er ist mein Freund geworden.

Iris Courtneys engster, verläßlichster Freund auf der ganzen Welt.

An diesem Abend hat sie beim Dinner darauf geachtet, wie sich Alan in Gesellschaft seiner Eltern aufführt; sie hat festgestellt, daß er in den Wochen nach seiner Ankunft am Lake Skaneateles gegenüber Dr. Savage eine höfliche, ehrerbietige Haltung gefunden hat; er ließ sich auf keine Auseinandersetzung ein, als Dr. Savage auf geistreiche Weise über die abstrakten Expressionisten herzog, murmelte nur ein paar Worte, um einige andere Künstler in Schutz zu nehmen, mit denen er nach Ansicht von Dr. Savage gemeinsame Sache macht. Und natürlich ist er zu Mrs. Savage wirklich warmherzig; ganz offensichtlich liebt, bewundert und achtet er sie ... Als sie ihn beobachtete, dachte Iris: Wie gut er doch ist. Wie gut, wie anständig, wie liebenswert.

Und jetzt sagt er seltsam nachdenklich: »Ein schönes kleines Versteck. Sehr nett.«

»Ein Versteck? Und schön?«

»Das Gegenstück zu dem, was du nach außen hin bist. Völlig anders.«

Iris lacht verblüfft.

Alan hat ihr vor kurzem geschildert, wie Man Ray das Gesicht seiner Mätresse Kiki »gestaltete«: Der Künstler rasierte der jungen Frau die Augenbrauen ab, malte künstliche Brauen auf und ein maskenartiges Gesicht von stilisierter Schönheit, mit gespenstisch vergrößerten Augen und dunkel gefärbten Lippen. Iris denkt in diesem Augenblick an Man Ray und Kiki.

Alan hilft Iris aus ihrem Mantel, legt langsam, verwirrt seinen eigenen Mantel ab. Er ist aufgeregt. Er ist nervös. In dem Zimmer herrscht drangvolle Enge, Gesten dieser Art wirken deshalb theatralisch und allzu intim.

Das Gesicht von Alan Savage, das sie in dem ovalen Spiegel über ihrer Kommode erblickt, kommt Iris fast unbekannt vor, so angespannt, so vertieft ins Betrachten ist es. Im Dreiviertelprofil hat es etwas Raubvogelartiges, doch sie findet es attraktiv.

Er interessiert sich natürlich für die Fotos an der Wand und studiert sie mit dem gewohnten Stirnrunzeln. »Wie sonderbar! Wie ... niedlich! Wo hast du die bloß entdeckt?« ruft er. Insbesondere fesselt ihn der Weihnachtsbaum aus Hunderten von Kindergesichtern, der die Bildunterschrift trägt: »WEIHNACHTEN 1946: ›Und das Licht scheinet in der Finsternis, und die Finsternis hat's nicht begriffen.‹« »Es stammt aus dem Jahr 1946«, sagt Alan, »aber die Technik ist in Wirklichkeit recht alt. Schon in den sechziger Jahren des vorigen Jahrhunderts machten einige Fotografen Collagen, Doppel- und Überbelichtungen, Duplizierungen und bizarre Lichtexperimente. Wo hast du diese Fotos bloß entdeckt?«

Ganz an der Spitze des Baumes ist Iris Courtneys winziges Gesicht, das Gesicht einer Vierjährigen; es taucht auch an anderen Stellen auf. Ganz winzig, kaum wiederzuerkennen. Iris sagt: »Ach, die habe ich in einem Secondhand-Shop gefunden. In Hammond.« Einen Augenblick lang weiß sie nicht weiter. »Gefallen sie dir, Alan?« fragt sie schließlich.

Alan Savage lacht. »Natürlich gefallen sie mir, Iris. Ich mag doch alles, was dir gehört.«

Er spricht dann über experimentelle Fotografie; die gespannte Atmosphäre, die zwischen ihnen geherrscht hat, verschwindet dadurch. Er setzt sich auf den Rand von Iris' Bett und zieht sie sanft auf seinen Schoß, doch mit einer gewissen

Förmlichkeit, denn sie sind noch nie so ungestört zusammengewesen, so intim oder der Intimität so nahe. Die hohe Milchglaslampe auf Iris' Nachttisch hat ein warmes, heiligenscheinähnliches Licht; der bauchige Schirm, beige und rosa getönt, verbreitet einen warmen Schimmer. Alan küßt Iris auf die Lippen, einen aufregenden Augenblick lang.

Dann sagt er in spöttischem Flüsterton: »Darf ich mich überhaupt hier aufhalten? Sind Männerbesuche nicht gegen die Vorschriften der Universität?« Iris sagt: »Das ist kein Wohnheim der Universität, sondern eine Privatpension. Ich bin ja ein höheres Semester!«

»Das bist du auch, Schätzchen!« murmelt Alan, so als wäre das eine witzige Bemerkung. Fest und doch zaghaft hat er die Arme um sie gelegt. Iris denkt: Liebt er mich denn nicht? Will er mich denn nicht? Und sie denkt: Ich bin so glücklich, ich liebe ihn wirklich. Alan küßt sie noch einmal, seine tastenden Küsse sind wie Fragen; sie küssen sich mehrmals, und Iris spürt seine rasch aufsteigende Erregung. Sie hat die Arme um seine Schultern gelegt; beide sind atemlos, lachen ein bißchen, wie Kinder, die bei einem verbotenen Spiel ertappt wurden ... als hätten sie sich in einem Zimmer des elterlichen Hauses versteckt, hinter verschlossener Tür, aber doch unbestreitbar im elterlichen Haus. Auf einmal kommt ihr Jinx Fairchild in den Sinn, so plötzlich, daß sie dagegen machtlos ist. Weil sie jeden Mann, der bei ihr ist, mit Jinx Fairchild vergleicht. Sie denkt: O Jinx, wie ich dich liebe. Aber nein, sie denkt an Alan Savage; sie berührt sein Haar, sein weiches, glattes Haar, sie streichelt seinen Nacken, sie flüstern und lachen zusammen, um einem schrecklichen Drängen zu begegnen, das dem Wind gleicht, der draußen aufgekommen ist und der jetzt Regen und Graupel ans Fenster peitscht. Sie denkt auch an den verliebten jungen Mann, der sie heiraten wollte, vor langer Zeit, so scheint es, vor einem Jahr – sein Name fällt ihr im Moment nicht ein, sie erinnert sich aber, daß er auch sehr geduldig und rücksichtsvoll, aber doch leidenschaftlich war und Verlangen hatte nach ihr. In diesem Zimmer machte er den zögernden Versuch, sie zu lieben; sie lagen angezogen auf Iris' schmalem Bett, auf dem Überwurf aus Cordsamt, küßten sich verträumt, flüsterten einander die Worte zu, die Liebende einander bei solchen Gelegenheiten zuflüstern, schmachtende Worte, die schnell in Vergessenheit geraten, vergänglich wie Rauch. Dieser junge Mann hat bei Iris Courtney ebenfalls Vorsicht walten lassen, als käme sie ihm zerbrechlich vor, als meinte er, sie sei ganz zart und verletzlich. Er spürte den Widerstand in ihr, der keine mädchenhafte Abwehr gegen die Verletzung ihres Körpers war, sondern der Groll einer Frau gegenüber demjenigen, der ihr diese Verletzung zufügt. Als würde alles, was dieser junge Mann ihr geben konnte, alle Leidenschaft und Zärtlichkeit und Schönheit seiner Männlichkeit, im voraus zurückgewiesen; doch weder er noch sie wußten, woran das lag.

Alan flüstert: »Du bist so nett, so süß, so ...«

Aber wie sein Vorgänger spürt auch er die Steifheit in ihrem Innern, die stählerne Kälte hinter der weichen, nachgiebigen Wärme ihrer Lippen.

Er sagt nach einer Weile: »Ich glaube, ich sollte gehen ...«

Und fügt hinzu, wie um sie beide zu entschuldigen: »Es ist spät. Du bist müde. Und zu Hause werde ich bestimmt zurückerwartet.«

Iris protestiert: »Ach, geh doch noch nicht weg, Alan. Ich bin hier so einsam.«

Alan sagt lachend, mit diesem Lachen, das das Bedauern, die Enttäuschung, die Verletztheit wegwischt: »Mir kommt es nicht so vor, als fühltest du dich hier einsam, Iris.«

»Wie meinst du das? Kein Mensch kommt je hierher.«

»Genau das meine ich.«

Alan steht auf und macht sich fertig; er schlüpft in die Ärmel seines Mantels, den er vor kurzem abgelegt hat. Er sagt, er werde Iris morgen am frühen Abend anrufen: Ob sie zu Hause sein werde? »Abends gehe ich nie weg, außer mit dir«, sagt Iris. »Und in die Marshall Street zum Essen.«

Ihre Augenlider sind schwer, ihr Haar ist etwas durcheinander, doch fest, federnd, elastisch wie feiner Draht. Ihr Mund sieht aus, als wäre er vom vielen Küssen geschwollen, und ihr Lippenrot ist weg – ein Beweis gleichsam, wie völlig normal und damit richtig ihre Beziehung ist.

An der Tür küssen sie sich ein weiteres Mal. »Ich liebe dich, Iris«, murmelt Alan Savage in ihr Haar. »Ich liebe dich, Alan«, murmelt Iris in die grobe Wolle seines Mantels.

Sie begleitet ihn zur Treppe, küßt ihn fröhlich auf die Wange, winkt ihm zum Abschied nach, als er lächelnd, zu ihr hinaufzwinkernd nach unten geht. Seine Stirn liegt in tiefen Falten; im grellen Schein der Deckenleuchte sieht man, wie dünn sein braunes Haar ist. Iris spürt, wie Zuneigung in ihr aufsteigt. Sie überlegt, ob dieser Braunton, der nicht dunkel, nicht hell, sondern wie feuchter Sand ist, die Haarfarbe von Byron Savage war, bevor er ergraute.

Glücklich bin ich. SO GLÜCKLICH! Ich hätte nie gedacht, daß ICH SO GLÜCKLICH SEIN KANN.

15

Ein weißer Novemberhimmel, wolkenverhangen.

Ein Samstagmorgen, Jinx Fairchild hat viel zu tun, aber er stellt sich unwillkürlich an den Maschendrahtzaun und schaut den Jungen aus der Nachbarschaft zu, wie sie Körbe werfen – auf dem Schulhof hinter der Bank Street Junior High. Es sind fünf schwarze Jungen im Alter von dreizehn oder vierzehn Jahren, drahtig, schnell, mit einem lauten Lachen. Sugar Baby Fairchild, nicht Jinx Fairchild ist es, den er unter ihnen zu entdecken glaubt: einen wieselflinken schwarzen Jungen, der auf dem rissigen Asphalt beim Dribbeln eine Schau abzieht und dann Ernst macht, der sich plötzlich umwendet und senkrecht in die Luft springt und den Ball in einer einzigen fließenden Bewegung mit einem perfekten Hakenwurf durch den netzlosen Ring fallen läßt.

Jinx Fairchild faltet die Hände auf dem Maschendraht, steht mit starrem, verträumtem Blick da. Er sieht Sugar Baby vor sich, als wäre es erst eine Woche her und nicht Jahre – er möchte gar nicht dran denken, wie viele –, als sein Bruder den schicken grünweißen, seidig schimmernden Dreß von Hammond trug mit der graziösen weißen 8 auf dem Trikot. Er schwitzt kaum, und die anderen Jungen hecheln wie Hunde. Die weißen Turnschuhe hat er an, die sein ganzer Stolz sind, makellos weiß – auch die kleinste Schramme verdeckt er mit Creme – und die gerippten, bis in halbe Wadenhöhe reichenden weißen Socken, die er nicht hinunterrutschen läßt. *He, Sugar Baby! He, Sugahhhhh! Bist du süß, Baby! Weißte, Mann, du bist einfach Süüüüüüss!*

Seltsam, daß er auf dem Schulhof immer Sugar Baby sieht und nie Jinx Fairchild. Nie den Iceman. Als hätte es nie einen Iceman Fairchild gegeben, auch keine Fotos von ihm in den Zeitungen.

Bobo Ritchie ist Soldat, hat nicht gewartet, bis er einberufen wurde.

Packey Tice: Er und sein Bruder haben sich zur Marine gemeldet.

Auch Hector Chatwin, der dem Football-Team der Schule als Verteidiger angehörte, ist weg; eine Klasse unter Jinx Fairchild war er, der große schwarze Hector mit dem kantigen Gesicht. Die Hälfte seiner Zähne war ihm ausgeschlagen worden, das gab ihm ein schlaues Grinsen, unheimlich wie das eines Halloween-Kürbisses.

Hectors Mama paßt Jinx Fairchild vor dem Lebensmittelladen ab und erzählt ihm, Hector sei beim Militär; das sei der Grund dafür, daß ihn niemand mehr auf der Straße gesehen habe. Ihr Atem dampft, sie ist voller Stolz, sie quasselt drauflos, holt Fotos aus ihrem Geldbeutel und zeigt sie Jinx: Der große schwarze Hector ist kaum wiederzuerkennen in seiner Ausgehuniform, mit der Schirmmütze und den Handschuhen; er lächelt, zeigt seine goldglitzernden Zähne, smart und gefaßt und verdammt gut aussehend, wie Sidney Poitier in *Lilien auf dem Felde.* »In dieses Wittnam ha'm sie ihn verschifft«, sagt Mrs. Chatwin, »wo diese Kämpfe sind. Da wollte er hin – du weißt ja, wie Hector ist. In der Gegend von Japan ist das. Mr. Kennedy hat gesagt, viel länger als ein Jahr wird der Krieg nicht mehr dauern, und Hector war ganz aufgeregt – du weißt ja, wie er ist.« Und Mrs. Chatwin fügt stolz hinzu: »Siehst du die Zähne da? Ha'm *die* bezahlt.«

Jinx betrachtet die Schnappschüsse höflichkeitshalber, aber beeindruckt ist er doch, zwangsläufig, als er sieht, wie gut dieses Arschloch Chatwin auf einmal aussieht. Als hätte man von heute auf morgen einen Mann aus ihm gemacht. Sehr zu seinem Vorteil.

Jinx Fairchild hat immer dieses verdammte Plakat vor Augen, das an der Reklametafel über dem Postamt in der East Avenue hängt: Uncle Sam in seiner weißblauen Uniform, den Zeigefinger vorgestreckt: I WANT YOU. Jinx weiß, daß das Quatsch ist, aber sein Blick wird von dem riesigen Plakat und dem Zeigefinger angezogen, so wie der Blick von einem Wasserfleck an der Decke angezogen wird, dessen Umrisse einem rätselhaft und doch irgendwie bekannt vorkommen. Wenn er morgens mit dem Bus zur Arbeit fährt, die Brotdose auf dem Schoß wie damals, als er zur Grundschule ging, schaut er aufgewühlt und voller Hoffnung hinauf zu der Plakatwand. Da Jinx Fairchild verheiratet ist und Kinder hat, wird man ihn, solange es keinen totalen Krieg gibt, nicht einziehen; dieses I WANT YOU bringt ihn jedoch auf den Gedanken, daß jemand da ist, der ihn haben möchte. »Ist ja immerhin etwas«, wie Bobo Ritchie sagte. »Und nicht so beschissen wie gar nichts.«

Als Jinx Fairchild eines Tages aufwacht, ist er vierundzwanzig Jahre alt.

Seit Sugar Baby tot ist, ist er der einzige Sohn der Fairchilds.

Aber daß er kein Junge mehr ist, sondern ein verheirateter Mann, das muß er erst mal begreifen, wenn er morgens aufwacht. Er ist der Vater von drei Kindern, auch wenn er das kaum glauben kann (zwei kleine Jungen sind von ihm, einen hat Sissy von einen anderen Mann bekommen, als sie sechzehn war); auch wenn er und Sissy nicht immer wie Mann und Frau zusammenleben, er ist der rechtmäßige Vater dieser Kinder, und natürlich liebt er sie, mehr als er je gedacht hätte. Und dann Sissy: Er ist sich nicht recht im klaren darüber, ob er diese Frau liebt, oder ob er sie nur schmerzlich vermißt, wenn sie weg ist und er verbittert, eifersüchtig, verwirrt und beschämt dasitzt, oder ob es gar nur das Bett ist, das sie verbindet. Sissy Weaver ist eine, nach der sich jeder Mann die Finger lecken würde, auch wenn sie drei Babys gehabt hat und zuviel trinkt und diese üblen »Diätpillen« schluckt. Aber vielleicht haßt er Sissy in Wahrheit, diese Schlampe, diese durch und durch verlogene Schlampe, vielleicht war er insgeheim erleichtert, als sie mit ihrem alten Freund Meldrick fortging und die Kinder bei ihrer Mutter unterbrachte; er schämte sich jedoch vor den Nachbarn, er betrank sich und erzählte lauthals, auf welche Art und Weise er die beiden umbringen werde. Und Minnie sagte: »Weißt du, die sind es nicht wert. Dieses Niggerpack ist es ja gar nicht wert.« Und Jinx schrie: »Das weiß ich, das weiß ich gut, aber was soll ich denn machen?«

Dieses beschissene Hammond ist so verdammt klein, dachte er. Jeder kennt jeden, was soll man da bloß machen?

Als Jinx Fairchild mal wieder besoffen war, kam er auf den Gedanken, sich dem Peace Corps anzuschließen. Vielleicht würde sein Diplom von der High-School als Qualifikation ausreichen, außerdem hatte er ja in manchen Fächern ganz gute Noten vorzuweisen. Man würde ihn vielleicht in irgendein afrikanisches Land schicken, zum Beispiel nach Nigeria oder nach Äthiopien, und er würde es sich zur Aufgabe machen, Leute, die schlechter dran waren als er selbst, zu unterrichten und zu unterstützen. Ach Gott, diese armen Afrikaner sind viel schlechter dran als ich, dachte er. Und deshalb würden sie einen jungen schwarzen Amerikaner wie Jinx Fairchild bestimmt bewundern, würden nie darauf kommen, was er für einer ist und aus welchen Verhältnissen er stammt ... welchen Erniedrigungen er ausgesetzt war. Und wenn er eine dieser schrecklichen afrikanischen Krankheiten wie Malaria oder Lepra bekäme, würde er vielleicht dort drüben sterben, und das Fernsehen würde darüber berichten wie bei Medgar Evers, und Minnie wäre wieder stolz auf ihn, und Sissy tief getroffen und voller Reue, weil sie ihm so übel mitgespielt hat. Menschenskind, begreif doch: Die Zeit ist reif! Die Zeit ist reif! John F. Kennedy empfängt Martin Luther King und die Southern Christian Leadership Conference im Weißen Haus, läßt sich fotografieren, wie er Pfarrer King die Hand schüttelt, wie er sich mit dem schwarzen Mann verbündet, um gegen die schrecklichen Zustände in den Vereinigten Staaten anzukämpfen! Im Blue Moon Lounge war Jinx Fairchild außer Rand und Band: »Ich hab' auch einen Traum! Ich hab' auch einen Traum!« brüllte er. »Ich hab' auch Rechte, und ich hab' auch einen Traum!« Und die Säufer johlten und lachten und schlugen auf die Theke: »Gib's ihnen, Iceman! Leg los, Iceman! Du bist der Richtige!«

Aber eine Woche später kommt Sissy zurück, und sie versöhnen sich wieder; Jinx Fairchild gibt zu, daß mit ihm nicht leicht auszukommen ist, besonders seit dem Tod von Sugar Baby und dem erniedrigenden Vorfall vom vergangenen Jahr, als »Neger« endlich dem Ortsverband der Gewerkschaft UAW beitreten durften und dann, kaum daß sie angefangen hatten zu arbeiten, auf die Straße gesetzt wurden. »Entweder hast du 'ne Stinkwut, oder du bist ganz trübsinnig«, sagt Sissy. »Spaß macht das keinen mehr, verdammt nochmal«, sagt sie und wirft ihm aus ihren schwarzbraunen Augen einen schiefen Blick zu. »Und du bist ja noch *jung*, Schätzchen. Was bist du, wenn du so alt bist wie mein Daddy? *Tot?*«

Sie sind ganz allein. Starren einander um drei Uhr morgens stocknüchtern an. Jinx durchfährt es eiskalt, als griffe der Tod nach ihm: Es stimmt, was diese Frau sagt. Und das Entsetzen in ihren Augen bedeutet vielleicht, daß sie ihn doch liebt, aber einfach nicht weiß, wie sie mit ihm zurechtkommen soll ... mit einem, der sie vertreibt, weil er sie nicht lieben kann.

Vierundzwanzig: Wie bist du nur so schnell so alt geworden?

Nein, alt ist er nicht, das weiß er. Aber auch nicht mehr jung.

Kriegt keine Luft mehr, wenn er gelaufen ist, so als hätte er nie Basketball gespielt. Und wenn er erschöpft ist oder mit den Nerven runter, wenn ihm bei der Arbeit in der Montagehalle von McKenzie Radiator von all dem Hämmern und Klappern der Kopf dröhnt, dann hinkt er leicht und schont dabei den rechten Knöchel, an dem er den schlimmen Bruch hatte.

Solange er jedoch darauf aufpaßt, sieht man nicht das geringste Anzeichen einer Behinderung.

Seit jenem Abend hat er keinen Basketball mehr angerührt.

Gott im Himmel, wie konnte meinem Jungen so was passieren! jammerte Jinx Fairchilds Vater wochenlang.

Von Minnie ganz zu schweigen.

Sugar Baby hielt Abstand, stellte keine Fragen. Von da an ließ Sugar Baby seinen Bruder in Ruhe.

Im April 1958, im Halbfinalspiel gegen Troy, verlor Jinx Fairchild nach einem Sprung das Gleichgewicht, und er war selbst schuld dran. Die Schlachtenbummler von Hammond wollten einem der Spieler von Troy die Schuld zuschieben, der Jinx nach seinem Wurf den Ellbogen in die Rippen gestoßen hatte, doch Jinx sagte, niemand sei schuld gewesen, er sei falsch gelandet, er sei mit seinem Knöchel im falschen Winkel aufgekommen, so daß sein ganzes Gewicht auf dieses zerbrechliche Gelenk gedrückt habe.

Als sie ihn hochhoben, unterdrückte er einen Aufschrei. Als er vom Spielfeld geschafft wurde, verlor er das Bewußtsein.

Wochenlang steckten sein Fuß und sein Knöchel in dem schweren Gipsverband, humpelte er auf Krücken umher, auch als das warme Wetter einsetzte. Und als der Gipsverband schließlich entfernt worden war, wachte er nachts schweißgebadet auf, spürte ihn immer noch an seinem Bein; er drückte ihn nach unten, als hätte jemand die Hände um sein Bein gelegt und zöge ihn hinab.

Die Leute in der Unterstadt, die ihn kennen oder von ihm gehört haben, sagen heute noch: »Oh, Jinx! Oh, Iceman! War das ein Pech! Todtraurig war das!« Und Jinx gibt sich Mühe, höflich zu sein, lacht vielleicht und sagt, er denke gar nicht mehr daran; Basketball sei was für kleine Jungs, irgendwann müsse man erwachsen werden.

»Aber wolltest du nicht aufs College gehen, Jinx?«

»Wie gesagt, irgendwann muß man erwachsen werden.«

Und wenn Minnie das leidige Thema anschneidet, was sie unweigerlich immer wieder tut, seufzend, als wäre die Sache erst vor kurzem passiert und nicht vor Jahren, als wäre ihr Sohn immer noch ihr Junge und nicht der Mann einer anderen Frau, dann weist Jinx ruhig darauf hin, daß Frankie und Dwight nicht auf der Welt wären, wenn er seinen Knöchel nicht gebrochen hätte und aufs College gegangen wäre ... Und Minnie sei doch ganz vernarrt in ihre Enkel, oder etwa nicht?

Da gibt seine Mutter Ruhe. Zumindest eine Zeitlang.

Was Minnie Fairchild angeht: Seit dem Tod von Sugar Baby trinkt sie mehr als früher. Die Bierflaschen versteckt sie, als wären sie ihr peinlich, wahrscheinlich schämt sie sich. Sie nimmt auch immer mehr zu, ist jetzt eine ziemlich füllige Frau; ihre guten Kleider passen ihr nicht mehr, aber sie will keine neuen kaufen; sie meint, sie könne abnehmen und brauche deshalb keine neuen, weiteren Kleidungsstücke. In der Zwischenzeit trägt sie alte, ausgebeulte Hosen und Blusen und Pullover und unförmige Kleider, die sie von Freundinnen in der Nachbarschaft geschenkt bekommen hat. Ceci, die jetzt verheiratet ist und einige Häuserblocks weit weg wohnt, schüttelt mißbilligend den Kopf, wenn sie ihre Mutter auf der Straße sieht, und klagt überall, ihre Mama werde wie die schwarzen Frauen, über die sie sich immer ereifert habe, ganz aufgetrieben durch die einseitige Ernährung und das Bier. Und ihre Arthritis bereitet ihr solche Schmerzen ... und sie hat auch Unterleibsbeschwerden, über die sie mit dem Klinikarzt nicht sprechen möchte, weil er ein weißer Mann ist, der sich für seine schwarzen Patientinnen keine Zeit nimmt, aber für die weißen genausowenig, wie Minnie annimmt. Wenn er sie untersuche, führe er sich auf, als wäre ein schlechter Geruch in der Luft. »Mein Gott, wißt ihr, wie er aussieht? Er sieht genauso aus wie Pruneface in den Dick-Tracy-Comics!« Minnie wirft den Kopf zurück, brüllt vor Lachen, und ihr Busen bebt. Ach Gott, mit ihren pingeligen weißen Ladies habe sie zur Zeit auch Kummer – ihnen könne man es anscheinend nie recht machen, ganz egal, wie sehr man sich anstrenge beim Schrubben ihrer Fußböden und Badewannen und verdreckten Toiletten. »Wenn du auch nur ein paar Quadratzentimeter des Bodenbelags in der Küche nicht poliert hast oder unter einem Bett ein paar Flusen liegen, oder wenn du ein paar Wäschestücke vergessen hast, dann machen sie dir die Hölle heiß!« Und in ihrem Alter läßt sich Minnie Fairchild nicht mehr alles gefallen: *Geh doch zum Teufel, du weiße Schlampe!* murmelt sie vor sich hin oder *Reiß dein Maul nicht so auf, du weiße Schlampe!* oder *Leck mich doch am Arsch, du weiße Schlampe!* Auch wenn die weißen Ladies nicht genau hören, was Minnie gesagt hat, merken sie doch, was los ist. Deshalb hat Minnie längst nicht mehr soviel zu tun wie früher, und sie ist drauf und dran, Sozialhilfe zu beantragen, obwohl sie sich geschworen hatte, daß es dazu nie und nimmer kommen werde. Doch von ihren Kindern will sie kein Geld annehmen, weil die sowieso keines übrighaben. Aber wenn sie nicht arbeitet, muß sie sich auch nicht abquälen mit diesen endlosen Busfahrten, bei denen die Fahrer sie manchmal Oma nennen – dieser dicklippige, krausköpfige Nigger, der den 8-Uhr-Bus fährt, ist der schlimmste, er macht Späße über Minnie Fairchild, die alles andere als lustig sind. Deshalb ist sie besser dran, wenn sie zu Hause bleibt; sie kann sich um ihre Gebrechen kümmern und den ganzen Tag über fernsehen, und sie kann telefonieren, irgend jemandem ihr Leid klagen – ihren verheirateten Töchtern, ihren Freundinnen. Abends ruft sie manchmal Jinx an und nuschelt dabei so stark, daß er kaum weiß, wer es ist, und dann redet sie fort und fort. Sie mache sich große Sorgen um ihn und Sissy Weaver (Minnie nennt ihre Schwiegertochter stets »Sissy Weaver«, als wäre Jinx nicht mit ihr verheiratet, als lebte er nur mit ihr zusammen und könnte jederzeit ausziehen) und um diese unschuldigen kleinen Jungen ... und um Woodrow mache sie sich auch große Sorgen, wegen seines schlimmen trockenen Hustens und wegen seines Magenleidens, über das er nicht sprechen will mit ihr; er will auch nicht mit ihr zusammen in die Klinik gehen, sagt vielmehr, er vertraue ganz auf Gott. Sonntag morgens und Mittwoch abends beim Gottesdienst ist dieser Mann glücklich, er hat ein strahlendes Gesicht und glänzende Augen, wenn er nach Hause kommt. Sonst bläst er Trübsal, nur wenn sie Minnies Lieblingssendung *Beverly Hillbillies* anschauen, lacht er auch ein bißchen. Der alte Esel lebt fast nur für die Kirche. So ein schlichtes Gemüt hätte Minnie auch gern. »Ja, die Schwarzen lassen sich einfach alles einreden, und dann legen sie sich hin, damit die Weißen auf ihnen herumtrampeln oder sie naßspritzen oder mit Schlagstöcken traktieren und Polizeihunde auf sie hetzen können.« Das ist der Grund dafür, daß Minnie dem Pfarrer King mißtraut, obwohl sie zugibt, daß dieser Mann wirklich ein Heiliger ist, daß er für die farbige Bevölkerung durchaus etwas erreicht hat, wenn auch nicht unbedingt für Minnie Fairchild ... Jesus Christus nachzuahmen und auch noch die andere Wange hinzuhalten, sei verkehrt. »Jesus Christus wußte, daß er der Sohn Gottes war, oder er glaubte es wenigstens, aber für alle anderen gilt das nicht! Das ist der Nachteil! Jinx, diese Woche mußt du unbedingt hier vorbeikommen und die Hintertreppe reparieren, ein paar Stufen sind fast durchgefault. Und die Fensterrahmen muß man mit Isolierband abdichten, du weißt ja, dein Vater sitzt bloß auf seinem schwarzen Arsch und macht keinen Finger krumm ... und ich bin so allein, Jinx, ich vermisse meine Kinder, sie sind alle groß, sind fortgezogen, oder es ist etwas viel Schlimmeres passiert, aber ich will jetzt nicht über Sugar Baby reden ... Ich bin halt so allein, und da überlege ich mir: Wenn du bloß damals diesen einen Korb nicht geworfen hättest, nur diesen einen nicht, dann hättest du den Unfall nicht gehabt, und du wärst aufs College gegangen, und jetzt wärst du hier in Hammond als Lehrer oder Trainer oder, mein Gott, womöglich wärst du Arzt oder Rechtsanwalt oder Börsenmakler oder sonst was. Und du wärst nicht mit dieser Frau verheiratet, die deine Unwissenheit ausgenutzt hat, als du noch ein Junge warst – *unterbrich mich nicht! Ich sag dir's, wie's ist!* –, und dein Daddy und ich würden nicht in diesem Haus wohnen, das dringend gestrichen und repariert werden muß, und wir hätten keine Nachbarn um uns rum, mit denen es immer mehr bergab geht. O Schätzchen, warum mußte deinem Bruder so etwas zustoßen? Und warum hast du, mein aufgewecktestes Kind, dir das bloß angetan? Kann man denn nichts mehr machen, wenn das Unheil seinen Lauf nimmt?«

(Jinx fällt auf, daß ihn Minnie seit der High-School nur noch »Jinx« nennt und nicht mehr »Verlyn«. Alle nennen ihn doch so, mag Mama gedacht haben, warum also dieses Getue? Oder hat sie ihn vielleicht insgeheim immer so genannt?)

Jinx Fairchild hat, wie Hunderte anderer Arbeiter auch, bei National Lead of Hammond seine Bewerbung abgegeben. Am 1. Dezember 1963 wird drüben überm Fluß eine neue Fabrik eröffnet; die Löhne werden höher sein als in irgendeiner anderen Fabrik der Gegend, heißt es. National Lead hat einen Regierungsauftrag, und für Hammond bedeutet das Geld, viel Geld. Um die Herstellung von Brennstoff für »staatliche Reaktoren« soll es dabei gehen, und zwar aus irgendwelchen Metallen oder Chemikalien oder Gasen, doch in Hammond weiß kein Mensch etwas Genaues, und in der Unterstadt schon gar nicht. Und Fragen werden keine gestellt.

In der Lokalzeitung *Chronicle* steht, die Firma nehme im Einklang mit dem National Security Act eine Umstrukturierung ihrer Aktivitäten vor, aber auch da weiß kein Mensch, was das bedeuten soll.

Am wenigsten Jinx Fairchild, ein ungelernter Arbeiter Anfang zwanzig, der seit vierzehn Monaten am Montageband von McKenzie Radiator steht (»Ein Unternehmen von General Motors«, verkündet das große Schild) und Mitglied der United Auto Workers of America ist, Ortsverband 483 ... einer von nicht einmal zwanzig schwarzen Männern im vierhundert Mitglieder umfassenden Ortsverband. Glück, verdammtes Glück hat er gehabt mit dieser Arbeit. Trotz des Getöses in der Montagehalle, des Gestanks, der sommerlichen Hitze, die sich bis in den September hinzieht, des eintönigen Klopfens, Klapperns und Hämmerns, von dem ihm der Kopf dröhnt, das genauso verrückt ist wie seine Gedanken. Doch die nimmt er gar nicht wahr.

Mann, du hast wirklich Glück! Da lächelt dich ein weißer Vorarbeiter an, weil du in der High-School Basketball gespielt hast. Hast du ein Glück, daß du jeden Morgen um 8.00 Uhr in die Montagehalle marschieren darfst unter all den Weißen, besonders denen mit den blassen, teigigen Hillbilly-Gesichtern, die dich mit ihrem stechenden Blick durchbohren.

Immer wieder fragt Sissy: »Jinx, hast du was über den neuen Job gehört, in der Fabrik drüben überm Fluß?« Und Jinx sagt immer: »Noch nicht.« In Wahrheit ist es so: Schon bevor die Arbeitsplätze in der neuen Fabrik von National Lead ausgeschrieben wurden, wußte man, daß die Firmenleitung keine Schwarzen einstellt, außer als Pförtner.

Aber das sagt er Sissy nicht. Eine Zeitlang herrscht Ruhe und Frieden, weil er ihr zeigen kann, daß er an die Zukunft denkt, daß er vielleicht ein bißchen mehr Geld verdienen wird, so daß sie nach einer Weile eine Anzahlung für ein Auto oder einen neuen Fernseher beisammenhaben, oder daß sie den Kindern oder Sissy etwas zum Anziehen kaufen können. Das liefert ihnen wenigstens ein Thema, über das sie reden können, statt die alten Streitpunkte abzuhandeln oder aufeinander loszugehen. Und danach fallen sie eng umschlungen aufs Bett, und wenn Sissy in Fahrt kommt, kann sie richtig nett sein, richtig nett. Und das ist immerhin etwas, sagt sich Jinx, das ist besser als gar nichts.

»Verdammt nochmal, was soll denn das, Jinx? Jede Nacht weckst du mich auf mit deinem gottverdammten Zähneknirschen!« Sissy, die selbst nicht ganz wach ist, stupst ihn immer wieder in die Seite, und im Halbschlaf ist Jinx ganz durcheinander: In seinem Kopf muß so etwas wie eine Maschine sein, die auf vollen Touren läuft, die etwas zerschrotet und zermahlt; das ist der Grund dafür, daß er in Schweiß gebadet ist, daß seine Kiefergelenke und seine Backenzähne schmerzen.

An die U.S. Army denkt Jinx Fairchild weiterhin, die ist seine Trumpfkarte.

Die zwei Männer liegen nicht im Streit miteinander, doch als Jinx Fairchild die Toilette betritt und Mort Garlock an einem der Waschbecken stehen sieht und ihre Blicke sich im Spiegel treffen, fahren beide zusammen ... einen Herzschlag lang. Garlock ist ein bläßlicher Weißer Mitte dreißig mit einem schmalen Wieselgesicht und wäßrigen, wimpernlosen Augen; er steht schon seit Jahren am Montageband von McKenzie Radiator und hat mehr zu sagen als die dienstältesten schwarzen Arbeiter; er gehört zu einem lockeren Freundeskreis, in dessen Mittelpunkt Bill Hudkins steht (»Bull« nennen ihn seine Kumpels neuerdings, weil er dem Aussehen nach und auch sonst Bull Connor ähnelt, dem allseits bekannten Polizeichef von Birmingham, Alabama; beide sind so, wie ein weißer Mann nach Ansicht bestimmter weißer Amerikaner sein sollte). Mort Garlock zieht ein Papierhandtuch aus dem Behälter, trocknet seine Hände flüchtig ab und wirft das zerknüllte Tuch in Richtung Abfallkorb; daß es auf dem abfallübersäten Fußboden landet, kümmert ihn nicht; er zieht los, mit abgewandtem Blick, möchte so schnell wie möglich heraus aus dieser Abgeschlossenheit. Obwohl die beiden nicht im Streit liegen.

Jinx Fairchild, der in dem neonbeleuchteten Raum sehr groß und sehr schwarz aussieht, geht zum Pissoir, lächelt dabei vor sich hin ... weil er in den Augen des weißen Mannes einen Moment lang Angst aufsteigen sah.

Mort Garlock. Ein Verwandter von Little Red.

Könnte sogar sein Bruder sein, vermutet Jinx.

Den Rest des Tages ist Jinx Fairchild gut gelaunt. Summt einen Big-Bill-Broonzy-Song – *Got me a new suit of clothes, got me a big new car, got me a sweet li'l gal thinks the world of me mmmmmmmmmmmm!* –, aber bei dem Gesumme und bei dem ohrenbetäubenden Lärm des Montagebandes denkt er auch: Einen von euch hab' ich schon umgebracht, wer weiß, vielleicht mache ich das nochmal.

Das meint er aber nicht im Ernst. Ganz und gar nicht: Jinx Fairchild ist ein höflicher junger Mann, immer noch jungenhaft in seinem Gebaren, groß und schlaksig, als wären seine Knochen zu schnell gewachsen; manchmal sind seine Augen trübe, weil er zu lange in der Fabrik gearbeitet hat. Seine glatte schwarzbraune Haut sieht nicht mehr so gesund aus wie früher, und seine großen, kräftigen Zähne werden allmählich gelblich wie altes Elfenbein, doch das geht so langsam, daß man es fast nicht merkt. Sissy fährt mit ihren rotlackierten Nägeln liebkosend durch sein wolliges Haar und murmelt dabei im Rhythmus eines Popsongs: »Du bist der Richt'ge, du bist mein Schatz.« Und wenn sie sich in Schale geworfen haben, zum Beispiel für die Hochzeit von Sissys Cousine Mimi, Sissy mit großen, weichen, purpurnen Lippen, in ihrem glitzernden, türkisfarbenen Taftkleid, in hochhackigen Schuhen mit dünnen Riemchen, und er selbst in seinem guten Anzug, seinem einzigen Anzug, rehbraun, mit schmalem Revers, der an den Schultern spannt, aber doch noch ganz gut aussieht, dann lächelt Jinx seinem Spiegelbild verwundert zu und denkt: Die Dinge stehn gar nicht so schlecht; Sissy ist verrückt nach ihm, er hat seine Söhne Frankie und Dwight und dazu noch Vaughan, Sissys kleinen Jungen, der zu ihm aufschaut. Was macht es schon aus, daß er für niemanden mehr Jinx Fairchild ist, wenn er von hier weggeht, sondern nur noch ein Schwarzer, ein Mann, der durch seine Hautfarbe, seine Gesichtszüge, seine Stimme und seinen Blick gekennzeichnet ist? Daß er nichts anderes sein kann als das, was andere in ihm sehen; daß ihn jemand abqualifizieren kann, der ihn nicht kennt, der sich gar nicht weiter um ihn schert? Was macht es schon aus, daß er bei seiner Arbeit, die er (wenn er Glück hat) für den Rest seines Lebens verrichten könnte, von weißen Männern umgeben ist, welchen seine bloße Gegenwart ein Dorn im Auge ist, weil er nicht nur so tut, als wäre er ihnen ebenbürtig, sondern es tatsächlich ist? Was macht es schon aus, daß der Dreckskerl Bull Hudkins und dessen Kumpel ihn schief anschauen, daß sie abfällige Bemerkungen machen, selbst wenn er und andere Schwarze in Hörweite sind? Was macht es schon aus, daß ihn diese Weißen, wenn sie die Macht dazu hätten, mit einem Fingerschnippen auslöschen würden, daß sie die gesamte »Rasse« vom Erdboden verschwinden ließen, für die er in ihren Augen mit seiner Einfalt und seiner Ohnmacht ein typisches Beispiel abgibt? Jinx Fairchild wartet ja in Hammond nur den rechten Augenblick ab.

Er betrachtet seine Hände: die Basketballhände, die Mörderhände.

Lange, biegsame Finger, mit denen er einen Basketball immer noch fest in den Griff bekäme, und den er immer noch so emporsteigen lassen könnte, daß er im Heruntersinken durch den Metallring fiele und dabei das Netz nur leicht berührte. Er würde seinen Bewacher und die anderen Spieler austricksen und bis zum Spielbrett rennen und hochspringen und einen Korb werfen, und die Zuschauer wären außer sich vor Begeisterung, dessen ist er sicher. Doch tief in ihm ist auch eine Schwermut, eine kalte Gleichgültigkeit: Mensch, das hab' ich doch alles längst hinter mir.

Aber der Gedanke ist schmerzlich, daß Jinx Fairchild in seiner Schulzeit in den Augen seiner Lehrer und seiner Klassenkameraden ein Niemand gewesen wäre, wenn es das Basketballspiel nicht gegeben hätte. Nur in seiner Familie war das anders, besonders bei Minnie: Seine Mama setzte große Hoffnungen auf ihn, nicht weil er etwas Besonderes war, sondern einfach, weil sie seine Mama war. »Warum führst du dich auf, als wärst du irgendein gewöhnlicher, unbeholfener Nigger? Warum richtest du dich zugrunde, und mich dazu?« tobte Minnie. Vor Jahren.

Seine Mörderhände: Wenn er wüßte, daß es einen Gott gibt, würde er sich ihm gegenüber schämen, aber vor den Menschen, vor dem weißen Mann, vor Männern wie Bull Hudkins und Mort Garlock und den übrigen, vor der Polizei von Hammond und den Strafverfolgungsbehörden nicht; nein, da empfindet Jinx Fairchild keine Scham, nicht einmal besonders viel Reue. Himmel nochmal, er wünscht, er hätte es nicht getan, aber er bedauert es nicht, daß sein Opfer tot ist, schon so lange tot ist und fast vergessen. Das weiße Mädchen Iris Courtney hatte ja ganz recht: Garlock war so verrückt und so gemein, irgend jemand hätte ihn eines Tages bestimmt umgebracht.

So ein Pech, daß es Jinx Fairchild sein mußte.

»Du wirst doch nicht dein Leben aufs Spiel setzen wegen ihm?« beschwor sie ihn, als es den Anschein hatte, daß er schwach werden und sich stellen würde.

»Es war Notwehr, aber kein Mensch würde dir das glauben.«

Was sollte er von Iris Courtney halten? Sie war so fixiert auf ihn, so überzeugt, daß sie füreinander dawaren. »Ich will nichts anderes, als daß es dich gibt«, sagte sie zu ihm – eine Feststellung, die Jinx instinktiv versteht, nicht rational, so wie er bei Sissy manches mit dem Verstand nicht Erklärbare instinktiv begreift, und sie bei ihm.

»Niemand steht uns so nahe wie wir einander«, sagte sie auch auf ihre hartnäckige, verbohrte Weise.

Damals, als sie die High-School besuchten und einander öfters sahen, dachte Jinx immer, daß etwas passieren würde zwischen ihnen ... Er wollte zwar nicht, daß etwas passierte, doch er hatte das Gefühl, daß es einfach dazu kommen würde, wie bei so vielem, das ohne sein Zutun geschah. Doch in jener Nacht, als sie den Wagen am Fluß parkten und miteinander flüsterten und sich anfaßten und sich küßten, da sagte er schließlich: »Höchste Zeit, daß ich dich nach Hause bringe!« Und er war stolz auf sich, weil zwischen ihnen doch nichts Ernstes oder Unwiderrufliches vorgefallen war. Sie wollte, daß er mit ihr schlief, das wußte er, und er hatte schon Lust gehabt, aber er hatte es nicht getan: »Nein, nein, nein«, hatte er sich gesagt. Damit sie nicht aneinander gebunden wären, damit sie einander vergessen könnten. Wenn sie nur von ihm abließe.

Damals machte er sich Sorgen, daß sie ihn nicht in Ruhe lassen würde.

Was hätte er denn getan, wenn es so gekommen wäre?

Wie hätte er Sissy die Sache mit Iris Courtney erklären sollen? Schon wenn er den Namen des Mädchen ausgesprochen hätte, hätte er ein Geheimnis preisgegeben, hätte er angefangen, ein Geständnis abzulegen, und schließlich hätte er zugeben müssen: »Ich habe vor Jahren einmal einen Jungen umgebracht, in Notwehr, aber das ändert nichts daran. Es ist eine ganz merkwürdige Geschichte, das Seltsamste, was mir je passiert ist.«

Iris Courtney hat seine distanzierte Haltung respektiert und hat ihn nicht mehr angerufen. Doch seit sie in Syracuse studiert, hat er einige seltsame Briefe von ihr bekommen: Jedesmal ein mit sorgfältiger Mädchenhandschrift bedecktes einzelnes Blatt, auf dem Umschlag als Adressat »Verlyn Fairchild bei Mrs. Fairchild«, und darunter die alte East-Avenue-Anschrift. Jinx war verlegen, war beunruhigt, als er diese Briefe überflog: »*Wie geht es Dir? Ich würde mich sehr freuen, von Dir zu hören. Schreib mir irgend etwas – zum Beispiel, wo Du jetzt, wenn Du diese Zeilen liest, bist. Was Du siehst, wenn Du aufschaust. Zum Beispiel ...*« Jinx schrieb natürlich nie zurück.

Manchmal, wenn er in einer melancholischen Stimmung ist, denkt er an sie.

Manchmal stellt er sich vor, er schliefe mit ihr ... wie sie es gewollt hatte.

Er weiß, daß sie sich fast nie in Hammond aufhält, doch gelegentlich sieht er sie – oder jemanden, der ihr ähnelt: das federnde bronzefarbene Haar, die weiße Haut und die schlanke Figur eines Mädchens, das vorbeigeht oder alleine dasteht. Sein Herz zuckt; er will, daß es Iris Courtney ist, und er will auch, daß sie es nicht ist.

In diesem Sommer war ich eines Tages mit Frankie droben im Cassadaga Park. Das Herumtollen im Planschbecken und das heiße Wetter hatten ihn müde gemacht, ich nahm ihn auf den Arm und ging in das große, dunkle, alte Gebäude, in dem die Toiletten für die Kinder sind und wo man auch Eis und Süßigkeiten und Limonade kaufen kann. Ich ging an die Theke und wollte für Frankie und mich etwas kaufen, und hinter der Theke stand ein Mädchen und starrte mich an. Ich konnte es nicht genau sehen, weil ich gerade aus der Sonne gekommen war, und eine Weile dachte ich, Du seist das ... Einen seltsamen Augenblick lang schauten wir einander an, doch dann lächelte das Mädchen und fragte mich, was ich kaufen wolle, und ich sagte es ihm, und es war nicht Du, aber zwischen uns herrschte so eine besondere Atmosphäre. Das Mädchen hatte fahles, gekräuseltes Haar, große, unschuldig dreinschauende Augen, es trug ein Oberteil mit Nackenband, die Schultern und die Arme waren nackt, und es war jung, etwa fünfzehn, aber für sein Alter ziemlich reif ... anscheinend eines von den Mädchen, die schwarze Jungen mindestens genauso mögen wie weiße, oder vielleicht mochte es ganz einfach Männer, egal welcher Hautfarbe. Ich ging also mit Frankie auf dem Arm hinaus, wir lutschten unser Eis am Stiel und waren guter Dinge – aber so etwas würde Jinx Fairchild Iris Courtney nie schreiben, er würde nicht im entferntesten daran denken.

Und er wird ihr nie einen Brief schreiben, wird ihr statt dessen ein Foto schicken.

Ein schrecklich langer Tag ... er weiß kaum noch, wie er angefangen hat.

Jetzt ist Zeit zum Abendessen, draußen ist es stockdunkel, aber Minnie Fairchild hat es noch nicht geschafft, eine Mahlzeit zuzubereiten. Sie sitzt mit gerötetem Gesicht am Küchentisch, ein Bier in der Hand, und redet in sarkastischem Ton mit ihrem Sohn Jinx: »Mit wem stellst du dich da auf eine Stufe? Mit Bobo *Ritchie?* Mit so einem Nichtsnutz? Der ist doch nicht die Bohne wert, das weißt du genau. Der ist nur deswegen in die U.S. Army gekommen, weil die blöden Bullen ihn nicht gefaßt und hinter Schloß und Riegel gebracht haben, wie sich's gehört hätte.«

Jinx lacht barsch und sagt: »So, wie sie mich auch nie gefaßt haben, Mama?«

Minnie starrt ihn einen Moment lang verständnislos an, und dann knallt sie ihre Bierflasche auf den Tisch. Das Krachen ist so laut wie Gewehrfeuer, aber die Flasche zerbricht nicht. Minnie ist auf einmal ganz aufgebracht: »Hör mit dem verdammten Blödsinn auf«, schreit sie. »Du weißt, es geht mir auf die Nerven, wenn ihr mich foppt, ihr verdammten Bälger.«

Sie schimpft noch eine Weile weiter, nicht nur auf Jinx, auch auf Ceci, auf Ceci und ihr freches Mundwerk. Dann kommt Bea an die Reihe, die am Sonntag mit ihren Schwiegereltern zum Essen eingeladen ist, aber keine Zeit hat für Minnie. »Und wieso nicht? Mag sein, daß sich das Mädchen schämt wegen ihres Daddys. Aber ihr Daddy ist ein verdammt guter Mann, ist trotz all seiner Fehler ein feiner Kerl, und er ist seit einer Weile gar nicht auf der Höhe. Ach Gott, wer weiß, wie das noch endet ...«

Aus dem Schlafzimmer im hinteren Teil des Häuschens dringt Woodrows Schnarchen, ein anhaltendes rhythmisches Dröhnen wie das Summen von Wespen in einem riesigen Nest.

Jinx murmelt: »Tut mir leid, Mama. Ich hab' dich nicht ärgern wollen.«

Minnie sagt erregt: »Ärgern tust du mich nicht, mein Lieber. *Kummer* machst du mir. Und das ist schlimmer.« Und sie fügt mit leiser Stimme hinzu: »Wenn ich den Eindruck hätte, daß du es halbwegs ernst meinst, würde ich dich nicht aus dem Haus lassen.«

Jinx lacht verblüfft, sagt mit einem linkischen Schulterzukken: »Ach, du weißt doch, daß ich's nicht ernst meine, Mama.«

Sie trinken schweigend ihr Bier. Jinx Fairchild denkt, daß er so etwas noch nie gemacht hat ... in der Küche seiner Mama sitzen und Bier mit ihr trinken. Gott, das gab es noch nie! Noch nie in seinem Leben! Minnie Fairchild ist einfach nicht der Typ dafür, oder sie war es nicht; in all den Jahren ist sie für ihn und seine Geschwister die harte, unerbittliche Mama gewesen. Und jetzt trinkt sie »Schlitz« aus der Flasche; sie nippt zwar nur daran, das aber unablässig. Jinx wirft den Kopf in den Nacken und trinkt mit raschen, gurgelnden Schlucken, dann wischt er sich mit der Faust über den Mund und unterdrückt ein Rülpsen.

Eine windige Spätherbstnacht, in der Luft liegt der Geruch von Schnee und trockenen Blättern. Es ist nach halb acht, und Jinx sollte nach Hause gehen ... aber er bleibt einfach sitzen. Von der Schutzbrille, die er tagsüber getragen hat, ist sein Schädel wie zusammengeschnürt, er hat drückende Kopfschmerzen. Und in seinem rechten Ohr ist ein leises Dröhnen.

Jinx sagt beiläufig: »Bobo will dort Radio- und Elektronikmonteur werden – ist doch ein nützlicher Beruf, oder? Und sie bringen ihm auch das Lesen und Schreiben bei ... das hat er nämlich bis zur neunten Klasse nie gelernt. In der Schule haben sie ihm rein gar nichts beigebracht, sie haben ihn einfach versetzt.«

»Dieser Dummkopf!« schnaubt Minnie. »Wenn ihm jemand das ABC beibringen würde, dann hätte er es schon am nächsten Tag wieder vergessen!« Sie macht eine Pause, holt tief Luft. Die alte Strickjacke, die über ihrem schweren Busen zugeknöpft ist, scheint ihrer Erregung kaum standzuhalten. »Wieso vergleichst du dich mit diesem Nichtsnutz, Jinx? Du weißt doch, daß du ihm *überlegen* bist! Du gehst mir wirklich auf die Nerven!«

Jinx sagt: »Wieso bin ich Bobo überlegen? Ich war nur in der Schule ein bißchen smarter als er.«

»Smart sein heißt überlegen sein.«

»So? Glaubst du das tatsächlich?«

»Das weiß ich genau.«

»Mama, es kommt eben ganz drauf an, was man unter ›smart‹ versteht.«

»Hol dich der Teufel! Halt endlich die Klappe.«

In diesem Moment kriegt Minnie einen ihrer kleinen Zornesausbrüche: Ohne von ihrem Platz aufzustehen, schlägt sie kreischend und fluchend nach Jinx und trifft ihn an der Schulter; dann dreht sie sich in ihrer ohnmächtigen Wut zur Seite, reißt einen Stapel alter Zeitungen und Zeitschriften vom Fensterbrett und gibt ihnen, während sie durch die Luft fliegen, einen Tritt. Jinx duckt sich lachend. Wartet, bis es vorbei ist.

Dieser lange, lange Tag. Der vor so langer Zeit begonnen hat, in der Dunkelheit. Er weiß kaum, ob es wirklich noch derselbe Tag ist.

Bei McKenzie Radiator hängt gleich hinter dem Haupteingang der Montagehalle ein Abreißkalender, auf dem in großen schwarzen Zahlen das jeweilige Datum steht. Damals, als Jinx Fairchild angefangen hatte, fiel ihm zu dem Kalender etwas ein, und er fragte einen der anderen, älteren Schwarzen: »Weißt du, warum dort das Datum steht?« Der Schwarze sagte: »Wieso?« Jinx lachte und sagte: »Damit wir wissen, daß es irgendwie vorangeht. Sonst könnten wir ja meinen, es sei immer der gleiche Tag.« Er wollte nur einen Spaß machen, doch der andere Mann schaute ihn mit einem Stirnrunzeln an, als hielte er ihn für bekloppt.

In Wahrheit redet Jinx Fairchild bei McKenzie mit den anderen Schwarzen so gut wie nie. Hat keinem etwas zu sagen.

Er spürt eine bleierne Müdigkeit in seinen Knochen.

Minnie redet wie ein Wasserfall, jammert schnaufend drauflos: Wenn sie wüßte, daß er es ernst meinte, könnte er was erleben! Dann kommt sie auf Sissy Weaver zu sprechen. Und auf Bea und Ceci, ihre eigenen Töchter. Und auf den armen Dr. O'Shaughnessy, welcher der netteste, anständigste, großzügigste Mann gewesen sei, den sie je gekannt habe. Und auf diese brutalen Kinder von O'Shaughnessy. Jinx Fairchild hat die Arme auf den Tisch gelegt und den Kopf darauf gestützt, er hört seiner Mama zu, ihrer erregten Stimme, die auf und ab geht wie Musik; ein zitterndes Zickzackmuster von Licht taucht vor ihm auf, er vernimmt ein Dröhnen von Maschinen oder von den Stromschnellen eines Flusses – und dann gleitet er weg, als rutsche er über den Tischrand, doch er ist nur eingeschlafen.

»Bist du's, Sissy? Wer ist da? *Du ...?*«

Barfuß und benommen stolpert er in Unterwäsche aus dem abgedunkelten Schlafzimmer, blinzelnd, ohne genau zu wissen, wo er sich befindet und wie spät es ist. Sein Herz hämmert wie verrückt gegen seine Rippen, als wäre er in Gefahr, als hätten ihn Bull Hudkins, Mort Garlock und ihre Kumpels auf dem Fabrikklo in die Enge getrieben, um ihn fertigzumachen. Jetzt ist die Zeit der Abrechnung da, die er schon seit Jahren hat kommen sehen. Aber nein: Es ist bloß Sissy, die nach Hause gekommen ist. Sie trägt diese glänzende kastanienfarbene Synthetikperücke, die

Jinx haßt, kommt so affektiert daher wie Eartha Kitt – die hübsche karamelfarbene Sissy, die er geheiratet hat, ist stockbetrunken, und es ist nach halb vier. Als er sie fragt, wo sie gewesen ist, sagt sie, indem sie das Kinn nach Art von Eartha Kitt hochreckt: »Bei meinen Freundinnen, wo denn sonst? Und *du*?« Sie schiebt sich an ihrem Mann vorbei, als nähme sie ihn kaum wahr, als wäre er so unwichtig wie ein Möbelstück oder ihr Sohn Vaughan, der sich in der Tür zu seinem und Frankies Zimmer herumdrückt, den Daumen im Mund. »Laß mich *durch*, verdammt nochmal! Was glaubst du denn, wer du bist? Die Polizei?« Von ihrem karmesinroten Lippenstift hat Sissy Flecke nicht nur im Gesicht, sondern auch auf ihrer hellvioletten Jerseybluse, und die Bluse ist hinten falsch zugeknöpft. Außerdem riecht sie nach etwas, stärker als nach Bier, ein fast medizinischer Geruch, und auf ihrem Rock ist ein großer feuchter Fleck, der tief in das straffe schwarze Orlongewebe eingedrungen ist. Jinx starrt sie an, als sähe er sie zum ersten Mal; es hat den Anschein, als wolle er sie vorbeilassen, damit sie auch jetzt wieder ins Bad rennen und den Zeigefinger in den Rachen stecken kann, um sich auszukotzen und wieder einen klaren Kopf zu kriegen. Aber nein, er läßt sie nicht so leicht davonkommen, er ist plötzlich hellwach und schreit sie an: »Du Hure! Du Schlampe! Du Drecksau!« Er gräbt seine Finger in ihre Schultern, und Sissy kreischt vor Schmerz wie ein kleines Mädchen und schlägt nach ihm, und dabei verrutscht ihre Perücke. Dieser Anblick geht Jinx noch mehr auf die Nerven. Er schmettert sie immer wieder gegen die Wand, seine Zähne sind gebleckt, seine Augen treten hervor, in dem düsteren Gang bebt und wackelt alles, das Baby weint in seiner Wiege, und das macht Jinx noch wütender. Sissy stößt ihm das Knie in den Unterleib, und das macht ihn noch rasender. Er rammt ihr den Ellbogen in den Mund. Sie spuckt Blut und schreit lachend: »Du blödes Arschloch! Du kannst mich mal!« Es gelingt ihr, sich zu befreien, und sie packt eine Messinglampe, die sie von Verwandten als Hochzeitsgeschenk bekommen hat. Und wenn Jinx nicht gesehen hätte, wie das Miststück mit der Lampe ausholte, um sie auf seinen Schädel niedersausen zu lassen, wäre er jetzt erledigt, aber er hat sie wieder fest im Griff, die Schlampe, schiebt sie rückwärts ins Schlafzimmer und brüllt ihr ins Gesicht: »Du Hure! Du Fotze!

Du Dreckfotze!« »Scheißkerl! Vollidiot! Ich könnte dich umbringen!« schreit sie zurück, und dann raufen sie miteinander. Sissys schicke Sachen werden dabei zerrissen, die kastanienfarbene Perücke fällt ihr vom Kopf. Jinx sagt: »Du taugst nichts als Mutter. Ich werde meine Jungen nicht bei dir lassen.« Und Sissy schreit: »Wer mir meine Kinder wegnehmen will, muß mich zuerst umbringen!« Auf dem Bett, auf den zerknüllten Laken, setzt sich Jinx rittlings auf Sissys fleischige Hüften. Sissy reißt ihm das Unterhemd herunter und zerkratzt seine Brustwarzen mit ihren langen Nägeln; seine verschwitzte, fast unbehaarte Brust ist auf einmal blutverschmiert. Er drückt ihre Oberschenkel auseinander, kniet sich dazwischen, wird geil; es ist, als zöge ihn sein Penis nach unten, in sie hinein, hin zu ihren gespreizten Schamlippen und dem kratzenden Schamhaar, das sie abrasiert hatte, als sie zum ersten Mal miteinander schliefen und das dann ungleich nachgewachsen ist. Sie klammert sich stöhnend an ihn; ihre hochhackigen Schuhe hängen jetzt an den Riemchen von ihren Fersen, und sie verschränkt die Füße hinter seinen vorwärtsdrängenden Hüften. Plötzlich, ohne daß er weiß, was er tut, dringt Jinx in sie ein, pumpt seine Wut, seinen Haß, seine Aggressivität in sie hinein; die an seiner Stirn hervortretenden Adern sind wie Würmer, die Lippen hat er geschürzt zu einem lautlosen Schrei. Er möchte Blut fließen sehen, er würde sie am liebsten umbringen, aber dazu kommt es nicht; ein paar Sekunden später setzen Sissys wilde, rhythmische Schreie ein, sie schlägt um sich, und Jinx wird schlaff in ihr, verliert sich tief in ihrem Inneren, fällt erschöpft auf ihren erhitzten Körper. Er atmet mit einem dünnen Pfeifen und sinkt in eine Art Halbschlaf.

»Jinx, du verrücktes Arschloch! Du weißt doch, daß ich dich liebe, oder? Weißt doch, daß du mein Schatz bist . . .« Der Blick aus ihren blaugeschlagenen Augen ist sanft und friedlich. »Du weißt doch, was ich da gequasselt hab', das hab' ich nicht so gemeint.« Und Jinx Fairchild lacht und sagt: »Ich auch nicht.«

Auf seiner zerknitterten, vergilbenden Geburtsurkunde steht: »VERLYN RAYBURN FAIRCHILD, geboren am 18. August 1939 im Hammond General Hospital in Hammond, New York.« Als Jinx das Dokument betrachtet, reibt er immer wieder mit dem

Daumen über das billige eingeprägte Siegel des Bundesstaates New York.

Seltsam: Eine Geburtsurkunde stellt man sich als großformatiges Dokument vor, mindestens so groß wie ein Diplom. Aber die von Jinx Fairchild ist klein, hat bloß das Format eines gewöhnlichen Notizblocks.

Ein düsterer, windiger Tag; die umhertreibenden Schneeflokken sehen aus wie winzige Glimmerstückchen.

Die penibel zusammengefaltete Geburtsurkunde in der Innentasche seiner Jacke, nimmt Jinx Fairchild an diesem Samstag morgen im November 1963 den Bus in die Oberstadt, zur Rekrutierungsstelle der U.S. Army in der South Main Street. Und als er schüchtern das Büro betritt, sieht er sofort: Der Mann in der adretten Uniform, der hinter der Abschrankung an einem Schreibtisch sitzt, ist schwarz. Das hat er nicht erwartet.

Auf einmal fühlt er sich ganz erleichtert.

Dann geschieht noch etwas Erstaunliches: Dieser Mann, den Jinx Fairchild nicht kennt, der ihm bestimmt noch nie unter die Augen gekommen ist – kantiges Gesicht, gutaussehend, etwa Mitte dreißig und die Haut so schwarz wie Jinx' eigene –, stammt anscheinend aus Hammond, denn er scheint Jinx zu kennen oder wiederzuerkennen. Er steht rasch auf, schüttelt Jinx vergnügt die Hand und sagt mit tiefer, dröhnender Stimme: »*Iceman* – nicht wahr?«

16

Irgend etwas stimmt nicht. Da tut sich irgend etwas.

Iris Courtneys 13.00-Uhr-Vorlesung in Amerikanischer Literatur im dritten Stock der antiquierten Hall of Languages der Syracuse University, einem neugotischen Gebäude mit rissigen, fünf Meter hohen Decken, mit herabfallendem Gips und klopfenden Heizkörpern, findet an diesem Freitag im November kurz vor 13.50 Uhr keinen regulären Abschluß, sondern löst sich vielmehr von selbst auf. Draußen herrscht eine geheimnisvolle Unruhe, da und dort ertönen Stimmen, Rufe; schnelle

Schritte draußen im Gang wie auch drunten im Innenhof – all das hat den distinguierten Professor am Rednerpult so abgelenkt, daß er seine Ausführungen über Walt Whitman beendet, zur Tür geht, sie öffnet und sich dann einen Augenblick später wieder umdreht und den etwa fünfzig Studenten bekanntgibt: »Es ist etwas Schlimmes passiert – auf den Präsidenten ist geschossen worden.«

Daraufhin bricht ein Tumult aus.

Iris Courtney gelangt in einer Menschenmenge nach unten und aus dem Gebäude hinaus; dabei benützt sie unklugerweise die Wendeltreppe im Mittelbau, eine alptraumhafte Konstruktion, eng, knarrend und schwindelerregend. »Auf den Präsidenten? Welchen denn?« rätseln Iris und eine Bekannte. »Den Präsidenten der Universität?«

Von überallher kommen dann in einem fast hysterischen Ton bruchstückhafte Informationen:

Auf Kennedy sei geschossen worden.

Auf Präsident Kennedy. In Dallas, Texas.

Beim Autokonvoi. Von einem Heckenschützen. Einem Attentäter.

Auch auf andere sei geschossen worden. Auf den Gouverneur von Texas? Vizepräsident Lyndon Johnson? Jackie Kennedy?

»Ist auf Jackie Kennedy geschossen worden?«

»Liegen sie alle im Sterben? Sind sie schon tot?«

Ein bewaffneter Aufstand in Dallas, Texas: die John Birch Society! Nein, eine kommunistische Revolte ... ein kubanischer Angriff ... Terroristen ... Castros Rache für die Schweinebucht!

Gebannt, von einer merkwürdigen Hochstimmung erfüllt, geht Iris in einer Menschenmenge, unter der sich viele Studenten aus ihrer Vorlesung in Amerikanischer Literatur befinden, zur Mensa an der Walnut Avenue. Rundfunkmeldungen, Nachrichten aus Dallas, laufen dort über die Lautsprecheranlage, ohrenbetäubend laut. Mit ihrem behenden Blick erkennt sie die an sich schon alarmierende, weil beispiellose Tatsache, daß die festgefügte, in sich geschlossene Welt der Universität erschüttert worden ist: Nichtgraduierte Studenten quetschen sich zwischen ihre Professoren, Professoren drängen sich zwischen ihre Studenten; Sekretärinnen sind auch dabei sowie Handwerker und Küchenhilfen in ihrer weißen Arbeitskleidung. Und ein paar schwarze Gesichter, Arbeitergesichter, in einem Meer von Weißen. Alle stehen ganz steif und still und ausdruckslos da, wie verängstigte Kinder, wie Menschen, die in der Kabine eines sinkenden Schiffes zusammengepfercht sind. Und Iris ist unter ihnen, atemlos, fragt sich, warum sie hier ist, wer all diese Leute sind, die sich den Wortschwall des Radioreporters anhören, in welchem bestimmte Wörter immer wieder auftauchen: »Notoperation ... Parkland Hospital ... lebensgefährlich verletzt ... Halsverletzung ... Kopfverletzung ... *ein* Heckenschütze ... noch nicht gefaßt ... Autokonvoi ... Dealy Plaza ... der texanische Gouverneur John Conolly ... verletzt ... Attentäter ... noch nicht gefaßt.«

Ein neben Iris stehendes Mädchen sagt im Flüsterton: »O Gott, ich kann's einfach nicht fassen! Und du?«

»Nein, ich auch nicht«, antwortet Iris.

Obschon sie sich sagt: Du bist zwar hier mit all diesen anderen Leuten zusammen, so wie du kürzlich mit den Savages und ihren Verwandten zusammen warst, aber mit dir hat das eigentlich nichts zu tun; ob Kennedy am Leben bleibt oder stirbt, ob irgendein Fremder lebt oder stirbt, geht dich nichts an.

Dennoch wartet sie mit den anderen zusammen den weiteren Fortgang ab. Von Entsetzen erfüllt, denn sie ahnt schon, daß Kennedy sterben wird: Dieses Aufsehen, diese öffentliche Anteilnahme deutet auf ein Desaster hin.

Sie hofft nur, daß sich der »Einzeltäter« nicht als Schwarzer entpuppt.

»Der Präsident der Vereinigten Staaten ist tot. Ich wiederhole: John F. Kennedy, der Präsident der Vereinigten Staaten, ist ...«

Iris Courtney wendet sich sofort um und schiebt sich durch das Gedränge, will weg, will hinaus. Sie hat plötzlich nur noch einen Wunsch: Fort von hier! Das betroffene Schweigen ringsum, die niedergeschlagenen, tränenfeuchten Augen, die Seufzer, die jetzt aufsteigen, und die Rufe: »Nein, o *nein*!« – sie kann das nicht ertragen, sie muß einfach weg.

Hinaus in die frische kalte Novemberluft, in der sie durchatmen kann.

Gleichzeitig drängen andere herein, bestürzt, erregt und fast hysterisch, versuchen am Gesicht von Iris Courtney abzulesen, was passiert ist.

Ein Mädchen, das Iris kennt, dessen Name ihr aber in der Aufregung entfallen ist, packt sie am Arm und schreit: »Iris, sag, ist er ...? Ist er ...?«

Iris tritt einen Schritt zurück. Mit starren Lippen sagt sie: »Er ist tot.«

Sie geht rasch hinaus in den Nieselregen, zwingt sich, nicht zu rennen.

Tränen stehen ihr in den Augen.

Tränen des Zorns: Heuchlerin! Lügnerin! Was geht das dich an?

Sie steigt am University Place den steilen Hügel empor, vorbei an der Hall of Languages mit ihren hohen, schmalen Fenstern, die an diesem düsteren Nachmittag erleuchtet sind, vorbei am Verwaltungsgebäude, dessen Fenster ebenfalls erleuchtet sind, vorbei an der Maxwell Hall, auf deren ausladender Steintreppe einige Studenten, die dem Akzent nach Ausländer sind, sich unterhalten. Sie atmet die süßliche, brackige, nach Fäulnis, nach Nässe, nach Erde, nach feuchtem Laub und feuchter Rinde riechende Spätherbstluft ein, mit klopfendem Herzen, mit wachen Sinnen. Oftmals, wenn sie am frühen Morgen oder in der Abenddämmerung allein über diesen Campus geht, hat sie das Gefühl, daß ihr im nächsten Moment etwas offenbart werden wird. Doch was?

Ein kalter, nadeldünner Regen fällt auf ihren ungeschützten Kopf, dringt in ihren Tuchmantel ein. Es ist ein adretter Mantel in einem weinroten Farbton, mit schwarzen Knöpfen und einem schicken Kragen, doch er ist aus billigem Material; das Futter reißt schon, und die Nähte können den scharfen, vom Ontario-See kommenden Wind nicht abhalten. Alan Savage hat sie in ihrem Mantel erstaunt betrachtet und gesagt: »Nett siehst du aus, Iris! Die Farbe schmeichelt deiner Haut.«

»Ja? Tatsächlich?«

»Wirklich nett, mein Liebes.«

»Tatsächlich?«

In der Strouse Hall, in der sich die Abteilung für Kunstgeschichte befindet, rennt Iris zum dritten Stockwerk hoch, zum Büro von Dr. Savage, zum Büro des *Journal.* Sie möchte mit Dr. Savage reden – nein, nicht über Kennedys Tod, das ist ein zu unmittelbarer und unpersönlicher Vorfall, sondern ... ihr ist das selbst noch nicht klar, doch sie glaubt, es werde ihr einfallen, worüber sie mit ihm reden möchte, welche Angelegenheit entschieden werden muß, sobald sie ihn sieht und er ihr die Hand schüttelt und ihre Hand mit beiden Händen ergreift, wie er das immer tut, und dabei lächelnd und mit aufrichtigem Entzücken in der Stimme zu ihr sagt: »Ach, Iris! Wie schön, dich zu sehen! Gut siehst du aus!«

Es ist nicht dein Sohn, den ich liebe. Ich liebe *dich.*

Ich liebe nicht Alan Savage, sondern ... die Savages.

Doch, ich liebe Alan Savage, er ist einer von euch.

Und ich liebe, ich liebe, ich liebe ... *dich.*

Mrs. Savage, diese reizende, gutmütige, weichherzige Frau, wird sie in die Arme schließen; Mrs. Savage grämt sich bestimmt um Kennedy und seine Witwe, und wenn sie und Iris wieder zusammen sind (schon bald: am Abend des nächsten Tages), wird sie Iris, die Freundin ihres Sohnes und ihre »liebe junge Freundin«, bestimmt in die Arme schließen wollen, und höchstwahrscheinlich werden sie Tränen vergießen über diese nationale Tragödie.

(Obschon Mrs. Savage, wie Alan mehrmals betont hat, eben doch eine Makepeace aus North Carolina ist, die gegenüber »Liberalen«, »Negern« und »staatlicher Einmischung ins Privatleben« von Haus aus erzkonservativ eingestellt ist.)

Die Tür zu Byron Savages Büro ist jedoch zu und abgeschlossen. Kein Wunder – Byron Savage ist nach London gereist, hält am Courtauld Institute Vorlesungen.

Was Iris Courtney bekannt sein muß, denn sie hat ihm bei den Reisevorbereitungen geholfen, hat für ihn eine umfangreiche Dia-Sammlung zusammengestellt und mit Anmerkungen versehen.

Was Iris Courtney bekannt sein muß, denn als sie sich kürzlich bei den Savages aufhielt, war er nicht anwesend, und Mrs. Savage bemerkte dazu: »Byron vermissen wir doch sehr, nicht wahr? Ohne ihn ist es so still im Haus!«

Zu ihrer Enttäuschung ist auch die Tür zum Büro des *Journal of Art and Aesthetics* abgeschlossen. Sie hat daran gedacht, an diesem Nachmittag etwas früher mit der Arbeit zu beginnen, weil sämtliche Lehrveranstaltungen ausfallen, weil die Zeit auf eine beängstigende, aber auch erregende Weise stillzustehen scheint, wie bei einer langen Sonnenfinsternis. Sie ist ganz erpicht darauf, in das Büro zu gelangen, sich an ihr vertrautes Tischchen zu setzen und mit dem Korrekturlesen der Fahnenabzüge der nächsten *Journal*-Ausgabe fortzufahren – am vorigen Nachmittag mußte sie die Arbeit mitten in einem schwierigen, mit vielen Fußnoten versehenen Artikel über Caravaggios *Abendmahl in Emmaus* abbrechen. In diesem Jahr war sie schon des öfteren sehr frustriert, wenn sie irgendeine Arbeit unvollendet beiseite legen mußte. Ab und zu bekommt sie Hautausschläge, striemenartige Rötungen an den Oberarmen und den Handgelenken. Allmählich wird sie so empfindlich wie Alan Savage.

»Du willst, daß alles perfekt ist, wie?« hat Mrs. Savage einmal mit ihrem tadelnden und doch liebevollen Lächeln bemerkt. »Du bist wie Byron und Alan. Aber ihr solltet nicht vergessen: Perfektion kann Gefühle zerstören.«

Stimmt das?

Die Hand auf dem Türknauf, verharrt Iris einige Minuten lang vor dem Büro des *Journal of Art and Aesthetics*, Zimmer 346 in der Strouse Hall. Dabei denkt sie an nichts, nicht einmal an das Attentat oder daran, daß sie nach Hause in ihr Zimmer in der South Salina Street gehen, sich ins Bett legen und die Decke über den Kopf ziehen könnte, bis sich dieser seltsame, unerklärliche Aufruhr in ihrer Seele gelegt hat ... dieses entsetzliche Gefühl der Trauer und Verlorenheit.

Das könnte sie tun. Sie könnte den Tränen freien Lauf lassen.

Außerdem: Alan Savage wird sie am Abend besuchen, zumindest haben sie das verabredet; er möchte sie zum Essen ausführen und etwas Wichtiges mit ihr besprechen: wie seine und ihre »Zukunftspläne«, die lange genug nebulös gewesen seien, nun aussehen sollen. Iris schreckt aber davor zurück, in jenes Zimmer zurückzukehren.

Sie stellt fest, daß die Strouse Hall fast menschenleer ist.

Sie merkt, daß es keinen Zweck hat, noch länger dazustehen, die Hand auf dem Türknauf einer verschlossenen Tür.

Sie geht langsam, fast widerwillig die Treppe hinunter. Im zweiten Stock trifft sie auf einen graduierten Studenten mit zottigem Haar, der gerade aus der Herrentoilette kommt. Iris ist mit ihm nur flüchtig bekannt; der junge Mann soll sehr begabt sein, sein Spezialgebiet ist das Barock. Dieser junge Mann und Iris Courtney werfen einander am Nachmitag des 22. November 1963 ängstliche Blicke zu (Laß mich in Ruhe! Ich will kein Wort hören über das, was vorgefallen ist, über das Attentat! Ich habe keine Zeit dafür, ich bin nicht so wie alle anderen). Doch es besteht keine Gefahr: Beide murmeln nur ein »Hallo« und gehen rasch aneinander vorbei.

Danach gerät sie völlig durcheinander. Denn was nutzt einem die Zeit, wenn man endlos Zeit hat, und wohin soll man gehen, wenn es kein Ziel gibt? Das vermag sie Alan Savage später nicht zu erklären; aber sie bemüht sich auch nicht sehr, es ihm verständlich zu machen.

Er wird sie am Spätnachmittag vergeblich anrufen; er wird um 19.00 Uhr wie verabredet in der Pension eintreffen, und sie ist natürlich nicht da, es gibt auch keine Nachricht für ihn, und der Hausmeister hat Iris Courtney seit dem Morgen nicht mehr gesehen. »Iris vergißt so was nicht«, wird Alan Savage sagen, »das paßt doch nicht zu ihr.« Iris denkt jedoch nicht darüber nach, was zu ihr paßt oder nicht paßt; sie hat Alan Savage fast völlig vergessen, marschiert einfach drauflos ... schnellen Schrittes ... auf den steil ansteigenden und abfallenden Straßen und Wegen des Universitätsgeländes, auf der Comstock, der Waverly, der Marshall Street, im leichten, kalten Dauerregen, im schwindenden Licht des Nachmittags.

Ist zu aufgewühlt, um an einem Ort länger als ein paar Minuten zu verweilen.

Und denkt dabei: Was kümmert dich das? Es kann dir doch egal sein!

Und späht mit wachsendem Entsetzen zum Himmel empor, der aussieht, als wäre er von primitivem keimendem Leben erfüllt, von einzelligen Lebewesen.

Und sieht, wie in der Abenddämmerung die Sonne kurz durchbricht, verschwommen und doch leuchtend ... ein schwebendes Auge. Was kümmert das dich?

Sie ist aufgebracht, zornig, wie ein Armer, der um eine Spende angegangen wird.

Sie ist so aufgebracht wie damals in den ersten schrecklichen Stunden nach Persias Tod.

Als ihr mitgeteilt wurde: »Ihre Mutter ist tot.«

Als Iris Courtney, die Tochter der Patientin, auf dem unbequemen Plastikstuhl, auf dem sie eingeschlafen war, der Hals verrenkt, der Mund offenstehend wie bei einem sterbenden Fisch, mit den Worten aufgeweckt wurde, auf die sie nicht vorbereitet war: »Ihre Mutter ist tot.«

»Oh«, murmelte sie.

Sie weinte nicht. Sah eher überrascht als betroffen aus und sagte: »Oh.«

Und nun dieser Mord in aller Öffentlichkeit, diese Zurschaustellung von Gefühlen auf allen Gesichtern; die von bedeutungsschweren Nachrichten durchdrungenen Augenblicke, und dann die letzte Meldung über Kennedys Tod – was geht das sie an? Sie liebte John F. Kennedy nicht, aber sie hat ihn natürlich bewundert, den jungen, tatkräftigen, intelligenten Präsidenten, und seinen Mut, als er sich ungeachtet des Widerstands der Rassisten für eine gesetzliche Festschreibung der Bürgerrechte einsetzte. Zweifellos bewundert sie ihn, doch sie ist auch skeptisch; das zynische Infragestellen aller menschlichen Motive hat sie von Duke Courtney geerbt, deshalb ist es absurd, daß sie diese Betroffenheit, diesen kindischen Gram empfindet. Was bedeutet dir dieser Mann? Wieso sollte er denn nicht sterben? So geht es doch allen, warum sollte er eine Ausnahme sein? Sollen sie doch alle miteinander sterben! Wozu diese Heuchelei? Wieso bloß?

In einem Modernen Antiquariat in der Marshall Street steht sie mit einem Dutzend anderer vor einem Fernseher und schaut eine Nachrichtensendung an, stellt sich auf die Zehenspitzen, um den mutmaßlichen Heckenschützen Lee Harvey Oswald zu sehen, den der Kameramann ins Bild bringt, als er von Polizisten im Laufschritt abgeführt wird. Iris sieht, daß er jung, schmächtig, trotzig und weiß ist.

Iris sagt: »Sein Name ist so richtig amerikanisch, nicht wahr? Wie aus einer Ballade.«

Ihre Stimme klingt seltsam verwundert, und niemand gibt eine direkte Antwort.

Iris sagt: »Wenn ein Terrorist sein Opfer umbringt, muß er bereit sein, das eigene Leben dranzugeben.«

Wieder antwortet niemand.

Im Fernsehen kommt ein Filmbericht über die Vereidigung von Vizepräsident Lyndon Johnson als Präsident der Vereinigten Staaten.

Und wo sind John F. Kennedys »sterbliche Überreste«?

Im Flugzeug unterwegs nach Washington, D.C.

Alles so unwirklich.

Auf der University Avenue wird sie vor der beliebten Studentenkneipe »The Orange« von einem stiernackigen jungen Mann namens Jake angehalten; er lädt sie ein, mit ihm und seinen Kameraden ein paar Gläser Bier zu trinken (er gehört einer Studentenverbindung an, deren kryptisches Abzeichen er in imitiertem Satin auf seiner Cordjacke trägt). »Wir halten nämlich eine irische Totenwache ab«, sagt Jake vergnügt, »ganz wie dieser Hundesohn es sich gewünscht hätte.« Iris lehnt mit einem Lächeln ab, versucht an dem jungen Mann vorbeizukommen, mit dem sie bekannt ist, wenn auch nicht befreundet. Er ist schon seit langem mit wachsender Verbissenheit hinter ihr her, während sie ihn immer entschiedener ablehnt, doch darüber denkt sie selten nach; aber wenn sie ihn sieht, kommt ihr dies unweigerlich in den Sinn, dann wird ihr bewußt, daß sie im Leben eines anderen Menschen eine recht bedeutende Rolle spielt, daß sie für ihn ein Ärgernis, eine Kränkung, ein unlösbares Problem darstellt. Und seine Verbindungsbrüder wissen Bescheid. Und er ist schon ein bißchen betrunken und in gehobener Stimmung. Iris denkt: Ja, so ist's recht! Ein Grund zum Feiern! Wieso soll man sich nicht einfach besaufen, wenn man so am glücklichsten ist? Doch als sie weitergeht, schreit ihr der stiernackige junge Mann nach: »Du und all die anderen, ihr macht eine so gottverdammt große Sache draus, daß dieses Arschloch abgeknallt worden ist! Es war höchste Zeit! Und einer hat den Mumm gehabt, das zu erledigen! Und als nächster ist

Martin Luther King dran ...« Er spricht den Namen aus, als hätte er einen üblen Geschmack davon in seinem Mund, und Iris ruft wütend über die Schulter zurück: »Aber *du* hast dafür nicht genug Mumm gehabt, wie?«, ohne daß sie weiß, was sie sagt, ohne daß sie sich darum kümmert. Sie geht einfach raschen Schrittes die steile Straße hinunter, während die Verbindungsbrüder zu ihrem Verdruß hinter ihr her johlen und pfeifen.

Jetzt ist es dunkel. Die Straßenlampen, die Scheinwerfer der Autos, die Lichter in den Wohnhäusern sind angeschaltet ... alles sieht so glitzernd und unwirklich aus, wie unter Wasser, immer tiefer unter Wasser geht sie, den langgezogenen Hügel hinunter, aus der Universitätsgegend hinaus, während um sie herum die Konturen verschwimmen und sich auflösen.

Wer bist du schon? Warum nimmst du Anteil? Wie kommst du auf den Gedanken, daß deine Anteilnahme etwas zu bedeuten hätte? Trägt sie etwa dazu bei, einen anderen Menschen am Leben zu erhalten?

Stunden sind vergangen. Es ist gleich neun, wenn die Uhr richtig geht, das beleuchtete mondähnliche Ungetüm im dunklen Schaufenster einer Zweigstelle der First Bank of Syracuse; sie überquert den Pearce Boulevard und gelangt in eine heruntergekommene Gegend, die sich am Rand der Innenstadt hinzieht, hinter den erleuchteten Gebäuden von Niagara Mohawk Power, hinter der Gegend mit dem Güterbahnhof und den Lagerhäusern, wo jenes Pioniergenie Ezra Savage vor hundert Jahren seine ersten Lagerschuppen errichtete; diese Bauten sind längst abgerissen worden, ebenso das ursprüngliche Ladengeschäft in der Clinton Street, doch das alte Wohnhaus in der East Genesee Street ist erhalten geblieben und mit einer Plakette der New York State Historical Society gekennzeichnet ... auf einem ihrer romantischen herbstlichen Nachmittagsausflüge ist Alan Savage mit Iris Courtney hingefahren und hat es ihr gezeigt.

Auf der Erie-Street-Brücke überquert sie den Onondaga River, diesen breiten, dunklen, ausdruckslosen Strom, aus dem die Kälte in Schwaden aufzusteigen scheint. Auf der anderen Seite der

Brücke ist eine gepflasterte Straße, auf der blendende Lichtreflexe glitzern, und als Iris über diese hinwegrennt, einem Stadtbus folgend (innen hell erleuchtet wie auf einem Gemälde von Hopper, nur mit dem Fahrer und zwei Fahrgästen besetzt), stellt sie fest, daß ihre Füße feucht sind, daß ihr billiger Wollmantel klatschnaß ist, daß ihr Haar in schlaffen Strähnen in ihr Gesicht hängt. *Ich habe ihm dreimal geschrieben, aber er hat nicht geantwortet. Nach dem Tod meiner Mutter hat er kein einziges Mal angerufen.*

Der scharfe, brackige Geruch des Flusses. Nieselregen, aufsteigender Dunst, eine Unterwasserwelt, meilenweit von der Universität entfernt, auf tieferem Gelände.

Hier kannst du wenigstens atmen.

Manche der dazwischenliegenden Hügel sind steil, andere nicht so sehr. Doch jedesmal folgt der Abstieg.

Den spürt man am stärksten in den Waden.

Iris beschließt nach einigem Zögern, durch eine tunnelartige Eisenbahnunterführung zu gehen, denn wo sollte sie sonst hin? Zurück? Wieder die Hügel hinauf? In ihr so behagliches, so gemütliches Zimmer, um darauf zu warten, daß die Erlösung kommt? Sie fürchtet sich nicht, summt laut vor sich hin: »Blue Skies«, ein witziger Schlager für eine Nacht mit soviel Regen, Dunkelheit und Vergessen; irgendwo ist ein Tröpfeln zu hören, und plötzlich der beißende Geruch abgestandenen Urins ... am Boden verrottete Zeitungen und Blätter ... Dunkelheit. Sie ist furchtlos und trotzig, summt in der Düsternis, doch die Stufen hinauf rennt sie fast, um zu entrinnen.

Ich wußte, wie sehr er nach mir verlangte, ich konnte seinen steifen Penis spüren.

Aber das Verlangen saß nur in seinem Körper, zwischen seinen Beinen. Es kam nicht aus ihm selbst.

Sie weint nicht, denn dieser Typ einer jungen Frau ist sie nicht, und sie wird nie so eine Frau sein. In einem eisigen, unnachgiebigen Ton wird eines Tages ihr Mann zu ihr sagen, weil er verletzt oder erbost oder einfach verwirrt ist: »Warum hast du mich denn geheiratet? Wie kannst du bloß behaupten, daß du mich liebst?« Aber ich empfinde doch Liebe! Ja, aber ich ... Doch! Ich werde mich anstrengen. Ich lasse mich nicht abwimmeln! Sie weint nicht, doch sie ist müde, alles um sie herum wird allmählich verschwommen wie ausgewaschene Wasserfarben: die Scheinwerfer vorbeifahrender Autos, die Straßenlampen, TULA'S BAR-B-Q in roten Neonbuchstaben und MONTY'S in gelbbraunen Neonbuchstaben, bei denen stellenweise das Weiß der Leuchtröhren zum Vorschein kommt.

Und der warme Lichtschein aus den Wohnzimmern der verkommenen Bruchbuden in dieser Gegend, der schäbigen Reihenhäuser, der dichtgedrängten Mietskasernen aus Sandstein, wo Familien gemeinsam fernsehen ... Filmberichte aus Dallas, Wiederholungen dokumentarischer Aufnahmen, Interviews, aktuelle Informationen ... Jackie und die Kinder und Lee Harvey Oswald und Lyndon B. Johnson und die Limousine, der Autokonvoi und alles übrige.

Eine nationale Trauer, eine Gefühlsduselei, bei der Iris Courtney nicht mitmachen wird.

An einer Straßenkreuzung blinkt ein gelbes Warnlicht, ein Auto rast vorbei mit heruntergedrehten Fenstern, dröhnender Rockmusik, voll besetzt mit jungen Schwarzen. Aber Iris achtet nicht darauf, sie ist auf einmal so müde ... benommen. An ihren Wimpern sitzen winzige, juwelenähnliche Regentröpfchen.

Alles gerät ins Wanken, alles verschwimmt, auch die Zeit gerät durcheinander; du blinzelst und blinzelst, um einen klaren Blick zu bekommen, doch der Blick *ist* klar, dies *ist* die Welt ... nicht das Böse, sondern der Wahnsinn.

Objekte (und wir zählen zu ihnen, sind Objekte in den Augen anderer) verlieren ihre Konturen, Definitionen, Namen; die zwischen ihnen verlaufenden Grenzen sind aufgehoben, sogar ihre Haut ist abgezogen oder absichtlich abgeschält worden wie in jenem grauenvollen Gemälde in Dr. Savages Bibliothek, das Iris Courtney eines Tages lange Zeit anstarrte, als sie einen gewaltigen, in Italien hergestellten Band mit Tizian-Reproduktionen durchblätterte – wie in Tizians spätem Ölgemälde *Die Schindung des Marsyas*. Einem Satyr, der in Wirklichkeit ein Mensch ist, wird von Apollo bei lebendigem Leibe die Haut abgezogen. Nicht das Böse, sondern der Wahnsinn.

Nein, sie ist nicht in Dr. Savages Haus, sondern in einem städtischen Gebäude, und sie sagt mit lauter, klarer Stimme: »Er hatte nie die Absicht zu töten, es war meine Schuld.«

Ihr ist schwindlig, schwach ... sie muß auf die Toilette.

Sie geht an offenen Eingangstüren vorbei, an Fenstern nahe am Gehsteig und an Kindern, die im Regen spielen; aus wenige Meter entfernten Zimmern kommen laute Stimmen, man betrachtet sie mit neugierigen Blicken ... sie schiebt sich in ein kleines Café, das für Grillgerichte und Coca-Cola Reklame macht, schildert der schwarzen Frau hinter dem Tresen mit leiser, beschämter Stimme ihre Notlage, ihr dringendes Bedürfnis, und die schwarze Frau blinzelt Iris Courtney an, ist überrascht, eine junge Weiße hier zu sehen, um diese Zeit, bei diesem Wetter, ausgerechnet an diesem Tag, aber sie sagt, wenn auch etwas zögernd: »Na klar, Schätzchen.« Sie ist eine kleine, dicke Frau um die fünfzig, hat ein trauriges, zerfurchtes Gesicht mit Hängebacken und hat oben auf dem Nasenrücken eine Bifokalbrille sitzen. Sie schaut Iris mit einer halb besorgten, halb mitleidigen Miene an: »Klar, Schätzchen, da können Sie ruhig hin, ich zeig Ihnen, wo's langgeht.« Und als Iris sich auf die zerbrochene Klobrille gesetzt hat (es gibt kein Papier, das sie auf dem Sitz ausbreiten könnte, und für solche Vorsichtsmaßnahmen fehlt ohnehin die Zeit) und der Urin aus ihr herausströmt, weint sie fast vor Erleichterung oder vielleicht auch aus Mitgefühl mit ihrem Körper, der Giftstoffe ausstoßen will. Und in diesem Moment macht ihr der schmutzige Fußboden der Toilette, der umwerfende Gestank, die Nähe von Stimmen nichts aus.

Es gibt kein Toilettenpapier, deshalb durchstöbert sie ihre Taschen nach einem Kleenex.

Sie findet ein einziges zerknülltes Kleenex, und darüber ist sie sehr froh.

Die Spülung funktioniert ... und darüber ist sie sehr froh.

Als Iris nach vorn zurückkehrt, wo die schwarze Frau und ihre Gäste sie erwarten, sie unverblümt mustern, es sind mehrere Männer und ein oder zwei Frauen, da lächelt sie verlegen vor sich hin und fährt mit ihren zittrigen Fingern durch ihr feuchtes Haar. Auf der kleinen Toilette gab es keinen Spiegel, deshalb blieb ihr das erschreckende Abbild ihrer selbst erspart, der Anblick, den sie diesen Fremden bietet. Ihre Schuhe sind völlig durchnäßt.

Die schwarze Geschäftsinhaberin sagt mit einem mütterlichen Stirnrunzeln: »Stimmt was nicht, Schätzchen? Sie sehen ein bißchen ...«

»Oh, danke, mir geht's gut. Vielen Dank!« antwortet Iris rasch und schüchtern.

Sie macht eine Pause. Versucht zu lächeln. Auf dem Kragen des enganliegenden Kleides der schwarzen Frau ist der Name *Mandy* eingestickt. Goldbuchstaben auf blaßgelber Baumwolle.

Sie sagt: »Ich ... ich hab' vielleicht ein bißchen Hunger.«

Mandy sagt: »Na klar! Sie sehn ja halb verhungert aus!« Sie schlägt mit der flachen Hand auf den Tresen, und das bedeutet: Hinsetzen! Ich bring' dir was zu essen, und keine Widerrede!

Iris setzt sich. Sie knöpft ihren feuchten Mantel auf, zieht ihn aber nicht aus.

Das Café ist nur eine Ladenfront, hat eine Theke mit einer Stuhlreihe und mehrere kleine Tische. Es riecht appetitanregend nach Gegrilltem, Fett, Pommes und Ketchup, und in der Luft hängt dicker Zigarettenqualm und ein Geruch von Haaröl. Iris hat niemanden anschauen wollen außer der freundlichen vierschrötigen Mandy, die sie zu mögen scheint.

An diesem Morgen ist Iris ohne Geldbörse oder Brieftasche zur Universität gegangen, wie sie das oft tut, doch zum Glück hat sie etwas Wechselgeld in ihrer Manteltasche, genug für eine Tasse heißen schwarzen Kaffee und ein dickes Stück Kuchen. Mandy verkündet stolz, ihr selbstgemachter Kuchen sei an diesem Tag aus Boysenbeeren und sei wirklich gut, und Iris setzt sich zitternd vor Hunger an den Tresen des Ninth Street Café, ißt Boysenbeerkuchen, der so köstlich schmeckt, daß ihr der Mund brennt, und trinkt Milchkaffee, während die Stimmen der übrigen Gäste wieder einsetzen und die leisen, ernsten Gespräche weitergehen, so als wäre sie gar nicht da.

So weißhäutig, eine so vorübergehende Erscheinung ... vielleicht ist sie in Wirklichkeit gar nicht da.

Mandy starrt Iris Courtney besorgt an. »Sie gehen wohl spazieren, wie? Sind von der Uni droben?« Iris nickt stumm, hat den Mund voller Kuchen, und Mandy sagt, indem sie Iris weiter anstarrt: »Wie kommen Sie denn bloß wieder zurück? Das ist ein weiter Weg, und es ist spät.« Und als Iris nichts erwidert, fügt sie hinzu: »An Ihrer Stelle würd' ich ein Taxi nehmen. Soll ich Ihnen eins rufen?«

Iris sagt schnell: »Ich hab' kein Geld für ein Taxi!«

»Sie können den Fahrer ja bezahlen, wenn Sie an Ihr Ziel gekommen sind. Lassen Sie sich dort von jemandem Geld geben.«

Mandy ist etwas erstaunt, verwundert. Was hat dieses weiße Mädchen *hier* zu suchen, ausgerechnet heute nacht?

Auf einem Regal über dem Grill steht ein rotes Plastikradio, aus dem NBC-Nachrichten kommen ... die unumgänglichen Nachrichten. Iris ist hier in eine gespannte, emotionsgeladene Atmosphäre geraten, zwangsläufig, denn in dieser Nacht gibt es in Amerika kein Versteck, kein Entrinnen. Das Neueste aus Washington, D.C., das Neueste aus Dallas, Texas ... ein überstürztes Interview mit einem Geheimdienstmann, der »Augenzeuge« war ... und weitere Informationen über Lee Harvey Oswald, den »Einzeltäter«.

Dann kommt Musik: »Will You Love Me Tomorrow?« von den Shirelles.

Mandy und ihre Gäste reden über die Nachrichten, die einen nachdenklich und betroffen, die anderen aufgebracht und zornig. Iris hört zu und denkt: Warum nehmt ihr Anteil am Tod eines Weißen? *Warum setzt ihr euer Vertrauen auf einen von uns?* Ihr ist nicht sosehr nach weinen zumute, als danach, auf der Theke den Kopf auf die Arme zu legen, die Augen zu schließen und zu entschwinden.

Die stärkste Betroffenheit zeigt Mandy. Sie hat geweint, und das ist der Grund dafür, daß ihr Gesicht so aufgedunsen und zerfurcht ist, daß sich ihr großer Busen gefühlvoll hebt und senkt, daß ihre Brillengläser sich beschlagen. »O Gott«, sagt sie, »ist es nicht ganz schrecklich! Der arme Mann, und die arme Mrs. Kennedy allein mit den kleinen Kindern! Wie soll sie diesen Kindern bloß beibringen, was für etwas Furchtbares ihrem Daddy am hellichten Tag zugestoßen ist?« Iris merkt, daß sie es ist, an die Mandy diese Worte richtet, und sie sagt: »Ja, es ist schrecklich.« Doch ihre Stimme ist leise und ohne Nachdruck, als dächte sie gerade an etwas anderes oder wollte Mandy etwas fragen – *Warum setzt ihr euer Vertrauen auf einen von uns?* –, es dann aber sein läßt. Und sich nur auf die Lippe beißt und den Mund hält.

Der Boysenbeerkuchen kostet 45 Cents, der Kaffee zehn Cents. Iris zählt von dem Wechselgeld aus ihrer Tasche sorgsam 70 Cents ab, fügt dann noch ein Fünfcentstück und einige Pennies hinzu – sogar ihren letzten –, als wäre sie plötzlich erpicht darauf, ihr bißchen Geld loszuwerden.

Als Mandy gerade anderweitig zu tun hat und ihr den Rücken zudreht, läßt Iris ihren kleinen Stapel Münzen bei ihrem Teller liegen und eilt aus dem Café, damit Mandy nicht entdeckt, wieviel Trinkgeld sie dagelassen hat, und sie zurückholt.

»Tschüs!« ruft Iris.

Sie hört, daß Mandy ihr etwas nachruft. Als sie hinausgeht, singen die Shirelles immer noch »Will You Love Me Tomorrow?«.

Der Polizei, dem diensttuenden Arzt in der Notaufnahme des Syracuse Memorial Hospital, Alan Savage und den anderen Savages gegenüber wird Iris Courtney nicht den geringsten Versuch unternehmen, zu erklären, welchen Sinn und Zweck es hatte, bei Nacht allein durch ein so weit von ihrer Gegend entferntes Viertel zu gehen. Daß sie nicht völlig abgestumpft war vor Müdigkeit, sondern irgendwie noch ganz wach, ja hoffnungsvoll war, sich vorstellte, sie sei auf irgendeine Weise in Hammond ... in der Unterstadt von Hammond ... wo sie ihr zuzwinkern und die entblößten Zähne glitzern lassen: *Mmmmmmmmmm! He, Kleine!* Wo du aber nie hinschauen darfst, denn das ist gefährlich.

»Ich habe ihre Gesichter nicht gesehen«, wird sie sagen.

»Ja, sie waren schwarz, aber ich habe ihre Gesichter nicht gesehen«, wird sie sagen.

Sie geht am Straßenrand der Tenth Street, um sich von Hauseingängen und Gasseneinmündungen fernzuhalten. Seit der Regen aufgehört hat, ist es kalt. Ihr Atem dampft. Aus einer Kneipe, in deren Fenster eine Leuchtreklame MOLSON'S blinkt, dringt Lärm und Wärme; an der Bar stehen schwarze Männer, von einem Rauchschleier umgeben, jemand ruft, pfeift, tänzelt ihr nach ... doch sie schaut nicht hin ... denn das ist gefährlich. Iris Courtneys unnatürlicher, leicht schwankender Gang und ihre lockeren Armbewegungen legen die Vermutung nahe, sie sei betrunken oder bekifft, doch ihre Augen sind ganz offen, und ihr Blick ist klar. – Quasselt mich nicht an! Kommt mir nicht zu nahe! Faßt mich nicht an! Ein ganzes Stück kommt sie ungehindert voran, wie ein Träumer in einer verzauberten Landschaft, bis an der Kreuzung Oswego Street/West Avenue ein Auto mit lärmendem Auspuff vorüberfährt, schlitternd abbremst und sich im Rückwärtsgang nähert wie ein aufgeregtes Insekt ... mit emporgerecktem Heck und gespenstisch bloßliegenden Hinterrädern. Ein schwarzer Junge streckt auf der Fahrerseite den Kopf aus dem Fenster und ruft in einschmeichelndem Ton: »He du, willst du mitfahrn?«

Iris starrt auf den Boden hinunter. Murmelt: »Nein ... nein, danke.«

»Wie? Was hast du gesagt, Schätzchen?« Und lauter: »Willst du mitfahrn?«

Der Wagen voller junger schwarzer Männer um die zwanzig rattert im Leerlauf vor sich hin, Abgaswolken ausstoßend. Für sie ist es ein Tag zum Feiern, das merkt man. Aus dem Autoradio dröhnt Rockmusik, die jungen Männer reden alle gleichzeitig. Dann wird eine der Türen aufgestoßen, ellenlange Beine schnellen heraus, in schwarzen Turnschuhen steckende Füße, die so groß sind wie Keulen. Iris Courtney wendet sich rasch um und geht in die entgegengesetzte Richtung, doch irgendwie (sie blinzelt: es stimmt tatsächlich) ist einer von ihnen auf den Gehsteig gehuscht, wo er grinsend dasteht und ihr nach Basketball-Manier den Weg versperrt ... und als sie sich umdreht wie ein in die Enge getriebenes Tier, ist noch einer da, der ihr den Weg versperrt, ein spindeldürrer, fratzenschneidender, bekiffter Kerl. Da erstarrt sie, denkt: Laß dich auf keine Auseinandersetzung ein, leiste keinen Widerstand, dann werden sie dich nicht umbringen, doch als die ausgelassenen schwarzen Jungen sie packen und auf den Rücksitz des anfahrenden Wagens zerren, verliert sie die Kontrolle, fängt plötzlich an zu weinen und hysterisch zu werden, schreit, tritt mit den Beinen, schlägt mit den Fäusten um sich. Drei von ihnen hocken auf dem Rücksitz, als der Wagen mit quietschenden Reifen losprescht, und sie liegt hilflos auf deren Schoß. Wildes Gelächter steigt auf, als sie erstaunt und entzückt an ihr herumfummeln, mit harten, geschickten Fingern; ein süßlicher, beißender Rauch breitet sich aus und der Geruch von billigem Wein; dann packen sie ihre Brüste, stecken ihre Finger unter ihre Wäsche, zwischen ihre Beine, sie hat panische Angst, windet sich wie ein in Raserei versetzter Aal, schreit und schluchzt ... selbst als ihr Bewußtsein sich von ihrem zappelnden Körper loslöst und stumm über ihm schwebt, als wäre sie schon tot.

Doch sie lebt noch.

Das Hochzeitskleid, das Iris Courtney bei ihrer Heirat mit Alan Savage in der First Presbyterian Church of Syracuse, New York, tragen wird, ist ein Gewand im Empire-Stil, das im Jahr 1904 für Gwendolyn Savages Mutter genäht wurde, aus schöner, makellos weißer, chinesischer Seide, das Mieder mit winzigen, enganeinanderliegenden Plisseefalten, der aus vielen Schichten bestehende Rock gleichsam schwebend; dazu eine lange, graziöse Schleppe und ein Brautschleier aus Brüsseler Spitzen. Ein außergewöhnliches Stück, das die Braut in den vergangenen sechs Monaten oft betrachtet hat. Auch jetzt hält sie es ehrfürchtig mit ausgestrecktem Arm und schaut es wieder schweigend an, bevor sie es, unterstützt von Mrs. Savage und der Näherin Mrs. Vitale, ein weiteres Mal anzieht. (Dies ist die letzte oder vorletzte Anprobe; die Trauung ist für den 12. September 1964 um 11.00 Uhr angesetzt, und bis dahin sind es noch knapp zwei Tage.) Der schwenkbare Spiegel ist so eingestellt, daß Iris darin vom Kopf bis zum Rocksaum zu sehen ist, und als ihr der federleichte fallschirmähnliche Rock und dann das enganliegende Oberteil übergestreift werden, starrt Iris in den Spiegel und wundert sich, daß es ihr Kopf ist – ihr vertrauter Kopf, ihr Haar, ihr Gesicht –, der da unter so viel weißer Seide auftaucht ... und nicht der einer Fremden.

Als Iris Courtney im Juni zum ersten Mal gedrängt wurde, dieses Erbstück anzuprobieren, durchfuhr sie ein Schauer, der so spürbar war wie ein kalter Luftzug, doch sie überspielte ihre Nervosität mit einem Lachen und sagte: »Das ist ein Kunstwerk, Mrs. Savage, viel zu schön, um es zu tragen.« Und Mrs. Savage sagte in einem energischen Ton: »Ich meine, es ist höchste Zeit, daß es endlich jemand trägt ... was taugt ein Hochzeitskleid, wenn es nur im Schrank hängt?«

Jetzt ist Mrs. Savage eifrig bei der Sache; buchstäblich hinter Iris' Rücken bespricht sie sich mit Mrs. Vitale, während Iris vorsichtig die Arme senkt; die beiden Frauen knöpfen rasch die lange Reihe Perlmuttknöpfe zu, die sich an ihrer Wirbelsäule hochzieht, zupfen die Ärmel zurecht und glätten den Rock, und zwar auf eine viel brüskere Art, als Iris sich getrauen würde. Sie könnte ja mit einem Fingernagel in der glitzernden Seide hängen bleiben oder eine Naht aufreißen. Iris wurde gesagt, daß Seide ein strapazierfähiger Stoff sei, doch das sie glaubt nicht.

Für Gwendolyn Savage war es eine Enttäuschung, daß das Hochzeitskleid ihrer Mutter, dieser Empire-Stil, einfach nicht zu ihr paßte; sie ließ sich deshalb in einem sehr netten, doch nicht sehr ausgefallenen Kleid mit Byron Savage trauen. Für ihre reizende Schwiegertochter will sie aber etwas Besonderes.

Als sie das Mieder zurechtzupft, sagt sie leise: »Ach, verdammt ... ist das wirklich zu weit? Schon wieder?«

Und Mrs. Vitale sagt seufzend: »Ja, das stimmt.«

Offensichtlich hat die Braut seit der letzten Anprobe noch mehr abgenommen. Wieder gilt es, ein oder zwei Fältchen wohlüberlegt zu raffen.

Die Braut, eine schlanke, hochgewachsene junge Frau, ist ein ganzes Stück größer, als Gwendolyn Savages Mutter im Jahr 1904 war, doch ihr Busen ist kleiner. An dem Kleid sind bereits umfassende Änderungen vorgenommen waren. Mrs. Vitale kann das Oberteil aber schon noch ein bißchen raffen, und sie werden das Kleid nach dem Lunch ein letztes Mal vor der Trauung begutachten. Dann sei es Zeit, sagt Mrs. Savage, in die Kirche zu gehen zur Probe ... wozu auch das Orgelsolo von Bach gehöre und die Sopranistin mit dem Schumann-Lied. Und dann gebe es ein einigermaßen frühes Abendessen im Familienkreis (dazu gehören jedoch sechs Makepeaces, die bereits zur Hochzeit angereist sind), außerdem, und dafür will Mrs. Savage Sorge tragen, werde man einigermaßen früh zu Bett gehen.

»Wenn alles vorbei ist und du mit Alan in die Flitterwochen gefahren bist, werde ich vor Entkräftung umfallen«, sagt Mrs. Savage seufzend, doch ihre juwelenartigen blauen Augen strahlen Iris im Spiegel an; sie ist rotbäckig wie ein junges Mädchen, und es ist klar, daß damit kein Vorwurf oder Tadel verbunden ist. So etwas tut Gwendolyn Savage nie.

Mrs. Savage und Mrs. Vitale helfen Iris aus dem Kleid, indem sie es ihr langsam und sorgfältig ausziehen ... über ihren Kopf, über ihre schlanken Arme, und schließlich über ihre Handgelenke. Dann steht sie mit nackten Armen da, fröstelt in ihrem spitzenbesetzten Unterrock, ist plötzlich ungeschützt. Ihr nicht zurechtgemachtes Gesicht glänzt, als wäre es geschrubbt worden; die auf ihren Wangen und ihrer Stirn verstreuten Sommersprossen sind längst verblaßt.

Da die Anprobe beendet ist, wendet sie sich rasch vom Spiegel ab.

Das schöne Kleid aus Chinaseide ist ein Erbstück, und dasselbe gilt für den Verlobungsring, den Iris Courtney trägt. Ein viereckig geschliffener Diamant sitzt, umgeben von kleineren Diamanten, in einer Fassung aus Silber, deren Verzierungen einziseliert sind, damit die winzigen Zacken sich nicht in der Kleidung oder in Handschuhen verfangen können.

Dieser Ring ist in der Familie Savage weitervererbt worden; Byrons Mutter hat ihn Gwendolyn kurz vor ihrem Tod vermacht.

In den sieben Monaten, in denen Iris und Alan verlobt sind, hat sie den Ring nie abgenommen. Kein einziges Mal.

Er paßt perfekt.

Als Iris nach ihrer Graduierung im Mai in Hammond einen kurzen Besuch machte und den Ring Leslie Courtney zeigte, spitzte ihr Onkel die Lippen und stieß einen Pfiff aus ... doch dieser Pfiff klang rauh und melancholisch.

Er sprach jedoch aus, was beide dachten: »Da wäre Persia aber stolz!«

Später machte Iris einen Besuch bei ihrem Vater und dessen neuer Frau Jenny Lou Guthrie. Sie erzählte ihnen von Alan Savage, ihrem Verlobten, und der Familie Savage in Syracuse, reichte Fotos herum, als wäre von einem weit entfernt lebenden Volksstamm die Rede, der nichts mit den Bewohnern von Hammond gemein hatte. Duke Courtney hatte dazu keine

Fragen, doch als Iris ihm den Verlobungsring zeigte, stieß auch er einen Pfiff aus, nahm ihre Hand und hielt sie ins Licht. Er hatte etwas getrunken (und Jenny Lou, eine gutaussehende Frau Ende vierzig mit messingfarbenem Haar, deren verstorbener Mann in Buffalo einen Rennstall besaß, hatte ebenfalls etwas getrunken), und zum Spaß tat er so, als wäre er ein Juwelier, der den Ring untersuchen wollte, machte mit dem Daumen und dem Zeigfinger einen Kreis und schaute hindurch: »Schätzchen, da ist alles echt, ganz große Klasse, bist du dir darüber im klaren?«

Befremdet zog Iris Courtney ihre Hand zurück.

Sie sagte: »Der Ring ist unbezahlbar. Er ist unersetzlich.«

Duke Courtney lachte, und seine gelbbraunen Augen blitzten auf.

Er sagte zwinkernd: »Ja, da muß einer schon ganz tief in die Tasche greifen.«

Nachher fragte sich Iris, wieso sie ihren Vater und seine »neue« Frau überhaupt besucht hatte.

Diesen lachenden, charmanten, silberhaarigen Alkoholiker und seine großbusige, breithüftige, wie ein Showgirl aussehende Frau Jenny Lou, die auf Gläsern, am Mundstück von Zigaretten wie auch auf Iris' linker Wange halbmondförmige Spuren ihres grellen Lippenrots hinterließ. Zwei Menschen in vergnügter Stimmung, die einander offensichtlich mochten und entschlossen waren, nicht im mindesten darauf einzugehen, welche Verbindung es zwischen Duke Courtney und der zweiundzwanzigjährigen Besucherin geben könnte, wer die Person sein mochte, die sie verband.

Dem, was Iris zu erzählen hatte, stellten sie sofort ihre eigenen Erzählungen gegenüber, und zu Iris' Schnappschüssen boten sie gleich ihre eigenen Fotos auf, denn als Duke Courtney die Witwe eines Rennstallbesitzers geheiratet hatte, hatte er in einen Stall mit sieben Pferden eingeheiratet, von denen zwei oder drei stets als Sieger durchs Ziel gingen, zumindest in niedrig dotierten Rennen. »Hier ist Princess Meg, hier ist Will-o'-the-Wisp, hier ist Iron Heel. Wenn du Zeit hast, Iris, fahren wir alle zusammen nach Oldwick hinaus zu der Farm; ich möchte, daß du dir Orion ansiehst, unseren neuen Traber, den ersten Einjährigen, den ich selbst bei einer Auktion erstanden habe, letztes Jahr im August. Er hat einen der besten Trainer, die es in diesem Geschäft gibt, und hier ist die Liste der Rennen, an denen er bereits teilgenommen hat, und wenn die Dinge sich so entwickeln, wie Jenny und ich hoffen ...«

Iris Courtney saß lächelnd auf einem zu hart gepolsterten Sofa, bewunderte Fotos von Pferden. Als der zweistündige Besuch vorüber war, fiel ihr auf, daß Duke kein einziges Mal auch nur eine Anspielung auf Persia gemacht hatte, auf die Tatsache, daß es einmal eine Persia gegeben hatte, und sie dachte erbost: Zur Hochzeit werde ich sie nicht einladen. Und etwas später, als sie nach Syracuse zurückkehrte, in ihr gewohntes Leben, überlegte sie etwas gefaßter, daß die neuen Courtneys sie nicht nach der Hochzeit gefragt hatten, nicht das geringste Interesse gezeigt hatten. Denn wenn sie das getan hätten, dann hätten sie ja ein Hochzeitsgeschenk machen müssen.

Duke Courtneys Abschiedsworte an seine Tochter waren: »Ich mag dich, Schätzchen! Laß von dir hören!«

Iris möchte natürlich Leslie Courtney zu ihrer Hochzeit einladen. Was Tante Madelyn betrifft, ist sie noch unentschieden.

Nicht unbedingt, weil sie sich ihrer in einem Schönheitssalon arbeitenden Tante schämt (oder vielleicht doch?), die bunte billige Kleider trägt und ins Orangefarbene gehende Dauerwellen hat. Sondern weil sie besorgt ist, wie die Savages eine Frau aufnehmen würden, die so wenig Ähnlichkeit hat mit Iris Courtney und mit der Persia Courtney, die Iris ihnen beschrieben hat. Eine »Tante«, die im Grunde gar keine Tante ist, sondern eine entfernte, eher unwichtige Verwandte. Ich muß jemanden einladen, sagt sich Iris irritiert, sonst werden sie denken, ich sei eine Waise, oder ich sei von meiner Familie verstoßen worden.

Das Problem liegt jedoch darin: In den letzten Jahren hat Madelyn Daiches eine religiöse Inbrunst entwickelt, hat sich der Evangelationsbewegung angeschlossen, schickt aus ihrem bescheidenen Einkommen 5- und 10-Dollar-Scheine an christliche Organisationen, spricht verzückt von ihrem Retter Jesus Christus, und das Glitzern in ihren Augen zeigt, daß sie entweder wirklich erleuchtet oder aber verrückt ist. Leslie hatte Iris zwar von Madelyns Bekehrung erzählt, doch als sie mit ihr zusammentraf, war sie schockiert. Leslie zufolge ging Madelyn kurz nach Persias Tod (der sie sehr bewegte) zusammen mit einigen Freundinnen zu einem Christian Revival Festival nach Batavia, New York, um eine Predigt von Billy Graham zu hören. Als Iris Madelyn besuchte, erzählte sie ihr gleich, Jesus Christus sei jetzt die wichtigste Person in ihrem Leben, »und auch in deinem, Iris, wenn du es nur einsehen würdest«.

Und sie umschlang Iris. Und küßte sie. Mit fest geschlossenen Augen.

Es war ein seltsamer Besuch. Wann immer Iris versucht, sich im einzelnen an ihn zu erinnern, kommt er ihr noch seltsamer vor.

»Weißt du, liebe Iris, Menschen wie Persia sind nicht richtig tot, sie sind bei Jesus . . . und bei Gott, unserem Vater. Persia ist bei ihren Lieben, die schon alle ins Jenseits gegangen sind, bei deinen Großeltern und Urgroßeltern. Ach, und sie schauen alle zu uns herunter und bedauern uns wegen unserer Blindheit«, sagte Madelyn. Sie sprach stoßweise, mal langsam und mal drängend, als baue sich ein großer Druck in ihr auf, der nur mit Mühe unter Kontrolle zu halten war. Als Madelyn sah, daß Iris still dasaß, die Augen niedergeschlagen, die Hände auf dem Schoß ineinandergelegt, hielt sie ihr Schweigen für Zustimmung und redete einige Minuten lang auf diese Art weiter. Iris hatte den Eindruck, aus Madelyn Daiches' Stimme sei ein Tonfall zu vernehmen, der nicht ihr eigener war, sondern der eines Fremden, eines erleuchteten und aggressionsgeladenen Fremden. Nicht unbedingt Jesus Christus, eher einer seiner Abgesandten auf Erden.

»Oh«, sagte Iris. »Ich verstehe.«

»Ich spreche jeden Tag mit Persia, manchmal sogar zweimal täglich«, sagte Madelyn. Ihre Augen waren feucht, ihr Mund bebte. »Persia ist auch für dich erreichbar, Iris, wenn du dein Herz Jesus Christus öffnest. Wenn du es *versuchst.*«

Woher weißt du denn, daß ich's nicht versucht habe? dachte Iris.

»Na ja«, gab sie zur Antwort.

»Tu mir den Gefallen, mein Liebes.«

Iris fiel keine gescheite Antwort ein, und eine passende Erwiderung schon gar nicht. Was ihr am religiösen Fanatismus Angst einjagte, war nicht sosehr der Fanatismus, sondern die Vorstellung, daß es eine ihr unzugängliche Realität gab, ganz gleich, wie wenig greifbar und wie problematisch sie auch sein mochte. Es war eine Speise, die in ihrem Mund keinen Geschmack hatte ... sie nicht nährte. In Tante Madelyns Wohnzimmer hielt sie sich eine Stunde lang auf. Sie ließ Madelyn reden und murmelte nur »ja«, »nein« und »danke«. Und Madelyn las Iris sogar aus der Bibel vor, was seltsamerweise die eben aus dem Krankenhaus heimgekehrte Gwendolyn Savage auch getan hatte, wenngleich in einem gänzlich anderen Zusammenhang: *»Und er sprach zu ihnen: Ihr seid von unten her, ich bin von oben her; ihr seid von dieser Welt, ich bin nicht von dieser Welt. So habe ich euch gesagt, daß ihr sterben werdet in euren Sünden; denn so ihr nicht glaubet, daß ich es sei, so werdet ihr sterben in euren Sünden.«*

Iris konnte nicht umhin, mit der vergeblichen Hartnäckigkeit eines Kindes einzuwenden: »Jesus droht uns dauernd, nicht wahr? Er sagt immer: Wenn du dies nicht tust, wird das mit dir passieren. Wenn du nicht an mich glaubst, kommst du in die Hölle.«

Madelyn blinzelte Iris an, als hätte diese etwas Unverständliches von sich gegeben. Dann sagte sie: »Aber ja doch, mein Liebes. Genauso ist es.«

Draußen auf der Straße spielten Kinder, riefen einander etwas zu. Hoch droben flog ein Flugzeug vorbei. Iris spürte, daß sich etwas in ihr ausbreitete: Wut, Verzweiflung, Kummer. Aber nicht doch, sie hatte sich wie immer ganz unter Kontrolle, sagte mit einem Lächeln: »Und Persia ist nicht verschwunden, als hätte sie nie gelebt – sie schaut uns jetzt zu.«

»Sie paßt auf uns auf.«

»Wartet auf uns.«

»Auf dich ganz besonders, Iris ... weil sie dich mehr geliebt hat als alle anderen auf der Welt.«

Als Iris und Madelyn sich verabschiedeten, umarmten sie sich wieder, und diesmal weinten beide. Als wüßten sie, daß sie einander eine lange, lange Zeit nicht mehr sehen würden.

Iris hat beschlossen, Madelyn nicht zur Hochzeit einzuladen ... und sich wegen dieser Entscheidung keine Gewissensbisse zu machen.

Das bedeutet, daß sie nur einen einzigen Verwandten von ihr zu Gast haben werden: Leslie, von dem sie annimmt, daß sie sich auf ihn verlassen kann.

Die Savages, insbesondere das Ehepaar Savage, scheinen sich jedenfalls mit dem Gedanken vertraut gemacht zu haben, Iris Courtney sei eine Waise.

»Aber liebst du mich denn überhaupt?«

»Aber ja doch. Wie könnte es anders sein?«

»Und verzeihst du mir auch?«

»Du warst ein Opfer der Umstände, Iris. Du warst das Opfer.«

Alan Savage möchte Iris Courtney heiraten, er hat ihr den Ring seiner Mutter gegeben, das Erbstück, weil er sie liebt ... mehr liebt, als er je in seinem Leben einen Menschen geliebt hat ... und sich nicht davon abbringen lassen will, sie zu lieben. Irgendwie hatte ich damit nicht gerechnet, denkt Iris.

Jetzt, da die Hochzeit unmittelbar bevorsteht, in weniger als achtundvierzig Stunden stattfinden wird, dreht sich die ganze Unterhaltung in der Famile um das *Wie,* nicht um das *Warum.* Das ist verständlich. Im Leben geht es um praktische Dinge; das Leben erfordert Planung und Einteilung; das Leben ist eine Abfolge angenehmer Pflichten. Über das »Unglück«, das Iris an jenem schrecklichen Tag im November 1963 zustieß, wird nie gesprochen, es wird von niemandem auch nur mit einem Wort erwähnt.

An jenem schrecklichen, schrecklichen Tag.

Als Alan Savage den ersten Besuch im Krankenhaus machte (allein, seine Eltern waren über das Vorgefallene noch nicht informiert worden), befürchtete Iris, sie würde in seinen Augen Abneigung erkennen, vielleicht sogar Ekel ... aber Alans Augen waren nur voller Tränen – so, als wäre Iris' Schmerz sein eigener. Er legte ihre Hände in seine Hände und drückte seinen Kopf an ihren Kopf; sie weinten zusammen, bemitleideten sich gegenseitig.

Iris dachte in ungläubigem Staunen: Liebt er mich also tatsächlich?

Blaugeschlagene Augen ... eine blutige Nase ... eine gebrochene Rippe ... Quetschungen und Prellungen und Hautabschürfungen (insbesondere an den Knien und an den Handflächen; sie war am Boden entlanggeschleift worden, als sie sich sperrte) ... Haar büschelweise vom Kopf gerissen und ein Schneidezahn abgesplittert ... Tritte in den Unterleib und zwischen die Beine. Es handelte sich offensichtlich um eine »sexuelle« Gewalttat, aber letztlich um keine »Vergewaltigung«, denn ein tatsächliches Eindringen in ihre Vagina hatte nicht stattgefunden. In ihrem Delirium sagte die Patientin gleich, sie glaube nicht, daß die Absicht bestanden habe, ihr solche Verletzungen zuzufügen; dazu sei es gekommen, weil sie starken Widerstand geleistet habe.

Mrs. Savage sagte dazu später: »Du mußt für sie beten, meine Liebe; du darfst keine Verbitterung hegen.«

»Ja, gewiß. Nein, gewiß nicht.«

»Das ist der einzig richtige Weg. Der christliche. Der Weg der Gesundung, der Vergebung.«

Iris konnte der Polizei lediglich mitteilen, daß es sich bei den Tätern um junge Schwarze gehandelt hatte. Sie war nicht sicher, ob es vier oder fünf gewesen waren, hatte ihre Gesichter nicht genau sehen können, hatte keine Namen gehört, konnte den Wagentyp nicht identifizieren, nicht einmal die Farbe. Sie wußte auch nicht mehr genau, wo es passiert war, nur, daß es irgendwo westlich des Flusses gewesen war.

Jemand hat gesagt, sie werde monatelang, jahrelang Alpträume haben.

Sie werde zeitlebens zusammenzucken beim Anblick schwarzer Haut.

Iris Courtney denkt nicht viel darüber nach, spricht mit Alan nicht mehr darüber, und Alan spricht mit ihr nicht mehr darüber, denn es gibt so viele andere Dinge, mit denen sie sich beschäftigen müssen. Am Samstag morgen ist die Hochzeit, dann kommt die Hochzeitsreise im Pullmanwagen nach New York City, wo sie für sechs Tage eine Suite im Plaza Hotel gebucht haben; dann werden sie kurz nach Syracuse zurückkehren, um ihren Umzug vorzubereiten in ein hübsches, aus dem 19. Jahrhundert stammendes Haus aus braunem Sandstein in der Delancey Street in Philadelphia ... denn Alan Savage hat zur allgemeinen Überraschung statt einer akademischen Position eine Stelle als Hilfskurator am Philadelphia Museum of Modern Art angenommen, und Iris kann dann eines Tages, wenn sie sich eingerichtet haben, an der Penn State University mit dem Fachstudium der Kunstgeschichte beginnen; so haben sie es zumindest geplant. In die Delancey Street umziehen, das Haus richtig ausstatten, ihren Pflichten als Ehefrau eines jungen Kurators nachkommen ... sie wird viel zu tun haben.

»Bitte, lach nicht, wenn ich sage, daß ich dir eine gute Frau sein will: Ich möchte mich würdig erweisen.«

Alan Savage nimmt das liebliche Gesicht seiner Braut in seine Hände, drückt seine Stirn an ihre, küßt ihre Nasenspitze und dann, ganz sanft, ihre Lippen. Sie ist eine große junge Frau mit einem geraden Rücken, doch er ist etwa zehn Zentimeter größer ist sie, und Freunde der Savages bemerken schon seit Monaten die Veränderung, die in ihm vorgegangen ist: sein neues, gereiftes Aussehen, seine Selbstsicherheit, zu der aber auch Verspieltheit gehört; er lächelt gern, und jetzt kommt es selten vor, daß er wegen einer bissigen Bemerkung von Byron in Rage gerät. Vielleicht hat er allmählich eingesehen, daß der Standpunkt seines Vaters etwas für sich hat. Im Philadelphia Museum of Modern Art wird er für die umfangreichen Bestände an Werken von Duchamp und der Moderne zuständig sein, die er in einen Kontext mit klassischer europäischer Kunst bringen möchte ... denn Alan Savage ist bestrebt, die Experimentierfreude des Surrealismus mit der Tradition in Beziehung zu setzen, anstatt ihn, wie die ausübenden Künstler es verlangten, isoliert zu betrachten, als wäre er *sui generis*.

»Mein Botticelli: Wie könntest du nicht ›würdig‹ sein?«

Er küßt sie sanft, fragend ... sie sind im abgeschiedenen Gästezimmer des zweiten Stockes, das nach hinten hinaus liegt, mit Blick auf Mrs. Savages Rosengarten; Iris wohnt dort, seit die Familie Ende August aus Skaneateles nach Syracuse zurückkehrte. Iris Courtney hat die schäbige Pension in der South Salina Street für immer verlassen, und innerhalb weniger Wochen werden alle Erinnerungen an dort verblaßt sein; vielleicht sind sie jetzt schon verblaßt in diesem duftigen, chintzverkleideten Zimmer mit den eleganten weißen Jalousien (die jetzt geschlossen sind wegen des feuchtwarmen Septemberwetters). Ihr zitternder Bräutigam umarmt sie, küßt ihre Lippen, ihre Augen ... zaghaft ... er beugt sich hinunter und drückt sein warmes Gesicht an ihre harten, kleinen Brüste, die wie Kinderfäuste sind in ihrem Baumwollhemd, beugt sich tiefer hinunter, kniet schließlich nieder, um sanft ihren Unterleib zu küssen, wobei sie erstarrt, doch nur kurz, ohne daß sie die Finger in seinem Haar verkrallt und ihn halb spielerisch wegschiebt, wie sie es schon viele Male getan hat. Diesmal bleibt er also vor ihr knien, schlingt seine Arme um ihre Hüften, drückt sein warmes Gesicht an sie, schließt die Augen.

Der Gedanke daran, daß Iris Courtney das Opfer eines »Sexualverbrechens« gewesen ist ... von unbekannten jungen Schwarzen ... mag Alan Savage erregen, aber zugeben würde er das nie.

»Ich bin es, der deiner würdig sein muß.«

Es ist Zeit für das Mittagessen, doch niemand möchte sich hinsetzen, schon wieder klingelt das Telefon, seit Tagen kommt ein Anruf nach dem anderen, und Mrs. Savage nimmt wieder den Hörer ab: »Hallo? Oh, hal-lo!«

Zweimal fährt der Lieferwagen mit der Aufschrift UNITED PARCEL SERVICE auf der gewundenen Kiesauffahrt zum Haus der Savages; das mit chinesischen Importen ausgestattete Empfangszimmer ist zu einer Schatzkammer voller Hochzeitsgeschenke geworden, durch die sich Alan Savage und Iris Courtney hindurchschlängeln, Hand in Hand, wie staunende Kinder ... beeindruckt, dankbar, entzückt. Iris schaudert ein wenig zusammen und sagt lachend, sie werde wohl den ersten Monat ihres Ehelebens mit dem Abfassen von Dankschreiben verbringen; Alan fährt mit der Hand durch sein Haar und räumt lächelnd ein, er habe keine Ahnung gehabt, daß er so viele Verwandte habe: eine ganze Heerschar von Savages, Makepeaces und anderen Verwandten.

»Wie soll ich ihnen das jemals vergelten?«

Seine Braut zieht ihn an den Fingern und korrigiert ihn: »*Wir*.«

Sie fliehen vor dieser blendenden Pracht, schon allein beim Anblick des Silbers gehen ihnen die Augen über, spazieren ein paar Minuten in Mrs. Savages Rosengarten umher, immer noch Hand in Hand. Alan Savage ist still und nachdenklich, und dann sagt er mit diesem einen Geistesblitz andeutenden Gesichtsausdruck, den Iris Courtney so an ihm bewundert: »Freud war der Meinung, daß nur die verspätete Erfüllung eines kindlichen Wunsches den Erwachsenen glücklich machen kann; deshalb machen Geld und materielle Dinge selten glücklich ... darauf zielen die kindlichen Wünsche nicht ab.«

Iris Courtney murmelt lachend: »Was bleibt dann noch übrig?«

Vom Haus her ruft jemand nach ihnen; das Mittagessen steht bereit, ein Salat aus Shrimps und Kammuscheln, Blattsalat und Obst, doch niemand möchte sich setzen. Das Telefon läutet wieder, Mercedes geht hin, doch Mrs. Savage will das selbst erledigen, denn es könnte der Partyservice sein mit einer wichtigen Frage oder der Fotograf mit einer wichtigen Frage oder Dr. Niemanns Sekretärin oder Dr. Niemann selbst oder eine von Gwendolyns Schwestern oder eine von Byrons betagten Tanten oder die für Gesellschaftsnachrichten zuständige Redakteurin der Lokalzeitung *Journal,* welche die genaue Zahl der eingeladenen Gäste wissen möchte oder die genaue Zahl der Übernachtungen der Neuvermählten im Plaza Hotel oder die genaue Bezeichnung der Stelle, welche Alan Savage im Philadelphia Museum of Modern Art antreten wird.

All diesen Anrufern steht Mrs. Savage gern Rede und Antwort.

(Der Redakteurin des *Journal,* einer alten Bekannten, vertraut sie an, daß sie und Dr. Savage ihren Sohn und ihre neue Schwiegertochter sehr vermissen werden, wenn diese nach Philadelphia ziehen; die Familie werde jedoch im Januar in Barbados einen gemeinsamen Urlaub verbringen, in dem Strandhotel, das sie und Dr. Savage schon seit siebzehn Jahren frequentieren.)

Einer ihrer alten Lieblingsschlager geht Mrs. Savage in diesen Tagen immer wieder durch den Kopf, eine Melodie von Cole Porter; sie summt sie immer wieder oder singt sie vor sich hin: »*... you are the one.*«

Aber wo ist Dr. Savage? Wieso ist er nicht zum Mittagessen gekommen?

In seiner Bibliothek ist er nicht. Anscheinend hat er das Haus verlassen.

Auf der Rückseite des Hauses klingelt es schrill: Es ist die Champagnerlieferung. Kistenweise französischer Champagner.

Das Mittagessen steht bereit, der Tisch im Eßzimmer ist gedeckt, aber niemand setzt sich außer Mrs. Vitale, die heute Ehrengast ist. Sie ist hungrig, und ihre grimmige Laune kann nur durch ein diskretes Lob von Mrs. Savage und ein oder zwei Gläser herben Rotweins und etwas Eßbares aufgehellt werden. Denn nicht nur das Brautkleid muß in letzter Minute geändert werden, auch der Rock von Mrs. Savages rosa Seidenkleid, das Mrs. Vitale speziell für diesen Anlaß angefertigt hat. Mrs. Savage kam plötzlich auf den Gedanken, der Rock sei mindestens zwei Zentimeter zu lang und lasse sie »unmodern« aussehen.

Sie, die verheiratete Brautführerin, die Mutter des Bräutigams, möchte neben den lieblichen Brautjungfern und der noch lieblicheren Braut auf keinen Fall »unmodern« aussehen ... nicht Eitelkeit ist da im Spiel, sondern die Familienehre.

Alan und Iris, er in khakifarbener Sportkleidung, sie in einer Bluse und Jeans, kommen in den Speisesaal, aber nur, um sich einen Teller mit Melonen- und Grapefruitstücken zu holen sowie Kaffee, außerdem Teile der *New York Times* von diesem Morgen, die Dr. Savage herumliegen ließ. Gegen Mrs. Vitale, die mit ungeheurem Appetit ißt und dabei eifrig Selbstgespräche führt, haben sie ja gar nichts, doch sie wollen diese kostbare Zeit allein verbringen.

Diese schwülen Septembertage, in denen ein liebeskranker Duft in der Luft liegt.

Im Haus der Savages ist man zwar auf einiges gefaßt, doch nun heißt es: »Schon wieder das Telefon!«

Alan und Iris schlendern hinaus auf die Veranda, wo weiße Korbmöbel stehen, mit unförmigen Chintzkissen, und Farne in Töpfen. Iris schneidet Melonenscheiben ab und legt einige Grapefruitstücke zurecht, für beide; Alan breitet die *New York Times* auf dem Tisch aus, seufzt, murmelt: »Es geht wieder um

Vietnam. Es macht schon wieder Schlagzeilen. Was ist da bloß los?«

Vor einem Jahr habe Präsident Johnson prophezeit, das amerikanische Engagement in Vietnam werde innerhalb eines Jahres beendet sein, doch nun sehe es so aus, als werde alles nur noch schlimmer. Seit dem Torpedoangriff auf amerikanische Zerstörer im Golf von Tonkin Anfang August und der Vollmacht des Kongresses für Präsident Johnson, alle notwendigen Schritte zu ergreifen, »um in der freien Welt den Frieden zu erhalten«, setze Amerika immer mehr Truppen ein, immer mehr Militärberater. »Wo wird das noch hinführen?« fragt Alan Savage. »Ein zweites Korea? Ein neuer Krieg?«

»Ist es denn nicht längst ein Krieg?« sagt Iris.

Sie runzelt die Stirn, lehnt sich an Alans Schulter, überfliegt rasch die Titelseite und ißt dabei Grapefruit mit den Fingern.

Auf der Titelseite ist ein Foto eines schwarzen Soldaten zu sehen, welcher zu der in Camp Warrior in der Provinz Pleiku stationierten 2. Brigade der 3. Infanteriedivision gehört. Er steht vor einem auf einer Zeltstange aufgespießten Schädel – ein grausiger Anblick.

Iris sagt hartnäckig: »Wenn Menschen sterben, ist es ein Krieg.« Alan gibt unbewußt eine Bemerkung von Dr. Savage wieder, die dieser vor ein paar Tagen beim Abendessen machte: »Solange diese Verrückten nicht anfangen, einander mit Atombomben zu bewerfen, gilt es irgendwie nicht als *richtiger* Krieg. Nicht im Jahr 1964.«

Iris wendet sich ab.

Die Nachrichten über das Weltgeschehen machten sie nervös, hat sie gesagt. »Die zeigen, wie machtlos wir sind, daß wir nur winzige Figuren sind auf einem riesigen Schachbrett.«

Insbesondere die Kriegsberichterstattung. Die Nachrichten aus Vietnam.

Mrs. Savage steckt den Kopf durch die Verandatür, läßt ihr liebliches, liebevolles Lächeln aufblitzen. Mrs. Savage hat nach ihren eigenen Worten seit Tagen alle Hände voll zu tun, aber sie hat nie gesünder ausgesehen, war nie besserer Stimmung. »Da seid ihr also, ihr beiden! Ich habe mir schon Gedanken gemacht.«

Alan läßt die Zeitung auf den Tisch fallen, schiebt sie beiseite und sagt scherzend: »Hast du gedacht, wir seien durchgebrannt, Mutter?«

»Oh, dafür ist es zu spät!« sagt Mrs. Savage.

In einem der Zimmer klingelt das Telefon.

Wo steckt Dr. Savage? Ist er zur Universität hinübergefahren?

Auf Iris' Teller liegen noch zwei dünne, halbmondförmige Scheiben Honigmelone, eine für Alan, eine für sie. »Köstlich«, sagt Alan und leckt sich dabei die Lippen.

An diesem Morgen wachte Iris schon lange vor der Dämmerung auf. Lag da in ihrem Baldachinbett, das unter ihrem Gewicht quietschte. Lag da und hörte den Spatzen zu, die sich draußen vor dem Fenster im Efeu regten, die mit ihren kleinen Flügeln flatterten und zirpten.

Ist jedes Zirpen, das da aufsteigt, eine Frage?

Zeitlebens beim Anblick schwarzer Haut zusammenzucken. Ja, es stimmt, bis zu einem gewissen Grad stimmt es; doch wenn sie lächelt, und das tut sie oft, ist ihr Lächeln weißglitzernd und strahlend, und man merkt nichts.

Ein Stoß in den Mund, mit steinharten Fingerknöcheln.

Ein Tritt zwischen die Beine. Nein, mehrere Tritte.

Weiße Schlampe. Weiße Fotze. Haha!

Glaubst du, wir kennen dich nicht, du Schlampe? Wir kennen dich.

Der abgesplitterte Zahn ist überkront worden, die Kosten spielten für die Savages keine Rolle, und er ist jetzt von Iris Courtneys anderem Schneidezahn nicht zu unterscheiden. Doch manchmal, wenn sie sich unbeobachtet glaubt, berührt sie ihn, tastet an ihm herum. Prufend.

»Köstlich«, sagt Alan. »Ich glaube, ich habe doch Hunger.«

In einem der Zimmer lacht Mrs. Savage entzückt ins Telefon, sie ist wohl mit einer Verwandten oder einer lieben Freundin verbunden, von denen es so viele gibt. Eine Welt für sich. Sie kennen einander, schätzen einander; sie halten es für das klügste, auf christliche Weise zu vergeben und nach Möglichkeit auch zu vergessen.

Nach dem Mittagessen kehrt Mrs. Vitale zu ihrer Näharbeit zurück. Die Türglocke läutet: Zum zweiten Mal an diesem Tag der Mann vom United Parcel Service mit einem Armvoll Hochzeitsgeschenke, die mit braunem Packpapier umhüllt sind.

Wo ist Iris? Zwei von Mrs. Savages Freundinnen sind auf einen kurzen Besuch vorbeigekommen. »Nicht mehr als fünf Minuten, Gwendolyn«, sagen sie, »wir wissen, wie beschäftigt du bist.« »Einen Kaffee müßt ihr wenigstens trinken«, sagt Mrs. Savage. Alan kommt herbei und schüttelt ihnen die Hand, errötend und jungenhaft. Sie haben diesen jungen Mann heranwachsen sehen. »Man staunt immer wieder! Wie die Zeit vergeht, wie sie entschwindet und nie wieder eingeholt werden kann. Aber man gewöhnt sich daran.«

»Tust du das?«

»Du etwa nicht?«

»Was denn?«

»Dich daran gewöhnen.«

»Woran denn?«

»Daß die Zeit vergeht.«

»O nein! O ja, wohl schon.«

»Wo ist denn Dr. Savage, ist er zur Universität hinübergefahren?«

»Er hat heute frei genommen. Er hat versprochen, zu Hause zu bleiben und mir zur Hand zu gehen, aber ihr wißt ja, wie Byron ist. Jede Änderung seiner gewohnten Routine jagt ihm Angst ein, es zieht ihn einfach zu seinem Büro hin, ihr kennt ihn doch!«

Wo ist Iris? Alan legt eine Schallplatte mit dem herrlichen Schumann-Lied auf, welches die Sopranistin Matilde Ferri (sie ist seit über zwanzig Jahren mit den Savages befreundet) bei der Hochzeit singen wird. Iris hat das Lied schon mehr als einmal gehört und meinte auch, daß es sehr passend sei. Aber wo ist sie denn bloß? Droben in ihrem Zimmer? Die Hi-Fi-Lautsprecher sind aufgedreht, alle hören aufmerksam der englischen Sopranistin zu, die Schumanns »Helft mir, meine Schwestern« singt: *Helft mir, meine Schwestern ... helft mir, mich vorzubereiten auf meinen Hochzeitstag ...* Eine kratzige Aufnahme, entstanden im Jahr 1952, doch die Stimme der Sängerin ist kristallklar, so schön, daß Mrs. Savage sich ermattet auf eine Sessellehne setzt (was sie sonst nie tut), sich mit den Fingerspitzen die Augen reibt und sagt: »Wenn Matilde am Samstag halb so gut singt, bin ich schon zufrieden, Alan.«

Auch Alan reibt sich die Augen. Doch als er aufblickt, lächelt er. Er sagt spöttisch: »Ich will doch hoffen, daß Matilde uns mehr als halb so gut vorkommen wird.«

Als Iris im Mai nach Hammond zurückkehrte, wollte sie hauptsächlich Leslie Courtney besuchen. Zweierlei versetzte sie in Erstaunen: Zum einen hatte ihr Onkel eine Woche zuvor ein neues Studio und eine neue Wohnung in einer schöneren Gegend bezogen, in einer Seitenstraße namens Chippewa. Dort gehört COURTNEYS FOTOSTUDIO zu einer Reihe kleiner Läden (Antiquitäten, Polstermöbel, Modernes Antiquariat), doch der Hauptunterschied zu früher liegt darin, daß Leslie endlich die Sonnenseite der Straße vor sich sieht. Nach zwanzig Jahren im Schatten.

Wie er Iris aufgeregt erzählte, lag es nicht einfach daran, daß North Main Street 591 ein schäbiges Gebäude in einer heruntergekommenen Gegend war, nicht einmal daran, daß er sich in einem ausgefahrenen Geleise bewegte. Vielmehr habe er an einem Januartag, als keine Kunden da waren, aus dem Fenster gestarrt und festgestellt, daß die gegenüberliegenden Gebäude Sonnenschein hatten, der so hell war wie Vermeer-Gelb; und da sei ihm plötzlich in einer Art Tagtraum der Text von einem von Persias Songs eingefallen: von diesem flotten, swingenden Lied »Sunny Side of the Street«, das Persia immer sang, wenn sie richtig guter Stimmung war. »Mir war fast, als hörte ich den Song, als hörte ich ihre Stimme«, sagte Leslie. »Diese dummen, aber irgendwie zu Herzen gehenden und aufmunternden Worte: *Life can be so sweet ... on the sunny side of the street!* Es war, als hätte mir deine Mutter einen Stoß gegeben, Iris. Sie hat mich ja manchmal gestupst oder gekniffen, um mich aufzuwekken – und ich wachte in der Tat auf und dachte nach: Warum denn nicht? Warum nicht umziehen auf die Sonnenseite der Straße? Was habe ich denn zu verlieren? Nächstes Jahr werde ich fünfzig.«

Und so lieh sich Leslie von Freunden Geld (wie Iris erfuhr, hat er neue Freundschaften geschlossen; er hält jetzt bei der YMCA Fotografiekurse ab; der Direktor und seine Frau mögen ihn und waren gern bereit, ihm Geld zu leihen). Leslie suchte im Stadtzentrum nach geeigneten Räumlichkeiten, nach einem kleinen Studio mit angeschlossener Wohnung. Es war ihm wichtig, einen Laden mit Blick nach Südosten zu finden, also mit Morgensonne, die im Norden des Staates New York im Winter so wertvoll ist. »Und das ist es nun: West Chippewa 43«, sagte er. »Und hier möchte ich bleiben. Was hältst du von meiner neuen Adresse, Iris?«

Iris dachte, daß der neue Laden dem alten ziemlich ähnelte, wenn man die Gegend außer Betracht ließ und das Gebäude, das neuer und sauberer war als das alte. Leslie hatte offenbar alles so aufgebaut, wie es gewesen war, auch die gerahmten Fotografien an den Wänden und das Durcheinander von Rahmen, Kartons und Foto-Utensilien im hinteren Teil des Ladens. Das Mobiliar und die Anordnung waren gleich. Und der pechschwarze Kater Houdini war auch da, dicker zwar und ungestümer, als Iris ihn in Erinnerung hatte, aber immer noch derselbe: Er hüpfte auf ihrem Schoß herum, schaute sie mit seinen grünbraunen Augen an und schnurrte laut. Sie sagte bewegt: »Es ist sehr schön, Onkel Leslie! Es ist ... perfekt.«

»Ja, das stimmt«, sagte Leslie, und seine Augen hinter der Brille glitzerten vor Wohlgefallen. »Ich schlafe hier besser. Die Arbeit geht mir hier besser von der Hand. Es kommen mehr Kunden. Reich werde ich nicht, aber ich habe zumindest keine Schulden ... Ich bin nicht abergläubisch, doch ich habe wirklich den Eindruck, daß Persia das alles bewirkt hat. Weil sie mich im entscheidenden Augenblick beeinflußte. Weiß Gott, so wie ich dahinlebte, wäre ich vereinsamt oder verrückt geworden oder sogar gestorben, doch jetzt komme ich mir äußerst lebendig vor.« Sein Lächeln galt nicht Iris, es ging in eine Ecke des Zimmers, in der die Fotos von Persia (und Iris) hingen. Obwohl sein Haar so ergraut war, daß es schon fast schimmerte, und er magerer war, als Iris ihn in Erinnerung hatte, wirkte er kaum älter als vor zehn Jahren. Iris merkte, daß ihr Onkel mit seinem kantigen, jungenhaften Gesicht, seinem lebhaften Mienenspiel und seinem charmanten Lächeln zu den Menschen gehörte, die in ihrer Jugend aussehen, als wären sie in den mittleren Jahren, aber in den mittleren Jahren jugendlich wirken; während ihre Altersgenossen unaufhaltsam altern, scheinen sie über eine Reihe von Jahren hinweg kaum älter zu werden.

Als Persia starb, ist auch ein Teil von ihm gestorben, dachte Iris. Deshalb ist er jetzt innerlich abgehärtet. Ihm kann kein Leid mehr geschehen.

Während ihres dreitägigen Besuches erfuhr Iris, daß es im Leben ihres Onkels neben den Fotografiekursen bei der YMCA noch weitere Veränderungen gegeben hatte: Er lieferte dem *Chronicle* ab und zu auf freiberuflicher Basis »Kunstfeatures«; bald wollte er im Westen des Bundesstaates New York ein neues Fotoprojekt in Angriff nehmen mit dem Thema »Industrielandschaft der Nachkriegszeit«. Er hatte einen kleinen Kreis von Freunden, die dieselben künstlerischen Interessen verfolgten. Und es war sogar davon die Rede, im kommenden Winter im George Eastman House in Rochester eine Ausstellung seiner Arbeiten zu machen. »Aber ich erwarte natürlich nicht, daß daraus etwas wird«, sagte Leslie verlegen. »Ich bin schließlich ein reiner Amateur.«

»Aber das ist doch wundervoll, Onkel Leslie!« sagte Iris. Sie wußte jedoch nicht so recht, ob sie erfreut oder verblüfft war über die Möglichkeit, daß dieser Mann, der von allen, die ihn kannten, so lange als Exzentriker, als hoffnungsloser Versager abgetan worden war, sich doch noch als etwas Besonderes erweisen könnte. Das hatte selbst Persia nicht ahnen können.

Die zweite Überraschung bei ihrem Besuch kam sogar noch unerwarteter.

Leslie erzählte Iris, daß Anfang April ein früherer Klassenkamerad von ihr von der High-School, ein junger Schwarzer, der jetzt als Obergefreiter in der Armee diene, ins Studio gekommen sei, um sich fotografieren zu lassen, und daß er für sie einen Abzug hinterlegt habe.

Iris war eine ganze Weile sprachlos.

»Für mich?« fragte sie mit schwacher Stimme.

Und dann rasch: »Hieß er Jinx? Jinx Fairchild?«

»Fairchild, das stimmt«, sagte Leslie, während er eine Schublade durchstöberte. »Aber der Vorname war anders, glaube ich.« Leslie faltete stirnrunzelnd eine zerschlissene Plastikhülle auseinander und sagte: »Er wollte angeblich seiner Mutter eine Porträtaufnahme von sich zum Geburtstag schenken; seine Einschiffung nach Vietnam stand kurz bevor ... ein gewinnender junger Mann, außerordentlich höflich ... vielleicht etwas zurückhaltend. Wart ihr miteinander befreundet? Du hast ihn nie erwähnt, soviel ich weiß ... Ah, da ist es! Warum hab' ich's denn unter ›I‹ abgelegt? Weil es ›Für Iris‹ sein sollte, nehme ich an.«

Iris öffnete den Umschlag, zog den Abzug heraus und starrte ihn lange schweigend an, während ihr Onkel weiterplauderte: »Als er zurückkam, um die Fotos abzuholen, fragte er, ob ich mit dir verwandt sei. Er sagte, er sei in der High-School mit dir befreundet gewesen. Er war jetzt viel entspannter und freundlicher als vor der Kamera. Wir kamen ins Gespräch; er sagte, er habe gehört, daß du in Syracuse aufs College gehst; er erkundigte sich nach dir, und ich erzählte ihm all die erfreulichen Neuigkeiten. Ich wollte ja nicht großtun damit, aber ich erwähnte deine hervorragenden Noten, deine Graduierung *summa cum laude* und deine Verlobung mit einem jungen Kunsthistoriker ... und er schien sich dafür zu interessieren, obschon er keine weiteren Fragen stellte. Bevor er ging, sagte er: ›Geben Sie ihr bitte einen von den Abzügen, Mr. Courtney, wenn Sie sie das nächste Mal sehen?‹ Und er hinterlegte dieses Foto ... Er schien mir ein ungewöhnlich intelligenter junger Mann zu sein, und ich dachte: Was für ein Jammer, was für ein elender Jammer, daß er als Soldat in diesen Krieg geht, in dem niemand einen Sinn erkennen kann.« Er hielt inne und betrachtete seine Nichte. »Was ist denn mit dir, Iris? Hast du ihn gut gekannt?«

Der junge Mann auf dem Foto, der in einer etwas steifen Haltung dasaß, in seiner Ausgehuniform, die Hände an die Knie gedrückt, auf dem Kopf eine flottsitzende Mütze, war zweifellos Jinx Fairchild. Daß sie ihn nach so langer Zeit wiedersah, daß sie die Möglichkeit zu haben schien, ihm in die Augen zu blicken, durchfuhr Iris wie ein Schock, und ihr wurde ganz schwach. In ihren Augen brannten Tränen, die sie ungeduldig wegwischte.

Jinx Fairchild saß kerzengerade da, schaute gefaßt, vielleicht etwas ironisch in die Kamera. Seine Kiefer waren zusammengepreßt, die Augen groß, weit offen, die Augäpfel ganz weiß. Obwohl das Foto für seine Mutter gedacht war, lächelte er nicht. Seine Schläfen waren nach Soldatenart mit brutaler Gründlichkeit kahlgeschoren, seine Haut sah sehr dunkel aus, und seine Lippen waren geschürzt, geschwollen. Doch seine Körperhaltung (die auf dem Basketballfeld so flexibel gewesen war, die Schultern locker, das Rückgrat beweglich, der Kopf zur Seite geneigt) war es, die hier am unnatürlichsten wirkte: gar nicht wie die von Jinx Fairchild.

Iris dachte: Alles, was fehlt, ist sein Gewehr.

Auf die Rückseite des Fotos hatte Jinx in seiner großen, weit ausholenden, schwerfällig erscheinenden Handschrift geschrieben: *Glaubst Du, ich bin »tauglich«, Schätzchen?*

Iris las diese Worte immer wieder. Sie stand nach vorne gebeugt da, die Hände an die Glasplatte einer Vitrine gepreßt, mit flatternden Augenlidern ... nicht gegen Tränen kämpfte sie an, sondern gegen eine schreckliche Vorahnung, eine entsetzliche Gewißheit. Sie sah, daß ihr Onkel redete, Worte von sich gab, Mundbewegungen machte, sah auch den pechschwarzen Kater Houdini, der sich mit hartnäckiger Zuneigung an ihre Beine schmiegte und sich an ihnen rieb, laut schnurrend, doch sie hörte nichts, begriff nichts, sondern stand einfach da, an einem Ort, den sie nicht kannte, an einem warmen Mainachmittag, vorgebeugt, so daß ihr Gewicht auf der Glasplatte der Vitrine lastete, auf ihren schweißnassen Handflächen.

Leslie berührte sie an der Schulter, fragte sanft: »Was hast du denn, Iris? Warst du eng mit ihm befreundet?«

Iris sagte: »Ich habe ihn geliebt.«

Und brach in unkontrollierbare Tränen aus.

Die Erinnerung ist ein transzendentaler Vorgang. Doch sie bezieht sich nur auf das Stoffliche.

Jener lange Nachmittag, an dem sie, von Kopfschmerzen geplagt, durch die tiefergelegenen Straßen von Hammond ging. Am Anfang der Pitt Street, auf dem Ödland, auf dem Little Red Garlock gestorben war, stand zu Iris' Überraschung eine Sunoco-Tankstelle. Sie ging auch an den Häusern vorbei, in denen sie früher gewohnt hatten: in der Java Street, wo die Doppelhaushälfte, die ihre Eltern einst gemietet hatten, so schmal aussah, so billig »renoviert« war mit beigefarbener

Aluminiumverkleidung, und an dem senfgelben, stuckverzierten Mietshaus in der Holland Street, das genauso schäbig und vom Regen verschliert war wie damals. Sie gelangte durch die Eingangshalle unbemerkt zum Hintereingang und von dort in den unkrautüberwucherten Hof, an den sie sich nur noch undeutlich erinnern konnte. In dem grellen Sonnenschein betrachtete sie die Außentreppe, die ihr Zimmer verdunkelt hatte, »ihr« Zimmer dort droben hinter dem schmalen Fensterchen. Die Treppe stand nach so vielen Jahren noch unverändert da, aber man hatte sie gestrichen und die defekten Stufen repariert. Und sie dachte verärgert: Wieso bist du eigentlich hier? Was bedeutet dir dieser Ort? Du bist doch hier nicht mehr zu Hause.

Jetzt hält sie sich im Haus der Savages auf.

Sie steckt das Foto von Jinx Fairchild wieder in den Umschlag mit der Aufschrift *Iris C.* und legt ihn säuberlich in ihre Kommode zurück. Dort ist auch ihr Tagebuch, das Geheimnisse enthält, an denen ihr Mann nie Anteil haben wird ... das Tagebuch, in das sie gerade eben die Eintragung gemacht hat: *Die Erinnerung bezieht sich nur auf das Stoffliche. Ich muß vergessen lernen.*

Tatsächlich schreibt Iris nur noch ganz selten etwas in das alte, abgewetzte Tagebuch, das ohnehin fast vollgeschrieben ist; nur noch ein paar durch Eselsohren verunzierte Seiten sind übrig. Und vielleicht (es ist nur das schwache Glimmen eines Dranges, wie ein Traum, an den man sich nicht mehr genau erinnern kann) wird sie es dann wegwerfen. *Ich muß vergessen lernen. Ich lerne jetzt das Vergessen. Ich lebe in der Gegenwart und war noch nie so glücklich.*

Auch Alan Savage hat, wie er ihr erzählte, einst ein Tagebuch geführt, von seinem neunzehnten Lebensjahr an, und darin ging es hauptsächlich um seine Auslandsaufenthalte. »Ein amerikanischer Nicht-Amerikaner«, lautete der etwas hochtrabende Titel, doch Alan warf dieses Tagebuch weg, ohne es noch einmal zu lesen, als er sich im Sommmer letzten Jahres zur Heimkehr entschloß.

»Man muß irgendwann erwachsen werden«, sagte Alan.

Iris ist an diesem Morgen früh wach geworden, in dem ihr unvertrauten Bett, in einem Körper, von dem sie weiß, daß er ihr gehört. *Weiße Schlampe. Nutte. Wir kennen dich.* Die Vögel, die draußen vor dem Fenster im Efeu herumflatterten, hatten sie geweckt – »Die verdammte Spatzenplage«, wie Dr. Savage sie nennt –, und in der Nähe, in dem Gehölz auf der Rückseite des Hauses, war das Krächzen von Krähen zu hören, einer ganzen Schar von Krähen, die sich dort in der Morgendämmerung wie immer für eine Weile niederließ und dann weiterzog. Was für ein Lärm! Doch bei allem Gezänk und Gezeter hatte dieser Lärm auch etwas Fröhliches.

Iris begreift, daß es im Leben darum geht, in einem Nacheinander von Betten aufzuwachen, wobei jedes Bett das vorangegangene Bett auslöscht.

»Jetzt kommt die letzte, wirklich die allerletzte Anprobe«, sagt Mrs. Savage. »Ich muß nachher noch einige Anrufe machen, und dann können wir zur Kirche gehen. Ich hoffe, ich habe noch Zeit, mit dir zu reden.«

Sie hängt sich bei Iris ein und sagt im Flüsterton: »Mrs. Vitale ist ganz schön böse auf mich! Aber ich glaube, es lohnt sich, wenn man darauf besteht, daß alles rundweg in Ordnung ist. Und sie hat ja etwas ganz Reizendes gemacht …«

»O ja«, sagt Iris.

»… das wirklich sein Geld wert ist.«

»O ja.«

In dem von Sonnenstrahlen durchfluteten Raum, dessen Organdyvorhänge Mrs. Vitale zugezogen hat, schaut Iris Cortney schüchtern, ja furchtsam ihr Spiegelbild an. Innerhalb eines Jahres ist ihr Haar immer mehr ergraut, hat einen silbernen Schimmer bekommen, der wie Rauhreif aussieht. Es ist, als hinke sie ihrem eigenen Leben hinterher. Doch der abgesplitterte Zahn ist perfekt überkront, die blaugeschlagenen Augen sind längst verheilt, die blutverkrusteten Nasenflügel auch. *Ich habe eure Gesichter nie gesehen, ich habe eure Namen nie gehört.* »Heben Sie die Arme hoch, meine Liebe, und stehen Sie ganz still«, murmelt Mrs. Vitale. Für diese letzte Anprobe hat Iris noch einmal die Unterwäsche gewechselt: Sie trägt einen weißen trägerlosen Büstenhalter, einen langen weißen Taftunterrock mit einem Oberrock aus Spitzen sowie Nylonstrümpfe ohne Naht. Und sie trägt die Schuhe, die sie auch am Samstag tragen wird: weiße, mit winzigen Glasperlen verzierte Satinpumps.

Während Iris gehorsam still steht, streifen ihr Mrs. Vitale und Mrs. Savage geschickt das Kleid über ... den Rock, das Oberteil. An den Schultern und an den Armen sitzt es gut, und jetzt, beim Zuknöpfen des Kleides, zeigt sich, daß auch das exquisite Plisseemieder einwandfrei sitzt, nicht zu enganliegend, sondern angenehm straff, genau richtig für Iris' kleinen, hohen Busen. Und die Taille und die Hüften und der lange Rock – da muß alles zurechtgemacht werden, bis es wie angegossen sitzt ... perfekt. Mrs. Savage arrangiert auch den Brautschleier, die leicht vergilbten Brüsseler Spitzen. »Ganz reizend! Ganz traumhaft!« murmeln die Frauen. Iris lächelt, sieht im Spiegel nur ihr Brautkleid, das seidige, leuchtende Weiß, das blendende Weiß, und eine Art banger Freude erfüllt ihr Herz. Und sie fragt die beiden älteren Frauen: »Kann ich so gehn?«